中国皮影木偶戏剧本集成

主编 朱恒夫
副主编 刘衍青

「十四五」国家重点图书出版规划项目

华北东北卷·五锋会

上海大学出版社
·上海·

图书在版编目(CIP)数据

五锋会/朱恒夫主编;刘衍青副主编.—上海:
上海大学出版社,2023.9
(中国皮影木偶戏剧本集成;9.华北东北卷)
ISBN 978-7-5671-4652-5

Ⅰ.①五… Ⅱ.①朱… ②刘… Ⅲ.①皮影戏-剧本－中国②木偶剧-剧本-中国 Ⅳ.①I238.7

中国国家版本馆CIP数据核字(2023)第064243号

责任编辑　庄际虹
封面设计　柯国富
技术编辑　金　鑫　钱宇坤

中国皮影木偶戏剧本集成
主编　朱恒夫　副主编　刘衍青
华北东北卷·五锋会
上海大学出版社出版发行
(上海市上大路99号 邮政编码200444)
(https://www.shupress.cn 发行热线 021-66135112)
出版人　戴骏豪

*

南京展望文化发展有限公司排版
江阴市机关印刷服务有限公司印刷　各地新华书店经销
开本710mm×1000mm 1/16 印张33.5 字数553千
2023年9月第1版 2023年9月第1次印刷
ISBN 978-7-5671-4652-5/I·681 定价 98.00元

版权所有　侵权必究
如发现本书有印装质量问题请与印刷厂质量科联系
联系电话: 0510-86688678

总序：中国皮影戏的历史、现状与剧目特征

皮影戏是我国产生较早的戏剧种类之一，也是一门古老的传统民间艺术。它以羊、牛、驴皮以及纸等为基本材料，制作成能活动的形象造型即影人，由艺人手执竹扦在幕后操作，通过光线的透视，配以演唱及丝竹鼓点的伴奏，在影窗上展现各式的人物和故事。皮影戏是一种集文学、绘画、雕刻、音乐、表演于一体，融进历史、哲学、宗教、民俗、伦理等多种文化的民间艺术形式，是中华民族的艺术瑰宝。

一、皮影戏发展历程溯源

中国皮影戏源远流长，但其最早起源于何时，尚无文献典籍可考。皮影戏，历史上称为"影戏"，关于影戏产生的时间，众说纷纭。近人顾颉刚在《中国影戏略史及其现状》中说："影戏之性质与傀儡全同，不同者只其表现之方法，是以影戏亦必自始即模仿戏剧者，其兴起虽确知当后于傀儡，然或亦在周之世也。"① 他猜测周代就有了影戏。稍有一点根据的是"汉代说"。宋代高承《事物纪原》卷九《博弈嬉戏部》"影戏"条云："故老相承，言影戏之原出于汉武帝。李夫人之亡，齐人少翁言能致其魂，上念夫人无已，乃使致之。少翁夜为方帷，张灯烛，帝坐他帐，自帷中望见之，仿佛夫人像也，盖不得就视之。由是世间有影戏。"② 但是，这出"招魂戏"只是借灯光投影之术，没有"人影"的表演，也没有情节，所以还不是真正意义上的皮影戏。《稗史》亦说汉代就有了影戏，云：秦武王作角

---

① 顾颉刚：《中国影戏略史及其现状》，《文史》第19辑，中华书局1983年8月，第111页。
② （宋）高承撰：《事物纪原》，（明）李果订，金圆、许沛藻点校，中华书局1989年版，第495页。

抵，始皇作曼延鱼龙水戏，汉武帝益以幻眼、走索、寻橦（幢）、舞输（轮）、弄碗、影戏……①大概所说的"影戏"是从武帝"设帷招魂"之事推断而来。

在隋代的佛事活动中，似乎有弄影戏的迹象。《隋书·五行志》云："唐县人宋子贤，善为幻术。每夜，楼上有光明，能变作佛形，自称弥勒出世。又悬大镜于堂上，纸素上画为蛇、为兽及人形。有人来礼谒者，转侧其镜，遣观来生形象。或映见纸上蛇形，子贤辄告云：'此罪业也，当更礼念。'又令礼谒，乃转人形示之。"②用灯光照影作为幻术以惑人，也不等于后代的影戏。

近人多认为影戏产生于唐代。齐如山在《影戏——故都百戏考之四》中认为："此戏当然始于陕西，因西安建都数百年，玄宗又极爱提倡美术，各种伎艺由陕西兴起者甚多，则影戏始于此，亦在意中。"③力主戏曲源起于影戏、偶戏的孙楷第在《近代戏曲原出宋傀儡戏影戏考》中断言："余意影戏殆仁宗时始盛耳。若溯其源，则唐五代时，似已有类似影戏之事。"并进一步说与唐代的俗讲有关："说话与影戏，仅讲时雕像有无之异，其原出于俗讲则一也。"④

齐如山和孙楷第之说均属推测，缺少文献依据。一些唐诗倒是直接说明唐代已经有了影戏。中唐人元稹《灯影》云："洛阳昼夜无车马，漫挂红纱满树头。见说平时灯影里，玄宗潜伴太真游。"⑤很显然，彼时的洛阳已经有了皮影，玄宗与贵妃的故事是表演的内容之一。又，雍裕之的《两头纤纤》诗也对影戏作了描绘："两头纤纤八字眉，半白半黑灯影帷。膧膧脺脺晓禽飞，磊磊落落秋果垂。"⑥影帷即是今日的影窗，"晓禽飞"和"秋果垂"当是表演的一些场景。晚唐韦庄的《途次逢李氏兄弟感旧》诗云："御沟西面朱门宅，记得当时好弟兄。晓傍柳阴骑竹马，夜隈灯影弄先生。"⑦康保成认为："'夜隈灯影弄先生'就是玩影戏，'先生'即影偶。"⑧

---

① （清）赵吉士辑《寄园寄所寄》卷七"獭祭寄"，清康熙三十五年刻本。
② 《隋书》第三册，中华书局1982年版，第662—663页。
③ 齐如山：《影戏——故都百戏考之四》，《大公报·剧坛》1935年8月7日第12版。
④ 孙楷第：《近代戏曲原出宋傀儡戏影戏考》，《傀儡戏考原》，上杂出版社1952年版，第62、63页。
⑤ 《全唐诗》卷四一二，中华书局1999年版，第4580页。
⑥ 《全唐诗》卷四七一，中华书局1999年版，第5383页。
⑦ 《全唐诗》卷七〇〇，中华书局1999年版，第8131页。
⑧ 康保成：《佛教与中国皮影戏的发展》，《文艺研究》2003年第5期，第91页。

随着时间的推移，影戏艺术有了很大的提高，剧目也不断地增加。北宋张耒在《明道杂志》中记载："京师有富家子，少孤，专财，群无赖百方诱导之，而此子甚好看弄影戏，每弄至斩关羽，辄为之泣下，嘱弄者且缓之。"① 可见，此时的影戏剧目中有三国故事。此为高承《事物纪原》证实，该书云："宋朝仁宗时，市人有能谈三国事者，或采其说，加缘饰作影人，始为魏、吴、蜀三分战争之像。"② 影戏为人们喜爱后，玩皮影的人就多了，于是，便出现了著名的艺人。孟元老《东京梦华录》卷五《京瓦伎艺》云："……杂剧、掉刀、蛮牌董十五、赵七、曹保义、朱婆儿、没困驼、风僧哥、俎六姐。影戏丁仪、瘦吉等弄乔影戏。"③ 吴自牧《梦粱录》卷二十"百戏伎艺"条云："更有弄影戏者，元汴京初以素纸雕簇，自后人巧工精，以羊皮雕形，用以彩色妆饰，不致损坏。杭城有贾四郎、王升、王闰卿等，熟于摆布，立讲无差。其话本与讲史书者颇同，大抵真假相半，公忠者雕以正貌，奸邪者刻以丑形，盖亦寓褒贬于其间耳。"④ 由此可见，北宋的影戏已经发展到了相当成熟的水平，其成绩可以归纳为四点：其一，演唱不再随意，而是遵照脚本的内容，其内容相当于彼时开始流行的话本。可以讲述史书，三国故事更是其常演的剧目。其二，已经形成一批专业的艺人队伍，还分为"影戏"与"乔影戏"（"乔"字在当时作"伪装"解。瓦子诸艺中有一种"乔相扑"的表演艺术，就是扮演摔跤的样子，而不是真摔跤。"乔影戏"可能是由真人模拟影人的动作形式，做出种种滑稽的样子，以引人发笑。）两个品种。其三，有了人物的脸谱，并按照性格、品性分别饰以图案色彩。其四，演出水平极高，能使观众忘乎所以，以假当真。影戏艺术在北宋之所以能飞速发展，与当时城市的发展、市民人口的大幅增多有很大的关系。

至南宋，影戏的发展进入一个前所未有的辉煌时代。周密《武林旧事》卷二《元夕》记载道："又有幽坊静巷好事之家，多设五色琉璃泡灯，更自雅洁，靓妆笑语，望之如神仙。……或戏于小楼，以人为大影戏，儿童喧呼，终夕不绝。"⑤

---

① （元）陶宗仪等：《说郛三种》卷四十二，上海古籍出版社1989年版，第2003页。
② （宋）高承撰：《事物纪原》，（明）李果订，金圆、许沛藻点校，中华书局1989年版，第495页。
③ （宋）孟元老撰：《东京梦华录笺注》，伊永文笺注，中华书局2006年版，第461页。
④ （宋）吴自牧：《梦粱录》，浙江人民出版社1984年版，第194页。
⑤ （宋）四水潜夫辑：《武林旧事》，浙江人民出版社1984年版，第31页。

此大影戏，孙楷第认为是人扮演的，相当于"乔影戏"。周贻白认为是人的影子在表演。当时还有一种称为"手影"的影戏形式。南宋洪迈《夷坚志·夷坚三志》辛卷第三"普照明颠"条记载："华亭县普照寺僧惠明者，常若失志恍惚，语言无绪，而信口谈人灾福，一切多验，因目曰明颠。……尝遇手影戏者，人请之占颂。即把笔书云：'三尺生绡作戏台，全凭十指逞诙谐。有时明月灯窗下，一笑还从掌握来。'"① 悬挂三尺生绡做影窗，用手做出各种形状，投影到影窗上，即为手影。华亭为今日之上海松江，当时影戏在江南是比较普及的，宋代《吴县志》云："上元，影灯巧丽，它郡莫及，有万眼罗及琉璃球者犹妙。"②

南宋时，宋金对峙，经常发生战争，故影戏艺人常搬演金戈铁马的故事。张戒《岁寒堂诗话》云："往在柏台，郑亨仲、方公美诵张文潜《中兴碑》诗，戒曰：'此弄影戏语耳。'二公骇笑，问其故，戒曰：'郭公凛凛英雄才，金戈铁马从西来。举旗为风偃为雨，洒扫九庙无尘埃。'岂非弄影戏乎？"③ 当然，主要的演出内容还是历史故事，此时，"历史剧"已涉及汉、三国、唐、五代等朝代的人物和事件。由于艺人队伍进一步扩大，影人制作与影戏表演已经成了一个行业，于是，产生了"绘革社"这样专业的行业组织。

金元的影戏，文献记载不多。既然戏曲在彼时极为兴旺，作为戏剧的一种形式，影戏就不可能衰弱，只不过那时文人的兴趣主要放在人演的院本、杂剧上罢了。不过，有两幅壁画倒是露出了一点影戏的信息。一是金代山西繁峙岩山寺文殊殿壁画，其中有一个场景，我们不妨称之为"儿童弄影戏图"。画面上，有一影窗，前面三个儿童席地观看，后面有一人正在拽拉影人进行表演。还有一个儿童，在影窗的旁边，学着影戏艺人亦在拽拉着小影人。二是山西孝义出土的大德二年（1298）的元墓壁画。壁画上绘着男耕女织的场景，旁边有一人正手拿着影人在玩耍，墓壁上写着"王同乐影传家，共守其职"几个字④。显然，男耕女织是影戏所表现的内容，"乐影传家"则是影戏艺人标榜自己有着渊源的家学。

明代影戏资料目前见于文献的多为诗文和小说。瞿佑《影戏》云："灯火光中夜漏迟，风轮旋转竞奔驰。过来有迹人争睹，散去无声鬼不知。月地花阶频出没，

---

① （宋）洪迈：《夷坚志》第三册，中华书局 1981 年版，第 1406 页。
② 《吴县志》，民国三年乌程张钧衡影宋刻本。
③ （宋）张戒：《岁寒堂诗话》，中华书局 1985 年版，第 13 页。
④ 中国戏曲志编辑委员会：《中国戏曲志·山西卷》，中国 ISBN 中心出版社 2000 年版，第 7 页。

云窗雾阁暂追随。一场变幻如春梦,线索重看傀儡嬉。"① 瞿佑对影戏的兴趣很浓厚,多次写诗记述他观看的情景,田汝成辑撰的《西湖游览志余》卷二十也引了一首他的关于影戏的诗,云:"南瓦新开影戏场,满堂明烛照兴亡,看看弄到乌江渡,犹把英雄说霸王。"②《霸王别姬》是影戏的常演剧目,故徐文长所作的《做影戏》灯谜,也是以这个影戏剧目为素材,云:"做得好,又要遮得好,一般也号做子弟兵,有何面目见江东父老?"③

由于影戏在明代是一种普及性的表演艺术,所以,小说所描写的社会生活中亦有所反映。明末无名氏小说《梼杌闲评》第二回就描写了一个家庭戏班的演出情况:

> 朱公问道:"你是那里人?姓甚么?"妇人跪下禀道:"小妇姓侯,丈夫姓魏,肃宁县人。"朱公道:"你还有甚么戏法?"妇人道:"还有刀山、吞火、走马灯戏。"朱公道:"别的戏不做罢,且看戏。你们奉酒,晚间做几出灯戏来看。"传巡捕官上来道:"各色社火俱着退去,各赏新历钱钞,唯留昆腔戏子一班,四名妓女承应,并留侯氏晚间做灯戏。"巡捕答应去了。……侯一娘上前禀道:"回大人,可好做灯戏哩?"朱公道:"做罢。"一娘下来,那男子取过一张桌子,对着席前放上一个白纸棚子,点起两枝画烛。妇人取过一个小篾箱子,拿出些纸人来,都是纸骨子剪成的人物,糊上各样颜色纱绢,手脚皆活动一般,也有别趣。④

因皮影戏被人们高度认同,它的功能就不仅仅是娱人了,还可以同人戏一样酬神祭祀。明末张仁熙在《皮人曲》诗中有这样的描述:"年年六月田夫忙,田塍草土设戏场。田多场小大如掌,隔纸皮人来徜徉。虫神有灵人莫恼,年年惯看皮人好。田夫苍黄具黍鸡,纸钱罗案香插泥。打鼓鸣锣拜不已,愿我虫神生欢喜。神之去矣翔若云,香烟作车纸作旗。虫神嗜苗更嗜酒,田儿少习今白首。那得闲钱倩人歌,自作皮人祈大有。"⑤

明朝影戏初步形成了地方流派,河北、江苏、浙江、山东、陕西、山西、云

---

① (清)俞琰选编:《咏物诗选》,成都古籍书店1987年版,第116页。
② (明)田汝成辑撰:《西湖游览志余》,中华书局1958年版,第356页。
③ (明)徐渭:《徐渭集》,中华书局1983年版,第1066页。
④ 不题撰人:《梼杌闲评》,止戈、韦行校点,齐鲁书社1995年版,第12—13页。
⑤ 邓之诚:《清诗纪事初编》,上海古籍出版社2013年版,第192页。

南等地的皮影艺人结合当地的人文风俗、民间曲调，各自创新，形成了不同于他地的特色。

清代尤其是乾隆之后以及民国时期，影戏进入了中国影戏发展史上的高峰阶段，无论是技艺水平、剧目数量，还是艺人人数和观众人次，都是前所未有的。这与当时戏曲特别是花部戏的整体勃兴的大环境紧密相关。影戏的审美效果，不逊于人戏，富察敦崇《燕京岁时记》云："影戏借灯取影，哀怨异常，老妪听之多能下泪。"① 其普及程度，可以从日常的俗语中看出来，如《红楼梦》第六十五回云："见提着影戏人子上场，好歹别戳破这层纸儿。"②

根据清代各地皮影戏的历史流变及其皮影戏影人的造型特征，可以将我国皮影戏分为北方影系、西部影系和中南部影系三大系统。

北方影系：包括今河北、东北三省、内蒙古等地的皮影戏。这一影系的皮影戏始于金代。1127年金兵入侵中原时，曾经将包括皮影戏艺人在内的各类艺人掳掠到北方，北方的皮影戏由此发展而来，而以河北滦州（今唐山）一带为中心。

西部影系：涵盖陕西、四川、甘肃、青海、晋南、豫东、鄂西、冀中和北京西部等地。该系统的皮影戏是由北宋躲避靖康之乱而向西迁徙的中原皮影戏艺人带来，并经历代发展而形成。西部影系以陕西华县、华阴一带的皮影戏为主要代表。还有晋南皮影戏、川北皮影戏、陇原皮影戏、陇东皮影戏、环县道情皮影戏和青海皮影戏等。

中南部影系：包括中原地区及其以南地区的皮影戏。自北宋灭亡之后，中原地区的皮影戏艺人与其他各类艺人一起随着都城的南迁，到了临安（今浙江杭州），还有一部分艺人流落到江苏、湖北、湖南等地，后又陆续流转到广东、福建、台湾一带。这些地区加上中原地区的皮影戏，属我国中南部影系。中南部影系没有自己单独的唱腔，而是借用当地的戏曲、说唱、民歌小调的唱腔进行演唱。

清代文献中有关影戏的记载较多，尤其是方志中"民俗"栏目，可谓比比皆是。如清代乾隆年间进士李声振《百戏竹枝词·影戏》云："机关牵引未分明，绿

---

① （清）潘荣陛：《帝京岁时纪胜》；（清）富察敦崇：《燕京岁时记》，北京古籍出版社1981年版，第94页。

② （清）曹雪芹、高鹗：《红楼梦》，中国艺术研究院红楼梦研究所校注，人民文学出版社1996年版，第908页。

绮窗前透夜棨。半面才通君莫问,前身原是楮先生。"①乾隆《永平府志》"岁时民俗"条云:"通街张灯、演剧,或影戏、驱戏之类,观者达曙。"②滦州学正左乔林《海阳竹枝词》有句云:"张灯作戏调翻新,顾影徘徊却逼真。环佩珊珊莲步稳,帐前活现李夫人。"③清代澄海人李勋《说诀》卷十三云:潮人最尚影戏,其制以牛皮刻作人形,加以藻绘,作戏者于纸窗内爇火一盏,以箸运之,乃能旋转如意,舞蹈应节,较之傀儡更觉优雅可观。④说者谓此唯潮郡有之,其实非也。

民国年间,战争不断,社会动荡不安,许多时候,老百姓在生死线上挣扎,这自然会影响皮影戏的演出。但只要局势稍微稳定,皮影戏就会活跃起来,而在兵祸较少的地方,它还得到了长足的发展。

民国二十三年(1934),高云翘对滦州的皮影做了调查,感慨地说:"高粱地里,唱影的不绝,梆子或有一二,皮黄绝无。"⑤卓之在《湖南戏剧概观》中记述了20世纪30年代湖南一些地方的皮影戏情况:"影戏班在湖南,地位远不及汉班(即今之湘剧)及花鼓班,大概用为酬神还愿之工具而已。是以无论在城在乡,到处皆得见之。平日常演于各寺庵内,唯每届旧历中元节,则居民多演以祀祖,该省戏班异常忙碌,甚至从黄昏起演至通宵达旦,可演四五本之多。"⑥1934年刊的辽宁《庄河县志》"民间文艺·影戏"条对本县的皮影戏有较为详细的介绍:"有所谓驴皮影者,即影戏也。其制,酷似有声电影,不过彼为电灯机唱,此为油灯人唱耳。其法,以白布为幔,置灯其中,系以驴皮制人马牲畜、楼台建筑及飞潜动植等物,用灯幻照,俨在目前,并能活动自如,唯妙唯肖。司事者在幔歌唱,词多俚俗。农民凡有吉庆、酬神等事,多醵金演唱。"⑦

民国年间的影戏在与时俱进上,有三个方面的表现:一是灌制唱片,向全国

---

① 雷梦水等编:《中华竹枝词》,北京古籍出版社1997年版,第81页。该诗自注云:"剪纸为之,透机械于小窗上,夜演一剧,亦有生致。"
② 《永平府志》,乾隆三十九年刻本。
③ 张工明编著:《滦县志诗歌集》,河北人民出版社2015年版,第151页。
④ 中山大学中国非物质文化遗产研究中心编:《中国非物质文化遗产第十一辑》,中山大学出版社2006年版,第113页。
⑤ 高云翘:《滦州影调查记》,《剧学月刊》第三卷第十一期,1934年。
⑥ 卓之:《湖南戏剧概观》,《剧学月刊》第三卷第七期,1934年。
⑦ 丁世良、赵放主编:《中国地方志民俗资料汇编·东北卷》,北京图书馆出版社1989年版,第152页。

发行，借此将地方皮影戏声腔与故事传播到全国。冀东的皮影戏艺人就曾经和胜利、百代、昆仑、丽歌、宝利等唱片公司合作，灌制了100多个剧目的唱段。二是借助新的印刷技术，刻印皮影戏的脚本。这当然是文人和出版商合作所为，出于射利的目的，但在客观上对于皮影戏的传播和帮助人们深刻认识其思想内容起到了积极的作用。三是自觉地将其作为救亡图存与革命斗争的工具。如日军占领嘉兴海宁时，皮影戏艺人张九元为揭露日本侵略者的暴行，唤起人们的抗日热情，创编了皮影戏《打皇兵》，演出后产生很大的影响。至于中国共产党建立政权的地区，影戏的政治功能则更为明显，从剧目的名称《田玉参军》《齐心杀敌》《土地改革》《送夫参军》《破除迷信》等，就可以看出它们的思想倾向性。

二、当代影戏的现状与分布

中华人民共和国成立后，因实行新的社会制度和倡导新的思想，无论是生产关系，还是意识形态，都发生了根本性的变化。作为一种艺术形式的皮影戏，在党的方针路线的指引下，在戏班组织、剧目编创、皮影绘制与表演形式上也进行了一系列的改革。新中国成立之初，皮影戏与戏曲的其他剧种一样，"改戏、改人、改制"。在"百花齐放，推陈出新"的政策的指导下，各地皮影剧团对传统剧目进行整理和改编，出现了一批思想性和艺术性较高的表现古代生活的剧目，如浙江海宁的皮影戏《蜈蚣岭》、陕西的碗碗腔皮影戏《快活林》、青海的皮影戏《牛头山》、湖南的皮影戏《梁红玉》《火焰山》，等等。配合不同时期的政治需要，编演了反映现代生活的剧目，如宣传新婚姻法的华阴皮影戏《小女婿》等。内容上的变革，一些地方在"文革"后期特别明显，仅在1972年至1976年间，唐山市皮影剧团就编演了《红嫂》《红灯记》《龙江颂》《智取威虎山》《沙家浜》《杜鹃山》《磐石湾》《山庄红医》《唐山人民缅怀毛主席》等。新中国成立之前的皮影戏班全部是民营的，而在新中国成立之后，能够留存下来的所有戏班都改成国有或集体所有制的剧团，艺人则成了"文艺工作者"。据《人民日报》1960年2月18日报道，至20世纪60年代初，我国的皮影戏班约有1 100多个，从业人员大约在6 200名。当然，地区之间是不平衡的。

自20世纪50年代之后，皮影戏在形式上发生的变革，成绩也是很突出的。例如湖南皮影戏艺人何德润、谭德贵与画家翟翊合作，让"影人比原来大出一倍多，变五分脸为七分身材七分脸，甚至由侧面改为正面。有的面部用赛璐珞着色剪制；有的服饰上嵌以彩色透明纸，又以新颖的灯光彩景和大影幕，使得影窗上的形象极其鲜艳生动。在操纵技术上，他们根据各种动物不同的典型动作，进行了特别的制作，利用卷棒、弹簧、拉线，使影人的表情可以活动自如；双眼可以开闭，嘴能张合；龟的四脚和鹤的头颈可以自由伸缩等。……在表现闪电雷鸣时，用两根炭棒相碰，闪出电光。在电唱机的转盘上，装上圆木板，板边装上一圈灯泡，通电后，灯亮木板转，轮番照射幕布上的火、水、云彩等道具，使影窗上的云、水、火都可以动起来，非常逼真"①。其他地方的影戏艺人，也发挥创造力，有许多推进皮影戏艺术发展的发明，像黑龙江皮影戏就使影人一步一步地走路和骑着自行车前进；唐山皮影戏增加了乐器，由原来的一把二胡，变成了扬琴、二胡、琵琶、三弦、大阮、笙、笛、唢呐等众多乐器，甚至小提琴也加入合奏，比起先前自然好听多了。

"文革"时期，皮影戏的繁荣景象戛然而止。剧团解散，剧目禁演，艺人转业，大量珍贵的皮影道具和文献资料被损毁，这种状况，除了个别地方，一直持续到1976年。

"文革"结束之后，各地皮影艺术迅速复苏，剧团重建，传统剧目解禁，新的剧目不断产生。仅1980年，湖南衡阳一个地区6个县就有大小剧团557个，从艺人员1150人。然而，随着电视的普及和娱乐形式的丰富，皮影戏与人演的戏曲一样，以不可遏制的趋势一天天衰萎下去，而市场的持续性的收缩又使得皮影戏进入了恶性循环，观众愈少，就愈加没有人从事这个行业，而人才缺乏，则会使皮影戏艺术不能与时俱进而得到观众的欣赏。于是，皮影戏艺术的前景便越来越黯淡。以辽宁凌源县为例，全县原有皮影戏班120个左右，进入20世纪90年代之后，不断缩减，现在可以演出的戏班仅存4个，艺人不到30位，而30岁以下的艺人又只有2位，其技艺和知名的老艺人则无法相比。

为了传承民族的优秀文化，保护像皮影戏这类古老的艺术形式，国家于2011年2月25日颁布了《中华人民共和国非物质文化遗产法》。自此之后，皮影戏便得到了中央和地方政府的高度重视，多种皮影戏进入国家级或省市级"非物质文化遗产名录"，得到了财政经费的支持，减缓了衰萎的速度，有的还显示出勃勃的生机。

---

① 魏力群主编：《中国皮影戏全集》第1卷"源流"，文物出版社2015年版，第160页。

如下表所示，现时的大多数皮影戏剧团主要分布在河北、陕西、甘肃、内蒙古、黑龙江、天津、北京、山东、河南、湖南、山西、浙江、广东、辽宁、青海、上海、湖北、重庆、福建、云南、江苏、安徽、江西等20多个省市、自治区，当然，有的地方多，有的地方少。

所属影系	省（市、自治区）	市（县、区、州）	剧团名称	主要演出区域
北方影系	内蒙古自治区	赤峰	阿鲁科尔沁旗皮影艺术团	内蒙古自治区、北京市等
			赤峰玉龙皮影文化艺术团	内蒙古自治区赤峰市红山区等
			宁城董家古装皮影戏	内蒙古自治区赤峰市宁城县等
			宁城龙雨皮影艺术团	内蒙古自治区赤峰市宁城县汐子镇等
	黑龙江	哈尔滨	哈尔滨儿童艺术剧院	黑龙江省哈尔滨市及周边地区
	辽宁	沈阳	浑南顾景恩皮影	辽宁省沈阳市浑南区及周边地区
		朝阳	凌源市旭日皮影艺术团	辽宁省朝阳市凌源市及辽西地区
			凌源英熙皮影文化产业有限公司	辽宁省朝阳市凌源市及周边地区
			喀左红星皮影团	辽宁省朝阳市喀左县洞子沟等
	河北	秦皇岛	青龙满族自治县百灵皮影剧团	河北省、北京市等
			青龙东方皮影剧团	河北省秦皇岛市青龙满族自治县大巫岚镇等
			卢龙县启明皮影团	河北省秦皇岛市卢龙县等地
			昌黎县向东皮影剧团	河北省秦皇岛市昌黎县及周边地区
		承德	平泉市皮影艺术团	河北省平泉市平房乡等
			河北省雾灵皮影艺术团	河北省承德市兴隆县及周边地区
			承德红星皮影剧团	河北省承德市及周边地区

续　表

所属影系	省(市、自治区)	市(县、区、州)	剧团名称	主要演出区域
北方影系	河北	唐山	圣灯皮影工作室	河北省唐山市乐亭县及周边地区
			滦南县皮影团	河北省唐山市滦南县及周边地区
			中国滦州皮影剧团	河北省唐山市滦州市小马庄镇等
			滦州禾丽皮影剧团	河北省滦州市
			周捞爷皮影艺术团	河北省唐山市
			迁西县燕昆皮影团	河北省唐山市迁西县兴城镇等
			郭宝皮影传承馆	河北省唐山市迁安市城区街道
			夕阳红皮影团	河北省唐山市遵化市
			天宇皮影团	河北省唐山市遵化市刘备寨乡刘南山村
		衡水	腾飞皮影戏班	河北省衡水市景县
		廊坊	庆升平乡村皮影民俗演艺文化基地	河北省廊坊市三河市
	天津	蓟州区	蓟州新城皮影队	天津市蓟州区
		宝坻区	海滨街道天锦园皮影队	天津市宝坻区
	北京	西城区	北京皮影剧团	北京市西城区
			小蚂蚁袖珍人皮影艺术团	北京市西城区
		通州区	韩非子剧社	北京市通州区
西部影戏	陕西	西安	黄河魂艺术团	陕西省西安市
			小雁塔传统文化交流中心皮影戏	陕西省西安市碑林区
			中国汪氏皮影艺术剧团	陕西省西安市

续 表

所属影系	省（市、自治区）	市（县、区、州）	剧团名称	主要演出区域
西部影戏	陕西	渭南	永兴坊皮影戏班	陕西省渭南市华州区胡磊村
			华县魏氏皮影剧社	陕西省渭南市华州区
			魏金全戏班	陕西省渭南市华州区
			陕西民间艺术演艺社	陕西省渭南市临渭区双泉乡
			白水县古调影子社	陕西省渭南市白水县尧禾镇麻家村
	山西	太原	清徐常丰皮影团	山西省太原市清徐县柳杜乡常丰村
		吕梁	王政仁皮影剧团	山西省吕梁市孝义市高阳镇高阳村
			传统文化展演团	山西省吕梁市孝义市贾家庄村
			武俊礼皮影剧团	山西省吕梁市孝义市梧桐镇
		临汾	侯马市皮影剧团	山西省临汾市侯马市
	甘肃	庆阳	环县杨登义戏班	甘肃省庆阳市环县
		定西	甘肃通渭刘氏皮影班	甘肃省定西市通渭县常家河镇
	青海	西宁	大通县新艺皮影社	青海省西宁市大通回族土族自治县黄家寨镇东柳村
	重庆	巫山县	同兴班皮影剧团	重庆市巫山县罗坪镇
	云南	保山	腾冲刘家寨皮影剧团	云南省保山市腾冲市
		楚雄彝族自治州	表演者：额加寿	云南省楚雄彝族自治州禄丰县
		玉溪	表演者：王文跃	云南省玉溪市
中南部影戏	山东	青岛	西海岸金凤皮影艺术团	山东省青岛市西海岸新区薛家岛
			大嘴巴皮影班	山东省青岛市市南区
		烟台	所城皮影艺术团	山东省烟台市芝罘区

续 表

所属影系	省（市、自治区）	市（县、区、州）	剧团名称	主要演出区域
中南部影戏	山东	泰安	泰山皮影艺术研究院	山东省泰安市
		枣庄	山亭皮影徐庄镇邢氏庄户剧团	山东省枣庄市山亭区徐庄镇
			鲁南山花皮影剧团	山东省枣庄市山亭区山亭街道
			山亭皮影凫城镇韩氏庄户剧团	山东省枣庄市山亭区
		菏泽	定陶荣坤皮影艺术团	山东省菏泽市定陶区张湾镇
			曹县任家班皮影剧团	山东省菏泽市曹县庄寨镇
	河南	三门峡	灵宝西车道情皮影艺术团	河南省三门峡市灵宝市尹庄镇西车村
		郑州	河南精灵梦皮影艺术团	河南省郑州市惠济区良库工舍
		南阳	桐柏县皮影艺术团彭家班	河南省南阳市桐柏县吴城镇邓庄村
			桐柏县皮影艺术团蔡家班	河南省南阳市桐柏县月河镇林庙村
		信阳	平桥区杜光金皮影戏剧团	河南省信阳市平桥区平昌镇
			罗山皮影戏新秀剧团	河南省信阳市罗山县彭新镇曾店村
			罗山弘馨皮影戏剧团	河南省信阳市罗山县周党镇同兴社区
			光山县任长明皮影戏文化传播有限公司	河南省信阳市光山县泼陂河镇黄涂湾村
	湖北	孝感	孝感市皮影艺术团	湖北省孝感市孝南区朋兴乡丹阳古镇
			张望明戏班	湖北省孝感市云梦县义堂镇好石村
			余长永戏班	湖北省孝感市云梦县曾店镇
			湖北省云梦皮影队	湖北省孝感市云梦县城关镇
			陈红军戏班	

续 表

所属影系	省（市、自治区）	市（县、区、州）	剧团名称	主要演出区域
中南部影戏	湖北	孝感	大悟县九女潭皮影团	湖北省孝感市大悟县宣化店镇
			应城市皮影艺术剧团	湖北省孝感市应城市汤池镇方集村
			应城市皮影艺术团	湖北省孝感市应城市
		黄冈	红安县华河镇皮影队	湖北省黄冈市红安县华河镇金桥村
			红安县杏花乡秦昌武皮影剧团	湖北省黄冈市红安县杏花乡长兴村
			红安县七里坪镇典明皮影艺术团	湖北省黄冈市红安县七里坪镇典明村
			红安县城关镇易杨家皮影队	湖北省黄冈市红安县城关镇易杨家村
			红安县城关镇倪赵家皮影队	湖北省黄冈市红安县城关镇倪赵家村
			红安县二程镇赵氏皮影戏团	湖北省黄冈市红安县二程镇新街村
			红安传统戏剧皮影艺术队	湖北省黄冈市红安县华河镇陈河村
			红安县杏花乡兴旺皮影队	湖北省黄冈市红安县杏花乡秦家岗湾
			中南皮影戏团	湖北省黄冈市麻城市中馆驿镇马路口村
			李先耀皮影队	湖北省黄冈市麻城市铁门岗乡谭程村
			东山皮影艺术团	湖北省黄冈市麻城市盐田河镇栗花新村
		武汉	新洲区龙丘黄冈皮影队	湖北省武汉市新洲区三店街道
			黄陂区大余湾皮影戏馆	湖北省武汉市黄陂区木兰乡

续　表

所属影系	省（市、自治区）	市（县、区、州）	剧团名称	主要演出区域
中南部影戏	湖北	天门	天门市豪城传承基地	湖北省天门市
		潜江	周矶雷谭仙潜业余皮影队	湖北省潜江市
		仙桃	仙桃江汉皮影团	湖北省仙桃市
			仙桃市江汉皮影艺术剧团	
		宜昌	夷陵区分乡徐氏皮影	湖北省宜昌市夷陵区分乡镇南垭村
			秭归皮影戏太和班	湖北省宜昌市秭归县郭家坝镇百日场村
		襄阳	沮水乐艺术团	湖北省襄阳市保康县马良镇张家岭村
		十堰	房县兴隆皮影戏班	湖北省十堰市房县窑淮乡
		神农架林区	下谷坪堂戏皮影戏剧团永和班	湖北省神农架林区下谷坪土家族乡
		恩施州	巴东皮影协会（大顺班）	湖北省恩施州巴东县沿渡河镇
	安徽	宿州	泗县古韵皮影剧团	安徽省宿州市泗县草沟镇秦桥村
		合肥	安徽省马派皮影戏剧团	安徽省合肥市
		宣城	皖南皮影戏曲艺术团	安徽省宣城市宣州区水东镇
	江苏	南京	姚其德戏班	南京市夫子庙秦淮人家酒楼
	上海	黄浦区	上海市木偶剧团有限公司	上海市黄浦区
		徐汇区	康健街道艺术团桂林皮影戏班	上海市徐汇区康健街道
		普陀区	上海马派影偶剧团	上海市普陀区
		长宁区	上海长宁民俗文化中心青梦园皮影团	上海市长宁区民俗文化中心

续 表

所属影系	省（市、自治区）	市（县、区、州）	剧团名称	主要演出区域
中南部影戏	上海	闵行区	上海七宝皮影馆	上海市闵行区七宝镇
		松江区	泗泾镇非遗传承基地	上海市松江区泗泾镇
	浙江	湖州	安吉孝丰项家皮影艺术团	浙江省湖州市安吉县孝丰镇大河村
		嘉兴	乌镇皮影艺术团	浙江省嘉兴市桐乡市西栅大街乌镇风景区
			海宁皮影艺术团有限公司	浙江省嘉兴市海宁市盐官镇
			海宁市长陆皮影剧团	浙江省嘉兴市海宁市长安镇陆泽村
		杭州	表演者：马群	浙江省杭州市上城区中国美术学院
	湖南	长沙	湖南省木偶皮影艺术保护传承中心	湖南省长沙市雨花区湖南省木偶皮影艺术保护传承中心
			长沙庆明皮影艺术团	湖南省长沙市望城区白箬铺镇
		湘潭	湘潭升平轩皮影艺术团	湖南省湘潭市雨湖区鹤岭镇凤凰村
		株洲	攸县丫江桥皮影一队	湖南省株洲市攸县丫江桥镇双江社区
	江西	萍乡	上栗县天马皮影戏文化艺术团	江西省萍乡市上栗县上栗镇绿塘村
			萍乡市湘东区永发皮影演艺团	江西省萍乡市湘东区东桥镇界头村
	福建	厦门	厦门市弘晏庄木偶皮影戏传习中心	福建省厦门市思明区曾厝垵文创艺术中心
	广东	汕尾	陆丰市皮影剧团	广东省汕尾市陆丰市
		深圳	深圳百仕达皮影艺术团	深圳市罗湖区翠竹街道
			草埔小学皮影艺术团	深圳市罗湖区草埔小学
			深圳三只猴剧团	深圳市宝安区观澜街道
			杜鹃花皮影文化艺术中心	深圳市龙岗区

每个地方的皮影戏因其渊源、剧目、唱腔、影人制法和表演技艺的不同，便和他地的皮影艺术形态有了差异。我们以甘肃省环县道情皮影戏和浙江海宁皮影戏为例，来看看它们的特色。

环县道情皮影戏是秦陇文化与周边族群文化、道情说唱曲艺与皮影艺术相结合的产物，采取"借灯、传影、配声以演故事"的手段，融民间音乐、美术和口传文学为一体。其独特性主要体现在道情音乐唱腔和皮影制作及表演上。戏班演出时，前台一人挑杆表演，并承担所有角色的做、唱、念、白的工作，后台四五人伴奏并"嘛簧"，一唱众和，其腔调粗犷高亢。道情音乐为徵调式，分为"伤音""花音"，以坦板、飞板两种速度演唱，曲牌体与板式体并存。其伴奏乐器有四弦、渔鼓、甩梆子、简板等。演唱剧目有180多部，以表现古代生活为主。

海宁皮影戏。皮影戏自南宋从中原传入海宁后，与当地的"海塘盐工曲"和"海宁小调"相融合，并吸收了"弋阳腔""海盐腔"等声腔，曲调既高亢激越，又婉转悠扬。其唱词和道白用海宁方言。其开台戏和武打戏，以板胡、二胡伴奏为主，其主腔为【三五七】【文二凡】【武二凡】【文三凡】【武三凡】【回龙】【叫王龙】等；正本戏用笛子、二胡伴奏，其声腔有【长腔】【十八板】【当头君官】【日出扶桑】【深深下拜】【上上楼】等。其影人脸谱造型既接近于京剧，又不同于京剧，它按忠、奸、贤、义的不同性格和喜、怒、哀、乐的不同表情来加以夸张塑造。为了符合剧情发展，适应操作上的艺术需要，在表演剧目时，有时候同一个人物要换几次头面。海宁皮影戏剧目近300个，有大戏、小戏和文戏、武戏之分。其皮影的主要制作特点是"少雕镂，重彩绘，单线平涂"；脸形圆活，单眼侧面；少夸张，近实像，富"人情"味；整体以单手、并足（侧身）为主。

三、皮影戏剧目的内容与艺术特征

尽管皮影戏历史悠久，但是由于多种原因，宋、元、明三代的剧本都没有留存下来，现存最早的剧本大概产生于清代中叶。

很可能在早期就没有书写的剧本，即纸质剧本，但并不是说，皮影戏的演唱就没有剧本，剧本还是有的，只不过是无文字的。在新中国成立之前，每一个地区的皮影戏，都有不依文字剧本演唱的戏班。由于多数艺人不识字，演唱的内容全凭着师徒间口传心授。当然，由于内容是靠记忆的，所以变化较大。同一个故事，不同的戏班演出的不一样，就是同一个戏班，甚至是同一个人，在不同的时间、不同的地点演出的也不完全一样。随着粗通文墨之人的加入，开始有了叙写故事梗概的"搭桥本"（湖南称"过桥本""口述本"，湖北称"杠子书"，河北称"书套子"），文雅的说法叫"提纲本"，相当于戏曲的"路头戏""幕表戏"。艺人在把握了所演唱故事的主要情节后，需要当场发挥，既可以添枝加叶，也可以"偷工减料"。为了演唱得好，显示文采，艺人大都会掌握一些"赋子"，每出现相同的场景时，就套用一下，如有皇帝早朝的场景时，就唱这样的四句："金殿当头紫阁重，仙人掌上玉芙蓉。太平皇帝朝元日，五色云车驾六龙。"空守闺房而心情郁闷的年轻妻子上场时，则袭用这样固定的诗句："闺中少妇不知愁，性惯娇痴懒上楼。想到昨宵春梦恶，对花不语自低头。"当然，这些"赋子"不是文盲艺人编写的，而是文人所作。

到了明代，随着教育的普及，许多原致力于科考的读书人，因为长期困顿场屋、功名无望，便将智力、精力与时间投入到皮影剧本的创作上，于是，皮影戏的剧目发生了根本性的变化。之前的剧目，主要来源于曲艺、民间传说和戏曲，而自此之后，产生了大量的原创性的剧目。如清代乾隆时的陕西渭南县举人李芳桂，在几次春闱失利后，为当地碗碗腔皮影戏创作了十部剧本，即《春秋配》《白玉钿》《香莲佩》《紫霞宫》《如意簪》《玉燕纹》《万福莲》《火焰驹》《四岔捎书》和《玄玄锄谷》。又如清道光时人滦州乐亭县戴家河的高述尧，因为人耿直，得罪权贵，被革除了秀才的名号，于是，他在设塾教书之暇，为皮影戏班编写了《二度梅》《三贤传》《定唐》《珠宝钗》《出师表》《青云剑》等剧目。一般来说，文人编写的剧本，比起"提纲本"或艺人自编的戏，质量上要高得多。这些剧本情节曲折，且符合生活与艺术的真实；人物形象鲜明，其行动具有内在的逻辑性；文通句顺，富有文采，唱词合辙押韵，好念易唱。

自古迄今，皮影戏的剧本，当以万计，真可谓汗牛充栋。仅陇东环县皮影戏，据2004年的调查，现存剧本就有2 277本，内容不重复的剧本有188本。滦州皮影戏的传统连本大戏有415部，传统的单出剧目则为323卷[①]，这些还不包括新中国成立后编创的剧目。

皮影戏剧本从素材的来源上，可以分为五大类。

---

① 魏力群：《中国皮影艺术史》，文物出版社2007年版，第159—168页。

第一类是讲史，多改编自历史演义。从夏商周起，重要人物和重大事件都有演绎，如《大舜王耕田》《禹王治水》《姜子牙下山》《吴越春秋》《战渑池》《黄泉见母》《伐子都》《马陵道》《将相和》《刺秦》《鸿门宴》《霸王别姬》《貂蝉拜月》《未央宫》《苏武牧羊》《昭君出塞》《骂王朗》《白帝托孤》《打黄盖》《单刀会》《讨荆州》《洛神》《铜雀台》《姚献杀妻》《绿珠坠楼》《秦琼卖马》《陈杏元出塞》《罗成叫关》《唐明皇哭妃》《千里送京娘》《陈桥驿》《下南唐》《打关西》《杨家将》《打銮驾》《精忠报国》，等等。

讲史剧目众多的原因在于我国民众对历史有着浓厚的兴趣，他们通过"知古"来反映自己对今日政治的诉求，并通过历史经验获得为人处世的原则，也正因为此，皮影艺人创作排演历史剧便拥有了厚实的观众基础和市场竞争力。而对于统治者来说，颂扬历史上的忠臣孝子，批判奸臣逆子，为人们树立道德榜样，无疑有利于政权的稳定与阶级矛盾的缓和，所以，具有"风化"功能的历史剧也得到了他们的鼓励。

第二类是民间故事，包括神话与传说。如《嫦娥奔月》《哪吒闹海》《天河配》《孟姜女》《赶山塞海》《大香山》《郭巨埋儿》《雪梅吊孝》《白蛇传》《花木兰从军》，等等。

第三类是非历史演义的小说。但凡著名的小说如《封神演义》《水浒传》《西游记》等，皮影艺人都会将它们改编成剧目。当然，不是原封不动地照搬，而是选择其中精彩的人物故事，重新整理改编，如将《水浒传》中的内容编成《乌龙院》《鲁达除霸》《逼上梁山》《打店》《石秀杀嫂》《丁甲山》《三打祝家庄》，等等。既可以连起来演连本的梁山好汉故事，也可以单独演出其中的折子戏。

第四类是戏曲曲艺故事，即是从戏曲剧目和说唱曲艺的曲目中改编而来，如《六月雪》《西厢记》《赵氏孤儿》《白兔记》《十五贯》《绣襦记》《铡美案》《梁山伯与祝英台》《珍珠塔》《杨乃武与小白菜》，等等。"文革"后期，许多地方的皮影戏也将《红灯记》《沙家浜》《智取威虎山》《杜鹃山》《龙江颂》《平原游击队》等"革命样板戏"映上了影窗。

第五类是根据古今生活创编的剧目。文人编写的剧本多属此类，一些篇幅不长的单出戏也是无所依傍的原创剧目，如传统剧目中的《一匹布》《卖杂货》《偷蔓菁》《怕婆娘》《董烂子卖他妈》《老顶嘴》《二姐娃做梦》，现当代剧目中的《穷人恨》《赤胆忠心》《焦裕禄》《新任支书》，等等。

尽管皮影戏剧目多改编自历史演义、民间故事、戏曲剧目、曲艺曲目等，但有许多剧目改编的幅度很大，不但情节不一样，人物的形象也大不相同，如长沙皮影戏《盘貂》虽然改编自湘剧的《斩貂》，但两者比较，差异很大，念白、唱词迥乎不同。湘剧《斩貂》中的关羽出场时这样唱道："【引】雄心赤胆汉英豪，撩袍勒马破奸曹！丹心耿耿，社稷坚牢，万马营中逞英豪，斩华雄，谁人不晓？"而皮影戏《盘貂》的关羽出场时的唱词为："【引】赤胆忠心，不知何日会桃园，徐州失散好惨凄。兄南弟北各一偏，好似鳌鱼吞钩线，各人肝胆费心间。"湘剧《斩貂》中的关羽有着"红颜祸水"的成见，对貂蝉的所作所为，极度蔑视："（唱）【乱弹腔】一轮明月照山川，推去了云雾星斗全。坐虎椅，看几本《春秋》《左传》。《春秋》内，尽都是妖女婵娟。（白）我想权臣篡位，即董卓父子；妖女丧夫，即貂蝉也！"最后毫不留情地将她杀死。而皮影戏《盘貂》中的关羽在听了貂蝉用美人计引起董卓、吕布父子争风吃醋而致董卓丧命的介绍后，以肯定的语气评价道："若还不把美人计献，眼见这汉江山归了董奸。"他欣赏貂蝉的智慧，准备将她送给兄长刘备，给她更好的前程："貂蝉女她生来嘴能舌变，几句话说得某喜笑连天。但愿某大哥早登金殿，封了你班头女子靠君前。"

依据篇幅的长度，皮影戏又可以分为折子戏、连本戏、单出戏。折子戏是一部戏中的一折，多数有一个相对完整的情节，如《游西湖》《拜佛》《精变》《盗草》《水漫金山》《断桥》《合钵》《宝塔压白蛇》《祭塔》是连本戏《白蛇传》的折子，因全本《白蛇传》需要几天才能演完，若时间不允许，可以演出其中的一个或几个折子戏。连本戏规模较大，没有五六个演出单元时间演不完，有的需连演一个多月，如《封神榜》《西游记》《杨家将》《包公案》《施公案》《江湖二十四侠》等。折子戏和连本戏的关系是整体和部分的关系，将内容相关的折子戏连起来就是一个整体，分开来就是折子戏。单出戏是叙事完整但体量不大的戏，往往又称为"小戏"，如《打面缸》《小姑贤》《教书谋馆》《嘎秃子闹洞房》《八仙过海》《兰香阁》《聚宝盆》等。浙江海宁皮影戏选出一些武打的折子戏做"开台戏"，活跃演出的气氛，常演的开台折子戏有《闹龙宫》《闹地府》《闹天宫》《火焰山》《快活林》《蜈蚣岭》《潞安州》《凤凰山》《打石猴》《南天国》《金沙滩》《两郎关》《烈火旗》等。

皮影戏和戏曲，在叙事的立足点上不完全一样。戏曲完全为代言体，每个角色为所扮演的人物代言，而皮影戏受说唱艺术的影响，为代言体和叙事体的结合。

如滦州皮影戏《珍珠塔》中的一个片段：

天子：（唱）天子一见吃一惊。这刺客，甚是凶。杀败侍卫，怎把朕容？忙把宫人叫，赶快撞金钟。聚起阖朝文武，救驾保护主公。惊慌失色逃了命。

陈春：（唱）陈春追，抖威风，提刀前往，上下冲锋，（代白）昏君哪里逃生！

无论是皇帝还是陈春，他们的唱词，代言体与叙述体都是混合在一起的。

皮影戏剧本歌唱多而念白少，唱词的语言通俗易懂，如同常语，但是合辙押韵。如滦州皮影戏《紫荆关》中的一段唱词：

姑嫂二人寻车辆，庄稼地里把身藏。何处万恶贼强盗，行路竟敢抢女娘。

不知何人来救护，你我得便逃了祸殃。也不知哥哥/相公怎么样？唯恐追贼受了伤。

叹咱鞋弓袜又小，不能急快转家乡。恐怕贼人来追赶，汗透衣衫心发慌。

北方的皮影戏唱词，所用韵辙一般有十三道，其名目是：发花、梭波、乜斜、一七、姑苏、怀来、灰堆、遥条、由求、言前、人辰、江阳、中东。之外，还有两道儿化韵的小辙。通常是偶句押韵，压在句末的字上。押平声韵的叫"正韵"，押仄声韵的叫"硬辙"或称"反辙"。南方的方言较多，之间的差别很大，因而南方皮影戏唱词的用韵各地不一样。以吴语地区为例，其唱词的用韵共有十一部，分为阳声韵四部，为东同部、江阳部、真亭部和寒田部；阴声韵七部，为支鱼部、灰回部、萧豪部、皆来部、歌模部、家蛇部和尤侯部。当然，皮影戏的唱词格律没有诗、词或昆曲的曲律那么严格，只要顺口易唱即可。

每一个地方的皮影戏唱腔与流传于该地域的地方戏声腔有着紧密的关系。若皮影戏后起于地方戏，那它就会运用戏曲的曲调，其唱腔与当地戏曲剧种的唱腔基本相同。如陕西、甘肃、宁夏的许多皮影戏多是用秦腔的曲调演唱，长沙一带的皮影戏用湘剧曲调演唱。若是由皮影戏为基础发展起来的戏曲剧种，当然唱的就是皮影戏原先的曲调，如流行于河北唐山一带的影调剧所唱的【平调】【花调】【滦河调】【吟腔】【硬唱】就是当地皮影戏所唱的；现为戏曲剧种的碗碗腔是在皮影戏基础上发展起来的，主要曲调自然还是原先皮影戏所唱的。后一种情况说明，有一些皮影戏已经形成了自己的曲调体系，如滦州皮影的原始曲调为"九腔十八调"，九腔即【梅花腔】【柔腔】【琴腔】【一字腔】【小银腔】【小东腔】【西门腔】【凤凰腔】【纺车腔】，而每腔上下两句的曲调不一样，故成"十八调"；之后，吸收了戏曲和俚歌俗曲的曲调，渐渐由单调而变得丰富起来。

皮影戏剧目的主旨是鲜明的，传统剧目的思想性主要表现在三个方面：一是颂扬忠君爱国之臣的赤诚无畏的精神，二是高度肯定青年男女之间纯真的爱情，三是赞扬慈悲仁爱、行侠仗义、坚忍不拔的品质。而对那些少廉寡耻、自私自利、残忍酷虐、行奸贪婪之人，这些剧目则予以无情的批判。

皮影戏剧目大多故事情节丰富曲折，引人入胜，尤其是连本大戏，能让观众欲罢不能。如海宁皮影戏《聚宝盆》（又名《李金煌买鱼放生》）故事略云：

> 宋时，书生李金煌之父李天笙升为兵部尚书，但不久遭权奸何荣所害而被打入天牢。朝廷命杨文广率军抄家，杨同情李家，掩护其全家逃逸。金煌之叔李天帛与妻为武人，上首阳山为王；金煌与母亲逃至成都，落在瓦窑讨饭度日。其时，成都知府王天佑为官不廉，其女桂香力劝改邪归正，天佑怒，遣家丁上街找一叫花子，逼女嫁之。桂香恨，不带走王家一件衣物，匆匆随叫花子而去。叫花子乃李金煌也。金煌携桂香至瓦窑，见李母，一家相依相亲。桂香有一金钗，让金煌典当后买线绣花度日。不久桂香有孕，金煌欲为桂香煮鱼汤，上街买得鲤鱼一条，然见鱼可怜，放生而去。不料鱼乃是龙宫三太子。后龙王为酬答救子之恩，送来聚宝盆一只，恰逢桂香分娩，生子便名"得宝"。龙王又献大宅予金煌，使之顿成巨富，金煌感恩，改姓为敖，人称"敖百万"。李天帛为惩贪官，劫了绵迪县库银，朝廷命已升为总督的王天佑缉查。王与绵迪县令有隙，不但不查，反而耻笑他。县令怒，上告。王被罚银六十万两，无奈去敖百万家借银，见到了女儿桂香，天佑认罪。后何荣与弟何延海奸事败露，李天笙获释封相；天帛归顺，为兵部侍郎；金煌亦得官，后李得宝被皇上招为驸马。

皮影戏剧目所叙述的故事大都具有传奇性，根本原因是为了迎合观众的审美需要。在旧时的中国，处于底层社会的劳动人民，生活极为单调，日出而作，日落而息，生产与生活是重复的、机械的，因而是乏味的。没有色彩的日子，必然导致身体的疲惫和心理的压抑，而传奇性的故事能如一剂"强心针"，为他们劳苦平淡的生活带来精神的抚慰与快感。另外，再平凡卑微的人都有追求"卓越"的心理，然而，"卓越"并非人人可以实现，但可以借助传奇性的人物和故事来表达自己"卓越"的理想，并获得间接的"卓越"感受。

连本戏的表演和唱白，较为严肃，而小戏因为贴近生活，角色又均为小人物，其言语举止幽默诙谐，或调侃，或自嘲，剧情轻松自如，具有喜剧的风格，如《王七怕老婆》《刘捣鬼》《老渔婆劝架》等。

新中国成立之后，皮影戏界为适应时代需要、拓展观众面，创作了一批短小精悍、生动活泼的童话寓言戏，代表剧目有《鹤与龟》《两个朋友》《野心狼》《东郭先生》《小羊过桥》《小猫钓鱼》《雀之灵》《两只公鸡》《狐狸与乌鸦》《三只老鼠》等。今天皮影戏之所以还有一些生命力，主要是靠为孩子们演出的这类剧目。

历史悠久、曾经遍布全国绝大多数省份的皮影戏，在城市化与现代化进程中，逐渐失去昔日的风光，但是，因受国家非物质文化遗产法的保护和对旅游经济的融入，它会在相当长时间内生存着，或者变更自己的功能，譬如皮影造型像书法、绘画一样成为家庭或一些场所的装饰品。就剧本而言，它们的生命力不会因为整个皮影戏艺术的衰萎而衰颓，反而会因时间的推移而不断地增强，因为它们汇集了千万个故事，能为今日文艺创作提供大量的素材；它们所反映的政治理想、宗教信仰、艺术趣味等会成为今人和后人了解民族过去的精神世界的信息库；它们表现的方言土语、民俗画面、社会活动、生产过程等具有宝贵的学术研究价值。就是作为普通的读物，它们至少也会像明清白话小说一样，给人们带来审美的愉悦。正是考虑到这样的意义，我们才选择它们中的一些精品，整理出版，以飨读者。

编 校 说 明

本丛书第 1—10 卷主要收录华北、东北地区的皮影戏剧目,对于剧本的编订整理遵循以下原则:

一、所收录的均是当地演出频繁且为百姓喜闻乐见的剧目,剧本以民间手抄本为底本。

二、编校整理时,一律保持剧本原貌,除注释某些较为难懂的方言、俗语外,主要是改正错别字、校补漏字等,在内容上不做改动。对于影响剧情内容的错讹则以按语的形式予以标注。

三、对于演绎历史故事的剧本,其历史人物姓名、地名仍用其称呼,以保持剧本原貌。

四、为便于读者把握剧情,在每个剧目的开篇处设有"故事梗概",在每本戏的前面设"剧情梗概",以总括主要情节、提示剧情进展。

五、由于皮影戏剧本的传承大多是口耳相传,手抄本中的很多人物身份及行当都没有标示清楚,为保持作品原貌,"主要人物及行当表"一仍其旧,缺失部分未予增加。

目 录

华北东北皮影戏概述 …………………………………………………… 1

五 锋 会

主要人物及行当表 ………………………………………………………… 11
　第一本 …………………………………………………………………… 13
　第二本 …………………………………………………………………… 39
　第三本 …………………………………………………………………… 66
　第四本 …………………………………………………………………… 95
　第五本 …………………………………………………………………… 118
　第六本 …………………………………………………………………… 142
　第七本 …………………………………………………………………… 162
　第八本 …………………………………………………………………… 186
　第九本 …………………………………………………………………… 210
　第十本 …………………………………………………………………… 237
　第十一本 ………………………………………………………………… 265
　第十二本 ………………………………………………………………… 291
　第十三本 ………………………………………………………………… 325
　第十四本 ………………………………………………………………… 356
　第十五本 ………………………………………………………………… 385
　第十六本 ………………………………………………………………… 410
　第十七本 ………………………………………………………………… 435
　第十八本 ………………………………………………………………… 461
　第十九本 ………………………………………………………………… 484

华北东北皮影戏概述

华北、东北的地域范围，为今日之河北、内蒙古、北京、天津、辽宁、吉林、黑龙江等地，而这一地域的皮影戏当以滦州为中心。

滦州，在今河北省唐山市，乐亭曾隶属于滦州，故外人将产生在这里的影戏称之为"滦州影""乐亭影"或"唐山皮影"等。

那么，这一地域的皮影来源于何处？据现有文献来看，当是中原一带。徐梦莘《三朝北盟会编》卷七十七"靖康二年正月二十五日乙卯"条记载道：

> 金人来索御前祗候、方脉医人、教坊乐人、内侍官四十五人；露台祗候、妓女千人，蔡京、童贯、王黼、梁师成等家歌舞宫女数百人。先是权贵家舞伎内人，自上即位后皆散出民间，令开封府勒牙婆媒人追寻之。……杂剧、说话、弄影戏、小说、嘌唱、弄傀儡、打筋斗、弹筝、琵琶、吹笙等艺人一百五十余家，令开封府押赴军前。开封府军人争持文牒，乱取人口，攘夺财物，自城中发赴军前者，皆先破碎其家计，然后扶老携幼，竭室以行。亲戚、故旧涕泣，叙别离相送而去，哭泣之声，遍于里巷，如此者日日不绝。①

由此可见，至迟在金代时，北方就有了皮影戏。元蒙时期，皮影戏已经成了皇室欣赏的一种艺术形式。瑞典学者多桑（C. d'Ohsson）在他的蒙古史中说："有汉地人在窝阔台前作影戏，影中有各国人。其间有一老人，长髯，冠缠头巾……"②

然而，北方的"滦州影"却没有在金元明清的文献上出现过，直到了民国年间，才有一位叫李脱尘的皮影艺人说他从别人那里得到了一本《影戏小史》，他在此基础上写成《滦州影戏小史》。此书问世后，多被研究皮影的学者引用，佟晶心在《中国影戏考》中引述云：

---

① （宋）徐梦莘撰：《三朝北盟会编》（影印本）上册（靖康中帙五十二），上海古籍出版社1987年版，第583—584页。

② ［瑞典］多桑著，冯承钧译：《多桑蒙古史》上册，中华书局1962年版，第206页。

我国自影戏发端于前明嘉靖年，首创者为永平府属滦县人黄素志君。黄君，一生员也，博学而兼精雕刻、绘画。因连仕不第，遂游学关外（即山海关），至辽阳，设帐教读，启蒙该地幼童。唯黄先生素崇佛教，每见社会人心不古，奸诈邪淫，五伦反覆，思挽救之，始有影戏之作。初编制之影戏脚本为《盼儿楼》，系述周昭王误信偏妃之言致使夫妻父子离散，若许苦痛因而生焉，百姓小民更遭涂炭。黄君作影辞毕，复思如何现身说法以使芸芸众生易于了解，遂用厚纸刻成人形，染以颜色。然纸质易坏，屡经修改未获良法。黄君之弟子裴生，敏慧异常，每见先生雕刻，己则思维。后见先生屡次失望，便思以羊皮刮净毛血而刻之或能奏效。因以其意见述之乃师，黄先生采其言，试用果较纸人美观而坚实。后思忠奸邪正、君子小人宜如何分别方能使人一目了然，后于《孟子》书中得之，以眼目之形状分之。大概凡奸人必目似瓜子形，丑角眼外有白圈，即用外表以辨明其内心也。①

但一些学人对于有无黄素志其人持怀疑态度。但无论如何，"滦州影"在明代已经成熟，是一事实，因为在1958年，唐山专区文教局发现了一本标明为"明万历己卯年（1579）手抄"的连台本乐亭影卷《薄命图》，该本行当齐全，唱词有"十字赋"、七字句、"三赶七"等②。

　　因"滦州影"剧目数以百计，剧旨积极向上，故事内容丰富，情节传奇曲折，人物形象鲜明，唱腔悦耳动人，所以不断地向外扩展，几乎传播至整个华北、东北。自民国年间皮影艺术进入学术研究领域之后，所有的学者都一致认为华北、东北的皮影戏的源发地在滦州。

　　顾颉刚说："而负盛名之滦州影戏，则河北东部及东北各地尚为其领域。"③

　　江玉祥将影戏划分为七大系列，其中"滦州影戏，包括河北东部皮影、北京东城皮影、东北皮影、内蒙古皮影"④。

　　秦振安认为："滦州影系，以河北省之滦州（即今之昌黎、滦县、乐亭三县）

---

① 佟晶心：《中国影戏考》，《剧学月刊》第3卷第11期，1934年11月。
② 庞彦强、张松岩主编：《燕赵艺术精粹：河北皮影·木偶》，花山文艺出版社2005年版，第24—25、36页。
③ 顾颉刚：《中国影戏略史及其现状》，《文史》第19辑，中华书局1983年8月，第135页。
④ 江玉祥：《中国影戏》，四川人民出版社1992年版，第196页。

为中心。活动范围，遍及河北全境、北京及天津两特别市和东北各省。"①

魏力群通过调查后得出这样的结论："清代道光年间至二十世纪三十年代，许多乐亭人到东北各城镇做生意，也就将家乡的影戏带到了东北。起初，这些影戏只在东北农村和小城镇流动演出，后来，乐亭县'翠荫堂班''王华班'等，先后应大商号之邀赴东北大城市沈阳、哈尔滨、营口等地进行职业演出，并获得巨大成功，使乐亭影戏很快风靡东北三省，为东北当地原有影戏充实了新的内容和形式，又结合当地风俗及语言条件的影响，形成了不同的演唱风格和流派。"②

一些地方志也证实了学者们的说法。吉林省《怀德县志》云："光绪末年，河北省乐亭县移民杨德林等人迁来秦家屯，他们组织皮影戏班，并于乐亭县购进全部影箱、影卷，使皮影戏在怀德落了户。王老箭、于和、孙建、孙跃等为当时四大皮影名人。……艺人除在本地坐堂演出外，还到梨树、双辽、长岭、农安、黑龙江等地演出。"③ 因此，我们将华北、东北的皮影戏合成一卷。

华北、东北皮影经历了影经、流口影与翻卷影三个阶段。影经相当于故事提要，艺人在此基础上充实细节；流口影的内容相对于影经要固定一些，是师徒之间、艺人之间口耳相传的；到了翻卷影，才有了文本。之所以有影经与流口影，是因为彼阶段艺人们多是文盲，不具备阅读文本的能力。到了清代中叶之后，不能翻阅文本的艺人，说唱的随意性太大，无法保证表演的艺术质量，基本上是不受欢迎的，因而艺人多成了识字之人。

经过几百年数代艺人的创造，华北、东北的皮影戏影卷繁富，有上千个之多。其中大多数采用了其他文艺形式的故事，有的改编自章回小说，如《封神榜》《凤岐山》《伐西岐》《前七国》《后七国》《五雷阵》《吴越春秋》《六国封相》《反樊城》《重耳走国》《临潼斗宝》《楚汉相争》《九里山》《白莽山》《东汉》《三国》《瓦岗寨》《隋唐》《江流记》《二度梅》《小西唐》《中西唐》《大西唐》《薛丁山征西》《罗通扫北》《薛刚反唐》《打登州》《破孟州》《天汉山》《绿牡丹》《西游记》《五色英雄会》《刘金定救驾》《杨家将》《天门阵》《牤牛阵》《岳飞传》《五虎传》《九龙山》《十粒金丹》《三侠五义》《金鞭记》《飞龙传》《水浒传》《济公传》《大

---

① 秦振安编著：《中国皮影戏之主流——滦州影》，台湾省立博物馆出版部1991年版，第31页。
② 魏力群：《冀东乐亭皮影戏》，《神州民俗》2013年第206期。
③ 怀德县志编纂委员会编著：《怀德县志》，吉林文史出版社1996年版，第769页。

明英烈》《香莲帕》《于公案》《彭公案》《施公案》《刘公案》，等等；有的来自戏曲，如《蝴蝶梦》《昭君出塞》《狸猫换太子》《渔家乐》《灵飞镜》《蕉叶扇》《五龙图》《目连救母》《党人碑》《宝莲灯》《雷峰塔》《六月雪》《百花亭》《混元盒》，等等；还有的源自民间故事、宝卷、评书、鼓词、弹词等文艺形式。

到了清末之后，创作新影卷成了风气。如创作了《二度梅》《三贤传》《定唐》《珠宝钗》《出师表》和《青云剑》六大部影卷、达百万字之多的高述尧，为清嘉道时人，县诸生，居于乐亭城北关帝庙于庄（今代家河于庄），满族。他博学多才，屡试不第后，在家设塾教学。因性嗜影戏，谙熟音律，便在教学之余，创编影卷。他对影戏唱词结构进行了规范化的整理，摒弃了一些"杂牌子"，规范了"大、小金边"的格律，扩大了"硬辙"的使用范围。所编影卷，艺人视为范本之作①。在高述尧之后，华北、东北许多地方的文人热衷于影卷的创作，如清末辽宁锦县大齐屯齐二黑撰写了《五峰（锋）会》，其女又续写了《平西册》；辽宁凌源北炉乡平房村举人任善树（字老玉）撰写了《十粒金丹》；辽宁喀左县李杖子村皮影艺人李文然（1912年生）于二十世纪三十年代编撰了《丝绒带》《鲛绡帐》《万灵针》等。

新中国成立之前的传统影卷在内容与艺术上有三个特点：一是剧旨宣扬忠孝节义，二是情节曲折离奇，三是染上了地方特有的文化色彩。当然，编创者都是站在底层大众的立场上，以他们的伦理观、价值观来衡量是非，并表现他们的生活理想。如歌颂"忠君"的品质，很多故事中的"君"，尽是明君，而绝不是昏君，这明君等同于国家，"忠君"实际上就是忠于国家。而对于昏君，不管是哪朝哪代的，影卷都是大加挞伐。再如对女性形象的描写，虽然也以男性的视角写她们愿意在一夫多妻的婚姻中生活，但她们对于男人的选择却是主动的、积极的、高标准的。

新中国成立之后，为了迎合时代的需要，华北、东北的皮影戏的影卷内容发生了显著的变化。首先在剧旨上，体现出主流意识，即揭露封建社会的黑暗和统治阶级的残酷无道、歌颂劳动人民高尚的品质、宣扬爱国主义精神等。其次多以现当代的社会生活为题材，以革命战争时期的英雄和社会主义建设时期的工农兵为主要人物。再次以神话、童话为题材，充分考虑儿童的审美趣味。作品如《九

---

① 张军：《滦州影戏研究》，大象出版社2010年版，第148—149页。

件衣》《芦荡火种》《女游击队员》《焦裕禄》《红管家》《大闹天宫》《乌龟与兔子》《嫦娥下凡》，等等。

影卷的唱词结构形式有七字句和"十字锦""五字赋""三赶七""大金边""小金边""楼上楼""赞"等，总的来说，较为自由，编创者可以根据叙事、抒情与表现人物性格的需要而选择某种表达形式。

皮影戏艺人在表演时以"影卷"为脚本，依字来建构唱腔。唱词须合辙押韵，一般来讲，有十三辙，即中东、衣期、言前、灰堆、梭波、遥迢、麻沙、人辰、由求、包邪、姑苏、江阳、怀来等。编创者会根据不同行当、人物性格和情节需要，尽量选用适合的辙口。旦行较多使用"衣期""包邪""灰堆""由求"等，生行多用"江阳""中东""言前"等。由于韵母所含的字有多有少，含字多的叫宽辙，含字少的叫窄辙，也叫险辙。如"包邪"辙，平声字少，仄声字多，有文字功底的人才能够运用得恰到好处。押平声的叫"正辙"，押仄声的叫"硬辙"或"反辙"。

以"滦州影"为中心的华北、东北皮影戏，所唱的曲调有平调、悲调、花调、侉调、梦调、游阴调、还阳调、凄凉调等调式。"平调"是基本唱腔，男、女腔皆可用，它既能用于抒情性的唱段，又可用于叙事的唱段。"花调"是在平调基础上通过装饰、加花等手法发展而成，唱腔华丽，用于表现欢快、活泼、诙谐的情绪，在传统剧目中，为彩旦、花旦、小旦和丑专用，板式运用上只有大板和二性板。"凄凉调"也叫"路途悲"，用于表现悲哀凄凉的情绪，女腔专用，唱腔速度慢，擅长抒情和叙述，多用于怀念、回忆和痛苦之处。"悲调"一般为大板、二性板，速度缓慢，男、女腔皆有，用于表现声泪俱下、悲恸欲绝的感情，曲调如泣如诉，线条起伏很大，源于当地妇女失去亲人悲极痛哭的音调。"游阴调"传统上是人死后到阴间变成鬼魂时专用的唱腔，因为用途的局限性，很少演唱，也没有严格的规范。"滦州影"还有一个特殊的唱法，即用手指掐捏着喉头，控制声带而发出声音的歌唱。[①]

华北、东北的皮影戏，近年来一直处于衰落的状态。但由于许多地方将它们列为"非物质文化遗产"而得到传承，政府和业界正在按照"创新性发展、创造性转化"的精神，努力探索，让它能与时俱进，从而重新获得观众的喜爱。

---

① 刘荣德、石玉琢编著：《乐亭影戏音乐概论》，人民音乐出版社1991年版，第137—237页。

五锋会

杨明忠 蔡雨彤 整理

【故事梗概】 西番红绒国进犯大宋保安城,保安城统帅曹克让凭借欧阳术士所赠之乾天剑,大败番兵。番王用军师黄鹏仙之计,买通宋相沈桓危,朝廷令薛建功替回曹克让。宋军大败,建功被擒,不得以与西番女将牙儿翠翎成亲。曹克让再赴边关。克让次子曹保与刑部尚书文翰华之女玉霜定有婚约。曹保应父亲所召,与母同往保安城,经青峰山时被迫娶女寨主宝彩文。御史乔不清之子乔福强纳民女程玉清,丫鬟水路代玉清出嫁,玉清则代水路服侍曹母。水路杀死乔福,自己则被送官处死。番王派人携与乾天剑外形相似的坤地剑行刺天子,刺客故意被擒,诬陷曹克让及都察院正堂赵英指使,天子派人到保安城查验乾天剑。恰巧宝彩文托兄长宝虎来寻曹保,曹克让为避免祸端要处死曹保。程玉清代曹保受刑,被宝虎救下。曹保投奔文翰华。乾天剑被钦差带走,后为欧阳术士收回。宝彩文前来寻夫,曹克让令其攻打番兵,得胜后又派兵剿捕她,彩文只得回山。沈桓危请旨派寇成去捉拿曹克让,寇成在押解途中与克让对换身份,被天子斩首。沈桓危又抄没曹克让全家,克让长子曹珍携妻蓝素晏逃至三霄庙,素晏临产难以行走,曹珍只得独自离去,后被汝南王郑世勋认作义子,改名郑珍,到京城考取了状元。蓝素晏生子佛保后被官军捉拿,佛保则被欧阳术士送到薛建功处。乔不清为续香火,欲纳蓝素晏为妾。素晏杀死乔不清,逃出乔府,亦被汝南王搭救。文翰华被贬官云南,继室潘氏逼迫玉霜嫁给她侄子潘才,玉霜逃至祖坟上吊,为猎户胡标解救。曹保路遇赵英之子赵飞龙夫妇,并救护他们逃出恶霸桓霸之手。桓霸之妹秀锦对曹保心生爱慕,桓霸亦有意结识曹保。桓妻艾云卿灌醉曹保,欲行苟且之事,恰值秀锦回来而未得逞。曹保梦中暴露身份,被桓秀锦放走。桓霸得知真相,打死云卿,秀锦亦自刎而亡,后借西番女将沙秀锦肉身还魂。曹保来到文府,被潘才告发,关进牢房。宝虎劫狱,与胡标、赵飞龙一起将其救上青峰山。文翰华官复原职,文玉霜上京寻父,路遇沈桓危之子学元,学元欲奸污玉霜,被玉霜杀死。官兵押文玉霜回京,胡标和赵飞龙内弟花朵一将她救脱。借宿古庙时,他们巧遇文翰华夫妇和潘才。文玉霜诉说原委，文翰华打死潘才，潘氏亦死，众人同上青峰山。沈桓危与红绒国合谋，将天子骗到宝龙山。曹珍、曹保兄弟分别带领众人救驾，沈桓危等败退杏花寨。曹珍向天子奏明前因后果，天子封宝彩文为帅，令她率兵剿贼。沈桓危败逃红绒国，朝廷进兵征讨。红绒国派沙江、沙秀锦父女御敌，秀锦活捉曹保。番王让其二太子聘娶秀锦，秀锦拒绝，因不堪逼迫，她杀死二太子，放走曹保，自己也被番王绞死，又借二公主哈林秀锦身体还阳。牙儿翠翎设下四迷阵，红绒国大公主哈林团花亦率兵到阵前助战。胡标擒获团花公主，宝彩文安排二人成婚。在薛建功的安排下，佛保与家人团聚。佛保回到番营，根据宝彩文指示，与薛建功一起骗取牙儿翠翎头上绿发，破了四迷阵。薛建功杀死牙儿翠翎，然后自尽。黄鹏仙又用邪术，负隅顽抗，被欧阳术士破解。红绒国献出沈桓危，降顺宋国。宋军凯旋，封赏将士。

主要人物及行当表

天　子：宋神宗皇帝
曹克让：宋保安总镇，红面白胡帅
曹　珍：曹克让长子
曹　保：曹克让次子，武生
文翰华：宋刑部尚书
文玉霜：文翰华之女，旦
寇　成：宋兵部参议
郑世勋：宋汝南王，曹珍义父
郑春芳：郑世勋之女，曹珍之妻
薛建功：宋京营元帅
赵飞龙：宋都察院赵英之子
宝彩文：宋军元帅，曹保之妻，旦
蓝素晏：宋军副帅，曹珍之妻
佛　保：曹珍之子

花彩凤：赵飞龙之妻
宝　虎：宝彩文之兄
花朵一：花彩凤之弟
能　连：青峰山头目
豆　去：青峰山头目
程玉清：程有义之女，曹保之妻
沈桓危：宋平章首相
沈冰洁：沈桓危之女，曹珍之妻
桓　霸：沈桓危党羽
桓秀锦：桓霸之妹
胡　标：文玉霜义兄
哈林海：红绒国国王
哈林俊郎：红绒国二太子
哈林团花：红绒国大公主

哈林秀锦：红绒国二公主
沙　江：红绒国老将
沙秀锦：沙江之女
沙　仁：沙秀锦之弟
黄鹏仙：红绒国护国军师，妖
牙儿翠翎：红绒国元帅，旦

赫连丹红：牙儿翠翎之女，旦
珍珠娘子：黄鹏仙之妻，妖
法　戒：和尚，沈桓危党羽
唐世儒：义兴国国王
欧阳术士：道士，丑
欧冶子：欧阳术士先祖

第 一 本

【剧情梗概】宋神宗时,西番红绒国的边关屠龙城与大宋保安城对峙。红绒国国王哈林海要夺取中原江山,不但多年不进贡称臣,反而屡屡犯边。保安城统帅曹克让凭借着由道士欧阳术士赠送的乾天剑,杀死了侵犯边境的屠龙城都督赫连黑塔,一时镇住了红绒国。该国军师黄鹏仙设计买通宋国权相沈桓危,让他鼓动皇帝将曹克让调往京城,由薛建功来镇守保安城。曹克让走后,宋军战斗力衰减,被赫连黑塔的妻子牙儿翠翎和儿子赫连铁头、女儿赫连丹红杀死两员大将,主帅薛建功亦被活捉。曹克让回京后,发觉沈桓危玩弄权术,用心不良,决心和奸臣斗争到底。

(摆场,六官站)

众　臣:(诗)大宋山河整一统,群臣文武站朝班。
　　　　　　圣驾临朝登宝殿,众臣侍立得达天。

沈桓危:(白)下官平章首相沈桓危。

文翰华:下官刑部正堂文翰华。

赵　英:下官都察院正堂赵英。

薛建功:下官京营元帅薛建功。

潘　党:下官大司马潘党。

乔不清:下官御史乔不清。

众　臣:圣驾临朝,分班伺候。
　　　(出天子)

天　子:(诗)金殿凛凛紫阁重,仙人掌上芙蓉国。
　　　　　　太平天子朝元日,五色云车驾八龙。

　　　(白)朕大宋天子六帝神宗在位。自太祖开基立业以来,传至朕,历经六帝,真是四海升平,繁华一统,文有治国之材,武有安邦之将。自朕登基以来,倒也太平无事,坐享洪福,外国俱各进贡,唯有西番红绒国王,多年不来进贡。今设早朝,内臣伺候,传朕口旨,晓谕文武,哪家大臣有事出班奏本,无本散朝。

赵　英：慢散朝纲。

天　子：何人有本?

赵　英：赵英有本。

天　子：随旨上殿。

赵　英：万岁万岁。（上，跪）臣赵英有本奏闻陛下。

天　子：爱卿有本奏来。

赵　英：万岁。臣接得保安总镇曹克让急表一道，请我主御览。

天　子：内臣，呈上来。

内　臣：领旨。（呈上）请主御览。

天　子：闪过。爱卿归班。

赵　英：微臣领旨。

天　子：不知表内是何言语? 待朕拆开一观，便知分晓。

　　　　（唱）将表铺在龙书案，慢闪龙目仔细观。

　　　　　　　　上写微臣曹克让，急表一道奏龙颜。

　　　　　　　　微臣镇守边关地，大宋境界接西番。

　　　　　　　　红绒多年未犯境，军民无事俱安然。

　　　　　　　　它不来进贡怕问罪，忽然领兵来犯边。

　　　　　　　　赫连黑塔是番将，镇守屠龙保西番。

　　　　　　　　夫妻父子皆厉害，训练兵马要攻关。

　　　　　　　　微臣操演人共马，小心防备挡贼番。

　　　　　　　　俱是兵危难取胜，乞奏吾主圣驾前。

　　　　　　　　微臣既为守关将，自然尽力保边关。

　　　　　　　　望乞我主添兵将，保安乃是咽喉关。

　　　　　　　　添兵协力把关守，边疆国境方安全。

　　　　　　　　微臣冒死百拜奏，望乞我主细详参。

　　　　　　　　天子阅罢忙开口，

　　　　（白）原是红绒国有犯境之意，保安总镇曹克让急表进京求救，要朕发兵遣将，保守关城。宣薛建功上殿。

　　　　（上薛建功）

薛建功：万岁万万岁。（跪）臣来见驾。

天　　子：爱卿，命你带领京兵五万，一同粮草器械随行，急去屠龙关，不得有误。
薛建功：微臣领旨。（下）
天　　子：番邦犯境，我朕发兵定太平。散朝。（下）
沈桓危：（内白）左右，将轿停住。（上）
　　　　（诗）位极人臣心未遂，事逢天巧有定规。
　　　　（白）本相沈桓危，在大宋神宗驾下称臣，官居首相之职。老夫心怀大志，一心想推倒神宗，老夫足登九五，才遂心如愿。怎奈朝中无心腹之人，无有机会，不敢妄动。今日在朝，听说红绒国犯境，正遂老夫之意了。
　　　　（唱）老夫平生怀大志，位居首相不遂心。
　　　　　　　古来立业开疆土，多有为臣而篡君。
　　　　　　　丈夫岂肯居人下？要谋宋室锦乾坤。
　　　　　　　无有机会难动手，如今凑巧有原因。
　　　　　　　红绒兴兵来犯境，曹侯下来急表文。
　　　　　　　想来番寇必厉害，既有外患必惊心。
　　　　　　　何不趁此谋大位，暗通西番共谋反？
　　　　　　　叫他大起人共马，来犯大宋边关门。
　　　　　　　吾在暗中使巧计，内外勾结欺宋君。
　　　　　　　从中安下心腹将，何愁不成大功勋？
　　　　　　　老夫若有天朝份，稳稳面南便为尊。
　　　　　　　主意一定去写信。（下）

（红绒国升帐）

众　　将：（唱）屠龙城内番兵将，鼓打三通震三军。
　　　　　　　赫连铁头来伺候，大步流星上中军。
　　　　　　　来了番将托罗纳，胡拉沙上帐紧随跟。
　　　　　　　良可青左旁侍立，长鄂风就忙进辕门。
　　　　　　　一齐侍立中军帐，听候都督把话云。
赫连黑塔：（唱）赫连黑塔升大帐。
　　　　（诗）战鼓响地裂山崩，钢叉一晃神鬼惊。
　　　　　　　镇守边关操练兵，无敌番将得成功。
　　　　（白）本都督赫连黑塔，在红绒国王驾下，带领大兵百万，镇守屠龙城。夫人牙儿翠翎，一女名丹红，俱有万夫不当之勇。吾主心怀大志，多年未上宋国进贡。有个军师黄鹏仙神通广大，吾这里兵强将勇，常有攻打中原之意。昨日拿住一个奸细，乃是游方道士，献与本都督一支宝剑，不知有何用意？

（上卒）

卒：报都督得知，今有军师黄鹏仙到。

赫连黑塔：如此，排开队伍，待本都督迎接便了。（下，内白）军师哪里？

黄鹏仙：都督哪里？

赫连黑塔：军师。

黄鹏仙：都督。哈哈。

赫连黑塔：军师请。

黄鹏仙：都督请。（同上）

赫连黑塔：军师请坐。

黄鹏仙：大家同坐。

赫连黑塔：不知军师到来，有失远迎，当面恕罪。

黄鹏仙：好说，不敢。

赫连黑塔：军师今日到来，有何见教？

黄鹏仙：山人奉了国王钧旨而来，面谕都督。

（唱）在国山人陪王驾，奉了旨意到屠龙。

赫连黑塔：（唱）不知有何国事宜？望你指教说分明。

黄鹏仙：（唱）只因多年未进贡，恐怕中原问罪名。

赫连黑塔：（唱）兵多将广不在意，有吾镇守在屠龙。

黄鹏仙：（唱）仰仗都督使英勇，吾在国中也动兵。

赫连黑塔：（唱）有勇有谋可治国，何不前去攻关城？

黄鹏仙：（唱）正为此来作商议，料你这里操演兵。

赫连黑塔：（唱）现今兵精将又广，哪怕中原来战征？

黄鹏仙：（唱）但等兵马练熟了，再等机会慢慢行。

赫连黑塔：（唱）军师之言真有理，咱国主大志怀心中。

黄鹏仙：（唱）保安总镇曹克让，智勇双全刀马精。

赫连黑塔：（唱）吾今得了一件宝，呈于军师看分明。

黄鹏仙：（唱）不知何宝请将看，想来此物不菲轻。

赫连黑塔：（唱）急忙取出坤地剑，双手递过剑钢锋。

黄鹏仙：（唱）接过一看连说好，宝光瑞彩照眼明。

赫连黑塔：（唱）长有七寸造型妙，说名为是坤地剑。

黄鹏仙：（唱）此剑真是稀奇宝，千金难买价连城。

赫连黑塔：（唱）不知此剑有何用？军师想来必知情。

黄鹏仙：（唱）问你此物从何得？

（白）请问都督，不知此物从何处得来？

赫连黑塔：乃是一个欧阳道士所献，原是这般如此。

（唱）尊都督，听吾说。

提起此剑，来历颇多。

相传历千载，起初在越国。

造剑乃是欧冶子，费工炼了又磨。

剑在当时称异宝，后来踪迹大埋没。

并无人见此剑奇处，精气阴阳汇，光华日月凝。

你看剑光闪闪，如同秋水之波。

如何落在道士手？

铜炉炼，妙更多。

鱼肠盘郢，一并传说。

湛卢坤地剑，乾天快如梭。

祭起宝光一道，专把上将收割。

（白）不知用法待如何？

黄鹏仙：（唱）那道士，把罪脱。

既有咒诀，再寻道者。

就将坤地剑，军师带回国。

进献番国王，方显忠心为国。

赫连黑塔：（白）此剑既然如此玄妙，军师带回国去，启奏我主一观。

黄鹏仙：好哇，都督真乃有功于国，国王一看，定要加封于你。

赫连黑塔：军师请。

黄鹏仙：都督请。（下）

众　　将：（诗）生转三将战，金鼓连天响。

盔明映日红，三军听将令。

胡　　凯：（白）俺副将胡凯。

方天化：俺左先锋方天化。

花建东：俺右先锋花建东。

众　　将：元帅升帐，在此伺候。

（出红面白胡帅）

曹克让：（诗）全凭智勇守边关，忠心一点报天颜。

（白）本帅镇西侯曹克让，在神宗驾下称臣，官拜镇西侯之职。夫人吴氏，所生二子，长子曹珍，在太学读书；次子曹保文武双全，在原籍新丰县杏花堡居住。长子已经完婚，娶妻蓝氏，次子聘定文翰华之女，尚未婚娶。吾在边关镇守，与红绒国接连边界，西番多年未敢犯境。近日屠龙城番将常常哨马侦探，似有入境之意。吾已上表，求救吾主添兵加将，同守关城，想来不久就到。胡、方、花三将听令，随本帅查边一回，不得有误。

（唱）红绒番心怀不轨，训练人马费心机。

探马常常过边界，探吾军情虚与实。

本帅为守边关地，仗吾平日求无敌。

必须早早加防备，不可疏忽被贼欺。

已经进表启奏主，添兵助将保城池。

为保城池如山稳，吾主必然发大军。

常常查边防贼寇，鞍马劳乏不敢辞。

带领众将下大帐，（下，又上）手提钢刀上征驹。

出关四面来巡视，兵将队伍来得齐。

曹爷查边且不表，（下）

再表那欧阳术士跑得急。

（上老丑道）

欧阳术士：（唱）无端自己惹下祸，撒腿就跑喘吁吁。

一边跑又回头看，后面追得甚紧急。

只怕今日难逃命，吓得我浑身是汗眼发直。（下）

曹克让：（唱）曹侯查边正来到，一见此事好巧奇。

番将带兵追老道，跑得尘土把路迷。

眼见道士难逃命，急忙催马把刀提。

不由动怒心思想，

（白）番贼欺人太甚，一个道士过了边界，要被擒捉，待吾上去，杀退番兵，救这道士便了。（下）

（赫连黑塔与曹克让对上）

曹克让： 来这番将可是赫连黑塔么？

赫连黑塔： 然也。曹克让，我拿奸细，你为何挡吾去路？

曹克让： 哼哼，番贼，屡次犯边，心怀奸诈，一道士如何能做奸细？不要走，看刀取你。

（唱）催战马，把刀扬。

嚣张番寇，竟也猖狂。

本帅守边界，严禁把贼防。

知你内有奸诈，不来进贡纳款。

正要发兵擒尔等，竟敢造次犯边疆。

赫连黑塔：（唱）有黑塔，气胸腔。

吾捉奸细，与你何妨？

竟敢来寻事，欺人真不当。

就是过了边界，大料也是平常。

你来又该怎么样？钢叉一举你命亡。

曹克让：（唱）交了手，马蹄忙。

大刀挥动，勇猛难挡。

来往好几趟，兵器响叮当。

老夫虽英勇，黑塔让人着忙。

赫连黑塔：（唱）刀对叉，来回忙，

大将威风逞刚强。

曹克让：（白）呀，

（唱）力气少，不能挡。

急忙败下，催马提缰。

赫连黑塔：（唱）番兵一齐退，回营走得忙。

　　　　　　宋兵败走回去，不必追赶贼强。（下）

曹克让：（唱）收兵回关严防守，拉马而回来提缰。（下）

欧阳术士：（唱）欧阳道，立山冈。

　　　　　　一见欢喜，幸未遭殃。

　　　　　　上前忙拜谢，稽首立一旁。

　　（上曹克让）

曹克让：（白）道者免礼。

欧阳术士：（唱）多蒙帅爷相救，贫道算是沾光。

　　　　　　感谢深恩无可报，急忙取出剑纯钢。

　　　　（白）多亏帅爷解救贫道无事，无可答报，现有一支宝剑相赠，请帅爷收过。

曹克让：如此，本帅收过。接过宝剑一看，呀，此剑光华夺目，必是珍宝，但不知有何用处？

欧阳术士：此剑名为乾天剑，有几句诀咒，临阵之时，念动剑诀，祭起宝剑，能取上将人头。对付番将，何愁番寇不灭？帅爷保重，贫道去也。（下）

曹克让：呀，道人不见，送与本帅一支宝剑，必有奇妙。众将官，收兵回关。（下）

　　（出寇成）

寇　成：（诗）漂泊一生家业尽，功名不遂改心肠。

　　　（白）吾乃寇成，浙江人氏。先祖传至于我，家业凋零，妻子亡故，儿女全无，剩我一人。幼年习武，功名不遂，中年弃武习文，可时运不济，至年近五旬，不求上进。幼年与曹克让、赵英吾三人结拜，曹克让与吾同年同月同日生，只差一个时辰，面貌也是一般无二，他现今在保安任总镇之职，三弟赵英也做都察院正堂，俱都身受荣华，不由叫人求取功名心盛。吾有旧友乔不清，做了御史，他劝我投入沈相之门，立刻便有富贵功名。我起初不肯闻听，首相是个权臣，不想借他的势力，无奈这几年越发困苦，唉，也不得不如此了。

　　　（唱）学成满腹文武艺，难救困顿与家贫。

　　　　　　武能上阵习刀马，文能翰墨写斯文。

　　　　　　怎奈时运多鄙陋，不得功名枉费心。

　　　　　　家业零落难度日，缺妻少子孤一人。
　　　　　　幼年结拜三兄弟，志同道合甚欢心。
　　　　　　他们俱已多富贵，文居朝廷武辖三军。
　　　　　　吾今贫困居下士，如今下沉隔青云。
　　　　　　先时谨守圣贤道，不肯投入奸相门。
　　　　　　如今贫苦真难捱，功名心热愁煞人。
　　　　　　讲不了屈节求富贵，不怕非议有人云。
　　　　　　收拾行李进京去，难免路上受风霜。
　　　　　　到京若能得了地，免受艰难上青云。
　　　　　　人生光阴最易过，我今年几过五旬。
　　　　　　再等几年死沟壑，可惜学成武共文。
　　　　　　主意一定备行李，折卖银刀作盘缠。
　　　　　　不言寇成把京进，（下）

众　　将：（唱）再表保安将帅云。
　　　　　　副将胡凯上大帐，方天化也上中军。
　　　　　　花建东忙忙也来到，一齐侍立听信音。

　　　　（上曹克让）

曹克让：（唱）镇西侯爷升大帐，凛凛威严坐中军。
　　　　　　前者查边战番寇，那个道士非友人。
　　　　　　杀退兵将将他救，赠我乾天剑一根。
　　　　　　教吾剑诀有妙用，真是知恩而报恩。
　　　　　　此剑真是无价宝，宝光瑞彩照乾坤。
　　　　　　用它保守保安地，正好趁此立功勋。
　　　　　　哪怕番寇来入境，尽心同力报君恩。
　　　　　　昨日副将胡凯到，天兵五万如聚云。
　　　　　　粮草足用如山海，锐气一足把阵临。
　　　　　　正然思想探子报，

　　　　（上卒）

卒：　　（白）报帅爷得知。

曹克让：报得何事？

卒： （唱）报报报，报帅爷，得知道。

　　　　　屠龙城，番兵到。

　　　　　赫连黑塔，更凶傲。

　　　　　带领一万兵，恶狠狠，喊又杀，咕咕咚咚放大炮。

　　　　　旗幡招展半空悬，密摆一阵刀枪绕。

　　　　　胡拉沙，脱罗那，二人在放哨。

　　　　　赫连铁头是年轻，朱嘴红眉吓一跳。

　　　　　安下营，把阵邀，小人不敢不来报。

曹克让：（白）再探。

卒：　　得令。（下）

曹克让：好个番贼，竟敢前来攻城送死！众将官，抬刀带马，杀出营去，不得有误。（下）

　　　　（脱罗那对花建东）

花建东：来者番将，报名受死。

脱罗那：吾乃脱罗那。宋将何名？

花建东：吾乃花建东。番贼看枪。

脱罗那：来，来。

　　　　（对杀，花建东败下，胡凯上）

胡　凯：好个番贼，少来猖狂，报名受死。

脱罗那：我哪有闲工夫与你通名？看刀。

胡　凯：来，来。

　　　　（对杀，脱罗那败，赫连黑塔上，对杀，胡凯败下，曹克让上）

曹克让：好个番奴，休要逞强，本帅杀你来也。

　　　　（硬唱）曹爷马上怒冲冠，催开坐马把刀举。

　　　　　　　大喊一声如沉雷，贼番少要使威武。

　　　　　　　竟敢凶心来犯边，领兵前来攻疆土。

　　　　　　　本帅镇守在边关，赤胆忠心扶圣主。

　　　　　　　威名远震天下知，大小儿郎猛如虎。

　　　　　　　番贼竟敢送死来，手使钢刀迎面舞。

　　　　　　　二马相争来往杀，三军打动催阵鼓。

帅旗摆动半悬空，战马如飞启程出。
来往几合暗杀停，不必力争受劳苦。
试试宝剑灵不灵，云光一闪半空舞。（下）

赫连黑塔：（唱）黑塔催马追下来，尔想登天入地土。
今日定把老儿擒，呀，只见一阵风透骨。
冉冉一剑魂胆飞，半悬空中云雾扑。
宝光一道认不真，目迷眼黑直叫苦。（死）

（上曹克让）

曹克让：（唱）曹爷一见说妙哉，此剑真乃高千古。
剑诀几句妙无穷，飞来飞去无人知。
宝剑落下刺咽喉，忽然一命归地府。
番贼一死番兵逃，稳守关城心安腹。

（白）众将官，一齐攻杀番兵，不得有误。（下）

（呐喊，卒一过，上卒）

卒：报元帅得知，番兵四散。

曹克让：打得胜鼓回营。哈哈哈。（下）

（二番旦升帐）

牙儿翠翎：（唱）身行脱化鹿壳缘，

赫连丹红：（唱）妙法无边守边关。

牙儿翠翎：（白）奴家八宝镜花夫人牙儿翠翎。

赫连丹红：奴，夫人女儿赫连丹红。

牙儿翠翎：随着老爷在屠龙城镇守。奴家练就铁头铁背之功，有变化之体，能移山倒海，法术精通，所生一男一女，俱有万夫不当之勇。老爷带兵攻打保安，城下与宋军对敌，不知胜败如何？

（上赫连铁头）

赫连铁头：母亲、姐姐，可不好了。

牙儿翠翎、赫连丹红：我儿/兄弟，为何这等惊慌失色？

赫连铁头：母亲、姐姐听了。

（唱）赫连铁头哭，伤心流痛泪。
母亲与姐姐，稳坐城关内。

>　　　　　怎知祸塌天？事情大不对。
>　　　　　爹爹出了关，率领兵大队。
>　　　　　到了保安城，就与宋兵会。
>　　　　　曹克让老儿，厉害真无对。
>　　　　　杀了几回合，他就往后退。
>　　　　　祭出剑一支，要把宝贝对。
>　　　　　我爹战兢兢，一慌人头坠。
>　　　　　死得好苦哉，番兵胆吓碎。
>　　　　　孩儿痛伤情，哭得如酒醉。
>　　　　　回来报母知，

牙儿翠翎：（唱）翠翎听罢心胆碎。

　　　　（白）吾儿，这是当真么？

赫连铁头：孩儿不敢撒谎。

牙儿翠翎：气死人也。曹克让，你杀我丈夫，真乃可恼可恨。

>　　　　（唱）仇深似海不能解，气得母女咬钢牙。
>　　　　　好个老儿心肠狠，什么宝贝把人杀？
>　　　　　老爷爹爹平生武，冲锋打仗力气佳。
>　　　　　怎么受了敌人宝，竟自一命染黄沙？
>　　　　　好好镇守屠龙地，无故要把道士拿。
>　　　　　与那老曹做了对，因此一怒把兵发。
>　　　　　谁知此去送了命，母女伤心泪如麻。
>　　　　　这个仇恨必要报，报知国主把兵发。
>　　　　　咱们这里挑人马。

　　　　（白）真是人有旦夕祸福，天有时刻阴晴，吾家老爷昨日英雄，今被曹克让宝剑杀死，急命兵卒下书，与国王送信，咱这里仍旧操演人马，与你爹爹报仇雪恨。

赫连铁头：是，儿遵命。

牙儿翠翎：咳，老爷呀，老爷呀。（下）

　　　　（出欧阳术士）

欧阳术士：（诗）闲游海外遭罗网，静坐茅庵练法术。

（白）吾乃欧阳术士。可恨赫连黑塔苦苦拿吾，他在后边好追，我在前面好跑，快要被他拿住，幸得曹总镇查边遇见，一阵杀退了番兵，救我一命。那时我无其他可报，便将那乾天剑送于曹爷，告诉宝剑的诀法。唉，可惜祖传的二支神剑一时失去，叫我无可奈何，回来竟坐茅庵，修养大道，修成之后，他日再去报仇。

（上欧冶子）

欧冶子：（白）世孙在洞？

欧阳术士：呀，你这道士却是何人？为何进吾洞府？

欧冶子：谅你不晓得。吾是你世祖欧冶子，修五支神剑，隐居深山，今知你真心参道，特来指点于你。

欧阳术士：原来是先祖。请坐，待世孙参拜。（跪）

欧冶子：不消，起来。立在一旁，听我指教于你。（欧阳术士遵法旨）

（唱）我本周末铸剑士，采炼元气制造精。
越王聘请做宝剑，用心费了千年功。
采补阴阳尊日月，一炉炼出五神锋。
乾天坤地湛卢剑，盘郢鱼肠和乾坤。
献与越王三神剑，留下乾天坤地锋。
大道修成得仙去，祖传二宝有根横。
传流至今千余载，落在你手大树逢。
今该五剑归一处，因你修道心性成。
该你云游成大道，接续我的剑仙名。
造成五锋书一部，内中妙用度无穷。
用心练习多变化，能够遁地与飞腾。
隐力法儿人难见，神书纸上看分明。
熟练神书多奇妙，遨游天下任纵横。
访求五剑成大道，就该平贼立奇功。
隐身黄鹏那妖道，五剑来历他知情。
拿你因此追四剑，我把剑诀说分明。
你不该与他坤地剑，自己惹出这灾星。
留心细把剑书看，神剑归回会五锋。

　　　　　　内中变化难以泄，只要用心见机行。
　　　　　　得来功成黄鹏死，也是天收无改更。
　　　　　　留下神书我去也，（下）
欧阳术士：（唱）欧阳术士想心中。
　　　　　　有了仙人来指引，修成大道必成功。
　　　　（白）哈哈，原是仙祖下来指点，与我五剑神书，我不免用心学习，修成大道，必要拿那黄鹏仙妖人出气。哈哈，修成长生不老神仙，那才快乐。世祖来指教，用心读剑书。（下）
　　　　（升帐，八番将站）
众　　将：（诗）能文能武保红绒，足智多谋定太平。
　　　　　　谁知番邦属化外，兵强国富逞英雄。
黄鹏仙：（白）出家人护国军师黄鹏仙。
司空脱里：吾乃司空脱里。
沙　　江：吾护国都督沙江。
赫连刚：吾左翼将军赫连刚。
赫连强：右翼将军赫连强。
沙　　海：我左都督沙海。
沙　　湖：我右都督沙湖。
沙　　渊：我沙渊。
众　　将：王爷升帐，在此伺候。
　　　　（上哈林海）
哈林海：（诗）威震一方志气豪，群雄辅佐压宋朝。
　　　　　　数年不肯归王化，取胜争功展韬略。
　　　　（白）孤，红绒国王哈林海。自孤继位以来，心怀大志，要谋取中原。屠龙城守将赫连黑塔，力敌万人，整日操兵演将，欲找个机会，攻打中原。然保安总镇曹克让英勇无敌，昨日军师来，不知有何妙计？
　　　　（上卒）
卒：　　启禀千岁，屠龙城镜花夫人书信到。
哈林海：呈上来。待孤看来，呀，真乃气死人也。
　　　　（唱）屠龙城来报祸事，不由叫人恨难消。

　　　　　赫连黑塔多英勇，镇守屠龙挡宋朝。
　　　　　因那道士惹下祸，宝剑来往动枪刀。
　　　　　曹将一口乾天剑，上阵祭出把手交。
　　　　　伤了孤下一员将，叫人一时发了毛。
　　　　　孤家正要取中原，倚仗都督立功劳。
　　　　　都督一死无膀臂，大事不成恨难消。
　　　　　前者中国有书信，沈相内应做计较。
　　　　　勾通我国谋大事，孤下正在乐逍遥。
　　　　　大事未成先损将，叫人心中似火烧。
　　　　　思想心中难消气，想来无福坐天朝。
　　　　　开言便把军师叫。

　　　（白）军师上殿。
黄鹏仙：千岁千千岁，微臣参见。
哈林海：军师免参，落座讲话。
黄鹏仙：山人告坐。
哈林海：军师，如此这般，赫连黑塔天朝剑下丧命，军师有何主意报仇雪恨？
黄鹏仙：千岁，得慢慢商议呀。
　　　（唱）尊千岁，慢调理。
　　　　　现在发兵，劳而无功。
　　　　　那个乾天剑，其巧妙无穷。
　　　　　杀人如同切菜，砍头万难逃生。
　　　　　此乃五剑神锋会，无法可破枉费功。
　　　　　曹克让，守关城，
　　　　　得此宝贝，力破番兵。
　　　　　凭你有勇力，法术也不中。
　　　　　暂且不可征战，只能忍气吞声。
　　　　　极速告知屠龙城，要保守，莫出兵。
　　　　　千万不可，与他战争。
　　　　　如要把兵动，枉自伤残生。
　　　　　有这老曹在此，不能轻举妄动。

哈林海：（白）若是如此，怎么报仇？
黄鹏仙：（唱）老曹勇震保安地，各守边疆设牢笼。
哈林海：（白）军师有何良策？
黄鹏仙：（唱）仔细想，有牢笼。
　　　　　　口尊千岁，在上细听。
　　　　　　现有巧机会，这般如此行。
　　　　　　常言奸臣在内，大将不能成功。
　　　　　　金银买通沈丞相，叫他暗里用心胸。
　　　　　　有音信，来往通。
　　　　　　调回克让，大事可成。
　　　　　　老曹不在此，任咱大兴兵。
　　　　　　此事全靠沈相，平分大宋江山。
　　　　　　夺取中华在此举，这个主意妙又灵。
哈林海：（唱）番王闻听心中喜。
　　　　（白）军师此计甚妙。依军师之言，急发回文，命镜花夫人紧守关城，不可妄动。再写密书一封，命旗牌官暗带金银，扮作客商，投在沈相府中，军师就与办理。
黄鹏仙：微臣领旨。（下）
哈林海：（诗）胸中计策瞒天巧，眼下刀兵盖世来。（下）
　　　　（出小旦）
文玉霜：（白）奴文玉霜。爹爹文翰华，官拜刑部尚书之职。我自幼聘与曹克让曹老爷二公子为妻。可怜母亲早年下世，爹爹年迈，膝下无子，又续继母潘氏，一同在家居住。爹爹不在家中，无人照看家务，不想那潘氏之侄潘才是个狂浪之徒，时常对我轻轻薄薄，真叫奴气恨难消。唉，婚事不知何日办娶？今日心中愁闷，不免一到花园，观花一回，解解心中烦闷。
　　　　（唱）可叹母亲下世早，抛下孤女苦红颜。
　　　　　　爹爹在京把官做，内有继母掌家园。
　　　　　　叫来潘才那狗子，时常见我狂又癫。
　　　　　　无话做话瞎谈论，蛇头鼠眼大不端。
　　　　　　继母假装看不见，可我有话向谁言？

    曹家离此路又远，终日愁闷在心间。
    行走来在花园内，观看花儿是新鲜。
    百花盛开如锦绣，蜂狂蝶舞上下翻。
    人生一世同花草，光阴一过在少年。
    小姐观花多赞叹，东瞧西看移金莲。
    花园观花且不表，（下）
  （上潘才）

潘　才：（唱）再把浪子潘才言。
    我姑嫁了有钱汉，姑父现做刑部官。
    吾为他家大总管，富贵无比乐心间。
    信步来在花园内。

  （白）吾潘才。好不乐也，我姑姑嫁了多少汉子，老来嫁到文家来了，真是得婚婆的老来福哇，可喜可贺。他家并无别人，姑姑将我叫来了，替他管理家业，真是沾光不少了。

  （唱）潘才心喜欢，立刻富又贵。
    活活该我走运气，喜心内，喜心内。
    姑夫做京官，膝下无儿嗣。
    我这个外侄进了门，管大事，管大事。
    家下无别人，办事姑与我。
    我俩很对劲，合脾气，合脾气。
    还有一美人，是我小表妹。
    模样长得真有趣，白又嫩，白又嫩。
    时常遇见我，凑在一处会。
    不由叫人爱在心，神鬼醉，神鬼醉。
    拿话常逗她，她装不理会。
    可惜受了曹家聘，有了对，有了对。
    信步往前行，来在花园内。
    这个花园真有趣，看一会，看一会。
    那边有一人，正是我表妹。
    越思越想有滋味，往前进，往前进。

（白）哈哈，表妹，看花来啦？真凑巧，表兄也有观花之心。来，我给你摘朵花戴上。

文玉霜：吾不戴花。（欲下）

潘　才：别走，别走。（拉住）

（上潘氏）

潘　氏：哟，你们俩在这做甚呢？

文玉霜：吾下来看花，不知表兄也来了。

潘　氏：哟，亲表兄妹在一块怎么不中呢？

文玉霜：咳，好生的无礼。（下）

潘　才：哈哈，丫头真可精哇。

潘　氏：咳哟，我说哪才是头哇？你别成天的急呀，慢慢来。多敲锣，没有猴不上杆的。走吧，吃饭去吧。

潘　才：真别扭哇。（下）

（出沈桓危）

沈桓危：（诗）满腹心中怀大志，可巧遇见机会来。

（白）本相沈桓危。昨日红绒国命人与吾下书，又送来金银宝器，说是曹克让得了一支乾天剑，他国都督在剑下废命，故此惧怕不敢发兵，叫我暗中设计调回曹克让，让他得便兴兵，得中原后，与我平分天下。此正合我意，故此写了回书，打发来人去了。那时我上朝，奏了一本，说曹克让有功，调进京来，在朝伴君，再慢慢谋害于他。圣上就命京营元帅薛建功，下去镇守保安，必挡不住西番兵将，他的性命难保，真是一命两得。朝中多有心腹之人。昨日御史乔不清向我言道，他有一友名叫寇成，乃是文武双全之人，求我提拔。那时我上奏一本，圣上见后，就封他兵部之职，与老夫更是亲近，何愁大事不成？庶有通天志，未得展放开。（下）

薛建功：（内白）众将官，急急趱行。（马上）

（诗）深得皇恩重，吉祥雨露深。

（白）本帅薛建功，奉旨去守保安，宣曹爷进京伴主。众将官，（应声：在）催足车辆，急急行走。

（唱）我作京营元帅职，随主伴驾在当朝。

　　　　红绒西番来犯境，边关之地动枪刀。
　　　　总镇曹爷连得胜，有支神剑美名标。
　　　　斩了番将赫连塔，番兵害怕心胆消。
　　　　连年不敢来犯境，曹爷真算是英豪。
　　　　沈相胡奏上一本，调回总镇急进朝。
　　　　说什么有功当封赏，唯恐奸相设计较。
　　　　怕他心怀有诡计，又怕番兵逞英豪。
　　　　我自不比曹克让，全仗忠心保宋朝。
　　　　领旨军校往下走，不敢在路慢逍遥。
　　　　行走来在边关地。
　　　（白）大兵来到关下。小军们，（应声：在）传齐人马进城。
　　　（升帐，众将站，曹克让坐）

曹克让：（诗）大刀一舞惊西番，乾天一出退敌兵。
　　　（白）本帅曹克让。自从乾天剑斩了赫连黑塔，番寇不敢犯境，二年有余，边关倒也清静。
　　　（内白：朝命下）
　　　（上卒）

卒：（白）报元帅得知，朝命下。

曹克让： 看香案伺候，待我接旨。（下）
　　　（内白）大人哪里？薛大人请。
　　　（上薛建功、曹克让）

薛建功： 圣旨到。听宣读，诏曰：因曹克让为国尽忠，按功升赏，令其进京，随朝伴驾，钦此。

曹克让： 万岁万万岁。人来，（应声：有）将旨供奉龙亭。（应声：是）薛爷一路鞍马劳乏，请便宴一叙。

薛建功： 为国尽忠，不敢辞劳。曹爷这一进京，必受高爵厚禄，可喜可贺。

曹克让： 好说。薛爷请坐。

薛建功： 大家同坐。

曹克让： 左右，看茶来。（应声：哈）
　　　（唱）帅爷落座分宾主，吩咐左右上茶酒。

薛建功：（唱）宾主寒暄薛帅说，不见帅爷好几秋。
曹克让：（唱）我镇边关好几载，独挡西番众贼因。
薛建功：（唱）剑斩番将功最大，圣上知闻喜悠悠。
曹克让：（唱）正要趁此把功立，圣旨到来不敢留。
薛建功：（唱）乃是沈相奏的本，帅爷进京必封酬。
曹克让：（唱）奸谋未免猜不透，权臣同朝话不投。
薛建功：（唱）帅爷智勇扶圣主，清正君侧何用愁？
曹克让：（唱）此关要紧咽喉路，须要严防众贼因。
　　　　　　久闻薛爷多英勇，承担此任不用忧。
薛建功：（唱）番寇数年未犯境，怕只怕曹爷一去要报仇。
曹克让：（唱）众将一齐奋勇力，忠勇不难挡贼因。
　　　　　　明日老夫把京进，余者众将此处留。
薛建功：（唱）倚仗着曹爷威风贼恐惧，说罢急忙接印绶。
曹克让：（白）这是兵符帅印，薛爷请收过了。老夫整顿人马行装，明日启程。
薛建功：是，待我收过。（拜印）
曹克让：中军，（应声：在）排宴伺候。薛爷请。
薛建功：曹爷请。（下）
　　　　（出牙儿翠翎）
牙儿翠翎：（诗）双宝寻时想冷静，操兵几载候时光。
　　　　（白）奴八宝镜花夫人牙儿翠翎。自从老爷在曹克让乾天剑下丧命，二载有余，奴终日凄凉，叫人难受。正要发兵到保安报仇，国王钧旨到来，说黄鹏仙深知乾天剑的厉害，叫我紧守屠龙城，不许妄动；军师用计，命人买通沈相，叫他调回曹克让，然后发兵。等到如今，也无音信。不知此计成与不成？此仇不知何日得报？
　　　　（上赫连丹红）
赫连丹红：母亲，今该咱们报仇之日了。
牙儿翠翎：事情怎样了？
赫连丹红：方才探子回来报道，原是这般如此。
　　　　（唱）尊声母，听清楚。
　　　　　　今日有喜，探事回报。

　　　　　　保安探军事，事情很对付。

　　　　　　军师此计真妙，差人去到京都。

　　　　　　从中暗说反奸计，买通沈相有金银。

　　　　　　曹克让，老匹夫。

　　　　　　宝剑厉害，仇恨难出。

　　　　　　如今奉圣旨，宣召回京都。

　　　　　　离了保安关防，起身带去军卒。

　　　　　　新来的总镇少年将，姓薛建功差得远。

　　　　　　此机会，莫疏忽。

　　　　　　克让一去，神剑一无。

　　　　　　就此发兵将，报仇把气出。

　　　　　　打破保安关地，一定打到京都。

牙儿翠翎：（唱）闻此话，心舒服。

　　　　　　既然如此，就把兵出。

　　　　　　大动兵和将，宋将必遭诛。

　　　　　　女儿与你兄弟，勇猛有法术。

　　　　　　你二人带兵去交战，保安关下立头功。

　　　　　　到校场，挑兵选将，操练兵卒。

　　　　　　调起人共马，一拥要齐出。

　　　　　　丹红快去传令，众将上帐齐出。

　　　　　　暂压此处且不表，（下）

　　　（摆朝，上曹克让）

曹克让：（唱）再表曹爷进京都。

　　　　　　离保安，奉敕书。

　　　　　　来在禁地，细看清楚。

　　　　　　午门下了马，面圣要三呼。

　　　　　　多年不在京内，众官都不相熟。

　　　　　　三弟赵英在班内，官拜察院社稷扶。

　　　　　　呀，寇二弟，久相熟，也立金阙，腰挂玉珠。

　　　　　　何时为官职？心内犯踌躇。

暂且不必谈论，忙忙上殿叩首三呼。万岁万岁万万岁。

（白）万岁，曹克让见驾。

天　子：曹爱卿，久在边关，多立功劳，朕召回京来，钦赐彩缎三百疋，粮米三千石。

曹克让：万岁万万岁。（下）

赵　英：（内白）仁兄请。

曹克让：（内白）贤弟请。（同上）贤弟请坐。

赵　英：大家同坐。哦，仁兄回京，钦赐彩缎、粮米，可喜可贺。

曹克让：好说。离别多年，兄弟相会，满心喜悦。贤弟在京，听说沈相专权，愚兄回京不知虚实，贤弟可知其详？

赵　英：沈相必有奸谋，小弟不能尽知。

曹克让：二弟寇成几时进京，也得官职？愚兄进京，他为何不来相见？

赵　英：咳，提起此事，真乃有愧了。

（唱）咱弟兄桃园三结义，正直守道真同心。

曹克让：（唱）我们当初同习武，听他后来又习文。

赵　英：（唱）功名不成家业败，一生落魄到如今。

曹克让：（唱）今日见他身富贵，蟒袍玉带穿在身。

赵　英：（唱）现今他便奉沈相，伤了咱们结义人。

曹克让：（唱）看他不像正直汉，凛凛大义正人君。

赵　英：（唱）昔日英雄今匹夫，忘恩负义是小人。

曹克让：（唱）多年与他绝交了，他竟侍奉沈奸臣。

赵　英：（唱）沈贼如此多奸党，咱心忠正辅国君。

如今奸臣专权政，陷害忠良恨死人。

曹克让：（唱）有我曹某在朝内，不容奸贼误害人。

赵　英：（唱）还有奸臣名桓党，助纣为虐一大群。

曹克让：（唱）看他贼心有多少，除清奸党报国恩。

赵　英：（唱）你我同心是如此，诚心协力保宋君。

曹克让：（唱）只恨变心寇贤弟，奸贼门下去为人。

赵　英：（唱）你看天色将晚了，暂且后庭饮几巡。

（白）大哥，你看天色将晚，你我弟兄欢饮一回，明日同去看看寇二哥，有何不可？

曹克让：三弟言之有理，如此请。

赵　英：请。（同下）

（赫连丹红升番帐）

赫连丹红：（诗）帐外齐聚战鼓催，大小儿郎叫凶威。

　　　　　　　上阵坐骑黄骠马，举刀杀人不皱眉。

（白）奴赫连丹红。奉国王之命，发兵保安城下。扎住大营，听令攻城，不得有误。（下）

（升帐，众将站）

众　将：（诗）旗开城关日月同，金盔金甲放光明。

　　　　　男儿要有凌云志，总得血战在军营。

胡　凯：（白）俺副将胡凯。

方天化：俺左先锋方天化。

花建东：俺右先锋花建东。

众　将：元帅升帐，在此伺候。

（出薛建功）

薛建功：（诗）虎帐春来摇细柳，雄心夜月报国恩。

（白）本帅薛建功。圣上调回曹克让，带去乾天剑，番贼不来邀战，军心安稳。

（上卒）

卒：（白）报元帅得知，番贼前来邀战，乞令定遵。

薛建功：再探。

卒：得令。（下）

薛建功：好个番贼，竟自下来邀战，哪里容得？众将官，（应声：在）随本帅一齐出营，不得有误。带马。（下）

（赫连铁头拿棍步上）

赫连铁头：俺赫连铁头。兵临城下，不见一将出马。呀，你看城门大开，宋将来也。待我杀上前去。

（赫连铁头对方天化）

方天化：来者番贼，报名受死。

赫连铁头：哪有工夫通名道姓？看棍子吧。

（杀，方天化死。花建东马上）

花建东：来者番贼，休往前进。如知你老爷厉害，早早投降，免得你老爷费事。

赫连铁头：不要胡言，看棍。

（杀，花建东死。）

薛建功：（内白）众将官，（应声：在）大开营门，压住阵脚。

（上薛建功对赫连铁头，赫连铁头败下，上赫连丹红）

赫连丹红：兄弟闪开，待姐姐擒拿宋将。

赫连铁头：姐姐可要小心。

赫连丹红：不劳嘱咐。（下）

（赫连丹红对薛建功）

薛建功：来者番女丫头，休要逞强，看枪。

赫连丹红：来，来。

（杀，赫连丹红活擒薛建功）

赫连丹红：小番们，（应声：在）将宋将上绑。（应声：哈）

（绑下）打得胜鼓回营便了。（下）

赫连丹红：（内白）番兵们，（应声：在）将马带过。

（上，坐）一场好杀，一场好战。奴赫连丹红，幸得一战成功，擒来宋将一名。杀死那员宋将，方消我心头之恨。小番们，（应声：在）将宋将绑上来。（应声：哈）

（绑上薛建功，不跪）

薛建功：番女，将你老爷擒来，要杀就杀，要斩就斩，不必唠叨。

赫连丹红：宋将，你死在临头，还敢胡言乱道，真可恼！

薛建功：番女呀，番女呀。

（硬唱）番女休要逞威风，爷爷本是忠良将。

尽忠报效国与家，死活统不放心上。

奉命镇守保安关，要把你国扫平荡。

恨不把你万剐凌，可恨伤我几员将。

今日误把毒手遭，早已豁出一命丧。

死了落个忠正人，岂肯屈膝求释放？

　　　　　　谁肯跪你番丫头？休要装做大模样。
　　　　　　要杀就杀莫多言，是刀是剑爽快当。
　　　　　　我死当然无怨心，可恨误国奸丞相。
　　　　　　金殿奏主有奸谋，调回总镇曹克让。
　　　　　　此时要有剑乾天，贼女早已一命丧。
　　　　　　准备我国发大兵，平灭尔国不能让。
　　　　　　番贼一个也不留，死得无处把身葬。
　　　　　　快些把你爷爷杀，为国捐躯是良将。
　　　　　　破口大骂番丫头，无名火起往上撞。
　　　　　　薛爷还在往下说，

赫连铁头：（白）哇呀哇呀，
　　　　　（唱）赫连铁头气上撞。
　　　　　　　快快牵出把他杀，留他又待怎么样？

赫连丹红：（唱）兄弟不要把气发，留他自有好缘由。
　　　　　（白）按理本该将他斩首，因是奉母之命，前来攻取保安，幸喜宋将被儿拿住，就应任凭母亲发落。兄弟听令，将薛建功打入囚车，押送屠龙城，任凭母亲处置。愚姐带兵在此扎营，攻打保安。

赫连铁头：得令。（下）

赫连丹红：小番们，（应声：在）一齐呐喊，攻打保安便了。（下）
　　　　　（胡凯急上）

胡　　凯：哎呀，可不好了。俺副将胡凯。方才军卒报道，二位将军，尽皆伤命，元帅被擒。剩我一人，如何是好？又听城外喊杀连天，杀声震耳，番兵又来攻城，这却怎好？众将官，快备灰瓶火炮、滚木礌石，上城好好防备。（下，又上城）呀，你看番寇四面攻城，兵如草梢，好不凶险也。
　　　　　（唱）有胡凯，用眼观，手扶垛口向前看。
　　　　　　　但见贼番猛又凶，四面八方皆番叛。
　　　　　　　枪与刀，密如林，人喊马嘶乱纷纷。
　　　　　　　番兵来往多威武，马跑尘土起烟云。
　　　　　　　正东方，一番将，催马抡刀多雄壮。
　　　　　　　震天大炮响咕咚，喝令番兵把箭放。

正西上，番兵多，天崩地裂震山河。
是叫吾将关城献，一齐使勇动干戈。
正南上，兵势汹，城池围得不透风。
一将乘马来回走，擂鼓呐喊把城攻。
正北上，番兵厚，刀枪剑戟看不透。
声声大叫把关开，好将出来快争斗。
众番男，与番女，凶恶厉害真无比。
总帅就被他人擒，还要逞强把关取。
叫军卒，与众将，准备滚木礌石放。
下了城头入中军，一阵害怕心胆丧。
急忙写，表文章，此事紧急奏我皇。
先发文书到泗水，报与总兵名石刚。
不一时，写完毕，四望帐下叫校尉。
这是文书与表章，下在泗水关中去。

（白）将这道文书不分昼夜，下到泗水关，叫他下到京都，不得有误。

（应声：哈）咳，可惜薛元帅生死不知，何日救兵到来？但愿曹老爷来此保护，此关方可不失。众将官，多备灰瓶、火炮，严防四门。

（诗）西番红绒困关城，免战高悬等救兵。（下）

（完）

第 二 本

【剧情梗概】保安城告急，曹克让冲破沈桓危的阻挠，携乾天剑重到边关，同时让夫人带次子曹保也赶赴保安。番邦女将赫连丹红杀败两员宋将后被曹克让击败，险些命丧乾天剑下。黄鹏仙又设下毒计，要通过沈桓危害死曹克让满门。青峰山寨主宝虎下山，以卖艺为名，为其妹宝彩文寻找如意郎君，巧遇曹保。在曹保路过青峰山时，他便设计先擒曹夫人，要挟曹保。曹保无奈，只得与宝彩文成亲。因为母亲染病，二十多天后他才告别宝氏兄妹，与曹夫人前往保安城。

（出曹克让）

曹克让：（诗）赫赫威名四海尊，凛凛义气贯乾坤。
　　　　　眉头紧锁江山恨，一片忠心怀社稷。
（白）下官曹克让，神宗驾下称臣，曾镇守边关，凭乾天剑杀得西番不敢犯境。我皇降旨，将我调进京来，加封镇西侯之职，钦赐粮米、彩缎，随朝伴驾。咳，当今天子听信奸臣沈相之言。朝臣多与他不睦，我今与他同朝，未免不做仇敌。可笑义弟寇成，幼年与我结成生死之交，同习武艺，分手二十余年，并未会面，谁想他弃武习文，侍奉奸相，官居兵部参议之职。自我进京以来，他与我甚是疏远。幼年时我二人身形面貌丝毫不差，如今他那胡须如墨，吾这胡须早已苍白。今日大朝之日，上朝伺候便了。左右。

侍　从：在。
曹克让：带马上朝。
侍　从：哈。（同下）

（摆朝，七臣站）

众　臣：（诗）殿上衮衣明日月，砚中旗影动龙蛇。
　　　　　纵横礼乐三千字，独对丹墀日未斜。
沈桓危：（白）老夫，平章宰相沈桓危。
寇　成：下官兵部参议寇成。
文翰华：下官刑部正堂文翰华。

赵　　英：下官都察院赵英。
曹克让：下官镇西侯曹克让。
潘　　党：下官兵部司马潘党。
乔不清：下官监察御史乔不清。
众　　臣：圣驾临朝，分班伺候。
　　　　（出天子）
天　　子：（诗）淡月疏星绕建章，清风细雨助皇王。
　　　　　　　　侍臣鹄立通明殿，文忠武勇振国邦。
　　　　（白）朕，大宋天子六帝神宗在位。自太祖陈桥兵变，继周而有天下，六传至我。朕自登基以来，风调雨顺，国泰民安，刀枪入库，马放荒山，君正臣良，大有余粮。真是海晏河清，太平无事。昨有泗水总兵上表说，西番红绒屠龙城番寇作乱。太师奏道边关石刚，办不了大事。边境危急，故今设早朝议事。宫人。
宫　　人：伺候。
天　　子：传朕口旨，哪家大臣有事早奏，无事散朝。
宫　　人：领旨。文武老先生听真，圣上口旨传下：哪家大臣有事早奏，无事散朝。
寇　　成：慢散朝纲。
天　　子：何人有本？
寇　　成：寇成有本。
天　　子：随旨上殿。
寇　　成：万岁！（跪）臣接得泗水关急表一道，不敢自专，请主御览。
天　　子：宫人。
宫　　人：伺候。
天　　子：呈上表来。
寇　　成：领旨，请主御览。
天　　子：爱卿归班。
寇　　成：吾皇万岁。
　　　　（唱）参议寇成归班立，
天　　子：（唱）天子座上大吃惊。
　　　　　　　　泗水急表连连到，一定有事必不轻。

前面已有告急表,听说番贼闹得凶。
细睁龙目留神看,慢说书中内里情。
上写石刚三叩首,泗水关中将总戎。
臣接保安副将表,西番贼寇闹得凶。
有个番童十五六,练就铜头铁臂功。
刀砍剑刺都不怕,手使铁棍二百零。
又有一个夜叉女,二人年貌俱相同。
既有神通又英勇,且有遁甲唤雨呼风。
还有一个丑恶妇,竟称她镜花夫人牙儿翠翎。
儿女是她亲生子,带兵攻打保安城。
恶童打死方天化,那恶女挑死花建东。
总兵愤怒亲临阵,生擒拿去薛建功。
副将胡凯把城守,总兵困进屠龙城。
微臣急急达圣主,急派良将发大兵。
天子看罢心害怕,眼望文武把话明。
屠龙城的贼厉害,如此如此拿去总戎。
众将有何安排策?去到边关把贼平。

曹克让:(唱)镇西侯爷上金殿,启奏我主龙耳听。

(白)万岁,臣曹克让镇守边关二十余年,并无番贼犯界。三年之前,都督赫连黑塔被臣斩于乾天剑下,得此永息干戈。臣蒙圣恩调回京城,尚无一载,番奴复又犯界。臣未能杀尽求得安稳,既食君禄,愿再去边界,扫灭西戎。

沈桓危:不可不可。(跪)

天 子:沈相连说不可,莫非镇西侯去不得么?

沈桓危:正是呀!万岁。

(唱)沈丞相,皱双眉。
连说不可,暗把心亏。
明为曹克让,厉害有神威。
西番早已贿赂,求我将他调回。
今日再领人马,西番必心灰。

　　　　　忙跪倒，把话回。
　　　　　我皇万岁，臣犯天威。
　　　　　镇西侯此奏，我主得细推。
　　　　　微臣忠心兼正，必要细里详推。
　　　　　曹侯若再领人马，准准不能胜番贼。
曹克让：（唱）气难忍，火腾飞。
　　　　　听我所奏，是是非非。
　　　　　西番贼作乱，依你保举谁？
　　　　　又是什么亲故，借你宰相之威？
　　　　　我怎不能把贼胜？倒要当殿讲一回。
沈桓危：（唱）曹克让，你吓谁？
　　　　　我且问你，不要心亏。
　　　　　你有何疑处，自己不晓得？
　　　　　倒要领教领教，辩辩谁是谁非。
　　　　　既做忠臣不怕死，为主江山谁怕谁？
天　子：（唱）天子座上声断喝，
　　　　（白）你二人不必咬口。太师先说镇西侯有何不可之处，当殿来奏。
沈桓危：万岁，镇西侯曹克让镇守边关二十余年，并无番贼进犯。听说西番囚犯献与他一支乾天剑，至今并未奏主。他今回京一载，番贼又来犯境，他必有窥伺中原之意。曹侯他是明挡西番，暗合外国之心。乞我主圣裁。
曹克让：住了！我曹克让自祖上陈桥兵变，保太祖登基，至今六代，未负皇恩，岂有异志？镇守边关，杀得西番胆寒。那欧阳术士因吾救他一命，才送我一支神剑。用此剑斩了赫连黑塔，使番奴三年不敢犯境。我今愿去平贼，为国尽忠，保管杀退番寇，叫他片甲不留。
沈桓危：依我看来，你今此去，不能利于国事。
曹克让：我若胜不了西戎，靖不了边界，回朝之时，将我项上人头输给你也罢。
沈桓危：你若灭了西番，靖了边界，回朝之时，把我这宰相大印输给你。
曹克让：你敢与我击掌？
沈桓危：那有何妨？来，来，来。

　　（击介）

天　　子：阶下众卿听真，何人与他二人做保？

赵　　英：万岁，臣赵英愿保镇西侯，若兵败回朝，或是串联西番，臣甘服法。

乔不清：万岁，臣乔不清愿保宰相，若有反悔，也将我印做保吧。

天　　子：好！这才是保国的忠良。将相击掌。内臣。

内　　臣：伺候。

天　　子：将此案存在御书楼上。

内　　臣：领旨。（下）

天　　子：旨意下，太师明辨是非，并非出于私心；镇西侯不避干戈，为国尽忠。二人俱赦无罪，封镇西侯为保安兵马大元帅，带兵一万、战将十员，即日行师，不许再奏。退朝。（下）

曹克让：万岁。（下）

（出欧阳术士）

欧阳术士：观其色，能知人贵贱；卜卦盘，准晓尔吉凶。画风雨，灵符有准；缩地法，任我游行。在下欧阳术士，世祖欧冶子乃是越国人氏，善知阴阳之理，深知天地之术，越王聘请探五山之精、六金之英造成五剑，名乾天剑、坤地剑、湛卢剑、盘郢剑、鱼肠剑。留下乾、坤二剑，与越王始祖在西戎山造五剑神书，与子孙留下那雌雄二剑，升仙去了。因吾得罪赫连黑塔，无奈将坤地剑献奉与他，他哪里知道剑的情由，不知玄妙，差人问吾，吾听说一道好跑，堪堪被他赶上，多亏保安总镇曹老爷杀退番奴，救吾一命。是时吾无可报恩，把那乾天剑送与曹爷，告诉剑诀咒语，叫他杀那番奴，与吾报仇。之后吾隐于深山，精练法术。夜间世祖现身，指点于吾，今该五剑回归本主，不该留传于世。不免下山寻找五剑，走走便了。（下）

（升帐，二将站）

张　　云：（诗）旌旗映日月，剑戟起风云。
　　　　　　　英雄能盖世，无敌大将军。

　　　（白）俺张云。

李　　玉：俺李玉。

张云、李玉：元帅升帐，在此伺候。

（出曹克让）

曹克让：（诗）行威定严任远方，赫赫声名镇西羌。

执掌生杀权在手，建功勋列土封疆。

（白）本帅保安总镇曹克让。金殿上与奸贼赌头争印，奉旨去扫边疆。膝下长子曹珍，次子曹保，臂力过人，与夫人吴氏在原籍居住。次子聘定文翰华之女，至今并未过门。曹保一十五岁，枪马无敌，方才寄下书信，叫他帐下听用。

（上卒）

卒： 禀爷，刑部文老爷到教场来送行。

曹克让： 起过。（下，又上）亲翁到来，待我迎接便了。

（唱）欠身下了中军帐，院门瞧见老亲翁。

（上文翰华）

文翰华：（唱）我兄远劳特来送，但愿早早立奇功。

揖让而迎上了帐，

曹克让：（唱）有劳老弟来饯行。

文翰华：（唱）此去须要加谨慎，朝中有变生外情。

曹克让：（唱）是他纵有瞒天计，难欺曹某一片忠。

文翰华：（唱）番贼若不真厉害，如何拿去薛建功？

曹克让：（唱）此去仗有乾天剑，何愁番贼不能平？

文翰华：（唱）还有一事请记下，但愿早早打调停。

曹克让：（唱）何事相商就请讲，知己至亲无不应。

文翰华：（唱）小女玉霜原籍住，家下无人更孤零。

曹克让：（唱）可叹令正今辞世，膝下又无子亲生。

文翰华：（唱）拙妻潘氏是继娶，带来内侄在家中。

曹克让：（唱）既有内亲来主管，言及以此话怎生？

文翰华：（唱）诚请贤婿去入赘，完成心中事一宗。

曹克让：（唱）我才写信叫他到，仗他枪马武艺通。

文翰华：（唱）为国效劳不敢挡，愿兄马到就成功。

曹克让：（唱）谢你亲翁吉言也，班师之时完婚盟。

文翰华：（唱）称兄指教说遵命，连说告退转回朝。（下）

曹克让：（唱）送出大帐回身转。

（白）众将官，今日兵发保安，扫荡屠龙城。带马。（下）

（出小旦）

宝彩文：（诗）一阵阴风清嚓嚓，半轮明月影迟迟。

（白）奴宝彩文，自幼随金刀圣母学艺，哥哥宝虎力大无穷。吾兄妹占了这座青峰山，哥哥自言自语，要下山去访一个少年英雄与奴成亲，也不知是真是假？

宝　虎：（内白）妹子。（上）妹子，你看守山寨，我就要走了。

宝彩文：哥哥便衣便帽，今欲何往？

宝　虎：妹子，你忘了吗？

（唱）昨日对你说，今日就忘了。
　　　年轻小小人，忘性可不小。

宝彩文：（白）昨日说啥来着？

宝　虎：（唱）再对你说说，越清楚越好。
　　　你今十七八，可也不算小。
　　　若再等几年，岂不叫自老？
　　　咱住青峰山，为寇似落草。
　　　闻名人掉魂，哪有月下老？
　　　我今去下山，为你把腿跑。
　　　卖艺玩把式，武艺我精巧。
　　　访看小伙子，与他动手脚。
　　　还要有名头，样儿更要好。
　　　把他请上山，叫你看个饱。
　　　从头慢慢相，细把皮包找。
　　　相得对心了，就往洞房跑。
　　　拜了地和天，是我妹夫了。
　　　若是相不中，给他一顿脚。
　　　小嘴若不依，踢出花红脑。
　　　有的是闲工，我再下山找。
　　　话儿说完啦，你说好不好？

宝彩文：（唱）佳人听后叫哥哥，疼你妹妹想你少。

（白）哥哥之言，小妹无不从命，但是哥哥多有辛苦了。

宝　　虎：自己兄妹，何言辛苦二字？你看守山寨，我就去也。（下）

宝彩文：哥哥粗中有细，善体人意，径自下山去了。但愿早去早回，方遂我心。

（诗）但求鸾凤伴同飞，免得深闺作愁声。（下）

（出曹夫人、曹珍）

曹夫人：（白）我儿曹珍。

曹　　珍：有。

曹夫人：好好照管家务，用心读书。你妻蓝氏是一名门之女，也知三从四德，万不可委屈于她。

曹　　珍：是，孩儿知道。母亲、兄弟，路上保重吧。

（曹保马上）

曹　　保：哥哥请回吧。晴川历历汉阳树，芳草萋萋鹦鹉洲。俺曹保。昨日爹爹差人下书，叫我帐下听用。母亲怕我路上生事，如此同我去上保安。哥哥曹珍，一妻一妾，苏氏嫂嫂因生产而亡，蓝氏嫂嫂扶正，也是名门之女，全身武艺，他夫妻怜我。母子上路，天气清凉，急急赶路要紧。（下）

（升番帐，二将站）

托罗那：（诗）化外逞英豪，天乱鬼头刀。

　　　　　　轻将追人命，重则鬼神嚎。

（白）俺左都督托罗那。

胡拉沙：俺右都督胡拉沙。

托罗那、胡拉沙：兵主升帐，小心伺候。

（出赫连丹红）

赫连丹红：（诗）天生红颜别貌娇，一欢一喜鬼神嚎。

　　　　　　百万军中常取胜，斩将夺旗不用刀。

（白）奴赫连丹红。自幼生来面似火，力有千斤，年方一十七岁，性好争杀，母亲镜花夫人教我五遁神符、移山之法，手使一把九环托天叉，坐骑为一匹跳涧枣红马。奉母亲之命，同兄弟赫连铁头带兵攻打保安城，母亲在屠龙城屯兵。奴家带兵，一来百战百胜，打死方天化，叉挑花建东，杀得宋将人人丧胆，个个魂消。昨日关中总镇薛建功亲身临阵，吾二人杀了几百回合，用五爪神功抓住，命兄弟押送屠龙城

　　　　　去了。
　　　　（上卒）
卒：　　报姑姑，城中添了无数人马，下来邀战，不敢不报。
赫连丹红：再探。
卒：　　得令。（下）
赫连丹红：小番们，炮响出城，抬叉带马。

　　　　（唱）保安既有救兵到，会会何等将英豪。
　　　　　　下帐吩咐排队伍，九环钢叉手中操。
　　　　　　上了浑红枣骝马，出了营门仔细瞧。
　　　　　　只见城内生杀气，一股杀气冲九霄。
　　　　　　城头密摆刀枪剑，一队人马过吊桥。
　　　　　　为首二人排开阵，耀武扬威杀气高。
　　　　　　一个手使方天戟，一个长枪带腰刀。
　　　　　　一员老将压阵脚，威风凛凛马大人高。
　　　　　　光景不像寻常将，像是王侯公伯爵。
　　　　　　蚕眉凶目粉红脸，花白胡须唇下飘。
　　　　　　坐骑一匹青鬃马，手使青龙偃月刀。
　　　　　　钢叉一摆迎上去。

　　　　（白）小番们。
卒：　　在。
赫连丹红：压住阵脚，来将不俗，多加小心，杀上去。
　　　　（赫连丹红对张特）
张　特：来者番女，报名受死。
赫连丹红：你姑娘赫连丹红，奉母之命，攻打保安。来将何名？
张　特：吾乃镇西侯帐下姓张名特，特来擒你。不要走，看枪！
　　　　（杀，张特败下，李勇上）
李　勇：番女休得逞强，老爷擒你来也。
赫连丹红：休得胡言乱道，看叉。
　　　　（杀，李勇败下）
曹克让：（内白）众将官，看本帅的刀马伺候。（对上）

　　　　　小小番女，有何奇能？报名上来，好做刀下之鬼。
赫连丹红：你姑娘赫连丹红，特来替父报仇。老儿就是曹克让么？
曹克让：正是你侯爷到了。
　　（唱）叫番女，勒征驼。
　　　　　本帅有话，问个明白。
　　　　　有个薛总镇，独被你们捉。
　　　　　如今现在何处？不知性命死活？
　　　　　劝你们早早把他放，容你回国转旧窝。
赫连丹红：（唱）钢叉指，叫老贼。
　　　　　微微冷笑，你听我说。
　　　　　有个薛总镇，本是被我捉。
　　　　　送在屠龙城内，生死未可定夺。
　　　　　我今再把你拿住，解在一处见阎罗。
曹克让：（白）番女可知你侯爷厉害？
赫连丹红：（唱）斩我父，可记着，今后老儿再也作不了恶。
曹克让：（白）有个赫连黑塔被我斩首。
赫连丹红：（唱）杀父仇似海，怀恨年头多。
　　　　　今日仇家相遇，杀个你死我活。
　　　　　说着催开坐下马，浑铁钢叉奔心窝。
曹克让：（唱）大刀架，几回合。
　　　　　来回几次暗暗定夺。
　　　　　这个小番女，珍贵不用说。
　　　　　还得多加仔细，把她生擒活捉。
　　　　　预备换回薛总镇，亦显本帅有恩德。
　　（白）番女逞强，本帅倒要试试你的奇能本领，看刀。
赫连丹红：来，来。（杀，曹克让败下，又上）
曹克让：这个番女叉沉马快，并无生擒之法，不免用乾天剑斩她便了。（口中念咒）呀啐。
赫连丹红：哪里走呀？不好！（土遁）
曹克让：好个番女，还有异术。众将官，多加小心，打得胜鼓回营。

赫连丹红：（内白）小番们。
卒：　　（内白）在。
赫连丹红：（内白）人马倒退二十里安营，多备强弓弩箭，紧守营盘，将马带过。
　　　　（赫连丹红急上，坐）
赫连丹红：吓死人也。
　　　（唱）披头散发上大帐，浑身乱颤汗直流。
　　　　　　连说好个曹克让，几乎砍去吾的头。
　　　　　　亏吾习成五行遁，吓得心中如挖揪。
　　　　　　果然名不虚传也，怪不军师常讲究。
　　　　　　曹某在世不犯境，由他军师设计谋。
　　　　　　宝珠打动沈丞相，把他调回京师去。
　　　　　　许下了永不叫他领人马，任吾夺关把县收。
　　　　　　如今不成反受害，沈相为何不守信？
　　　　　　只得写信报告母，求其往上禀情由。
　　　　　　想罢拿起毛竹管，抄录以往事情由。
　　　　　　装入信筒忙传令，
　　　（白）托罗那，上帐听令。
　　　（上托罗那）
托罗那：在。
赫连丹红：你将这道公文下到屠龙城内老夫人帐下，转达国王，速派救兵，急去快来。
托罗那：得令。（下）
赫连丹红：小番们。
卒：　　在。
赫连丹红：小心巡营，等救兵到来，再去迎敌。（下）
　　　　（出乔福）
乔　福：（唱）吾父在朝居事官，有财有势有威严。
　　　　　　任意横行无人管，瘟痘倾人真不浅。
　　　　　　胳膊堵气俱抽筋，疤癞麻子闹一脸。
　　　　　　秃疮嘎疤满身是，一根长来一根短。

　　　　　　左边大腿没了筋，走道一瘸又一点。
　　　　（白）在下我大爷乔福，外号人家管我叫荞麦芽。家爹乔不清任当朝御史之职，深得沈相之宠。吾大爷同老妈在雄县原籍居住，任意横行，无人敢惹，家有四十名打手，真是狐假虎威。昨日闲游，见一女子，生得十分俊俏，打听说是程有义的闺女，叫家人乔元去请媒婆下去提亲，与吾做第五房小妾，好不美哉！去了多时，媒婆没来，也该回来了。

乔　元：（内白）媒婆，随我去见大爷。

媒　婆：（内白）来了。

　　　　（上乔元、媒婆）

媒　婆：大爷在上，媒婆拜见。

乔　福：罢了。乔元看个座，坐下吧。

媒　婆：告坐。大爷唤我何事？

乔　福：有件好事叫你给周全周全。

　　　　（唱）今日叫你来，为吾跑跑腿。
　　　　　　事若成，会重报。
　　　　　　青钱一百吊，不用要，不用要。

媒　婆：（唱）吾本官媒婆，理当把劳效。
　　　　　　若提亲，能说道。
　　　　　　收生摸脉更玄妙，更有道，更有道。

乔　福：（唱）与吾去提亲，你必能说道。
　　　　　　那姑娘，生得俏。
　　　　　　这礼单，由她要。

媒　婆：（唱）是提谁家亲？就把我来靠。
　　　　　　远近处，快相告。
　　　　　　咱们好计较，设圈套，设圈套。

乔　福：（唱）却是程有义，姑娘生得妙。
　　　　　　她如今，似穿孝。
　　　　　　叫她换换新衣服，套套我做号，我做号。

媒　婆：：（唱）也听别人说，生得真标致。
　　　　　　头齐脸儿俏，画眉描目笑。

能勾绕，手头妙。
乔　　福：（唱）自见一遭，想得无了觉。
媒　　婆：（唱）那个程老头，听说性子傲。
　　　　　　　为人很精明，很难入我套。
　　　　　　　会说姑娘小，八成办不到。
乔　　福：（唱）话说开，把磕唠。
　　　　　　　想这不分大小一样叫，对他告，对他告。
媒　　婆：（唱）听说那姑娘，性子暴又躁。
　　　　　　　望她爹，莫强要。
　　　　　　　从小看书几套，必要闹，必要闹。
乔　　元：（唱）乔元接上言，吾今出了道。
　　　　　　　那个程老头，架不住咱硬造。
乔　　福：（白）媒婆，只管下去提亲，这不是给他好看吗？应了呢，这是体面；他若不应呢，你只管回来禀报平安。我大爷说句话，不费多少唇舌，择个日子，令打手押着彩轿到那里，就抬来啦。那个程有义，他敢把大爷我怎么样啊？
乔　　元：对呀，就此依计而行。你先去提亲，听个信。
媒　　婆：这个道中，吾先趟趟去。
乔　　元：这叫先礼后兵。
媒　　婆：此去不定成不成的。（下）
乔　　福：昨晚做了一梦，梦见脖子上披红挂绿，又梦见入洞房，这是吉兆，媒婆此去必成。走，等着入洞房。（下）
（出牙儿翠翎）
牙儿翠翎：（诗）借得人生遇事欢，一副皮囊做汗衫。
　　　　　　　任我刀枪难伤损，不失青头本来颜。
　　　　　（白）吾乃八宝镜花夫人牙儿翠翎，是多年青头牝獾得道。因动了仙心，丧了性命，幸得万寿仙姑疼爱，摄找魂魄，借得牙儿翠翎的尸身转世为人。
　　　　　（唱）牙儿翠翎是仙体，我乃青头牝獾魂。
　　　　　　　她本因淫丧了命，我是淫欲归了阴。

　　　　　　师父用法借她体，还魂之日忘前因。
　　　　　　形容美貌身子弱，恍恍惚惚发了昏。
　　　　　　多亏师父指点我，与我披上小衣襟。
　　　　　　乃是我的皮毛骨，名为汗衫奇宝珍。
　　　　　　变了青脸与身形，身如铁石力千斤。
　　　　　　忽然醒悟明白了，认得万寿老尊亲。
　　　　　　穿这汗衫虽然丑，刀枪不能伤我身。
　　　　　　脱了汗衫风流体，成了软弱一佳人。
　　　　　　赐予八宝镜一面，其中玄妙不常寻。
　　　　　　还阳嫁了赫连黑塔，生下男女两个人。
　　　　　　丈夫乾天剑下死，叫我难忍枕边清。
　　　　　　多亏有个使唤的小童子，人儿伶俐会哄人。
　　　　　　虽然与我常欢乐，因他年幼不遂心。
　　　　　　哪里有个遂心客？快乐几年不枉人。
　　　　　　这些日子身不爽，懒去操演众三军。
　　　　　　拿那宋将无心问，进来茶童小会琴。

会　　琴：（白）禀奶奶得知，这是姑娘下来公文，请你过目。

牙儿翠翎：女儿公文到来，恐有事故，拿来我看。呀！原来曹克让又来保安镇守，乾天剑厉害无比。这是军师办事不妥。会琴。

会　　琴：有。

牙儿翠翎：吩咐军政司照这来文，急做公札，差人奏于国主知晓。

会　　琴：是。奶奶这几天不很欢喜，何不到帐外将宋将绑来，解解闷？

牙儿翠翎：哪有闲工发落？吩咐杀了他吧。

会　　琴：你老没看见他，可杀不得，长得好人头啦。

牙儿翠翎：是的吗？会琴，我去束装，你吩咐击鼓升帐。（下）

会　　琴：（唱）会琴笑嘻嘻，迈步往外走。
　　　　　　夫人大奶奶，心事知八九。
　　　　　　每日向我说，贞节无法守。
　　　　　　昼夜扶侍她，常说我老斗。
　　　　　　欢乐不遂心，遂心人无有。

　　　　看她不快乐，不是生得丑。
　　　　要俏更不难，小衫这一抖。
　　　　挺俊小媳妇，不过十八九。
　　　　轻易不显露，外人不知否。
　　　　我才见一遭，真真叫人吼。
　　　　思想到下边，令箭拿在手。
　　　　叫声军政司，快把文书走。
　　　　如此与这般，军师办得丑。
　　　　保安添旧兵，曹克让为首。
　　　　姑娘败仗回，乾天剑难取。
　　　　写表奏君王，宋将真绕手。
　　　　击鼓把帐升，夫人再得走。
　　（上赫连铁头、良可青、牙儿翠翎）

众　　将：（唱）来了众番兵，番将齐声吼。
牙儿翠翎：（诗）三通鼓响卒呐喊，一声令下山海摇。
　　　　（白）奴八宝镜花夫人牙儿翠翎。手拔令箭，往下便叫，我儿赫连铁头上帐听令。
赫连铁头：有。
牙儿翠翎：如今你姐姐败阵，青峰坡扎营，命你带兵一万，去帮你姐护守大营。不可擅动，等军师回信，再做定夺。
赫连铁头：得令。（下）
牙儿翠翎：小番们，将宋将与我绑上来。
番　　兵：哈。
　　　　（绑上薛建功，不跪）
薛建功：好个番贼奴妇，与你爷爷个爽快吧。
牙儿翠翎：你就是保安总镇薛建功么？
薛建功：正是你薛爷。
牙儿翠翎：你今被擒，不想求生，还是这等傲性，你就不怕死么？真乃是忠烈之士，真是世之大丈夫也。
　　　　（唱）不愧一国总兵人，死在眼下还刚强。

　　　　　　　　真正英雄丈夫也，正在中年貌堂堂。
　　　　　　　　怪不得会琴叫我看，果然人对吾心肠。
　　　　　　　　正直之人邪难入，必得如此慢商量。
　　　　　　　　想罢开言呼总镇，不可出口把人伤。
　　　　　　　　贤良烈士人人敬，快刀不可杀忠良。
　　　　　　　　迈动金莲往下走，亲解绑绳不慌忙。
薛建功：（唱）我今被擒死而已，设此软局待何妨？
牙儿翠翎：（唱）总镇屈杀住在此，奴家自然有主张。
　　　　　　　　盼咐会琴快快请，住在二堂内书房。
会　琴：（唱）是。薛爷，请到内室。
薛建功：（唱）思想被擒无法使，看她把我治何方。
　　　　　　　　怒气昂昂往前走，心中暗揣一副肠。（下）
牙儿翠翎：（唱）眼望帐下又传令，叫声众将听其详。
　　　　　　（白）鄂、良二将听令。
良可青、长鄂风：在。
牙儿翠翎：你二人要轮流看守，不许放走此人，等我慢慢劝他归顺。
良可青、长鄂风：得令。（下）
牙儿翠翎：愿学文君归司马，盼他襄王梦楚台。（下）
曹　保：（内白）车夫。
车　夫：（内白）有。
曹　保：（内白）急急赶路。
车　夫：（内白）哈。
　　　　（曹保马上）
曹　保：俺曹保。父亲去上保安走了数日，前面就是春融镇了。
　　　　（唱）我父边关挡番寇，勇猛无畏把贼捉。
　　　　　　　　面前乃是春融镇，沿路人烟特也多。
　　　　　　　　镇上搭台演大戏，必是大会敬神佛。
车　夫：（唱）还有玩把式的真厉害，头一遭看过令人叹。
曹　保：（唱）也到庙内把香降，保佑爹爹把胜得。
　　　　　　　　又听红绒人厉害，说是长得像妖魔。

吩咐车夫快快走,就在镇上驻下车。

不言公子把香降,(下)

众　人:(唱)打擂台上英雄汉。

各显本事一场场,众人围住叫声响。(下)

(上能连、豆去)

豆　去:(唱)尊声列位听明白,来到宝地是个缘。

(对能白)伙计,你是哪位?

能　连:吾能连。

豆　去:我豆去。咱哪一来走到这贵地,玩的是武术,卖的是情义。众位爷们,看完了摆上几块也不嫌多,不摆也不嫌少,有钱的帮个钱缘,无钱的帮个人缘。有钱出门坐八抬大轿,出门放三声大炮;无钱也坐"轿",坐在寒窑睡大觉,出门也放"炮",放脚磨的大泡,放完了再跑穷道。

能　连:胡说!咱来这里,不知深浅,不能这样乱说。听说这里老师傅最多,少师傅最广。小弟到此,不知贵姓高名,家乡住处,若知住处,日后登门叩拜,俗话讲完。列位站稳金身,有几句话实言相告,列位听我道来。

(诗)为访朋友不为钱,无人能挡几路拳。

东西南北全闯到,无有英雄能占先。

好胜之人来上前,争强斗勇比输赢。

打遍天下无对手,伸手能推太行山。

曹　保:(内白)江湖少发狂言,俺曹保来也。(上)

曹　保:(唱)场中掌无眼,

能　连:(唱)举手不留情。

豆　去:(唱)让客先下手,

曹　保:(唱)邪行占上风。

(打,能连、豆去倒)

能连、豆去:(白)好汉不要伤人,请留姓名,我等知罪。

曹　保:咱镇西侯二公子曹保。看尔等不过平常之辈,日后少发狂言,放你们去吧。

(能连、豆去跑下,上众人)

众　人:这位爷爷,你放了他,他必找那伙计呀。

曹　　保：他伙计是何人？他便怎样？
众　　人：哎呀，他伙计青脸红发，力大无穷，有一位相面先生，请他吃酒去了，有好半天啦。
曹　　保：如此道来，我会会此人，等他便了。（下）
宝　　虎：（内白）先生你真不错，相面就知我姓名，算我是一名福将。你老给我这两道符有何用处？
欧阳术士：（内白）来，来这里，告诉与你。
　　　　　（上宝虎、欧阳术士）
欧阳术士：（唱）欧阳术士是我号，占卦卜算更玄妙。
　　　　　　　　今送你，符两道。
　　　　　　　　八月中秋节，雄心要急躁。
　　　　　　　　有人追，掖在帽，自然多灵妙。
　　　　　　　　那一道，午时烧，与佳人脱逃。
　　　　　　　　你惹的，你知道，谨记谨记休忽略。
　　　　　（白）呀，那边白虎寻雄主，请对织女星。请。（下）
宝　　虎：好相法，好朋友，真乃不错呀。
　　　　　（唱）先生好相法，未来他先晓。
　　　　　　　　算命如神仙，真是天下少。
　　　　　　　　欧阳术士名，我也记住了。
　　　　　　　　送我两道符，说得更奇巧。
　　　　　　　　烧酒他多吃，说话相颠倒。
　　　　　　　　说得我糊涂，扬长他去了。
　　　　　　　　他东我向西，看不见他了。
　　　　　　　　能连豆去来，慌慌张张跑。
　　　　　　　　说话到眼下，吆喝站住脚。
　　　　　（上能连、豆去）
能连、豆去：（唱）连说好厉害，来把大王找。
　　　　　　　　　把式不用玩，场子被人搅。
　　　　　　　　　一个小伙子，名儿叫曹保。
　　　　　　　　　镇西侯的儿，十六七岁了。

　　　　　　　说话把手交，真是好拳脚。
　　　　　　　打了不几合，把我踏住了。
　　　　　　　这得向他求，松手我就跑。
宝　虎：（白）哇呀，
　　　　（唱）宝虎气炸肝，等我把他找。
　　　　　　　走看一溜风，大声叫曹保。
　　　　　　　你来对对敌，好汉不许跑。（下）
曹　保：（唱）公子迎上来，来者真凶横。
　　　　（白）你敢是卖艺之人么？
宝　虎：然也。你敢是曹保吗？
曹　保：然也。
宝　虎：敢称"然也"二字？请来开拳。
曹　保：来，来，来。（打，宝虎倒）
宝　虎：哇呀，再来再来。（打，宝虎又倒）
宝　虎：哇呀，果然是个好汉。改日再会，请。（下）
曹　保：你看，这人真乃英勇，步走如飞，真是好汉。不免回店赶路要紧。（下）
　　　　（宝彩文升帐，能连、豆去二人站）
宝彩文：（诗）风吹盔上雉尾飘，连环战甲挂红袍。
　　　　　　　五花马蛟龙出水，斩敌人一口大刀。
　　　　（白）奴宝彩文，青峰山二寨主。哥哥下山去访好汉，为何不见回来？
　　　　（上宝虎）
宝　虎：喽啰们。
喽　啰：在。
宝　虎：将马带过。（急道）妹子呀。
宝彩文：哥哥回来了？一路多有辛苦了。
宝　虎：辛苦不辛苦的，先放在一边，可有点子见不得人。
　　　　（唱）哥哥生来本领硬，好汉堆里头我强。
　　　　　　　因而卖艺去访友，却是为你做了忙。
宝彩文：（白）小妹我承情了。
宝　虎：（唱）可巧遇见一好汉，十五六岁小儿郎。

　　　　　　　生得俊俏长得好，面如团粉白又光。
宝彩文：（白）这人知文？不能会武吧？
宝　虎：（唱）我也看他不会武，想拧脖子上山冈。
　　　　　　　不管妹子愿意否，先叫妹子你相相。
　　　　　　　交手我就扑了地，头一遭儿撞南墙。
　　　　　　　看他人小拳头硬，一下扫倒地当央。
宝彩文：（白）你看家本事呢？
宝　虎：不中。
　　　　（唱）一拳打得溜了号，跑回与你做商量。
宝彩文：（白）人也没来，又不知道人家姓张姓李，商量什么？
宝　虎：（唱）妹子不用你烦恼，能连豆去说妥当。
　　　　　　　他的名字叫曹保，去保安带着他的娘。
　　　　　　　必从咱的山下过，你去下山相一相。
　　　　　　　我带喽啰去埋伏，抢来车辆与他娘。
　　　　　　　他娘弄在咱山上，不怕他不把咱们央。
　　　　　　　难事咱们哥们做，你说妥当不妥当？
宝彩文：（唱）难为哥哥想得好。
　　　　（白）哥哥往日粗鲁，今日好比张飞设计拿严颜，粗中有细。哥哥真是出息了。
宝　虎：妹子下山去，挡住曹保。能连、豆去下山，抢他那辆车。我带松山、柏山暗中抢他老娘，有何不可？（下）
宝彩文：你看我哥哥下山去了。青云。
青　云：有。
宝彩文：带刀马过来。
　　　　（唱）下帐提刀上了马，又是欢喜又是忙。
　　　　　　　心忙怕他早过去，欢喜来了俏皮郎。
　　　　　　　天色不早该来了，又怕哥哥行荒唐。（下）
（上曹保及车马）
曹　保：车夫。
车　夫：有。

曹　保：此山必有毛寇，咱们急急快走。
车　夫：哈。
　　　　（上宝彩文）
宝彩文：（唱）正面来了车一辆，一人一马手提枪。
　　　　　　　吩咐喽兵快排队，一起上前去拦挡。
曹　保：（白）面前必是毛寇。将车藏在林中，待我去擒毛寇。
宝彩文：（唱）车儿奔了林内去，兄长正在内里藏。
　　　　　　　骑马之人奔了我，果是一个俏皮郎。
　　　　　　　一催坐骑迎上去。
曹　保：你这女子为何挡路？
宝彩文：奴问你，
　　　　（唱）可是姓李可姓张？
曹　保：（白）我乃镇西侯之子曹保。
宝彩文：（唱）暗夸哥哥眼力好，真是人又俏皮名头又强。
曹　保：（白）你这女子并非好人，快快闪路，不然就要动手了。
宝彩文：（唱）你说动手不惧你，倒要试试你的枪。
曹　保：（唱）曹保心急思念母，长枪一举奔胸膛。
宝彩文：（唱）大刀一摆交了手。
　　　　（杀，上宝虎）
宝　虎：（白）妹妹，不用杀了，听我说来。
　　　　（唱）妹妹不用杀，曹保你住手。
　　　　　　　并非是外人，就算是两口。
　　　　　　　公子听我说，叫你明白有。
　　　　　　　宝虎是我名，大王声名有。
　　　　　　　妹妹宝彩文，今年十八九。
　　　　　　　这算对面相，敢说人不丑。
　　　　　　　为访妹夫你，下山各处走。
　　　　　　　正好遇见你，开拳交了手。
　　　　　　　知你名头高，本事你也有。
　　　　　　　回山等你来，备下合婚酒。

爱应你不应，我真有拿手。
车辆与你妈，算是无处走。
方才在林中，听我拿住有。
此时俱在山，你妈魂吓走。
我提这亲事，你妈吐了口。
千妥万妥的，说你不敢扭。
扒了她的心，煎熟好喝酒。
妹咱回山吧，爱走他就走。
说罢扭身回，

曹　保：（唱）公子如木偶。
怒气两相加，

宝彩文：（唱）佳人听罢微微笑。
（白）你倒杀呀，你聋啦，你没听见吗？
（唱）我要去看我婆母，不要冷待老太君。
你逗刚强将手动，太太老命活不成。
做儿女的当尽孝，孝子岂叫母受惊？
带笑慢慢拨回马，（回头）

曹　保：（唱）曹保时下发愣怔。

宝彩文：（白）来也，你快来吧。

曹　保：（唱）亲娘被陷贼山上，我今如何把马停？
这得上山去寻母，死在一处把孝行。

宝彩文：（白）你不来呀？我可要走了。（下）

曹　保：（唱）催马上山往前走，毛寇快送我母亲。
一带山峰无去路，石门紧闭把路横。

（上曹夫人、宝虎、彩文）

曹　保：（唱）母亲立在石缝上，男女二人那边排。

宝　虎：（白）老太太，吩咐他一句就得了。

曹夫人：我儿这厢来。

曹　保：（唱）曹保靠近跳下马，连呼母亲跪尘埃。
孩儿不孝失陷母，愿替母亲赴阴台。

宝　虎：（白）倒是孝子。
宝彩文：能保他母无事才是孝子。
曹夫人：（唱）我儿听我吩咐你，如此这般说明白。
曹　保：（唱）招亲之事儿难允，强人所难礼不该。
曹夫人：（唱）不然我儿你快去，为娘这头滚下来。
曹　保：（唱）孩儿情愿随母死，杀他马仰与人翻。
曹夫人：（唱）我死一身无妨事，你想你是啥未来？
曹　保：（唱）不幸之中遭屈害，叫儿此刻少主裁。
曹夫人：（唱）我儿不认为娘死，应此亲事结就开。
曹　保：（唱）母子报号是临阵，私收儿女理不该。
曹夫人：（唱）此事为娘来做主，见了你父娘告白。
曹　保：（唱）不该让儿从母命，平身站起泪流腮。
宝　虎：（白）这不完了吗？
宝彩文：大喜事，哭啥呀？别哭了，不怕伤了你的脸？
宝　虎：喽啰们。
喽　啰：在。
宝　虎：杀猪宰羊，摆齐香案，今日拜堂成亲。
宝彩文：可倒爽快，今日就是良辰吉日。老太太请。（下）
宝　虎：喽啰们。
喽　啰：在。
宝　虎：大开寨门，迎接你新姑爷上山。（下）
喽　啰：哈。（下）
　　　　（升帐，番将五人站）
黄鹏仙：（诗）翻江倒海不太平，混铁兵器不留情。
　　　　　　　百万军中常取胜，敢为红绒把帝争。
　　　　（白）山人护国军师黄鹏仙。
沙　江：吾乃护国都督沙江。
沙　海：吾左都督沙海。
沙　湖：我右都督沙湖。
沙　渊：我永展将军沙渊。

众　将：国王升帐，在此伺候。

（出哈林海）

哈林海：（诗）气傲英雄是尔曹，红绒英主化外标。

　　　　　　夺取中原遂大志，一统江山掌中操。

（白）孤红绒国英烈王哈林海，建都西番，奋志谋取中原。宋朝有一将官名叫曹克让，将我国人马杀得尸横遍野，血流成河，乾天剑斩了赫连黑塔。军师深知此剑的厉害，因此设了一计，暗用金珠买通宋朝权臣沈桓危，将曹克让调回京去，永不任用，让我侵占中原。我镜花夫人镇守屠龙城，带领子女攻打中原，百战百胜。昨日飞报回国，言说曹克让复又领兵，赫连丹红几乎丧命。此乃沈相大失所言，叫孤好生不悦。军师上帐听令。

黄鹏仙：咳呀，千岁有何分派？

哈林海：军师请坐。

黄鹏仙：告坐。

哈林海：军师，昨日镜花夫人飞报回国，言说曹克让复守边关，军师有何高见可除此患？

黄鹏仙：我主千岁，山人早有安排，管叫曹克让他阖家九族同灭呀。

（唱）山人安下巧妙计，我主万安不必惊。

　　　曹某有把乾天剑，咱国有个坤地锋。

　　　只是不知其中术，算来无用废物同。

　　　二剑形象是一样，以桃代李巧计行。

　　　沈相断不将盟背，其中一定有隐情。

　　　今差沙渊去办事，见了沈相话说明。

　　　陷害这个曹克让，再谋大宋锦江山。

哈林海：（白）有何计策可害曹某？

黄鹏仙：（唱）命沙渊带去这口坤地剑，扮成刺客得受刑。

　　　沈相带至金殿下，暗等宋主把殿升。

　　　突然而出去行刺，一定被擒问口供。

　　　刺客就说乾天剑，一口咬定镇西公。

　　　私通咱国差刺客，暗心去杀宋神宗。

神剑可凭人可信，宋王若言是假充。

有人保本此剑假，待差人去取那支乾天剑。

叫剑祖取剑加重赏，暗暗收起找不着。

坤地变做乾天剑，曹某有口难分辩。

那时沙渊早已跑，他也情愿尽此忠。

哈林海：（唱）军师真乃好计策，保国尽忠第一名。

（白）全仗军师，明日就差沙渊多带宝珠，暗带坤地剑，速赴东京。

黄鹏仙：（唱）不使深潭计，焉能图中原？

哈林海：（白）军师请。

黄鹏仙：千岁请。（下）

（出曹保）

曹　保：（诗）被陷高山母受惊，心如针刺不安宁。

（白）俺曹保。只怕母亲受惊，无奈收了宝氏彩文。只说过了几天便好下山，无奈母亲因惊染病。丫鬟因惊，未过三天病死。母亲卧床不起二十余天，多亏宝氏熬汤煎药服侍，病体痊愈。咳，她虽有情，奈是山中毛寇，又是被迫私收。昨日与他兄妹言明今日下山，方才吃过饯行酒饭，宝氏叫她随身使女扶持老母，又派一头目护送下山，他兄妹齐备鞍马，就起身便了。（下）

（上宝彩文）

宝彩文：水路。

（上水路）

水　路：有。

宝彩文：服侍太太，不可懒惰。

水　路：哈。

宝彩文：就请婆母上车吧，儿媳妇就此送下山去。

（上曹夫人）

曹夫人：（白）多有劳动了。

宝彩文：（白）咳，你老不必如此。

（唱）太太不要折寿我，你老本是婆母娘。

太太上山个月整，一场大病卧在床。

　　　　　　无知儿媳少孝道，还望婆母手高扬。
曹夫人：（白）若非你服侍，早就亡故了。
宝彩文：（唱）太太今日把山下，儿媳岂能不悲伤？
　　　　　　打发水路去服侍，那丫头力大身子强。
　　　　　　太太到了保安地，叫儿媳久不尽孝倒不安康。
曹夫人：（白）老身对你翁父言明，必要下来接你呀。
宝彩文：（唱）全仗婆母疼爱我，不由得那眼泪扑簌扑簌流两行。
　　　　　　欲说我去难开口，无奈何跪在尘埃叫声娘。
曹夫人：（唱）太太伸手忙扶持，此事有我做主张。
　　　　　　老身见了你翁父，差人接你到边疆。
　　　　　　一个月后信必到，媳妇你不必悲伤。
宝彩文：（唱）低声下气说遵命，媳妇敬得老萱堂。
　　　　　　扶持太太把车上，回身迈步见夫郎。
　　（上曹保）
曹　保：（白）娘子，车马可曾齐备？
宝彩文：将军，那车马早已齐备了。你妻子等候与你牵缰。（下）
　　（宝彩文拉马上）
曹　保：不敢劳动娘子。
宝彩文：（唱）说什么敢来与不敢？夫妻们要有点热心肠。
　　（曹保上马）
曹　保：就此告辞了。
宝彩文：（唱）要走怎敢拦挡你？此时千言万语说不出。
　　　　　　军情事忙不留你，问郎君几时接奴回家乡？
曹　保：（白）到了保安，必来接你。
宝彩文：（唱）口内说是来接我，不知你什么心思藏？
曹　保：（白）难道要写下文书不成？
宝彩文：（唱）接与不接任凭你，劝了皮儿劝不了瓤。
　　　　　　一同上马将山下，心似剑刺痛肝肠。
　　　　　　送至青峰寨门处，哥哥在此送曹郎。
宝　虎：（唱）车马去远看不见，（下）

宝彩文：（唱）眼泪汪汪回山冈。（下）
曹　保：（唱）曹保乘马跟车走，还有那山上头目引路忙。
　　　　　　　太太水路车上坐，晓行夜宿急又忙。（下）
　　　（上曹保）
曹　保：（唱）这日正走天色晚，忽然一阵大风狂。
　　　　　　　看看日落黄昏了，隐隐下面有村庄。
　　　　　　　催马前进去投宿，原来小小一古乡。
　　　　　　　下马叩门一声响。
　　　（白）里面有人吗？

（完）

第 三 本

【剧情梗概】御史乔不清之子乔福欲强娶民女程玉清，恰值曹保母子路过。青峰山随行的丫鬟水路主动代程玉清出嫁，程玉清父女则随曹保逃至宝安城。乔福欲杀水路，反被杀死。水路遭擒，被县衙处死。宝虎营救不及，杀死县官，席卷了仓廪府库，又替妹妹至保安寻找曹保。番将沙渊在沈桓危的帮助下，假意刺杀宋神宗，被擒后说是赵英和曹克让主使。神宗派赖才成到保安查看乾天剑。赖才成索贿不成，恰遇宝虎寻亲，便欲以勾结山寇之名陷害曹克让。曹克让欲斩曹保，程玉清假扮曹保，代他受刑，被宝虎救走。

程玉清：（内白）爹爹无法保护孩儿，孩儿至死也不肯做那狂徒的五房小妾。
程有义：（内白）闺女呀，你要死，我越发没有活路了。
　　　　　（上曹保）
曹　保：里面悲声不止，必有缘故，开门来。
　　　　　（上程有义）
程有义：（唱）外边有人叩门，待吾出门去看。
　　　　　（白）莫非你是乔府管家么？
曹　保：吾乃行路之人，未曾赶上旅店，上贵府借宿一宿，老人家可有房屋？
程有义：请问公子几位客人？
曹　保：还有老母、丫鬟，从人不多。
程有义：就是房屋狭小，唯恐屈尊。
曹　保：老人家过谦了，只要老母有安身之地，感恩非浅。
程有义：将令堂请在我女儿房中吧。车赶进院内，车夫厢房休息，公子将马拴在槽上。随我来。（下）
曹　保：来了。（下）
　　　　　（程有义、曹保又上）
程有义：（唱）公子请进屋内坐，细看你们是远来。
　　　　　　　　叫闺女，客来了，暂且止泪少悲哀。
程玉清：（内白）请老人家上屋一叙。

程有义：茅屋不净，请尊坐。

曹　保：告坐。

程有义：请问尊姓大名？

曹　保：在下曹保，如此保安报号。

程有义：（唱）原来还是贵公子，多有失敬礼不该。

曹　保：（白）好说。老人家贵姓？

程有义：老汉姓程名有义，老婆死去，抛下一个女孩。

　　　　　（唱）草房几间继祖业，苦中生悲运气衰。

曹　保：（白）你老何事？房中何人啼哭？

程有义：（唱）就是程玉清我小女，哭得令人说不来。

曹　保：（白）不知有何事故？

程有义：（唱）公子若问其中故，老汉不得不告白。

　　　　　　　此处乃是大雄县，五里坡就是御史乔府宅。

　　　　　　　乔不清在京居官职，势力威威有钱财。

　　　　　　　他的儿子叫乔福，在家行事真是歪。

　　　　　　　家中打手无其数，抢人妇女霸田宅。

　　　　　　　前日见过我的女，把我叫去说明白。

　　　　　　　我女不从自要死，老汉如何搪得开？

　　　　　　　若非公子来借宿，我父女早上望乡台。

曹　保：（唱）公子闻听忍不住，大叫一声气满怀。

　　　　　　　老汉你把宽心放，等我保你脱此灾。

　　　　　　　如果他的彩轿到，管保打发他走开。

程有义：（白）乔福不是好惹的。

曹夫人：（内唱）老太太也听程玉清说缘故，召见曹保进房来。（上）

　　　　　（白）方才程玉清说缘故，告诉为娘甚苦哉。

曹　保：他若到此，管叫他回去。

曹夫人：（唱）听说乔贼十分坏，来者不善善者不来。

　　　　　　　我儿不可闯出祸，且有什么巧安排？

曹　保：（白）好言相劝，如若不听，给他厉害。

曹夫人：（唱）不妥不妥说不妥，

水　　路：（唱）水路一旁笑颜开。
　　　　　　　　尊声姑爷与太太，奴婢有话说明白。
　　　　　（白）我有心救这程姑娘，就是太太无人服侍，捎带我也不好意思说。
曹夫人：无妨，你且说来。
水　　路：程姑娘不愿做新人，我替她做去。得安我就安，得闹我就闹，我有心试试去。
曹夫人：你今替她做这御史儿媳，强如高山为奴，二则终身有靠。
曹　　保：你与程姑娘面貌不同，露出马脚，如何是好？
水　　路：等吾上轿，叫他父女急急逃走，事露后由我承当。
　　　　　（上程玉清）
程玉清：爹爹，这里来。
程有义：少陪。闺女，你说啥也？
程玉清：我们若逃跑，也没有人救咱危急。那位姐姐替我嫁人，老太太无人侍奉。一则咱父女逃走无路费，二则又怕乔福追赶，三则孩儿如何能行？
程有义：依你怎么样呢？
程玉清：以吾主意，只好随他们逃走，如何？
程有义：这么一走，咱东西、房子不丢么？
程玉清：有啥值钱的东西？合起来，也不如曹太太一辆车值钱。穷家倒好，可舍不得曹太太的心好哇。
程有义：对啦，舍不得曹太太人好。闺女呀，闺女呀，咱们爷俩进屋哀告，跪下不起来，苦苦地哀告曹太太呀。
　　　　　（唱）程老回身屋里走，佳人低头进了门。
　　　　　　　　眼泪汪汪跪在地，父女双双低声求。
　　　　　　　　叩拜公子将我救，
曹　　保：（白）老人家，快快起来。
曹夫人：姑娘，这是何意？
程玉清：（唱）多承太太动慈心。
程有义：（唱）公子救人救到底，
程玉清：（唱）太太施恩再施恩。
程有义：（唱）叫我父女去逃走，

程玉清：（唱）太太再施一点恩。

程有义：（唱）一来手内无盘缠，

程玉清：（唱）二则举目又无亲。

程有义：（唱）逃走又怕乔福赶，

程玉清：（唱）那时还得把死寻。

程有义：（唱）老汉年迈无法跑，

程玉清：（唱）鞋弓袜小软弱身。

程有义：（唱）车前马后我照管，

程玉清：（唱）端茶倒水我尽心。

程有义：（唱）公子我算赖上你，

程玉清：（唱）求你太太发慈心。

程有义：（唱）公子不应我不起，

程玉清：（唱）太太不应头不抬。

曹　保：（唱）起来起来我应你，

曹夫人：（唱）太太连说无话云。

程有义：（唱）程老起来擦眼泪，

程玉清：（唱）佳人这才放了心。

曹夫人：（唱）曹老太太忙吩咐，连叫我儿听娘去。

（白）天至半夜，我儿吩咐套车，程姑娘收拾收拾，随我上车。

程玉清：是。

曹夫人：水路。

水　路：是。

曹夫人：你重新打扮，等着乔福来娶你。你若得便，回山报你家寨主知道。程老，你等着接待乔家娶亲之人，待水路上轿之后，再来赶我们的车马。

程有义：是。

曹　保：母亲言之有理，大家抓紧准备启程。

（唱）公子吩咐把车套，程老备饭大家吃。

曹老太太把车赶，佳人随后不远离。

曹保上马头引路，车夫用力摇鞭子。（下）

水　路：（唱）水路重新又打扮，乔福家内闹是非。（下）

程有义：（内唱）程老等着兔羔子。（上）

　　　　　　　到了庄上彩轿来，锣鼓喧天彩轿到。

　　　　　　　迎接上去笑嘻嘻，管家爷们都来到。

　　　　（白）别笑话院子狭小，大家抱屈。

　　　　（上管家）

管　家：（唱）不用客套不挑眼。

　　　　　　　你快告诉你闺女，新人上轿酉时到。

程有义：（白）什么时候？

管　家：（唱）大人吩咐莫误丑时，彩轿就在大门口。

程有义：（唱）水路早已预备齐。

　　　　　　　程老揽着上了轿，大吹大打往西行。

　　　　　　　程老起身急急走，哪管三七二十一。

　　　　　　　赶上车辆大家走，（下）

（出乔福坐）

乔　福：（唱）再表乔福提一提。

　　　　　　　设下锦帐等娇娘，预备交盅长寿汤。

　　　　　　　我大爷乔福命打手，押着彩轿去抬亲。

　　　　（白）亲友来得真不少，等候道喜。日头出得大高的了，怎么还不来呢？

管　家：禀大爷，轿已到了

乔　福：娶来了。吩咐别下轿。

管　家：是。（下）

乔　福：今日喜事痛快，心里扑噔扑噔。丫鬟。

丫　鬟：有。

乔　福：迎接彩轿，搀扶新人便了。

丫　鬟：是，晓得了。

乔　福：（唱）吩咐已毕往外走，摇摇摆摆好喜欢。

　　　　　　　闹闹哄哄人不少，喧哗结彩闹喧天。

　　　　　　　新人下轿拜天地，丫头忙往屋里搀。

　　　　　　　不多一时洞房入，丫头急忙出外边。

　　　　　　　下边众人齐道喜，席下摆酒闹喧喧。

　　　　　　乔福心中盼天晚，恨不一时黑了天。
　　　　　　说话之间天色晚，辞别亲友到后边。（下）
　　　　　（上水路）
水　路：（唱）洞房早备合婚酒，吩咐散去众丫鬟。
　　　　　（上乔福）
乔　福：（唱）新人独自上边坐，一声不哼也不言。
　　　　　　你过来吃杯合婚酒，不必害臊脸要憨。
水　路：（白）好，饿得慌哪。
乔　福：哇呀，
　　　　（唱）头上还把红布盖，笑嘻嘻地走上前。
　　　　　　灯光之下揉揉眼，仔细一看吓一跳。
乔　福：（白）你这丫头是谁？快快实说。定是老程欺哄大爷，叫你下来替她来了。
水　路：你不认得了？我就是程玉清。
乔　福：程玉清十分俊俏，看你鼠头蛇眼的，不是正经东西。好个丫头，快说来历。
水　路：丑小子，少要发飙。
乔　福：哇呀，可气死吾了。
乔　福：（唱）怒气冲冲瞪着眼，
水　路：（唱）笑嘻嘻地龇着牙。
乔　福：（唱）快快实说你是哪？
水　路：（唱）娶的奴家是奴家。
乔　福：（唱）娶的老程亲生女，
水　路：（唱）奴是他的女孩家。
乔　福：（唱）我听她叫程玉清，
水　路：（唱）奴听你叫乔麦芽。
乔　福：（唱）玉清美貌如仙女，
水　路：（唱）奴的模样貌如花。
乔　福：（唱）坐在这里狐恶臭，
水　路：（唱）站在这里闹英煞。
乔　福：（唱）长得活像癞公子，

水　路：（唱）你也够受像蛤蟆。
乔　福：（唱）你敢冒名来顶替，
水　路：（唱）瞎你贼眼不认咱。
乔　福：（唱）你还不知我厉害，
水　路：（唱）你是小看我奴家。
乔　福：（唱）不说实话叫你死，
水　路：（唱）要死奴家把你杀。
乔　福：（唱）该你晦气免不了，
水　路：（唱）该你倒运无处爬。
乔　福：（唱）一定用拳将你打，
水　路：（唱）你是要挨大耳刮。
乔　福：（唱）你看墙上挂支剑，
水　路：（唱）双手忙把椅子拉。
乔　福：（唱）恶狠狠地下毒手，
水　路：（唱）今日一定将你杀。
乔　福：（白）丑丫头，你竟敢欺骗大爷，看剑，杀你个王八老婆。
水　路：来，来。

　　　　（杀，乔福败下，又上）

乔　福：咳，我的妈呀，吓死我了。小子们，快来呀，杀人了，有刺客了，可不得了了。

　　　　（唱）魂吓掉，颤一团。
　　　　　　　夺去宝剑，跑出门栏。
　　　　　　　乱嚷有刺客，小子快上下。
　　　　　　　快快来救我，刺客追赶后。

水　路：（白）哪里走？（追上）
乔　福：（唱）连说不好跑不动，人头滚在地平川。（死）
众家人：（唱）众人等，与丫鬟。
　　　　　　　一起乱嚷，乱子成山。
　　　　　　　家奴共打手一拥齐上前。
　　　　　　　打手各执兵器，来拿刺客当先。

府中之人有二百，困住凶手在中间。

水　路：（唱）小水路，拿龙泉。

左转右挡，不能占先。

看看气力弱，猛力一时间。

宝剑被人打掉，落得赤手空拳。

铁尺打在脖子上，挠钩打倒地平川。

众家人：（唱）众家人，用绳拴。

慌了乔家，管家乔元。

吩咐把刺客，暂且用绳拴。

等我禀知太太，然后好送当官。

拷问口供真与假，何人主使做仇冤。

乔　元：（白）等我回禀太太，明日押送官府，再与京中太爷送信。有劳大家看守，将死尸抬下去吧。（下）

（出沈桓危）

沈桓危：（唱）巧使机关杀对头，杀死曹某才罢休。

（白）老夫沈桓危。自与曹克让赌头争印，日夜忧心，一则有负西番约定，二则怕他全胜，我这个大印难保。正在危急之时，西番差来一将，名叫沙渊，送吾金珠一箱。他国军师设下一计，先害曹克让，然后好夺大宋的江山，与老夫平分天下。此事正合我意。中军，请你沙爷。

（上沙渊）

沙　渊：来了。

（唱）听说内庭一声请，进来沙渊打一躬。

沈桓危：（唱）将军请坐有事议，故而相请到内庭。

大谋自然要机密，正在天晚交定更。

你国军师这妙计，看来正与吾相同。

沙　渊：（唱）太师待日把朝上，暗暗带吾到殿中。

单等天子升宝殿，突而猛出杀神宗。

沈桓危：（唱）镇殿将军必动手，将军被擒必受刑。

沙　渊：（唱）练就钢筋与铁骨，任他夹打不招承。

沈桓危：（唱）先说赵英带进你，主使咬定镇西公。

沙　　渊：（唱）行刺这支坤地剑，就说是他乾天剑。
沈桓危：（唱）赵英同谋曹克让，再说他与西番通。
沙　　渊：（唱）太师只管把心放，保管一计就成功。
沈桓危：（唱）是算一定无更改，将军就请内室中。
沙　　渊：（唱）沙渊退出且不表，（下）
沈桓危：（唱）桓危专等入朝中。
　　　　　　　鸡鸣五更上朝去，沈相吩咐把轿乘。（下）
沙　　渊：（内唱）沙渊藏在大轿里，急急入朝午门进。
　　　　　　　暗暗藏在走廊下，忽然一阵响金钟。
　　　　（摆朝，众臣站）
沈桓危：（唱）头一位专政当权是沈相。
赵　　英：（唱）二位察院名赵英。
文翰华：（唱）三位翰华文刑部。
潘　　党：（唱）四位潘党进朝中。
乔不清：（唱）五位不清乔御史。
寇　　成：（唱）六位参议名寇成。
岳武、岳桐：（唱）七位八位俱姓岳，镇殿将军二弟兄。
众　　臣：（唱）齐居金殿分班立，忽然三下响金钟。
　　　　　　　神宗天子登龙位，金殿座下有道龙。
　　　　　　　才要吩咐传口旨，沙渊闯殿喊一声。
沙　　渊：（白）呀呀，宋神宗，你看乾天剑来了。
　　　　　（唱）手举坤地锋，当作乾天剑。
　　　　　　　只说杀神宗，闯上金銮殿。
岳武、岳桐：（唱）岳家二弟兄，眼力真不善。
　　　　　　　一齐闯上前，动手大交战。
天　　子：（唱）神宗吃一惊，手扶龙书案。
　　　　　　　急忙站起来，吓得浑身颤。
　　　　　　　有话说不出，举目抬头看。
沙　　渊：（唱）沙渊用力挣，看看门路乱。
　　　　　　　顾前不顾后，左旋与后转。

岳　武：（唱）岳武把脚抬，踢掉手中剑。
岳　桐：（唱）岳桐往上冲，一拳打中面。
沙　渊：（唱）说是不好了，只叫身一转。
　　　　　　摔倒地平川，那脚不住站。
岳武、岳桐：（唱）岳武抓住肩，岳桐把脚擒。
内　臣：（唱）内臣忙上前，拿起坤地剑。
　　　　　　捧在国驾下，放在龙书案。
天　子：（唱）天子用目观，剑光如闪电。
　　　　　　此剑不菲轻，五色云光现。
　　　　　　慢慢把座归，岳武一声唤。
　　　　　　传旨黄门官，刺客绑上殿。
黄门官：（唱）说声把旨遵，带上西番汉。
沙　渊：（唱）沙渊坐平川，贼声叫几遍。
　　　　　　冷笑那三声，翻眼往上看。
　　　　（白）罢了，罢了。宋天子，该你洪福齐天，我计不成，快与你老爷行刑吧。
天　子：好个囚奴，不是本国之人，因何来此行刺？何人主使来至金殿？
沙　渊：宋天子不要发威，吾等歃血为盟，事成同享荣华，各有疆土，事败同丧其身。做了不怕，怕了不做，是你听了。
　　　　（唱）要问我，细听真。
　　　　　　不要害怕，吓走真魂。
　　　　　　家住西番国，绒主驾下臣。
　　　　　　沙渊是我名讳，到此来刺昏君。
　　　　　　主使之人不用问，认认乾天剑一根。
天　子：（白）呀，镇西侯有此乾天剑，他如今已到边关擒拿番贼去了。
沙　渊：（唱）看起来，你真昏。
　　　　　　镇西侯爷，私通我军。
　　　　　　设此一条计，我愿尽忠心。
　　　　　　赐我乾天宝剑，黑夜入了京门。
　　　　　　刺死昏君罢戈战，你的江山两有份。

天　子：（白）你是怎么来到这里的？

沙　渊：（唱）曹爷去，有保人。

　　　　　　　我今到此，共谋同心。

　　　　　　　赵英都察院，带我进午门。

　　　　　　　藏我金殿之下，该你命不归阴。

　　　　　　　该杀该斩任凭你，准备等死在午门。

天　子：（唱）宋天子，火难忍。

　　　　　　　连拍御案，大叫番臣。

　　　　　　　怪道沈丞相，说他有反心。

　　　　　　　我朕实在不信，今日方见是真。

　　　　　　　怒气难消忙传旨，金瓜武士听朕云。

　　　　（白）金瓜武士上殿，将逆臣赵英一同刺客推出午门斩首。

金瓜武士：领旨。

　　　　（推下赵英）

文翰华：刀下留人。万岁，臣文翰华有本奏禀陛下。

天　子：文爱卿有何本？——奏来。

文翰华：万岁。

　　　　（唱）吾皇万岁息龙怒，容臣细奏说原因。

　　　　　　　西番贼囚来行刺，伏乞我主细思求。

　　　　　　　看他行为与招供，其中情理大不投。

天　子：（白）怎么不投呢？

文翰华：（唱）万岁，行刺未到声先到，叫人先知何情由？

　　　　　　　刺杀不过仗利刃，为何先表剑名头？

　　　　　　　久闻那曹克让的乾天剑，凭空祭起刺咽喉。

　　　　　　　果然是他那支剑，何不只用手一丢？

　　　　　　　臣想此剑必是假，据他招供也不同。

　　　　　　　未曾动刑来追问，一一说出剑情由。

　　　　　　　既然大胆称好汉，事成指望封公侯。

　　　　　　　事败不过一生死，他岂不知命会休？

　　　　　　　未曾拷打深追问，岂能全招与人谋？

	这样招承人难信，伏乞我主细寻搜。
天　子：	（白）爱卿所奏也有理。文爱卿归班。
文翰华：	微臣领旨。
天　子：	旨意下，速将赵英与刺客沙渊打入刑部监中，将凶器收入库内。赖才成上殿。
	（上赖才成）
赖才成：	万岁万万岁。臣来见驾。
天　子：	朕命你去上保安验查曹克让的乾天剑，此剑若不在，收回京来问罪。领旨下殿去吧。
赖才成：	是，领旨。（下）
天　子：	（诗）今日正遇凶险事，命人保安检验真。
	（白）散朝。（下）
	（出宝彩文）
宝彩文：	（诗）曹郎下山无音信，倒叫奴家挂在心。
	（白）奴宝彩文。曹郎下山，打发水路与头目刁七同去服侍。昨日刁七回山，言说曹郎路遇不平，救去程家父女，水路顶替程家姑娘，杀死乔福，被拿送到大雄县问成死罪。哥哥带领喽啰下山去救水路，至今未回。曹郎去保安多日，并无音信。唉，曹郎，曹郎，你是不是把奴家我扔到九霄云外了？
	（唱）曹郎本是知情汉，不是无赖无义徒。
	临行奴家嘱咐话，他也答应不含糊。
	保安城里去挂号，说的是一个月内来接奴。
	如今头月无音信，却因何故忘了奴？
	莫非边关常打仗，为国尽忠把奴丢？
	却怎么一时想不到，太太她也不含糊？
	在此染病多少日，坐卧是奴亲手扶。
	煎汤熬药尝冷热，放枕拉被把床铺。
	临行分别难割舍，她老也是含泪珠。
	手拉手儿嘱咐我，看出真心疼媳妇。
	光景无有不接我，却怎么沉雁音信无？

> 有心再求哥哥去，奴家怕他行事粗。
> 自己寻去更不妥，只落背地自己哭。
> 千思万想无主意，不由二目泪扑簌。

宝　虎：（内唱）山寨大王回山营，见了妹子说清楚。

（内白）喽啰们，将马带过。（上）水路叫大雄县给杀了，妹子呀。

宝彩文：哥哥回来了，怎么没有赶上去救她？

宝　虎：赶上了是赶上了，被人家算计了哇。

（唱）囚攮想方法，把我来哄住。
传说要进京，吾上三义路。
等着劫囚车，是一好去处。
等了好几天，白白搭辛苦。
又回大雄县，事情算失误。
云阳市口中，斩了小水路。
愚兄将气生，气得干鼓肚。
吩咐众家丁，一同众头目。
吩咐一声杀，刀枪拦不住。
杀了知县家，偿命与水路。
官兵叫苦哉，死了无其数。
脑袋成了山，开了人头铺。
抢了大雄县，仓廪与府库。
车拉马又驮，无人敢挡住。
一起把山归，真是好丰富。
哥哥做事情，对路不对路？
说了多半天，一言也不吐。
倒是为什么，眼泪止不住？
光景是伤心，必是想水路。

宝彩文：（白）与她报仇也就罢了。

宝　虎：（唱）不然是为何，什么伤心处？
妹妹你说呀，委屈也应诉。
有你这哥哥，还怕委屈处？

宝彩文：（唱）佳人未语先叹气。

（白）哥哥你且坐下。

宝　虎：妹妹，你有什么屈事，只管说来。二老下世，抛下你我，我就你这么一个妹妹，若有事故再不说，你不白有这么一个哥哥了吗？

宝彩文：咳，我的哥哥呀。

（唱）小妹本有委屈事，不由二目泪纷纷。

哥哥下山救水路，这一回越思越想越心灰。

水路为了什么去？小妹心事是难为。

宝　虎：（白）你怕无人服侍你婆婆？

宝彩文：我的心事是好意，人家就是往外推。

宝　虎：怎么推呢？

宝彩文：（唱）将水路打发替人嫁，又打发刁七把山回。

这里之人都不用，待奴心事难相随。

临行之言有定准，看来言是心也非。

言定月内来接我，到如今未见音来信也未回。

如若他要心肠改，哥哥你想我靠谁？

宝　虎：（唱）妹妹原来是如此，不用愁来不用悲。

愚兄还是将山下，保安城内走一回。

一人一马把情探，见了妹丈我有定规。

或是接来或是送，管叫妹妹把心随。

宝彩文：（白）哥哥性暴，妹丈接你无礼的话，你可别生气呀。

宝　虎：（唱）什么亲戚无礼数，他就骂我不算吃亏。

宝彩文：（白）哥哥多有担待，何时起身？

宝　虎：（唱）说走就走更爽利，

宝彩文：（白）方才上来，也没歇歇呀。

宝　虎：（唱）你是妹来我是谁？

看看家罢我就走，（下）

宝彩文：（唱）佳人送出把山归。

宝虎下山且不表，（下）

（上桓党、赖才成）

赖才成：（唱）再把钦差表一回。

　　　　　来至保安边关地，

（诗）越老越奸越升官，心上心下净弯弯。

（白）下官赖才成。奉旨保安追查乾天剑虚实，倘若无有宝剑，主谋行刺是真，拿来赴京问罪。桓党，咱这一回是发财的差使，曹老儿必有些两个孝敬，诈出财来大家再分。小将们，静听吩咐，就此鸣锣进城。（下）

赫连铁头：（内白）小番们，杀至保安城，不得有误。

　　　　　（赫连铁头步上，沙锦马上）

赫连铁头：（唱）倚仗铜头铁背，

沙　锦：（唱）鬼没神出花枪。

赫连铁头：（白）俺青面罗汉赫连铁头。

沙　锦：俺白面金刚沙锦。

赫连铁头：镜花夫人是我之母。

沙　锦：都督沙江是我之父。咱两家同殿称臣，又是至亲，令姐赫连丹红聘与我为妻，现今并未过门。

赫连铁头：奉母之命，兵屯青峰坡下。国王差我营中送信，切莫交兵，候军师之计，再杀曹克让。相持日久，多耗粮草，叫人心中不忿，这岂不是自灭威风？今日命咱巡哨，定要杀到城下。

沙　锦：助你成功便了。

赫连铁头：就此下去。

赫连铁头：（唱）怎么一支乾天剑，咱们国人都怕它？

沙　锦：（唱）听说不过二三寸，凭空祭起把人杀。

赫连铁头：（唱）仗我铜头与铁背，不怕刀砍与枪扎。

沙　锦：（唱）谅他年老中何用？一路花枪命白搭。

赫连铁头：（唱）吾这有咽喉一寸地，莫非单往那里扎？

沙　锦：（唱）他若祭起乾天剑，相离那近一把抓。

赫连铁头：（唱）我父昔年被他斩，杀父之仇恨咬牙。

沙　锦：（唱）今与岳父把仇报，必要摘他脑袋瓜。

赫连铁头：（唱）国师混设什么计，白把令叔性命搭？

沙　锦：（唱）差我这里来送信，等候消息把兵发。

赫连铁头：（唱）慢慢腾腾是胡闹，叫人这里等着他。
沙　　锦：（唱）岳母令姐兵权掌，单单等他混磨牙。
赫连铁头：（唱）因此不怠来邀战，一定要把老儿拿。
沙　　锦：（唱）吩咐小番齐呐喊，令人传令闹喧哗。
曹克让：（唱）镇西侯爷曹克让，率众迎接把弓搭。
　　　　（摆帅桌，赖才成坐）
赖才成：（白）桓党，那边侍立，看我眼色行事。
桓　党：末将遵令。
赖才成：（唱）钦差捧旨上大帐，洋洋摆摆把话发。
　　　　（白）圣旨到，跪接。
曹克让：万岁万万岁。
赖才成：诏曰：君待臣以礼，臣待君以忠。兹而镇西侯曹克让不思尽忠报国，反与西番红绒国同谋，差刺客弑君，赵英金殿被抓，利刃正是乾天剑。刺客招供主谋，是尔所使弑君，勾连西番外国，实属大逆。今当抄拿问罪，众卿保奏，为明辨是非，钦命赖才成捧旨边关，查取乾天剑有无。有剑取剑回京，无剑即刻绑拿赴京问罪。钦此。
曹克让：万岁万万岁。
赖才成：我说镇西侯，快把宝剑交出，下官好回朝交旨，无有宝剑就要绑了。
曹克让：啊呀，信使大人，切莫动手，这是哪里所起？
　　　　（唱）吓了一身急躁汗，暗暗吃惊脸吓黄。
　　　　　　　糊里糊涂无头脑，出此不端事一桩。
　　　　　　　口呼信使且请坐。
赖才成：（白）有坐。你这剑可是在手呢，还是刺君了呢？快说！
曹克让：（唱）乾天宝剑在这里，曹某仗它挡番邦。
　　　　　　　哪里又有乾天剑，金殿之上刺君王？
　　　　　　　嫁祸多端真屈也，诡计多谋欺上苍。
赖才成：（白）屈不屈的下官不管，有剑就献，无剑就要绑赴京城。
曹克让：（唱）大人且请歇关内，等我修成一本章。
　　　　　　　敢烦大人奏圣主，再交宝剑奏吾皇。
赖才成：（白）朝命在身，没有工夫。

曹克让：（唱）一天之限不算晚，明日个奉上宝剑与本章。
赖才成：（白）你这支吾必无宝剑。人来，与我上绑！
曹克让：住了。

（唱）宝剑在此休要绑，钦差莫要太逞强。
赖才成：（白）我逞强不逞强的，乃是圣旨而来，你敢是要杀我么？
曹克让：（唱）曹某不敢抗圣旨，我看你必是逼贿把理伤。
赖才成：（白）哟，下官不懂贿不贿的，朝命事急一刻难容。
曹克让：罢了。

（唱）入内取出乾天剑，双手托出代奏上。
赖才成：（白）此剑不知是真是假，若是假的连下官也有罪了。
曹克让：住了！

（唱）惹起心头无名火，钦差无礼太猖狂。
赖才成：（白）哟，你好傲气呀。
曹克让：（唱）怎见真假不定准？
赖才成：（白）真假你知道你问谁？
曹克让：（唱）侯爷气得面焦黄。

（上探子）

探　子：（唱）探子跑来忙禀报，大帐之中报其详。

（白）报侯爷，不好了。
曹克让：何事这等惊慌？快快报来。
探　子：你老听报。

（唱）番兵又来到，只听人喊马又叫。

黑压压，密匝匝，咕噜噜，哗啦啦。

咕咚咚，响大炮，手拿大棍要绕。

头上无盔身无甲，坐下无战马。

连蹿带跳，脸色似蓝靛。

牙齿似钢锥，两眼如灯泡。

只听哇呀呀，连连把阵邀。

声声赫连铁头到，单把侯爷叫，不敢不来报。
曹克让：（白）再去打探！赖大人，你说宝剑是假，你在城头观看，看我斩这番奴，叫你看看宝剑真假来历。

赖才成：倒要领教。

曹克让：众将官，抬刀带马，杀出城去，不得有误。

（唱）上战马，手提刀。

　　　　随我带领，五百军校。

　　　　心中拿主意，来将真凑巧。

　　　　闻名这个番将，好似鬼怪魔妖。

　　　　今日若把番贼放，难免狗官把舌嚼。（下）

赖才成：（唱）赖才成，暗心焦。

　　　　这个总镇，气傲心高。

　　　　不肯贿赂，言语更恶刁。

　　　　可巧来了番将，叫吾城上看瞧。

　　　　看看那支乾天剑，怎样厉害名声高？（下）

（上沙锦、赫连铁头）

沙　锦：（唱）小沙锦，逞英豪。

　　　　压住阵脚，列开枪刀。

赫连铁头：（唱）赫连铁头到，提着棍一条。

　　　　　仗着铜头铁背，不怕刀砍枪扎。

　　　　　倒要试试乾天剑，见见他的偃月刀。（下）

（上曹克让）

曹克让：（唱）疆场上，用目瞧。

　　　　这个番将，果然凶傲。

　　　　无甲胄，红发脑后飘。

　　　　好似青面恶鬼，不知是鬼是妖。

　　　　交手倒要加仔细，一催征马手提刀。

曹克让：（白）番奴，报上名来，好祭钢刀。

赫连铁头：吾乃赫连铁头。老儿就是曹克让么？

曹克让：正是你侯爷。取你狗命来也，看刀。

赫连铁头：来呀。

　　　（杀，曹克让败下，又上）

曹克让：这个番奴，真是铜头铁背，砍不能伤其性命，不免祭起乾天剑。念念有词，乾天剑起。（赫连铁头死）这厮被我斩首。众将官，杀上前去！（下）

沙　锦：小番们，随我杀上前去，捉拿老儿，报此仇便了。

曹克让：来者小儿，报名上来。

沙　锦：你少爷沙锦。好个老儿，伤我大将。今日擒你，定报此仇。休走，看枪取你。

曹克让：（唱）缰绳一抖交了手，依仗勇力又刚强。

　　　　　　这个幼儿真厉害，神出鬼没一条枪。

　　　　　　一旁交手留神看，幼儿文雅白面龙。

　　　　　　容貌好似儿曹保，身型形象也相当。

　　　　　　可惜生在犬羊国，枉把性命送疆场。

　　　　　　幼儿有勇无谋略，白练手中一条枪。

　　　　　　大刀抛开银枪杆，闯进马下不慌忙。

　　　　　　连袍带甲抓个住，挟在马上丢一旁。

沙　锦：（白）扔了枪了。

曹克让：（唱）吩咐军校快上绑，余贼夺路奔西方。

　　　　　　鸣金收兵进城内，被擒之人入高墙。

　　　　　　一同差官下了马，请进大帐讲其详。（下）

（内白）赖大人请，赖大人请坐。

（赖才成、曹克让同上）

赖才成：有坐。

曹克让：赖大人，你看曹某剑斩番将，活捉逆贼，剑不假吧？显出曹某未曾勾连西番。

赖才成：斩将夺旗算你有功，此剑是真算你无罪。你不要和下官说长道短，速交宝剑，下官还要起身呢。

曹克让：你这官也不能与国分忧。这是宝剑，交到你手中，是忠是奸自有圣主裁处。

赖才成：待我装过，再与你说。

宝　虎：（内白）闪开闪开，内亲到了。

卒：　　（内白）什么内亲？

宝　虎：（内白）我乃侯爷内亲，你们敢拦挡我？全都有罪。
　　　　（上卒）
卒：　　禀帅爷，一个大汉，闯入辕门，称是侯爷内亲，我等拦挡不住。
曹克让：什么亲戚，这等莽撞？吩咐众将多加小心，叫他进来见我。
卒：　　是。（下，内白）侯爷有令，命你进去。
宝　虎：（内白）来了。（上）我说你们哪一位是曹老长亲？
曹克让：哪里来的愣汉？什么亲戚？哪里人氏？快快说来。
宝　虎：莫非你就是曹爷么？
曹克让：本帅就是。
宝　虎：老长亲，自是不认得，因未见面，提起来你老可就认得了。
　　　　（唱）你老是长亲，见面当问好。
　　　　　　　大料你不知，事多忘记了。
　　　　　　　等我再说说，自然你知晓。
　　　　　　　你家二公子，可是叫曹保？
曹克让：（白）正是。
宝　虎：对了。他是我妹夫，下来把他找。
曹克让：你莫非就是潘才么？
宝　虎：（唱）哪里才不才？长亲说错了。
　　　　　　　我是惊天王，威名天下晓。
　　　　　　　宝虎是我名，直率人人晓。
　　　　　　　住在青峰山，屯粮又聚草。
赖才成：（白）我当什么亲戚，原是山贼，好哇！
宝　虎：妹妹宝彩文，叫问太太好。
曹克让：哪有这门内亲？胡说，赶出去。
宝　虎：慢着。不是我胡说，其中有分晓。
　　　　（唱）你家二公子，我俩比拳脚。
　　　　　　　爱他武艺高，根底名头好。
　　　　　　　我请上高山，真是姻缘巧。
　　　　　　　妹妹招了他，日子算不少。
　　　　　　　你家老太太，病得身子倒。

　　　　　　病好才下山，临行说得好。

　　　　　　月内必来接，至今音信杳。

曹克让：（白）哪里来的疯汉？赶出去。

宝　虎：（唱）消气且消气，长亲你胡搅。

　　　　　　虽是八月中，十五日还早。

　　　　　　亲戚理当留，不留也不恼。

　　　　　　请出妹夫来，好把实话对。

　　　　　　或送或是接，接送都要早。

　　　　　　怒气充胸怀，焦躁实可恼。

曹克让：（白）军校们，将这厮拿下去斩首报来。

宝　虎：哇呀呀，囚攮的闪开，大王去也。（下）

卒：禀爷，那疯汉子闯出辕门，飞跑而去。

曹克让：吩咐捉拿，不许放走。

赖才成：原来青峰山与你是这样至亲，怪不得傲慢钦差呀。当着下官直面，还这样虚张声势，下官不管闲事。

曹克让：此事曹某一字不知。请大人馆驿歇息，等我拷问逆子，拿住疯汉正法。

赖才成：你玩笑起来了。下官奉旨办公事，岂是为你的事来的么？你结连山寇不结连山寇，下官不管。下官上殿交旨，稍带提及此事，小心你的脑袋在我手里呢。（下）

曹克让：大人转来。（倒，中军扶住）

中　军：曹爷醒来，帅爷苏醒。

曹克让：哎呀，逆子，你，你，你真正气死我了。咳，中军，拿我令箭，把曹保绑来见我。

中　军：哈！（下）

　　　　　（上卒）

卒：禀爷，那疯汉在四平街上，看看被擒，见他把帽子一按不见踪迹。

曹克让：起来。

卒：哈！（下）

　　　　　（绑上曹保）

曹　保：爹爹，为何将孩儿绑上帐来？所为何事？

曹克让：哇，逆子！逆子！私收山女，大犯国典，罪重如山。中军，拿上令箭一支，带领刽子手，将逆子绑在云阳市口，等到时刻，腰断三节。推下去！

曹　保：爹爹，这是无有的事情。

（曹克让踢倒曹保）

曹克让：你，你，你哄谁来？方才青峰山山贼宝虎，当着钦差之面，说得明明白白。好个逆子，你上犯国家法律，下犯祖宗家风，临阵收妻，理当斩首，又结连山寇，明是叛乱。朝臣钦差目睹眼见，奸相岂不知晓？皇帝下诏，说我勾连西番，主谋弑君，焉知不是奸计？天子仁明，尚未问罪，宝剑回京，吉凶未定。你今私收山女，就是我结连山寇的罪证。阖家被你一人连累，九族同灭，我不杀你，明显有私。哎！苍天！苍天！我曹克让一世英明，怎叫我生此逆子？中军，推下去。

曹　保：爹爹，容儿多活一刻，容儿细禀。

（唱）禀明缘故就领死，不敢迟误相求生。
青峰山上收女寇，万般出于无奈中。
孩儿大战那女子，母亲被抢上山峰。
谁想山寇心狠毒，不从婚姻就命终。

曹克让：（唱）满口胡说更该死，移罪于母掩罪名。
你身既陷贼山上，你应舍命闯山峰。
杀贼算你行报孝，救母身亡有美名。
母子俱丧忠孝名，逆子你私收山女辱祖宗。
又乱王章，怕死贪生。
中军快快接令箭，斩首示众莫消停。

曹　保：（唱）爹爹呀，无可奈何才应亲。

（上曹夫人）

曹夫人：（唱）中军你们慢慢行，我才找人把情讨。
众位将军来讨情，吴氏夫人魂吓掉。
急急忙忙上辕门，军中传言才知晓。
口尊老爷泪盈盈。

曹克让：（白）妇道人家，为何上帐？快快回避了。

曹夫人：老爷呀，孩儿曹保难有罪，也是我叫他做这事一宗。

曹克让：好，你母子做的好事呀。

曹夫人：妾身愿替他一死，求老爷看在父子情分上。

曹克让：你替他死，焉能使他活？我这老命，被他连累了，回避了。

曹夫人：（唱）不敢再说哭回避，（下）

众　将：（唱）副将胡凯不消停。

还有张云与李玉，一齐上帐跪流平。

侯爷且息雷霆怒，且看众将放他生。

胡　凯：（白）公子本该如此受罚，然今乃用武之时，公子有拔山举鼎之力，有万夫不当之勇，望侯爷看边关守御的份上，赦他无罪，叫他戴罪征西，以赎今日之罪，一为国家效力，二来不失父子之情，乞侯爷恩允。

曹克让：众位将军，快快请起。众位将军，不可保留逆子，大犯军规，败坏家风，大失国典。

胡　凯：虽则收妻有罪，乃不得已而为之。侯爷赦了公子，圣上若要深究，我等情愿上本，替公子分辩。

曹克让：众位将军只看眼下，岂知那钦差与我不合？他这次回京，岂不言此？留此逆子，阖家被杀，九族同灭；杀了逆子，免去九族之祸。逆子实实难留。且看众位之面，与他留个囫囵尸首，限个时辰。他既死在九泉之下，魂游阴曹地府，也谢众位之德。中军，现在什么时刻？（中军：巳时已到）拿我令箭，带领武士，将逆子绑在云阳，午时三刻处死，不得有误。

（唱）朝中不知祸与福，逆子罪犯真难容。

（白）三军们，掩门。（下）

（出程玉清）

程玉清：（诗）事关心心如刀绞，情连泪泪不到头。

（白）奴程玉清。深感曹公子大恩，将奴家从恶贼乔福之手救出，携带到此，实指望服侍太太，伺候二公子。待二公子娶了文小姐，求太太做主，收奴做个二房，也算以德报德。谁知二公子犯了杀身之祸？咳，好似摘我心肝一般。公子一死，此恩何日得报？奴也不过落个思念。咳，奴不如替二公子一死，一则报德，二则曹郎不死，不忘我救命之恩，我爹爹还有养老送终之人。方才与太太言明，我父虽不愿意，一会奴再与他老商议。让我父去叫中军，暗令公子私到后堂，有话吩咐。我父去了多时，怎么不见回来？

程有义：（内白）敢情我还未去呢。（上）丫头，你这一来，就不顾你这业障的爹爹了？

程玉清：孩儿岂舍得你老？你老想想，女儿本来丧在乔福之手，现在救了二公子，也算报了救命之恩了。和太太议妥此事，定无更改。

程有义：咳，我原以为有盼头了，现在就剩下我一人，可受罪了。呜呜。

程玉清：爹爹，事已至此，哭之无益，时刻有限，你老快去吧。

程有义：咳，狠心的闺女呀，吾算是没有指望了。（下）

程玉清：咳，我的天哪。

  （唱）不怪爹爹难舍我，我舍爹爹岂忍泪？
    我若不是二公子，苦命早已见阎罗。
    公子今日犯了罪　法场被绞一更后。
    太太哭得如酒醉，侯爷气得要死要活。
    正是佳人报恩日，替出公子把难脱。
    才与太太商议好，我父不愿无他说。
    公子叫进二堂内，叫他扮作女娇娥。
    幸好我俩相貌仿，身形大小差不多。
    不过是披头散发把面盖，众人难辨其皂白。
    今生不能结连理，为你之恩去报恩。
    忙回身摘去簪花洗去粉，应用之物预备妥。
    二堂之上见太太。

（曹夫人对上）

曹夫人：（白）姑娘意欲如此，此恩何日后报哇？

程玉清：太太呀，

  （唱）太太不可这等说。
    快与公子备行李，早早叫他把身脱。
    趁着侯爷后堂卧，越墙而过把步挪。

曹夫人：（白）叫他投奔何处哇？

程玉清：（唱）叫他投奔淮阳去，文府投亲把婚合。

曹夫人：（白）那里倒也罢了。

程玉清：（唱）忙上二堂候公子，时刻到了莫拦着。

　　　　　　中军领着二公子，暗通私情入内阁。

曹　保：（唱）曹保进房来见母，

　　　　（白）咳，哎呀，

　　　　（唱）说不出话来泪如梭。

曹夫人：（白）咳，儿啦。

　　　　（唱）太太哭得难言语，

程玉清：（唱）佳人急忙把话说。

　　　　　　低言说是快更换，入内一同把衣脱。

　　　　　　彼此无言暗更换，佳人办完又催促。

（曹保、程玉清同下，又上）

曹　保：（白）小姐之恩，何日后报？

程玉清：（唱）以恩相报奴情愿，也算出在无奈何。

　　　　　　奴替公子一身死，还有一事要恳托。

曹　保：（白）小姐，有话请讲。

程玉清：（唱）我父生奴未得济，老来落个无根树。

　　　　　　万望公子与太太，咳，这话叫奴怎么说？

曹　保：（唱）曹保听罢知礼义，小姐之言我明白。

　　　　　　小生岂是负义辈？我养老送终绝不脱。

曹夫人：（白）怎么也不如闺女活着。

程玉清：（唱）知恩要报该如此，

曹　保：（唱）曹保带泪往外挪。

　　　　　　公子扮女随太太，巧入花院出网罗。（下）

程玉清：（唱）佳人披发身被绑，低头不语话不说。

　　　　　　程老含泪领出去，交与中军等时刻。

　　　　　　中军带领众武士，推出院门不辨皂白。（下）

（上宝虎）

宝　虎：（唱）再表那惊天大王说可恼，气得浑身战哆嗦。

　　　　（白）可恼可恼，曹老儿不但不认内亲，还吩咐人等拿吾，那些狗头一齐上下，看看不好，我就乒乓一阵打出辕门。众将齐上，看看被擒，正在无法可使，想起算命先生给我那道灵符，说急危之处，戴上一道，自有玄妙，取出灵符，掖在帽檐之上，果然有效。

（唱）戴上那道符，狗头直了眼。
　　　一齐乱嚷嚷，吵吵声呐喊。
　　　都说看不见，可往何处赶？
　　　这个说是妖，神头与鬼脸。
　　　吾真好喜欢，忙往边一闪。
　　　此必隐身符，心中好大胆。
　　　就去听听声，好知长与短。
　　　都说赖钦差，侯爷气又恼，要将儿子斩。
　　　我且上云阳，看看长和短。
　　　仗着这道符，遮住众人眼。
　　　大舅救妹夫，回山也有脸。
　　　想罢回里行，云阳市不远。
　　　众人闹哄哄，正把闲人赶。
　　　中间正一杆，武士全站满。
　　　又来一伙人，拥护车与伞。
　　　说是老太太，法场来祭奠。
　　　太太待怎行，我且一边闪。（绑假曹保，上）
　　　中军遵令行，武士瞪着眼。
　　　绑上曹公子，拦挡无人敢。
　　　佳人低着头，披发盖着脸。
　　　众人俱悲伤，等着时刻到。
　　　太太带丫鬟，亲身来祭奠。

程有义：（唱）程老在后头，伤心掉泪点。
　　　　　闺女好狠心，要把为父闪。
　　　　　痛痛哭一场，阴间把她赶。
　　　　　药酒打一壶，砒霜买一点。
　　　　　吃了死了吧，活着有啥脸？
　　　　　倒在法场上，武士齐声喊。

曹夫人：（唱）夫人到此来，下车掉泪点。

（白）中军。

中　军：有。

曹夫人：什么时刻了。

中　军：午时一刻了。

曹夫人：咳，你公子只剩二刻生路了。中军。

中　军：有。

曹夫人：吩咐众人，远远伺候，我要祭奠祭奠。

中　军：太太，莫误了时刻，小人吃罪不起。

曹夫人：不必多言，快快退后。

中　军：哈。（下）

曹夫人：梅香，帮助程老摆上祭礼。程姑娘醒醒，老身亲自祭奠于你，有什么心腹之言，告诉老身，替你办理了，也不枉为我母子之情。

程有义：闺女呀，你怎么不出声？你是没气了吧？我的丫头哇，闺女，呜呜。

（硬唱）程老痛哭不高声，泪如雨点双手抹。

曹夫人：（唱）太太带泪叫姑娘，快快睁眼看看我。

程有义：（唱）舍命报恩顶替人，不护业障爹爹我。

曹夫人：（唱）姑娘仗义替我儿，叫人难割又难舍。

身子绑在这桩橛，午时三刻无处躲。

时辰只有半刻工，有何遗嘱告诉我。

程玉清：（唱）佳人被绑发了昏，好似真魂把壳脱。

程有义：（白）闺女醒醒，看看你爹。

曹夫人：程姑娘醒醒，老身亲自祭奠。

程玉清：（唱）慢慢抬头把眼睁，果然众人俱远躲。

看见太太与爹爹，心如万把钢刀割。

纷纷泪珠滚下来，问声公子可去躲？

曹夫人：（白）此时出门去了，姑娘不用惦记他了。你死好屈呀。

程玉清：（唱）小奴一死不屈心，落得无可无可。

屈心话儿有好些，

曹夫人：（白）姑娘有话，快快说吧。

程玉清：（唱）多蒙太太追问我。

说说死了也甘心，肝肠如同刀来割。

曹夫人：（唱）姑娘有话快快说。

（白）时刻有限，有什么话告诉老身明白明白。

程玉清：咳，太太，程玉清虽是庄农人家之女，也晓得三从四德，深知美丑二字，因此不从狂徒乔福，实指望一死全节。深蒙太太与公子救命之恩，女子无法可报，诚心终身不离曹门，等候公子娶了文小姐之后，求太太做主，以身报答公子为妾，想不到事不遂心，半途而废。

（唱）今日法场一身死，诚心要救意中人。

奴家一死无的怨，以德报德恩报恩。

屈只屈未与公子说句知心话，他心不知奴的心。

今日替他一身死，只会落个孤女坟。

求太太命人收殓奴尸首，千万不可弃奴身。

日后太太见公子，表一表奴的一片心。

公子若不嫌弃我，千万要收尸埋在曹家坟。

生时不能遂心意，死后伴他算沾恩。

曹夫人：（白）此事全在老身。

程玉清：爹爹呀，我死后你老奔淮安去，找吾舅父胡胜云。

程有义：咳，你死了，剩你表兄傻不愣登的，怎么能养活我？

程玉清：（唱）就在那里暂居住，打听公子去投亲。

只要他有一席地，无有不念咱们恩。

程有义：（白）咳，活着干啥？也是受罪。你死了，我也随后死了就得了。

程玉清：（唱）千万不可寻短见，儿与你找下养老送终人。

程有义：（白）咳，如今是人在人情在，人不在情也就没有了。

程玉清：（唱）诸般事情依儿吾，免得孩儿挂在心。

程有义：（唱）程老哭得如酒醉，看看午时三刻辰。

（上卒）

卒： 太太请回，时刻到了。

曹夫人：（唱）太太哭倒尘埃地，苦命儿啦摘娘心。

（上宝虎）

宝　虎：（唱）惊天大王人群中，诚心要救难中人。
卒：　（白）天交午时三刻，闲人闪开，武士上下搭手哇。
宝　虎：（唱）听说午时三刻到，想着灵符现在身。
　　　　　　　先生说午时三刻烧一道，必是其中灵符文。
卒：　（白）快快走吧。
宝　虎：纸烧了。
　　　　（唱）见他那里焚化纸，跑在跟下灵符焚。（起风）
　　　　　　　忽见大风从地起，飞沙迷目不见人。
众　人：（白）好大风，好大风，了不得了。
宝　虎：（唱）急忙上下解开扣，将妹夫背在背后走如云。（下）
众　人：（唱）太太程老刮在地，众人趴地避风尘。
　　　　　　　一时之间风沙住，中军睁眼吓掉魂。
　　　　　　　法场不见二公子，但见太太卧在尘。
卒：　（白）太太请起。太太，你看法场内，不见公子哪里去了。
曹夫人：（唱）果然被绑人不见，想必其中暗有神。
　　　　（白）中军，你可知公子的下落吗？
卒：　飞沙迷目，小人哪里知道？
曹夫人：既然不知，此人生死未定。你回帅府，诉说其中缘故。
卒：　小人诉说，恐有违令之罪。
曹夫人：此乃天意。况且自午时刮风未止，帅府必也知道此事，侯爷不能罪重于你。
卒：　是。
曹夫人：（诗）恩女救子被风脱，吉凶不定是网罗。
　　　　（白）丫鬟，吩咐顺轿回府便了。（下）

（完）

第 四 本

【剧情梗概】程玉清担心宝虎再找是非，自称胡四，骗他说曹保尚在保安城中。宝虎又截杀钦差，赖才成逃命到真武庙，在欧阳术士设计下，误饮毒酒而亡。桓党回朝，沈桓危上奏神宗。神宗大怒，下令抄斩赵英、曹克让全家，并派寇成前去捉拿曹克让。赵英被斩，其子赵飞龙携妻走脱。在保安城，牙儿翠翎挥军攻城，为子、婿报仇。曹克让失去乾天剑，无法抵挡。恰巧宝彩文率兵赶到，杀退东门番兵，曹克让却不愿相认。

（宝虎背程玉清急上）

宝　虎：（白）好风，好风！放下歇歇，先生两道灵符，一阵大风救出妹夫。风也住了，先将灵符收拾起来，再好使唤。咳，坏了，坏了，这宗宝贝被汗打湿了。待吾将我妹夫唤醒。咳，我说妹夫，你醒醒吧。

程玉清：咳呀！

宝　虎：（唱）听他哎哎哟，声音像娇娆。
　　　　　　　见他抬起头，两眼往上瞟。
　　　　　　　有些不对付，八成是死了。
　　　　　　　面目都像他，脸儿却窄小。
　　　　　　　身子又不粗，这事真是巧。

程玉清：（白）我怎么到这里了？

宝　虎：（唱）见他发愣怔，不知头和脑。
　　　　　　　我救我妹夫，法场背你跑。
　　　　　　　你这人是谁？把你背来了。
　　　　　　　你要不实说，给你一顿脚。

程玉清：（白）尊驾是谁？

宝　虎：（唱）青峰山大王，来将妹夫找。
　　　　　　　法场来救他，不料救错了。
　　　　　　　你来说实情，免见阎王老。

程玉清：（唱）宝爷请息雷霆怒。

　　　　　（白）宝爷莫要动怒。你是救妹夫曹保，我是替他法场赴死，救了他的性命。

宝　虎：怎么你是替他死的？这倒是个好人。你快说说你是什么人，如何替他赴死？他如今现在何处哇？

程玉清：宝爷容禀。

　　　　　（唱）心中暗暗拿主意，此人正是一山贼。
　　　　　　　　公子因他身受绑，二公子不愿要那女花魁。
　　　　　　　　奴若是告诉曹郎身何处，只怕再找闹是非。
　　　　　　　　就说公子在城内，此人必惧侯爷威。
　　　　　　　　不能实言将他哄，叫他不知我是谁。

宝　虎：（白）你倒说呀，你倒是何人？

程玉清：（唱）小人名字叫胡四，受过公子大恩。
　　　　　　　　今日个京中派的钦差到，说是侯爷顺番贼。
　　　　　　　　当时要取乾天剑，侯爷与钦差闹一回。
　　　　　　　　偏偏大王你也去，钦差以为侯爷顺山贼。

宝　虎：（白）原是狗官敢说长道短。

程玉清：（唱）钦差一怒出城去，曹老爷气得暴跳如雷。
　　　　　　　　绑拿公子去出斩，逢赦不赦不论谁。
　　　　　　　　太太哭得无法使，还有何人可夺威？
　　　　　　　　小人与太太设一计，移花接木救英魁。
　　　　　　　　我与公子貌相仿，报恩替他把阴归。

宝　虎：（白）公子如今何处去了？

程玉清：（唱）如今他还在城内，小人家中避是非。
　　　　　　　　保不住京中发人马，拿他一家把阴归。

宝　虎：（白）你且跟我回山，见我妹妹。

程玉清：（唱）多亏大王救了我，暂且不能把爷陪。

宝　虎：（白）你怎不愿意上山？

程玉清：（唱）曹爷还有大公子，我与他送信走一回。
　　　　　　　　真要灭门拿家口，我劝那大公子上山借虎威。

宝　虎：（白）罢了。

　　　　（唱）你这人儿心肠热，救了兄弟又怕追。
　　　　　　你就与他去送信，我就回山见妹妹。
　　　　　　带兵将吾妹夫要，试试钦差那个贼。
　　　　　　说声请了我去也。（下）
程玉清：（唱）佳人这才把心放，眼看大王他去了。
　　　　（白）我今得了活命，多亏此人。有心告诉二公子去处，必然去找，还是不利，故而支吾。我不免借此男装，也上淮安娘舅家中，打探二公子投亲之事。爹爹有我嘱咐之言，大约他也在那里。
　　　　（诗）方才诚义有天知，吉人天相果不虚。（下）
赖才成：（内白）桓党，头前引路，快快而行。（马上）下官赖才成。好一个曹克让，不但一点孝敬无有，傲气可是不小，真正叫人可恨。
　　　　（唱）明仗他有乾天剑，闹了些个直耿摆了些酸。
　　　　　　相爷托吾心肠事，许我金银万万千。
　　　　　　叫我把这乾天剑，交旨回朝要隐瞒。
　　　　　　就说那曹某无有乾天剑，不受绑拿抗皇宣。
　　　　　　把剑交与沈丞相，一心叫他丧黄泉。
　　　　　　相爷待吾恩不浅，我也是怕他势力爱他钱。
　　　　　　曹克让他该命尽，他儿又结青峰山。
　　　　　　告诉丞相奏一本，叫他认认赖差官。
　　　　　　我也爱他乾天剑，果然玄妙亲眼观。
　　　　　　等着四外无人处，拿将出来细细观。
　　　　　　我把真的隐藏起，照样打个假乾天。
　　　　　　假的交与沈丞相，真的藏起总不言。
　　　　　　走着思想正有趣，再说报马要回山。
　　　　（上宝虎）
宝　虎：（唱）正自歇息松林内，瞧见人马闹喧喧。
　　　　　　当头开路一武将，当中马上一文官。
　　　　　　正是钦差那狗子，坐在马上语多言。
　　　　　　好心胡四告诉我，都是此人起祸端。
　　　　　　正好此处遇见我，打发早早见老阎。

背后抽出刀一把，当道而立眼瞪圆。

（白）来者内中有个戴纱帽的狗官，快快下马，留下狗头，你大王爷要你脑袋使唤。

（上桓党）

桓　党：哪里来的瞎眼毛寇？这是户部侍郎，皇上的命官，少来冒犯，要不快走，枪下送死。

宝　虎：住了！不要你这无名狗官，孤家要他脑袋配药使唤使唤。

（唱）叫小子，你快溜。

今不杀你，莫要讲究。

别的我不要，但要狗官头。

挖出脑子饮酒，割去他的舌头。

你要不服也找死，立刻把你脑袋揪。

桓　党：（唱）冲冲怒，嚣贼囚。

何处毛寇，敢来吊猴？

不知有王法，言语好不周。

敢劫皇上钦差，摸摸项上人头。

快快报名枪下死，拿你同伙入牢囚。

宝　虎：（唱）提起我，莫吓溜。

青峰山上，大有名头。

惊天王宝虎，保安把亲投。

遇见狗官做对，与我妹夫结仇。

你不闪路先杀你，抡起大刀响嗖嗖。

桓　党：（唱）枪一摆，战不休。

来回几次，战了多久。

桓将是好汉，枪马更精熟。

只有招架之力，还手之力全没。

四十小卒同动手，一齐努力莫放贼囚。

宝　虎：（唱）单刀晃，冷飕飕。

人翻马仰，乱滚人头。

猛虎羊群走，恶豹扑猿猴。

　　　　　　小卒死了一半，平地血水直流。
　　　　　　越杀越勇越有力，
桓　　党：（唱）杀得桓将力气休。
　　　　　　赖钦差，魂吓丢。
赖才成：（唱）浑身乱战，汗水直流。
　　　　　　青峰山贼到，与我做对头。
　　　　　　桓将杀他不过，兵卒多半命休。
　　　　　　必是曹老他的鬼，要把我吃饭家伙丢。
　　　　　　趁着空，我早溜。
　　　　　　乾天宝剑，怀里紧收。
　　　　　　早早逃了命，不要装妞妞。
　　　　　　催马急往下走，顾命不敢回头。（下）
桓　　党：（唱）不言钦差逃了命，桓将累得汗直流。
宝　　虎：（唱）逗好汉，逗到头。
　　　　　　不许逃走，杀到来秋。
桓　　党：（唱）众人无一个，大人何处溜？
　　　　　　害怕想要逃走，招架忙把枪抽。
赖才成：（唱）连连打马急逃走，犹如弹弓走泥球。（下）
宝　　虎：（唱）且饶了这狗头，翻身回转，气冲斗牛。
　　　　　　狗官无踪影，奸猾早已溜。
　　　　　　便宜这个狗官，且留你的狗头。
　　　　　　暂且压住心内气，我且回山再讲究。（下）
程有义：（唱）再表老儿程有义，心中好似火浇油。
　　　　（白）我的苦命的闺女呀，你把我扔了，你被风刮去，不是摔死，就是被妖精吃了。要知你有今天，不如嫁给老乔家，这分明是给曹家当替死鬼来啦。打从小我就怕你活不长，你非要刚强，从五六岁你就不用你妈，十来岁针线活你就都会做了，我叫你念书写字，你心高命薄啊！我的业障丫头啊。
　　　　（唱）哭哭啼啼路上走，心疼闺女泪滔滔。
　　　　　　你叫我前奔淮安去，打听曹保是根苗。

　　　　　常言人在人情在，有个找着找不着。
　　　　　胡家我那小舅子，为人一世更恶刁。
　　　　　怕他祸到连累我，离他很远早开交。
　　　　　打听他也早死去，儿子傻憨带半彪。
　　　　　他年岁不算小，穷日子一定少吃烧。
　　　　　倘若不在淮安府，曹公子我再找不着。
　　　　　哪里有我安身处？将来饿死被狼咬。
　　　　　偷着要把淮安去，还怕那侯爷知道不轻饶。
　　　　　说我父女私逃走，命人赶上挨一刀。
　　　　　闺女风刮无踪影，八成遇见鬼怪妖。
　　　　　她无下落我也死，活着也是馕屎包。
　　　　　袖内囤着一壶酒，暗将砒霜带在腰。
　　　　　不如喝了毒药酒，免得狼吃与虎咬。
　　　　　也得找个安身地，只见那一座破庙长草蒿。
　　　　　何不进去寻自尽？（下）

（上欧阳术士）

欧阳术士：（唱）欧阳术士早算着。
　　　　　程老自尽不该死，钦差一命活不着。
　　　　　在此装神收宝剑，叫他一命赴阴曹。
　　　　　不言仙人神庙等，（下）

程有义：（唱）程老进庙细观瞧。
　　　　　原来是座真武庙，破烂不堪少衣袍。
　　　　　这就是我安身处，叩拜佛像赴阴曹。
　　　　　药酒放在供桌上，跪在地下泪滔滔。

　　（白）真武老爷在上听着，不是我在你庙内寻死，我实在是没法活了。我一辈子无儿，所生一女与人做了替死鬼，被风刮去，那准是叫妖精给吃了。我投亲去呢，无亲可靠。去找曹公子，他若不认，我也是难活，不如在此死了倒好。哎呀！庙外马蹄乱响，必是抵换事犯了，曹老爷差人拿我追问情由。药酒喝不了，这可怎么好哇？

欧阳术士：（内白）程有义不必着急。

程有义：咳呀，我的妈呀！这是哪里人说话？

欧阳术士：吾神乃真武大帝。

程有义：真武爷在上，我给你磕个头了。

欧阳术士：我神知晓，救你不死，快快藏在供桌底下，自然逢凶化吉。如违我令，死无葬身之地。

程有义：是，我遵命，待我快蹿下去。（下）

（上赖才成）

赖才成：好跑好跑，不知来在什么地方？大料山贼找不到这里来了。天也黑啦，将马拴上，进庙歇歇便了。原是一座真武庙，跑得又饥又渴，幸而逃命，我且坐下歇歇。咳，我这一回差事，未曾发财，几将性命搭上。

（唱）坐在地下长吁气，钦差当地倒了身。

幸亏还好逃了命，迟误一步刀抹脖。

幸好未失乾天剑，这宗宝贝值钱多。

取出放在供桌上，借着月色看明白。

此剑厉害亲眼见，匿剑之法早想得。

见了天子说无有，沈丞相追问此事被人夺。

端详已毕忙放下，哟，这里放着是什么？

这里还有一壶酒，野地无人是谁的？

正在又饥又是渴，想是神圣予吾喝。

真是官大命也大，嘴对嘴地一扬脖。

还是一壶状元酒，一连几口喝个足。

喝着又往钱上想，明日爷得把州官他来找。

钦差被劫他地界，银子他得花几车。

正然想出发财道，哼，肚子它怎么搅不停？

搅来搅去疼将起，疼着疼着越发泼。

咳呀，越疼越紧忍不住，咕咚栽倒肠子折。

胳膊大腿扑噔起，七窍流血见阎罗。（死）

程有义：（唱）程老吓得出躁汗，桌子底下战哆嗦。

等候多时无动静，瞧见爬出战哆嗦。

此人被我活药死，急着连连转磨磨。

（白）好好的人，被我给药死啦。人命关天，这可怎么好哇？

欧阳术士： 你不必着急，吾神早知此事，在此救你脱难。听我指点于你，庙外现有鞍马，你急急向南而逃，三岔口必与你女儿见面。少行一步，人命沾身，快去！

程有义： 是，多谢真武指点。我再与你老磕上几个头，多多打搅，咱爷俩改日见。

（下）

（上欧阳术士）

欧阳术士： 算定今日今时宝剑同归本主，阴阳不错。收了宝剑，遨游山水，再候劫数。

（唱）真人行隐行现，玄妙如有如无。（下）

（出牙儿翠翎）

牙儿翠翎：（诗）桃花绽放沾雨露，绿树生芽带春风。

（白）奴八宝镜花夫人牙儿翠翎。自从见了薛建功，情欲难收，将他困在书房中，加倍敬他，差人日夜服侍。鄂、良二将劝他归顺，总是不应。又差下人会琴见他，说了几次，也是不降。今日若不亲身见他，使上一个法儿，管叫他文君归司马，刘阮到天台。

（唱）自从见了薛总镇，黑夜白日迷登登。

我爱他方面大耳生得俊，桩桩件件是英雄。

中我心来如我意，小琴去说总不应。

今日亲身将他哄，管叫他欢喜得应从。

脱去汗衫露本相，如同仙女下九宫。

神女坐在楚台上，我不信襄王不游十二峰。

闹手猿猴得令引，多备甜枣准不惊。

这佳人放心大胆去做鬼，（下）

（出薛建功坐）

薛建功：（唱）再表建功薛总戎。

独自闷坐长吁气，不幸被困陷番城。

不见救兵来讨战，尽忠无路死不能。

可笑贱妇无羞耻，令人几次讨凡情。

怎奈我交锋不是她对手，金铁古怪异物精。

　　　　　　也只好等我国有救兵。
　　　　　　自思自想无主意，
牙儿翠翎：（内唱）房中进来女翠翎。（上）
　　　　　　叫声小琴打茶去，出声开言叫将军。
　　　　（白）多有冷待将军了。
薛建功：你又来做甚？
牙儿翠翎：我怕你烦闷，今日消闲无事，送你礼物。
薛建功：送什么？
牙儿翠翎：送，送……你追问得太紧，把话问回去了。将军呀！
　　　　（唱）笑哇哇地床上坐，将军你怎怎憋屈？
薛建功：（唱）憋屈恨你困住我，犬国之食不愿吃。
牙儿翠翎：（唱）吃喝快乐一生世，何处不可住人居？
薛建功：（唱）昨日小琴说的话，你今又来闹顽皮。
牙儿翠翎：（唱）小琴问你说此事，你就该趁水来和泥。
薛建功：（唱）亲身又来讨无趣，长长短短话休提。
牙儿翠翎：（唱）提的就是那件事，长长短短要你知。
薛建功：（唱）知道你是无羞耻，何用指东又说西？
牙儿翠翎：（唱）明白人该做明白事，拿着真心做假局。
薛建功：（唱）犬羊国人无羞臊，是畜类不是人类。
牙儿翠翎：（唱）脾气你是不知道，知道还许舍不得。
薛建功：（唱）无耻之言快收起，风流浪浪我不会。
牙儿翠翎：（唱）恶狠狠地瞪着眼，（变）笑哂哂地退下衣。
薛建功：（唱）恍惚之间未看准，
牙儿翠翎：（唱）看看这个离不离？
薛建功：（唱）呀！怪事怪事说怪事，
牙儿翠翎：（唱）相相出奇不出奇？
薛建功：（唱）丑妇转眼变俏俊，
牙儿翠翎：（唱）正是仙女下天梯。
薛建功：（唱）莫非丑妇是妖怪？
牙儿翠翎：（唱）这是本相不必犯疑。

薛建功：（唱）怪不得刀剑砍不动，

牙儿翠翎：（唱）敢说不是你的妻？

薛建功：（唱）打定主意志不改，

牙儿翠翎：（唱）叫声将军我帮你。

薛建功：（唱）呀！想为咱俩就动手，

牙儿翠翎：（唱）凑到跟前拉扯的。

薛建功：（唱）不拿千变与万化，

牙儿翠翎：（唱）劝你总得把我依。

薛建功：（唱）除死方休休妄想，

牙儿翠翎：（唱）陪你一宿死也不屈。

薛建功：（唱）明知拳脚不中用，

牙儿翠翎：（唱）好事不成叫人着急。

会　　琴：（唱）会琴跑来报祸事，连尊奶奶听仔细。

（白）禀奶奶，姑娘差人下书说，姑爷与少爷叫曹克让杀了。

牙儿翠翎：呀！探子现在哪里？

会　　琴：现在帐外。

牙儿翠翎：你在此好好伺候于他，我到前帐问问虚实。

会　　琴：是！（下）

牙儿翠翎：少陪将军，奴家去也。

（唱）没好拉气出房去，曹贼竟与我结冤？（下）

薛建功：（唱）怒气冲冲出内帐，建功暗喜且不言。（下）

（上牙儿翠翎）

牙儿翠翎：（唱）镜花夫人升了帐，座上喝声便开言。

　　　　　　快命探子来见我，小番答应往外传。

（上探子）

探　　子：（唱）探子进帐报祸事。

（白）报兵主得知。

牙儿翠翎：快快报来！

探　　子：兵主听报。

（唱）报报报，祸从天上掉。

少爷姑爷去寻哨，他们是胡闹。

不把将令遵，前去把阵邀。

只听保安城，放了一声炮。

出来曹克让，少爷性子傲。

铁棍架住刀。叮当火星冒。

三趟放了曹，飞来一物瑞气千条霞光万道。

嗖叭往下落，刺入咽喉道。

身子跳几跳，鲜血往外冒。

恼怒姑老爷，他要不服弱。

出马被人捉，哭得姑娘身子弱。

大兵败回来，叫我前帐报。

牙儿翠翎：（唱）翠翎吓一跳。

哭声娇儿死得苦，叫声我儿泪滔滔。

可惜铜头与铁背，竟自一命赴阴曹。

又把姑爷活捉去，苦死我的女多娇。

好个可恶的曹克让，咱俩仇恨比天高。

我今一定试试你，手拔令箭把兵挑。

（白）石元、石磙上帐听令。

（上石元、石磙）

石元、石磙：在。

（唱）你们在此把城守，莫放建功他走逃。

石元、石磙：得令！（下）

牙儿翠翎：（唱）其余随我保安去，一定拿住这贼曹。

吩咐已毕下大帐，（下）

（摆朝，上沈桓危，跪）

沈桓危：（唱）再表桓危跪当朝。

口呼万岁臣的主，微臣有本奏当朝。

（白）万岁，臣沈桓危有本奏闻陛下。

天　子：老丞相有何本？快快奏来。

沈桓危：吾皇万岁！

    （唱）西番贼人来行刺，主谋之人镇西侯。
       番贼果通曹克让，他又暗把赵英勾。
       曹克让愿降西番国，以安求劳叛宋朝。
       微臣早知有内患，因而赌印争人头。
       我皇降旨钦差去，去到边关把剑收。
       曹侯哪有乾天剑？抗违圣旨话不投。
       不服绑拿真造反，竟将钦差辱又羞。
       撵出城来谋杀害，谁知他早把青峰山贼勾？
       劫拿钦差杀校尉，桓党逃回禀情由。

天 子：（唱）好个可恶曹克让，主谋弑君恩成仇。
    （白）丞相归班。

沈桓危：（白）万岁！（下）

天 子：（唱）大怒即刻传谕旨，

乔不清：（唱）监察御史跪龙楼。
       连连叩头呼万岁，
    （白）万岁，臣乔不清有本奏闻陛下。

天 子：爱卿有本奏来。

乔不清：万岁呀！
    （唱）臣家住在大雄县，臣子乔福住原籍。
       良辰吉日娶媳妇，程有义的女花枝。
       娶过门来新人错，三言两语对了敌。
       杀了臣子名乔福，杀了家奴二三十。
       人多拿住女刺客，大雄县官审问实。
       原是青峰山贼寇，镇西侯的次子妻。
       差他使女小水路，替换程家女花枝。
       曹保拐去程氏女，谋杀臣子夺取妻。
       大雄县里斩女犯，青峰山贼把兵提。
       杀官放囚抢廪库，文书到来奏主知。
       吾皇万岁仁爱主，伏乞下旨办虚实。
       曹克让私通外国勾番寇，按律照章应灭族。

天　　子：（唱）天子听罢更心怒，大胆叛臣把朕欺。

　　　　　　　监中先把赵英斩，拿他满门归阴司。

　　　　　　　爱卿你且班中站，

乔不清：（白）万岁。

天　　子：（唱）天子座上气不息。

文翰华：（白）万岁。

　　　　　（唱）丹墀跪倒文刑部，微臣有本奏主知。

　　　　　（白）吾皇万岁，请息雷霆之怒，微臣有本奏于吾主。

天　　子：有本快快奏来。

文翰华：万岁，臣想赵英隐藏刺客，纵然曹克让主谋，我皇将曹克让调回京来，提出刺客并赵英，三曹对案，审出真情，方可正法。

　　　　　（唱）三叛臣，罪难躲。

　　　　　　　我皇万岁，再施恩德。

　　　　　　　拿来曹克让，三曹把案合。

　　　　　　　言行问口供，方显忠正奸恶。

　　　　　　　有罪分明死无怨，绑赴法场把头割。

沈桓危：（唱）文刑部，话太多。

　　　　　　　不要枉奏，冲犯圣听。

　　　　　　　刺客他说破，赵英把他窝。

　　　　　　　乾天宝剑为证，不有不算主谋。

　　　　　　　急急杀了除内患，再把奸臣扫清除。

文翰华：（唱）沈丞相，欠才学。

　　　　　　　杀了赵英，乱了大谋。

　　　　　　　拿来曹克让，谁与他对舌？

　　　　　　　如此无凭无据，克让调回怎说？

　　　　　　　刺客乃是西番寇，难道你还信口说？

沈桓危：（唱）你这话，我明白。

　　　　　　　为赵英，保他命活。

　　　　　　　暗为曹克让，替他把理说。

　　　　　　　他现杀了钦差，差的青峰山贼。

　　　　　　你来保本强词说，偏向亲戚一党合。
文翰华：（白）住了！
　　　　（唱）沈丞相，少胡说！
沈桓危：（唱）说得不错，明明白白！
文翰华：（唱）明明贼刺客，不定是谁窝？
沈桓危：（唱）赵英勾在一处，是你亲家主谋。
　　　　　　谋杀大臣就是你，
天　子：（唱）相亲误亲不用说。
　　　　　　天子座上声断喝，
　　　　（白）你二人不必强办，朕自有定夺。旨意下，曹克让私通外国，主谋弑君，乾天剑可为凭证。内结山寇，劫杀钦差，桓党可证。叛臣之子曹保私婚山女，招去程氏，杀死乔福。此案朕自有主裁，不许再奏。暂且归班。
众　臣：万岁。（下）
天　子：旨意下：赵英满门抄斩，以除内患。殿前金瓜武士，速将逆臣赵英推出午门，立刻斩首示众。
金瓜武士：领旨。（下，又上）禀万岁，施刑已毕。
天　子：起过。侍儿。
侍　儿：伺候。
天　子：宣寇成上殿。
侍　儿：领旨。（下，内白）圣上有旨，宣寇成上殿。
　　　　（上寇成，跪）
寇　成：万岁，臣寇成见驾。
天　子：寇爱卿，命你奉旨率领御林军五百，协同泗水关石刚，捉拿曹克让父子回京。提出刺客，朕在京亲自审问。
寇　成：微臣领旨。（下）
天　子：侍儿。
侍　儿：伺候。
天　子：宣丞相上殿。
侍　儿：领旨。（下，内白）圣上有旨，宣沈丞相上殿。

（上沈桓危）

沈桓危：万岁，臣沈桓危见驾。

天　子：朕命你派京营指挥吴大有，带兵抄拿曹克让满门家口。

沈桓危：微臣领旨！（下）

天　子：侍儿。

侍　儿：伺候。

天　子：宣文翰华上殿。

侍　儿：领旨。（下，内白）圣上有旨，宣文翰华上殿。

（上文翰华）

文翰华：万岁，臣文翰华见驾。

天　子：只因你和曹克让相亲，故必累累保奏，定无治国之才，将大改小，为云南知府，即日赴任。钦此。

文翰华：万岁。（下）

天　子：散朝。（下）

（出花彩凤）

花彩凤：（唱）停针弄线练刀枪，住脚歇后是粉妆。

（白）奴花彩凤。我父做过八十万禁军教头，教奴周身武艺，十八般兵器，无所不通。聘与赵飞龙为妻，夫主也有万夫不当之勇。翁父官居督察院之职，被弑君刺客诬赖翁父窝藏带上金殿。天子大怒，将翁父抓入大狱。这是无故受屈，还怕凶多吉少。

（急上赵飞龙）

赵飞龙：娘子，可不好了！

花彩凤：莫非翁父有什么凶事不成？

赵飞龙：咳！原是这般如此，方才斩首，午门废命。

花彩凤：苦哇！我的爹爹呀！

赵飞龙：方才兵部寇成暗暗差人送信，叫我们扮作平常之人模样，急急逃走，不久奸相领兵来抄咱们满门。快快办来。

（唱）恨又恨，不敢哭。

爹爹无故，法场被诛。

仇人是沈相，做保结下毒。

又差校尉桓党,剪草要把根除。

兵部参议暗送信,不枉昔日旧盟叔。

花彩凤:(唱)悲切切,放声哭。

奴的翁父,死得糊涂。

死也未见面,咱俩算心粗。

杀父之仇不报,枉为人丈夫,

你我杀入奸相府,杀他尸山血成湖。

赵飞龙:(唱)娘子你,莫心粗。

你我夫妻,岂不是孤?

君子有大量,无毒不丈夫。

倘若四门紧闭,咱俩怎能杀出?

趁着官兵还未到,快快收拾要急速。

花彩凤:(唱)言有理,从丈夫。

快快改扮,瞒人眼珠。

还有我兄弟,自幼一身孤。

赵飞龙:(唱)内弟为人好胜,带他走遍江湖。

快告诉他知晓,急急备办速。

花彩凤:(唱)忙回身,走进屋。

摘取簪环,脱去衣服。

绫罗同脱去,上下另装束。

拾起一面花鼓,夫妻一齐把屋出。

改扮好似江湖样,如此方可把城出。

赵飞龙:(唱)无奈何,走江湖。

埋名隐姓,待着后图。

泼天仇不报,不死又何如?

今生不杀沈相,枉做人间丈夫。

花彩凤:(唱)说不得哭,护不得痛,何以致此不得不。(下)

(上花朵一,头板)

花朵一:(唱)说了个大姐将十八,一心要找婆婆家。

媒婆请了三千六,你看她炕上底下椅子板凳锅台吧。

不等她爹来说话，不等她妈来哼哈。

这旁递盅酒，那边倒盅茶。

蝴蝶似身板，一摇一摆响哗啦。

赵飞龙：（白）内弟，收拾好快走。

花朵一：（唱）说的是，张大娘，李大娘，你看侄女必先强。

算命打卦奴命硬，十八该嫁有福郎。

奴的福大，爹娘担不住，落草头一天，奴家就好妨。

妨得我妈直打滚，妨得我爹生了这背疮。

赵飞龙：（白）你探得官兵怎么样了？

花朵一：（唱）妨得犍牛死了俩，妨得一囤小米成了糠。

妨死了两棵梧桐树，妨倒了前院三堵墙。

赵飞龙：（白）官兵不久到来，快走！

花朵一：（唱）妨得肥猪死满圈，妨死二十四只大绵羊。

赵飞龙：（白）兄弟，你听官兵喊叫如雷，快快逃命吧！（下）

花朵一：（唱）妨死五十六个狗，妨死南山十六只狼。

妨得东家不长草，妨得西家不打粮。（下）

桓　党：（内白）众将官，将他府团团困住！

（上赵飞龙、花彩凤）

赵飞龙、花彩凤：这囚攮的真来了。快走吧！（下）

桓　党：（内白）众将官。一齐入内，绑拿他的家口，不许放走一人。（众人马上）

咱桓将军，奉丞相之命，抄拿赵飞龙家口。听说他夫妻有些厉害，还得小心一二。

（上卒）

卒：　报桓将军得知，有男女仆妇八十余口，可赵飞龙夫妻全然不见，乞令定夺！

桓　党：必是有人走漏风声，惧罪逃走。暂且拿他家奴回府交令，再行严拿！（下）

（急上赵飞龙、花彩凤）

赵飞龙：（唱）打开玉笼飞彩凤，

花彩凤：（唱）顿断金锁走蛟龙。

赵飞龙：（白）俺赵飞龙。

花彩凤：奴花彩凤。

赵飞龙：幸而巧扮逃出城来，众人信为江湖之人，无人认识你我。俺今改名龙飞。

花彩凤：奴改名凤彩。

赵飞龙：好，有这个龙飞凤彩，何愁大仇不报？

（急上花朵一）

花朵一：唯呀！好跑了，差一点叫囚攮的抓了去。

赵飞龙：越说叫你走，你越自落后呀！

花朵一：说上瘾来啦！

花彩凤：兄弟呀，你姐夫改名龙飞，姐姐改名凤彩，你叫啥呢？

花朵一：你们都倒过来啦，我叫一朵花吧。

花彩凤：叫得不错。有咱们三人，何愁大仇不报？出京不远，俱是奸臣耳目，急急而行便了。（下）

牙儿翠翎：（内白）小番们，拔营起寨，杀到保安城，不得有误！（刀马上）

奴牙儿翠翎。曹克让杀了我儿，捉去门婿，仇深似海，带领番兵番将一同女儿攻打城池。不拿曹克让，誓不为人！

（唱）怒气冲冲传将令，大小将军与番兵。

如不拿住曹克让，誓不回廷面龙城。

他仗他有乾天剑，拼不定谁输与谁赢。

国王不准发人马，要等妙计捉神宗。

这如今杀了我儿擒我婿，哪里等到这些工？

率领石元与石磙，胡拉海托罗那赫连丹红。

一定城下攻关口，拼拼谁死与谁生。

不言夫人等人马，（下）

（上探子）

探　子：（唱）探子飞报报军情。

军中帐内忙禀报，侯爷闻听吃一惊。

传令中军来伺候，慌慌忙忙上帅厅。

（升帐，张云、李玉站）

曹克让：（白）本帅曹克让。逆子私收山女，云阳斩首，贪官赖才成收去宝剑，正在气恼之时，探子报道番兵杀到城下。张、李二将听令！

张云、李玉：有！

曹克让：急挑精兵三万，随本帅杀出城去。

（杀，曹克让败下）

曹克让：（内白）众将官，紧守关门，多备灰瓶火炮，防守城池。（急上）好一个厉害的丑妇，叉沉马快，铜筋铁骨，刀枪不入，可不厉害人也。

（硬唱）刀劈丑妇冒火光，一派邪术妖气现。
赫连丹红更凶恶，叉沉马快真不善。
张云大战二十合，又挑左膀伤一片。
李玉出马刀相争，又挑宝盔头发乱。
本帅交战五十合，仅将敌住女番叛。
丑妇复又来相争，本帅立时与她战。
一时敌住刀与叉，杀不退丑妇与番叛。
无法可退她二人，可惜无了乾天剑。
两军相争无胜负，怪风一阵把天变。
黑咚咚的眼难睁，走石飞沙打中面。
定是丑妇使邪法，两下相争必忙乱。

（上卒）

卒：（唱）番兵番将进了城，扎下连营在四面。
云梯火炮把城攻，

曹克让：（唱）吩咐一声去打探。

卒：（白）哈！（下）

曹克让：（唱）忙乱之中无主张，心中急得出躁汗。
不知何处来的兵？忽然贼营人马乱。
人马不多有一千，霎时来到城下看。
光景要到城里边，吩咐一声我去看。

（白）众将官。

众　将：在。

曹克让：适才探子报道，不知何处人马到，上城头观看观看。

（宝彩文、青云刀马上）

青　云：青云，急急催马。

宝彩文：奴宝彩文。哥哥回山言说，翁父不认此亲，要将曹郎正法，说什么京中钦差追取什么宝剑。哥哥倚仗欧阳先生灵符，救出曹郎，不料又错，是家人胡四法场替死，说是曹郎还在城内他家隐藏。奴带领能连、豆去二人下山，去找曹郎，叩拜太太，请出翁父，好与公子请罪。

（唱）太太无有不疼我，公子不是无义徒。

侯爷无有不相认，太太无有不告诉。

必是哥哥不酌量，行事冒失说话粗。

安排叫他守山寨，奴去亲身拜翁姑。

请出侯爷曹克让，愿替公子把罪赎。

情愿替他领死罪，情愿立功杀番奴。

侯爷无有不应允，如何不留这媳妇[①]？

能连、豆去：（唱）东门番将托罗那，胡拉海汉子高又大。

西门番将一个女夜叉，令人害怕。

手使一柄混铁托天叉，坐下一匹巴拉拉登山越岭枣红马。

北门番将胖鬼的闺女、打路鬼的妈，骑一匹冲天吐雾追风赶日马。

晃动一口三尖青铜大刀，长有丈八。

杀得能连、豆去跑回来，请姑娘示下示下。

宝彩文：（白）再去打探。

能连、豆去：得令。（下）

宝彩文：青云。

青　云：在。

宝彩文：紧紧跟随马后。能连、豆去踏他的营盘，到东门见了曹老爷，言明此事，好立奇功。

青　云：得令。

宝彩文：就此杀上前去。（下）

（上托罗那）

托罗那：小番们，攻城！俺托罗那。镜花夫人攻打保安西门，安下营盘。我与胡拉海攻打东门，与镜花夫人报杀子之仇。番兵们，攻打城池。

---

① 原文标注"以下约有500字空缺"。

（上卒）

卒：　　　报将军得知，不知从哪里来的一支人马，闯入营内。

托罗那：再去打探！

卒：　　　得令。（下）

托罗那：准是京中发来的人马。小番们，摆开一字长蛇阵，休放来兵入营，待我杀上前去。（下）

（上宝彩文）

宝彩文：你看番兵摆开一字长蛇阵，挡我去路。能连、豆去听令。

能连、豆去：在。

宝彩文：能连攻打阵头，豆去攻打阵尾。青云攻打中间，奴亲身杀那旗下番将。（下）

托罗那：哪里来的贼将，冲我营盘？报名受死。

宝彩文：番将问我，听真：奴乃曹爷儿媳，特来擒你。看刀。

托罗那：休说狠言大话，你可认识此阵么？

宝彩文：此乃一字长蛇阵，我国三岁小孩常常玩耍，这等何能？

托罗那：唯呀！倒要与你分个上下。

（杀，托罗那败下）

宝彩文：这厮从阵门进去，学艺不精。能连、豆去、青云，分三路人马依令攻打，必得全胜。（下）

（上托罗那）

托罗那：唯呀！这个女子果知阵法，分兵三路，杀得我首尾不能相敌。她又杀来了，还得挣扎。杀呀！

（宝彩文对托罗那，杀托罗那死，又对胡拉海）

胡拉海：女子少逞威风，报名受死。

宝彩文：来将何名？

胡拉海：我乃赫连丹红手下大将，名叫胡拉海。不要走，看枪。

宝彩文：来！来！（杀胡拉海死）

（出曹克让坐，上卒）

卒：　　　报侯爷得知，东门外来了一支人马，杀得番将七零八落。

曹克让：起过了。

卒： 哈。（下）
曹克让：这等，赶到东门打马道，上城观看何处人马。（下，又上）
（硬唱）率将下了北城头，心中正自犯思量。
不知何处一支兵，与那丑妇打一仗？
力不能敌便走开，其中一定有异样。
必是兵败设计谋，诓其出城去打仗。
虚设四面将城攻，谋而难成有勇将。
马道上城到东门，站在城头仔细看。
为首一人是女将，这个妇人杀得欢。
冲杀一阵字长蛇，女子刀劈贼命丧。
人翻马仰尸成山，贼兵不敢抬头望。
残杀番将奔南门，东西刀枪扫平荡。
不见别营有救兵，哪里来的这女将？
催马直奔城下来，须加仔细不可放。
攻其不备兵法云，出其不意当自壮。

宝彩文：（唱）传令喽兵归本队，喘吁待征等打仗。
青云随我到城下，慢闪秋波用目望。
（白）城上老将，可是翁父曹老爷吗？

曹克让：什么翁父？我也不是曹侯。女子来路虚诈，快说来历，不然乱箭射你。

宝彩文：（唱）老将既不是曹爷，传托一事宝彩文。
本是青峰山上女，请禀将爷把事陈。
侯爷家有二公子，一同太太老夫人。
在我山上住多日，太太施恩主下婚。
临行亲身嘱咐我，到保安禀明公父老大人。
一两个月来接我，无音无信到如今。
奴今自来拜翁父，一起杀贼立功勋。

曹克让：（白）私收山女，已被处死，莫非你不知晓吗？

宝彩文：（唱）此事早听家兄讲，请知底细与原因。
法场被绑是胡四，移花接木是替身。
家兄救出法场去，出城问真错认人。

二公子还在胡四家中躲，畏惧军威怕天伦。

望求将爷替奴禀，请出侯爷与夫人。

奴替公子领死罪，那时一死也甘心。

奴今带兵临城下，戴罪立功为夫君。

不是奴家夸海口，一刀能敌百万人。

拜恳拜恳多借问，口中不言自沉音。

曹克让：（唱）又是发恼又是气，原是山寇逆子寻。

说什么胡三与胡四，讲什么替谁错认人。

逆子莫非他未死？中军回禀话有音。

虚虚实实难测料，鬼鬼祟祟难辨清。

眉头一皱生巧计，我何不以寇破贼，借刀杀人？

宝彩文：（白）老将军为何不言？想是不与奴家传禀。

曹克让：（唱）城下女子听示下，细听把话对你云。

（白）城下女子听真，你的来历虚实不定，我也不敢上禀侯爷，当此之际不敢离此城池。侯爷现在南门严兵护守，你需杀上南门，亲自说明来历，可行可止，别人不敢担此重任。众将官，多备弓箭，防守城池。（下）

青　云：姑娘，这位老爷说得有理，乱军之际，谁敢妄动？咱且杀上南门，见了侯爷，自有音信。咳，这事情南门怕有些不妥？

宝彩文：妥不妥的只得走上一趟。喽啰们，杀到南门，不得有误！（下）

石　元：（内白）小番们，且莫攻城，等他敌兵。（马上）

番　兵：咱石元帅领兄弟攻打南门，探子报道有一女子踏破东门连营，杀了托罗那、胡拉海，三千人马只剩百十余人。

（上卒）

卒：　报都督得知，那一女子杀奔南门来了。

石　元：擂鼓助威，我与众将报仇便了。（下）

（完）

第　五　本

【剧情梗概】宝彩文连胜赫连丹红和牙儿翠翎，大破四门番军。曹克让以沙锦假扮曹保，将其杀死以绝宝彩文之望，并派兵杀退青峰山之军。吴大有奉旨率兵赴新丰县查抄曹克让家属，曹珍、蓝素晏杀出重围，逃至三霄娘娘殿。在神祇帮助下，蓝素晏产子。曹珍留下血书后逃脱，蓝素晏被擒。寇成奉旨到保安城，捉住曹克让回京伏法。他本曹克让结义兄弟，因投奔沈桓危而心生愧疚。在路上，寇成利用自己与曹克让相貌相同，与后者互换身份，代其赴死。

　　　（宝彩文对石元）
石　元：好贱婢，敢冲我的大营，报名受死。
宝彩文：哪有闲工夫与你通名？看刀。
石　元：来，来。
　　　（杀，宝彩文败下，又上）
宝彩文：哪有闲工夫与他搠战？不免用金镖打他便了。
宝彩文：哪里走？看镖！
石　元：哎呀，不好。（下）
宝彩文：这贼左眼中镖，几乎落马，败回西北去了。能连、豆去，踩他的营盘。
　　　（下）
　　　（宝彩文对石磙，杀石磙死，同下，胡凯、曹克让上）
曹克让：好一个勇猛的女子，真乃女中勇将也。
　　（硬唱）镇西侯爷上了城，站在敌楼早看见。
　　　　　青峰山杀得凶，踏破连营到下面。
　　　　　一马当先有威风，一口大刀如雪片。
　　　　　番兵队内门旗开，一个大将好大汉。
　　　　　二马相随在垓心，青峰山女真灵便。
　　　　　单刀抡圆战石元，留下右手使暗算。
　　　　　一把金镖中面门，只见鲜血流满面。
　　　　　几乎落马把命丧，又一番将来接战。

　　　　　来回又是几回合，一刀下去劈两半。
　　　　　女将率众杀番兵，人头乱滚尸成片。
　　　　　指东杀西血水流，番兵叫苦如麻乱。
　　　　　暗夸女将勇无敌，好似东齐钟无盐。
　　　　　可惜落草是山贼，声名四海真可叹。
　　　　　见她领兵到城根，一定要把本帅见。
　　　　　吩咐胡凯把令听，多加仔细城头站。
　　　　　如此如此把她答，这般这般休做乱。
　　　　　吩咐已毕下了城，去把奇谋密事办。（下）

宝彩文：（唱）吩咐青云把马催，城下去把侯爷见。
　　　　　横刀打马到城边，抬头仔细往上看。
　　　（白）城上老将军，可是曹老爷吗？

胡　凯：我乃副将胡凯。侯爷方才正在这里瞭阵，守城东门小卒报道，有事去了。此乃乱军之时，不敢放你入城，侯爷差人到胡四家中找出曹二公子，此时正在西门等候。你要杀到西门，见了曹保，辨明真假，自然开城。话已说完，要你自裁。众将官，紧守城池。（下）

宝彩文：我的妈呀。
　　　（唱）无的说了直发怔，怔了一回口打咳。
　　　　　憋了一身急躁汗，说不出话来只发呆。
　　　　　暗暗叫声二公子，奴为你好容易杀到这里来。
　　　　　杀得浑身无了力，杀得大汗出了香腮。
　　　　　不见你爷们一个面，城门定无人走开。

青　云：（唱）姑娘不必着急，咱们杀到西门，也许看看公子。

宝彩文：（白）咳，青云。
　　　（唱）你听城上说的话，虚虚掩掩不得白。
　　　　　怎么又往西门去？其中定把心事怀。

青　云：（白）别管他什么心事不什么心事的，既到了这个地步，也得杀到西门，见着公子再说吧。

宝彩文：咳，罢了。
　　　（唱）赶到这里说不了，哪怕尸骨土里埋。

　　　　　　　抖抖精神壮壮胆，一股杀气冲上来。
　　　　　　　传令杀到西门去，（下）
　　　（张云、李玉、曹克让马上）

曹克让：（唱）镇西侯爷有安排。
　　　　　　　使一假途灭敌计，垂手可把二贼坏。
　　　　　　　张云李玉听吩咐，你等秘密巧扮来。
　　　　　　　来了番将小沙锦，貌似曹保一样胎。
　　　　　　　急到监中将他绑，就说立刻把头摘。
　　　　　　　看那小将无胆量，必要求生吐悲哀。
　　　　　　　如此如此向他讲，这般这般生路开。
　　　　　　　绑在西门城头上，把他与我快绑来。
　　　　　　　这是我的一条计，一句言差拿刀开。
　　　　　　　快去快去休怠慢，（下，又上）催马奔了西门来。
　　　　　　　城头多备催战鼓，旌旗刀枪密摆开。
　　　　　　　等与山女相威胁，更叫山女犯疑猜。
　　　　　　　不言西门城上事，（下）
　　　（出赫连丹红，上卒）

卒：　（唱）番卒飞报进营来。
　　　（白）报姑娘得知，元青正然出马攻城，不知从哪里来了一支人马，从东南处杀破咱国连营，片甲不归；又杀到西门，二将拦挡不住，看看杀进营来，乞令定夺。

赫连丹红：再去打探。

卒：　得令。（下）

赫连丹红：小番们，抬叉带马，杀出营去，不得有误。（下）
　　　（宝彩文、青云马上）

青　云：姑娘，你看能连、豆去二将抵住那个番贼，城上摇旗呐喊，鼓声震耳，必是曹老爷与咱摇鼓助威呢。

宝彩文：你说得不错，就此杀上前去。（下）
　　　（豆去对元青）

豆　去：番将来了，报名受死。

元　青：我乃健将元青。你是哪里来的人马？报名上来。
豆　去：我本侯爷亲戚，特来帮兵。爷爷名叫豆去。好个番将，休走，看枪取你。
元　青：来，来。
　　　（豆去杀元青死，对赫连丹红，豆去败，青云对赫连丹红杀，青云败，赫连丹红对宝彩文）
宝彩文：好个番贼，休要逞强，报名上来，好做刀下之鬼。
赫连丹红：你姑娘赫连丹红。杀我大将，踏我连营，可是你么？
宝彩文：正是你姑奶奶。丫头看刀。
赫连丹红：住了。好个逞强的贱婢，你休要逞凶，报名上来领死。
宝彩文：番女若问，坐稳征驹，听奴道来。
　　　（唱）钢刀架，托天叉。
　　　　　番女要问，细听根芽。
　　　　　宝氏彩文女，特来把贼拿。
　　　　　居兵青峰山寨，那里是我娘家。
　　　　　今日杀贼把功立，知我厉害少争杀。
赫连丹红：（唱）微微笑，把话发。
　　　　　我当怎样，这等凶煞。
　　　　　还是女毛寇，来历不正嘛。
　　　　　与你各不相犯，为何在此挡路？
　　　　　为何来助曹克让？多惹是非枉争杀。
宝彩文：（唱）曹老爷，是一家。
　　　　　并非多事，把你欺压。
　　　　　奴是他儿媳，差人将信搭。
　　　　　早知番女犯境，特意来把兵发。
　　　　　说罢抡刀催战马，心急性烈恼心肺。
赫连丹红：（唱）心大恼，晃叉杀。
　　　　　来回几次，暗自惊讶。
　　　　　女将刀马勇，进退更奸滑。
　　　　　依仗叉沉马快，快狠狠就是几叉。
　　　　　被她轻轻躲过去，这么杀来难胜她。

刀法好，武艺佳。

擒她不住，另想办法。

不可再交战，这得使妙法。

忙将坐骑一带，迎面虚晃一叉。（败下，又上）

囊中取出无价宝，泰山神石手中拿。

大叫女子休来赶。

（白）囊中取出泰山神石，口念真言立刻长大，如同泰山一般照准女寇施去，呀咩。（下）

（上宝彩文）

宝彩文：呀，你看空中飞来一座瑰宝，大如泰山一般，不知是何宝物？手内掐诀，口念金刚咒语，忙将舌尖咬破，吐出血水，闭目合眼，只听晴天霹雳一声巨响。（呐喊）潜在身后，呀，原是泰山神石，将地打进丈尺，兵卒压死不少，好不惊怕人也。

（唱）吓了一身冷冷汗，抽口凉气胆发寒。

这个丫头狠个狠，毒手使得绝又绝。

多亏奴有金刚咒，师父教的保身诀。

只是保住奴的命，军卒压死有好些。

你欺我来谁让你？试试谁正与谁邪？

忙祭飞刀十八口，你今身后断三节。

再使一个分身法，也把番兵个个切。

口念咒语飞刀起，高叫番女刀去咧。（下）

（上赫连丹红）

赫连丹红：（唱）这个女将真厉害，泰山石去命未绝。

呀，头上金光十八道，一片冷气把身贴。

打了个冷颤跳下马，借遁逃走忙不迭。（下）

宝彩文：（唱）佳人忙使分身法，十八口飞刀快切切。

手掐咒诀杀众将，乱砍兵将把头切。

大刀一摆随后赶，（下）

番　兵：（唱）番兵们个个忙不迭，血流成河染了地，

战场杀得手不歇。（下）

（上宝彩文）

宝彩文：（唱）佳人勒马收回宝，番兵杀死有好些。
　　　　　　　这回杀得番兵苦，四肢难动软塌塌。
　　　　　　　再若不见曹郎面，可怜奴的心事咧。

青　云：（白）这回无有见不着的。姑娘你看城上人群内，不是曹姑爷吗？你看看吧。

宝彩文：（唱）不错不错真不错，正是曹郎你姑爷。
　　　　　　　左右二人将他推，绑住二臂何情节？
　　　　　　　身不软弱跳下马，跑到城下泪不止。
　　　　　（白）城上不是曹郎吗？

张云、李玉：正是曹保。

宝彩文：为何绳绑二臂？快些去了绳锁，放奴进城，叩拜翁父。

张云、李玉：你这山女是可怜他，还是害他？

宝彩文：这话从何说起？

张云、李玉：他已经逃在胡四家内，你不该在东门一五一十说出真情，岂不害了他？

宝彩文：何人传禀他老人家这事？哦，莫非那位将官就是侯爷么？

张云、李玉：正是侯爷。侯爷到胡四家中，将他绑出，就要斩首，多亏众将讲情，才留下他命。

宝彩文：多亏众位讲情了。

张云、李玉：因此绑在城头与你助威。侯爷有令，命你去杀四门，将功折罪。你今杀破三门，北门有个牙儿翠翎，邪术难敌，杀退北门，就放你进城，杀不退北门，依旧斩首城头。以上话已说完，将他绑至北门去了。（下）

宝彩文：曹郎，是你吗？慢去慢去。（倒）

青　云：姑娘醒来，姑娘醒来。哎呀。

宝彩文：（唱）一阵发昏身无主，又是骨软又骨酥。
　　　　　　　苏醒多时吁口气，不由那眼滚泪珠。
　　　　　　　叫声曹郎害了你，奴不该把真情事儿来说出。
　　　　　　　东门既见翁父面，恨我心粗无眼珠。

又是心疼又后悔，怪我心昏糊里糊涂。
又叫我将这四门贼杀退，说什么将功把罪赎。
身杀三门无力气，杀得我头迷眼黑发了糊。
刀也钝了马也慢，怎么再杀那番奴？

青　云：（白）姑娘，这可怎么好呢？

宝彩文：青云哪，咱若杀不到北门去，难免你姑爷被刀杀。

青　云：姑娘这样软弱，如何能去征战呢，这可怎好呢？

宝彩文：（唱）咳，看着他死我也死，合着珍珠炼炼炉。
老天保佑杀贼番，尚可见面拜翁姑。
若是死在北门上，扔了这把贱骨头。
拿起刀来忙站起，

青　云：（白）姑娘，你可小心点呀。

宝彩文：（唱）掂掂大刀将头点。
（白）咳，或死或活，在此一战。青云，带马，随我杀上北门。（下）
（出牙儿翠翎）

牙儿翠翎：（诗）与儿报仇恨，拔剑斩仇人。
（白）奴八宝镜花夫人牙儿翠翎。探子报到，三面连营，六千番兵，被一员女将，杀得只剩六十余人，死了六员大将，女儿遁地逃走，不知哪里去了，叫人气恨不过。小番们，抬刀带马，一齐出营，不得有误。（下）
（牙儿翠翎对宝彩文）

宝彩文：来者丑妇，可是牙儿翠翎么？

牙儿翠翎：然也。破我的连营、杀我的大将，可是你么？

宝彩文：正是你姑娘。今日定与丑妇分个胜败。不要走，看刀取你。

牙儿翠翎：来，来。
（杀，宝彩文败下，又上）

宝彩文：呀，丑妇刀沉马快，浑身如铁，一般刀砍身上，震得那膀臂酸麻，并非人类。若不先下手，必吃她亏，不免祭起飞刀，斩她便了。（念念有词）呀啐。

牙儿翠翎：呀，空中霞光万道，不知是何宝贝？定睛一看，原是飞刀，异色神锋。

　　　　　现有护身汗巾衣衫，你能把我怎样？
　　（唱）抖抖精神吸口气，瞪瞪眼睛皱双眉。
　　　　　身似金钟头似铁，头发一炸如钢锥。
　　　　　一片金刚头一照，叮当乱响火星飞。
　　　　　劈断金身绊甲带，剁坏头上扎金盔。
　　　　　谅你难伤皮毛肉，飞刀不胜它自回。（回刀）
　　　　　冲冲大怒摧战马，大嚣贼人少发威。
　　　　　三尖刀砍我千万次，难解奶奶火性飞。
　　　　　并不回避只管砍，试试花奴何能为。（下）

宝彩文：（唱）丑妇大刀沉又重，心又害怕气又急。
　　（白）刀临头上强着架。呀，不好，一刀砍掉头上盔。（下）

牙儿翠翎：（唱）镜花夫人说哪走，大叫贱婢休逃回。
　　（白）好贱婢，哪里走？
（宝彩文过，能连、豆去二人对牙儿翠翎）

能连、豆去：丑妇，休伤我主，我等下来擒你，看枪。

牙儿翠翎：来，来。
　　（杀，同下。）

青　云：（内白）喽啰们，二将挡住丑妇，多备弓箭护守旗门。
　　（青云搀宝彩文上）姑娘你怎么样了？可受伤了无有？

宝彩文：咳，虽未受伤，砍去我的头盔，杀得浑身无力，软如棉花，只怕有些不好了。
　　（唱）大汗水，透征衣。
　　　　　丑妇厉害，舍命难敌。
　　　　　身体如棉弱，眼黑头又迷。
　　　　　叫声曹郎夫主，那眼泪似淋漓。
　　　　　你那里盼着奴救命，我这里难免命归西。
　　（呐喊）

青　云：（唱）小青云，甚着急。
　　　　　大叫姑娘，快拿主意。
　　　　　能连与豆去，何能把她敌？

　　　　　　　一时踏破阵脚，姑娘这可怎的？
　　　　　　　姑娘你勉强上战马，再等一时走不及。
宝彩文：（唱）身无力，头发迷，怎挡丑妇那个东西？
　　　　　　　飞刀砍不动，骨肉似铁石。
　　　　　　　不知是妖是怪，只怕命在旦夕。
　　　　　　　城上死了二公子，死后阴间做夫妻。
牙儿翠翎：（内白）小番们，努力攻杀。
青　云：（唱）喊得紧，更着急。
　　　　　　　心内生窍，有了灵巧。
　　　　　　　忙中失主意，当局者自迷。
　　　　　　　力争难把她胜，姑娘再把宝施。
　　　　　　　太阳真火珠八个，姑娘莫非你忘记？
宝彩文：（唱）不中用，我早知。
　　　　　　　那个丑妇，不可小视。
　　　　　　　头硬如铜铁，身子似金石。
　　　　　　　飞刀全不中用，火球如何使得？
　　　　　　　那个丑妇无法挡，人妖难辨虚与实。
青　云：（唱）试一试，看怎的？
　　　　　　　奴想此计，必能克敌。
　　　　　　　太阳球神火，必将她焚掉。
　　　　　　　五金神石熔炼，何况她是人皮？
　　　　　　　无法可使试一试，生死存亡在此时。
宝彩文：（白）囊中取出一串八个太阳火球，念动真言，凭空祭起，呀啐。（火光下）青云，带马杀上前去。
　　　　　　（上牙儿翠翎）
牙儿翠翎：呀，好个贱人，祭出神火。此火内带有八个火球，非同小可。如若再不逃走，就是铜筋铁骨，也是枉然，定化如灰尘。不免化阵清风，逃走便了。（下）
　　　　　　（烧马死）
宝彩文：好也，好也，原来丑妇怕此神火，化阵清风逃走。喽啰们，往下攻杀，踏她营盘。

（上青云）

青　云：番兵逃走，营盘踏如平地。你看城上战鼓不响，旗下乃是曹老爷，右边是姑爷。这一回到城下，准备翁媳见面，夫妻团圆。

宝彩文：咳，好容易弄到这个地步，奴家哪世是亏欠他了吧？

（唱）放下心来吁口气，挽挽头上发青丝。
　　　不用梳洗拨回马，软软倒向一堆泥。
　　　强打精神城上看，密摆刀枪与旌旗。
　　　城上站立他父子，曹郎城上把头低。
　　　夫主哇，你莫走我来救你，抬头看看你的妻。
　　　就该单单来接你，怎不言语心发痴？
　　　城门不开还是闭，是何事情犯猜疑？
　　　走过吊桥到城下，勉强下了马龙驹。（曹克让、沙锦城上）
　　　来之城下深深拜，软软塌塌地挨迟。
　　　待罪媳妇宝氏女，上禀翁父大人知。
　　　儿媳杀得番兵退，跪恳赦罪我夫妻。

曹克让：（唱）侯爷故意冲冲怒，无义逆子你听知。

（白）曹保，这是你私收的山女宝彩文么？

沙　锦：正是。

曹克让：哼哼，宝彩文啊，宝彩文，你今力杀四门，退了番兵，特为逆子一段私情。叫道山贼女寇宝彩文，真真可恼。

（唱）你想曹保何人也？功盖宇宙社稷臣。
　　　怎能女寇做内室？岂容逆子败家门？
　　　上犯国法皇上律，下辱祖宗犯五伦。
　　　父叫子死他怎办？逆子背父活到今。
　　　你今为他求赎罪，军法难容死甘心。
　　　看你力杀四门勇，与他留下囹圄身。
　　　说这恼来到这怒，交付与你快离门。
　　　一抬脚儿踢下去，逆子死活任你去。

（杀沙锦死，摔尸下）

宝彩文：（唱）佳人一见吓掉魂，爬到尸下连声叫。
　　　　　　头碎血流命归阴，哭哭啼啼曹郎叫。
　　　　　　大叫一声箭穿心，往后一仰断了气。（倒）
青　云：（白）姑娘醒来，姑娘醒来。呀，有些不好。
曹克让：（内白）张云、李玉听令，炮响出城，杀退山寇便了。
　　　　（内喊）
青　云：城上人马呐喊，杀出城来。喽啰们，抬着姑爷尸首，我扶姑娘上马。能连、豆去二员将，去挡官兵，且战且走，急急回山，不可误事。
卒：　　得令。（下）
　　　　（能连、豆去对张云、李玉，大杀一阵，张云、李玉败下）
豆　去：你看将官兵杀退，你我只得急回山寨便了。
能　连：有理。喽啰们，快快回山。（下）
　　　　（上青云）
青　云：好也，好也，追兵杀退，逃了性命。急急回山，禀知大王，再做道理。（下）
　　　　（急上牙儿翠翎、赫连丹红）
牙儿翠翎：吓死人也，吓死人也。奴牙儿翠翎。
赫连丹红：奴赫连丹红。咳，母亲，咱母女若非神通广大，早做幽冥路途之鬼了。
牙儿翠翎：好个贱婢，十分厉害，杀得咱国兵将，片甲不归，真正可恼。
　　　　（唱）奴我方才发人马，要与儿婿大报冤。
　　　　　　咱那将将无活命，一万番兵死九千。
　　　　　　侯爷这个儿媳妇，比她公公还占先。
　　　　　　此仇暂且不能报，有这贱人获胜难。
　　　　　　国王吩咐兵莫起，不该一怒起祸端。
　　　　　　如今兵败仇未报，之后急回屠龙关。
　　　　　　且压此时风火性，后看军师黄鹏仙。
　　　　　　想必有计杀克让，罪灭阖家遭险颠。
　　　　　　那时再发人共马，将功折罪再报冤。
　　　　（上卒）
卒：　　（唱）残兵败将整一万，查查点点不过一千。

牙儿翠翎：（唱）吩咐带过那匹马，带着残兵转回关。
　　　　　　　　不言母女摆阵事，再表兵部钦差官。（下）
　　（寇成、石刚马上）
石　　刚：（唱）传令吩咐把营安，一声令下屯人马。
寇　　成：（唱）皇宣下诏领人马，去拿边关忠良臣。
　　　　　（白）下官寇成。
石　　刚：吾泗水关总兵石刚。
寇　　成：奉旨来拿曹克让。一同石总镇带兵一万，眼看离保安不远。石将军，这人马可是扎在城外呢，还是进城？
石　　刚：依末将拙见，不如一齐进城，围了帅府。大人进内宣读圣旨，末将就此上绑。此为上策。
寇　　成：言之有理。众将官，将帅府团团围住。（下）
　　（曹克让升帐）
曹克让：（诗）不料青峰山女至，本帅设计破贼营。
　　　　（白）本帅曹克让借寇破贼，一战成功，赶走女寇，此乃国家之幸也。
（上卒）
卒：　　报侯爷，祸从天降！
曹克让：有何祸事？快快报来。
卒：　　今有寇成带领兵将，手捧圣旨，一同石刚，将帅府团团围住。
曹克让：呀，再探。此事有些不好。
　　　　（唱）口内连连说不好，知道皇宣来得凶。
　　　　　　　下诏降旨收神剑，得罪钦差赖才成。
　　　　　　　必与奸相同谋计，假奏天子加罪名。
　　　　　　　必为青峰山上事，参我逆子与贼同。
　　　　　　　圣上必然拿问我，才叫石刚领大兵。
　　　　　　　此事尽是权臣挡，钦差又是那寇成。
　　　　　　　他今侍奉沈丞相，老来无德败声名。
　　　　　　　幼年虽与他结义，二十多年断交情。
　　　　　　　在京不与他说话，立志不交无义朋。
　　　　　　　如今他来捧圣旨，犹如奸相亲自同。

罢了，祸到临头由天定，但凭忠烈留美名。

（上卒）

卒：（白）报侯爷得知，官兵将帅府团团围住，钦差入帐来了。

曹克让：起过。

（唱）吩咐大帐摆香案，众人一齐下大庭。（下）

（上寇成）

寇　成：（白）朝命下。

曹克让：万岁万万岁。

（唱）忙忙连说臣接旨，

寇　成：（唱）寇成吩咐御林军。

　　　　囚车安放大帐外，准备刑具候令行。

　　　　石刚传令候宣话，寇成捧旨上帅厅。

　　　　高叫总镇快接旨，

（白）圣旨到，跪。

曹克让：万岁。

寇　成：诏曰：君待臣以礼，臣事君以忠。而今君施仁政于臣，臣以恶行侍君。曹克让不思尽忠报国，私通外国，暗差番奴，金殿弑君，事已问实；又勾山寇，拒接圣旨，劫杀钦差，更是大逆；又纵子行凶，私收山女，拐去程氏，杀死乔福，父子大逆，照章法办。钦命寇成捉拿犯官满门家口，打入囚车，即刻回京问罪。总兵石刚暂为保安总镇，以挡西番贼寇。钦此钦遵。

曹克让：万岁万万岁。

寇　成：众将官，快将犯官帅盔去掉，打入囚车。

曹克让：天使大人，下官一并家口也要抓捕？

寇　成：是。石刚，到后帐将曹克让家口拿来，打入囚车。

石　刚：得令。（下，又上）禀大人，曹保惧罪逃走，夫人撞死，拿来几名家人。

寇　成：叛子必早知风声逃走，传令各处搜拿。石将军在此执掌兵权，莫忘皇上恩托。御林军，将曹克让绑赴囚车，就此回京便了。（下）

御林军：哈。（绑下）

石　刚：众将官，掩门。（下）

（吴大有升帐，包能站）

吴大有：（唱）一朝权在手，便把将令行。
（白）俺京营指挥将军吴大有，奉旨往浙江新丰县桃花寨捉拿曹氏家口。包能上帐听令，随我到杏花寨捉拿曹侯家口。你带一支人马，从西门而去，我带人马从东门而入，两头堵住，一个难逃。

包　能：末将得令。（下）

吴大有：众将官，带马。（下）
（出蓝素晏）

蓝素晏：（诗）停针弄线闺中志，跨马抡刀女钟馗。
（白）奴蓝素晏。自幼爱习刀马，爹爹教奴飞镖一十二口，百发百中。家父官居边关总镇，被奸相沈桓危所害，母亲自刎而亡，家产被抄，家人赏与公伯之家为奴，屈志被赏与曹府，侍奉少夫人。多亏太太抬爱，知奴是宦门之后，与大公子做了二房小妾。少夫人去年死去，奴家扶正。太太同二公子去上保安，家中只剩下十几名家人，有曹义管家，照理处事，家中有奴扶持公子。如今奴家身怀六甲，算来倒有九个来月了。
（曹珍急上）

曹　珍：娘子，可不好了。

蓝素晏：呀，官人何事惊慌？

曹　珍：方才曹义言道，不知从哪里来的人马，奔跑而来，离此不远了。

蓝素晏：呀，这人马来得可奇怪了。
（唱）尊官人，快调停。
　　这些人马，来得不明。
　　咱这杏花寨，本是善门风。
　　阖村不知外事，因何动了官兵？
　　只怕是因咱家事，如何未听有风声？
　　怕只怕，这当中。
　　爹爹那日，去上边庭。
　　与那沈丞相，赌头把印争。
　　如今不知胜败，恐其又把祸生。
　　奸相岂有不怀恨？暗使亏心把人倾。

曹　珍：（唱）言不错，是这宗。

　　　　　　　必是奸相，设的牢笼。

　　　　　　　要把爹爹害，谗言把君蒙。

　　　　　　　先抄咱的家口，然后再调官兵。

　　　　　　　正如迅雷如贯耳，定而无疑是此情。

　　　　　　　却怎好？战兢兢。

　　　　　　　人马不久，到了村中。

　　　　　　　万一被拿去，料想不能生。

　　　　　　　不如死在家内，省得去受官刑。

　　　　　　　爹爹大料必是死，不然如何这等凶？

蓝素晏：（唱）惊又怕，气满胸。

　　　　　　　拉住官人，连叫相公。

　　　　　　　你不要害怕，妾身有调停。

　　　　　　　等奴杀退兵将，咱们快快逃生。

　　　　　（白）庄兵们，好好把守庄门，莫放官兵进庄。

　　　　　（唱）报罢回来拿主意，好歹不叫你受惊。

曹　珍：（唱）说不了，泪盈盈。

　　　　　　　娘子一人，孤掌难鸣。

　　　　　　　官兵势力众，内里有英雄。

　　　　　　　娘子若有差错，那时活把人倾。

　　　　　　　要死咱们死一处，要生咱在一处生。（下）

（上吴大有）

吴大有：（白）众将官，将庄团团围住，不许放走一人。

（上曹义）

曹　义：（唱）曹义进府说不好，进了内室报军情。

　　　　　（白）公子可不好了。官兵因何围庄，公子呀，方才老奴打听明明白白，是这般如此，将太爷调回京城，午门斩首；再差人马抄拿家口，将庄园团团围住。庄兵守住庄门，公子、奶奶，快想主意吧。

曹　珍：罢了，爹爹呀，爹爹呀，父帅一死，我弟兄何能后生？不如一死，倒也甘心。

蓝素晏：咳，官人不可拙见。（拉住曹珍）
曹　珍：不用拉，父帅一死，我何能后生？快快放手。
曹　义：公子不可如此，等奶奶想个主意吧。
曹　珍：你二人有何主意？快讲。
蓝素晏：曹义，你去准备鞍马，等我杀退官兵。
曹　珍：咳，你二人如何能挡官兵？倘若官兵进庄，我是依然被擒，不如死在家中，落个囫囵尸首。娘子你有周身武艺，你自己逃命去吧。你且放手。
蓝素晏：咳，官人说的哪里话？如若不逃走，生在一处，死在一处。
曹　珍：你且放手吧。
蓝素晏：官人不要寻此拙见。咳，我的夫主啊。
　　　　（唱）此事活活难死吾，拉住官人不放松。
　　　　　　你死我岂自逃走？剩奴一人有何面？
曹　珍：（白）你可叫我带累你了。
蓝素晏：（唱）说不得带累原是命，官人你且莫要哭。（呐喊）
家　奴：（唱）外面人马喊得紧，跑来几个小家奴。
　　　　（白）大叔呀，官兵把庄门打碎。
曹　义：咳呀，这可怎好？
蓝素晏：（唱）官兵拿去也是死，你我上马快逃出。
曹　珍：（白）此时身软，如何骑马？
蓝素晏：咳，
　　　　（唱）说不了咱骑一匹马，在后紧紧抱着奴。
　　　　　　管家随后你跟去，纵然年迈是武夫。
曹　义：（白）老奴就此去也。
蓝素晏：好，快去，你把鞍马扣好。官人快来吧。
曹　义：（唱）曹义吩咐快带马，庄人随跟快杀出。
蓝素晏：（唱）收拾已毕上了马，单手提刀保儿夫。
　　　　　　吩咐家人门开放，抡起大刀要杀出。
曹　义：（唱）曹义提枪相随后，还有几个小家奴。
蓝素晏：（唱）莺声小口直声叫，不怕死的来会奴。
包　能：（唱）包能提枪来拦挡。

　　　　　（白）好贱人，你必是曹家的家口，还不下马受绑，等待何时？
蓝素晏：少说闲话，挡我者死，逆我者亡。不要走，看刀，来吧。
　　　　　（杀，蓝素晏败下，又上）
蓝素晏：哪有闲工与这贼搦战？不免用金镖打他便了。
包　能：贱婢，哪里走？
蓝素晏：看镖。
包　能：呀，不好。（死）
蓝素晏：曹义，往下冲杀。（下）
吴大有：（内白）众将官，努力冲杀，不许放走贱婢。（上）
　　　　　俺吴大有。这人必是曹家家口，后边抱着她的男子定是曹珍。我今不拿住美人，怎对得起我心中的思想？
　　　　（唱）放走这美人，难对老思想。
　　　　　　　拿住这美人，不枉来这趟。
　　　　　　　只说不费难，不用细打量。
　　　　　　　谁知曹府中，娘们会打仗？
　　　　　　　众人往上围，并无自忙样。
　　　　　　　后边抱一人，身子更打晃。
　　　　　　　大刀似风车，左遮与右挡。
　　　　　　　后跟一老者，马快身子壮。
　　　　　　　众人难上前，死了包能将。
　　　　　　　看看要出关，叫人难容让。
　　　　　　　大叫小贱人，催马把枪晃。
　　　　　　　贱人要躲逃，除非把天上。
　　　　　　　交手你必知，紧勾你的枪。
　　　　　　　吩咐众将官，刀枪一齐上。（下）
曹　义：（唱）曹义手提枪，试试老家将。
　　　　　（对杀）
吴大有：（唱）才要追美人，老头来不让。
　　　　　　　回马把手交，老头好力量。
　　　　　　　招架几十合，（过蓝素晏）上了他的当。

　　　　　　贱人冲出围，直说怎么样。
　　　　　　慌忙着了急，口内说好样。
曹　义：（白）看枪，扎吴腿。（下）
吴大有：咳呀，我的妈呀。
　　　　（唱）枪杆一拨拉，扎在右腿上。
　　　　　　疼得闪一旁，高处只一望。
　　　　　　焦躁气恨恨，实实难容让。
　　　　　　忍着疼痛传将令。
　　　　（白）好个贱婢，真正可恼，杀奔西门去了。众将官，拿支令箭，急到新丰县，请参将江波，叫他带兵急去邻镇捉拿钦犯，不得有误。
卒：　　得令。（下）
吴大有：众将官，急急攻杀，莫放犯人逃走。（下）
　　　　（上蓝素晏）
蓝素晏：老管家，你看那里有座破庙，赶到那里歇歇，我只觉头迷眼黑，怕有些不好。
曹　义：好跑了一会儿，天色将晚，追兵不能到此。
蓝素晏：你将官人扶下马来。
曹　义：老奴遵命。
　　　　（唱）曹义扶下大公子，公子吓得战不休。
蓝素晏：（唱）佳人下了能行马，肚内疼痛似油流。
　　　　　　曹义快把庙门闭，身软如棉汗直流。
　　　　　　勉强走进佛堂地，
曹　珍：（唱）公子一见更发愁。
　　　　　　原是三霄娘娘殿，不由下跪叩下头。
蓝素晏：（唱）站立不住坐在地，呼呼而喘冷气抽。
曹　珍：（唱）娘子这是怎么样？颜色改变汗直流。
蓝素晏：（唱）官人只怕奴要死，腹内好像有人揪。
曹　珍：（唱）必是冲锋累着了，疼得如何这样愁？
蓝素晏：（白）官人哪，奴今怀孕九个月，冲锋过力犯困愁。
曹　珍：（唱）知道是我害了你，刚才紧紧抱后头。

蓝素晏：（唱）别无他说该如此，如今必要一命休。
曹　珍：（唱）只求天地神佛保，母子平安把神酬。
蓝素晏：（唱）还怕后有追兵赶，妾身不能挡贼囚。
　　　　（呐喊）
曹　义：忽听外面人马喊，吓得出汗禀情由。
　　　　（白）公子、奶奶不好了。咳呀，公子、奶奶，可不好了，东北追兵蜂拥而来，少时就要困住此庙。这可怎好？
蓝素晏：呀，可不好了。
　　　　（唱）害怕着急团团转，这可活活倾死女娇娥。
　　　　（白）咳呀，腹内疼痛越发紧。夫主呀，你快逃命莫要迟。
曹　珍：（唱）我要逃走你怎好？
蓝素晏：（白）咳，
　　　　（唱）这可真真令人愁。
　　　　　　　你快上马休顾吾，埋名隐姓等报仇。（内喊）
　　　　　　　人马喊叫声不断，
　　　　（白）你快走吧，咳呀。
曹　珍：（唱）讲不起的把你丢。（下）
蓝素晏：（白）官人慢走。
　　　　（又上曹珍）
曹　珍：娘子说什么呀？
　　　　（唱）娘子有话你快讲，有何言语说根由。
蓝素晏：（唱）奴今怀胎要分娩，不知是男是女流。
曹　珍：（唱）不管是男还是女，分了娩你也快走把他丢。
蓝素晏：（唱）神佛保佑若有命，寄封书信把名留。
曹　珍：（白）咳，
　　　　（唱）此处无有纸和墨，
蓝素晏：（唱）待奴咬破中指头。
　　　　　　　无纸却往何处写？白绫半幅早藏收。
　　　　　　　墨水使得母的血，白绫半幅为记头。公子快把书字写。
曹　珍：（白）待我写来。

(诗) 家门不幸被祸缠，夫妻避难古庙间。
父名曹珍侯门后，母名素晏本姓蓝。
生女有名叫爱玉，生男佛保讲在先。
神佛保佑为名姓，夫妻父子后团圆。

(白) 曹珍、蓝素晏父泪母血。离书写完，交予娘子，我就去也。(下)

曹　义：禀奶奶，公子逃走，官兵将进，待老奴护送临敌。将奶奶战马拴在门外，大刀放在身旁，老奴帮助公子杀上前去。

蓝素晏：曹义，你回来，你回来。咳，他无战马，怎么冲锋打仗？

(起，又倒) 咳哟，好不惊怕人也，可不急死奴家了。

(唱) 疼得昏迷头要裂，又听人马发喊声。
曹义出去去交战，又无战马命必倾。
大刀现在身边放，门旁还有马能行。
一紧疼得一阵紧，霎时小儿要降生。
佛前玷污清白地，挣扎起来隐身形。
将身挪在佛殿后。(下)

(云照，上神仙)

神　仙：(唱) 善哉，忙了催生与送生。
托身五魁星转世，扶保大宋有根横。
霎时之间离了世，(孩哭) 吾神事毕上天庭。(下)

蓝素晏：(白) 咳哟，

(唱) 昏迷之时明白了，自觉着骨软肉麻肚儿松。
定定精神睁开眼，瞧见婴儿小孩童。
软塌塌的忙包好，复又裹上小白绫。
慢慢放在佛背后，(呐喊) 人马喊叫越发凶。
曹义准是乱军死，奴家也是不能生。

吴大有：(白) 众将官，老将已死，其余尽在庙内，将庙团团围住。

蓝素晏：咳，苍天哪。

(唱) 我死倒也不足惜，可怜这个小孩童。
将他抱起也是死，叫人拿住可放生。
把儿放在佛背后，但愿有人拾去小孩童。

　　　　拿起大刀晃几晃，四肢无力软塌塌。
　　（白）如今生死存亡，全由天定，但愿三霄娘娘有灵，保佑我儿有命，奴死也甘心。挣扎上马，闯出庙门。尔等闪开，奶奶出庙去也。（下）

吴大有：哈哈，你这妇人，披头散发，马上乱晃，哪里跑？

蓝素晏：狗官看刀。
　　　　（杀，吴大有败下，上江波）

江　波：咱江波，新丰县的参军，来拿钦犯。你看那个妇人，好像中了疯魔一样，马上乱晃。众将官，下上绊马索，待我杀上下去。（杀，蓝素晏落马）众将官。

众　将：在。

江　波：将那妇人绑在一边，进庙捉拿犯人。（下）

吴大有：多谢江老爷帮助捉拿犯妇。马上一躬，江爷莫怪。

江　波：好说。
　　　　（上卒）

卒　　：禀爷，庙内并无一人。

吴大有：起过。（下，又上）大料人也不多，杀了一个老头，拿了几个家奴，侍女俱已逃走，此时无人捉拿，暂且回京，回禀相爷，再行捉拿。

江　波：言之有理，吴爷请在县衙歇马。

吴大有：朝命在身，不敢有误。众将官，把犯妇打入囚车，急急回京便了。请。

江　波：请。（下）
　　　　（三霄娘娘云上）

娘　娘：（白）善哉呀善哉。
　　（唱）三霄娘娘发慈悲，正值祥云过行宫。
　　　　瞧见五魁星临世，落胎离世天助成。
　　　　千里有缘遇见吾，大发慈悲念其生。
　　　　甘露神水洗玉体，一粒仙丹入腹平。
　　　　一日催着一日长，一十二岁像孩童。
　　　　十二就有千斤身，一家团圆报冤横。
　　　　一十二内人搭救，天意造定无改更。
　　　　复又留下一封柬，半漏天机点朦胧。

娘娘催云归古洞，（下）
寇　成：（内白）小军们，急趱行。再表钦差名寇成。（上）
（唱）我今奉旨拿钦犯，囚车押着结义朋。
昔年我与曹克让，同习武艺三结盟。
曹兄居长我居次，三弟被排名赵英。
他怪我侍奉奸相忘大义，他二人因此与我断交情。
我今年交花甲子，儿女全无我一名。
就是夺权谋大事，焉能还有百年红？
风之烛光一时尽，落了不忠无义名。
丞相谋害曹克让，宗宗不瞒吾寇成。
果然有谋无情义，神宗天子偏信从。
曹兄进京必是死，奸相之计无不成。
我今背友失大义，忘了大恩是不忠。
年交六旬也是死，死后千载落臭名。
曹兄心肠全忠义，孤掌难鸣枉送生。
倒不如救下曹克让，可挡西方众番兵。
老来复全朋友义，又想无法尽此情。
有心放走送条路，看看不久到此城。
（上卒）
卒：　　（白）禀爷，天色将晚，前面乃是三义庙。
寇　成：将囚车打入庙内，不许闲人走动。尔等庙内扎围，将马带过。吩咐僧人，各自安歇。东廊秉烛，将囚车安放廊下，尔等紧守山门，外厢伺候。（下，又上，坐）下官寇成。方才上了晚香，拜了佛像，下殿观见囚车内我的盟兄。咳，顿然想起昔年对三义大圣结盟之事。
（唱）三圣杏园曾结义，佛前同坐在神堂。
我今背友从奸相，擅权夺志有何光？
不如我替他一死，用命为国救忠良。
可巧面目无二样，年貌相同又相当。
可惜这须大大差，他今须发白苍苍。
莫说难骗沈丞相，也难欺那小儿郎。

　　　　　　　深仇无有良谋计，（三更）听听鼓打三更梆。
　　　　　　　忽忽悠悠扶桌睡，

（上关平）

关　平：（唱）一道祥云闪金光。
　　　　　　　关平奉了大帝旨，法身现落到东廊。
　　　　　　　三义寇成要听准，你的忠心动上苍。
　　　　　　　义勇不怕回头晚，死后也会把名扬。
　　　　　　　你诚心救他非一日，黑须今夜变白苍。
　　　　　　　曹公白须变黑色，惊动三圣暗中帮。
　　　　　　　说罢照面吹一口，（变）谨记我言休渺茫。
　　　　　　　殿放灯光归了位。（下）

寇　成：（白）是，我记住了。呀，好生奇怪。
　　　　（唱）忽惊醒，口发呆。
　　　　　　　灯光之下，看个明白。
　　　　　　　只听有人语，不见人到来。
　　　　　　　明明上圣指教，真是忠义然该。
　　　　　　　曹侯白须变墨色，须后将他放出来。
　　　　　　　忙忙把，囚车开。
　　　　　　　口呼仁兄，快快出来。

曹克让：（白）咳，罢了。

寇　成：（唱）携手把房进，灯光看明白。
　　　　　　　果然须如墨染，该我忠义同怀。

曹克让：（白）你将我放出来，你待怎样？

寇　成：（唱）仁兄不要高声喊，你方可见什么来？

曹克让：（唱）莫非我，脱此灾。
　　　　　　　方才入梦，说是神来。
　　　　　　　指教言如此，该着把名埋。
　　　　　　　说我胡须墨染，叫你须发变白。
　　　　　　　这得上面吹一口，忽忽悠悠醒过来。

寇　成：（唱）这件事，天意该。

我要救你，无法安排。
　　决心替你死，众人瞒不来。
　　咱那面貌相仿，胡须有黑有白。
　　今夜之间俱已变，我入囚车你做钦差。

曹克让：（白）哦？
　　　　（唱）原是贤弟怀大志。
　　　　（白）咳，贤弟今日降此大恩，大义凛凛，愚兄是罪人，万万不可祸及贤弟。

寇　成：仁兄不必推托。小弟一无家口，二无儿女，救仁兄一命，方可全忠。花甲之年，全了忠义，有何不可？仁兄今若一死，我还落个不忠不义之名，又不能洗清君侧，报复冤仇。兄充作小弟，或奉奸相观其动静，或告老还乡，以待东山再起。（四更）你看天交四鼓，速速改扮，不必推辞，小弟主意决定了。

曹克让：罢了。大丈夫不拘小节，贤弟以忠义待吾，别无他言，请受愚兄一拜。
　　　　（曹克让跪，寇成搀起）

寇　成：仁兄快快起来，到走廊下，你穿我的朝服，我穿你的罪衣，好入囚车。

曹克让：罢了。我曹克让连累两个贤弟，终身若不报仇，不杀奸相，以深谢两个贤弟，三圣难容我。且充作贤弟，再作定夺。（扮定寇成下）
　　　　（上卒）

卒：　　禀爷，天色大亮，地方官下来相送。

曹克让：吩咐免送。押着囚车起程，外厢带马。（下）

卒：　　哈。（下）

（完）

第 六 本

【剧情梗概】刑部正堂文翰华因替曹克让保本,被贬官云南。其女文玉霜自幼许配曹保,继母潘氏逼迫她嫁给侄子潘才。文玉霜抗争不成,便乘夜逃出,到母亲坟旁上吊,被猎户胡标救走。欧阳术士路过三霄娘娘殿,见三霄娘娘法帖,将蓝素晏所生之子带到屠龙城,交付薛建功抚养。薛建功被俘后,牙儿翠翎贪慕其样貌,一直将其软禁,不断劝降。他为抚养婴孩,决意答应牙儿翠翎所求。寇成假扮曹克让,回到朝廷,被神宗处死。吴大有将蓝素晏献给了乔不清,乔不清纳为小妾。在新婚之夜,蓝素晏杀死乔不清,逃出京城。

(出文玉霜)

文玉霜:(诗)谨守贞节无双志,熟读三从四德书。

(白)奴文玉霜,淮安紫雁村人氏。爹爹文翰华,官居刑部正堂。母亲李氏诰命不幸去世,爹爹继娶潘氏,乃潘党之妹。家中无人,继母又叫潘家一位表兄名叫潘才照管家中之事。昨日爹爹来信说,他老被圣上贬出京来,云南上任。奴家未曾过门,奴的婆家又犯了灭门之罪。奴不知内里之事,叫奴日夜添了愁虑。

(上春红)

春　红:咳,小姐呀,你老听听这宗事情。

文玉霜:啥事情呢?

春　红:咳,姑娘哇!

(唱)低着声儿听奴讲,落下泪来叫姑娘。
　　前日奴说你不信,就是我听也荒唐。
　　今日奴婢听准了,说的是一妥二当事一桩。

文玉霜:(白)是什么事情呢?

春　红:(唱)说你公爹曹克让,勾连狱君要返乡。
　　我的姑夫你夫主,结连山寇女大王。
　　曹家满门全抄斩,姑娘你算望门孀。
　　太太说这门亲可算拉倒,潘才赶上那荒唐。

说是姑夫无儿子，招个女婿好哭丧。
简单截说抄个近，姑娘大概配潘郎。
姑父做了亲岳父，姑母做了丈母娘。
太太做主算一定，本月十六就拜堂。
一会必来把你问，姑娘快快拿主张。

文玉霜：（唱）哎呀一声说不好，气得二目泪汪汪。
春　红：（白）你老快拿个主意吧。
文玉霜：（唱）半响无言直叫苦，叫了声在外的爹爹，哭了声早死的娘。
抛下了业障丫头谁照管？哪有亲人做主张？
继母做事刁又狠，那个潘才更不良。
见他言语行不正，贼眉鼠眼太猖狂。
继母看见一旁笑，闹了几次粉面黄。
赌气总不把楼下，怎么又出这勾当？
莫非是要奴的命，相随曹家一命亡。
至死也是曹家鬼，与我那死去母亲争争光。
死也争了这口气，

（上潘氏）

潘　氏：（唱）潘氏带笑走进房。闺女下楼解解闷。
（白）哟，妈的闺女呀，妈知道，你这几天憋闷。虽说未过门，听说抄他家口，哪有不心疼？妈我是经过了的人，妈我也妨了五六家子啦。呀，我的闺女。
（唱）人要望门妨女婿，谁说不疼热胡拉？
文玉霜：（唱）母亲理当讲雅训，说的这话大大差。
潘　氏：（唱）妈是怕你憋闷坏，故意逗你闹古呀。
文玉霜：（唱）闺中谨守无烦闷，自来不把胡话发。
潘　氏：（唱）妈说也是正经话，叫声闺女听乐吧。
文玉霜：（白）咳，
（唱）爹爹被贬愁不尽，何来乐事你说呀？
潘　氏：（唱）女儿今日好暴躁，娇养女子伤你妈。
文玉霜：（唱）从来算是头一次，挤到这里气难压。

潘　氏：（唱）我为闺女心操碎，恨不能叫人把话夸。
文玉霜：（唱）道是为的什么事？正经不说胡扯拉。
潘　氏：（唱）我看你与你表兄你们俩，时常见面笑哈哈。
文玉霜：（唱）气得那眼直勾勾，说不出话来咬咬牙。
潘　氏：（唱）叫你们配成小两口，倒扎家儿不想家。
文玉霜：（唱）好生说话太无礼，难道不怕爹回家？
潘　氏：（唱）你父回来也欢喜，养老送终靠着他。
文玉霜：（唱）用不着胡说快出去，哪个是闺女哪个是妈？
潘　氏：（白）哟呀，
　　　　（唱）给你脸可不要脸，
文玉霜：（唱）满腹冤仇对谁发？
潘　氏：（唱）女大总由妈做主，
文玉霜：（唱）在家从父父未在家。
潘　氏：（唱）回转不定几年载，
文玉霜：（唱）我就在家等着他。
潘　氏：（唱）女子大了就应找婆家，
文玉霜：（唱）奴早受聘与曹家。
潘　氏：（唱）曹家正法早已死，
文玉霜：（唱）不过传言瞎嗒嗒。
潘　氏：（唱）祸灭九族谁不晓？
文玉霜：（唱）虚言不定待详查。
潘　氏：（唱）叛逆造反真不假，
文玉霜：（唱）还有天佑吉人家。
潘　氏：（唱）丫头你今是要打，
文玉霜：（唱）打死也不离曹家。
潘　氏：（唱）养老女婿算一定，
文玉霜：（唱）潘才他把眼熬瞎。
潘　氏：（唱）十六就把天地拜，
文玉霜：（唱）除非用刀把奴杀。
潘　氏：（唱）掐着脖子洞房入，

文玉霜：（唱）拼着这条命儿也白搭。

潘　氏：（唱）胳膊难以扭大腿，

文玉霜：（唱）瓦罐难碰玉无瑕。

潘　氏：（唱）气得潘氏下楼去，

文玉霜：（唱）佳人气得战嗒嗒。

　　　　　　　咬定银牙活碰死，

春　红：（唱）春红上下用手拉。

　　　　（白）小姐消消气，十六还有几天的工夫，慢慢且做主意吧。

文玉霜：（唱）咳，我那早死的娘呀。

　　　　（出欧阳术士）

欧阳术士：（诗）明明日月照千古，刹刹山水势利家。

　　　　（白）吾乃欧阳术士，遨游山水，专等机会收取五剑，好杀黄鹏仙。昨日夜看乾相，参水星暗而不明，奎木狼星离了本位，直入参水星之怀，二星直奔西城，其中必有天机。山下有一残破古庙，待我下去走走。

　　　　（下，进三霄庙）原是三霄娘娘圣相，待吾叩拜。哦，神桌有个黄柬，上有朱红大字，待吾看来。

　　　　（诗）欧阳术士送天星，造就长在屠龙城。

　　　　　　　五魁迁居北戎地，扶持全靠薛建功。

　　　　　　　术士相推天机密，成功自然五剑锋。

　　　　　　　三霄指引收缘地，但看鱼龙变化形。

　　　　（白）呀！原是三霄娘娘法旨，这天星可在何处？（孩哭）呀，我身后婴儿啼哭，待吾看来。（下，又抱上）原是婴儿。身上有块白绫，上边有字，待吾起上一卦，细细算来。呀，原来这就是奎木狼星君，薛建功就是参水星君，怪道奎木狼星落在参水星君之怀。这就是龙鱼变化，不能测料，天机深远，慢慢细酌。且遵娘娘法旨，抱起婴儿使个缩地法，就地变化一辆小车，写上"罡奎"二字，闭目存神，左手掐诀，口内念咒，走走便了。（云下，又上）顿时之间，来到屠龙城，鬼车速退。（云上）妙哉妙哉。一阵清风，将婴儿送在帅府葵花树上。（风送，下）公事办完，游其山水。

　　　　（诗）也非神来也非仙，妙人妙法妙更玄。

（平桌，出薛建功）

薛建功： 小琴，你可睡着了么？会琴真真睡熟了。咳，我薛建功不但不能为国献身，反倒辱国之甚也。

（唱）想我薛某陷此地，求死不能有人守。
　　　丑妇贪淫不杀我，令人力劝欲求欢。
　　　听说她兵败身不爽，自己调养未来缠。
　　　日夜忧心心无主，不如一死赴黄泉。
　　　小琴今夜睡熟了，悄悄出房到后院。（下，又上）
　　　思前想后难逃走，如何出去屠龙关？
　　　不如寻个死路吧，落了不忠不孝名。
　　　省受她的软监苦，不落丑妇她手间。
　　　寻思走至葵树下，（上风送孩）该我命尽路途穷。（孩哭）
　　　半夜哪里婴儿叫？顺着声音到跟前。
　　　明月当空看得准，呀，此儿来得真罕然。
　　　屈身细细看一看，呀，有一幅白绫血书与黄柬。
　　　借着月光草草看，连说奇怪有妙玄。
　　　孩儿乃是曹门子，黄柬如此与这般。
　　　欧阳术士何人也？三霄乃是上苍仙。
　　　此乃术士送来也，叫我抚养在此关。
　　　其中必有天机巧，天定难违当从权。
　　　揣其血书与黄柬，抱起婴儿要回还。

（急上会琴）

会　琴：（白）我的爷，半夜三更跑在这里做啥来了？

薛建功：（唱）小琴跳跳跑跑什么？

会　琴：（白）你老睡着着的，就没了影了，把我吓一大跳。

薛建功：（唱）引路回房对你言。

会　琴：（白）我怕你老再寻短见。

薛建功： 胡说。

（唱）我到这里有缘故，灵机一动下虚言。

（二人下，又上，薛建功坐）进房归座故意呀。

薛建功：（白）咳。

会　琴：咳哟，我的爷，你打哪弄了这个来了？

薛建功：方才我正睡熟，忽然做了一梦，梦见三霄娘娘大发慈悲，前来惊梦，说是我一家人等俱被天子拿问午门斩首，我家夫人生了一子，尚未满月，娘娘慈悲救了性命，送在这里；说我该在西番容身，孩子放在葵花树上。我惊醒后，走到后院，果真婴儿，一定是我所生之子。

会　琴：我的爷，这真是神佛叫你住在这里。娘娘为媒，可该与我奶奶成其美事了。

薛建功：罢了。她若与我好好照看婴儿，我便从她就是了。

会　琴：这，这，这，这事千妥万妥，等天明一说就成。你可不知道她那里真着急呢。

（诗）姻缘前生造定，屈己也在人为。

（出乔不清）

乔不清：（诗）加官进禄可热，丧子绝后甚悲。

（白）下官乔不清。由御史升到户部侍郎，多亏沈相爷的抬举，才能这等荣耀。可叹我儿乔福生生叫曹保勾引山贼活活杀死，虽说加官进禄，倒闹了绝户。思想娶一美妾，无有绝色之人。这几天谆谆托人，只是无有中意女子。

（上卒）

卒：　禀爷，京营副将吴大有求见。

乔不清：哦？他前者领去圣旨，抄拿曹门，何时回京？就说有请。

卒：　哈。（下，内白）有请吴爷。

吴大有：（内白）来了。（上）大爷在上，末将打躬。

乔不清：好说，将军请坐。

吴大有：末将告坐。

乔不清：将军一路辛苦。抄拿叛臣家口，不知怎么样了？

吴大有：咳，小将此来求见大人，在相爷跟前圆美圆美。

（唱）小将拿犯人，诚心加谨慎。

一心把贼抓，不敢放大混。

相爷恩人事，岂不把心尽？

　　　　　　谁知老曹家，不把皇宣顺。
　　　　　　人人动杀法，你看那一阵。
　　　　　　跑了小曹珍，其余俱拿问。
　　　　　　十几个家奴，杀一老光棍。
　　　　　　有个小媳妇，模样生得俊。
　　　　　　年纪在二十，面如杏花嫩。
　　　　　　仙女不如她，没见你不信。
　　　　　　看她在囚车，低头好相困。
　　　　　　真是俊相起，你看那个劲。
　　　　　　知道老大人，纳妾正起劲。
　　　　　　纳着这样人，真是对了劲。
　　　　　　大人留下她，小将把心尽。
　　　　　　有官就有私，不过为主混。
　　　　　　沈老相爷他，与你更亲近。
　　　　　　他老未后来，不定问一问。
　　　　　　你老见相爷，替我把情顺。
　　　　　　未拿小曹珍，罪甚我罪甚。
　　　　　　相爷把罪归，我吃不住劲。
　　　　　　全仗老大人，帮我这一回。
乔不清：（白）哈。
　　　　（唱）好个吴将军，待人把情尽。
　　　　　　放心你放心，情理保管顺。
　　　　　　你的事情全在我。
　　　　（白）将军把那妇人暗暗送进我府，就是丞相他知道了，我料着无有什么妨碍。你虽未拿住曹珍，有我见了相爷，就说他知道风声逃去，只拿了几个家人，不过奏上一本，差人到处严拿是了。
吴大有：多谢大人周全，小将告退，就将美人送来。请。
乔不清：请。左右。
　　　　（上卒）
卒：　　在。

乔不清：带马一到相府。

　　　　（唱）整理衣冠把府出，（下，内唱）上马出府令人随。
　　　　　　好个知趣吴副将，献了一个美花魁。（马上）
　　　　　　想必如同西施女，说是强如卓文君。
　　　　　　老来如此美佳配，真是福大运气催。
　　　　　　今夜就入红罗帐，颠鸾倒凤乐个肥。
　　　　　　想那美人必如意，谁人愿意把阴归？
　　　　　　见了丞相一句话，我说黄的他不说黑。
　　　　　　看看到了丞相府，下马入府令人回。（下）

　　　　（出沈桓危坐）

沈桓危：（唱）沈相正在书房坐，思想寇成怎不回？
　　　　　　莫非曹贼不服绑，于中生变有是非？
　　　　　　石刚是我心腹将，寇成待我有尊卑。
　　　　　　料着此去必无错，准准拿住老曹贼。
　　　　　　但等杀了曹克让，再与西番把书回。
　　　　　　叫他国等个机会候我信，诓去天子离宫闱。
　　　　　　或在镇江淮安地，或在归德或大同。
　　　　　　龙若离潭好擒他，那时节勾进西番众辉辉。
　　　　　　西南守将俱心服，何愁神宗不倒推？
　　　　　　那时平分宋天下，位居九五乐威威。

　　　　（上卒）

卒：　（白）禀爷，乔老爷求见。

沈桓危：吩咐看座，快快有请。

卒：　是。（下，内白）有请乔爷觐见。

　　　　（上乔不清）

乔不清：来了。

　　　　（唱）进房打躬笑微微。

　　　　（白）老相爷在上，晚生拜揖。

沈桓危：贤侄免礼，请坐。

乔不清：晚生告坐。晚生特来为一宗人情，求老相爷高抬贵手。这件事倒不怪此

	人不尽心，此人满心在相爷跟前露个脸，然事情不凑巧，求相爷担待担待。
沈桓危：	不拘何事，贤契来见老夫，无不应允。
乔不清：	吴大有去拿曹家家口，逆子曹珍不知怎么知道风声，事先逃走，拿了几名家人，因此恐相爷见怪。
沈桓危：	唯呼呀，逆子逃走，必是入了青峰山之伙，须要上朝奏主，抄灭山贼，画影图形，捉拿逆子便了。
乔不清：	理当这等。
沈桓危：	人来。
	（上卒）
卒：	有。
沈桓危：	顺轿上朝。请。（下）
	（摆朝，出天子坐）
卒：	（内白）请爷下轿。
沈桓危：	（内白）尔等午门朝房伺候。（上，跪）万岁万万岁，臣沈桓危有本奏闻陛下。
天　子：	爱卿有本奏来。
沈桓危：	吾皇万岁。
	（唱）可恨叛臣曹克让，有心谋反乱朝纲。
	吾皇降旨拿家口，吴大有领旨上浙江。
	贼子曹珍无踪影，传说做了山大王。
	奴才个个造了反，抗拒圣旨杀一场。
	杀了官兵包能将，副将几乎一命亡。
	一伙奴才全拿住，不见逆子曹大郎。
	伏乞我主将旨下，画影拿住定主张。
	降旨再发人共马，征发青峰那山冈。
天　子：	（白）何人领兵为帅呢？
沈桓危：	（唱）镇江总镇名芊现，智勇多谋武艺强。
	管能灭了贼番寇，
天　子：	（白）内患一除，只怕西番多生是非呀。

沈桓危：万岁，

　　　　（唱）抵挡西番有石刚。
　　　　　　　伏乞我主快降旨，

天　子：（唱）依卿所奏有主张。

沈桓危：（唱）叩头谢恩归班立，

　　　　（曹克让替代寇成上）

寇　成：（唱）称名寇成进朝房。
　　　　　　　忙忙上了金銮殿，（上，跪）伏地顿首奏吾皇。
　　　　　　　微臣拿来曹克让，午门之外候主张。

天　子：（唱）龙颜大怒快传旨。
　　　　（白）寇爱卿归班。

寇　成：万岁。

天　子：旨意下，御林军！

御林军：万岁。

天　子：速将凶器乾天剑、刺客沙渊、叛臣曹克让带上金殿。

御林军：领旨。（绑上，寇成替代的曹克让和沙渊）

曹克让：万岁万岁，臣曹克让见驾。

天　子：哇，哼哼，叛臣，朕有何辜负于你，你竟敢勾串西番，手执你的乾天剑来行刺朕？赵英逆臣，竟敢窝藏刺客来到金殿行凶？叛臣你又纵子行凶，勾连青峰山贼，杀死乔福，你还有何理说？

曹克让：万岁呀。

　　　　（唱）假曹侯、真寇成连连叩首，我主万岁，微臣曹克让。
　　　　　　　自来素秉忠，去安求劳为国舍命去把西征。
　　　　　　　深知恩深当报效，怎敢差人杀主公？

天　子：（白）现有乾天剑一把和刺客在此，还分辩什么？

曹克让：（唱）微臣乾天剑，当着钦差面，
　　　　　　　杀死一番将，回关亲交付，如何是臣行凶？
　　　　　　　刺客之剑必是假，恐有阴谋把主蒙。

天　子：（白）哇，
　　　　（唱）休巧辩，少胡争。

　　　　　　　　钦差怎死，谁与贼通？

曹克让：（白）犯臣不知。

天　子：（唱）你说剑是假，快把真的呈。

曹克让：（白）已经交与钦差，哪里还有哇？

天　子：（唱）剑到刺客之手，显示主谋明明。

　　　　　　　　劫杀钦差反情现，窝藏凶犯果实情。

曹克让：（白）冤枉呀，冤哉，万岁。

沙　渊：（唱）叫侯爷，你是听。

　　　　　　　　好汉既做，应当担承。

　　　　　　　　胜者天子也，败者落贼名。

　　　　　　　　不必说长道短，丈夫视死如生。

　　　　　　　　自己做事自己认，不过合着顶冒红。

曹克让：（唱）咳，贼奴才，少胡扯。

沙　渊：（唱）何必着急？怕死贪生。

曹克让：（唱）哪个主使你？赖我好不明。

沙　渊：（唱）你把乾天宝剑，叫我来杀神宗。

曹克让：（唱）诬赖不怕天雷打，我死你也活不成。

　　　　　　　　你这贼，本面生。

沙　渊：（唱）常在一处，同设牢笼。

曹克让：（唱）哪个认得你？无影又无踪。

沙　渊：（唱）来往是吾传言，咱那还有赵英。

曹克让：（唱）已经屈死赵察院，

沙　渊：（唱）你我难免一命倾。

天　子：（唱）天子座上声断喝。

　　　　　（白）住了。你这两个乱臣贼子，何须金殿交口？刺客招成，神剑为证，主谋情实，青峰山贼杀死钦差，俱是桓将军亲见。外勾番邦，内连山贼，罪不容诛。御林军！

御林军：（白）万岁。

天　子：速将二贼一并家口，推出午门斩首示众。

御林军：领旨。（绑二人下，内开刀，上）乞禀万岁，施刑已毕。

天　　子：闪过。
御林军：领旨。（下）
天　　子：丞相上殿。
沈桓危：万岁。
天　　子：此剑乃是凶器，扔于大海，不可使用。退朝。
相　　爷：万岁。（下）
两个丫鬟：（内白）请奶奶到这屋里梳洗梳洗。
蓝素晏：（内白）引路。（上）

（诗）浑水不分鲢共鲤，水清方见两种鱼。

（白）奴蓝素晏。自入囚车，迷迷糊糊，身软如棉，还亏天天有美食充口。今早听说到了京都，方把我放出囚车，去了刑具，坐了一乘小轿到这里。哼，这等一个华丽的暖阁，是个什么所在？我且问你二人，我乃犯法之人，为何不送三堂审问？不然就是直接杀剐，如此何意？

两个丫鬟：你这是老人洪福，喜星照头。

（唱）你老纵是算钦犯，一步登高不非凡。

蓝素晏：（白）这是何等人家呢？
两个丫鬟：（唱）此乃御史乔爷府，今年不过五十三。

沈老相爷他那好，说一不二只当玩。
半路之中断了后，一心寻个玉天仙。
正是奶奶福气至，合了我家老爷缘。
见了相爷保下你，做个夫人乐个颠。
再生一男与半女，奶奶你就上了天。
你快快地去打扮，老爷回来必求欢。
二人说罢嘻嘻笑，佳人听罢暗详参。

蓝素晏：（唱）原来遇见色中鬼，隐下奴家欲求欢。

却是卖国乔御史，早听说他与奸相同弄权。
吾今陷在贼的府，合着一命付阴间。
忽然抬头墙上看，挂着一口剑龙泉。
眉头一皱有主意，今夜杀了这狗官。
能与一家消消恨，这条苦命值这般。

两个丫鬟：（白）奶奶梳洗吧，不早了。

蓝素晏： 罢了。

（唱）勉强梳洗巧打扮，忍着气儿换笑颜。

回身叫声二侍女，不用伺候梳洗完。

两个丫鬟：（唱）快快去把老爷请，见了老爷如见天。

蓝素晏：（白）晓得了。

（唱）眼见二人出房去，急忙摘下剑龙泉。

暗暗藏在牙床上，咳，连连吁气恨一番。

吁奴分娩才几日，浑身无力软如棉。

提起明灯一旁站，（一更）听见鼓起一更天。

乔不清：（唱）侍郎喝得有点醉，吩咐执灯二丫鬟。

（两个丫鬟扶乔不清上）

乔不清：（唱）左右相搀把房入，荡面去风颠又颠。

美人下官冷待你。

（白）哈哈，美人，下官何幸？与美人有缘，才候今日相会。

蓝素晏： 小妾多谢大人救命之恩，以身报之不足。老爷请坐，受奴一拜。

乔不清： 哈哈，美人不必多礼，坐了坐了。梅香，备下酒宴。

梅　香： 是。（下，又上）酒宴已到。

乔不清： 用你们不着，我要饮酒三盅。看奶奶吩咐咧，你们外间屋里睡去吧。

梅　香： 晓得了。

蓝素晏： 小妾先敬三杯，酬谢老爷救命之恩。

（唱）尖尖玉腕托金盏，老爷请饮这一杯。

乔不清：（白）哈哈，劳动夫人了。

蓝素晏：（唱）老爷算是疼爱我，饮酒后把老爷陪。

乔不清：（白）这也是下世缘分呀。

蓝素晏：（唱）老爷再饮第二盏，算是成双紫燕飞。

乔不清：（白）成双喜酒，我喝，喝。

蓝素晏：（唱）从来大才有大量，又托一盏笑微微。

乔不清：（白）喝酒三杯，才是一醉掉了头。

蓝素晏：（唱）是，一醉解千愁。

乔不清：（白）呸呸呸，对呀，我是混蛋混蛋。

蓝素晏：（唱）醉翁之意更可爱，酒后出言色中媒。

乔不清：（白）哈哈。

（唱）美人真是透家子。

蓝素晏：（唱）连连递了四五盏，这一小盅奴奉陪。

乔不清：（白）哈哈。

（唱）美人你要喝一盏，下官就得饮十盅。

蓝素晏：（白）你要喝十盏呀？老爷。

乔不清：对呀。

蓝素晏：（唱）奴就是这一点量，奴要醉了，连累老爷你累赘。

乔不清：（白）哈哈，小脸红了更好看，桃杏绽放一般。

蓝素晏：（唱）老爷再醉个眼皮也不展，就似李白醉宫闱。

乔不清：（唱）美人嘴巧脚又小，我就醉死不怨谁。

喝得脚轻脑袋重，扶桌而睡声如雷。

蓝素晏：（白）老爷再吃一盏。

乔不清：我，再饮一盏，呀，好盏。

蓝素晏：老贼扶桌而睡，今日杀你，不得已而为之，怎如杀那沈贼？真是无门可入。你是他的爪牙，杀你也消我恨。咳，只是身子太弱，不定三刀五剑。可说是乔贼呀，呀，是你，看剑。

（砍乔不清死，蓝素晏坐地下。）

丫鬟甲：（内白）哟，屋里是啥响呢？想是新奶奶醒了，叫咱们起来要茶吧。半夜三更的，要什么茶呢？

丫鬟乙：（内白）说什么呀？吃了多少好东西，还不渴吗？走，瞧瞧去。（上）哟哟，新奶奶，怎么坐在地下呢？哎哟，老爷怎的啦？好多血。

蓝素晏：你嚷，看剑。（杀二丫鬟死）哼。

（四更）天交四鼓，料着无人知晓。说不得身软胆怯，须得勉强后边寻个去路，若能逃出府去，找个避静之处躲藏躲藏，等候城门开放，装作逃难之人混出，就有了生路。要出天罗网，跳出是非门。（下。打五更，又上）好也好也，城门大开，一群村夫出城挑菜，随他们混出来。只好乞食，慢慢寻找官人便了。（下）

（出乔元）

乔　元：（诗）主人官升五品，下人耀武扬威。

（白）吾乃乔元。公子被杀，进京与老爷送信，太老爷将吾留在这里。太老爷昨日纳妾，大家赏宴，今日起来太晚了。

（急上家仆）

家　仆：哎呀，总管，可不好了。

乔　元：什么事呢？

家　仆：太爷昨晚入了洞房，今个日出大高也没起来。我们进屋，尸首在地下躺着呢，脑袋也分了家了，那两个丫鬟也死了，新人也不见啦，满地是血。

乔　元：呀，这必是女刺客了，她乘夜逃走。此事须得禀知相爷，差人与太太送信便了。父子命丧一样，俱为媳妇上当。

胡　标：（内白）老妈妈，你看着家，我去上山打些獐狍野鹿卖，好与你老买面做汤吃。

胡　母：（内白）可早些回来呀，别黑灯瞎火的叫妈惦着。

胡　标：是啦。（背叉上）

（唱）登山越岭擒虎豹，步走如飞赶鹿狍。

（白）俺胡标，生性纵然不灵，然浑身力大无穷。爹爹去世，老妈妈教会耍叉，在这淮安文家坟旁边筑房三间居住，别无生业，全凭我这弓箭钢叉捕猎着野物。不是箭射，就是叉挑，只要见着，就没它的跑。哪天都跑个三五百里，也不累乏。外人与吾送个外号叫傻大汉，又叫我穿山豹。哈哈，轻易无人惹我。方才吃了早饭，带着干粮，各处寻找寻找便了。（下）

（潘才马上）

潘　才：（诗）天上双星杳茫谁见？人间二美一体同傍。

（白）在下潘才。姑妈把吾做了个养老女婿，十六日就要完婚。我潘才，姑妈哪世给我修来的福气？与这仙女投缘，与表妹成亲，共结百年之好。你看我表妹，一表的人才，找遍三十六个省也找不出那一对好眼睛。表妹她要看我一眼，我真是不知怎么好啦。这个还不说，在二里店新开一个小茶馆，我正在那里吃茶，有一个老头儿卖茶，说是姓程名有义。看那间屋里，挂着门帘，里头有一美女，叫那老头吃饭。那时，我听见娇声嫩语，我就掀开门帘那么一看，咳呀，同表妹一样美貌，臊得她脸面通红。老头儿说了多少厌恶话，偏偏我的事忙，没空与他斗气。等完了我的喜事，再想法谋娶那个美人。夜守双美，美中美，乐中乐，福中福，梦中梦呐。

（唱）越想越喜欢，打马向前赶。
　　　表妹爱我非一天，有心眼，有心眼。
　　　见面叫哥哥，一翻杏子眼。
　　　似是爱来似是羞，鲜红脸，鲜红脸。
　　　听说找婆家，立刻躲大远。
　　　明明早就有了心，对了眼，对了眼。
　　　我姑和她说，听说变了脸。
　　　准是故意乔摆弄，装古板，装古板。
　　　闺女要出门，都有那么点。
　　　没到日子好几天，要哭喊，要哭喊。
　　　该我犯桃花，偏偏遇着彩。
　　　茶房那个大姑娘，更出色，更出色。
　　　脸蛋照见人，金莲一点点。
　　　走道底板咯噔噔，都是点，都是点。
　　　她与表妹比，一对不差色。
　　　真是无双二美人，合了美，合了美。
　　　消闲在想法，花上千八百。
　　　茶店那个酸老头，忒酸脸，忒酸脸。
　　　越想越有边，离家不太远。
　　　明日十五鼓乐来，悬红彩，悬红彩。
　　　车来到了家，日落天色晚。
　　　告诉我姑好准备，用心眼，用心眼。（下）

（上文玉霜，坐）

文玉霜：（唱）再表文玉霜，腹内暗辗转。
　　　　　自己独坐绣房中，伤心不由掉泪点。
（诗）金铃挂在杏枝上，不许流莺声乱啼。

（白）奴文玉霜。可恨气势汹汹的继母安心不良，潘才存心作恶，昨日大闹一场，次日无见动静，想是打断此念。春红说这几天不见潘才在家。咳，奴家想那个浪子未息此念。

（上春红）

春　　红：姑娘这几天不见愁咧，想是事情对了心咧。今个乃十四晚上，明日个十五，后个就十六了。

　　　　　（唱）姑娘那日哭个痛，这几天我看不大愁。
　　　　　　　　想是事情如了意，等着吉时去配偶。

文玉霜：（白）哦，莫非又有什么风声吗？

春　　红：（唱）诸事已妥要什么信？小姐等着巾上头。

文玉霜：（白）潘才此时可在家么？

春　　红：（唱）这两天城中去办事，鼓乐明日到门楼。
　　　　　　　　潘才方与太太讲，铺什么毡来挂什么轴。
　　　　　　　　商量点灯一大串，这时候还怕未说到了头。
　　　　　　　　奴婢听说告诉你，不知你喜可是忧。

文玉霜：（唱）佳人听罢叹口气，愣了半天点了头。
　　　　　　　　呆了一阵无言语，串串泪珠肚里流。
　　　　　　　　心中暗暗拿主意，须知想法往外溜。
　　　　　　　　拉把椅子已打坐，听听鼓打二更头。
　　　　　　　　叫声春红你先睡，

春　　红：（唱）姑娘你老不困吗？

文玉霜：（白）我还坐坐再摘头。不必等我，睡去吧，早早起来不可迟。

春　　红：是。

文玉霜：（唱）哄得春红先睡去，这才是门儿一闭往后溜。
　　　　　　　　不好出声悄悄走，暗叫爹爹不护住丫头。
　　　　　　　　今晚若不寻短路，江水难洗日后羞。
　　　　　　　　在这楼上寻拙志，不知他把我尸首怎么葬。
　　　　　　　　不如死在淮河内，尸首不存水面流。
　　　　　　　　想到这里灯吹灭，蹑足潜踪下了楼。（下，又上）
　　　　　　　　后面园内轻轻放，悄悄出来不回头。

淮河在东半里路，不远听见河水流。

微微明月看得准，不由得既悲又怕犹豫起。

才要投水，哼，又思想。

（白）我今投水，尸骨不存，他们找不着踪迹，必说我私行苟且。也罢，须得留个名儿，再投水中。要这簪花何用？不如摘下放在江边，他们寻到这里，就知我投水，定是如此。（摘下）潘才，潘才，吾与你哪世结的冤孽？奴死之后，此恨此仇，无日可报了。哼，他姑姑知我投水而死，爹爹回家不见尸首，他们自然会造出谣言，他肯说我投水之死么？哼，奴有道理，不要这等死法。咳，苦哇。

（唱）在家若是自尽死，爹爹回家必说病亡。

投河无尸爹必问，必说私奔有情郎。

离家不远我家坟，顺河往北是那乡。

一二里路奴知晓，母亲坟旁哭一场。

吊死坟旁松树上，焉得无人乱传扬？

倘若有人把官报，审出潘才上公堂。

爹爹回家不会饶，必要问女儿如何死坟旁。

算个留下报仇念，中与不中在上苍。（下，又上）

来在坟茔之地上，叫声妈呀早死的娘。

哭了多时把汗巾解，找一松枝用手攀。

忙忙系上一个套，脖项入套那手忙。

滴溜溜的无知觉，

（上胡标）

胡　标：（唱）胡标打猎回了乡。

满山跑了几百里，打了五个狍子一个獐。

肥大山鸡射一对，天黑路远到三梆。

偏偏天黑下雨点，将要到家心更忙。

抄道从这坟内过，松枝正对小路旁。

天黑不知碰一下，哼，什么东西正当央？

举目抬头观仔细，呀，原是一人吊树上。

放下獐狍忙卸下，

（白）这人身上温热，手足难动，幸亏没死。背她回家，叫我妈妈将她唤醒，救她一命，修得老妈妈多活几年也是好的。背起她来，挟着獐狍，怕我妈还等着我呢，只得回家才是。（下）

（上潘氏、潘才）

潘　氏：（诗）闺女做侄媳，姑做丈母娘。

　　　　　　　侄儿做门婿，表兄做新郎。

（白）老身潘氏。

潘　才：吾潘才。姑哇，天色已到早饭时，鼓乐也就到了。你见见她，也叫她预备预备。

潘　氏：哪还用你惦着？她还不知道吗？你别看她嘴里硬拉拉的，她那心里不是怎样欢喜呢。

（急上春红）

春　红：太太与潘大叔，可不好啦。

潘　氏：是怎的啦？你跑下楼来大惊小怪的。

春　红：如此如此，这般这般，奴婢从早上起来，楼门大开，不见小姐。奴婢到后面院子，院门也开着。各处找遍，都不见踪迹。

潘　氏：咳呀，这娼妇必是从后面院子跑了。趁着后院无人起来，侄儿跟我从后门寻着踪迹找找。

潘　才：使得。

潘　氏：春红。

春　红：有。

潘　氏：你在楼下左右留神找找哇。快走快走。

　　　　（唱）心焦躁，着了急。

　　　　　　　快走快走，不要发愣。（下，又上）

　　　　　　　先到后楼上，果然人影稀。

　　　　　　　下楼又到后院，东边又找到西。

　　　　　　　院门大开是逃走，妈哇，这可是怎的？

　　　　　　　这丫头，把人欺。

　　　　　　　黑夜逃走，一定有私。

　　　　　　　谅她走不远，软弱一姑娘。

　　　　　　房西无有大道，房东又有水渠。
　　　　　　咱们赶到东河沿，她要过河了不得。
潘　才：（唱）脚步紧，心儿虚。
　　　　　　只怕表妹，归去阴司。
潘　氏：（唱）稳住咱娘们，丫鬟也不知。
　　　　　　那天与你抬杠，事情实在不宜。
　　　　　　事到临头寻拙志，叫咱枉费这心机。
　　　　　　保不定是怎的。
　　　　　　天气大亮，到了河堤。
　　　　　　你看这河沿，簪环与首饰。
　　　　　　正是丫头之物，怎么掉在这里？
　　　　　　拾将起来只发愣，翻翻眼睛细心思。
潘　才：（唱）叫姑姑了不得，表妹准是归了阴司。
　　　　　　一定投了水，抛下这东西。
　　　　　　逼她寻了拙志，表妹吾的娇妻。
　　　　　　她今一死是个难，姑父回来必不依。
潘　氏：（唱）事至此，谈不的，只得依我这个主意。
　　　　　　吩咐众奴仆，这事不许提。
　　　　　　就说生的急病，昨夜赴了阴司。
　　　　　　有我的老棺一口，挂上榔头哭啼啼。
潘　才：（唱）这主意，倒使得，瞒得过去。
　　　　　　外人不归，表妹门不出，无人知晓。
　　　　　　姑父回来若是问，闹个理直气壮。
　　　　　　装殓只用咱娘们，外人不许进屋去。
潘　氏：（唱）必须得内里，丫鬟行贿买。
　　　　　（白）内里丫鬟多多与她们点东西，没有不顺手的。
潘　才：也只好如此。快回家办葬事去吧，走。咳，没法子。（下）

第 七 本

【剧情梗概】 曹保化名尹保，住在林竹镇客栈养病。赵飞龙夫妇卖艺至此，被桓党之弟桓霸欺凌，曹保救脱了二人。桓霸之妻艾云卿假借为小姑子桓秀锦寻找夫君之名，让桓霸将曹保请到庄上。文玉霜托胡标到云南给文翰华送信，但很快暴露行踪，与寻觅而来的丫鬟春红避走镇江，投奔舅母。曹珍逃难到汝南王郑世勋府上，被收为义子，改名郑珍，进京赶考。蓝素晏路遇宝龙山恶僧法戒，幸为郑世勋所救，拜郑世勋为义父。沈桓危派遣其子沈学元将乾天剑送至西番，潘党、桓党则劝他及早将神宗骗至保安，以谋朝篡位。潘党趁机建议收服其妹夫文翰华，沈桓危遂决定将文翰华官复原职。

（出曹保）

曹　保：（诗）时运未至埋名姓，困龙卧虎等风云。

（白）俺曹保。因为私收山女宝氏彩文，爹爹把我处死。多亏程玉清舍身救我，母亲与我备下行李，放我逃出城来。走了几日，换了男装，一路焦愁，住在林竹镇何家店内，得了一场伤寒病症，好而复犯，犯而复好。在这后面一间小屋店居住，倒也清净。幸亏身边银两不缺，店家扶持殷勤，有时盘问起来，我便改名叫尹保，说要上淮安访友。耳不听外言，身不居闹市，正好养身，等待机会，再做主意。今日天气晴朗，身体似乎大愈，不免去到前面店房之外潇洒潇洒便了。

（唱）欠身离座往外走，思前想后闷又愁。

大病一场即将死，不知外面什么因由。

那个钦差回京去，必与爹做死对头。

可怜程氏必是死，抛下老父死无休。

我曹保有恩不报非君子，走了运一定要把大恩酬。

又想爹爹没了吾，大料母亲心便忧。

吁我不敢露头面，见人不敢细寻思。

大罪是我自己做，不该私把山贼收。

思想到了店门外，立在后面一抬头。

那边来了男共女，江湖打扮面带愁。
这男子蚕眉凤目彤红面，英雄之气满身流。
咧咧歪歪身打晃，其形似病带着忧。
女子俊俏生杀气，扶着男子泪交流。
看看到了这座店，

（上花彩凤扶赵飞龙）

赵飞龙：（白）咳，罢了我了。
曹　保：（唱）见他哼咳颤不休。

（上店小二）

店小二：（白）龙大哥这是怎么啦？
花彩凤：说不来了。
店小二：官司打完了？
花彩凤：将拙夫打了八十大板，还要二十两银子。
店小二：可打了个不轻。搀到后面与碗酒喝下，定了血。（同下）
曹　保：（唱）二人原来是夫妇，细看并非是下流。
　　　　什么官司挨重打？二十两银子是谁收？
　　　　心中一翻忍不住，抽身回店细皱眉。（下，又上）
　　　　暗叫店家到后面，

（上店小二）

店小二：（白）尹大爷说什么？
曹　保：（唱）领教一宗事缘由。
　　　　一齐进房归了座。
　　　　（白）店东，你且坐下，我有一事领教领教。
店小二：尹大爷，不知你老要问啥事？
曹　保：方才那夫妻二人，乃江湖之样，姓字名谁？几时来到这店里？玩什么玩意呢？
店小二：他们是唱唱的，还打把式，那个红脸的叫龙飞，娘们叫凤彩，还有一个叫一朵花的，前日来在我们店里。
曹　保：为何这剩下两个？那一个哪去了？
店小二：那一个叫真曲县拿去打了四十大板子，发到淮安驿站去了。

曹　保：为什么事呢？

店小二：你老若问，听我告诉告诉。

（唱）我叫何德招，平生好嘴快。
　　　你老问这个，不说我算坏。
　　　竹林镇北边，十五里之外。
　　　有个五马庄，五个大庄园。
　　　修造真不赖，亲哥哥五个。
　　　现有四个庄。

曹　保：（白）咳，那一个呢？

店小二：（唱）那个在京中，做官是不菜。
　　　壮丁好几千，武器全锋快。
　　　做事不怕天，地方无人怪。

曹　保：（白）他叫什么名字？

店小二：（唱）五马本姓桓，老大长在外。
　　　桓党是个官，桓霸桓雕坏。
　　　桓豪桓强凶，天生这五块。
　　　深交宝龙山，头陀和尚坏。

曹　保：（白）怎么一个和尚？

店小二：（唱）团角古寺中，实实大势涨。
　　　头陀兵一千，常常把人害。
　　　为首恶和尚，法戒名二赖。
　　　五马与他熟，一齐混在怪。

曹　保：（白）有何根基，这等可恶？

店小二：（唱）交结门子深，丞相沈老坏。

曹　保：（白）他们想是惹恼了人家了吧？

店小二：（唱）该他运气低，误把好人赖。
　　　桓霸那个庄，江湖把艺卖。
　　　一见对了心，留下好款待。
　　　恭敬好几天，忽然坏了菜。
　　　调戏那佳人，要留杏花寨。

三人动了粗，打出大门外。
方才那二人，艺好腿也快。
那个一朵花，拿住他放赖。
送入县衙中，打板把锁戴。
告他打坏人，立刻赶出外。
龙飞气坏了，衙门差捕快。

曹　保：（白）又要做什么呢？
店小二：（唱）拘拿他夫妻，桓家告欠债。
住了十几天，吃的饭与菜。
一天二两银，折算铺与盖。
净欠银二十，立刻要现在。
无钱折算人，给他算完债。
说完已往情，

曹　保：（唱）公子不自在。
（白）且住，他家可是开店之家么？
店小二：有势力之家，也不开店。
曹　保：既不开店，怎要饭钱？
店小二：凭的势力么。
曹　保：要有二十两银子与他，想必可以了事。
店小二：那是不一定。
曹　保：有银子与他，就不能折算人口。你去见他夫妻，就说我帮他纹银二十两，交还饭钱，也就无事了。
店小二：尹大爷，这话可当真哪？
曹　保：并无戏言，快去。
店小二：真是个好人。（下）
曹　保：我曹保若无大罪在身，定要试试他的厉害。
店小二：（内白）凤大嫂，你自己去吧，就在屋里呢。
花彩凤：（内白）多谢店东周全了。（上）尹爷万福。
曹　保：尊嫂免礼。方才店东把大嫂之事告诉与我，我见你夫妻绝非下流之辈、久贫之人，这里有纹银二十两，拿去交还桓家也就是了。

花彩凤：拙夫有病在身，说不得被人欺辱，有银子与那狂徒，也无的可说，真是尹爷大德，我们怎就忍受呢？
曹　保：君子济贫不济富，只管拿去，告知令夫，别无外人。
花彩凤：尹大爷容吾报答吧。（下）
曹　保：咳，此乃真是龙逢浅水遭虾戏，虎落平川被犬欺。
　　　　（唱）这妇人，不寻常。
　　　　　　　那个男子，外柔内强。
　　　　　　　绝非下流辈，不像歌舞郎。
　　　　　　　将来必居人上，眼下运败不强。
　　　　　　　龙离沧海虾蟹胜，虎落平川犬逞狂。
店小二：（内白）有银子也不行，二爷只要美人。
曹　保：（唱）忽听得，闹哄哄。
　　　　　　　是在家店，必为那桩。
　　　　　　　既然有银两，折算就不当。
　　　　　　　不由忍耐不住，欠身出了后房。
　　　　　　　看看豪徒怎耍，听听是非短与长。（下）
　　　　（上众家丁）
院　子：（白）咦，店家，唱秧歌的在哪屋里？叫他出来，一定要试试他的把式。
　　　　（上店小二）
店小二：（唱）何德招，跪下央。
　　　　　　　桓府爷们，听禀其详。
　　　　　　　银子二十两，他已备妥当。
　　　　　　　爷们就请拿去，只求不用遭殃。
　　　　　　　龙飞倒着伤很重，凤彩那里正熬汤。
众家丁：（唱）店小儿，欠扒膛。
　　　　　　　你来答对，赖狗装羊。
　　　　　　　银子难完事，二爷要她做妾，杀了那个哥郎。
　　　　　　　打发我们四十个，叫他出来不许藏。
　　　　（上花彩凤）
花彩凤：（唱）花彩凤，跳出房。

　　　　　　汗巾扎紧，粉面气黄。
　　　　　　店家你闪过，众奴少发狂。
　　　　　　管着还你银子，拿去该把账偿。
　　　　　　抓吾兄弟，打吾夫主，还你银子还逞强？
众家丁：（唱）对你讲，实勾当。
　　　　　　桓二大爷，爱上娇娘。
　　　　　　劝你好好去，你去做二房。
　　　　　　龙飞送入城内，立刻打死当堂。
　　　　　　你若不从就动手，
花彩凤：（白）哇。
　　　　（唱）奶奶上，血一腔。
　　　　　　将身纵，动了手。
　　　　（白）贱奴们，哪里走？着打。
众家丁：来呗。
　　　　（打，下，上曹保）
曹　保：原是桓家奴才又来做恶。交银不要，硬要人口，妇人答得有理，言语豪气，打在一处。那边井台上有一碗粗的垂杨柳，那里乃是高冈之地，不免站在那里，看他们打法如何。（下）
　　　　（众家丁与花彩凤乱打，曹保站高处）
曹　保：（白）好妇人，受过名传，真是将门武艺、闺中领袖、女中魁元，好杀法也。
　　　　（硬唱）站在井旁看得真，身靠一棵垂杨柳。
　　　　　　　困住妇人在当中，轮流交战齐动手。
　　　　　　　妇人武艺将门传，指东杀西威风抖。
　　　　　　　也有面上中了拳，也有拧了胳膊肘。
　　　　　　　恶奴依仗是人多，如何能够腾过手？
　　　　　　　这个重困得解开，又怕打坏像走狗。
　　　　　　　不免喝住在井台，叫他夫妻早早走。
　　　　　　　立在井台喊一声，高呼朋友且住手。
　　　　　　　众人共打一妇人，令人观之礼无有。

　　　　　　　一边说着煞下身，使力拔倒垂杨柳。
　　　　　　　连根带土拔下来，双手举起一声吼。
　　　　　　　再不服者就动粗，打得尔等阴司走。
　　　　　　　旁边一扔丈余高，抛出二十丈只有。
众家丁：（唱）众人一见吃一惊，俱各抽身不敢扭。
　　　　　　　一齐上前把话说，壮士相劝且住手。
曹　保：（白）尔等为何与这妇人打仗？
众家丁：如此这般，在下奉主人差使，无银要人，不算无礼。
曹　保：（唱）有银想来官司完。
众家丁：（白）壮士这等解劝，有了银子，我们也好回复家主。
曹　保：就是只得以理来，等我问她有无有。
　　　　　那位娘子，欠人银子，理当交还，不知有银无有？
花彩凤：现有二十两纹银，尔等拿去，与令东也就罢了。
　　　　　（上院子）
院　子：你老这等说，拿银子来就罢了。
　　　　　（接银，院子下，上店小二）
店小二：尹大爷，看不得他们去了，他们是看你老拔树的厉害，是怕打。回去告诉桓二，桓二要是恼了，聚起庄兵，勾来团角寺和尚，那可就不好了。
曹　保：无妨，千事万事，有吾一人承当，前面照看你的店房去吧。
店小二：全仗你去了。（下）
赵飞龙：（内白）娘子，请恩人这里来。
　　　　　（上花彩凤）
花彩凤：我夫不能动转，尹爷进屋一见。
曹　保：如此引路。
花彩凤：是了。
　　　　　（唱）头身前走心暗念，好个仗义小豪杰。（下）
　　　　　（出赵飞龙）
赵飞龙：（唱）飞龙板伤打得重，卧房床上喘歇歇。
　　　　　（上曹保、花彩凤）
花彩凤：（唱）恩人请坐乞恕罪，夫说带伤不能接。

曹　保：（白）好说。
赵飞龙：（唱）叹我时运不太好，娘子替我拜谢尹大爷。
曹　保：（唱）公子回言说不必，仁兄尊坐我自曰。
赵飞龙：（唱）知恩不报非君子，见义敢为大豪杰。
花彩凤：（唱）我夫叩头一步地，寝食不敢忘大德。
曹　保：（白）你夫妻绝非下流之辈，贵府何处？
赵飞龙：（唱）咳，打个咳声呼娘子，你去外面瞧一瞧。
花彩凤：（唱）是，外面无人悄静静，恩人要问听明白。
赵飞龙：（唱）吾本察院赵英子，家父他因为曹侯被刀切。
曹　保：（唱）原来还是赵兄长，家父常说是豪杰。
赵飞龙：（唱）令尊大人何人也？莫非认得我爹爹？
曹　保：（唱）小弟名字叫曹保，家父就是镇西侯爷。
　　　　　　　大家须要悄悄语，外人得知了不得。
　　　　　　　才要告禀京中事，
店小二：（唱）何德招进来把话曰。
　　　　　　　启禀大爷不好了，
　　　　（白）尹大爷，可不好了。
曹　保：何事惊慌？
店小二：方才桓家人一去，我打发人暗听消息，回来说是桓二亲身要来，那恶徒收拾鞍马呢。
曹　保：你只到前面管事，谁来有我承当。
店小二：这可不是玩的。（下）
曹　保：仁兄身带重伤，不能动手打仗，那狂徒来了，岂肯甘休？不如你夫妻离了此地，急奔淮安，打听花兄的下落，那厮不见你夫妻下落，也许了结此事，也未可定。
赵飞龙：浑身无力，大腿膨肿，如何走得？
曹　保：小弟有一匹马，你需挣扎，扶你上马，有尊嫂嫂保护，可以走得。
赵飞龙：我走之后，只怕义弟受连累。
曹　保：那却无妨，我不过替交银子，他有来言，我有去语。尊嫂嫂，快扶令夫上马去吧。

赵飞龙：咳，罢了。

（同下，赵飞龙骑上马，花彩凤、曹保同上）

曹　保：仁兄快快去吧，等小弟去了淮安再会。

赵飞龙：如此大恩，何日得报？请。（下）

曹　保：不必套言，请。

（上店小二）

店小二：呀，尹大爷，你叫他们去了，少刻桓家来了，谁挡得了哇？

曹　保：不要害怕，由我承当。他夫妻一切店账，俱在我的身上。

店小二：罢了。只求无事，就算烧了高香，店账那倒有限。

曹　保：无妨。他若来时，禀吾知道。不必多言，去吧。

店小二：是。（下）

曹　保：豪气冲霄汉，英雄贯斗牛。（下）

（出艾云卿）

艾云卿：（诗）东边日出西边雨，莫道无情却有情。

（白）奴艾云卿，绿林中的女孩出嫁桓霸为妻。这杏花寨分为五虎，我丈夫乃是桓二，一同小姑子桓秀锦在此居住。姑娘学的单刀双剑，真是灵便，就是那脾气暴烈，必须一个拔山扛鼎之人，才随她心意。方才我三人正在谈论家务，庄兵回报，说何家店有一个好打不平之人，十几岁的年纪，那脸蛋如同杏花，肉皮好似粉堆的金刚，倒拔垂杨柳。你说这人有多么风流，这力量有多大。姑娘听完，直愣了半天，笑了笑，瞅了瞅我，又瞅了瞅她哥哥，慢慢地就去了。我便借此为由，明为姑娘，暗为自己，叫我这等一劝，那等一说，我那混账的丈夫，方才打发庄兵，扣上鞍马，欢喜得不得了，就去了。

（唱）劝他不要兴人马，小事不忍乱大谋。

　　　伯伯保着沈丞相，等着帮他把位夺。

　　　宝龙山上团角寺，集义众僧喽啰多。

　　　等着机会诓天子，一举夺取宋山河。

　　　吾家得了王侯位，不负相爷恩请托。

　　　由此小事兴人马，漏了机关泄了谋。

　　　唱曲之人何足论？不过看那小哥哥。

　　　　　　咱家正值招人马，这样英雄何处得？
　　　　　　你看姑娘那个样，姑娘大了心事多。
　　　　　　何不把那小壮士，招为妹夫开东阁？
　　　　　　劝他那粗猛之人如了意，欢欢喜喜请去了。
　　　　　　等着他要来到了，倒要会会小情哥。
　　　　　　时候不早该来也，
桓　霸：（内唱）桓霸回家下征驼。
　　　　　　　　将客让到客屋内，家人服侍不可脱。
曹　保：（内唱）曹保不解其中意，暗想不要入虎窝。
　　　　　　　　桓霸告便归内室，
　　　　（出艾云卿，上桓霸）。
桓　霸：（白）娘子在房？
艾云卿：官人回来？快坐下吧。
桓　霸：娘子，那壮士果然面如团粉，貌像金刚，名叫尹保，年纪不过十六七岁。别说姑娘见了如意，就是拙夫一见，也加爱恋之心。那江湖夫妻早已逃走，我便以礼请他，他执意不来，言语更加豪爽，给他几句好话，他才慢慢而来。
艾云卿：好，真是有胆量的英雄，总要加倍敬他。请他待个三五天，我再诓妹妹，叫他俩打个照面。你对男一说，我对女一提，保管就成。另择吉日，请来各庄叔叔们，叫他二人拜了天地，岂不完了一大好之事么？我说丈夫哇。
桓　霸：言之有理，我去书房接客便了。（下）
艾云卿：走。我不免先与姑娘生拉生拉①。（下）
　　　　（出文玉霜）
文玉霜：（诗）风吹杏蕊飘飘舞，雨打桃花片片沉。
　　　　（白）奴文玉霜。多亏胡兄救吾到此，他母亲心地善良，将奴家认为义女。昨日天晚，奴到母亲坟旁痛哭一场。不料那潘才从坟旁经过，吓得奴家回身就走，见他打马飞跑，头也不回。还怕他知奴未死，又来寻吾

---

① 生拉：闲谈。

　　　　　下落，那时可叫奴如何是好？此仇叫吾朝夕难忘。
　　　（唱）这是疑心生暗鬼，只因天晚黑乎乎。
　　　　　　日久怕他回思想，焉有人能变成鬼？
　　　　　　此处只怕难站脚，远离爹爹几千里。
　　　　　　昨晚与干娘已说过，怎得与爹爹捎封书？
　　　　　　云南贵州去送信，知他女儿身受辱。
　　　　　　但愿把奴接了去，路远途长得工夫。
　　　　　　昨日个暗暗写了一封信，欲求恩兄口难出。
　　　　　　一则无钱少路费，二则是他去家中口难糊。
　　　　　　干娘也是长吁气，憋得奴家只是哭。
胡　　标：（唱）胡标进来叫妹妹，休要带愁泪扑簌。
　　　　　　方才妈妈对我讲，我与妹妹送信书。
　　　　　　妹子呀，你看哥哥憨又傻，走路管保快又速。
文玉霜：（白）哥哥纵然好意，哪有路费？
胡　　标：（唱）出门不用带路费，一把钢叉箭一壶。
　　　　　　遇着山来拿虎豹，卖钱足够把酒喝。
文玉霜：（白）哥哥大恩，何日得报？书字在此，不知多时起身？
胡　　标：（唱）书字拿来吾就走。
文玉霜：（白）哥哥路上保重。
胡　　标：妹子你等着，不必哭。（下，内白）老妈不用惦着。
胡　　母：（内白）把干粮背上，等吾送送。
胡　　标：（内白）不用不用。
文玉霜：（唱）不言胡家母子情义高，
　　　（上春红）
春　　红：（唱）来了春红闯进屋。
　　　　　　　放下包袱吁吁喘，咳，姑娘哪，叫声小姐泪扑簌。
文玉霜：（唱）佳人一见吓一跳。
　　　（白）哎，春红，你怎知奴家在此？你来到这里，所为何事？快快说来。
春　　红：咳，姑娘，只因那夜你逃走，奴婢告诉太太知晓，他们悄悄寻找到淮河岸，见了簪环首饰，打量姑娘投水一死，命赴阴曹。我便打听他们有什么安排，他们怕太爷回来追问情由，设了一个圈套。

文玉霜：什么圈套？

春　红：咳，姑娘听了。

（诗）声言姑娘命归西，虚停棺木假哭啼。

　　　　发丧埋在荒郊外，里外传说事信实。

文玉霜：（白）咳，可真乃恶霸。你今到此，又是为何？

春　红：那天晚上你去坟头啼哭，潘才遇见，疑是冤魂来索他命，心慌意乱跑回家去。

文玉霜：他又要作孽吗？

春　红：今日他进城与毛总兵贺喜，临行又吩咐奴婢以上坟为由，在左右近处寻找小姐的踪迹，如是找着小姐呀……

文玉霜：他便怎样？

春　红：还要拉回去为妻。倘若无有小姐的下落，就叫奴婢顶替。

文玉霜：哦？你今到此，有何想法呢？

春　红：奴婢假意应允，打发他进城去了。可巧太太也上西村赴席去了，奴婢收拾姑娘积余的白银三百两，又盗出男装衣帽，我想姑娘没死，就在此处。

文玉霜：你怎知我在此？

春　红：去年同姑娘上坟，见过胡妈妈之面。

文玉霜：我且问你，你盗来靴帽有何用意？

春　红：姑娘不知，你老听了。

（唱）瞒不住，那潘才。

　　　　你不回去，他必找来。

　　　　小姐同奴婢，如何躲得开？

　　　　你我快快逃走，远处去把名埋。

　　　　女扮男装把名改，打听太爷回家来。

文玉霜：（唱）咳，泪珠滚，人呆呆。

　　　　叫声春红，真乃苦哉。

　　　　逃往何处去，两个幼女孩？

　　　　恩兄云南送信，不定多会回来。

　　　　你我逃走无归处，有个差池怎么办？

春　　红：（唱）奔镇江，投亲宅。

小姐娘舅，广有家财。

舅爷虽不在，还有舅奶奶。

投奔那里居住，等候太爷回来。

胡爷回来再烦去，省得在此大家招灾。

（上胡母）

胡　　母：（唱）胡妈妈，回家来。

就在门外，听得明白。

迈步把房进，叫声我女孩。

闺女你把心放，春红不用愁怀。

潘才他要来作也，一顿耳光叫他走开。

春　　红：（唱）尊一声，胡太太。

潘才狗子，甚是邪歪。

太太要使横，只怕搪不开。

告你隐匿人口，再说盗去家财。

八成官府与他好，三班衙役听他差。

文玉霜：（唱）说得是，得安排。

早早快走，省得招灾。

连累母亲你，于礼更不该。

恩兄偏偏已走，大家无个主才。

留下白银五十两，你老度日候兄来。

胡　　母：（唱）无法处，吁又咳。

你俩此去，路上苦哉。

春　　红：（白）有的是银两，受什么苦呢？

胡　　母：（唱）只说有费用，到底是女孩。

你们主意已定，只好就去安排。

文玉霜、春红：（唱）主仆二人忙改扮，一边收拾泪下来。

往外走，跪尘埃。

胡　　母：（白）你二人快快起来。

文玉霜：（唱）多谢妈妈，恩同深海。

　　　　　　恩兄回家头，爹爹有信来。
　　　　　　烦劳镇江一往，听个信息明白。
胡　　母：（白）咳，他回来后，一定将信给你送去。
文玉霜：（唱）叩头起来哭出去，
胡　　母：（唱）胡婆相送泪满腮。
　　　　　　送过山城上大路。
　　　　（白）闺女呀，路上事事都要小心哪。
文玉霜：咳，母亲回去吧。（下）
胡　　母：咳，可怜可怜。
　　　　（唱）不言娘儿仨，（下）
程有义：（唱）再表程有义。
　　　　（驴上）骑着驴，顿着步。
　　　　　　自望自己说，一句顶一句。
　　　　　　可叹程老，时运真不济。
　　　　　　把难避，把难避。
　　　　　　真武爷庙里，寻死快快必来了，一个官人把死替。
　　　　　　断了气，断了气。
　　　　　　借他马与鞍，得了他的济。
　　　　　　三岔路口中，正把闺女遇。
　　　　　　见面哭了个，死来与活去。
　　　　　　闭过气，闭过气。
　　　　　　到了淮安城，离城十里地。
　　　　　　租下房，做生意。
　　　　　　开座小茶房，过往人儿密。
　　　　　　挣钱糊口立住足，还合适，还合适。
　　　　　　打听老胡家，死了大舅子，人不知，在何地？
　　　　　　大婶子与妻侄，搬到哪里去？
　　　　　　那天来个烟花屁，真狂气，真狂气。
　　　　　　坐在茶房中，穿红又挂绿。
　　　　　　要吃茶，装架势。

>　　瞅见我闺女，一心想闹屁。
>
>　　又是笑来，又是喧，好黏人，好黏人。
>
>　　与我混搭，嘴里甜又蜜。
>
>　　他姓潘，高门第。
>
>　　姑父文大人，叫他管家事。
>
>　　听说合了我的事，问详细，问详细。
>
>　　打听曹二郎，投亲来与去。
>
>　　左近姓胡的，他说是文家坟东二里地。
>
>　　来打听，是不是？
>
>　　过了文家坟，（下，又上）毛驴跑一气。
>
>　　孤孤这一家，无人迹，就进去，就进去。

（白）把毛驴拴在这树上，只就进去咧。一个老头子，还挑三拣四呀。

（下，内摆场，上）屋里有人么？哟，连一个人也无有。咳，可穷了，几间破房子，也没有什么家伙，这样日子实在难过呀。

胡　　母：（内白）哟，门口拴着一个毛驴？哼，想是那潘才杂种来了，待老身进去，一顿耳光，打糟了，他也就完了。（上，打）我把你这王八羔的，哪里来的这么一个老头子，你是哪个？怎么大喇喇①的屋里来咧？

程有义：原来是舅奶奶，可也是老咧，我是程玉清的爹爹程有义啊。

胡　　母：咳呀，原来还是老姑爷子，十来年不见，就不认得了。快坐下，快坐下。

程有义：有坐。

胡　　母：咳，他姑死了，你就带着孩子走咧。你从哪里来也？外甥女呢？

程有义：咳，你听吾说说，原是如此如此，这般这般。我才打听你们住在这里，你们那标子呢？

胡　　母：咳，利利落落的这些缘故。你问咱们那标子，与他干妹妹送信上云南啦。

程有义：哼，哪个干妹妹？

胡　　母：说起来与你说的老曹家也联络着，是老文的闺女。那潘才呀，他如此如此，这般这般。方才这般如此，送她主仆赶往镇江去了。我方才当是潘才来找她娘俩来了呢。

---

① 大喇喇：大咧咧，不谦逊的样子。

程有义：呀，好个潘才，真是坏种，真令人可恨哪。

（唱）那日看见你外甥女，没话凑话我看出。

胡　母：（唱）那个杂种不学好，还有那个他的姑姑。

程有义：（唱）我惦记怕他生外事，有意要把我女图。

胡　母：（唱）这个贼根是淫鬼，早早防备莫疏忽。

程有义：（唱）明日我就城里去，僻静之处把房租。

胡　母：（唱）见机而作别惹事，省得女儿身受辱。

程有义：（唱）你放文家主和仆，更与潘才结下毒。

胡　母：（唱）放她二人无凭据，他来了任着我与他咕噜。

程有义：（唱）你乃年迈老妇人，若将闹事帮手无。

胡　母：（唱）不怕他将我治死，小子回来了定把那狗子来秃噜。

程有义：（唱）不知多时他回到，我有个主意你看行不？

胡　母：（唱）咱是至亲只管讲，常言兔死狐也悲。

程有义：（唱）不如同吾城里躲，闭锁三间破草屋。

胡　母：（唱）胡标回家不见吾，惦着与干闺女送信书。

程有义：（唱）有我常常来看望，无有一个打听不出。

胡　母：（唱）如此说来咱就走。

（白）等我收拾好这些破烂，还有干闺女扔下的五十两银子，租房、做买卖，又有糊口的费用了。

程有义：那更好，其余的等我回来再拿，你就收拾，让毛驴驮着，咱姐俩一会就到。（下，又上）

胡　母：包了个小包袱就走吧。

程有义：（诗）生事不如省事好，能言不如禁言。（下）

（出法戒）

法　戒：（诗）头戴金箍发飘摇，身披袈裟带几条。一条铲杖担日月，双刀一降鬼神嚎。

（白）洒家法戒长老。在这方圆四十里，四面怪石嶙峋，无路可通，只有东西两股盘道可以出入。东是青松寨，有一世家，名叫郑世勋，乃是宋天子太祖的三弟汝南王郑王之后，家有铜书铁券、免死金牌，庄兵成千，田园不少，洒家不敢造次。西是杏花寨，有桓家五虎，大虎桓党在京中做沈相心腹之将。洒家是沈桓危的替僧，因我二人甚有交谊，二虎桓霸昨日差人来请，今日前去赴宴，还有大事相商。徒弟们，带马。（下）

（出郑春芳）

郑春芳：（诗）撒金引玉琢成器，畏雨畏风久成娇。

（白）奴郑春芳，甄曲县青松寨的人氏。爹爹郑世勋，膝下无子，又无姐妹，只有奴家一人。有意与奴招婿，继承汝南王之职，爹爹常在外访查才貌双全之人。那日来一书生，乃从外领来，是避难之人。观看此人，真是人面出相，爹爹说他的名字叫曹珍。奴今年方二十一岁，他比奴家少一岁，与他姐弟相称，也不知爹爹意下如何？

（上郑世勋）

郑世勋：（白）女儿在房？

郑春芳：爹爹来了，请上头坐。

郑世勋：便坐可以。

郑春芳：爹爹行色匆匆，是闲游还是狩猎呢？

郑世勋：为父今日同你兄弟去到甄曲县那里，是上京的大路，命他上京考试，夺取状元，为父就在县中领出俸银禄米。

（唱）纵不在朝把官做，却在本县领俸银。
世袭前程享祖福，与太祖打下锦乾坤。
世袭汝南王之职，太祖爷带醉斩了祖郑恩。
赐下铜书与铁券，免死金牌护子孙。
算起来四世不把君王伴，安乐无忧住山林。
叹我无儿只有你，断了汝南王之根。

郑春芳：（白）爹爹有意过继郑珍兄弟，也不愧名门之后。

郑世勋：（唱）为父特来告诉你，哪里知道我的心？
我要收留这秀士，不是寻常下等人。
设法问出真来历，避祸逃出名曹珍。
一家满门该死罪，久知他父是忠臣。
剩下一人无归处，可敬满腹是经文。
我今将他做义子，与他改名叫郑珍。
今日打发把京进，拔取状元头一名。

　　　　带去铜书与铁券，当显咱开国元勋后代根。

　　　　功成名就荣宗祖，那时养老靠他身。

　　　　干儿招作养老婿，吾儿修身倒插门。

　　　　女儿与他备行李，你亲送他去不是外人。

　　（白）我且去吩咐，早备饯行酒。（下）

郑春芳：（唱）佳人听罢笑盈盈。

　　　　早知爹爹就有意，这可随了奴的心。

　　　　收拾衣衫与靴帽，行装衣服件件新。

　　　　吩咐丫鬟包裹好，亲身去嘱咐意中人。（下）

（上曹珍，坐）

曹　珍：（唱）公子预备把身起。

　　（白）小生曹珍。避祸逃难来到此处，不知蓝氏生死，流落何处？多蒙郑爷收留。此处乃太祖义弟汝南王之后，他膝下无儿，只有一女春芳小姐，收留小生做了义子，改名郑珍。爹爹命吾今日上京赴考，咳，我这心中总是有些恐惧。

（上郑春芳）

郑春芳：兄弟，爹爹说是你刻下就起身么？

曹　珍：正是，姐姐看家了。

郑春芳：咳，兄弟呀。

　　（唱）叫声兄弟无话讲，至亲有话说不出来。

曹　珍：（唱）小弟这一进京去，不由得惧怕在心怀。

郑春芳：（唱）兄弟你是怕什么？只要早去早回来。

曹　珍：（唱）小弟恐怕人认我，有口难辩分不开。

郑春芳：（唱）你带着咱家铜书与铁券，还有三面免死金牌。

曹　珍：（唱）此乃钦赐传家宝，爹爹怎叫我带身怀？

郑春芳：（唱）你今带去护身体，谁敢说兄弟不是郑家孩？

曹　珍：（唱）托赖爹爹姐姐福，一步侥幸占金台。

郑春芳：（唱）但愿早登龙虎榜，盼兄弟衣锦荣归状元来。

曹　珍：（唱）此去面见当今主，不枉世家有文才。

郑春芳：（唱）中与不中早回头，爹爹有话等你回来。

曹　珍：（唱）侥幸成名回来快，向爹爹姐姐报喜来。
　　　　（上郑世勋）
郑世勋：（唱）郑爷进来叫儿女。
　　　　（白）女儿，好照管内外，叫琴童、画童跟你兄弟进京。为父送到甄曲县，捎带领出俸银，晚上或许回来。吾儿起身吧。
曹　珍：是，姐姐看家吧。
郑春芳：兄弟一路保重吧。
　　　　（唱）盼兄弟早跳禹门三级浪。
曹　珍：（唱）愿姐姐候听平地一声雷。
郑世勋：（白）哈哈，好一个禹门三级浪，平地一声雷，真不愧世家苗裔儿，随吾来。
曹　珍：来了。（下）
　　　　（蓝素晏步上）
蓝素晏：咳，苦哇。
　　　　（唱）黄叶飘飘无南北，浮萍荡荡顺流归。
　　　　（白）奴蓝素晏。侥幸刺死乔不清，逃命在外，白日乞食，夜找良善之家借宿，或做些活计，挣些纹银，辞了再走，慢慢访问官人下落。
　　　　（唱）自从分娩娘娘庙，打发官人走如飞。
　　　　　　庙中扔下落草籽，八成宝宝小命亏。
　　　　　　神佛保佑得了命，慢慢顺着旧路回。
　　　　　　好容易找到娘娘庙，哪里还有小英魁？
　　　　　　不知是生还是死，见了人不敢问这问那落得悲。
　　　　　　无奈只把官人找，海角天涯何处归？
　　　　　　听人说此处便是甄曲县，不敢进城怕是非？
　　　　　　只得寻找村庄进，眼前高山山翠微。
法　戒：（内白）徒弟们，面前什么人行走？
徒　弟：（内白）是个老娘们。
蓝素晏：呀，不好，后面来了人一伙，来头不正乱指挥。闪在一旁加防备。（下）
　　　　（法戒马上）
法　戒：（唱）法戒马上笑微微。

　　　　　　宴罢出了桃花寨，带着几个头陀贼。
　　　　　　瞧见路旁一女子，浑身素体把俏堆。
　　　　　　一催坐马挡去路，
　　　（对上）
法　戒：（唱）叫声娘子俊花魁。
　　　　　　独行在路天将晚，出家无处不慈悲。
　　　　　　跟我上山庙中去，省得这样受累赘。
蓝素晏：（白）哧，秃驴毋得胡言讲。快快走开。
法　戒：好一个不识抬举的泼妇。徒弟们，抢着回山。
蓝素晏：哧，狂徒们少来也。
　　　（唱）银牙咬，眼瞪圆。
　　　　　　罗裙之下，抽出龙泉。
　　　　　　照定恶和尚，宝剑往下穿。
法　戒：（白）呀，不好。
　　　（唱）一闪身形躲过，险些掉下雕鞍。
　　　　　　众贼一齐动了手，围住佳人不放走。（杀）
　　　　　　贼法戒，气冲天。
　　　　　　一口戒刀，挂在雕鞍。
　　　　　　伸手忙摘下，挽在腕上悬。
　　　　　　一催青骢坐马，贱人少待狂癫。
　　　　　　等着洒家拿住你，一摆单刀劈红颜。（下）
蓝素晏：（唱）压这节，且不言。（下）
　　　（郑世勋马上）
郑世勋：（唱）郑老乡官，回头家园。
　　　　　　送儿进京去，领回银若干。
　　　　　　回家正从此过，忽听闹闹喧喧。
法　戒：（内白）徒弟们，一齐上前，不许放走那位美貌花娘。
郑世勋：（唱）呀，宝龙山的贼法戒，大战一个女婵娟。
　　　　　　这佳人，在少年。
　　　　　　来头儒雅，美貌多端。

　　　　　　舞动龙泉剑，上下起光彩。
　　　　　　敌住疯僧和尚，金莲步下艰难。
　　　　　　外有头陀人几个，难免不落贼手间。
　　　　　　不平事，遇着咱。
　　　　　　鞍桥以下，摘下钢剑。
　　　　　　催马一声喊，法戒你听言。
　　　　　　劝你快放女子，不要作恶欺天。
　　　　　　郑某遇见是劝你，如若不听吃吾剑。
　　　　　　一拨马，到跟前。
　　　（对上）
法　戒：（白）郑老多管闲事，与你何干？
　　　　（唱）知你青松寨，不敢去侵犯。
　　　　　　井河各不相扰，因何在此管咱？
　　　　　　这个女子可人爱，一定把她抢上山。
郑世勋：（白）住了，贼僧竟敢藐视我？秃驴看剑。
法　戒：来，来。
　　　（杀，法戒、众徒弟僧扔刀剑跑下）
郑世勋：这贼与众家扔了戒刀，直奔宝龙山飞跑去了。
蓝素晏：多谢恩公救命，奴这里拜谢。
郑世勋：不消多礼，快些请起。你这年轻少妇为何孤行在路？看你不俗，绝非寻常村妇，你且起来。
蓝素晏：咳，老恩公，叫奴一时也说不出来奴的苦处了哇。
　　　　（唱）敢问恩公高名姓，贵府尊宅何处居？
郑世勋：（白）老夫郑世勋，在这东边不远青松寨居住。
蓝素晏：（唱）想来认得凶和尚，清平世界把人欺。
郑世勋：（白）他乃宝龙山凶僧法戒。
蓝素晏：（唱）如此恩公救了我，他必动兵将不依。
郑世勋：（白）哈哈，老夫是不怕他的。
蓝素晏：（唱）恩公必非平人也，凶僧想来不敢欺。
　　　　　　光景他必心不死，必不容奴一定的。

　　　　　剩奴一人尚在此，他若再来怎迎敌？
　　　　　恩公救人救到底，请求护庇我花枝。
郑世勋：（白）你且放心，随老夫到我家，保管无事。
蓝素晏：（唱）如此大恩无可报，眼泪汪汪跪双膝。
　　　　　愿认恩公为义父，敢求不却感恩慈。
郑世勋：（白）好，老夫无儿，只有一女，又得一女，快乐有余。我儿快快平身。
蓝素晏：是，孩儿遵命。
郑世勋：（唱）我儿须把来历讲。
　　　　（白）你叫什么？
蓝素晏：（唱）孩儿名叫蓝素晏。
郑世勋：（唱）莫非你是曹珍妻？
蓝素晏：（白）爹爹怎知曹珍呢？
郑世勋：（唱）如此这般说一遍，改名郑珍上京师。
蓝素晏：（白）如此说来，正是我家官人。
郑世勋：（唱）天差巧遇吾儿也。
　　　　（白）真乃巧事，随父到家再叙。
蓝素晏：爹爹言之有理。
郑世勋：我儿随父来。
蓝素晏：来了。（下）
　　　　（出沈桓危）
沈桓危：（诗）调和鼎鼐三公府，燮理阴阳宰相家。
　　　　（白）老夫沈桓危。可怜寇成敬重老夫，如侍君王，真是老夫心腹之人。那日下朝，坐马一惊，掉下马来，抬回府去，几次去探说是左腿已折，不能走动，上了致仕本章，辞官去了，可惜去了老夫一膀。可喜杀了曹克让，天子把乾天剑委我投于大海，我想此剑乃西番之物，不可失落。西番候我之信，做成同谋，勾他人马，杀进城来，大宋江山一鼓可得，老夫平分一半。曹某一死，大谋必成。今差我儿从镇江秘密去到西番，送去这支乾天剑，告知其情，再定发兵之策。我儿学元哪里？快来。
沈学元：（内白）来了。（上）爹爹在上，儿子拜揖。
沈桓危：不消。我儿行装可曾齐备？

沈学元：诸事俱已妥当。

沈桓危：好。这是宝剑一支、书信一封，好好收藏，一路行程多加小心。

沈学元：是，儿遵命。（下）

沈桓危：我儿此去，大事成矣。

（上卒）

卒：　　禀爷，外有桓党、潘党二位求见。

沈桓危：请进书房。

卒：　　哈。（下，内白）有请二位进见。

潘党、桓党：（内白）来了。（上）恩相在上，二人拜揖。

沈桓危：二位免礼，请坐。

潘党、桓党：晚生告坐。

沈桓危：二位来见本相，有何缘故？

潘党、桓党：恩相，大谋发而众必从。曹克让一死，无有拦阻，恩相理当应时而动，我等效力，以报相恩。

潘　党：（唱）老恩相大谋成，相时而动，人愿天从。

　　　　　　提起人不少，哪个不尽忠？

　　　　　　相爷施恩化外，中原唾手可得。

　　　　　　一举却成文武业，强如五霸胜七雄。

桓　党：（唱）我桓党，五弟兄。

　　　　　　桃花寨内，早已屯兵。

　　　　　　还有团角寺，宝龙山上僧。

　　　　　　万夫不当之勇，专等恩相命令。

　　　　　　当今天子无志，小将一计可成功。

潘　党：（唱）潘兵部，尊相公。

　　　　　　晚生昨日，接书一封。

　　　　　　翰华文刑部，感谢大恩情。

　　　　　　提拔西安道院，敬送玉表金钟。

　　　　　　相爷他也复原职，可压群臣素有名。

桓　党：（唱）老相爷，奉主公。

　　　　　　诓去天子，离了东京。

　　　　　　请他把驾降，就去到保安。
　　　　　　但得他在那里，一战灭了神宗。
　　　　　　相爷顺势坐九五，何用西番那股兵？
潘　党：（唱）文刑部，有贤名。
　　　　　　文能治国，六经皆通。
　　　　　　今科开大场，挑选天下童。
　　　　　　让他做个主考，垂范天下文风。
　　　　　　取中的文武状元须心腹，其余俱各用府中。
沈桓危：（唱）心大悦，现笑容。
　　　　　　二位高见，老夫听从。
　　　　　　诓哄神宗主，只怕他不听。
　　　　　　主意有这里，等你机会再行。
　　　　　　且先调回文刑部，只管时时记英雄。
　　　　　　且等老夫设巧计。
　　　　（白）明日上朝奏主，且将文刑部调回，官复原职。此人服众，他若与老夫做了心腹，大事无不成矣。
潘　党：他是晚生的叔伯妹丈，素日敬重恩相久矣，绝无异志。
沈桓危：好。真乃老夫之幸也。中军，看宴伺候。
中　军：哈。（下）
沈桓危：二位请。
潘党、桓党：恩相请。（下）

（完）

第 八 本

【剧情梗概】 桓霸将桓秀锦许配给曹保,艾云卿亦贪慕曹保样貌。曹保酒醉,艾云卿将其放在桓秀锦房间,欲借机求欢,恰好桓秀锦归来,只得作罢。曹保梦中说出真实身份,桓秀锦将其放走。桓霸归来,杀死艾云卿,桓秀锦亦自尽。曹保逃至文宅,潘才设计,将他灌醉,引来官兵,将曹保下至牢中。程有义得到消息,受女儿之托,到青峰山送信。宝彩文正因伤心过度,身染重病,只得委托宝虎带人营救曹保。芊现奉旨围剿青峰山,因向沈学元卖弄剑术,家传湛卢剑和沈学元手中的地坤剑皆被欧阳术士收走,他本人也为欧阳术士打成重伤。这时,假扮寇成的曹克让辞官归隐,来到汝南王府上。

(出艾云卿)

艾云卿: (诗) 不喜邛翁辞相如,愿听西厢一曲琴。

(白) 奴家艾云卿。那一天诓着姑娘散闷,走在小红轩外,与那尹郎走了对面,真是风流盖世,妖娆动人。你看那死娼妇,恐怕把人家看化了。她拉着我连奔带跑,我说那是你女婿呀,你看她既不是羞哇,也不是狂,乒乒的一阵好没头脑,哟,死丫头。

(唱) 丫头撇清装古板,脾气一动气死咱。
　　　看见那样好女婿,心里不定怎喜欢。
　　　装模作样不理吾,拿着奴家当大憨。
　　　可巧那桓雕媳妇三小婶,接她那里住几天。
　　　细想她也住不住,心里惦着一团火。
　　　做媳妇吉日临期尽,他来这里一半天。
　　　我丈夫上了甄曲县,置办衣服与嫁妆。
　　　桓豪今午他来请,请他吃酒必划拳。
　　　是吾于中要借势,我说是妹婿量大海一般。
　　　能够管他喝个醉,输了与你个大耳扇。
　　　好胜之人不服弱,他一清早走了得晚还。
　　　给他摆一座风流阵,姑嫂二人看谁占先?

　　　　　　内里无人我做主，还有那个二丫鬟。
　　　　　　且到那后楼之上传伴奏，吩咐传了小红轩。（下）
　　（上曹保）
曹　保：（唱）再表那曹保带醉，（上雕鞍）
桓　豪：（白）姑爷夜深了，我送你去呀。
曹　保：不用，不用，你请留步。请。（上马）
　　　　（唱）醉醺醺地紧向前。
　　　　　　好个桓豪酒量大，说说笑笑会歪缠。
　　　　　　喝得醉过十分外，这身子晃得不能站。
　　　　　　他说杏花寨里事，提起此事心内烦。
　　　　　　今日曹保知是险地，心如剑刺不敢言。
　　　　　　因而心烦容易醉，眼睛发黑头晕旋。（下，又上）
　　　　　　信马由缰到门首，不知不觉掉下鞍。
　　（落马，上家丁）
家　丁：（白）呀，不好了，姑爷掉下马来了！
　　　　（唱）跑来家丁拉住马，再来哪把他搀。（上其他家丁）
　　　　　　姑爷今日醉得苦，搀扶慢慢入后边。（下）
艾云卿：（唱）艾氏立在二门口，见他醉得软又绵。
　　　　　　真是天随人的愿，这也是前生造定今世缘。
家　丁：（白）姑爷今日醉了，搀入小红轩吧？
艾云卿：（唱）小轩明日装新房，且到绣楼去安眠。
　　　　　　叫了一声中与庆，
　　　　（白）中儿、庆儿快来，快来。
中儿、庆儿：（内白）来了。（上）奶奶有何吩咐？
艾云卿：领着他们，把你姑爷送到东楼去睡。
中儿、庆儿：姑爷要回来呢？
艾云卿：他要回来几天，还不拜天地呀。
中儿、庆儿：晓得了。
艾云卿：你们往这里来，搀着。（下）
　　　　（诗）酒不醉人人自醉，色不迷人人自迷。（下）

　　　　　（挽曹保上，坐）
庆　儿：（白）醉得好熏人，叫他且睡，咱们且准备茶壶去。（下）
艾云卿：（内白）中儿、庆儿，好好看着上房，有事上东楼禀我知道。不许泄露奶奶事，之后有赏。
中儿、庆儿：奶奶放心吧。（下）
　　　　　（上艾云卿）
艾云卿：（诗）天交日色沉西，内里并无外人。
　　　　（白）把这意中人摆放到这里，由我做鬼，谁说不是洞房花烛？也算襄王会着神女哟。
　　　　（唱）灵虫要借凶巢宿，呆鸟飞去不知风。
　　　　　　她候洞房花烛夜，吾先金榜去求名。
　　　　　　挨到床前留神看，雪白的脸蛋挂桃花。
　　　　　　酒醉的杨妃没他美，活脱脱像个金玉童。
　　　　　　睡得安稳真叫稳，手儿脚儿也扑登。
　　　　　　有福之人身不稳，这样大醉少呼声。
　　　　　　拉了拉手儿，哎哟，软又嫩，真像个童儿未长成。
　　　　　　醉得深了等他醒，奴就陪着坐灯旁。
　　　　　　打住鱼儿无处跑，心里安下一张网。
　　　　　　昨日忽然见一面，谅着他也认不清。
　　　　　　这又是小姐绣楼上，这事一定不碰钉。
　　　　　　他醉叫他自己讲，私来楼下为何情？
　　　　　　吾也不说吾是谁，景象对了何用提名？
　　　　　　酸丫头，你且压住疯狂气，俏佳人替你入正宫。
　　　　　　等候多时总不醒，玉炉吹火点上灯。
　　　　　　欲火烧身这时叫，
庆　儿：（唱）庆儿跑来禀一声。
　　　　（白）禀奶奶，三庄主打发丫头们坐着车送小姐来了。
艾云卿：哼，她怎么提前就回来了？不必惊慌，如此这般，就说你奶奶请她上房说话。
庆　儿：晓得了。（下）

艾云卿：酸丫头，吾叫你在吾跟前说不出嘴去。咳，这是咱说说呢，真他妈的丧气，好事未成。（下）
桓秀锦：（内白）嫂嫂，看家了？
艾云卿：（内白）姑娘，这么晚才来，必是吃了晚饭，且到上房拉呱①再过来。丫头，快点送茶。（上）
（唱）艾氏让过桓秀锦，姑娘短来姑娘长。
你三嫂这几天内可还好？丫头递茶与姑娘。
无话转话只是问，你三哥与你多少衣裳？
桓秀锦：（白）不过是平常衣服首饰。
艾云卿：（唱）你三哥上了甄曲县，是与姑娘做嫁妆。
你好好算算剩几日？
桓秀锦：（白）天不早了，明日再说吧，小妹告辞了。（下）
艾云卿：（唱）再有一会起更梆。
庆儿点灯快送去，送上楼去不用慌。（下）
（桓秀锦上楼）
桓秀锦：（唱）东楼上了桓秀锦，屋内有灯亮堂堂。（下，又上）
吩咐丫头回去吧，（一转身躯进卧房，丫头听声）拿起烛剪灯提亮。
回身就要上牙床，
（白）呀，这是何人床上卧？
（唱）吓了一跳脸吓黄。
抽出床头纯钢剑，先叫贼人一命亡。
进前才要着剑砍，呀，此人好像是尹郎。
拿过灯来仔细看，不错是他在醉乡。
抽口冷气放下剑，坐在一旁犯思量。
你怎戴罪来到此？虽是夫妻未拜堂。
打量你是真君子，再不想轻举这样狂。
奴本是个刚烈女，兄嫂跟前口怎张？
只得下楼见嫂嫂，叫她责备面无光。

---

① 拉呱：方言，聊天。

      想罢回身才要走，
曹 保：（唱）我曹保真是不幸。
桓秀锦：（唱）听他说话在梦乡。
      停住身形止住步，
曹 保：（唱）公子梦中把口张。
      叫声爹爹死得苦，抛下了不孝之子在外乡。
      今日个才知一家遭横死，叫儿曹保痛断肠。
      今日个我才知道杏花寨，俱都是沈贼爪牙似虎狼。
      曹保若不将仇报，枉做男儿当自强。
      说罢复又沉沉睡，
  （下丫鬟）
桓秀锦：（唱）佳人听罢着了慌。
      原来他是曹侯子，公子隐姓把名藏。
      奴家已经与他把婚订，今夜也算完了房。
      我奴家死去也算无更改，不失奴家烈性刚。
      我家深交沈丞相，安心处处做不良。
      日久必要露马脚，难免他的命不亡。
      今晚若不放他走，纵不泄露脸也伤。
      明早他再下楼走，岂不闹了脸无光？
      把他叫醒问一问，讲不起羞来问短长。
      推了一把你快醒，
  （白）你快醒醒吧。
曹 保：好醉，好醉。
桓秀锦：你还不快醒来？
曹 保：是谁叫我？呀，这是什么所在？姑娘是谁？
桓秀锦：奴桓秀锦，这是奴的绣房。曹郎，曹郎，你逃灾避祸，就不该入是非之地。既入是非之地，该戒酒留神。为啥酒后乱性，潜入后楼，大失英雄之体？梦中吐出真情，有失豪杰之志。你父母一家，其仇不共戴天。剩你一人，是报仇之根，你还因酒乱入来后楼？此乃沈桓危心腹兵马之家，是你仇敌之地。奴从兄命与你为妻，只知你姓尹，不知你姓曹。奴深知从一而终之理，当此之地，不得不真言相告。此有几层门路，问你怎出后楼？万一泄露，奴不过跟你一死，尽一节字。你一家大仇谁报？你想想是谁之过也？呀，愧死人也。

曹　保：（唱）说得我，满脸羞。
　　　　　　　无言答对，不敢担当。
　　　　　　　好个桓小姐，话里有刚柔。
　　　　　　　以礼责备于我，详细是吾不周。
　　　　　　　果然醉后失君子，必是梦里吐根由。

桓秀锦：（唱）不用怔，低着头。
　　　　　　　睡梦说破，你的根由。
　　　　　　　吾且再问你，怎么醉悠悠？
　　　　　　　怎么不知酒量？怎么上来绣楼？
　　　　　　　怎么无有人看见？里面还有侍女丫头。

曹　保：（唱）桓豪请把酒喝，喝得大醉而归。
　　　　　　　提起话头，这般又如此。
　　　　　　　朝廷杀了镇西侯，闻知心中难受。
　　　　　　　回家忽忽悠悠，恍惚记得掉下马，不知怎么到后楼？

桓秀锦：（唱）说是了，有因由。
　　　　　　　醒悟八九，有人设谋。
　　　　　　　前头设陷阱，后头把人羞。
　　　　　　　你的真实姓，一定被人窃偷。
　　　　　　　此时若不急逃走，难免大祸临头。

曹　保：（唱）重门锁，钥匙收。
　　　　　　　无法出入，缺少良谋。
　　　　　　　娘子若帮我，杀下这绣楼。
　　　　　　　一阵夺门奔路，谁挡叫他丢头。
　　　　　　　小姐随我急逃走，去上淮安文府投。

桓秀锦：（唱）说不可，连摆头。
　　　　　　　随你逃走，节义全丢。
　　　　　　　背兄私逃走，撇亲算是逃仇。

　　　　　你我未行大礼，何似私奔畜类？
　　　　　虽有层层关锁围住，奴有一法稳贼因。
　　　　（白）此处东楼以外是座花园，奴支开楼窗，你跳到杏树上，从林中出去。等到天明可以走出去几十里路，也就无事了。
曹　保：吾走之后，怕连累着娘子。
桓秀锦：奴家不用你牵挂，不过杀身而已。于你眼中是守节，胞兄面前尽一义字。咳，曹郎，只要不忘记你这未过门的妻子就行了。来，来，来，从这里开楼窗，送你下去。
曹　保：来了。（下）
桓秀锦：曹郎下去了？
曹　保：下来了。
桓秀锦：这是一柄带鞘宝剑，扔下去了，路上以防意外。
曹　保：多谢娘子。日后小生发达，再把娘子搬娶到家。
桓秀锦：那时再凭曹郎你吧。天已不早，公子快快逃走吧。
曹　保：我就越墙去也。（下）
桓　霸：（内白）家奴，走上来。
家　奴：（内白）来了。
　　　　（主仆马上）
桓　霸：俺桓霸，到甄曲县置办嫁妆，诸事已妥，回家命人去取。起个早，赶上午也就到家了。那边来了一人，好像尹姑爷的模样。（对上曹保）妹丈为何独行到此？
曹　保：自有心事，要去远游。请了。
桓　霸：吉日只剩了几日，如何你又逃走？其中定有缘故。劝你好好回去，乃是正理。
曹　保：有什么缘故？你回你的家，吾行吾的路，少说闲话，快快闪路。
桓　霸：住了。你不回去，休想逃走。
　　　　（唱）双眉皱，眼瞪圆。
　　　　　　　见你逃去，变了心田。
　　　　　　　劝你快回去，还是好姻缘。
　　　　　　　执意不肯回去，你想逃走甚难。

　　　　　　杏花寨里底细事，怕你传说露机关。
曹　保：（唱）哪管你，一二三？
　　　　　　我这要走，与你何干？
　　　　　　再要拦挡，难免把脸翻。
　　　　　　你家待多日，劝你好好回还。
　　　　　　你若拦挡休怪我，咱就双手敌四拳。
桓　霸：（唱）哇呀哇呀一声喊，气炸肝。
　　　　　　喝叫家奴，一起上前。
　　　　　　费了他的命，早早见老阎。
　　　　　　主仆齐举宝剑，
曹　保：（唱）扑向前，左右旋。
　　　　　　曹保抽出防身剑，三人大战山路间。
　　　　　　小曹保，是奇男，凭身力大猛虎一般。
　　　　　　舞动龙泉剑，一劈起宝光。
桓　霸：（唱）桓霸这说不好，一剑砍在肩。
　　　　　　跳出圈外逃了命，催开坐马一溜烟。（下）
家　将：（唱）小家将，魂吓掉，只想逃走，不能出圈。
　　　　　　剑到脖子上，上了鬼门关。（死）
曹　保：（唱）拾起他的宝剑，二支悬在腰间。
　　　　　　上了他的能行马，扬长而去急加鞭。（下）
　　　（上桓霸）
桓　霸：（唱）桓霸我，一溜烟。
　　　　　　小子厉害，英勇无边。
　　　　　　宝剑如风快，幸得眼力尖。
　　　　　　险乎丧在他手，一剑砍在左肩。
　　　　　　家人必死他的手，一边跑着紧加鞭。（下）
　　　（出艾云卿坐，心暗想）
艾云卿：（白）奴家艾云卿。昨夜庆儿偷听两人的动静，时候不多，他就回来了。说是听得那人说话，他名叫曹保，要替父亲报仇。未听姑娘说，他就回来了。想他二人必是合了势咧，同床睡了，那有多爽呀。我听说曹克让的儿子叫曹保，是钦犯。吾们那个人知道，必要时将他献上。我想他在楼上，自然出不去的，也一定堵住那酸丫头嘴了。可巧，她昨晚把汗巾丢在上房，今早以与她送汗巾为由，看看那个人与她在做什么玩意呢。留神一看，并没在楼上，我就回来了，肯定是起早走的。命庆儿、中儿去看，并无踪影。丈夫回来必要追问于吾，说防备不严，他才能不辞而去。打了一个主意，推在那酸丫头身上，吾看你怎么办？

桓　霸：（内白）家将们，将马带过。（急上）气死人也，气死人也。

艾云卿：丈夫回来了，为何面带怒色？

桓　霸：住了。吾且问你，临行时嘱咐你好好招待尹生，等到吉日与妹妹成了亲事，他就安心无二，方才能做吾心腹，你为何叫他逃走？想必是招待不周。若是这样，就该把你活活打死。

艾云卿：咳哟，这件事情倒不要问吾。

桓　霸：住口。不问你却问哪个？

艾云卿：你到楼上问咱家那千金小姐去吧。

桓　霸：满口胡说，虽说与他成亲，并未拜堂，内外有别，怎么问她？你说怎么问她？

艾云卿：官人，你说他俩还未拜堂成亲，只怕他俩早已同床共枕了。

桓　霸：哎呀，好个贱人，满口胡说，着打。（打）我妹子，平生刚烈，哪有什么缘故？你这贱人，休要谣言生事。

艾云卿：可不是呀，官人。

　　　　（唱）你问逃走那个人，谁知什么时候跑？
　　　　　　　知他不叫尹保么？

桓　霸：（白）叫什么？

艾云卿：钦犯之子叫曹保。

　　　　（唱）官人不要性子急，且听奴家说分晓。
　　　　　　　昨夜晚上未定更，大约小姐还未倒。
　　　　　　　烧了壶茶敬小姑，打发庆儿送去了。
　　　　　　　上了绣楼窗未关，男人声音停住脚。
　　　　　　　屋里说话男子声，正在说话把名表。

说是镇西侯的儿,避祸躲灾叫曹保。
未听小姐哼一声,必是上了巫山岛。
跑回告诉奴家知,叫人一阵如刀搅。

桓　　霸：（白）你就该上楼哇。

艾云卿：官人,

（唱）有心上楼看真假,又怕那人一撞跑。
有心叫起众家奴,又怕丑名人知晓。
只得忍耐装不知,稳住且等今日早。
等他回了小红轩,贪着美色必不跑。
等着家人你回来,该怎好来就怎好。
一早我就上了楼,那个人儿早无了。
暗进小轩去观瞧,哪有影儿静悄悄。
必是姑娘放了他,谁知他是多前跑?

桓　　霸：（唱）哇呀,哇呀!大喊一声气死我,丫头无耻真可恼。
问出真情没得活,败坏家风怎么了?
手拿宝剑上了楼,（下）

艾云卿：（唱）艾氏云卿把牙咬。

（白）这一阵算搪过去了,陪着那人空坐了一会,就挨了这一顿嘴巴,我要是与他瞒着,哼,就得挨几刀。（下）

（出桓秀锦）

桓秀锦：（诗）节乃闺中之志,义乃君子之行。

（白）奴家桓秀锦。咳,细想昨晚之事,必是嫂嫂弄鬼。将我拦在上房说东道西,好多工夫才让奴回楼。曹郎醉后不知人事,细想他不能上楼。今早嫂嫂上得楼来,东瞧西望,大有知晓之意。我看她必是安下偷桃代李之心,平日广夸尹郎好,尹郎俏,要知心腹事,但听口中言。我把曹郎放走,二哥回来,必然追问,嫂嫂怎么回答?倘若问吾,吾自有言语。回答不过,为父尽节,为兄尽义。

（上桓霸）

桓　　霸：秀锦,秀锦。

桓秀锦：二哥虎气昂昂地上了楼,未知所为何事?

桓　　霸：哼，哼，你做的事儿，自然问你。

桓秀锦：不知所问何事？

桓　　霸：问你昨夜那个狂徒哪里去了？

桓秀锦：昨夜哪个狂徒？

桓　　霸：住了。我把你这贱人，

　　　　　（唱）无耻丫头还巧辩，问你楼上那狂贼。

桓秀锦：（唱）满口胡说欠掌嘴，奴的楼上贼是谁？

桓　　霸：（唱）穷酸她还装架势？是真有情你难推。

桓秀锦：（唱）从来是真假不了，清浑倒要细细追。

桓　　霸：（唱）清白家风被你破，追问明白命必亏。

桓秀锦：（白）这，这，这自然要问明白。

桓　　霸：明白？你楼上是个叛臣之子曹保。

桓秀锦：哪个曹保？就是你给我找的丈夫尹保？

桓　　霸：你既知他是曹保，就不该放他下楼。

桓秀锦：睡到奴的床上，不叫他走，难道与他同榻么？

桓　　霸：呸，同宿黑夜，还不是私行苟且？

桓秀锦：呸。

　　　　　（唱）放在楼上本不假，私行苟且不知谁。

桓　　霸：（唱）在你楼上同床睡，焉得不是你相陪？

　　　　　　　陪他一夜说了话，问出真情是真的。

桓秀锦：（唱）丢丑私合该万死，放他更该肉化灰。

　　　　　　　死活虽不放心上，总得辩辩谁是非。

桓　　霸：（唱）丫头你且住了口。

　　　　　（白）住口，你和谁辩是非？

桓秀锦：和你。

桓　　霸：你还怎辩？

桓秀锦：你说曹郎在楼上，你怎么知道的？

桓　　霸：艾氏说的。

桓秀锦：她怎么知道的？

桓　　霸：庆儿传话。

桓秀锦：庆儿她怎么晓得的？

桓　霸：楼外听的。

桓秀锦：为什么私来听声？

桓　霸：是来送茶，并无意外。

桓秀锦：什么时候送茶？

桓　霸：将交定更。

桓秀锦：那人什么时候上的楼哇？

桓　霸：住口。哼，哼，哼。
　　　　（唱）上楼是你勾合事，什么时候还问谁？

桓秀锦：（唱）既要说的必知道，什么时候来的贼？
　　　　你这话里有原因，我听觉着也糊涂。

桓　霸：（唱）糊涂话儿定问你，

桓秀锦：（唱）是谁说的去问谁。

桓　霸：（唱）此事叫人心难受，糊里糊涂吾发懵。
　　　　庆儿知你放曹保，

桓秀锦：（唱）这事当真我不推。

桓　霸：（唱）这话因由是庆儿，

桓秀锦：（唱）不定哪个把心亏。

桓　霸：（唱）大叫庆儿把楼上，
　　　　（上庆儿）

庆　儿：（白）爷爷说啥也？

桓秀锦：（唱）佳人一见大发威。

桓　霸：（唱）桓霸抽出纯钢剑，

桓秀锦：（唱）佳人提刀皱蛾眉。

桓　霸：（唱）抓住丫鬟按在地，

桓秀锦：（唱）叫声娼妇小淫贼。

桓　霸：（唱）说说曹保上楼一件事，

桓秀锦：（唱）一句言差把命追。

庆　儿：（唱）战战兢兢忙告诉，
　　　　（白）爷爷与姑娘饶命，听奴婢告禀。

（唱）姑娘不在家，爷爷也出外。
　　　剩了奶奶她，主意安得怪。
　　　常夸尹郎爷，生得人可爱。
　　　五爷请姑爷，奶奶硬压迫。
　　　灌不醉姑爷，是个老硬盖。
　　　五爷赌下来，姑爷人喝坏。
　　　带醉乘马归，掉在大门外。
　　　家人往里搀，又是奶奶派。
　　　叫吾搀上楼，旁人撵出外。
　　　奶奶自己陪，必是好交代。
　　　不想姑娘来，事情算是坏。
　　　奶奶又想法，姑娘上房待。
　　　更起放回楼，男女在一块。
　　　奶奶使巧招，自己要躲盖。
　　　命吾去听声，猫在窗台外。
　　　窗上凶样观，姑娘该气坏。
　　　将剑才要杀，又把身子歪。
　　　光景是认得，坐下犯疑怪。
　　　欠身又下楼，做梦说来脉。
　　　哭声他爹妈，一死归阴在。
　　　不孝曹保儿，流落在乡外。
　　　听着这时候，跑来见奶奶。
　　　后事我不知，不敢混胡赖。
（桓霸踢倒庆儿）

桓　霸：（白）咳呀。
　　　（硬唱）一脚踢倒小丫鬟，跑下楼来叫一声。（下）
桓秀锦：（唱）佳人提刀下了楼，把心一横随后赶。（下）
　　　（出艾云卿坐）
艾云卿：（唱）艾氏听得叫丫鬟，这怕事情要露馅。
桓　霸：（唱）桓霸跑进恶狠狠，上去一剑不问口。

艾云卿：（唱）身子一闪用手拨，官人为何凶抖抖？
桓　霸：（唱）淫妇丑名丫头说，该死贱人胆如斗。
艾云卿：（唱）无的说了战兢兢，慌慌张张想逃走。
桓　霸：（唱）万恶贱人休想活，连连几下不住手。
艾云卿：（唱）艾氏拼命用手挡，官人再三不住手。
桓秀锦：（唱）秀锦一旁把话言，大叫嫂嫂知道否？
　　　　　　吾本陪他尹保走，那等还有日多久。
　　　　　　哥哥许我为他妻，夫妻声名一定有。
　　　　　　你想你是何等人？设法以桃要代柳。
　　　　　　不明不白不清浑，不顾哥哥声名丑。
　　　　　　你就一死很应当，还敢大胆交了手。
艾云卿：（唱）艾氏听罢更着忙，剑到脖子身一扭。
　　　　　　正中脖子一命休，（死）
桓　霸：（唱）连连几下不住手。
　　　　　　该剐贱人一万刀，开肠破肚肉喂狗。
桓秀锦：（唱）佳人转身把话言，二哥听着且住手。
　　　　（白）二哥住手，听小妹一言。嫂嫂已死，算是被小妹连累。小妹虽许那人为妻，未行其大礼，不能私行苟且。嫂嫂一死，也算哥哥正了家规，日后自要你除恶为善，家道自然中兴。话已说完，小妹抛你去也。（刎死）
桓　霸：咳呀，妹妹，你死得好不令人可敬。你平生性烈，你死得好不可惜。贱人，贱人，你死得不亏。家童快来。
家　童：来了。
（上家童）
桓　霸：把这贱人尸首扔在荒郊野外，喂了那些恶犬。
家　童：哈。（抬下）
桓　霸：丫鬟，把你姑娘的尸首，抬到一旁，好好装殓，明日去请高僧、高道，超度你姑娘灵魂，抬下去。
丫　鬟：是。（抬下）
桓　霸：咳，妹妹呀，妹妹呀。（下）

（出曹克让）

曹克让：（诗）金蝉脱壳离禁地，困龙得水上青云。

（白）老夫曹克让，假充义弟寇成。恐日久被奸贼识破，故意与沈相同行，下朝走在四平街上。坐马一惊，竟自掉下马来，令人抬回内室，只说两腿残废，因而告疾，辞官不做，哄信奸党，暗暗离京。早知义弟寇成有一相交朋友，名叫郑世勋，我充名，投他那里，这是栖身之所，只得走走。

（唱）甄曲县里青松寨，义弟贤友郑世勋。
　　　昔年也曾见过面，他与寇成交情深。
　　　家有良田几千顷，乃是太祖有功臣。
　　　且投那里把身隐，等到机会尽忠心。
　　　那时再报朋友义，再谢结义两个人。
　　　知道赵英有一子，如今不知何处存。
　　　义弟寇成无有后，又无妻妾一孤身。
　　　两家忠良为吾死，而今并无上坟人。
　　　从今不知生共死，不知他往何处存。
　　　从小读书未出外，曹保生死更闷人。
　　　边关之上把他斩，满营众将疼在心。
　　　夫人讲情我不准，伤了夫妻恩爱深。
　　　奉旨官员也来到，山贼宝虎来认亲。
　　　将他绑在闹市口，大炮一声起风云。
　　　大风刮了多时会，风过不见逆子身。
　　　二子果有一个在，能报义弟他们恩。
　　　吾今隐遁青松寨，我料着奸相不久起歹心。
　　　那时保王清君侧，清是清来浑是浑。
　　　催马进了青松寨，令人传话入宅门。（下）

郑世勋：（唱）郑爷听说寇爷至，接迎府外笑吟吟。

（白）寇贤弟哪里？

曹克让：仁兄哪里？

（唱）离别家兄十二载，今日来拜老功勋。

郑世勋：（唱）突然到来必有故，请入茅宅叙事情。

（白）请。

曹克让：请。（下）

（曹保拉马上）

曹　保：（唱）且不表故友相逢青松寨，再表那曹保到了文家门。

（白）咱是曹保。这里便是文宅，不免进去便了。（下）

（出潘氏）

潘　氏：（白）闲居人来少，人少日月跑。老身潘氏。玉霜丫头，大料是死了。谁知侄儿从城里回来，天已黑咧，走到坟旁，见着明明白白是她，大概是见了鬼了。第二天，春红以上坟为由，一去不归。我暗暗访她的形象，那老胡把门倒锁上也走了。如今思想起来，真叫人不得其解。

（上潘才）

潘　才：姑哇，这事情得想法了啦。

潘　氏：啥事情？

潘　才：表妹夫曹保投亲来了。

潘　氏：咳哟，在哪呢？

潘　才：让在书房，叙了亲情，他方才说了来意。

潘　氏：你妹子也没了，你怎么答对呢？

潘　才：他要拜见你老，且稍等片时，禀明再讲。

潘　氏：见了面咋说呢？

潘　才：现有一个主意，不但免祸，还有后福哇。

（唱）曹保今日来，就按这么做。

他爹是叛家，都是该杀货。

天下俱捉起，逮住着刀剁。

沈老丞相那，与他把对作。

带着家姑父，被贬去南方。

今日逮住他，亲戚算是破。

姑父回家来，咱们也没错。

潘　氏：（唱）好是好，拿住他呀，就是有点棘手。

潘　才：（唱）好好招待他，敬重当娇客。

　　　　　　灌得醉醺醺，铺在书房卧。
　　　　　　再见毛总兵，等着黑乌乌。
　　　　　　带兵困书房，怎跑他一个？
　　　　　　趁醉绑上他，万万不能错。
潘　氏：（唱）听罢笑哈哈，侄儿好计策。
　　　　（白）好，就依计而行，我就安排酒宴，你就请他到上房。
潘　才：小侄遵命。（下）
潘　氏：丫鬟呢？
丫　鬟：有哇，太太呀。
潘　氏：快把上房收拾收拾，酒宴伺候。
丫　鬟：晓得了。
　　　　（毛一阵马上）
毛一阵：（诗）一声令下吓破胆，三声炮响走真魂。
　　　　（白）本帅毛一阵是也，乃淮安总兵。方才潘相公见我说，他家已经稳住钦犯曹保，趁醉上绑，锁在书房。这件功劳不小，我这儿越发高升了。众将官，急急起兵出城，趁夜前去便了。（下，又上）
　　　　（上卒）
卒　：（白）禀爷，来在文府门外。
毛一阵：团团围住，急进书房捉拿钦犯，不得有误。
卒　：得令。（下）
　　　　（绑上曹保）
曹　保：你们这些人为何趁夜绑吾？
毛一阵：你乃钦犯之子，还装什么糊涂？
曹　保：你是何人？
毛一阵：本帅毛一阵。
曹　保：你怎知我在此？
毛一阵：潘才现在我府，怎么还不知道呢？众将官，好好绑着，送入县衙，上了刑具，掐入南牢，再做定夺。
曹　保：罢了，罢了。
　　　　（出胡母、程玉清）

胡　　母：（诗）骨肉相逢一朝喜，亲人多因两地苦。
　　　　　（白）老身胡氏。
程玉清：奴程玉清。昨日吾爹爹择了一处小小房子，搬入城中。爹爹在前面磨几升豆子，去卖豆腐度日。咱娘俩骨肉相逢，又躲了潘才。
胡　　母：咳，好是好，就是惦记着干闺女。在路上怎么也是受罪，不知何时才能到了镇江？你表兄上云南送信，也不知多会儿回来？孩子回来后，上哪里去找吾去呢？
　　　　（急上程有义）
程有义：闺女，闺女。
程玉清：爹爹，慌忙的是啥也？
程有义：不要高声，压着点。这可是个不顺当，遇见窝囊了。
　　　　（唱）清晨把门出，都已出了杠。
　　　　　　　走至大门前，听见乱扬扬。
　　　　　　　都说毛总兵，武官到底莽。
　　　　　　　黑夜点了兵，去把钦犯绑。
程玉清：（白）哪个钦犯？
　　　　（唱）绕到老文家，到那只一闯。
　　　　　　　拿住曹保他，就往衙门绑。
　　　　　　　县官坐晚堂，打得血直淌。
　　　　　　　下狱掐南监，那腿带木杠。
　　　　　　　告他是潘才，杂种真混账。
　　　　　　　无法去救他，回来对你讲。
　　　　　　　可怜二相公，怎不叫人想？
　　　　　　　好人无救星，说罢泪直淌。
程玉清：（唱）佳人听罢浑身颤。
　　　　（白）爹爹打听的，可当真么？
程有义：咳，真真的呀。
程玉清：咳，天哪。
　　　　（唱）皱皱蛾眉吁口气，翻了翻杏眼泪下来。
　　　　　　　转了转抹抹无主意，定了定神发了呆。

　　　　　　暗叫曹郎苦死我，命里怎么遇潘才？
　　　　　　我上淮安是为你，命里怎么净招灾？
　　　　（白）爹爹，儿我想起来。
程有义：想起来啥也？
程玉清：至此不能不说了。
　　　　（唱）你老只要送个信，去上青峰走一遭。
　　　　　　见了宝虎兄与妹，定会发兵救他来。
程有义：（白）我到那里再把吾杀了，我可怎么办呢？
程玉清：（唱）好意与他送个信，怎么会有这话说？
程有义：（白）那我就走。拿起钱褡，装上路费。你们娘俩看着家，好好看门，别走开。
　　　　（唱）备上毛驴悄悄走，（下）
　　　　（程玉清、胡母送下，又上）
程玉清：（唱）娘俩送出回家来。
　　　　（白）哦，曹郎在监，谁是他亲人？哪个与他送饭？探监一回，见了曹郎，与他送些纹银，不知舅妈意下如何？
胡　母：咳，你年纪小，不能出头露面。况且他又是钦犯，再不叫人相见。要不我明日打听打听，再做主意吧。
程玉清：罢了。好人偏多难，
胡　母：苦尽自甘来。（同下）
　　　　（升帐，四将站）
众　将：（诗）铁甲龙鳞筹，青巾扎包头。
　　　　　　坐下追风马，手使丈八枪。
尚　志：（白）俺参军尚志。
尚　略：俺游击尚略。
上　宽：咱副将上宽。
下　窄：咱守备下窄。
众　将：元帅升帐，在此伺候。
　　　　（出芊现）
芊　现：（诗）大将南征胆气豪，腰横秋水雁翎刀。

风吹鼍鼓山河动，电闪旌旗日月高。

（白）本镇芋现，奉旨镇守镇江，乃承周楚昭王之苗裔，祖传一支湛卢剑，咒上三句剑诀，便能飞去斩人。本镇趋走沈相之门，因而得此重用。前日沈公子到此，要从水上去红绒国。恩相又委托吾去扫平青峰山山寇。今日在江边赏江亭上摆宴，与公子饯行。明日便要去荡平青峰山山寇。今日沈公子上船，早去伺候。军校们，到江亭走走。

（唱）下帐上马出了府，带领心腹人二三。（下，又上）

（出沈学元）

沈学元：（唱）沈学元早到镇江口，准备妥当上江船。

芋　现：（唱）芋现一见尊公子，请上江亭谈一谈。

沈学元：（白）请。

（唱）揖让走到亭子坐，（对坐）主西客东坐两旁。

芋　现：（唱）公子去上红绒国，必要亲见黄鹏仙。

沈学元：（唱）我父有书必不错，故此差吾上西番。

芋　现：（唱）恩相必有大谋意，劣兄敢挡半边天。

沈学元：（唱）仁兄早早发人马，速速灭了青峰山。

芋　现：（唱）弹丸之地一汪水，一马冲破如平川。

沈学元：（唱）多闻兄台有大勇，还有一支什么剑龙泉。

芋　现：（唱）祖传一支湛卢剑，上圆下方有锋尖。

沈学元：（唱）听说能够把人斩，如何这等妙中玄？

芋　现：（唱）不过七寸身形短，三句咒语是祖传。

沈学元：（唱）早闻其言未见得，今日对酒乞一观。

　　　　　光华夺目冷光清，其形与坤地剑是一般。

芋　现：（唱）坤地宝剑在哪里？想来也是珍贵宝。

沈学元：（唱）这就是刺客那支坤地剑，如今吾去送西番。

芋　现：（白）呀，

（唱）果然如此是一样，不知可否会穿天？

沈学元：（唱）照你剑诀试一试，如果能祭最为欢。

芋　现：（唱）倘若能够凌空起，此宝只怕不空还。

（上欧阳术士）

欧阳术士：（白）相面来呀，相面。

芋　　现：（唱）江边有个云游道，找他试试玩一玩。

　　　　　　　　一伸手拿过这支坤地剑，对着老道念真传。

　　　　（白）手举坤地剑，对道士急念三句剑诀：天圆地方，五金为刚，飞空取命呀，呸！

　　　　（剑起）

欧阳术士：相面呀，相面呀。

　　　　（唱）迎面来了一支神剑，此乃坤地剑。

　　　　　　　左手掐诀，右手叠印，口中念咒，

　　　　　　　宝剑收入囊中。（收内）

　　　　（白）哈哈，此乃五剑之锋。来了。

芋　　现：这野道未死，怎么还不见宝剑呢？

沈学元：呀，这却怎好？

芋　　现：待吾用湛卢剑斩了此人。念动真言，宝剑起。

欧阳术士：呀，又来了一支剑。念动真言，收过这剑。无故害我，真正可恼。就地拾了一块顽石，聚了一阵风，吹了一口法气，迎面打去。

　　　　（打芋现倒）

芋　　现：哎呀，妈呀。

沈学元：芋兄怎么样了？

卒：　　帅爷，醒来醒来。

沈学元：尔等快把收宝之人拿来。

卒：　　得令。（下）

沈学元：芋兄起来。

芋　　现：咳呀，好打好打。

沈学元：芋兄，怎么样了？

芋　　现：着伤太重，公子前行。吾明日上本，暂且领不了兵了。

　　　　（上卒）

卒：　　禀爷，那收剑之人，四下寻找，并无踪迹。

沈学元：罢了。将你帅爷抬回府去，再做主意拿收宝之人。

卒：　　抬着，抬着。（下）

沈学元：咳，这是怎么了？宝剑也没了，我只得往西番走，到了那里就说，皇上收入库中，拿不出来了。水手们，吩咐收跳板开船。

宝彩文：（内白）青云，看孝衣过来与我穿上，奴好起身。

青　云：（内白）姑娘方才好些来，身体太弱，又穿孝衣做啥？

宝彩文：（内白）不必多说，快快拿来。

青　云：（内白）是。

（挽宝彩文上，坐）

宝彩文：（诗）纸灰飞舞如蝴蝶，泪血染成红杜鹃。

（白）奴家宝彩文，拼着血身杀退番兵，狠心的公公不疼儿子，将其摔倒城下，抬回尸首，埋葬山坡。叫奴疼忍不过，哭了个死去活来，得了个伤肝之症。将将好些，立个灵牌，哭祭一番。哥哥终日解劝，这两日将将的来了。青云，在灵牌前点香来。

青　云：是，姑娘，点上香咧。

宝彩文：咳，点香来。

（唱）战战兢兢强挪步，两手捧香泪扑簌。

未曾言语眼掉泪，忍不住地放声哭。

曹郎一死刀剜心，哭声夫哇心血出。

这一辈子见不着你，苦死了你啊，倾死了奴。

青　云：（白）姑娘别哭，哭坏身子。

宝彩文：狠心的公公，你老错了。

（唱）听说被害赴阴都。

又听阖家全拿问，剩下奴做个寡妇孤不孤？

夫主哇，有心随你一家死，这口冤气怎么出？

老天爷保护奴的身子好，不杀仇人心不舒。

等着他死吾再死，找我一家在冥途。

佳人哭得站不起，

青　云：（唱）青云挽起叫姑姑。你老且坐稳一稳，不看小姐跌轱辘。

（青云挽起宝彩文，上坐。进来宝虎、程有义）。

宝　虎：（唱）这回你可不用哭。

（白）妹子可不用哭了，从天上掉下大喜来了。

宝彩文：哥哥，你还哄吾做啥？
宝　虎：真死的那小子不是我妹夫，必是曹老爷玩意闹的，谎托妹丈。现在人在淮安那监狱呢。
宝彩文：咳，在哪？
宝　虎：这不是他老人家往咱们家送信来咧。我也没细问，你再叫他说说吧。
宝彩文：咳，老人家，怎知公子未死，在淮安受罪？且请坐下，我兄妹领教领教。
宝　虎：老人家，坐下说说。
程有义：这边有坐，大王们听了。

　　　　（唱）老汉本姓程，名字叫有义。
　　　　　　　曹保二相公，从你这里去。
　　　　　　　宿在吾的家，这么这么的。

宝　虎：（白）这一节我知道。
程有义：（唱）这节大王知，往下听几句。
　　　　　　　到了淮安城，我们两得地。
宝　虎：（白）你快说老曹的。
程有义：（唱）往下就接旨，老曹家的事。
　　　　　　　那日钦差来，侯爷正生气。
　　　　　　　大王那一天，偏偏你也去。
　　　　　　　侯爷抹不开，动了无烟气。
　　　　　　　钦差取剑回，闹了多少屁。
　　　　　　　一怒杀儿子，绑出云阳街。
　　　　　　　程玉清我姑娘，去把公子替。
宝　虎：（白）我救出来的还是你姑娘呀？
程有义：（唱）大王是恩人，闺女常常记。
宝　虎：（白）你且说说曹保。
程有义：（唱）打发曹二郎，淮安文府去。
　　　　　　　我也去找他，又把闺女遇。
宝　虎：（白）捡近的说吧。
程有义：（唱）只是挑着说，别的全扔去。
宝　虎：（白）你去淮安怎么样啊？快快说呀。

程有义：（唱）大王先别说，往下仔细听。

投亲见潘才，中了人的计。

有个毛总兵，趁夜拿了去。

送入县衙中，掐入监牢里。

老汉没有去，回家告闺女。

闺女哭啼啼，心慌意又乱。

想起大王来，叫我来报信。

有心要救他，还得快快去。

宝彩文：（白）好哇。

（唱）又是悲来又是喜，软声声地叫哥哥。

你妹夫受罪监牢狱，死活不定要救活。

小妹身软不能动，如何争杀把步挪？

淮安路远城高大，将也广来兵也多。

叫我能说不能去，讲不起这次还得求哥哥。

宝　虎：（唱）妹妹放心疗养病，我去下山把牢夺。

宝彩文：（白）怎么一个去法呢？

宝　虎：（唱）带领四个能征将，你扮这个我扮那。

程老头子你先走，省得绊手啰哩啰唆。

（白）喽啰们，快送老者把山下。

（上卒）

卒：　走吧，走吧。

程有义：再见吧。（下）

（完）

第 九 本

【剧情梗概】应黄鹏仙之请,珍珠娘子在宝龙山伪装成神祇,吸引宋神宗到来。欧冶子识破其奸计,遂令埋于宝龙山的鱼肠、盘郢二剑重出,以镇妖法。花彩凤之弟花朵一在淮安充当狱卒,对曹保多加救护。赵飞龙夫妇也到淮安,准备劫夺曹保。宝虎率兵赶到,先杀总兵毛一阵,后闹县衙。从云南回来的胡标,则直接闯入监狱。众人合力,救走曹保,并会合程有义等,同上青峰山。文玉霜到达镇江,舅母已经过世,她只得寄身文殊庵。听闻文翰华官复原职,她便入京寻父。途中遇到从西番回来的沈学元,被强邀结伴而行。文翰华回到淮安,潘氏谎称文玉霜病亡,文翰华决定带她和潘才同赴京城。

(出黄鹏仙)

黄鹏仙:(诗)吞云吐雾法无边,喷云吸海妙中玄。

(白)出家人红绒国军师黄鹏仙,乃多年蛤蟆得道。我同夫人在天水岛修真养性,后来在西番国做了军师,惧怕曹克让,因而设了一计,勾串大宋国沈桓危杀了曹克让。昨日沈公子到此,书中言道要诓天子到宝龙山观景,于中取事。他怕天子不去,我又想了一策,如此这般,方能哄得他信。我今上天水岛,去求夫人帮我成功,这得走走便了。(下)

(出珍珠娘子)

珍珠娘子:(诗)万粒珠衣身上披,大喝一声鬼神知。

(白)吾乃珍珠娘子,与黄鹏仙同修大道。他上红绒国做军师去了,如今尚未回岛。

(上黄鹏仙)

黄鹏仙:(白)夫人在岛么?

珍珠娘子:仙人回岛,坐下讲话。

黄鹏仙:有事相烦,特请夫人走走。

(唱)相烦夫人中原去,宝龙山上显神通。

珍珠娘子:(唱)去显神通为何事?不可无故把事生。

黄鹏仙:(唱)宝龙山后石叠翠,石岩下你去掏个大水坑。

珍珠娘子：（唱）造湖成河不难事，岂不是无故把人倾？
黄鹏仙：（唱）水中现出楼一座，你变菩萨坐当中。
珍珠娘子：（唱）水中现楼常法术，变佛装神顷刻中。
黄鹏仙：（唱）有人求你就降福，随机应变显神通。
珍珠娘子：（唱）大事招摇为何事？这样用心哄与蒙。
黄鹏仙：（唱）如此这般哄宋主，寻找时机杀神宗。
珍珠娘子：（唱）如此说，我且先去受香火，滚一个方圆百十余丈坑。
黄鹏仙：（唱）神宗若是亲身拜，蟾毒送了他的终。
珍珠娘子：（唱）我又受了天子祭，一口毒液胜万兵。
　　　　　　你回北国我就去，
黄鹏仙、珍珠娘子：（唱）二仙出洞各显能。（下）
　　（上花朵一）
花朵一：（白）再表淮安监牢国，花朵一我当禁公。
　　　　（唱）会说会笑会玩耍，省了银子省受刑。
　　　　（白）我花朵一让甄曲县解到淮安，押到这里，依仗我嘴巧舌尖，三绕五绕，我绕了个看监的禁卒，一点罪也没有受。自那天送来一个钦犯，名叫曹保，打了个苦，下半截都没有肉了。我想曹保是我姐夫一样的罪人，所以我就暗暗供着他饭吃，一个多月，调养周全，他才起来了。无人的时候，我们二人叙起话来，得知我姐姐、姐夫多亏他给搭救，才离了竹林镇。这如今我一心要救他，却无法可施，他身上又带着伤，不能行走，我一人只能照顾他吃喝，顾不了其他。哼哼，事情很难哪。且到街上给他买点药，与他上上，治得他好了，能走能跑，就好说了。走，上街便了。（下）
　　（上赵飞龙、花彩凤）
赵飞龙：（诗）有恩不报非君子，
花彩凤：（诗）见死不救是小人。
赵飞龙：（白）俺飞龙。
花彩凤：奴彩凤。
赵飞龙：打听恩人曹保，掐在淮安大牢，受人滴水之恩，必当涌泉相报。
花彩凤：深蒙大恩，不可袖手旁观。

赵飞龙：豁出这条性命，也叫恩人得救脱险。
（唱）竹林镇，受大恩。
又是龙华，一会之人。
找到淮安县，等他到至今。
果然其中有变，如今入了监门。
你我豁出两条命，才算知恩而报恩。

花彩凤：（唱）设主意，得劳心。
劫牢抢狱，费精劳神。
监墙高又大，无法入其门。
里外必得应接，进内得见恩人。
不知能动不能动，什么法儿把他寻？

赵飞龙：（唱）呀！那边厢，来一人。
好像兄弟，不敢认真。
正是花妻弟，好像把人寻。
来此将人访问，不知下落何存？

花彩凤：（唱）原来他还在城内，叫声兄弟何处寻？

（上花朵一）

花朵一：（唱）花朵一听得真，跑在跟前喜开颜。
（白）嬉笑盈盈，姐姐、姐夫，跑得汗淋淋。

赵飞龙：你跑什么？

花朵一：（唱）说有两个唱唱的，因为姐姐哄动人。

赵飞龙：（唱）原来是，今早晨。
衙门左右，唱了几巡。

花彩凤：（唱）本来有心事，探听大恩人。
要救恩人曹保，我俩正在难心。
兄弟你从何处至，慌慌张张为何因？

花朵一：（白）凑巧凑巧，真是凑巧。我从衙门监牢内出来，也是要救曹保，愁着无有帮手。听人说有俩唱唱的，听着介绍，必是你俩，我便到处寻找。

赵飞龙：贤弟，你可见过曹保么？

花朵一：见过咧，我服侍到今个咧，还不能走呢。

赵飞龙：你怎知道？

花朵一：我如今在衙门当禁子呢。

赵飞龙：原来这等。

花朵一：姐姐、姐夫，要想救出曹保，必须闹个惊天动地了哇。

（唱）这个淮安城，不比别州县。

　　　　文武官员多，兵马真威严。

　　　　城高池又深，出入无法转。

　　　　黑夜入监墙，身软无法站。

　　　　劫牢反狱去，必得大交战。

　　　　人少这咱仨，总得细打算。

　　　　曹保得人背，人少事难办。

　　　　监牢我能开，刑具我能断。

　　　　肩背难出门，单人怎么办？

赵飞龙：（白）如此说来，怎办好呢？

花朵一：（唱）伤痕养几天，等他能交战。

　　　　你们在衙前，还是装生旦。

　　　　总在衙门旁，越混越熟练。

　　　　等着对了机，出来再见面。

赵飞龙：（白）贤弟说得有理，各要小心。你需要好好服侍恩人。

花朵一：（唱）朵一回衙且不言，（下）

赵飞龙：（唱）夫妻也就回了店。（下）

（上宝虎）

宝　虎：（唱）再说宝虎惊天王，进城程老见了面。

　　　　打发他父女与胡婆，坐车出城不息慢。

　　　　藏在程老他家中，山上之人俱都见。

　　　　西门几个勇喽啰，松山柏山在南面。

　　　　能连豆去在衙前，玩弄刀枪与弓箭。

　　　　我想打蛇先打头，杀了总兵军心乱。

　　　　想罢飞檐走壁出，蹿跳轻巧早熟练。（下，又上）

　　　　悄悄奔了总兵衙，纵上墙头如飞箭。

    原来是座大花园，跳上墙去看一看。
    打打深更夜黑天，呀，角门响亮灯光现。
    暗暗藏在黑暗处，两个丫头打哈欠。（下）
 （上两个丫鬟）

丫鬟一：（唱）总兵老爷乐个肥，只因拿住大钦犯。
丫鬟二：（唱）今夜主家后楼住，收了丫头好讨厌。
    一对翻滚在牙床，浪不及地把人唤。
    要两朵采来的大红花，插在床上熏出汗。
 （上宝虎偷跟）

丫鬟一：（唱）半夜三更不识人，丫头立刻把奶奶变。
丫鬟二：（唱）你也等着慢慢熬，学说学笑学打扮。
    才要回答不像她，（宝虎杀）脖子一凉身一团。（死）
丫鬟一：（白）你怎摔了个大跟头？话未说完头两半。（死）
宝 虎：两个丫头一死，不免顺着来路，找上楼。门未关，是等着她俩送花呢。咳，你大王爷与你送花来也。（下）
 （出毛一阵、黄氏）

毛一阵：人言官大命也大，
黄 氏：哟，人人都将你来夸。
毛一阵：我淮安总兵毛一阵。
黄 氏：奴家我呀黄氏。我说官人，自从你当了总兵，越发财运大了，曹保也给拿到县衙，真是官儿要往上升了。奴家为了与官人庆贺，故此命丫头到花园去采几朵花，给咱俩带上，真是美貌夫妻，天生的一对。
毛一阵：多谢美娘子好意，有工夫我一定带着你游遍天下。
黄 氏：哟，那感情好了。哼，到这时候怎么还未送花来呀？
 （上宝虎）

宝 虎：报爷爷，送花来也，看刀。（杀毛一阵、黄氏死）将这男女两个人头割下，在院子里走走，花也观了。哈哈！把这丫头衣服扒下来一件，包上人头，把他们送到好地方去。纵出院墙，直奔县衙走走。（下，又上）这是县衙，把这妇人人头挂在这大门檐上，叫两个起早的都看看。将身一纵，蹿上门楼，扶住身子，挂在杆子之上。（挂上）只是总兵的

人头，值钱得多。裹起来，且回程宅，盹睡片刻，等明早卖个人头玩玩。（下）

（上两个更夫）

更夫一：伙计，起来起来！

（打五更）眼看天气大亮，快快起来。

更夫二：咳，好困好困。

更夫一：（唱）这个更夫只发愣，

更夫二：（唱）那个更夫转呀转。

更夫一：（唱）抓起棒子梆梆打，叮叮当当又打锣。

更夫二：（唱）都是贪着把牌看，天还未亮怕什么？

晃晃悠悠看不准，好像一个大秤砣。

更夫一：（白）不是，好像一个罗圈晃，衙门啥时买饸饹？

更夫二：（唱）走近前来抬头看，什么东西滴答一脖子？

更夫一：（白）咳呀！是个人头滴答血，妈呀！吓个跟头摔了锣。

更夫二：（唱）大声喊叫快点起，

衙　役：（唱）值班的起来问如何？

惊动三班与衙役，一起来看这吐舌。

令人进去报知县，众人闪开候定夺。

知　县：（唱）吓得知县急转转，爬起坐在公案桌。

衙　役：（唱）衙役忙把人头献，

知　县：（唱）座上吓得直哆嗦。

了不得了，才要追问谁先见，更夫跑来刚要说。

（上卒）

卒：　　（白）咳呀，

（唱）总兵府里来报事，如此这般像翻锅。

知　县：（唱）咳，身上打颤头出汗，叫上堂来问明白。

卒：　　（下，内白）总兵府里二人进。

（上毛长、马瘦）

毛长、马瘦：（白）启禀老爷，了不得了。

知　县：你二人是谁？快说缘故。

毛　　长：小人是总兵府里家人。我老爷与夫人被人杀了，还有两个丫鬟也死了。

毛长、马瘦：（硬唱）小人叫毛长，小人叫马瘦。

知　　县：（唱）马瘦毛长快快说，怎么死了毛总兵？

毛　　长：（唱）老爷夫人楼上杀，两个丫头把刀受。

知　　县：（唱）杀了两个当头的，怎么又搭两块肉？

毛　　长：（唱）四条人命怕死人，不知死在啥时候？

知　　县：（唱）快把凶手拿进来，带上木狗头大锁扣。

毛　　长：（唱）不但凶手影无踪，两个人头无处凑。

知　　县：（唱）无头公案更挠头，就去验尸不要放臭。

毛长、马瘦：（唱）毛长马瘦快跑回，（下）

衙　　役：（唱）三班衙役风一溜。（下）

知　　县：（唱）不言县官去验尸，（下）

松山、柏山：（唱）满城风声早已漏。

　　　　　　　松山柏山把店出，闻信心中早已透。

　　　　　　　必是大王杀总兵，快到县衙前等候。（下）

赵飞龙、花彩凤：（内唱）飞龙、彩凤二夫妻，（上）也奔衙门左与右。

　　　　　　　听候机会救恩人，等着花朵一小舅。

　　　　　　　（上能连、豆去）

能连、豆去：（唱）能连豆去叫喽啰，快快走把驼马拉。（下）

　　　　　　　不言城内乱哄哄，

　　　　　　　（上胡标）

胡　　标：（唱）来了大汉更迷惑。

　　　　　　　胡标回来不见妈，失亲心里更难受。

　　　　（白）咱胡标。到了云南，说是文大人已经往西安去了，赶到西安，又说离了西安，一气回到家中，又不见老妈、干妹。将门锁上，一路上打了一个野兽，赶早进城，卖了几吊钱，买顿饭吃，再找老妈与干妹妹的下落。呀，那边好像是打柴的王小，把柴挑回来了。我且问问他老妈搬往何处去了。

　　　　（上王小挑柴）

王　　小：胡大哥，你从哪里来呀？

胡　标：我从云南到西安回来。王小，你可知我老妈搬到何处去了？
王　小：这几天过来过去，总不见了，也不知太太哪里去了。
胡　标：你怎么又把柴担回来了？怎么不卖呢？
王　小：一连几天，城内乱腾腾的。今日更乱，一起早挑进城，吓得我就跑回来咧。
胡　标：乱腾什么？
王　小：这么着吧，我放下歇歇（坐）告诉告诉你呀。
　　　　（唱）不拘啥事情，说话有头脑。
　　　　　　　这回老文家，投亲叫曹保。
胡　标：（白）他与文家什么亲戚？
王　小：（唱）他家亲女婿，当真不是搅。
　　　　　　　潘才那小子，心眼太不好。
　　　　　　　勾来毛总兵，黑夜闹哄哄。
　　　　　　　曹保拿进监，板子打个饱。
　　　　　　　防备来奸贼，城中静悄悄。
　　　　　　　头一次乱腾，这几天才好。
　　　　　　　又从昨晚上，乱子更大了。
　　　　　　　杀了毛总兵，太太脑袋少。
　　　　　　　死了二丫鬟，毛府闹吵吵。
　　　　　　　慌了众家人，忙把县衙跑。
　　　　　　　县官去验尸，忙把凶手找。
　　　　　　　不知是谁杀，胆子更不小。
　　　　　　　现在众官员，总兵衙门跑。
　　　　　　　议论乱纷纷，又要问曹保。
　　　　　　　方才说是他，勾来人混搅。
　　　　　　　杀人不是他，该他把霉倒。
　　　　　　　闻听众人说，我就回来了。
　　　　　　　话已说完了，走吧天不早。（下）
胡　标：（唱）傻大汉听说，怒气上来了。
　　　　　　　妹妹也曾说，妹夫叫曹保。

　　　　　　　　这样叫人欺，真是叫人恼。
　　　　　　　　我就上南牢，指名要曹保。
　　　　　　　　有人要不依，混铁钢叉挑。
　　　　　　　　把这浪淮安，拆了稀拉倒。
　　　　　　　　站起气呼呼，大步流星跑。（下）
　　　（上知县）

知　县：（唱）再表总兵衙，众人齐吵吵。
　　　　　　　　县官验罢尸，摇头又晃脑。
　　　　　　　　刚才上大厅，四官齐到了。
　　　（上四官立）

官　一：（唱）守备共游击，上前说分晓。
　　　　　　　　齐到县大堂，这事怎么好？

官　二：（唱）众位大老爷，此事真个巧。
　　　　　　　　凶手踪影无，一人人头少。
　　　　　　　　毛总兵被杀，必是这曹保。
　　　　　　　　曹保与人通，山贼知道了。
　　　　　　　　明处不敢来，暗中方法巧。
　　　　　　　　怀恨毛大人，人头拿去了。
　　　　　　　　只好再提他，苦苦狠打拷。
　　　　　　　　打出口供来，详文往上搞。

官　三：（唱）堂翁见识高，就是提曹保。

宝　虎：（内白）卖狗头的人来了。

知　县：呀！杀人的来了。

宝　虎：（内白）呀兮！
　　　（众人上）

众　人：（唱）一阵乱哄哄，只见人乱跑。
　　　　　　　　进来一个人，横粗身短小。
　　　　　　　　擒着人脑袋，众人一边跑。
　　　（上宝虎）

宝　虎：（唱）谁买这个头？是个值钱宝。

　　　　　（白）卖人头！卖人头！
知　县：呀！哪里来的丑贼？人来！快快上前，将他拿住。
宝　虎：咳，你们哪个上前，先送其死。你们几个不要嚷，我不是来打官司，是卖给你们这个人头，算我送的礼物，也不用你们掏钱哪。
　　　　（唱）我不是来打官司，知道官司不好打。
　　　　　　　因我手内无有钱，所以想出这方法。
　　　　　　　把这脑袋卖了他，卖了三两供你俩。
　　　　　　　算是我的打点钱，求你真事变成假。
　　　　　　　我是曹保一伙人，将他拿住把监掐。
　　　　　　　罪恶不可一人当，该死该活我们俩。
　　　　　　　早早把我送入监，不用绑也不用扎。
知　县：知县吓得尿直流，参将副将直惊讶。（呐喊）
　　　　　忽听呐喊响连天，县里人役跑来俩。（上）
衙　役：（唱）众位老爷祸塌天，真是造反无王法。
知　县：（白）什么祸事？
衙　役：（唱）来一大汉背钢叉，威风凛凛半截塔。
　　　　　　　瓮头瓮脑大憨声，一半疯癫一半傻。
　　　　　　　只要曹保他妹夫，无名无姓不知哪。
　　　　　　　一直去闯虎头门，人去拉他就一把。
　　　　　　　叉穿脚踢牢门开，监墙随即倒半拉。
　　　　　　　监里禁子一朵花，曹保刑具他早打。
　　　　　　　曹保被那大汉背，他就帮那出了狱。
　　　　　　　众人来挡才要拿，进来几个像夜叉。
　　　　　　　唱秧歌的两个人，执刀杀人如切瓜。
　　　　　　　杀出县衙奔西门，吓得当官如呆傻。
　　　　　　　副将游击着了急，吩咐抬枪上了马。（下）
宝　虎：（唱）惊天大王抽出刀，照着众人说走了。
　　　　　　　眼看众人动刀枪，个个搬鞍上了马。
　　　　　　　宝虎杀着奔西门，（下）
知　县：（唱）知县吓得战兢兢。

（白）咳呀！我的妈呀！

衙　役：你的什么？

知　县：我的人呢？

衙　役：在这呢。

知　县：哪里僻静？咱们上哪猫去吧。

衙　役：阳沟里好。

知　县：阳沟里叫那鸭子给踏死呢。

衙　役：不好，还是回衙吧，都上西门去咧。

知　县：回衙就回衙。咳，真险哪，真险哪。（下）

能连、豆去：（内白）喽啰们，砍杀门军，破门开路。

（呐喊，对众卒杀，众卒败。上胡标背曹保，上赵飞龙、花彩凤）

赵飞龙、花彩凤：这位大哥且把公子放下，那一伙人也必是救公子的。他们夺了西门，砍杀门军，咱们先闯出来了。他们在城中被挡，大家等候他们才是。

胡　林：倒也使得。（放下曹保）

曹　保：罢了我了。咳，可叹我浑身是伤，又累众位，不能交战，这里是龙兄、凤嫂。花兄在衙，向我说明这位仁兄舍命救我，闯进牢门，背我出监，恩同天地。不知贵姓高名，因何救我？

胡　标：曹保，我叫胡标，是文玉霜的干哥。从西安回来，听说公子入监，我的亲戚叫人欺压，走到衙门叫你出来，他们不依，我就拿叉乱挑。

曹　保：缘由且不用细讲，原是胡兄救我。那一伙人，恍惚相识是青峰山的人。胡兄，你可知他们也会到这里？

胡　标：我不知道。

（上宝虎等人）

宝　虎：喽啰们，鞍马扣备停当，等着囚攥的来追。妹丈受惊了。

曹　保：咳，果然是舅兄。你怎知道我在南牢？

宝　虎：多亏程老送信，我才知道。

曹　保：哪个程老？

宝　虎：就是你在他家住过的程有义，还有他的女儿，同一位胡太太，此时早到鸦皂林等候。

曹　　保：咳，原来是他父女。
胡　　标：胡太太想来准是我老妈，听她老人家说姑父的名字叫程有义。
宝　　虎：这位老兄是谁？
胡　　标：我叫胡标。
宝　　虎：这三位是谁？
赵飞龙：在下赵飞龙，这是我内室花彩凤，那是我妻弟花朵一，与二公子乃是结交朋友。
宝　　虎：都是好朋友、亲戚，俱都上山，大家慢慢再叙。（呐喊）哇呀哇呀！这些囚攘的们追来了。妹丈骑马先行，在鸦皂林等候，待我们杀他个片甲不归。
曹　　保：浑身是伤怎骑马？
胡　　标：等着，我背着妹丈，管保比马还快。鸦皂林是我的熟路，先到那里，看看胡太太是我妈不？
宝　　虎：如此甚好。
胡　　标：待我背着妹丈去也。（下）
宝　　虎：众位兄弟，各抄兵刀上马，杀他个囚攘的。
赵飞龙：有理。
宝　　虎：呀呸！淮安的菜兵菜将听真，今有青峰山的宝虎带来同伙的啰兵在此等候。（下）
　　　　（宝虎对澹台酒）
澹台酒：好一伙强盗，快快留下钦犯，速速下马投降。
宝　　虎：哈哈！你这官儿，叫什么名字？快还我的人头。
澹台酒：你老爷澹台酒。
宝　　虎：看刀！
　　　　（杀，澹台酒死。赵飞龙对么治攘）
赵飞龙：来将报名受死。
么治攘：你将爷是游击么治攘。
赵飞龙：看刀！
　　　　（杀，么治攘死，花朵一对上官饭）
花朵一：狗官，叫什么东西？

上官饭：我叫上官饭。

花朵一：松驹过来。

上官饭：来呗。

（杀，花朵一败下，又上）

花朵一：不免用流星打他便了。

上官饭：哪里跑？

花朵一：看家伙！

上官饭：咳呀妈呀！（死）

花朵一：打了个脑浆崩裂。不用别的家伙，拿这个家伙打小狗似的。（下）

（上能连、豆去，对众官兵，杀，官兵败。上欧阳伐）

欧阳伐：咳呀，我乃守备欧阳伐。三个老爷废命，哪有闲工与他搠战？不免祭起溜子，好跑他娘的要紧。（下）

宝　虎：这厮们大败而逃。众家兄弟们，急急赶奔鸦皂林。（下）

（上程有义）

程有义：你们娘俩下车，这里就是鸦皂林。定在这里等候，还带着走了一宿半天了，牲口也饿了乏了，歇歇牲口，喂喂它。

青　云：知道了。

程玉清：（唱）程氏玉清把车下，又是乏困又心惊。

胡　母：（唱）胡婆叫声外甥女，不用焦躁不心惊。

程玉清：（唱）走至林中坐在地，怕只怕曹郎难出淮安城。

胡　母：（唱）那大王粗中更有细，大料无有不成功。

程玉清：（唱）公子若不把山上，咱们就难上山峰。

程有义：（白）你看一个人背着一个人，奔这林子来了，好汉子！

胡　母：哟，好像我那个胡标儿子。背的是谁？看不清。

程玉清：看准是表兄。爹爹提名叫一声。

胡　母：标子，这里来！

（胡标背曹保上）

胡　标：（唱）来了胡标傻大汉，真是老妈在林中。

（白）老妈，你好哇！

胡　母：好哇，这是你姑父。

胡　　标：姑父可好？

胡　　母：这是你表妹。

胡　　标：表妹好哇？

程玉清：好。哥哥可好？

胡　　标：好。

曹　　保：（唱）曹保问起程父女，老人怎么到淮安？

程有义：（唱）正是公子出了狱，公子好哇出火坑。

曹　　保：（白）多亏胡兄，背出城来。

程有义：好小子。程玉清，你看心上人来了，问声公子多受惊。

闺女呀，把你那缘缘故故说说吧，爹爹嘴笨，你好好说说吧。

程玉清：咳，公子呀。

（唱）自从法场替你死，指望一死尽了情。

曹　　保：（白）那最后死谁咧？

程玉清：（唱）多亏了惊天大王搭救我，大王走了我独行。

也奔淮安来找你，三岔口上父女逢。

程有义：（白）我在真武庙拿了一个替死鬼，真武爷显圣了，叫我父女见面咧。

程玉清：（唱）淮安住下打听你，哪得见来影无踪。

又遇潘才贼淫鬼，躲那淫贼搬进城。

程有义：（白）总叫他找不着影。

程玉清：（唱）我爹爹那日带着我舅母，知道潘才那一层。

逼走玉霜文小姐，报死吊孝出空灵。

暗暗差人又去找，多亏丫鬟小春红。

程有义：（白）这都是她侍女说的。

程玉清：（唱）主仆男装去逃走，投奔镇江那座城。

舅妈又怕潘才赶，也随我们住在城。

胡　　标：（白）狗娘养的，等我再遇着他，定要算算账。

程玉清：（唱）偶尔听说你入狱，无有方法救你生。

想起惊天王宝虎，便想不能忘旧情。

急去送信来救你，可巧遇上胡表兄。

曹　　保：（白）咳，

|（唱）我曹保命不死，三番两次蒙旧情。

小姐之恩我不忘，有日得机再答情。

（上宝虎等众人）

宝　　虎：（唱）宝虎带领众人到。

（白）众家弟兄，俱各下马歇息歇息。胡兄，好快的腿！

胡　　标：不过光会走路罢了。

宝　　虎：妹丈不能乘马，坐着车大家回山。

胡　　标：我要上镇江，与我干妹妹送信，好叫她放心。老妈同姑父、表妹夫一起上山，我从镇江再上山寨。

花朵一：表兄虽然为人正直，但鲁莽办事，不能细察，叫人放心不下。

胡　　母：可不是呢。

宝　　虎：这个不难，众家兄弟，哪个精细些的，同胡兄镇江走走？

花朵一：我花朵一愿同胡兄镇江走走。

胡　　标：我走得快，你走得慢，如何同行？

花朵一：我骑马一匹，你慢慢走，我紧紧追就赶上了。

胡　　标：说得有理。我就去吧。（下）

宝　　虎：胡太太与程姑娘上车。喽啰们，扶你郡马爷上车，赶着车辆大家回山。（下）

喽　　啰：哈！（下）

（出沈学元）

沈学元：（诗）家父为把江山取，罚我跑了八千里。

（白）我大爷沈学元。从红绒国回来，到了镇江，那芋总兵受伤太重，竟自死了。他儿子芋众砂，贿买我爹爹，奏了朝廷，说他爹爹征伐青峰山阵亡，又给他谋弄个世袭总兵，依旧守镇江，见了我更加敬重，甘心等着我爹爹谋位，真是膀臂之人。我遂出了镇江，宿在店内。明日天气晴朗，赶早上路。人呢？

随　　从：（白）在。

沈学元：带马伺候。（下）

（出文玉霜）

文玉霜：（诗）乔装打扮几时休，提心吊胆不自由。

（白）奴文玉霜，改名文玉，投奔镇江，离舅家不远，在这文殊庵借宿。

因受辛苦，身子不爽，好个慈悲老尼留我主仆住下将养。说起话来，我说往李宅投亲，这老尼镇静正是李太君的替身，李宅之事她尽知晓。说是前年去世了，家产尽被邻人分散。李宅不能去了，就在巷中住下。幸而手头不空，不至于受罪。前者老尼募化回来，在城中听说我爹爹由外回京，官复原职，我便打发春红置办鞍马，进京寻父，今日便要起身了。
（上老尼姑）

老尼姑：（白）文小姐刻下就要起身进京寻父？这复官的信息不过传言，未见真实。

文玉霜：无风不起浪，打搅多日，容日后再谢。春红，就此带马。
（唱）深深打躬说多谢，主仆出了尼姑庵。
　　　辞别老尼上了马，（下，又上）上了大路把鞭扬。
　　　可叹咱的命儿苦，投亲又家败人亡。

老尼姑：（唱）还得老尼多拉扯，不亏银钱不空囊。

文玉霜：（唱）听说爹爹复原职，恨不能插翅离开尼姑堂。

老尼姑：（唱）这是传言无根语，难信真假不妥当。

文玉霜：（唱）只愿苍天加保护，爹爹复职归帝邦。
　　　如若回京遇见父，那时才得景和光。
　　　正然行走阴云密，（响雷）一声响雷震天堂。
　　　路旁有一残破庙，进去避雨再主张。
　　　左廊之下下了马，进了无僧破庙堂。（下）

（上春红、文玉霜）

春　红：（唱）二人进来风雨大，小姐你看路上人真忙。

沈学元：（唱）二人骑马跑得紧，鲜衣花帽不寻常。

文玉霜：（唱）也奔庙来是避雨，你我千万小心行装。

（上沈学元）

沈学元：（唱）学元急急进了庙。
（白）好大雨，好大雨。哟，原来有二位在此避雨，小生打搅了。

文玉霜：好说，仁兄从何处而来？往哪里去呢？

沈学元：从镇江而来，回京都去。两位仁兄，往哪里去呢？

文玉霜：也奔京师。

沈学元：好，咱们正好同行。敢问仁兄，贵姓高名，宝乡何处呢？

文玉霜：小弟贱名文玉，这是我的书童名叫春童，敝处淮安文家村。

沈学元：呀！淮安文家村有一刑部正堂翰华文大人，可是贵族吗？

文玉霜：正是家父。莫非仁兄认得吗？

沈学元：自然认得。听说无有亲生之子啊？

文玉霜：小弟是叔侄过继为子。

沈学元：咳，说起来，咱们不是外人了。仁兄进京，莫非有要紧事吗？

文玉霜：一则探父，二则等候下科求取功名。不知仁兄贵姓大名？怎么认得家父？

沈学元：好，这才是有缘千里来相会，对面无缘不相逢。

　　（唱）沈学元生来多伶俐，爱的风流女少年。

　　　　只因为我父在用他的父，不久回京复原官。

　　　　这个书生生得俏，主仆两个有人缘。

文玉霜：（白）细看仁兄，并非寻常之人。

沈学元：家父在朝宰相，小弟叫沈学元。

文玉霜：原来是沈公子。小弟失敬。

沈学元：（唱）令尊与我父最相契，一殿之中同做官。

文玉霜：（白）家父被贬云南，听说回京不知真假，因而去探虚实。

沈学元：（唱）回京之信十分准，还做刑部复职还。

文玉霜：（白）仁兄怎么知道？

沈学元：（唱）家父奏上当今主，云南升迁到西安。

　　　　定要保他回京转，这时候早已立朝班。

　　　　仁兄进京准见面，父子相逢今日间。

　　　　咱们契子交兄弟，必得同行不必谦。

文玉霜：（白）小弟骑马不惯，不敢紧走，仁兄还是先行，小弟至京必登门拜访。

沈学元：（唱）世交兄弟休见外，慢些不过多走几天。

　　　　打尖下店在一起，小弟囊中有的是钱。

　　　　进京我送你到刑部，拜见文叔他的老面颜。

文玉霜：（唱）被强不过说遵命。

　　（白）仁兄，大家同行，一个店中存宿不便，还是随便。不肯叫仁兄多花纹银，一路做伴同行，就是借仗大驾了。

沈学元：（白）仁兄见外，只得从命。天已晴了，大家赶路要紧。

文玉霜： 有理。春童。

春　童： 在。

文玉霜： 带马。（下）

（出欧冶子）

欧冶子：（诗）不生不灭成剑仙，妙算神机化愚顽。

（白）小仙欧冶子，大周时吴越之人，深得玄机剑术，越王聘请炼剑，剑成后因隐于海外，在锁金洞修成大道，传留五剑在世。今该世孙欧阳术士道心已成，收取五剑。十年前赐他剑诀神书一部，知他如今收了三支，还缺少鱼肠、盘郢二剑。越王勾践一死，二剑埋葬在坟墓之内，永未出世。今九月九日，大宋神宗有难，该世孙以正除邪，收来鱼肠、盘郢。昔时越王之墓正是今日之宝龙山。今有珍珠、蛤蟆前去变妖作怪，此剑正该出世。小仙须至宝龙山前点化一个地穴，使二剑从中出现，可挡妖气。盘郢变龙，鱼肠变鱼，飞舞一次，剑光必出，妖气不敢出现，可保天子不受蟾毒，待世孙好降二妖。明晨须得前去走走。

（诗）邪正难并立，真假自分明。（下）

（珍珠娘子云上）

珍珠娘子：（诗）体大力粗变化多，喷云吐雾妖变魔。

（白）我乃珍珠娘子，来此宝龙山。苍松翠柏，一带怪石嵯峨，好威严也。

（唱）站在云头睁怪眼，前后左右四下观。

方圆倒有百十里，孤孤单单一深山。

前潭后山多美妙，奇花异草在右盘。

像一座真龙天子阴宅院，又盖了一座大庙好威严。

落在了庙后一个恶石上，就在这石下滚个水龙潭。

恶龙开潭水流淌，现出楼台在上边。

有人吃了泉中水，百病千疾顷刻痊。

宝龙山上有玄妙，惊得神宗来拜咱。

拜我之时中毒气，叫他君臣中我蟾。

想罢摇身忙变化，呀呔！霎时之间遮满天。

（入水）

不言妖仙等宋主，再表那两个和尚到山前。

（上二丑僧）

僧 一：（唱）昨夜好大风，暴雨下满坑。

（白）吾是瞎眼和尚。

僧 二：吾秃顶聋和尚。

僧 一：师弟，咱们这个庙中，上千个人都是菜货。咱俩一个瞎摸乎的和尚，一个耳聋的和尚。这庙后头，北坡上的灯草巨多，都由咱俩收拾。昨晚上好大风，好大雨，下了一阵，咱们上北山瞧瞧灯草去，打坏了没有。满山上成了大海一般，只得瞧瞧灯草去。

僧 二：八成没有了，看看北坡上灯草瓜茄都坏了。

僧 一：咳，我拉你吧。

（唱）上前用手拉，

僧 二：（唱）闻声全靠你。

僧 一：（唱）走道把人拉，

僧 二：（唱）一个眼还挤。

僧 一：（唱）人说去瞧望，

僧 二：（唱）你偏降下雨。

僧 一：（唱）叫人把你拉，你还往后挤。

僧 二：（唱）拉着只顾推，我不答应你。

僧 一：（唱）越说在后头，却是向前挤。

僧 二：（唱）到了北山坡，花草乱丕丕。

僧 一：（唱）瞎子摸打着，你看掉水里。

僧 一：（唱）一只眼发蒙，拿个水洗洗。

僧 二：（唱）心里直发烧，喝在肚子里。

僧 一：（唱）咋！眼睛忽清明，看见二三里。

僧 二：（唱）心里一阵凉，听见你发语。

僧 二：（白）怪了怪了，心里焦烧，把水喝了。听见你说话了，爽啊。

僧 一：我把眼睛洗洗。（洗介）我这眼睛也好啦！

僧 二：我这耳朵也不聋咧。不用说，这是出了宝贝水咧。

僧 一：吓！你看这水绿盈盈的，多深多大吔！
僧 二：真的。这可是奇怪事，禀老师父去吧。（同下）
（出法戒）
法 戒：（诗）万僧堂中称长老，俨然虎帐大将军。
（白）洒家法戒长老。好个郑世勋，打了洒家一下，未曾与他作对，怕的是小不忍则乱大谋。
（上二丑僧）
僧 一：禀老师父，咱们庙后岩子下出了圣水泉。
法 戒：怎么知道是圣水泉？
僧 一：我把眼睛洗洗，就睁开啦。
僧 二：我喝了几口，耳朵也不聋啦。
法 戒：呀，果然耳朵不聋，双目皆明。大石岩子底下开了一个大水潭，多深多大，真乃奇事。桓家五虎与沈相诓哄天子来降香，只愁没有奇景，恐天子不肯前来误事。沈相该有天分，故此天现圣水泉以引宋主。徒弟们！
僧 侣：在。
法 戒：上杏花寨，请桓家弟兄前来观景。
僧 侣：得命！（下）
法 戒：（唱）法戒出禅堂，上坡去观景。
僧 侣：（唱）那个小秃头，跑得更凶猛。
　　　　　　到了五虎庄，就把桓爷请。
桓家兄弟：（内唱）桓家四弟兄，就把鞍马整。（上）
　　　　　　齐上宝龙山，为观圣水井。
　　　　　　瞎子洗好了，聋子通耳孔。
　　　　　　大家都去观，有病就去整。
　　　　　　你跑我也跟，瘸子把强逞。
　　　　　　病人忙不休，老者哼哼哼。
　　　　　　到了山底下，水坑绿盈盈。
　　　　　　山上转下转，源头在山顶。
　　　　　　没有半天工，于是传天下。
　　　　　　临近齐到来，你挤我也拥。

　　　　　桓家四弟兄，一齐立山顶。
　　　　　法戒来相陪，告诉昨夜景。
　　　　　暴雨与狂风，一阵十分猛。
　　　　　今早观水潭，水把二僧惊。
　　　　　众人正观瞧，（潭响）潭水响得猛。
　　　　　水响像翻锅，云雾往上拱。
　　（白）咳呀，这水真正响得凶，在发大水呀。

法　戒：又长又大，这块云彩起来了。
　　（唱）一片白云往上起，潭水涨得像翻锅。
　　　　　云雾起了十几丈，绕绕扯扯不明白。
　　　　　影影绰绰有缘故，你看里面有什么？
　　　　　霎时之间云雾散，一座楼台把云托。
　　　　　画阁雕梁真好看，上边坐着一位佛。
　　　　　不是观音菩萨相，也不是如来十八罗。
　　　　　头上也有三花顶，坐着也是莲花托。
　　　　　左右还排一副对，你们认得是什么？
　　（白）左边"圣水济世活人"，下句都是怎么念？
　　　　　右边"真佛普渡群生"，快快跑下把头磕。
　　　　　明日开光就唱戏，猪羊供奉蒸饽饽。
　　　　　正在众人来许愿，（雷响）呀，这个天雷响得恶。
　　　　　楼与佛像皆不见，
（上头陀）

头　陀：（唱）头陀跑来禀明白。
　　（白）禀师爷，庙前青松之下，咔嚓一声塌了一个井泉似的窟窿，忽地涌出一股气凌凌的云雾，有几十丈大的一条大鱼挠扯扯，闹腾一阵子就没了；忽又一下子一个张牙舞爪的像条龙，龙又没了。一会儿鱼，一会儿龙，龙没了，就是鱼，鱼没了，就是龙。

法　戒：今日真乃异事，大家同去看来。
　　（唱）众人下山去，看看鱼变龙。
　　　　　佛爷山后出现，山前又陷大坑。

　　　　　　有出有进人罕见，怪不得天雷响得凶。
　　　（同下，又上）

桓　霸：（白）法戒僧。
　　　（唱）这件奇事，对了心胸。
　　　　　　这是天运赶，大谋必有成。
　　　　　　来到山前一看，果然雾气腾腾。（上鱼龙）
　　　　　　一条宝鱼乱飞舞，半云半雾看不清。

众　人：（唱）鱼之大，吃个惊。
　　　　　　从来未见，耳也未听。
　　　　　　自盘古开天地，无有这一条。
　　　　　　大鱼绕了多会儿，霎时又见舞金龙。
　　　　　　不多时，日落影，鱼龙呼的一声入了坑。

法　戒：（唱）法长老，尊桓兄。
　　　　　　那件奇事，天助成功。
　　　　　　正该沈丞相，面南把基登。
　　　　　　有此奇景，借此好哄神宗。
　　　　　　明日差人去送信，进京先见尊兄。

桓　霸：（唱）长老之言弟遵命。
　　　　（白）明日叫五弟进京去见家兄，再与相爷议论。（下）

法　戒：正该如此，且请禅堂一叙。

桓　霸：请。（下）
　　　（宝彩文升帐，青云站）

宝彩文：（诗）长探一声传报，撇去万种愁烦。
　　　　（白）奴宝彩文。探子报道哥哥劫牢反狱，救出曹郎，一并程家父女，还有曹郎朋友大众一齐归山，离此不远。喽啰们！

喽　啰：在。

宝彩文：排开队伍，金沙滩悬灯结彩，大吹大擂，接你郡马爷上山而来。青云。

青　云：在。

宝彩文：带马。
　　　（唱）欢欢喜喜下了帐，欣欣然然上雕鞍。

烈烈轰轰排队伍，吹吹打打列旗幡。
热热闹闹把山下，慢慢腾腾到沙滩。
早搭凉棚迎宾客，备上迎宾贺喜筵。
这是喽啰准备妥，留神不住对面观。
人马纷纷是来也，定睛仔细看了然。
左边能连与豆去，右边松山与柏山。
头前是奴胞兄长，陪着红面一奇男。
还有一女骑马上，那人正是程老年。
当中车上人三个，那婆婆定是胡家老年残。
那匹马定是程玉清贤人也，那一人正是曹郎我夫男。
这才叫人把心放，刚刚得你上了山。
看看不远到对面，青云带马下雕鞍。
恭恭敬敬一旁立，见兄下马面带欢。

宝　虎：（白）众位，我妹妹迎接来了。

宝彩文：（唱）一干人等都来此，紧行几步迎上前。
　　　　（白）道声哥哥辛苦了。

宝　虎：不辛苦哇！不辛苦哇！

宝彩文：（唱）可喜同归上了山，今日身到成功也。

赵飞龙、花彩凤：（白）飞龙夫妻来拜参。

宝　虎：妹子，这是那赵察院的公子夫妻呀。

宝彩文：（唱）荒山侥幸临贵客，有失远迎望海涵。

花彩凤：（白）好说不敢。

宝彩文：请！

程玉清：（唱）程氏玉清端肃拜，敬拜大王到宝山。

宝　虎：（白）妹子，
　　　　（唱）这是程氏贤德人，合姓同居把福添。
　　　　程老胡婆与曹保，慢慢依次到面前。

胡　母：（白）好哇，大王姑娘？

宝彩文：老人家，多有辛苦了！

曹　保：（唱）多谢娘子兄妹身，曹保今算把阳还。

宝彩文：（唱）总是公子命有救，不该曹家灭香烟。
曹　保：（唱）我曹保既不死来活在世，不杀沈相心不甘。
宝　虎：（唱）妹丈只管把心放，我就差人不迟延。
　　　　（白）松山、柏山听令，你二人上东京暗访沈桓危动静，早早回来，好设法捉拿奸相报仇。
松山、柏山：得令。（下）
宝　虎：（唱）妹丈报仇有日期，且请上山庆团圆。
众　人：（白）请。（下）
　　　　（文翰华马上）
文翰华：（诗）不喜加官晋爵，专忧社稷不安。
　　　　（白）下官文翰华，因保亲翁，被贬云南，次后闻听亲翁被斩午门，抄拿家口。亲翁一死，奸相更有谋反之意。咳，朝无忠直之臣，恐吾皇受奸相之害，是我假意用金珠买通潘党，那个奸贼让奸相先将我迁至西安，然后又让我官复原职。这一次回京，一是套弄出奸相篡位之谋，以保吾皇社稷，二与亲翁报仇。不料一路身子不爽，误了多少日期。今日到了淮安，不免到家看看女儿，带她母女上任，省得在家，那两下悬心。左右。
卒：　　在。
文翰华：不许惊动淮安官员，悄悄绕城而走。（下）
　　　　（出潘氏）
潘　氏：（唱）灯花爆，一阵乱跳。
　　　　　　　做个梦，去上阎王庙。
　　　　　　　今日鹊雀叱叱叫，什么喜横悲竖乱声噪。
　　　　（白）老身潘氏。你说吧，曹保叫人劫牢救去，白费了心机咧。
　　　　（上潘才）
潘　才：姑哇，可坏了。
潘　氏：啥坏了？
潘　才：事情坏了。
潘　氏：什么事情？
潘　才：我姑父官复原职，从淮安进京。方才探马道，说一会儿就到家啦。他找不到我表妹妹，怎么办呢？

潘　氏：怕啥来？他女儿死去，人所共知。埋他坟地，真凭实据。难道他还扒开坟看看不成？

潘　才：若是那么说来，总是心里有病呀。

　　　　（唱）心里有病不由得怕，怕他盘底又搜根。

潘　氏：（唱）人已死了怕什么？不信还有埋的坟。

潘　才：（唱）必要细问何病死，调治怎么没请人。

潘　氏：（唱）就说是滚肠病与心疼病，请人未及就归阴。

潘　才：（唱）这事全仗姑姑你，

潘　氏：（唱）侄儿只管放宽心。

　　　　（上家人、文翰华）

潘　才：（唱）家人领来老爷到，潘才急忙接出门。
　　　　　　　文爷下马笑盈盈，潘才作揖先问好。

　　　　（白）姑父可好哇？

　　　　（上潘氏）

潘　氏：（唱）潘氏带笑问寒温。

　　　　（白）老爷好哇？请进内宅。

文翰华：（唱）夫人侄儿且免礼，同进房屋再叙情。

潘　氏：（白）老爷请。

文翰华：夫人请。（同下）

　　　　（摆平桌，同上三人）

文翰华：（唱）进房归座无别问，先问声不见玉霜女钗裙。

　　　　（潘氏擦泪）

潘　氏：（白）我今说不出来了。

文翰华：（唱）我问玉霜亲生女，莫非说她不知我转家门？
　　　　　　　夫人为何只落泪？

潘　才：（唱）我说你老是难受。

文翰华：（唱）什么缘故快快云。

　　　　（潘氏故意装悲痛）

潘　氏：（白）我那短命的儿啦，叫我好难对你爹爹说呀，你只顾你去了，不顾你操心的妈咃。

文翰华：夫人不必悲痛，快快告诉我，我女儿是死了么？

潘　才：姑哇，别哭啦，告诉我姑父吧。

潘　氏：咳，老爷，我没有脸向你说哟。

　　　　（唱）婆子做假局，说下一片谎。

　　　　　　照旧就套圈，从中加上讲。

　　　　　　自从你进京，闺女天天想。

　　　　　　听说贬出城，越发把泪淌。

　　　　　　设法解劝她，总叫把心敞。

　　　　　　忽然那一天，越发床上躺。

　　　　　　东庙去烧香，西庙头磕响。

　　　　　　那天喊心痛，问她不与讲。

　　　　　　可怜这命儿，呜呼一命亡。

　　　　　　发了几个昏，跌了几个跤。

　　　　　　重重发送她，花钱几百两。

　　　　　　埋在祖坟旁，经常去祭飨。

　　　　　　不愧有人说，不是亲娘养。

　　　　　　老爷疼不疼，我是天天想。

　　　　　　说罢又装哭，

文翰华：（唱）文爷泪直淌。

　　　　　　哭声苦命儿，想父躺在床。

　　　　　　父女不相逢，阴阳向各两。

　　　　　　儿啦疼死人，半子无妄想。

　　　　　　文爷疼未休，

潘　才：（唱）潘才忙来讲。

　　　　　　姑父请少悲，姑哇也别嚷。

　　　　　　人死难再活，二老把身养。

　　　　（白）姑父，你老也不要过痛，纵是哭死人，也是白搭咧。二位老人家身子要紧。

潘　氏：咳，儿啦，你叫娘好难过呀。

文翰华：夫人不必哭了，这也是她命该夭亡，也是咱命里无有半子之分。明日到

　　　　她坟前，痛痛哭她一场。你姑侄收拾收拾家中的细软之物，雇两辆车拉着，同我京中去住，省得我两下悬心。
潘　氏： 老爷说得正是。明日收拾收拾都去吧，倒省心。
潘　才： 姑父，我也要去，我可离不开你们二位老人家。
文翰华： 咳，侄儿不必牵挂。家中没有兄弟，只有你表妹一人。咳，是吾不成想女儿之短命死矣。
潘　才： 姑父哇，若不怕侄儿愚昧，后来二老养老入土，由小侄一切承当。
文翰华： 好哇，半子无有分。
潘　才： 妻侄也当儿。（下）

（完）

第 十 本

【剧情梗概】曹珍状元及第,神宗赐婚。他无奈,入赘相府。沈桓危对其非常信任,曹珍尽晓奸党内幕。沈学元与文玉霜行至玉花城,在街上巧遇胡标和花朵一。沈学元在总镇唐西世的帮助下,将文玉霜骗至宅中,欲行非礼,文玉霜反抗中将其打死。唐西世擒住文玉霜,严刑拷问。文玉霜受刑不过,只能招承身份。玉花城众官不敢自专,押解文玉霜赴京定罪。胡标与花朵一在城外劫走文玉霜。他们在庵堂借宿时,巧遇文翰华一家。文翰华得知女儿被迫害真相,令胡标打死潘才,潘氏也急火攻心而亡。众人同归青峰山。甄曲县上报献瑞,神宗又做异梦。在沈桓危的诱骗下,天子决定赴宝龙山降香。

(出曹珍)

曹　珍:(诗)三级浪中鱼龙变,九霄云外凤呈祥。
　　　(白)下官郑珍。恩父与吾带来铜书铁券、免死金牌进京赴考。听说被贬的文大人被宣进京来,不知是何缘故?吏部天官李忠禄做了主考,小生借郑家之名中了头名状元,无人知道我是镇西侯之子。暗中窥视沈相,真是势压群臣,天子信宠,未免有篡位之心。杀父之仇,刻骨难忘,何时是个报仇之日?

(上老宫人)

老宫人:朝命下。

(上卒)

卒:　　禀爷,朝命下。
曹　珍:看香案伺候。(下,又上)
老宫人:旨意下。
曹　珍:(跪)万岁万万岁。
老宫人:听宣读。诏曰:文压群雄,体貌秀如玉瑚。兹第一状元郑珍,人才难得,朕躬甚喜。首相沈桓危有女沈冰洁,年方二十一岁,待字闺中。我朕为媒,许配状元为妻,钦赐宫花十对、彩绢十条,入赘相府。待成婚之日后,夫妻回归祭祖。望诏谢恩。

曹　珍：万岁万万岁。人来，将圣旨供奉龙亭，设宴伺候。
老宫人：朝命在身，不敢久留。请。
曹　珍：请。（下，上）咳，这又从哪里说起呀？
　　　　（唱）心中正有千般恨，从空又降万宗愁。
　　　　　　　正恨不能把仇报，又恨沈贼势当头。
　　　　　　　蓝氏娘子无下落，不知生死与存留。
　　　　　　　听说死了乔御史，刺客乃是女娇娥。
　　　　　　　至今凶手未拿住，听不出尾来问不出头。
　　　　　　　我今借了郑门身，名登金榜占龙楼。
　　　　　　　正要慢慢看机会，设法鸣冤大报仇。
　　　　　　　沈贼正在当时道，天子听信他自由。
　　　　　　　看看要谋宋天下，贿买文武把心收。
　　　　　　　今日招我为门婿，硬请圣旨来纳婿。
　　　　　　　抗旨不遵就该死，老贼未必肯罢休。
　　　　　　　从他相府入了赘，他又与我戴天仇。
　　　　　　　罢了，无法只得从奸相，断不要见那丫头。
　　　　　　　沈相拿我当亲婿，正好把他诡计搜。
　　　　　　　只得先写恩父信，不是无故把志丢。
　　　　　　　想罢忙忙把书写，如此这般是缘由。
　　　　　　　将信写完装封筒，一口红印纸上封。
　　　　　　　诸事办好忙呼唤，唤他家人把信收。
　　　　（白）总管郑信、家人郑喜快来。
郑信、郑喜：（内白）来了。（上）少爷有何吩咐？
曹　珍：郑喜，你将这封家书，急送家中，亲手交予太爷，讨封回书。
郑　喜：小人遵命。（下）
曹　珍：郑信，我今相府入赘，带来铜书铁券，交付与你，一同琴童、画童，好好看守寓所。
郑　信：老奴遵命。（下）
　　　　（上卒）
卒：　　禀爷，相府差来轿马人夫，请爷入府。

曹　珍：知道了。

（诗）金榜名登真魁首，屈志去做假姻缘。（下）

（出唐西世升帐）

唐西世：（诗）头戴盔身穿铠甲，手使钢枪骑烈马。

一声炮响嘟咕咚，三军齐喊震八方。

（白）本帅唐西，外号唐西世。哈哈，我多得表叔沈相的提拔，做了玉花城的总镇，真是文武管辖。离京还有八九百里，真是好地方。昨日远探报道，说是表弟沈学元回来，秘密叫人告诉我，叫我不必去接，只叫收拾一座华丽的新屋，设下酒宴，外面多用人候守，不知他是怎么一个心事。他们爷们正是一朵花盛开的时候，怎么说就怎么办吧。人呢？带马伺候。

（唱）为人要达事，看风把船使。

不用杠硬抬，什么理不理？

表叔沈相爷，真把我抬举。

要不顺着他，就得哈哈已。

表弟沈学元，是他亲生子。

今日要回京，应当加倍礼。

他命人来说，这般预备起。

一顺百顺的，只要他欢喜。

倒是官驿中，先把众人赶。

外边预备成，命人收拾好。

吩咐众三军，好好服侍妥。

沈爷怎吩咐，怎样就去做。

一概备妥当，不言唐西世。（下）

沈学元：（唱）再表沈学元，催马向前跑。

不由乐悠悠，心中暗欢喜。

（白）哈哈哈，吾大爷沈学元。真是造化，同行的文公子行动坐卧，总是个女子之相，几次用言语挑动，只见她面红耳赤，口难答语。几次相辞，吾总未肯放手。走了这些日子，未得其便。这里离京八九百里路，面前就是玉花城，是吾表兄唐西世的管辖之地。打发一个家人前去秘密预备一番，弄一所房屋，一定把她诓在密室，一定见个真章，是何等造化？看她主仆走上来了。文大哥，快走哇。

文玉霜：（内白）沈兄，请先行吧。

沈学元：哪的话呢？咱们大家乃一辈之人，还是大家同行。

沈学元：（唱）学元慢慢头里走，不住回头往后瞧。（下）

文玉霜：（内唱）玉霜催马心急躁，（主仆上）怀着鬼病暗心焦。

春　红：（唱）春红低言叫小姐，这人心里怀鬼胎。

文玉霜：（唱）看他携带同行走，一路相持未出轨。

春　红：（唱）你是一片老实意，看他说话句句飘。

文玉霜：（唱）想他为人好诚恳，不过是个谨言话少交。

春　红：（唱）咱们本是女子体，怕他暗把破绽瞧。

文玉霜：（唱）本来心中担着怕，几次相辞不开交。

春　红：（唱）怕他外和而内诈，岂不是笑里暗藏刀？

文玉霜：（唱）离京剩了几天路，只要谨慎在夕朝。

春　红：（唱）他的家人去一个，莫非他要把气淘？

文玉霜：（唱）他说进城把亲探，进城自然得见着。

春　红：（唱）你吾千万加仔细，小心诡计耍毛包。

文玉霜：（唱）佳人说是我知道，你看立在前面还等着。

沈学元：（白）文大哥，快走哇。

文玉霜：（唱）仁兄真是斯文客，信义由心甚逍遥。
　　　　　　仁兄乘马走得勇，多有累赘把心操。

沈学元：（唱）你我到了城门口，咱们进去看热闹。

文玉霜：（唱）小弟只想多行路，误了程途更心焦。

沈学元：（唱）离京不过八九百，得见令尊老年高。

文玉霜：（唱）说话到了闹市口，低着头儿不敢瞧。

沈学元：（唱）且不言学元诓她奔馆驿，
　　　　　　（白）店家看守吾们的行李马匹，我俩上街看看热闹，明日再走。

店　家：二位爷，请放心吧。

　　　　（上胡标、花朵一）

花朵一、胡标：（唱）再表那花朵一与胡标。

胡　　标：（白）俺穿山豹胡标。
花朵一：吾花朵一。胡哥哥，咱们往镇江去找令干妹妹，白走了一趟，听人传说文老爷回京复原职了，文小姐想必要奔京城。
胡　　标：昨日宿在玉花城中王家店内，今日上街看看玉花城中的风景。
　　　　　（唱）胡标头里行，出了招商店。
花朵一：（唱）花朵一后跟，不住左右看。
胡　　标：（唱）过来这条街，又往那边看。
花朵一：（唱）那边人儿多，雁列翅儿站。
胡　　标：（唱）相爷接官亭，油漆门两扇。
　　　　　　　　吾去瞧一瞧，进去见世面。
花朵一：（唱）胡哥少混行，少要闹出乱。
胡　　标：（唱）他行许我行，他看许我看。
花朵一：（唱）咱们要悄言，且在这边站。
　　　　　　　　只见那一边，四个骑马汉。
胡　　标：（唱）那俩像主奴，那俩人好看。
　　　　　　　　那个好后生，看着好面善。
花朵一：（唱）胡兄好冒失，凡事要细办。
　　　　　（上沈学元、文玉霜）
沈学元：文大哥，那门楼之内是我表兄之家，咱们进去喝杯茶，再走不迟。
文玉霜：沈兄请便，小弟在前面去等。
　　　　　（四人马上看胡标，文玉霜回头，文玉霜等过。）
胡　　标：（唱）胡标细端详，真是不敢慢。
花朵一：（唱）你看那个人，回头把你看。
胡　　标：（唱）一时想不出，哪处见过面？
花朵一：（唱）咱且在后边，看他何处站？（下）
　　　　　（上唐西世）
唐西世：（唱）出来唐总兵，走在当面站。
　　　　　　　　瞧见沈学元，不远到当面。
　　　　　　　　其余不认得，随机要应变。
沈学元：（唱）学元把话云，文大哥你看。

这是唐总兵，下马请相见。

文玉霜：（唱）无法推却下了马，

（白）春童，将马带过。

（春红拉马）

沈学元： 唐表兄可好？

唐西世： 贤弟辛苦了。愚兄敬候多时，此位是谁？

沈学元： 这是刑部文大人的公子。

唐西世： 原是文公子，多有失敬了。

文玉霜： 好说，不敢。

唐西世： 彼此都是知己，请入敝寓，粗茶恭候。

文玉霜： 沈兄请便，当至贵所。小弟行路心急，还要早早出城，不敢拜谒二位贵人，乞恕不从。

沈学元： 哪有此理？你我同行多日，到了吾的亲戚家，哪有就走之理？如果事忙，咱弟兄同到里面吃盅茶，再走如何？

文玉霜： 小弟事忙，断不敢从命。

（唱）嘴里搪塞心里忙，不愿走进内客厅。

一则怕他留住宿，二则怕他看透风。

沈学元：（白）文兄要走，就不该进城。

文玉霜：（唱）无法推却走进去，只可饮他茶一盅。

论礼是该坐一坐，无法支吾却之不恭。

（胡标、花朵一上）

唐西世：（白）文兄，进去叙谈叙谈。

文玉霜：（唱）小弟蒙爱从遵命，吃茶一盏把路登。

春童拉马门外等，回头吩咐用眼盯。

呀，人群里好像胡大汉，正是胡标吾恩兄。

心内三分有主意，光景他又认不清。

开言说话忙点破。

（白）那不是胡大哥么？你几时从云南回来？你莫非不认得小弟文玉了吗？

胡　标： 哦，原来是文兄弟，咋就不认得了？我在王家店内存身，你且到我那里说话。

沈学元：文兄，既有相识的朋友，且请进去吃盅茶，再去探望。

文玉霜：春童，把马送到你胡爷寓所，回来接吾同去。

春　童：小人知道了。

（春红、胡标、花朵一同下）

唐西世：二位公子请。

文玉霜：唐爷请。

唐西世：请了。

（唱）唐西世，有意思。

　　　　早就看破，巧巧奇奇。

　　　　这个文公子，必然有意思。

　　　　瞧那我家公子，顺水就把船支。

　　　　看着眼色往里让，

（白）二位请坐，贵客少待暂告辞。（下）

沈学元：（唱）沈公子，把话提。

　　　　表兄客寓，倒也使得。

　　　　陈设万般好，预备甚整齐。

　　　　桌上穿挂镜，彩瓶俱是汝瓷。

　　　　瓶中钗钏值钱宝，二尺长的玉如意。

文玉霜：（唱）这如意，真出奇。

　　　　世上少有，到处珍稀。

　　　　锦帘对绣壁，字画钟表齐。

　　　　唐兄富而且贵，不枉宰相亲戚。

　　　　学生一见更有愧，寒士如何到贵居？

沈学元：（唱）你喜悦，有意思。

　　　　这里更好，咱就不离。

　　　　就在此处宿，正好鸾凤搂。

　　　　洞房不如此处，不用虚虚实实。

　　　　你的意思我知道，吾的意思你也知。

文玉霜：（唱）闻此话，心中急。

不好反目，勉强对之。

沈兄是何话？怎么言诙谐？

你我兄弟同路，都是相互尊重。

今日为何戏说我？通家兄弟该不的。

沈学元：（唱）哈哈，你不用，装假局。

看透娘子，是个花枝。

刘阮天台路，神仙岂不知？

当时还做兄弟，霎时变作夫妻。

闹鬼人儿更知趣，说着进前拉住衣。

（文玉霜且靠后）

文玉霜：（唱）呀，狠牙咬，眼气直。

你这浪子，少把人欺。

再要胡鲁造，刻下把命抵。

沈学元：（白）你那不是白说呀？

文玉霜：（唱）连连推他不动，蹦掉一只鞋子。

沈学元：（白）你看这个呢，还说啥呀？

文玉霜：（唱）打个趔趄倒在案，又气又羞又着急。

沈学元：（白）哈哈，

（唱）叫娘子，听仔细。

前世造定，今做夫妻。

文玉霜：（唱）圆瞪杏眼，事在危急。

沈学元：（唱）上前拉住玉腕，美人我的娇妻。

文玉霜：（唱）抓起宝石玉如意，搂头照顶往下劈。

沈学元：（白）咳呀，

（唱）头顶耳根打中了，蹬蹬腿儿血染尸。（死）

文玉霜：（唱）连连又打好几下，浪子你再起来欺吾？

（白）沈贼呀，沈贼呀，你再敢猖狂鲁造？

（唱）扑卧床头眼发黑，横心把这性命绝。

头巾甩掉发蓬松，咬定银牙保贞节。

喘吁吁地叫狂徒，把奴当作何人也？

丫　鬟：（内唱）这屋里响得好凶，咱们偷着看看去。

文玉霜：（唱）这条狗命可以搭，玉洁冰霜坚如铁。

　　　　　　你再起来把奴欺，豁着奴家一腔血。

　　　　　　只见狗子直哼哼，鲜血涌出把嘴咧。

　　　　　　合着与你把命偿，也与曹门把恨解。

　　（上二丫鬟）

二丫鬟：（唱）两个佳人吃一惊，少爷怎么冒了血？

　　　　　　吆喝家人快上前，快把凶手捉拿上。

　　　　　　外边家人齐进来，（众家人上）一齐乱上了不得。

　　　　　　相爷公子人打死，真是天大乱子也。

　　　　　　勇猛上前绑佳人，假扮小子真撒野。

文玉霜：（白）不过与他偿命，你们绑吾哪里去呢？

家　人：（唱）绑你去见唐总兵，准备万剐千刀切。

　　　　　　推推搡搡把屋出，（下）

春　红：（内唱）春红送马回来也。（上）

　　　　　　暗与胡、花道真情，回到驿中接小姐。

家　人：（内白）呀咧，闲人闪开了。

春　红：呀，有人绑着吾姑娘，头发蓬松飞出去。

　　　　　　害怕抽身闪一边，（下，又上）

春　红：（唱）回店去见二豪杰。

　　　　　　大叫胡爷与花爷，急急出来听情节。

　　（胡标、花朵一同上）

花朵一：（白）你家公子可来了吗？快快说来。

春　红：（唱）走近一步把话说，此处四边无人也。

胡标、花朵一：（白）你家姑娘怎么未来？

春　红：（唱）如此如此祸塌天，这般这般了不得。

　　　　　　如今绑在总兵衙，苦苦疼死吾小姐。

胡　标：（白）哇呀哇呀，

　　　　（唱）胡爷听罢就要行，找着狗官喝他血。

花朵一：（白）胡兄，（拉住）

（唱）要往哪里把祸惹？胡兄要找哪个去？

胡　　标：（白）找那总兵，要吾妹妹。他若不给吾，一把拉他个稀乱。

花朵一：胡兄不要忙，听我说，你去一闹，他们聚起阖城人马，你我不怕，那个春红姑娘怎好？

胡　　标：哼，那文小姐若找不着怎么办？

花朵一：他四门一闭，咱们不能出去，那却怎好？

胡　　标：哼。

花朵一：你说，我说的是不是呀？

胡　　标：依你怎样？

春　　红：胡爷、花爷，要想一个万全之计才好呢。

花朵一：胡兄，你且不必着急，听我有一计告诉与你。

（唱）小姐绑入总兵府，你就去了找不着。

她已打死沈公子，阖城官员都发毛。

不敢在此废她命，必然押解丞相府。

趁着店家不知底，急急回店捆衣包。

就说和咱一同走，出城二十里有个大石桥。

胡哥你在桥上等，春红拉马远远瞧。

我在总兵衙左右，打听姑娘怎么着。

必然囚车京中解，必由之路大石桥。

吾暗暗跟在囚车后，桥头之上救多娇。

杀散众人救小姐，叫春红她俩乘马头前逃。

咱俩再把官兵截，绕路回来高不高？

胡　　标：（白）这等说就依你办。

（唱）一起回店备鞍马，各拿行李共一包。

店小二：（内白）二位爷，怎么就走吗？

胡　　标：（唱）这个朋友来做伴，一同出城把客瞧。

这是银子算店账，

店小二：太也多了，二位爷呀。

胡　　标：其余赏与做相交。

店小二：（白）多谢你爷二位了。（同下）

（上胡标、花朵一、春红）

花朵一：（唱）三人出了招商店，（胡标、春红下）走了春红与胡标。

　　　　　　花朵一乘马奔了总兵府，（下）

（出唐西世）

唐西世：（唱）再表那总兵害怕后挨刀。

　　　　　　战战兢兢坐大帐，伸指吐舌把头摇。

（上州官、赵尼肖）

州官、赵尼肖：（唱）来了州官白瞪眼，还有典史赵尼肖。

　　　　　　不用通禀把帐上，

赵尼肖：（唱）总兵大人有何招？

　　　　　　这般如此乱子大，大家问问事末毫。

唐西世：（白）哎呀，

　　　　（唱）相爷公子人打死，都有干系罪难逃。

　　　　　　二位大人请坐下，拷问凶手再计较。

赵尼肖：（唱）还是大人有主见，下官们敬听不敢来主谋。

唐西世：（唱）吩咐急上带凶手。

　　　　（白）带凶手，凶手进。

（带文玉霜上）

唐西世：哇，我把你这男不男女不女的凶徒，你有多大的胆子，竟敢打死相爷公子？快快从实招来。何人主使？何人主谋？与沈公子有何仇恨？准备万剐凌迟。

文玉霜：罢了。我今打死狗子不过抵偿一命，何用这么问长道短？

唐西世：哟，好厉害渣口。

文玉霜：（唱）奴本三贞九烈女，敢比蓝田玉无瑕。

唐西世：（白）你是哪里人氏？姓甚名谁？

文玉霜：（唱）家住镇江本姓李，父在京都无有妈。

　　　　（上二沈家奴，立）要找爹爹离了家。

唐西世：（白）如何与沈公子同行呢？

文玉霜：（唱）被强逼迫同做伴，不想他安心不良要欺压。

唐西世：（白）他是怎么欺压于你呢？

文玉霜：（唱）诓奴进了那驿馆，看破奴是一枝花。

唐西世：（白）他看出你，你看出他，同上巫山不就得了吗？

文玉霜：（唱）狗官不要胡乱讲，合着自己命偿他。

唐西世：（白）你这丫头子这样嘴刁，明明是个刺客了。

文玉霜：（唱）不必胡拉与乱问，该剐就剐杀就杀。

二家奴：（白）老爷，她搭伴时候，说她是文翰华之子叫文玉，怎么姓李了呢？

文玉霜：（唱）两个奴才少多嘴，再多嘴凶手就是咱们仨。

二家奴：（白）嘻呀，好歪说人呀。

唐西世：（唱）小小花奴好刁嘴，快快实招少胡拉。

文玉霜：（唱）知道杀人要偿命，何须你们问七问八？

唐西世：（唱）同谋共伙人几个，主使必是文翰华。

文玉霜：（唱）主使就是这三个，凶手他俩与奴家。

唐西世：（唱）刁嘴贱人真厉害，

文玉霜：（唱）厉害你就把奴杀。

唐西世：（唱）吩咐左右快枷起。

（白）人来，把这贱人枷起来。哦，当堂上刑招上来。

文玉霜：哼，主使同谋是三个贪官，行凶是这两个奴才，与奴无干。

唐西世：把板子敲打枷起来。

文玉霜：哎哟。

唐西世：招上来。

文玉霜：唉，天哪。

（唱）忽忽悠悠离人世，杳杳茫茫到阴司。

又不得见阎君面，许不尽奴家万宗宝。

这十指好像针刺疼，叫人难顾东与西。

爹爹呀，不孝孩儿连累你，说不了命尽该然无处移。

唐西世：（白）快说。

文玉霜：（唱）我非男子非姓李，奴本一女是花枝。

乳名玉奴改文玉，只为寻父进京师。

翰华文爷刑部职，尔莫胡乱少来欺。

唐西世：（白）你与沈公子何冤仇？

文玉霜：（唱）吾本聘于曹门妇，本与沈贼不两立。

　　　　　　冤家路窄正相遇，打死狗子恨难息。

　　　　　　泄泄曹门十大恨，这是情由与衷曲。

唐西世：（白）住刑。二位老爷，这案情越发大了。女犯是曹侯儿媳妇，刑部文翰华闺女，今打死相爷的儿子，如人嘴歪，怎么摆治呢？

赵尼肖：总是大人关系，卑人不敢做主。

唐西世：大家都有干系，还是大家计较。

赵尼肖：依吾二人拙见，大人押解进京，亲交相爷，交代明白，免得连累咱们。听她方才说的那话头子，不是要咱们香炉使唤吗？

唐西世：二位说得有理。人来，把凶手打入囚车，挑一百铁甲军兵随我押解进京。二位请回贵署候信。（下）

赵尼肖：就此起身便了。（下）

（花朵一急上）

花朵一：好也，好也，文小姐被打入囚车，出了东门，不过百十个兵丁押送，不免在后面瞟着，跟到大石桥下便了。（下）

（上胡标、春红拉马）

胡　标：你看这路上有一座石桥，像是花爷走过此处，一定是必由之路了。你看那边半里之外有一树林，你拉马在那里等候。救出你家小姐来，你们好乘马先行，我们好杀那狗头。

春　红：全仗两位爷操心了。（下）

胡　标：这些该死的东西们，还不见他们到来，叫爷爷等得好烦呐。

　　　　（唱）傻大汉，好烦恼，立在桥头两眼瞟。

　　　　　　宽大石桥石栏杆，雕刻栏杆真精巧。

　　　　　　越紧等，心越烦，带怒坐在桥上边。

　　　　　　扒拉钢叉扔桥上，两眼翻翻望望天。

　　　　　　赶天黑，到不了，把这全城都推倒。

　　　　　　阖城狗官一起杀，摔死全城老与小。

　　　　　　又等了，好一会，兵丁送来干妹妹。

　　　　　　跺得石桥咕咚咚，拍着胸膛把嘴啐。

　　　　　　冲面来了人一伙，一辆囚车中间裹。

必是解了干妹妹，该死狗头认认我。
身靠着，石栏杆，钢叉竖立桥中间。
叫他掏钱买性命，无钱送他鬼门关。

唐西世：（内白）众守官急急过桥。

（上众军校）

军　校：（白）你这大汉，快快让道！

胡　标：为何让道？

军　校：（唱）总兵大人解囚车，还不快快溜了号？

胡　标：（唱）站起来，一声喊，一个总兵好大胆。
过吾石桥无规矩，错了规矩就挖眼。

唐西世：（白）什么规矩？

胡　标：（唱）小卒们，正五百，料料算是把命买。
你们那个菜总兵，留下脑袋扒下铠。

（唐西世马上）

唐西世：（唱）上来了，唐西世。
你这狂徒无天日，敢不怕你总兵爷，阳关大道也拦劫？

胡　标：（唱）把实话，对你说，好好留下那囚车。
剩下脑袋留着用，狗血腥气我不喝。

唐西世：（白）众将官，小心囚车，这是劫囚车的强盗。

胡　标：（唱）要不肯，打个样，一拳打在石桩上。
石头桩子打粉碎，桥上石桩倒一蹚。

唐西世：（白）我的妈呀。
（唱）唐总兵，舌头吐，牙打牙响嘴里苦。
勒马回头跑如飞，百名军校溜个光。

胡　标：（白）都跑了，爷爷且不追你，放出妹妹来再说。

（胡标下，花朵一上）

花朵一：（唱）花朵一后边来，正遇总兵撞满怀。
摘下流星对面打，
（白）看打！

唐西世：哎呀，不好。

（唱）打在左肩险些栽。

花朵一：（唱）使诈语，一声喊，青峰人马离不远。
　　　　　　领兵曹保二相公，先劫囚车后杀砍。

众军校：（唱）众三军，魂吓飞，各护性命头不回。（下）

花朵一：（唱）当时来在大桥上，胡兄救出女花魁。
　　　　（白）哈哈，这些无用的东西，吓破了胆。眼见胡哥打开囚车，救出小姐，奔那林子去了。
　　　　（上文玉霜、胡标）

胡　标：春红哪里？快来。

（上春红）

春　红：在这里呀。小姐，你来了？小姐可苦了你了，我的小姐。
　　　　（唱）战战兢兢忙拉住，苦死你了我的姑。

文玉霜：（唱）恨我不听你的话，未得抛开那狂徒。

春　红：（唱）堂上必要苦拷问，难为小姐怎咕噜？

文玉霜：（唱）一顿夹子昏几次，你看十个手指骨头酥。

春　红：（唱）越发叫人心难受，果然官法胜如炉。

花朵一：（唱）你看天晚日头落，你俩上马不要哭。（下）

胡　标：（唱）你俩上马我照管，一手搀着一手扶。

文玉霜、春红：（唱）主仆二人把马上，不敢言语把路走。

（胡标拉着文玉霜的马）

花朵一：（唱）花朵一奔跑在路上，走了倒有多时会，天有定更黑乎乎。
　　　　　　只好找个地方宿，有座古庙看得出。
　　　　　　咱们进去借个宿，叫他收拾两间屋。
　　　　　　不表众人奔古庙，（下）

（上潘才坐车）

潘　才：（唱）再表潘才不乐乎。
　　　　　　跟随姑父把京进，两口拿我当眼珠。
　　　　　　进了京准准吾会把官做，这个老子官气怪，总不惊动众官府。
　　　　　　今夜宿在文殊院，无有和尚是尼姑。
　　　　　　此处雅静倒也好，我姑睡了我姑父看信。

|||小尼倒有三四个，绕绕扯扯几个院。
|||我上东面看一看，想罢迈步出了屋。（下）
胡　标：（内白）开门来。
老　尼：（内白）哟，
　　　　（内唱）这么晚叫门有缘故（上），必是姑子私丈夫。
　　　　（内白）徒弟们，拿着灯看看什么人叩门，千万不可叫他进来。我且问问看看长短，八成就是那回事。（下）
（上小尼）
小　尼：（唱）小尼提灯到门首，这是何人把门呼？
胡　标：（白）我们是借宿的。
小　尼：开门有语先说下，小庵今夜无闲屋，敬请官人不要怪。
胡　标：这么一个大庙，怎么无有地方存人？告诉你说，有地方也存，无地方也存。
小　尼：施主不知，今日存了一位回京的大人，因此无有闲屋。
胡　标：他是大人，我们也不是小孩。
小　尼：施主，不是这么说。
胡　标：你快快腾出二间好屋，我四个人住了，再说不然把你这庙拆了。
小　尼：施主不要如此，此乃香火善地。
　　　　（唱）小尼姑，心不舒。
　　　　　　　不敢生气，施主便呼。
　　　　　　　不是僧道住，庙内是尼姑。
　　　　　　　大人夫人在内，凑巧无了闲屋。
　　　　　　　施主再要闹起，只怕大人要怪出。
胡　标：（白）不管他大人小人的，许他住，就应该许我住。走，进去！
潘　才：（唱）有潘才，挺身出。
　　　　　　　哪里来的，这些恶徒？
花朵一：（白）这小子，是个客家男子。
潘　才：（唱）夫人住在内，竟不怕官府？
　　　　（白）瞎眼还不快走，竟敢在此动粗？
文玉霜：（唱）主仆听了那人话，这个声音好个熟。

春　红：（唱）借灯光，不会错。

　　　　　　低言巧语，叫声姑姑。

　　　　　　小姐你细看，好像那狂徒。

文玉霜：（白）不错，正是狗子。

　　　　（唱）怎么到此路途？

　　　　　　想他不能到此处，未免灯下看不清楚。

　　　　　　拉一把，胡大叔。

　　　　（白）恩兄，问他姓名何如？

胡　标：（唱）灯光之下看，十分好面熟。

　　　　　　小子你是哪个？你敢把吾吓唬。

小　尼：（白）这是跟大人来的公子啊。

潘　才：（唱）大爷姓潘名头大，庙内大人是我姑父。

文玉霜：（唱）是潘才，那狂徒。

胡　标：（唱）你可认得，胡家大叔？

春　红：（唱）他就是潘才，是他把吾辱。

胡　标：（唱）上去一把抓住，你可认得老胡？

潘　才：（白）咳呀，这是怎样？有话慢慢地说呀。

胡　标：我把你这个杂种好打。

　　　　（小尼下）

春　红：（唱）胡叔且留他的命，须得问他口软心服。

小　尼：（内唱）尼姑跑，禀报速。

　　　　（上文翰华）

文翰华：（唱）文爷知晓，放下读信，长随把灯执，心忙把房出。

潘　才：（白）姑父呀，快叫人拿住他们呀。

　　　　（唱）莫非不知文刑部，奉旨进京不是唐突。

文玉霜、春红：（白）这不是我爹爹/太爷吗？咳，爹爹/太爷呀。

　　　　　　（唱）往回跑，放声哭。

　　　　　　　　我的爹爹/太爷，认得我不？

　　　　　　　　小姐拉着痛，春红抱着哭。

　　　　　　（白）爹爹/太爷苦死吾们了。

文翰华：（唱）文爷此时发愣，揉揉昏花双眼珠。

文玉霜、春红：（白）爹爹／太爷不认得你女儿玉霜／丫鬟春红了么？

文翰华：哦，是了。

（唱）摇摇头来翻翻眼，心犯癫惊好糊涂。

（白）你是玉霜？

文玉霜：是，是你这苦命的女儿。

文翰华：你是春红？

春　红：是，是你苦命的丫鬟。

文翰华：你们怎么这般光景？

文玉霜：女扮男装，逃命在外。

文翰华：你们果然没死。

文玉霜：你这业障的女儿，死而复生了。刚刚看见亲人，我的爹爹呀。

文翰华：玉霜，我的儿呀。

文玉霜：爹爹呀。

胡　标：都是你这囚攮的闹的缘故。

潘　才：不怪我哟。

文翰华：起来，你们起来不要啼哭。我且问你，这两个人是谁？

文玉霜：这大汉是孩儿的恩人胡标，那个是胡兄的朋友花壮士，都是孩儿的救命恩人。

文翰华：好，那一壮士，你将狗子绑在文殊殿内，吩咐尼姑多点蜡烛伺候。

尼　姑：是了。

（胡标绑潘才）

文翰华：玉霜、春红，来，跟我进文殊殿内，在殿前说个清清楚楚的，说个明白。你们都来呀。

（唱）又是悲来又是气，又是憋闷又发糊。

跟我都上文殊殿，说个明白清清楚楚。

转身朝前挪步走，说不尽的苦处哇，来呀来呀不要哭。

走进佛堂落了座，脸堆怒气泪扑簌。（众站）

（白）玉霜，你说因何走在外？春红，你讲你为什么出逃走？你们说说这一节，字字据实少含糊。玉霜说呀。

文玉霜：爹爹呀，你老人家在京为官，家中只有我母亲与潘才呀。

文翰华：潘才他却怎样？

文玉霜：咳，爹爹呀。

（唱）拿吾并不当表妹，狂言浪语把儿欺。
时常遇在上房内，无话做话戏花枝。

文翰华：（白）哦，你母亲就看不出行色，不归罪于他吗？

文玉霜：（唱）母亲在旁诙谐笑，明明显露帮她侄。
因此总不把楼下，那天忽然起了疑。

文翰华：（白）什么事故，快快说来。

文玉霜：咳。

（唱）叫女儿与她侄儿把妻做。

文翰华：（白）哼！

文玉霜：（唱）定准十六拜天地，十四晚上把家离。
咱家坟前上了吊，

文翰华：（白）好！

文玉霜：（唱）遇见恩兄打山鸡。
救到他家认义妹，躲在他家把身栖。

文翰华：（白）胡壮士，我女儿是你救的吗？

胡　标：是我救的。

文翰华：你是怎样救的？家住哪里？家中还有何人？

胡　标：大人，你不知道，听我说说。

（唱）吾名叫胡标，你家坟东住。
家有我老妈，娘俩把日度。
那天我上山，天黑下大雾。
急忙赶回家，碰在大松树。
挂着一个人，救她把家入。
见了吾老妈，就把苦处诉。
认了干闺女，敢比亲骨肉。
那天干妹她，坟头去哭诉。
遇见狗潘才，骑马经过路。

>急忙跑回家，又怕闹缘故。
>叫吾去送信，上了云南路。
>不见你老人，上了西安路。
>西安又不逢，气得干鼓肚。
>赌气回了家，未曾把脚住。
>到家娘俩无，又生别了故。

文翰华：（白）好，这倒是个直率的壮士。春红，你因何逃出？快快讲来。

春　红：咳呀，太爷，奴婢不是私自逃走哇。

文翰华：何人叫你逃走出来？

春　红：那日太太与潘才不见小姐，找到淮河西岸上，拾到簪花，以为小姐投河而死，回家设计，买哄家人不许声扬，停上空柩，发葬入土，掩盖众人耳目，以备太爷回家说辞。

文翰华：哈哈，他们设的好计策、好主意呀，哼。

春　红：那时奴见了又气又恨。

文翰华：这与你逃走何干？你又气又恨什么？

春　红：咳，太爷呀。

>（唱）我气潘才坑小姐，我恨太太逼迫急。
>　　　逼得小姐寻死路，抛下奴婢无靠依。
>　　　有心要随小姐死，不想潘才又生邪。

文翰华：（白）又有什么邪词？快说来。

春　红：他说路遇小姐在咱坟内，他说必在坟之左右的人家居住，命奴出去寻访，寻回来时——

文翰华：找回来他便怎样？

春　红：咳，太爷呀。

>（唱）无论小姐有无有，先收奴婢做次妻。
>　　　忍气吞声借由走，这样恶人谁不早离？
>　　　找到胡家见小姐，主仆相逢哭啼啼。
>　　　女扮男装逃在外，投奔镇江离淮西。

文翰华：（白）好哇，春红你站在一旁。潘才，你走上来。

潘　才：呀，姑父呀，我悔呀，我错呀。

文翰华：狗子，三曹对案你有何说？

潘　才：姑父哇，这一桩事情，都是我姑母闹出来的，不能怪我呀！

　　　　（唱）本是无话说，只得把头叩。

文翰华：（白）你，你，你说呀。

潘　才：（唱）上头追得急，实在没法奏。

　　　　　　　讲不起的说，自作也自受。

　　　　　　　求声姑父爷，肝肠我悔透。

　　　　　　　表妹与春红，说得都是对。

　　　　　　　不是我后悔，却是我姑妈，事情做得轴。

　　　　　　　只说老曹家，灭门绝了后。

　　　　　　　说吾表妹她，见她天天瘦。

　　　　　　　女人要婆家，就要我来勾。

　　　　　　　做婿倒上门，吾才应了扣。

花朵一：（白）曹保投亲，你为何勾串那个毛总兵？怎将他拿住？你说呀。我们劫牢反狱将曹保救上青峰山去，回来又找文小姐，却不见她。

文翰华：（唱）气得眼圆睁，家事算清楚。

　　　　　　　玉霜与春红，站在我身后。

　　　　（白）人来，唤那乞婆来见我。

家　人：（内白）有请太太，文爷在文殊殿上等着说话呢。

潘　氏：（内白）咳，一觉还没睡醒呢，说啥呀？

家　人：（内白）快去吧。

潘　氏：（内白）罢了。（上，跌倒）哎呦，咋这些人呢？

潘　才：姑哇，你坏了。

潘　氏：老爷这是咋的啦？

文翰华：你可认得她俩是谁？

潘　氏：（看，惊慌）有点子面熟。

文玉霜、春红：母亲/太太可好？你不认得死了的玉霜、丫鬟了吗？

潘　氏：咳呀，有鬼。

文翰华：哇，明明是人，怎生是鬼？贱婆，你的心中有些鬼病，露出你的真鬼来了。哼！你们替我治的好家事呀。乞婆，你那棺材里装的是哪个？坟里

　　　　　埋的是谁？你说！你讲！
潘　　氏：咳，我悔呀。
文翰华：呀呀呸，你当日怎么做？今日怎么悔？潘才呀，乞婆。
　　　　（唱）在家怎么答对我？几百银子发了谁？
　　　　　　　怎么哭来怎么痛？到底不是亲女儿。
　　　　　　　狗潘才这样帮着对，鬼弄玄虚甚鄙卑。
　　　　　　　你只说一生不能漏，岂不知天网是恢恢？
　　　　　　　逼女改嫁已罪甚，纵侄乱法死不愧。
潘　　氏：（白）都是这小子，天天咕咕唧唧的。
潘　　才：姑哇，不是你出的主意吗？怎么又赖我呢？
文翰华：哼，明明姑侄同谋做事，到临头相互推诿。人来，把这狗子推出去，乱棍打死，埋在土堆里。
胡　　标：等我把这囚攮的拿出去，摔个肉泥烂酱。
　　　　（拿下摔死，胡标又上）
文翰华：（唱）乞婆你还有何讲？你说你讲对得住谁？
　　　　　　　玉霜非是你亲女，岂不知是我亲生女花魁？
　　　　　　　年过花甲只一女，问你膝下还有谁？
　　　　　　　心狠毒辣似禽兽，披着人皮有何光辉？
　　　　　　　你说呀，你讲上个理，
潘　　氏：（白）哎呦。
　　　　（唱）翻眼趔趄话儿没。
　　　　　　　转了几圈直打哏，心内发糊眼发黑。
　　　　　　　又是摇摆又是战，中了疾火气儿危。
　　　　　　　一转身子摔在地，即刻倒在地尘中。
　　　　　　　昏昏沉沉魂离身，
文玉霜、春红：（白）母亲/太太怎么样了？
文翰华：你们不必管她。
文玉霜、春红：母亲/太太是中了疾火了。
文翰华：好，人来，将她扔在外面，明日行路，死在哪里，就扔在哪里。
　　　　（家人抬下潘氏）

文玉霜：爹爹，明日行路往哪里去？

文翰华：进京复职，暗查沈桓危之谋。

文玉霜：咳，爹爹呀，京里去不得了。

文翰华：怎么去不得？

文玉霜：如此这般，在玉花城弄得大祸。

（唱）打死了沈学元，众官会审，苦了红颜。

刑法人难受，死了两三番。

受刑不过招认，招出如此这般。

爹爹看看儿十指，夹断筋骨疼得心酸。

文翰华：（白）咳，儿啦，可苦死你了。

胡标、花朵一：（唱）我二人，劫南监。

救出公子，上了南山。

我妈说小姐镇江把身安，我俩回来寻找看。

误入玉花城阙，衙门之前巧遇见。

不想弄出卵子山。

文玉霜：（唱）把孩儿，用绳拴。

囚车押解，去见权奸。

知是刑部女，不敢乱杀残。

明知爹爹有名，解京不得不然。

解吾到京无生路，连累爹爹心不甘。

胡标、花朵一：（唱）我二人，定机关。

大石桥上，去把路拦。

我在桥上等，吾跟左右边。

一阵囚车劫下，众兵吓得跑颠。

要回青峰高山寨，天假其便父女团圆。

文翰华：（唱）俱明白，俱了然。

当务之际，进退两难。

沈贼知其故，岂肯善罢休？

只怕身不能保，不能为国锄奸。

有国难投应在此，有家难奔果其然。

胡标、花朵一：（唱）乃至此，得从权。

　　　　　　　　令婿曹保，现在高山。

　　　　　　　　宝氏兄与妹，还有众魁元。

　　　　　　　　老爷请上山寨，何难为国锄奸？

　　　　　　　　拿住沈贼把恨解，治国安邦再平西番。

文翰华：（唱）事到此间须如此。

（白）二位义士，见识不差，必须如此。主意已定，天交五鼓。人来，收拾轿马人夫，反转西行。这二位领到哪里，我们就走到哪里。赏这庙中白银五十两，叫她们把这潘才尸首掩埋起来，免生是非。就此起身。

（诗）父女相逢虽有喜，潜逃一隅又生悲。（下）

（出郑珍）

曹　珍：（诗）虽是洞房花烛夜，看来一段恶姻缘。

（白）下官郑珍。圣旨难抗，奸相权逼，不得不来相府入赘。仇人当面，恨在心中。奸相拿吾当作心腹门婿，潘党同谋，议事往往不备于我。昨日桓党家人出来送信，说宝龙山出了胜景，山下鱼龙变化，山后圣水出潭，潭中出彩楼，并现佛像，此事传遍京都，又有甄曲县的官员上了报祥瑞的文书。天子把奸相宣进朝去，不知何事？吾差郑喜回家，也该回来了。若收回信，便知宝龙山真假。

（上丫鬟）

丫　鬟：禀姑爷，家人郑喜在二门之外要见姑爷。

曹　珍：叫他进来，这里不许闲人走动。

丫　鬟：晓得了。（下，内白）吾家姑爷叫你进去呢。

郑　喜：（内白）来了。（上，跪）郑喜与少爷叩头。

曹　珍：不消，起来。

郑　喜：是。

曹　珍：郑喜，你太爷可好？

郑　喜：好。

曹　珍：咱那宝龙山可有什么景致么？

郑　喜：启禀少爷，山下出了鱼龙变化，山后出了水中现佛。

曹　珍：哦，此事果非虚传。你太爷可有回信吗？

郑　喜：有。太爷回信一封，还有小姐密信一封，都在此，请秘密拆看。
曹　珍：知道了，你回寓所去吧。
郑　喜：是。（下）
曹　珍：恩父是怎样吩咐的？待吾看来。

　　（唱）且看恩父回信笺，趁此无人进书房。
　　　　　揣着小姐这封字，恩姐写信紧收藏。
　　　　　拆开头信从头看，字示郑珍小儿郎。
　　　　　接你家信知其故，知你奉旨不敢抗。
　　　　　必须相府权且住，多加小心暗守防。
　　　　　休忘不共戴天恨，休忘一家怎失亡。
　　　　　你今金榜题名姓，老夫盼你锦回乡。
　　　　　吾认义儿周济你，特为小女郑春芳。
　　　　　等你荣归拜天地，生养死葬送灵丧。
　　　　　还有一事来告知，那一日送你回家事一桩。
　　　　　走至宝龙山背后，法戒大战女红妆。
　　　　　为父解救认义女，原来是你次妻房。
　　　　　避难离家蓝氏女，不用惦念甚安康。
　　　　　余不多示早祭祖，快出虎穴恋红妆。

（内传众人声）

　　　　　忽听门外人声喧，定是老贼下朝堂。
　　　　　忙乎书信揣怀内，

（上沈桓危）

沈桓危：（唱）女婿可在书房内？
曹　珍：（白）岳父回来了？请上坐。
沈桓危：便坐可矣。
曹　珍：今日不是朝期，天子宣召，有何国事？
沈桓危：只因昨夜天子偶得一梦，梦中升了宝殿，只见宝殿雾气腾腾，被云罩住，看不出清混，又见白玉炉中冒出一股香烟，直冲霄汉，冲得雾散云开，看得清清楚楚，化了一个宝色龙形，又投入白玉炉中，忽的一声，从龙案下跳出一个黑兽，猛然惊醒，宣召老夫特解此梦。

曹　珍：未知老大人，怎么圆解？
沈桓危：老夫奏道，云雾照住金阙，是天地之瑞气居于吾皇宝殿。玉炉香烟，冲出霄汉，是警示圣上要降香酬神。烟从炉中出去，化龙为宝色，复入炉中，这玉炉成烟，化形成龙，应在"宝龙"二字。吾皇降香，正该在宝龙山上，正应了甄曲县祥瑞之兆。
曹　珍：天子以为如何？
沈桓危：天子听了此奏，连连称赞。
　　　　（唱）天子见过祥瑞表，知道胜景宝龙山。
　　　　　　　阖朝文武贺祥瑞，当今天子必喜欢。
　　　　　　　就有心愿去观景，况且梦景又这般。
　　　　　　　老夫圆解龙心悦，天意该他龙离潭。
　　　　　　　立刻之间传下旨，本月十三就起銮。
曹　珍：（白）何人权朝？何人秉政？
沈桓危：（唱）亲王赵王秉国政，太子储龙掌专权。
　　　　（白）天子未宣，未敢自专。
曹　珍：小婿明日上本告假回家祭祖，也要看看胜景。
沈桓危：好啊！
　　　　（唱）贤婿荣归正合理，夫妻同去拜年残。
　　　　　　　听说你那青松寨，人人惯战壮丁成千。
曹　珍：（白）除小婿一人皆会武。
沈桓危：（唱）又是老夫心腹助，可虑仍是青峰山。
曹　珍：（白）那里有何可虑之处？
沈桓危：（唱）淮安城劫牢反狱救曹保，叛贼外躲在其间。
曹　珍：（白）只要大谋早早地成就，剩了一个曹保犹如游魂，不问自灭，何足挂怀？
沈桓危：（唱）贤婿之言合我意，智者相同果其然。
　　　　　　　翁婿正议心腹事，中军禀报祸塌天。
　　　　（上卒）
卒：　　（白）禀相爷，祸从天降。
沈桓危：什么祸了？

卒： 如此这般，跟随两个下人押解着少爷的灵车进了府门。

沈桓危：呀，这事可是当真？

卒： 不敢妄报。

沈桓危：待吾出来看看。（下）

沈桓危：（内白）学元儿啦，你真叫人打死了？咳呀，我的儿呀。

（沈桓危内倒，曹珍下）

曹 珍：（内白）相爷醒来。你们好好抬入大厅之上。

（抬沈桓危上，曹珍上）相爷醒来。

沈桓危：（唱）慢苏醒，泪双垂。

刚刚坐下，手把胸捶。

儿啦死得苦，未得把家归。

疼儿痛哭一会，叹气止泪停悲。

贤婿进内安置去，告诉家将少过悲。

人已死，哭不回。

生成命定，寿短福微。

还有一幼子，不算把嗣亏。

吩咐她们母女，痛子哭泣莫悲。

又叫跟随二家将，快将始末细细回。

家 将：（唱）从西番，把京归。

有封字儿，牢牢带回。

书信先呈上，又禀后是非。

被劫细说一遍，又遇青峰山贼。

探得翰华文刑部，也入贼伙未敢追。

沈桓危：（唱）明日个，圣旨催。

镇江总镇，去平山贼。

芋现亲生子，子袭父职威。

此子有万夫之勇，旗开得胜而归。

又拆西番回信来，上写着如此有定规。

（白）原来是西番黄鹏仙妻子珍珠娘子在宝龙山，出现佛像，又造深潭，招引神宗天子降香。天子现已答应出去，不免写封回书，叫他那里早做准备。等降香之时，一齐在宝龙山中，好灭神宗，推倒大宋，两下平分大宋的江山，真乃天遂人愿。今日寄封信字送去，待吾写来。（写介）人来，将这封回书送至西番。你二人路熟，还是命你二人送去。到了那里，见书行事。此去莫负相爷之托。

家　将：我等遵命。（下）

沈桓危：我儿下书命丧，死于文翰华之女手中。有朝一日，拿住他父女，千刀万剐，与我儿报仇解恨。明日奏知天子，扫灭青峰山便了。

（诗）自想害人先害己，终究原来天不容。

（白）咳，罢了，我的儿啦。（下）

（完）

第十一本

【剧情梗概】曹珍奉旨回乡祭祖,但在偷看郑春芳家书时,被沈冰洁怀疑。沈冰洁猜到他的身份,但决定嫁夫从夫,只对沈桓危给予最后的劝谏。神宗留太子监国,定海王赵添辅政,前往宝龙山降香。赵添苦谏不听,只能令忠贞将领张全忠护驾。青峰山上,宝彩文设计,文翰华与胡标留守山寨,依计收服朝廷清剿军队;其他人扮成江湖艺人,前往宝龙山救驾。米中沙率兵前来,被胡标赚入葫芦峪中擒杀,一万军队尽皆投降文翰华。此时,蓝素晏所生之子佛保已被薛建功养到十二岁,学得一身好武艺。他要去宝龙山看会,薛建功不允。

(出沈冰洁)

沈冰洁:(诗)芝兰异香生绣户,丹桂根深荫蟾宫。
　　　(白)奴沈冰洁。爹爹当朝宰相,秉掌国权。爹爹心怀异志,必有谋夺国位之心。奴也曾指古谈今,善为解劝,然他老人家置若罔闻。今有兄弟学元在玉花城中被人打死,灵柩回来,叫奴悲恸,父母也是悲伤。状元奉陪灵柩,天已二鼓,也该回房。

(上曹珍)

曹　珍:娘子在房?娘子为弟悲切劳碌,还不安歇吗?
沈冰洁:等着官人一同安歇。
曹　珍:娘子先歇着吧,拙夫还有功课。
沈冰洁:什么功课?
曹　珍:要在灯下修一本奏章,启奏圣上,回家祭祖。
沈冰洁:你是自己去呀,还是咱夫妻都去呢?
曹　珍:依着令尊意思,叫咱夫妻同去。我想回家祭祖,不过几月光景就能回京。要与娘子同去,山高路远,多有辛苦,恐有险处。如若我自己去,倒是省事。
沈冰洁:官人回家祭祖,奴也当回家叩拜翁姑,还是回去合礼。
曹　珍:唯恐路上有险哪。
沈冰洁:咳,官人回家祭祖,乃奉旨而去,从人不少,逢山开路,遇水搭桥,威威烈烈，可有什么险处呢？

曹　珍：娘子说得虽是，但令弟新亡，现在二老膝下无人，你要随我离京，二老越发悲痛，依我说回家不过省亲，你在京安慰二老，倒免得二老忧思孤独，还是不去合理。

沈冰洁：官人说得有理，妾身从命。

（唱）满面带笑说有理，心中不由打算盘。

　　　　自从状元来入赘，看他总是不喜欢。

　　　　奴家这是从天志，不敢忤逆小状元。

曹　珍：（白）娘子乏困，先睡吧。

沈冰洁：是，今日果然乏困，少陪官人，吾先眠了。（下）

（内唱）摘去头巾把衣掀，栽卧床上心犯颠。

　　　　每夜间恨不坐到三更半，今日里为何叫我早早眠？

　　　　莫非写表怕人看，怕人打岔错了篇。

　　　　只得依他我先睡，暗里窥他且不言。

曹　珍：（唱）见她上床睡了觉，急忙研磨舔笔尖。

　　　　写完奏主荣归本，心中想事口不言。

　　　　诚心要弃沈氏女，不可带她把家还。

　　　　沈贼与我杀父恨，无时不想报大冤。

　　　　为何还要他的女？当时势压不得然。

　　　　那一日淮安文书到这里，才知道兄弟曹保犯南监。

　　　　狗子学元人打死，家人回来禀报情。

　　　　凶手乃是文小姐，真是烈女胜奇男。

　　　　我今屈志收沈氏，抱愧不如女红颜。

　　　　今日恩父家书到，已经看明这般般。

　　　　今有恩姐一封信，老贼回府未得观。

　　　　沈氏上床睡着了，灯下细细看一番。

（上沈冰洁，偷看）

曹　珍：（唱）先把那恩父书字灯下观，怕的是收藏不严漏机关。

　　　　又将姐姐书字识，怀内取出仔细观。

　　　　不敢说出默默念，恩姐必有金石言。

书字义人兄弟郑珍展。

（白）呀，义人二字姐姐用在书皮以上。恩父有意招我为婿，想来姐姐必知其情，方写义人二字。再看内中是何言语：郑春芳敛衽端拜意中人，家奴禀告金榜题名，正合家父之志。奴闻得官，无时不念你荣归。接你家书，知你有了美景良辰，我父女以你为靠，再者有蓝素晏贤姐，朝夕盼君别无多，愿你一色杏花红，千里状元归来马如飞。

沈冰洁：咳呀，写得好干净的字啦。

（曹珍藏信）

曹　珍：哦，娘子，你是什么时候来的？

沈冰洁：方才来的呢。你那是什么字儿吧？

曹　珍：哦，这是打的草稿。

沈冰洁：打的草稿你往袖里藏什么呀？

曹　珍：怕娘子你见笑话，我写得粗率哟。

沈冰洁：你就知道我起来笑话你？你是谁，我是谁？打的是草稿，我看你还烧一张呢，那是什么吧？

曹　珍：也是打错了的草稿。

沈冰洁：咳，你这头名状元很没才学了，做了一本奏章，写两张草稿，还坏了一张，这瞎眼的宗师大人怎么选中了你这么一个状元呢？

曹　珍：娘子取笑了。

沈冰洁：笑不笑的，把你袖子里的草稿拿出来念给吾听听，我虽一个字不识，也许听出个好歹。

曹　珍：哦，娘子你果然一个字也不识么？我倒不信。

沈冰洁：你不信，自从你来到我们府里，你看我写过字吗？看过书吗？认得字就要过来看看，还用你念吗？

曹　珍：是呀，等吾念与你听：臣新科状元郑珍蒙恩钦点，泽沾皇恩，上奏吾皇恩准回籍省亲，荣归祭祖，昊天之恩，刻骨难忘。娘子你听听顺不顺？

沈冰洁：咳哟咳哟，吾打量郑状元要教学，一定是郑先生，谁知你成了周（诌）先生了。

曹　珍：咳，娘子你又取笑了。

沈冰洁：（唱）仰着脖子你胡念，胡诌八咧在赚谁？

　　　　　　　　念出想来也是混，伸手拿着板子追。
曹　珍：（白）念得不错，怎说是胡诌呢？
沈冰洁：（唱）你等着我先背一背，背给你听对不对？
　　　　　　　　大学生不用打稿比你好，你的脸上岂不挂灰？
曹　珍：（白）你怎么一个念法呢？
沈冰洁：（唱）你听着吧：书皮上义人兄弟郑珍展，郑春芳敛衽端肃倒是谁？
　　　　　　　　咳，意中人知道金榜题名事，无时不念你荣归。
　　　　　　　　知你有了良宵景，蓝素晏小姐盼君归。
　　　　　　　　结尾是但愿杏花红千里，状元归去马如飞。
曹　珍：（白）你说你不认字吗？
沈冰洁：只许你闹吴二鬼，不许人家闹溜光槌？
曹　珍：天不早了，咱们快睡吧。
沈冰洁：（唱）今夜睡觉由不得你，总得说说是是非非。
曹　珍：（白）你又说什么是非呢？
沈冰洁：（唱）怪不得回家不叫我去，变着法儿往外推。
　　　　　　　　猜解书字其中意，你的缘故一大堆。
　　　　　　　　蓝素晏口气像你的妾，郑春芳与你糊里糊涂不辨白和黑。
　　　　　　　　八成你也不姓郑，谁家的孩子借了郑家的威？
　　　　　　　　简短截说一句话，总得说说你是谁？
　　　　　　　　你说你是郑家后，郑春芳名字倒是谁？
曹　珍：（白）娘子不必多心，我若不是郑家之子，哪里来的铜书铁券呢？春芳是吾姐姐。
沈冰洁：（唱）既是你家同胞姐，怎叫兄弟意中人？
曹　珍：（白）这是她不知写书的格式，你不要瞎猜呵。
沈冰洁：（唱）无有工夫与你争，拿出来叫吾爹爹看一回。
　　　　　　（白）你拿来，你拿来。
曹　珍：（唱）娘子不必生急躁，就是详情理要推。
　　　　　　　　此事本来不怪我，
沈冰洁：（白）不怪你，还要怪我呀？
曹　珍：（唱）其中连吾也不晓得。

沈冰洁：（白）你那话越发的糊涂。

曹　珍：（唱）方才烧的那封字，本来是家父书字我明白。

沈冰洁：（白）上头有什么缘故呢？

曹　珍：（唱）说我不是亲生子，是在那宝龙山后拾的婴。

　　　　　　恩养成人攻书史，指望平地一声雷。

　　　　　　早有心把吾招做养老婿，所以说写信叫吾早荣归。

　　　　　　恩姐也把书字写，是信不信正愁眉。

　　　　　　摇摇头儿微微笑，

沈冰洁：（白）你呀你呀，你这鬼是可有多少呐？不用盘根问底，有几句实话给你个老底。

曹　珍：哦？娘子哪几句话？

沈冰洁：听说给他底，有了笑容了。

曹　珍：倒是哪几句呀？

沈冰洁：哪几句？走，咱们见了吾爹爹再说吧。

曹　珍：深更半夜的，千万不可。

沈冰洁：也没做什么亏心事，怕啥呐？

曹　珍：少来打趣，见你父你说你的，我说我的，怕你怎的？

沈冰洁：他倒有了理了。你快看看吧，我成了爱管闲事的人了。咳，奴陪君一个月有余，深知妇人从一而终的道理。也不管你是郑家儿子，也不管你是郑家女婿，还不管你有几个妻子，你要回家祭祖，吾也要去。你要不叫吾去，这封书总得叫吾爹爹看看，倒要问问他，与吾招的这个女婿是谁家的。要问出岔来，叫我爹爹上殿一本，告你个假冒拐骗。你那状元在吾手里攥着呢。

曹　珍：咳，娘子同去就是了，不必着急。

沈冰洁：不是着急，你若扔我个上不上下不下的，叫我抱着石头砸天，那可不能。

曹　珍：娘子，你忒多心了。

沈冰洁：我也没有你那鬼多，咱们说到哪里就到哪里吧。

曹　珍：（唱）盘根问底心太疑，

沈冰洁：（唱）你的来历总不实。

曹　珍：（白）娘子睡觉吧。

沈冰洁：请吧，周（诌）先生。（下）
  （宝虎升帐，能连、豆去站）
宝　虎：（诗）一口刀纵横四海，千斤力威震九州。
  （白）孤惊天大王宝虎。自从淮安劫牢反狱，救出妹丈，众家好汉俱上高山，程老托我为媒，将女儿玉清与妹丈做配偶，亦已拜堂成亲。三朝已过，胡大汉与花朵一又去打听文小姐的下落，不知访得无有；又差松山、柏山探听沈桓危的动静，也该回来了。
花朵一：（内白）喽啰们。
喽　啰：（内白）在。
花朵一：（内白）将马带过。
  （上胡标、花朵一）
胡标、花朵一：大王一向可好？
宝　虎：好。胡大哥、花兄弟，多有辛苦了，那文小姐可找着了无有？
胡　标：如此这般，连文大人都来了，轿马已到了寨门咧。
宝　虎：好，喽啰们。
喽　啰：在。
宝　虎：快到后面传报，快些迎接文大人父女上山。
喽　啰：哈。（下）
宝　虎：排开队伍，一齐下山迎接便了。
  （唱）欢欢喜喜下了帐，庭外等候众英雄。（下）
  （上众人）
曹　保：（唱）曹保闻听不怠慢，
赵飞龙：（唱）后跟英雄赵飞龙。
程有义：（唱）程老闻听往外跑，一起围绕分金厅。
胡标、花彩凤：（唱）胡花二人前引跑，
能连、豆去：（唱）能连豆去随后行。
众　人：（唱）排列山前多齐整，彼此见面通姓名。
    叙礼已毕往里让，全称大人上大厅。
文翰华：（唱）文爷上帐呼众位，老夫轻造宝山峰。
众　人：（白）好说，大人请坐。

宝彩文、花彩凤：（唱）忙了彩文二寨主，还有那花氏彩凤女英雄。

程玉清：（唱）程氏玉清不怠慢，

胡　母：（唱）胡婆相随乐盈盈。

　　　　　　一起迎接文小姐，这才是英雄聚会巧相逢。

文玉霜：（唱）玉霜问声干娘好，

春　红：（唱）太太可认得春红？

胡　母：（唱）听说你俩受大罪，叫人又惦又心疼。

文玉霜：（唱）想不到得见你老面，救命多亏我恩兄。

胡　母：（唱）从来吉人有天相，才得父女半路逢。

程有义：（唱）程老过来接言语，

　　　　（白）这文小姐是你的干闺女，就是我的妻侄女了，和我们丫头、二寨主宝姑娘往后屋里叙谈叙谈，二公子与文小姐还未拜天地呢。

胡　母：可不是呢，闺女走吧，这地方不方便，咱们说话去。

（众女下）

文翰华：众位请坐，老夫有几句拙言，细陈与众位。

众　人：我等告坐，愿听大人教诲。

文翰华：众位，听老夫道来。

　　　　（唱）老夫今日把山上，其实出于无奈间。

　　　　　　小女打死沈公子，老夫难免去见官。

曹　保：（白）岳父被贬，如何得复原职？

文翰华：（唱）设法贿买沈奸相，假意取事巧机关。

　　　　　　回京暗访奸相计，沈相有意篡江山。

　　　　　　文某既食皇上禄，岂肯袖手一旁观？

　　　　　　套哄实据到了手，本参逆党杀权奸。

　　　　　　一为治国清君侧，二为亲翁大报冤。

　　　　　　只如今半途而废因小女，不得已而上高山。

　　　　　　这山正好招人马，试艺演武天地宽。

　　　　　　聚成万兵除国害，那时节建功立业后人传。

　　　　　　未知意下怎么样？

众　人：（唱）齐声答应对心田。

宝　虎：（唱）我已差人去打探，乃是松山与柏山。
　　　　　　　今已多日该回转，准备动手杀权奸。
松山、柏山：（内唱）来了松山与柏山。
　　　　　　（内白）喽啰们。
喽　啰：（内白）在。
松山、柏山：（内唱）将马带过。
　　　　　　（上松山、柏山）
松山、柏山：大王在上，我二人交令。
宝　虎：你二人探得沈桓危之事怎么样了？
松山、柏山：大王听了。
　　　　　（唱）我二人，下高山。
　　　　　　　东京之地，去访根源。
　　　　　　　众人纷纷论，说是宝龙山。
　　　　　　　山前鱼龙变化，山后出了圣潭。
　　　　　　　千里烧香人如蚁，轰动京中闹喧喧。
宝　虎：（白）真乃奇景，不知朝中可知此事么？
松山、柏山：（唱）祥瑞表，上金銮。
　　　　　　　群臣拜贺，天子喜欢。
　　　　　　　神宗得一梦，奸相把梦圆。
　　　　　　　说早与国有幸，降香待把景观。
　　　　　　　神宗天子准了本，晓谕阖朝文武官。
宝　虎：（白）可知何人保驾？
松山、柏山：（唱）有桓党，有潘党，奸臣保驾。
　　　　　　　本月十三赶到，九月九驾止宝龙山。
　　　　　　　山上大办皇会，各样玩意都有。
　　　　　　　此时沿路人如蚁，接连不断人奔西。
宝　虎：（白）真是大会，看看去才好。
松山、柏山：（唱）有一事，心不安。
　　　　　　　奸相知道，劫牢反狱。
　　　　　　　知道曹郡马，如今在高山。

      钦命镇江总镇，带领人马万千。
      不久就要攻山寨，闻知此人勇无边。
宝 虎：（唱）哇呀哇呀一声喊，气炸肝。
      该死狗种，敢来惹咱？
      囚攮若来到，剁他尸成山。
      来的越多越好，不怕上万成千。
      狗子误了我观景，杀他个马仰人翻。
文翰华：（唱）文老爷，皱眉尖。
      尊声列位，细听愚言。
      天子去观景，正是龙离潭。
      奸相保驾，其中定有机关。
      圣上入他诓君计，哪有勤国救驾官？
曹 保：（唱）我曹保，在人间。
      杀父之恨，不共戴天。
      岳父虑得高，奸相设套圈。
      小婿要去保驾，匹马单枪下山。
      宝龙山前去卫主，杀了老贼大报冤。
宝 虎：（唱）妹夫你，请万安。
      报仇雪恨，大舅当先。
曹 保：（白）我曹保今不出头，何日得尽忠孝？
宝 虎：（唱）你要把山下，妹子心不安。
      大家商议商议，谁有妙计千般。
      喽啰快请二寨主，
喽 啰：（白）哦。
    （唱）答应一声往后传。（下）
    （上宝彩文）
宝彩文：（唱）宝氏彩文上大帐。
    （白）哥哥奉陪文老伯父叙话，唤来小妹，有何事故？
宝 虎：妹子你且坐下，今有大事与你商议商议。
宝彩文：有何事故，这等要紧？

宝　　虎：妹子，你的智谋精巧，请你上帐出一计策。

宝彩文：现有文伯父，老成稳重，智谋高超，既来到山上，便是一家人了，何不问计他老？

文翰华：姑娘不必谦虚，此事用武，老夫略通文墨，不晓兵法。

宝　　虎：妹子不必推辞，文大人新到这里，不好分派。你把那巧法儿施展施展，先与大家听听我哥哥的主意，也让人宾服。

宝彩文：哥哥你且说说，小妹听了详细。

宝　　虎：这才是哥的兴头呢。

　　　　（唱）有了宝龙山，深潭佛出现。
　　　　　　　探事有两宗，山前鱼龙变。
　　　　　　　轰动天下知，传到金銮殿。
　　　　　　　老贼沈桓危，要把天下骗。
　　　　　　　诓驾把景观，有意把位篡。
　　　　　　　不知那老贼，怎么安排办？
　　　　　　　皇会玩意多，人有千千万。
　　　　　　　十三起龙銮，九月九日现。
　　　　　　　文伯父担忧，心把天子惦。
　　　　　　　只怕那老贼，趁时要做乱。
　　　　　　　妹丈要下山，杀贼把功献。
　　　　　　　拿住沈桓危，好把冤仇报。
　　　　　　　劣兄更乐从，杀那废物蛋。
　　　　　　　一面把景观，看看佛出现。
　　　　　　　什么圣水潭，什么鱼龙变。
　　　　　　　候着那老贼，他的命期断。
　　　　　　　未得看主张，又来一头蒜。
　　　　　　　镇江芋总兵，带兵攻青峰。
　　　　　　　待我们打败他，又怕误了限。
　　　　　　　妹妹你想法，这事怎么办？

宝彩文：（唱）这事无妨有计策。

　　　　（白）此事正凑机会。文伯父是一良臣，仕朝的官员、外镇的将校，无人不知老人家，今到这里，名能压众，正好代掌帷幄。我等去访沈桓危的动静，大料保主降香，必有奸相。这是他恶贯满盈，该我曹门出头之日。此事既求卫国又怕失家，必得设一奇谋，方使国、家两得。

（唱）沈贼诓主宝龙地，难免天子不受殃。

若不去保驾杀奸党，不显曹门是忠良。

现今官兵来征讨，还得保护这山冈。

必是奸贼有准备，咱去哪里保君王？

文翰华：（白）贤侄女此论不差。有何奇谋，可保天子无事？

宝彩文：（唱）沈贼虽说诓天子，尚且未露反心肠。

若说帮兵去救驾，老贼必说是劫王。

文翰华：（白）怎能保主不受惊怕，以免信了奸相的谗言？

宝彩文：（唱）天子降香设皇会，想来玩意件件全。

文翰华：（白）那是自然。

宝彩文：（唱）明日咱也把山下，各办玩意把兵刀藏。

宝龙山上入皇会，暗观老贼他行装。

他若无害天子意，不可造次动刀枪。

他若动兵劫天子，就该保驾杀老贼。

天子眼见奸臣反，方显曹门是忠良。

宝　虎：（白）我等要去的。妹子，你快分派分派，怎么一个去法呢？

宝彩文：（唱）能、豆二人哥哥你，扮作卖艺耍刀枪。

飞龙夫妻花壮士，一同小姐与曹郎。

文翰华：（白）他们五人扮作什么？

宝彩文：（唱）跑马卖艺连歌唱，混进庙里探其详。

文翰华：（白）好，此计太妙。目下兵来何以克敌？

宝彩文：（唱）退敌必得老伯父，哪个不晓得是忠良？

留下大汉胡兄长，留下松柏二山武艺强。

喽兵不动守山寨，五千名头目在山上。

西南有个葫芦峪，把镇江那些人马往里诓。

伏兵挡住葫芦口，叫他片甲不归乡。

伯父你山头之上传号令，大张声势叫他降。

得了这支人共马,借他旗号好擒王。

文翰华:(唱)文爷连说好计策。

(白)好!贤侄女真乃女中策士、坤内将才,这等高论,老夫倒竟长些智略。明日你们早早去上宝龙山,见景生情。老夫为山中之主,虽不能跨马抡刀,得此计策,亦会成功。

宝彩文:能文事者必有武备。

宝　虎:此事就依计而行。喽啰们。

喽　啰:在。

宝　虎:大排筵宴,与文大人迎风。伯父请。

文翰华:大王与众位请。(下)

(出定海王赵添)

赵　添:(诗)叹君王宠信奸相,恨权臣舌惑圣聪。

(白)本御定海王赵添,因镇北海有功,加封定海亲王,永不朝参。昨日皇宣下诏,宣吾今日上殿。天子要上宝龙山降香观景,委吾摄掌朝政。吾想天子信宠权奸,忠臣烈士多有退步,连本御也久不入朝。天子忽生此念,未免不是奸谋。今日上朝,再察动静。

(上宫人)

宫　人:禀千岁,有京营左翼都统张全忠求见。

赵　添:此人乃太祖开国元勋张光远之后,久闻此人是一忠烈之将,今日来见本御,必有国事。命他觐见。

宫　人:哦。(下,内白)千岁有旨,命你觐见。

张全忠:(内白)来了。(上)千岁在上,臣张全忠拜见。

赵　添:将军免礼。不知将军来见本王,有何事故?

张全忠:千岁不知圣上定于十三日起銮上宝龙山降旨观景么?

赵　添:本王安居王府,不理国事,并无闲杂是非入耳。昨日宣吾上朝,才知降香之事。将军此来,必有缘故,坐下讲来。

张全忠:臣告坐。末将身受皇恩,必怀报效之念,怎奈官卑职小,不能上达天子?今日才知千岁监朝,不避罪愆,来见千岁。

(唱)沈丞相,太专权。

朝臣俱各,胆战心惊。

现今怀异志，天子信谗言。

指鹿为马之患，不难翻掌之间。

文武多半出门下，家属亲朋俱有权。

赵　添：（唱）沈桓危，本不端。

孤王知晓，心甚不安。

天子偏信宠，无故不朝参。

如今他保圣驾，降旨去把景观。

莫非他有别心事，将军必知内里缘。

张全忠：（唱）不知底，难枉谈。

只知那里，有座高山。

四面受敌处，倘有不测难。

常言凤不离阁，眼下龙要离潭。

千岁见驾苦苦劝，免叫人心意悬悬。

赵　添：（唱）将军论，理当然。

只恐天子，不信忠言。

谏而若不准，白费人心情。

任着今日多事，怕死岂是忠贤？

难免奸相来作对，且看圣上是何言。

张全忠：（唱）谏不准，必起銮。

臣愿保驾，紧随驾前。

只求老千岁，保奏臣当先。

不忘食君之禄，表表一片心肝。

主忧臣辱我尽晓，主辱臣死我敢担。

赵　添：（白）好！

（唱）将军论，不虚言。

就随本王，去上金銮。

吩咐看銮驾，下了银安殿。（下）

张全忠：（唱）全忠紧随王驾，出府上了雕鞍。（下，又上）

不言一时到朝内，但等着天子临朝上谏言。（下）

（摆朝，众臣站）

沈桓危：（唱）沈桓危，来站班。

曹　珍：（唱）又来郑珍，新科状元。

潘　党：（唱）还有潘司马，

桓　党：（唱）桓党在后边。

众　臣：（唱）一起上了金殿，按次立于朝班。

（出天子坐）

天　子：（唱）神宗天子升了殿，传旨有宣郑状元。

曹　珍：（白）万岁。

天　子：（唱）昨日见过你的本。

（白）朕昨日见过你的本章，知你荣归祭祖，朕当准奏。归祭完毕，由青松寨奔宝龙山，候朕驾到，早去伺候，与朕拈香赞礼。限你按期回京，另有任用，勿负朕恩。退朝。

曹　珍：谢主隆恩。（下）

天　子：旨意下，定海王上殿。

（上赵添）

赵　添：万岁，臣赵添见驾。

天　子：皇兄平身。

赵　添：万岁万万岁。

天　子：朕十三日起銮，往宝龙山降香观景，太子权朝，皇兄秉政，待朕回朝，不负皇兄之功。

赵　添：陛下委用，敢不尽心？臣冒犯天颜，奏本陛下。

（唱）臣闻宝龙非善地，孤孤一座傲山坡。

　　　　乃是四面受敌处，又且遥远两千多。

　　　　圣上降香西南路，道路险恶山与河。

　　　　一劳君身国有损，二耗民财财力薄。

天　子：（唱）朕带银修铺道路，军民齐沾皇恩。

赵　添：（唱）吾主浩荡皇恩大，民沾皇恩俱感德。

　　　　万乘之尊休轻往，免得臣民悬心窝。

天　子：（白）朕是降香祈福，又非征杀，何用挂怀呢？

赵　添：（唱）千金之体临险地，观景不如掌山河。

天　　子：（白）旨意发出，皇兄不必在怀。降香诚心，岂敢妄言？
赵　　添：（唱）圣上必欲把香降，臣愿替主去拜佛。
天　　子：（白）朕夜梦祥瑞，丞相圆解大吉，必须亲去，才是诚意。
赵　　添：（唱）枉谈不经难尽料，事有中变待如何？
天　　子：（白）文有能臣，武有武将，料都无妨。
赵　　添：（跪）万岁，
　　　　　（唱）微臣冒死请圣恕，陛下开恩纳臣说。
天　　子：（白）奏来。
赵　　添：（唱）周太祖文王囚羑里，只因亲身入朝歌。
　　　　　　　　宣王亲身征强国，兵败姜戎与列国。
　　　　　　　　我朝太祖南唐去，被陷寿州出陈科。
　　　　　　　　太宗皇帝困塞北，七郎八虎死死活活。
　　　　　　　　俱为轻身入险地，前车已损休走旧辙。
　　　　　　　　冒死苦谏君休去，只求我主施恩德。
沈桓危：（唱）沈相出班忙跪倒，定海亲王言太多。
　　　　　　　　叩头连连尊万岁。
　　　　　（白）吾皇万岁，定海亲王拦阻圣目观景，吾皇降香是为祥瑞，他竟敢抗君妄奏，口出不利之言，乞吾皇降旨。
赵　　添：住了。沈桓危你愿降什么旨？本御哪句是不利之言？
沈桓危：文王囚羑里，宣王自轻身，太祖困寿州，太宗险塞北，此乃不利之言。今吾皇夜梦祥瑞，哪有四代之患？焉不是抗君妄奏？
赵　　添：嗐，一片邪辞，佞口妄谈。我且问你，你怎知天降祥瑞、地出鱼龙、变化多端、龙鱼上下？
沈桓危：龙变由鱼，此必天现吉兆。
赵　　添：鱼龙无准，犹如清浊不分，其中必有险事。
沈桓危：水中现佛，佛眼观世，正是国家祥瑞。
赵　　添：水乃阴物，明明是阴生妖怪。
沈桓危：圣上夜梦香烟腾空，化而为龙，此是真龙降香，必有飞腾之吉。
赵　　添：香烟化龙，必有烟尘，困龙之凶。
沈桓危：事事皆是吉兆。

赵　添：明明兆主不祥。

沈桓危：定海王一派强词。

赵　添：沈桓危净是巧辩。

沈桓危：句句于君不利。

赵　添：宗宗是你虚哄皇上。

沈桓危：定海王你位高欺吾。

赵　添：沈桓危你权大压人。

天　子：哼，你二人何须交口吉凶？自有天定去与不去，朕自有定夺。再要争论，一律同罪。

赵添、沈桓危：臣等遵旨。

天　子：旨意已出，再无更改。朕必去降香观景，方能考察虚实，方显出你二人谁是谁非，回銮之时自有公论。

赵　添：哇呀，万岁必要亲去降香，臣不敢再奏，臣保举一人做个御前护卫，免得微臣挂怀。

天　子：皇兄保举何人？

赵　添：乃是京营左翼张全忠，忠勇之将。臣还有亲自训练的铁甲兵三百名，由张全忠率领，紧随吾主左右。伏乞我皇恩准。

天　子：好，此乃皇兄细心谨慎，朕当准本。二卿归班。

赵添、沈桓危：万岁。

天　子：旨意下：丞相随朕降香，桓党带领御林军三百开路，先锋吴大有带领铁甲兵三百在朕左右为护卫，将军张全忠率领铁甲兵三百在朕左右为近侍御林军。太子视朝，皇兄秉政，后十三日起銮，到宝龙山降香，在朝各员，各任其事，勿负朕托。退朝。

众　臣：万岁万万岁。（下）

（出沈冰洁）

沈冰洁：（唱）真郎君姓名只怕是假，好夫妻好像梦里姻缘。

（白）奴沈冰洁。前夜状元观书，露了形象，叫人有些疑心。他那书上有蓝素晏三字，曾听丫鬟传说，刺死乔御史的女刺客是吴大有拿来的曹家家口名叫蓝素晏。那蓝素晏是杀人的蓝素晏，这状元必不是郑珍，八成是曹珍了。吾也未曾追问，怕有人听见，叫吾父知道了，反为不美。只要他不肯弃了我，嫁了状元为妻，今日就要荣归。咳，爹呀，这状元要是郑珍倒还罢了，要是曹珍呀，咳，只怕你老害人先害了自己。奴劝之不听，怕你老悔之晚矣。目下从夫荣归，做闺女的不过几句良言，尽尽父女之情。

沈桓危：（内白）女儿在房吗？（上）

沈冰洁：爹爹来了？请转上坐。

沈桓危：便坐可以。女儿可收拾妥当？轿马人夫，早已准备，贤婿等候，你夫妻就要起身了。

沈冰洁：咳，孩儿远离膝下，不知何日见面，可报养育之恩？刻下起身，儿有几句良言，望爹爹听个一言半语。

（唱）不肯泄露丈夫事，又惦着父母养育恩。

不由掉下关心泪，尊声养儿老天伦。

儿从今日离膝下，不知何日见父亲？

沈桓危：（白）吾儿言之差矣。你夫妻七日之限回京，那时父女依然再见。

沈冰洁：（唱）儿也但愿常相见，反复思量挂在心。

沈桓危：（白）我儿放心，只管前去。

沈冰洁：去哟果然定是去，有几句烦言爹爹应听。

沈桓危：吾儿有话，只管说来。

沈冰洁：（唱）三纲五常儿略晓，为人父者慈为根。

沈桓危：（白）那是自然。

沈冰洁：（唱）为人子者止于孝，养儿要知父母恩。

沈桓危：（白）好吾儿，说得条条有理。

沈冰洁：爹爹，为臣者呢？

沈桓危：止于忠。

沈冰洁：为君者呢？

沈桓危：止于仁哪。

沈冰洁：（唱）看看看神宗为人多忠厚，待爹爹一家大小俱沾恩。

辜负君恩心何忍？犹如那游子奔他乡忘了双亲。

劝爹爹总以父子君臣论，莫忘经书孔孟云。

知父心高怀大志，岂知道能人背后有能人？

　　　　　只知天下多半需保护，知道谁是什么心？
　　　　　神宗天子仁明主，他还辨不出假共真。
　　　　　有意不论大事去，又恐怕身心俱丧后人云。
　　　　　秦有赵高汉王莽，汉末晋初有王敦。
　　　　　哪个无有冲天志？只落得史笔传留奸臣根。
　　　　　劝爹爹回转心头面南意，中和人道开善心。
　　　　　年交花甲把子丧，老来不幸免贪心。
　　　　　女儿之言多直率，非敢讥刺父天伦。
　　　　　眼看古今皆如此，听与不听在父亲。

沈桓危：（白）哼，
　　　　（唱）女孩家危言迂腐论，大丈夫方为人上人。
　　　　　为父若不怀大志，女儿你怎得千金贵体身？
　　　　　你随状元去祭祖，妇德只可论闺训。
　　　　　随吾上房辞你母，送你夫妻好起身。

沈冰洁：（白）咳，
　　　　（唱）无法解劝叹口气，擦擦眼泪出房门。（下）

（上曹珍）

曹　珍：（唱）状元拜别老岳父，催促上轿离府门。
　　　　　不言状元去祭祖，（下）

（米中沙马上）

米中沙：（唱）再表镇江众三军。
　　　　　米中沙率领人共马，一奔那青峰山寨去拿人。
　　　　　扫平山寨拿曹保。
　　　　（白）本帅镇江总镇米中沙。相爷怕青峰山的曹保成了大患，命我带兵一万来捉拿山贼。看看离山不远了，谅这一伙山贼，能有多大本领？众将官。

众　将：在。

米中沙：一万人马，叽叽喳喳，一拥上前，杀进山口，并不用呐喊摇旗，吾杀到哪里，你们杀到哪里，必能成功，违令者斩。

众　将：得令。（下）

（胡标扛叉上）

胡　标：（唱）手举钢叉一晃，打倒铁壁铜墙。
　　　　　　　穿山越岭熟练，步走如飞不慌。
　　　　（白）俺胡标。大人看吾是个烈汉，交与吾个法儿，好诓镇江人马入这葫芦峪。从里往外踏了一条小路，又叫松山、柏山在峪口里、两山之内埋伏，把他的人马诓入峪口，吾从那山岭高峰穿过去，叫他一个难处。
　　　　（唱）天生我胡标，山上常打兽。
　　　　　　　穿山越岭能，别人不能够。
　　　　　　　生来傻大憨，知道自己轴。
　　　　　　　大人把吾教，料着办不露。
　　　　　　　见面要喊冤，叩头求解救。
　　　　　　　若是进了沟，得便把他揍。
　　　　　　　一把抓过头，撒腿过山后。
　　　　　　　他的那些兵，看着直勾勾。
　　　　　　　交与文老爷，完了这一溜。
　　　　　　　再教什么法，照样我能做。
　　　　　　　迎面闹哄哄，人马看不透。
　　　　　　　镇江人马来，急忙往前凑。
　　　　　　　迎面呼一声，爷们听讲究。
　　　　（白）来者将爷听真，小人是个猎户，有天大冤枉，要在帅爷面前告状。

（上卒）

卒：　　嗐，哪里来的小子，还不闪开？帅爷是行兵的，不是管民词诉讼的，快些躲避躲避。

胡　标：我是告这青峰山山贼，州县不敢管，只在外闲游。今知帅爷领兵擒贼，一来喊冤，二来要跟帅爷舍命平贼，与我妈妈报仇雪恨。

卒：　　你且等等。（下，内白）回禀帅爷得知，有一大汉，手持一根钢叉，是个猎户，要见帅爷，鸣冤告状。

米中沙：（内白）本帅不管民词，叫他别处告状。

卒：　　（内白）他说告青峰山山贼，州县不敢管，非见帅爷不可，说他无处申冤。

米中沙：（内白）这等见了。众将官。

众　将：（内白）在。

米中沙：（内白）排开队伍，列开旗门，小心奸细，叫他见吾。

众　将：（内白）哈。

（上米中沙、胡标）

胡　标：冤枉啊，大老爷。

米中沙：你这大汉，敢阻本帅队伍，莫非是个奸细么？

胡　标：想来这就是米大爷？

米中沙：本帅正是，奉旨来剿山贼。

胡　标：好，好，该我猎户报仇之日了。大人在上，猎户有八九年的冤枉无处去申诉，今年更有过不去的冤枉，豁出十个死也要报此冤仇。帅爷来此灭贼，猎户迎着马头，诉明冤枉，愿帅爷收吾做个步卒，跟着帅爷杀那曹保。

米中沙：看你那憨头憨脑的像个猎户，山贼与你有何仇恨，告什么呢？

胡　标：帅爷容禀。

（唱）有小人，是猎户，草房几间南山住。

吃穿全靠我打猎，养活老娘把日度。

有山贼，叫曹保，他将此山占住了。

仗着人多不叫打猎，我和他们闹吵吵。

米中沙：（白）他那样可恶，你怎么不告官呢？

胡　标：帅爷，

（唱）州县官，离得远，谁敢把这山贼管？

不敢上山去打猎，没了吾的吃饭碗。

受苦了，这些年，无法生活又上山。

一个猎物未打住，他们看见不宽容。

山贼来，齐下手，我就动手与他打。

寡不敌众我逃脱，苦了吾娘孤又老。

把吾房，火烧化，我娘老命无上下。

吾纵有气无有法，来求帅爷告他吧。

知帅爷，来征讨，不管死活来这了。

		一来诉了吾的冤，愿随帅爷杀曹保。

米中沙：（白）你可知山中道路么？
胡　　标：（唱）常打猎，常出处，山中无有不知处。
　　　　　　　　贼的住处有堵墙，知他前门与后户。
米中沙：（白）过了这条离他的窝巢还有多远呢？
胡　　标：（唱）这大路，四十里，巡山喽啰几千万。
　　　　　　　　石门坚固打不开，如同铜墙与铁壁。
米中沙：（白）还有何处可通贼穴？
胡　　标：（唱）进这个，小山口，二十里通他后寨首。
　　　　　　　　盘曲小道人不知，是我偷着常常走。
米中沙：（唱）该本帅，要成功，你说这个是实情？
　　　　　　　　令你头前引小路，正该本帅计策成。
　　　　　　　　你就向，头前走，
胡　　标：（白）是。
米中沙：（唱）传令人马声应吼。
　　　　　　　　三军齐入桃寨门，天赐机会遇帮手。
众　　军：（唱）众三军，马蹄响，传令一起往里闯。
　　　　　　　　葫芦峪里像翻锅，只听甲胄叮当响。
胡　　标：（唱）算入了，牢笼计，人马闯入葫芦峪。
米中沙：（唱）越往里走路越窄，三面峻岭石陡立。
胡　　标：（唱）傻大汉，头引道，口里不说心里笑。
　　　　　　　　头一遭儿把谎撒，文爷教的法儿妙。
米中沙：（白）哇呀，不好。
　　　　　（唱）说不好，必不好，一望人马山头上。
　　　　　　　　只见山上有贼兵，才要说话人呐喊。
　　　　　　　　照猎户，用枪刺。
胡　　标：（唱）钢叉一拨打在地，（枪落）
　　　　　　　　急忙挟起走如飞，穿山越岭跑过去。
（上柏千、柏万）
柏千、柏万：（唱）吓坏了，二健将，（胡标挟米中沙下）目瞪口呆转了相。

　　　　　　　大汉挟走元帅爷，咱们算是赶不上。
　　　　（白）坏了坏了，受人家赚了。
　　（内喊，上卒）

卒：　　二位老爷，不好了，山上放下滚木礌石来了，无数喽兵把山口封了个严严的，咱们一个也跑不了了。

柏　千：咳呀，哥哥，这可咋好呢？

柏　万：完了，兄弟呀，我这回可看不着你嫂子了。

柏　千：（唱）吓得战将名柏千，瞅着兄弟叫柏万。

柏　万：（唱）柏万吓得眼发直，身上打颤头出汗。

柏　千：（唱）元帅贪功性太急，巧人受了拙人赚。

柏　万：（唱）挟着元帅过山头，走过山头如支箭。

柏　千：（唱）扔下咱俩是兵头，一万人马遭了难。

柏　万：（唱）准准死在此山中，妻儿老小难见面。
　　（胡标跳上山头）

胡　标：（白）咦，镇江人马听真，看你家元帅脑袋扔下去了。

卒：　　呀，
　　（唱）元帅人头滚下来，吓得众人如麻乱。
　　　　好似走马看花灯，一串串地哭又转。

文翰华：（内白）胡标。

胡　标：在。

文翰华：（内白）让人马听令。

胡　标：咦，沟里人马听真，不要乱闹，细听文大人说话。
　　（上文翰华、胡标立）

柏　千：（唱）山头来了一文官，那个大汉立后面。

文翰华：（唱）文爷大叫镇江兵，不要喧哗听我劝。

卒：　　（白）听着听着。

文翰华：（唱）你们须得顺天行，有不遵者发冷箭。
　　　　可恨奸相沈桓危，安心设谋把位篡。
　　　　害了忠良镇西侯，军民人等谁不叹？
　　　　你们元帅米中沙，他与奸相通一线。

方才问他一一招，沈贼他把天子赚。
宝龙山上去降香，其中一定是大变。
老夫今在青峰山，招军定要除国难。
尔等俱受皇王恩，随吾去救天子难。
回朝论功各有职，水干自然鱼出现。
尔等将校自思量，说得对案不对案。
莫学奸相卖国贼，留与后世人人念。

卒：（唱）三军乱嚷愿投降，愿随大人除国患。
卸甲抛戈乱纷纷，个个叩头如捣蒜。

柏千、柏万：（唱）柏千柏万把话说，大人忠心有高见。
多谢大人指示恩，愿听调遣不怠慢。

文翰华：（白）二位报名。

柏　千：柏千。

柏　万：（唱）柏万原是一小将，不想幸见大人面。

文翰华：（白）好。
（唱）站立山头把令传，尔等必须把心变。
（白）柏家二将听真，急急传令，慢慢退出山口，从大路上山。

柏千、柏万：是。（下）

（出薛建功）

薛建功：（唱）身陷番邦已多年，事不由己且从权。
（白）吾乃薛建功。因在葵花树下拾得婴儿，从了番妇，姻嫁之时，许诺与吾照看婴儿。从血书上得知，婴儿乳名叫作佛保，今年一十二岁，并无一人知道他的来历。据那柬帖之言，鱼龙变化之年必有缘故，至今我也难解其情。可叹此子天生力大，教他武艺，一教就会，将来必是一国栋梁。

（上佛保）

佛　保：爹爹，吾要看看热闹会。

薛建功：哦，佛保，你要看什么热闹会去？

佛　保：你老总在家里闷坐，前帐之事俱是我妈妈料理，教孩儿心中纳闷。爹爹呀。

　　　　　　（唱）爹爹年纪又不老，办事怎么叫我妈？
薛建功：（白）为父自幼好静，不爱揽事。
佛　保：我要前帐去听令，你老不会怎么吧？
薛建功：你还年幼，用心学习武艺，再去前帐不晚。
佛　保：（唱）爹爹教的枪法好，母亲教刀姐教叉。
　　　　　　　　偷了个空儿打听事，今日眼见闹喧哗。
　　　　　　　　吾又暗暗问姐姐，姐姐说的有根芽。
　　　　　　　　吾要去看看这热闹，
薛建功：（白）什么热闹？
佛　保：（唱）咱的国王把兵发。
　　　　　　　　领兵元帅叫黄胖，粗鼓囵墩像个蛤蟆。
薛建功：（白）你怎么见着的呢？
佛　保：（唱）方才从这城中过，我是排队送出他。
薛建功：（白）他今发兵何往呢？
佛　保：（唱）宋朝有个沈丞相，阴谋勾兵乱中华。
　　　　　　　　宝龙山前困宋王，东京之地分两家。
薛建功：（白）保安城阻路，怎得过去？
佛　保：（唱）早已杀了曹克让，把咱西番真乐煞，
　　　　　　　　沈丞相兵到开城密托他。
薛建功：（白）宋王怎么就到了宝龙山？
佛　保：（唱）诓他降香来观景，都是暗中设的法。
薛建功：（白）有何景致可观呢？
佛　保：（唱）水中现佛出胜景，说是军师请的仙家。
　　　　　　　　又说山前地穴现，鱼龙变化真可夸。
薛建功：（白）他说鱼龙变化，是何缘故？
佛　保：（唱）听说他也称异事，言说天该灭宋家。
　　　　　　　　这个热闹从来少，我要去见个世面辞爹妈。
薛建功：（白）你本是个顽童，从来未出过门，如何去得？
佛　保：（唱）中原也是人世界，谁还敢摘脑袋瓜？
　　　　　　　　说罢回身就要走，

薛建功：（白）咳，

（唱）建功断喝把话发。

幼子无知贪玩耍，不务正业想蹭滑。

佛　保：（白）是，不去咧。

薛建功：（唱）发落几句又思想，其中异事甚惊讶。

鱼龙变化出黄胖，感动天子离邦家。

佛保要去把景看，想来是该他出头归宋家。

心中辗转难定料，单等主意另把拿。

来了那镜花夫人把房进，

（上牙儿翠翎）

牙儿翠翎：（白）你们爷俩为什么事吵啊？

佛　保：我爹爹生气了，快劝劝吧。

牙儿翠翎：是为什么生了气？

佛　保：我要上宝龙山观景去，我爹爹不叫吾去。

牙儿翠翎：（唱）没想你这孩子家。

本来你也去不得，山高水远路又狭。

什么三里与五里？隔着多少关城不比在家。

佛　保：（白）不去就是了。

牙儿翠翎：老爷呀，

（唱）你和孩子生啥气？不好慢慢教导他。

（白）佛保呀，

（唱）与你爹爹把头叩，

佛　保：（白）是。（跪）爹爹别生气了。

牙儿翠翎：老爷呀，

（唱）不看孩子看他妈。

你看孩儿多伶俐，你快叫他起来吧。

赫连丹红：（唱）赫连丹红也来到，伸手忙把兄弟拉。

牙儿翠翎：（唱）吩咐番兵排酒宴，一张桌你们爷俩我们娘儿仨。

不言屠龙城中事，（下）再表黄鹏仙把兵发。

（出黄鹏仙）

黄鹏仙：（白）吾乃黄鹏仙。沈相差人下书，诓哄宋主到宝龙山降香，叫吾九月九日发兵赶到那里。书中说，保安总镇石刚是他心腹之人，早有书字到此等我，大兵一到必开城。眼前来至城下，小番们。

卒： 在。

黄鹏仙：大兵扎住保安城外，等我上前叫关。等城门一开，大家一起进城，不得有误。

（完）

第十二本

【剧情梗概】黄鹏仙兵至保安城，石刚要献关，被副将胡凯杀死。曹珍携沈冰洁回到青松寨，路遇青峰山众人，兄弟相认。曹克让须发变白，经欧阳术士点化，恢复原本身份，并与蓝素晏相认。曹珍等人回到郑府，曹氏全家团聚。沈冰洁亦深明大义，曹克让最终接受了她。沈桓危一边等待黄鹏仙番兵，一边安排杏花寨、团角寺以及唐西世各伏兵马，先杀张全忠，后擒宋神宗；又派甄曲县县令以净山为名，在山口检查路人，防止有人暗中救驾。曹克让令人到青峰山调兵，又分派众人分散上山，各就其位，护驾擒贼。甄曲县令昏聩无能，曹克让等人皆在各种身份的掩护下通过了关口。

（升帐，胡凯、李玉等将站）

众　将：（诗）将是兵之主，兵乃将之威。
　　　　　　威镇边关地，地利挡番贼。

胡　凯：（白）吾乃副将胡凯。

李　玉：俺李玉。

众　将：今有总兵升帐，在此伺候。

（出石刚）

石　刚：（诗）执掌边关一镇主，权衡受令任吾行。
　　　（白）本镇石刚。沈相书字到来，西番兵叫吾开关，急速放入，准备九月九日到宝龙山捉拿天子。恩相深托，只得从命。大事如成，本镇就是开国元勋了。

（上卒）

卒：报元帅得知，今有红绒国军师带兵前来，乞令定夺。

石　刚：起过。

卒：哈。（下）

石　刚：众将官。

众　将：在。

石　刚：勿动兵器，本帅上城答话。听我号令，急急开关，违令者斩。

胡　凯：住了。请问元帅，你行此将令，末将不懂。

　　　　（唱）贼兵到，困了城。

　　　　　　　不动兵器，怎么战争？

　　　　　　　元帅答何话，请对末将明。

　　　　　　　是有什么妙计？令下急急开城。

　　　　　　　贼兵倘若一起入，何以克敌我不明。

石　刚：（唱）将令下，你自听。

　　　　　　　不必细问，慢言军情。

　　　　　　　汉末诸葛亮，空城退敌兵。

　　　　　　　我自定有成算，关内鸡犬不惊。

　　　　　　　吩咐带马把城上，带领心腹将与兵。（下）

胡　凯：（唱）胡副帅，气不平。

　　　　　　　什么计策，定是牢笼。

　　　　　　　开关贼兵入，又无埋伏兵。

　　　　　　　明显其中有诈，必和西番暗通。

　　　　　　　吾皇若是问下罪，那时浑浊辨不清。

张云、李玉：（唱）张云道，李玉明。

　　　　　　　齐尊副帅，快做调停。

　　　　　　　石刚通沈相，俱是他门生。

　　　　　　　镇西侯爷被害，乃是他们勾通。

　　　　　　　早怀不平未下手，今日明显引贼兵。

胡　凯：（唱）他人讲，一开城。

　　　　　　　番兵杀入，必困宝龙。

　　　　　　　听说当今主，刻下离了京。

　　　　　　　石刚勾连西番，此必两下夹攻。

　　　　　　　沈贼困主必篡位，咱得舍命要尽忠。

张云、李玉：（唱）我二人，本步兵。

　　　　　　　愿听调遣，副帅速行。

胡　凯：（唱）快去把关口，莫叫人开城。

　　　　　　　吾随他把城上，听他将令怎行。

果然他若放番叛，把他一刀砍下城。
张云、李玉：（唱）说尊令，去点兵。（下）
胡　凯：（唱）副帅胡凯，带刀上城。（下）
　　　　（上张云、李玉）
张　云：（唱）张云与李玉，关门左右行。
李　玉：（唱）胡爷传令本部，备下火炮灰瓶。（同下）
　　　　（上黄鹏仙）
黄鹏仙：（唱）黄胖带兵到城下，招呼快请石总兵。
　　　　（上石刚、胡凯）
石　刚：（唱）石总镇，上了城。
胡　凯：（唱）副帅胡凯，紧紧随行。
石　刚：（唱）石刚往下问，何人领大兵？
黄鹏仙：（唱）我乃军师黄胖，早有书信相通。
石　刚：（白）不错不错，对了。
　　　　（唱）一声令下快开城，
胡　凯：（唱）胡凯抽刀用力砍。
　　　　（白）好个奸贼，看刀。（杀石刚死）众将官。
众　将：在。
胡　凯：石刚勾连西番，叛贼若入城，要害军民人等，大逆被吾杀死，以除后患。城头之上多备灰瓶火炮、滚木礌石，保守城池，急发冷箭，违令者斩。（下）
黄鹏仙：咳呀咳呀，坏了坏了，好个宋将，真正可恼，上城一刀就将石将军杀死咧。小番们。
卒：　　在。
黄鹏仙：暂且安营下寨，再设良谋，攻取关城。（下）
　　　　（上花朵一扛十不闲架）
花朵一：（诗）十不闲十分太平，八角灯八节康宁。
　　　　　　　三块瓦三阳开泰，五音鼓五谷丰登。
　　　　（白）俺花朵一。喂，众位爷们，瞧瞧看看那个吧，你看那边大吹大打，排队似的过来喽，前边是中幡，中间是高跷，还有两支旱船，等等，看不过来喽。众位爷,快看吧。

(上宝虎)

宝　虎:说吉利话的,你是干什么的?
花朵一:赶皇会,玩玩意的。
宝　虎:你们一伙几个人?
花朵一:哥三姐俩五个人。
宝　虎:嘟,这么一说,够六个人了,怎么还五个呢?
花朵一:我俩姐姐,再加上我,几个人呢?
宝　虎:只是三个人。
花朵一:我俩姐夫再加上我,又是几个人?
宝　虎:只也是三个。
花朵一:这三个,那三个,不是六个人吗?
宝　虎:哈哈,这么说是一个巧别子了。
花朵一:我是一心管二的么。
宝　虎:你们五六个人仗着什么玩意来赶皇会呢?
花朵一:吾们连吹带打,上刀山跑马,边打十不闲,唱风流说书,打八角鼓,样样都会。
宝　虎:你手里拿的是什么玩意?
花朵一:这叫吉庆拉板么。
宝　虎:怎么叫吉庆拉板呢?
花朵一:这一嘟噜板像糜黍穗似的,这么一摔,这就是一子八地、万子归花,所以叫吉庆拉板。
宝　虎:做什么使用呢?
花朵一:说快书的。
宝　虎:会说?
花朵一:会说,会唱。
宝　虎:你先演习演习。
花朵一:现成的。众位爷们,少笑,听我说说。
宝　虎:说。
花朵一:说个清晨起来好幸头,在炕上捡了一个大牦牛。

宝　　虎：嘟，炕头上捡牛，你是胡诌。

花朵一：这是个头，行么？

宝　　虎：还有头，行么，再说说。

花朵一：你们听了。

（说快板）

说了个清早起来好幸头，在炕头上捡了一个大牦牛。你说诌，咱就诌。不过是与众位爷们解闷愁。你说这牛有多大，说起来一听更胡诌。它前腿站在南海岸，后腿塞北站幽州。这牛当中没看透，搂搂犄角高就有好几楼。下来拿尺量，量了个三千三百三十三丈三寸五分二厘六。粗下里，我没量，打了个犁杖有多大，三千六百棵大树，这才打了个牛头。这一转，转完普天下遍九州。高粱长得顶好顶好真干净，谷子糜子黄黑大豆立刻熟。不用掏，不用打，粮食往下流。流得满地哪儿都是，流平了满城里下沟。地下不知有多厚，忙得那家家户户往家收，往家搂。流到那头牛，嘣的一声就往天上跑，碰坏了玉皇爷的九十九间楼。吓得那牛往后退，呼的一下碰了腿，正遇王母娘娘亮发梳油头。牛碰了油篓，油篓流油，油篓漏油把牛头油。篓扣牛头，头套篓口，篓口流油油牛头。篓流油，油流篓，篓口把牛头油。闹了一转轴，还是弄了王母娘娘一身油。

宝　　虎：站住站住，这是什么架子？

花朵一：打十不闲的。

宝　　虎：会唱？

花朵一：会唱。

宝　　虎：试试如何？

花朵一：行，你们听着。

（花朵一打十不闲）

花朵一：（唱）十不闲架子一丈高，手执长枪腰带刀。

　　　　　　　长枪单扎沈丞相，大刀砍他后脑勺。

宝　　虎：（白）坏了坏了，你都直说出来咧。

花朵一：这不过没人地方排个腔调，还有好唱呢。

宝　　虎：哈哈，花兄弟，今乃七月初七了，面前宝龙山不远，你们在桃花寨闹了缘故，怕那些东西们认得，故此从这儿绕过来，面前就是青松寨也，也是个大去处，必得穿庄而过，免不得玩耍玩耍。
花朵一：有理。宝兄，你看那边又来了行人，好热闹，咱们看着去。
宝　虎：请。（下）
（上二人耍马叉，狮子、高跷一过，又陆续上花朵一等众人）
花朵一：二位姐姐，快走哇，我们只顾着打锣，忘了走路。咱们快走吧。
（唱）花朵一扛着十不闲的架，装着那两杆枪来两口刀。（下）
赵飞龙、曹保：（唱）赵飞龙一同小曹保，一个挎鼓一个把锣敲。（下）
宝　虎：（唱）宝虎走出好几里，你看那上会之人如草梢。（下）
宝彩文：（唱）彩文扮作卖艺样，绣花汗巾扎紧腰。
花彩凤：（唱）花氏彩凤呼贤妹，听吾把从前在此事儿学。
宝彩文：（唱）听说是嫂嫂到过此，遇着桓家恶土豪。
花彩凤：（唱）正是此地桃花寨，疾病来把恶人遭。
宝彩文：（唱）又在什么竹林镇，亏了嫂嫂拳儿高。
花彩凤：（唱）那时节多亏了你们那个主，骑他坐骑才走逃。
宝彩文：（唱）你走他入桃花寨，桓党要把妹夫招。
花彩凤：（唱）至今我也没细问，他怎出了那窝巢？
宝彩文：（唱）他说是未完房的妻子桓秀锦，半夜里楼窗放出得走逃。
花彩凤：（唱）未完房怎在一楼上？其中必有牙叶谣。
宝彩文：（唱）上楼缘故他不晓，梦中露出亏多娇。
花彩凤：（唱）放他逃走必有故，难免他家闹哄哄。
宝彩文：（唱）此后之事他不晓，他说桓秀锦是女英豪。
花彩凤：（唱）因此绕过桃花寨，怕人认得犯唠叨。
不言众人说笑走，（下）
曹　珍：（内白）轿马人夫。
轿　夫：（内白）在。
曹　珍：（内白）就此款款而行。（马上）
（唱）再表状元这一条。
吩咐家将缓缓走，大队人马如草梢。
乘坐马上留神看，自思自量自斟酌。
不想我曹珍有今日，龙虎榜上把名标。

刚刚脱出奸贼府,险些被那大祸招。
无法哄住沈氏女,事不得已把她招。
与她父结下吴越恨,如何做得秦晋交?
她今随我来祭祖,叫我心神不宽绰。
但等有日拿他父,逼死贱人两开交。
死后可对生身父,不愧曹门是英豪。
看看离家不甚远,二目仔细四面瞧。
但见路上逢人景,春暖花开好宽绰。
最可观的三月景,万紫千红百花娇。
阳关大路人烟密,人来人往路几条。
士子八抬东西奔,小小书童把担挑。
但见面前河一道,也有船来也有桥。
此桥一百零三孔,约离水面丈余高。
北来的大水翻上下,水流不断哗响声。
山靠石来石靠岭,打柴樵夫半山腰。
盘旋小路往下走,腰别大斧把担挑。
肩上担着柴两捆,汗水淋淋往下飘。
上坟寡妇穿戴孝,坐在坟前泪滔滔。
纸灰飞舞如蝴蝶,泪血染似大红袍。
路上逢景观不尽,但只见迎面有伙江湖路上摇。
头前三男步下走,后有二女跨鞍桥。
呀,有一壮士甚面善,好像曹保弟同胞。
急抖丝缰催坐骑,两下相遇正对着。
正是曹保我兄弟,不敢突然把名招。
急忙下马路旁等,这边来了三英豪。

(上赵飞龙、花彩凤、曹保)

曹 珍:(唱)这不是弟弟从何至?

（白）这不是弟弟么?

曹 保:呀!真是哥哥。

曹 珍:咳,罢了,兄弟呀。

曹　保：哥哥呀。
赵飞龙、花彩凤：你弟兄相逢，何须过痛？
曹　珍：我一家死走逃亡几年，不得见面，今日得遇，追忆前情，怎不令人伤感？哦，兄弟，这几位都是何人？
曹　保：俱是咱的亲友。哥哥，你身后来的轿马人夫可知底里？
曹　珍：俱是我的随从，正好路上无人。咳，可叹咱一家被害，父母死得苦，梦想不及，今在途相遇。
　　（唱）拉兄弟，泪双行。
曹　保：（唱）英雄曹保，一阵悲伤。
　　　　梦里想不到，途中遇一堆。
　　　　不知兄长下落，打听无路可归。
曹　珍：（白）我知你在青峰山，你今来此意何为？
曹　保：（唱）爹爹死，恨沈贼。
　　　　恼恨奸相，皮乱肉飞。
　　　　知道神宗主，信宠沈桓危。
　　　　宝龙山上观景，必把天子命亏。
　　　　今上龙山观皇会，访拿仇人辩是非。
曹　珍：（唱）事可有，尚可免。
　　　　在此半路，不必细推。
　　　　兄弟且随我，一同把家归。
　　　　见了我义父，慢慢诉说一回。
　　　　面前就是青松寨，你请轿马往上推。

（上家人）

家　人：（白）禀爷，轿马俱已起道，请爷上马。
曹　珍：急急赶路。
曹　保：（唱）说快走，莫迟疑。
　　　　曹保与众，紧紧相随。
曹　珍：（唱）弟兄今相会，既喜又是悲。
　　　　无暇细说原委，说下这节荣归。（下）

（出曹克让）

曹克让：（唱）再表那镇西侯爷曹克让，（坐）独坐书房好心灰。

隐姓寄居青松寨，宾客相待礼不亏。

只知我是寇贤弟，怎知我曹某白发变为黑？

昨晚灯下尚如此，今早起来把愁堆。

却怎么乌发变白一夜改？咳，老来无名忠义没。

为曹某死了赵、寇两盟弟，叹我无能杀逆贼。

不能报仇答友谊，死在阴曹对住谁？

想是曹门无德行，该着今生受此危。

眼见衰老无结果，偷生在世意何为？

曹爷正然思无路，

郑世勋：（唱）郑爷进房笑微微。

进房口呼寇贤弟，

（白）贤弟在房？

曹克让：仁兄来了？请坐。

郑世勋：有坐。呀，贤弟怎么发鬓皆白？好生奇怪。

曹克让：吾也不知怎么白的，这等疾快，心中正在愁闷。

郑世勋：我想贤弟居朋友之家，单身无有归落，闷坐书房，必是愁怀所至，所以白得迅速。

曹克让：吾也以为如此。

郑世勋：贤弟从此放宽敞，万事不要寻思。小儿郑珍中了状元，老夫有儿，贤弟犹如有子一般，愁他什么？

曹克让：多承仁兄抬爱了。

郑世勋：方才家童报道，街上来了个相面的先生，十相十准，百算百灵，现在街头设座，纷纷说是赛过神仙一般。我想咱弟兄平生正气，何怕他一相？贤弟，叫他相相你我老来如何？

（唱）咱弟兄去会相面的，能与贤弟解闷愁。

曹克让：（唱）小弟奉陪从兄命，迈步出房奔街头。（下，又上）

郑世勋：（唱）算卜相面专长有，俱说此人百算百灵。

曹克让：（唱）咱今叫他相一相，可是诚意可是诪。

（上欧阳术士坐，众人上）

欧阳术士：（白）有算卜的来算卜，占灵的占灵，能知人的祸福，善断人的吉凶。

曹克让：（唱）果然算命人不少。

欧阳术士：（白）众位闪开，二位贵公来了。

曹克让：（唱）瞧见术士一招呼，原来是个道者样。

气相不俗非下流。

王小二：先生给我相相。

欧阳术士：你姓王叫小二，打柴的命，不和你要钱，去吧。

王小二：说得真不差，与我再相相，我给钱哪。

郑世勋：呀，

（唱）听他说的王小二，真是奇算有来由。

欧阳术士：（白）你们闪闪，二位贵人相面来了。

郑世勋：（唱）郑爷上前说闪闪，走上前来对桌头。

（白）先生，你与老夫相相。如果相得有准，老夫多奉卦银。

欧阳术士：老公勋，面像贤王，福寿双全，又何必相呢？

郑世勋：哈哈，真神相。再烦你与吾这老弟相相，占占前程，福寿如何？

欧阳术士：二位请退去众人，在下另有神算。

郑世勋：这却容易。尔等众人，快快退去，不许在此混乱。

王小二：老王爷叫咱们散去呢，快走吧。

欧阳术士：老公勋，走三退二，待吾一相。

（唱）老公勋，世袭职。

一辈无儿只一女，认的义子叫曹珍，拿着女婿当儿子。

这公侯，是故人，原为乾天剑一根。

有缘千里来相会，你俩正是儿女亲。

昔日里，须发白，白发变黑把名埋。

金乌玉兔催人老，一十二载气运衰。

昨夜晚，天意该，黑发为白云雾开。

天该今日全家福，须发改变老运来。

待今日，午时后，一家全聚亲骨肉。

九月目下另有天，浪退水消公侯受。

指明了，前后言，捻了阵风入掌间。

　　　　　你看曹珍曹保到，

　　　（曹克让、郑世勋回头）

曹克让、郑世勋：（白）在哪里？

欧阳术士：（唱）趁他回头急入山。（下）

曹克让、郑世勋：（唱）二公侯，只发怔，此人非仙又非圣。

　　　　　　　　　话有解开解不开，如今惊醒一场梦。

郑世勋：（唱）咱兄弟，急回府，慢慢再把缘由吐。

　　　　转身再往回里行，红日当空时正午。

　　　　弟兄俩，上大厅，分宾而坐各西东。

　　　　各自沉默多一会，这才问答旧里情。

曹克让：（白）老公勋果是无儿，收的义子叫什么曹珍么？

郑世勋：本是为女招婿，收下义子曹珍，借我之籍中了状元，待他荣归，招婿养老。不但儿是曹珍，义女蓝素晏正是曹珍之妻。这相面的先生非仙即圣，指示你我各吐心怀，尊驾必是曹克让老亲翁了？

曹克让：好，我曹克让不该绝后，得遇郑老公鼎力厚恩，受我曹某一拜。

郑世勋：好说好说。一年以来，各怀其志，今日才和亲翁当面。咳，梅香。

梅　香：在。

郑世勋：快到后面告诉你二位姑娘，如此如此，拜认公父。

梅　香：知道了。（下，又上）

　　　　（唱）小丫鬟跑到后庭如此说一遍，姑娘们快去拜公爹。

　　　（出蓝素晏、郑春芳）

蓝素晏：（唱）蓝氏素晏闻此话，暗谢睁眼老天爷。

郑春芳：（唱）春芳小姐遵父命，连说快走我的姐姐。（下，又上）

蓝素晏、郑春芳：（唱）一起忙把大厅上，双双跪倒尊声爹爹。

郑世勋：（白）这是你的儿媳妇蓝素晏，亲翁你可认得？

曹克让：（唱）一阵伤心好不痛，不由眼泪往下抛。

蓝素晏、郑春芳：（唱）拜罢平身忙站起，杏眼含泪发呆乜。

曹克让：（唱）从今你们论姐妹，莫分大小正与偏。

蓝素晏、郑春芳：（唱）敬听教训儿遵命，儿们敢不从四德？

曹克让：（唱）蓝氏媳妇我问你，你夫妻怎么失散遇到郑爷？

蓝素晏：（白）咳，

（唱）如此这般说一遍，这般如此遇奸邪。

恩父救我来到此，想不到得见公爹爹。

曹克让：（白）好，真是吉人自有天相。

（上郑喜）

郑　喜：（唱）家人郑喜来禀报。

（白）禀太爷，少爷衣锦荣归，离家不远。

郑世勋：好，来得正好，在哪里？

郑　喜：少爷路遇多人，叫吾先来禀报。

（唱）少爷衣锦归，夫妻同来了。

离家五里多，遇见人不少。

少爷俱请来，叫我头里跑。

回来见太爷，细细说分晓。

三岔路口中，少爷站住脚。

遇见二少爷，

郑世勋：（白）哪个二少爷？

郑　喜：（唱）名字叫曹保。

还有女共男，年纪全不老。

青峰山上人，来把皇上保。

郑世勋：（白）好哇，哈哈哈。

（唱）道人好相法，来得真是巧。

郑喜听吩咐，对你说分晓。

一起都请来，大厅见面好。

一句一句说，从头要到尾。

郑　喜：（白）是。

郑世勋：（唱）吩咐众家丁，猪羊快扳倒。

待客庆团圆，真是天爷保。

又叫二女儿，

蓝素晏、郑春芳：（白）有。

郑世勋：（唱）听父说分晓。

　　　　　沈家姑娘来，可惜要犯搅。
　　　　　若论与他爹，仇恨本不小。
　　　　　头宗圣旨压，天子把媒保。
　　　　　二宗早拜堂，生米饭做好。
　　　　　三宗父做恶，闺女岂知晓？
　　　　　从夫今日来，不可怠慢了。
　　　　　下轿你俩扶，大厅齐站脚。
　　　　　叫她听一听，看她喜共恼。
　　　　　贤劣礼要分，知她拙与巧。

蓝素晏、郑春芳：（唱）姐妹二人说遵命。
　　　　　　　　（白）是，儿们遵命。（同下）

（上曹克让、郑世勋）

曹克让：（唱）两肩卸去名利担，

郑世勋：（唱）悠悠田亩乐桑麻。

曹克让：（白）老夫曹克让。

郑世勋：老夫郑世勋。

曹克让：亲翁小儿进京得中头名状元，不久回家祭祖。

（上院子）

院　子：禀爷，少爷回家来了。

郑世勋：好，命他进来。

院　子：是，太爷有命，少爷觐见。

曹　珍：（内白）左右。

仆　人：（内白）在。

曹　珍：将轿车停住。众兄弟且在厅外稍待片时，兄弟随我上厅拜见恩父。

众　人：是。

（曹珍、曹保同上，跪）

曹　珍：恩父在上，孩儿叩头。

曹　保：老伯父可好？小侄曹保叩头。

郑世勋：这是你生身之父，你弟兄快快相认。

曹珍、曹保：呀！真是爹爹在此，不孝儿曹保/珍想不到还能得见爹爹之面，当此不知是真还是梦？

郑世勋：青天白日，哪里来的梦哪？

曹珍、曹保：爹爹，莫非你不认得你这不孝的儿们了？

曹克让：郑兄，这真是曹珍、曹保吗？

郑世勋：正是。

曹克让：起来。

曹珍、曹保：是。

曹克让：果然是儿们到了？

曹珍、曹保：是不孝儿在此。

曹克让：曹珍，你真中了状元了？

曹　珍：正是中了状元了。

曹克让：你是曹保么？

曹　保：儿是曹保。

曹克让：曹保。

曹　保：有。

曹克让：你真没死？

曹　保：儿真没死。

曹克让：曹珍。

曹　珍：有。

曹克让：曹保。

曹　保：儿在。

曹克让：咳，我的儿啦。

曹珍、曹保：爹爹呀！

（唱）二俊士，放声哭。

不孝之子，罪该万诛。

以为我的父，被害入冥都。

不想爹爹在世，尚得聚首在屋。

今日得见爹爹面，总是老天睁开眼。

他二人，揉眼珠。

忘了欢喜，放声大哭。

　　　　　　十二年冤枉，并未得说出。

　　　　　　误被奸臣之害，只得东奔西出。

　　　　　　不得见面今见面，唯恐是梦恍恍惚惚。

曹克让：（唱）心难受，眼模糊。

　　　　　　昏花老眼，泪珠扑簌。

　　　　　　将心秉又秉，揉揉双眼珠。

　　　　　　大声叫曹珍、曹保，这才放声大哭。

　　　　　　原以为儿们都已死，我死了无人收殓我这老骨头。

曹珍、曹保：（唱）身悲痛，话难出。

　　　　　　生儿无用，飘荡江湖。

　　　　　　父仇不能报，只落得背地哭。

　　　　　　仇人怎么做对？缘由叫人发糊。

　　　　　　爹爹怎得脱大难？想是恩人搭救出。

郑世勋：（唱）郑老爷，本固直。

　　　　　　骂声奸相，心太狠毒。

　　　　　　蒙骗当今主，是要江山图。

　　　　　　尔等保驾到此，为国不把恩负。

曹克让：（唱）沈奸相，他与吾。

　　　　　　赌头追印，怀下狠毒。

　　　　　　怕我胜西番，他把大印输。

　　　　　　假造乾天宝剑，杀君之罪赖吾。

　　　　　　夺去那支真神剑，来了番将困京都。

曹　保：（白）沈贼与西番勾连，无有神剑，怎么退敌？

曹克让：（唱）青峰山，你媳妇。

　　　　　　是来找你，言语发糊。

　　　　　　是我设一计，借她杀番奴。

　　　　　　力杀四门兵退，战得力软筋酥。

　　　　　　城下摔死小沙锦，哄去宝氏祸来速。

曹　保：（白）宝氏退去，又有什么祸事？

曹克让：（唱）圣旨到，来拿吾。

那时你母，一命呜呼。

曹　保：（白）咳，我的娘哪，我的娘哪。

曹克让：（唱）钦差非别者，是你寇盟叔。

宿在佛庙内，黑须变了白。

他的黑发苍白了，可怜他替我被刀诛。

曹珍、曹保：（白）咳，

（唱）最可怜，老盟叔。

舍命替友，万古传名。

此恩无可报，分身难报补。

辈辈烧香化币，祭奠不分亲疏。

曹克让：（白）儿们起来。

曹珍、曹保：是。

曹克让：儿啦，

（唱）请进众人都诉诉，始末根由问个清楚。

曹珍、曹保：（白）是。（下，内白）有请众位兄弟们上厅。

众　人：来了！

宝　虎：（唱）有宝虎，先上屋。

二位长亲，恕吾粗鲁。

宝虎就是我，长亲认得不？

那年八月十五，这等一出一出。

曹克让：（白）咳，是了是了。

宝　虎：（唱）俱在我的高山上，这才打开闷葫芦。

花朵一同姐夫，飞龙夫妻，该呼伯父。

曹克让：（白）你二人是谁？

赵飞龙：（唱）我父赵察院，午门被刀砍。

曹克让：（白）好哇，原是贤侄到了。

赵飞龙：这是小侄妻弟，三人走闯江湖。

曹克让：好，

（唱）三弟有后谢天地，可怜你父死为吾。

（上宝彩文、蓝素晏、郑春芳、沈冰洁）

宝彩文等四人：（唱）四佳人，进了屋。
　　　　　　　　等候完毕，各有心腹。

宝彩文：（唱）宝氏彩文女，抽空拜公父。
　　　　　　娇娆嫩体跪下，连犯公父称呼。

曹克让：（唱）侯爷一见连忙问，
　　　　（白）下边跪的何人？

宝彩文：（白）奴是青峰山的儿媳妇宝彩文。

曹克让：力杀四门，挡退番兵，刀劈番将，镖打番贼，战败丑妇，杀跑恶女，就是你么？

宝彩文：正是媳妇。

曹克让：好哇，可称闺中领袖，女中魁元，真不愧我曹门佳妇，真叫人之幸也。
　　　（唱）昔日保安见过面，城头之上把话说。
　　　　　　力杀四门知你勇，因你来路不明白。
　　　　　　那时我知曹保死，纵然留你待如何。
　　　　　　我今有此好媳妇，死后心事有可托。
　　　　　　兄妹俱各来到此，有何事故快快说。
　　　（白）起来讲话。

宝彩文：是。

曹克让：你兄妹到此，必有事故，细细说来。

宝彩文：知道天子降香，沈贼有篡位之心，文伯父怕天子受害，故而下山观其动静。

曹克让：是哪个文伯父呢？

宝彩文：就是刑部文翰华伯父。

曹克让：他怎也到了山上？

宝彩文：因文小姐打死沈学元，如此这般，才到山上。

曹克让：好哇。
　　　（唱）又是一个好媳妇，受过万折与千磨。

沈冰洁：（唱）沈氏冰洁心着急，心头小鹿乱突突。

蓝素晏、郑春芳：（白）沈家姐姐你听透咧？

沈冰洁：未来之时，已知八九，还有听不透的。

蓝素晏、郑春芳：未来怎么就知道呢？

沈冰洁：二位姐姐的家书，被我偷看见才知内中情由。

蓝素晏、郑春芳：哦？该是纳闷的呀。

沈冰洁：可不是纳闷的？

曹克让：山上喽兵有多少？

宝彩文：山上喽兵两万有余。

曹克让：粮草器械可有许多？

宝彩文：粮草颇多。

曹克让：（唱）明日差人搬人马，准备打仗动干戈。

宝彩文：（白）还有一支人马来降。

曹克让：（唱）何处来投人共马，愿与吾皇除逆贼？

宝彩文：（白）文伯父与儿定计收服镇江的平山人马。

曹克让：（唱）天叫逆忠显露日，浑自浑来清自清。
　　　　　　自有保驾灭奸计，我儿且退听分拨。

众　　人：（白）是。

蓝素晏、郑春芳：沈家姐姐你别杵着咧，该你去咧。去吧，不用害怕。

沈冰洁：是咧。

　　（唱）沈冰洁又是为难又着急，又是羞愧又难过。
　　　　　只急得粉面通红流香汗，只急得泪珠儿在眼窝。
　　　　　暗暗叫声奸心父，这都是你老人家种的德。
　　　　　折寿的儿子牵连女受累，众目齐观待如何。
　　　　　此时叫人难得很，这些人瞅着怔呵呵。

蓝素晏、郑春芳：（白）你还怔着呢？拜见去吧。

沈冰洁：（唱）她俩故意催促我，欲要进前又转过身。

蓝素晏、郑春芳：（白）你光会转身，也挡不了见。

沈冰洁：（唱）细想终究也得见，丑媳妇免不了见公婆。
　　　　　稳稳心绪往前走，

（曹珍跺脚）

沈冰洁：（白）我说状元哪，是谁都怕，我就是不怕状元你呀。
　　　　　（唱）抬动金莲往前挪。

　　　　　　低着头儿面前跪，有罪的媳妇沈氏冰洁把头磕。

　　　　　　匍匐埃尘儿领罪，

曹克让：（唱）怒气难压上心窝。

　　　　　　皱紧眉头声断喝。

　　　　（白）你是沈桓危之女？

沈冰洁：媳妇正是。

曹克让：我与沈桓危有不共戴天之仇，你今前来拜我做甚？

沈冰洁：媳妇是状元之妻，二老是状元之父，媳妇初见公父，如何不来拜见？

曹克让：此时你看状元是谁？

沈冰洁：不是媳妇才知，在家窃看家书，便知我是曹、郑两家的媳妇。

曹克让：你既知夫主是仇家之子，为何不告你父知晓？

沈冰洁：出嫁从夫，女之正礼，背父从夫，终身有靠；背夫从父，是终身无依。出嫁之女，嫁鸡随鸡，嫁犬随犬，夫唱妇随，顺从夫主，孝敬公婆，乃为做媳妇的道理。

曹克让：你父害我全家满门，你看我曹门依旧团团圆圆，你今跟来有何光彩？

沈冰洁：女子三从为首，媳妇今得其所。在家之女从父，出嫁之女从夫，今日又遇阖家团圆，夫家有了光彩，媳妇也有光彩，为何不来呢？

曹克让：天地之人，未有沈桓危之恶，有其父必有其女。

沈冰洁：上禀公父大人，媳妇曾观史册，尧帝乃圣明之君，其女有娥皇、女英，伐梧桐做琴瑟，能付之七情六欲；舜乃文明之主，而其女有良宵明烛之光，自不失天地人之正。其后王莽之女，晓谕王莽之篡逆；曹操之女曹后，不与曹贼合流。媳妇由是观之，天地生人，各有秉性，善恶终有分别，哪有父女同恶之理？况且曹沈两家为国成仇，非两家儿女结恨，与我这未出阁的幼女何干？请我的公父老大人上裁。

　　　（唱）跪爬半步呼公父，且听媳妇几句言。

　　　　　　在家女儿当从父，天子为媒配状元。

　　　　　　状元既是儿夫主，哪管他郑家儿来曹家男？

　　　　　　荣归祭祖随夫主，跳出三江四海的边。

　　　　　　曹郑有荣儿之幸，曹郑有辱儿无颜。

　　　　　　我父做恶朝中事，女在深闺绣阁间。

    拈针弄线身为本，常念三从四德篇。

    打着我也当面劝，由你听言不听言。

    闺女怎管父的事？父做恶与女有何干？

    若说是曹沈不合亲有碍，匹配的媳妇我只认郑家男。

    公父大人高明见，媳妇有罪望海涵。

曹克让：（白）呀！

    （唱）好个聪明巧辩女，倒叫老夫无得言。

郑世勋：（唱）郑老功勋心大悦，好一个能说会道的女婵娟。

曹克让：（唱）亲翁你看沈家女，真是父女隔地天。

郑世勋：（唱）一见就知好媳妇，深知三从四德篇。

曹克让：（唱）亦以生米做成饭，老夫不得不认全。

郑世勋：（唱）有此佳人并佳妇，叫人哪点不喜欢？

    吩咐一声平身起，要你们姐妹相称莫论偏。

    郑爷吩咐众家将，杀猪宰羊排筵宴。

    庆贺曹老亲翁等，居家团圆喝三天。

  （白）家将们。

家　将：在。

郑世勋：好好看守庄门，莫叫闲人走动。杀猪宰羊，大排宴席，再慢慢议论大事。

  亲翁与众位贤契们请。

众　人：请。

郑春芳：沈家姐姐好胆量，好嘴头啦。

沈冰洁：咳，还好嘴头呢，这可是诚心找着丢人来咧，众位姐姐们见笑见笑。

郑春芳：要是别人，真是呼拉不开呢。

沈冰洁：咳，别说了，看不见吗？左呼拉右呼拉呼拉一身汗哪。

郑春芳：出汗咧？走吧，让风嗖嗖去吧。

沈冰洁：呸，你还闹嘴呢？（下）

  （升帐，桓雕、桓强、桓豪站）

众　将：（诗）身披铠甲腰紧绦，硬弓长箭雁翎刀。

    要做展土开疆将，抢抢弯弓射大雕。

桓　雕：（白）俺拦路虎桓雕。

桓　强：俺无皮虎桓强。

桓　豪：俺劫路虎桓豪。

众　将：二哥升帐，在此伺候。

（出桓霸）

桓　霸：（唱）五千庄兵列大营，要扶新主坐九重。

（白）俺，吊睛白额虎桓霸。只因走了曹保，杀了贱人艾氏，屈死妹妹，闷闷不乐。忽然接到了兄长书字，明白九月九日捉拿宋主，叫吾带领众家弟兄一并庄丁出杏花寨，在宝龙山西要路口扎下连营，听山后炮响为号，杀上山去。只说保驾有个张全忠十分厉害，又是亲王赵添亲戚，三百铁甲兵，十分厉害，齐来保驾，都是一能挡百，必须杀了此人，那昏君就如釜中之鱼了。三弟桓雕、四弟桓强听令。

桓雕、桓强：在。

桓　霸：你二人全副武装，须齐心努力，不使宋天子逃走，尽心尽力捉拿无道的昏君，忠心扶保沈相早登九五，不负前盟，不惜一切力量，奋勇劫杀。命你二人各带一千人马，在西山口左右埋伏，听候山上炮响，杀上团角寺，捉拿神宗，不得有误。

桓雕、桓强：得令。（下）

桓　霸：五弟听令。

桓　豪：在。

桓　霸：明日好好守住连营，我亲自带兵一千，迎接沈相入营。

桓　豪：得令。（下）

桓　霸：（诗）计就月中擒玉兔，谋成日里捉金乌。（下）

（出法戒坐，四头陀立）

法　戒：（诗）诵经堂改作中军帐，头陀僧称为大将军。

（白）洒家法戒。沈相密书到来，明日辰时，天子上山。九月九日乃是单日，水中之佛出现庙中，鱼龙变化，天子必要观其景。到了午时，方才拈香拜佛。说是有个保驾张全忠十分英勇，天子所到之处都要查验，不许闲人上前。沈相书中暗设一计，命我带领僧兵埋伏山后，备下信炮一枚，再用两个有胆量的头陀，一个暗备长枪，藏在神橱之内，等天子降香，张全忠必来保驾，暗用长枪把张全忠刺死；另一个接驾念经，在佛前焚香敲磬，等杀了张全忠后，抓住天子，擂动佛前大鼓，山后伏兵四起，急点信炮，杀进庙来。各处伏兵一起杀出，谅那神宗插翅难飞，真乃好计。定做、定也何在？

定做、定也： 在。

法　戒： 你二人如此如此，这般这般，敢违我命，活活打死。

定做、定也： 得令。（下）

法　戒： 徒弟们。

众徒弟： 在。

法　戒： 备下信炮一枚，翠松岩下埋伏，不得有误。（下）

（出唐西世升帐）

唐西世：（诗）执掌生杀权在手，便把提调令来行。

（白）本帅玉花城总兵唐西世。沈公子死在我的城中，相爷施恩，并不问罪，叫我带领本部人马在宝龙山东路口扎营，只说是要净山之官兵；又叫我调甄曲县县官，在路口访拿上山一切带着凶器人等，凡是耍各样玩意与上山之人，不许身带寸铁，如有不遵者，需要按奸细之罪拿问，这都是相爷精细。但听山上炮响，就杀上山去，拿住神宗，老恩相就是皇上了。

（上卒）

卒： 禀爷，有甄曲县知县辕门候令。

唐西世： 命他进见。

卒： 哈，（下，内白）命你进见。

知　县：（内白）来了。（上）大人在上，卑职和随人等参见。

唐西世： 贵县免礼，请坐。

知　县： 卑职告坐。

唐西世： 今有相爷吩咐贵县在东山口访查上山之人，无论官宦乡绅、士农工商、远方香客，一概不许身带寸铁兵刀，有不遵者，禀吾知晓。

（唱）围山俱屯兵，不准人混走。

　　山上路一条，只留东山口。

　　无论什么人，带刀不准走。

　　怕是有歹人，暗将天子杀。

相爷命下来，无人敢抗拒。

贵县加小心，留神细四瞅。

知　　县：（唱）卑职敢不遵？就去坐山口。

别管什么人，这点眼力有。

一见看得清，扎手不扎手。

老实放他行，扎手不让走。

不许带刀枪，不许骑牲口。

大人请放心，卑职告退走。（下）

唐西世：（唱）吩咐众三军，严防要密守。

不言唐总兵，（下）

定做、定也：（内唱）来了二恶狗。（上）

两个头陀僧，庄东凶抖抖。

定　做：（唱）设下深坑等虎豹，

定　也：（唱）安排香饵钓金鳌。

定　做：（白）俺笑面和尚定做。

定　也：俺俊面和尚定也。

定　做：当天子拈香之时，吾在旁边打磬，趁他不防，将佛前大鼓连击三下，你就刺死张全忠，我就抓住天子，三百铁甲兵，虽然惯战，天子在我手中，谅他不敢动手。

定　也：因我枪沉身大，胆量过人，早设下一个神橱，命我藏在里面。等你击鼓之时，我便突然而出，刺死张全忠。庙后鼓响一声，就放信炮。信炮一响，伏兵齐出，三百铁甲兵，无法支持，必然卸甲投降，真乃妙计。只得早早准备便了。

定　做：有理。

（唱）且不言，二凶僧，各去准备捉拿神宗。（下）

（上郑世勋、曹克让，坐）

郑世勋：（唱）再表郑世勋，

曹克让：（唱）还有镇西公。

郑世勋、曹克让：（唱）二人商议已定，说透条条宗宗。

吩咐众人齐伺候，大厅坐下二亲翁。

曹克让：（白）叫曹珍，将令听。

曹　珍：在。

曹克让：你去接驾，保主尽忠。

曹　珍：（唱）行坐伴圣驾，到处用心胸。

曹克让：（唱）但等机会一露，叛兵困了神宗。

曹　珍：（唱）天子亲见奸臣反，方知贤恶与奸忠。

　　　　（白）叛贼围了寺院，内处消息不通，怎知天子受难呢？

曹克让：（唱）你恩父，早已明。

　　　　团角寺内，有口大钟。

　　　　造就三千重，钟楼高庙建。

　　　　吾皇危急之际，便要上楼鸣钟。

　　　　听见钟响去救驾，方显曹门苦尽忠。

曹　珍：（白）孩儿不能用武，恐在庙内众僧变乱，救之不及，如何是好？

曹克让：（唱）有忠良，张全忠。

曹　珍：（唱）早已知晓，此人英雄。

曹克让：（唱）见了张都统，你俩要心同。

曹　珍：（唱）庙内保住圣驾性命，平地建立奇功。

曹克让：（唱）只要当今不受险，沈贼惧怕张全忠。

曹　珍：（唱）爹爹论，是实情。

　　　　亲王赵添，荐此英雄。

　　　　怀疑沈奸相，才荐张总戎。

　　　　昏夜不离圣驾，害主不敢行凶。

　　　　现去接驾见都统，下厅上马把主迎。（下）

曹克让：（唱）又叫声，赵飞龙。

赵飞龙：（白）在。

曹克让：（唱）朵一、彩凤，齐上大厅。

花朵一、花彩凤：（白）是。

曹克让：（唱）听我吩咐你，一起把令行。

花朵一、花彩凤：（唱）宝龙山上救驾，大家要立奇功。

曹克让：（唱）今日大家出头日，天子面前辨奸忠。

(白）你三人今日要到宝龙山救主，救主之机，弹指之间。山下东西俱是连营，内有甄曲县守备带兵寻哨，南北俱是怪石嵯峨，无路可通，只有东西路口搭有芦棚盘查，各项人等，不论文武官员，不准身带寸铁。咱今上山形状，不可泄露。花朵一。

花朵一：在。

曹克让：花彩凤与赵飞龙、曹保、宝彩文他四人的兵器，你可带得过去么？

花朵一：带得过去。

曹克让：你是怎么一个带法？

花朵一：不瞒伯父说，小侄嘴头好，手儿巧，爱玩笑，法儿妙，有一个十不闲架子是我亲手造，让他是慧眼神仙，谅他也猜不着。

曹克让：不知怎么一个装式？

花朵一：老伯父听。

（唱）两条柱儿两杆枪，两横拐儿是包藏。

两边砍刀是新样，两个横槽是两口刀。

两头边儿云子镶，将那刀尖遮盖上。

曹克让：（白）这些兵器你可带得动？

花朵一：（唱）从小儿，力气强，敢与存孝走几趟。

曹克让：（白）你自己可有什么兵器？

花朵一：（唱）腰带着打将流星能救驾，保君王单打沈贼脑门上。

曹克让：（白）此事非同儿戏，千万仔细。

花朵一：得令。（下）

曹克让：赵飞龙。

赵飞龙：在。

曹克让：你夫妻二人，各拉马一匹，装作卖艺之人到在山上，不拘他分派哪一边，听见钟响，急奔正南石岩之下，再听吩咐，千万莫误。

赵飞龙：得令。（下）

曹克让：吾儿曹保、宝彩文何在？

曹保、宝彩文：在。

曹克让：你二人扮作庄农夫妇，媳妇骑我的银鬃马，到了路口下马，问路叩头，混过查验之处，在山上以钟响为号。

　　　　　（唱）要做天下奇男女，须立人间未有功。
　　　　　　　你二人扮作庄农之样，装作问路秉虔诚。
　　　　　　　夫妇无车须乘马，带进为父马能行。
　　　　　　　卖艺带进两匹马，飞龙、彩凤有走龙。
　　　　　　　媳妇宝氏无甲胄，救驾杀贼少威风。
　　　　　　　仗你力杀四门将，要在宝龙显显能。
　　　　　　　也叫天子亲眼见，曹家媳妇不虚名。
　　　　　　　速去速去速速去，

曹保、宝彩文：（白）是，孩儿遵令。（下）

曹克让：（唱）又叫声家人郑喜将令听。

郑　喜：（白）在。

曹克让：（唱）你备下一架几盒人四个，装上那副盔甲和雉翎。
　　　　　　　送到山底石峰下，多加仔细莫露形。

郑　喜：（白）是，小人遵命。（下）

曹克让：（唱）又叫能连与豆去。
　　　　　（白）能连、豆去听令。

能连、豆去：在。

曹克让：你二人带来几个能干喽兵？

能连、豆去：除了小人两个，还有个小头目刁七。此人能干，可以听用。

曹克让：传那刁七进前听令。

刁　七：在。

曹克让：你骑快马，休辞星夜，急回青峰山。这里有书字一封，送到那里，交与文大人一并众家好汉。
　　　　　（硬唱）休辞星夜快回山，去将这封书字送。
　　　　　　　亲手交与文大人，众家好汉全告诉。
　　　　　　　一齐都下青峰山，必须下了那山境。
　　　　　　　都往青松寨里归，救驾勤王将功挣。
　　　　　　　速去速去莫消停，

刁　七：（唱）刁七接书说遵命。（下）

曹克让：（唱）又叫豆去与能连，

能连、豆去：（白）在。

曹克让：（唱）准备竹筒要急用。

　　　　　　两丈余长要大粗，做一中幡好耍弄。

　　　　　　竹筒装上青龙刀，老夫亲身要跟定。

　　　　　　仗着你俩会玩耍，混上山去却有幸。

　　　　　　快去准备要速急，

能连、豆去：（唱）二人答应说遵命。（下）

宝　虎：（唱）厅下宝虎着了忙，肚子气得要裂缝。

　　　　　众人个个都有差，老头看我不中用。

　　　　　忍耐不住火上来，大喊一声往上纵。

宝　虎：（白）哎呀哎呀，老长亲怎么不差我青面兽宝虎呢？

曹克让：差你做什么？

宝　虎：也去上山救驾，杀那老贼，与老长亲报仇哇。

曹克让：你去不得。

宝　虎：他们都去得，我怎么就去不得的呢？

曹克让：你的相貌凶恶，性又粗鲁，瞒不住众人眼目，此事非精细之人不可，故而用你不着。

宝　虎：咳，老长亲不要轻我宝虎。我宝虎办了千千万万事，这还不是一件小事？用得着，我要去；用不着，我也要去。

曹克让：此事救驾擒贼，在此一举，一起至险至危之事。你是三不可去，三不遵令，故而不用。

宝　虎：我怎么三不可去？

曹克让：第一，你相貌凶恶，怕人见了生疑。

宝　虎：哼。

曹克让：第二，不会撒谎。

宝　虎：哼。

曹克让：第三，你性急好闹，不到其时，必有泄露。

宝　虎：哼。

宝　虎：还有哪三不遵令？

曹克让：你在山上为王，无人拘束，任意胡为，这是一不遵令。

宝　　虎：哼。
曹克让：见人争杀，你必动手，这是你二不遵令。
宝　　虎：哼。
曹克让：命你如此如此，你必那样那样，自显其能，这是你三不遵令。
宝　　虎：咳，老长亲，你是不知，巧妙强者吾也做过，我是外拙内精、粗中有细的哟。

　　（唱）吾在青峰山，为王是落草。
　　　　　说我相貌凶，外拙而内巧。
　　　　　以前我不说，长亲不知晓。
　　　　　曹保我妹夫，伶俐比我巧。
　　　　　头次我下山，将他诓来了。
　　　　　松林捉太太，是我赚曹保。
　　　　　二次又下山，认亲见你老。
　　　　　法场救妹夫，哪个不知晓？
　　　　　说我无有谋，你老都赚了。
　　　　　半路劫钦差，那时动怒恼。
　　　　　四次闯淮安，劫牢救曹保。
　　　　　夜杀毛总兵，带着他妻小。
　　　　　衙门卖人头，安在房顶上。
　　　　　次日在大堂，去卖值钱宝。
　　　　　虽说是笑谈？但是计策好。
　　　　　这次又下山，要将皇上保。
　　　　　怎不将我差？将我气坏了。
　　　　　有啥要紧事，无有不能做。
　　　　　就是去上天，想法往上跑。
　　　　　这要你老说，办大不办小。
　　　　　只要是你令，敢不从命遵？

曹克让：（白）你敢听令么？
宝　　虎：敢！敢！敢！吾没有不敢的勾当。
曹克让：这件事关系重大，只怕你不能办，误了大事。

宝　　虎：办得了，误不了大事，快说快说。

曹克让：罢了，你既能办，听我号令。

宝　　虎：是。

曹克让：你等今夜三更之时，暗带短刀一把，悄悄绕过查山营盘，南北两边无人把守，俱是怪石嵯峨，或南或北，偷爬上山。

宝　　虎：是。

曹克让：进了庙内，莫让官兵拿住，庙内有个四丈余高的钟楼，上挂一口大钟，如有别人上楼鸣钟，把他一刀两断。

宝　　虎：是。

曹克让：此乃要紧之事，恐反贼也以此钟为号。曹珍上楼鸣钟，任凭有什么杀声，你可不要下楼。待鸣钟之后，可急急下楼，保住天子，莫叫圣上受惊。若惊了圣驾，拿你问罪。此是救驾第一奇功，千万在意，违令者斩。

宝　　虎：得令。（下）

曹克让：老亲翁，须传令家丁在东路屯扎，就说接你亲翁，沈相见你不疑，但听楼上钟响，杀上山去接驾。

郑世勋：小女春芳、素晏，刀马娴熟，待吾命她姐妹山前去埋伏。

曹克让：如此更好，我就随她们上山便了。（下）

郑克勋：不免去到后面告诉她们，叫她姐妹早早披挂上山埋伏便了。这正是昔日沐皇恩雨露，而今做勤王救驾之人。（下）

（出沈桓危坐）

沈桓危：（唱）在相位常常不乐，杀天子念念不忘。

（白）老夫沈桓危。诓驾降香，大谋将成。离宝龙山不远，明日天子驾至团角寺，老夫早有密书安排杀张全忠、捉拿天子之计。方才贤婿到来，天子留他伴驾。老夫奏主，先上山去看看埋伏人马，只恐临时有误。人来。

卒：　　在。

沈桓危：带马上山。

（唱）罢罢罢，出了行宫上了马，急忙上了宝龙山。

　　　　只恐埋伏兵不妥，面南为君在此番。

　　　　桓党他带兵埋伏在西口，唐西世带兵埋伏在东边。

　　　　　　　法戒埋伏北岩下，还有一枚信炮安。
　　　　　　　庙中只有头陀俩，一暗一明有套圈。
　　　　　　　山南紧靠竹林镇，无路可通怪石岩。
　　　　　　　自认一战成功也，何况还有那西番？
　　　　　　　报来报去送书信，至今如何信渺茫？
　　　　　　　想来明日必准到，失信不是黄鹏仙。
　　　　　　　明日一战拿天子，老夫急急回金銮。
　　　　　　　京中接应是潘党，现掌兵权司马官。
　　　　　　　外镇多半是门下，太平天子有何难？
　　　　　　　不言沈相上山去，（下）

　　　（知县马上）

知　　县：（唱）再表甄曲知县官。
　　　　　　　带领从人坐山口。

　　　（白）人来。

侍　　从：在。

知　　县：将马带过。

侍　　从：是。

　　　（知县坐）

知　　县：（唱）头戴乌纱一顶，身穿红袍一领。
　　　　　　　坐在山前瞧瞧，过往人须等等。

　　　（白）下官甄曲县知县，路南是大营，路北是龙棚，我坐这当中，就当个蝈蝈虫。

侍　　从：老爷，要升为府官了，怎么成了蝈蝈虫了？

知　　县：你瞧见了吗？张三过也问问，李四过也问问，这个走也叨叨，那个走也叨叨，这岂不是像个蝈蝈虫吗？吾对你们说，不管什么勾当，总要有个随和。叫吾在这看守上山人等，无论他是什么大王、公侯、驸马，俱不许身带寸铁上山。他们差口大，咱们差口小，你这么着，给他们睁着半拉眼，合着半拉眼，有官就有私，有私就有弊，谁没有三亲六故的呢？也不过虚设的勾当。

侍　　从：是吗？

知　县：我告诉你们，不拘是什么玩意，都叫到老爷跟前，咱们先乐乐，这不是白赚了吗？

侍　从：是。

（内十不闲响）

知　县：咳，往老爷这里来。

花朵一：（内白）来了。

（上赵飞龙、花彩凤、花朵一）

花朵一：老爷好呀？

知　县：好，好，你们是干什么的？

花朵一：跑马的，打十不闲的。

知　县：你叫什么？

花朵一：我叫胡大混。

知　县：你呢？

花彩凤：我叫官姑。

知　县：官姑，官姑，咱们应是娘俩啦。哈哈，好响亮的名字。那个拉马的呢？

花彩凤：他叫姑父。

知　县：怪不得他大模大样的呢。

花朵一：老爷，他是噘不头，不懂礼法，光会喂这两匹马。

知　县：我看他直不瞪眼的呢。

花朵一：可不是嘛？他啥也不晓得。

知　县：玩玩意跑跑马咧，都是你们公母两个的咧。

花朵一：我们是姐俩哟，老爷。

知　县：哈哈，江湖的勾当，姐俩就是姐俩。你们姐俩都会唱吗？

花朵一：就是我会唱，她光会跑马、卸马，老爷。

知　县：这打十不闲的也满包头咧？

花朵一：都在包袱里包着呢。

知　县：你这么着，这前也没大空，也不用包头，你闹上几句，让老爷听听，你们好过去呀。

花朵一：使得，老爷别挑哇。

知　县：咳，一个取笑的玩意，挑什么呢？唱两句唱吧。

（打十不闲）

花朵一：（唱）胡大混，长得标，十不闲打得比人高。

　　　　　　不过是大伙取个笑，望求老爷可别挑。

知　县：（白）不挑，不挑。

花朵一：打十不闲的本来低，见了老爷，戴上帽子称老汉，摘了帽子带胡须。

知　县：怎么望你老爷开起玩笑来咧？

花朵一：老爷错疑了，是我们打十不闲的须戴俩帽子，就说是当王八的，要戴绿纱帽，他的儿子不就是王八羔子吗？

知　县：这就是了，你再唱唱。

花朵一：听吧，老爷。

　　　　（唱）老爷座上面向西，好似猛虎卧丹墀。

　　　　　　踏着远看一大块，明明白白像个甲鱼。

知　县：（白）该打！你老爷怎么像个甲鱼呢？你可是骂我咧？

花朵一：老爷，小人不敢骂老爷，甲鱼不是骂老爷呀。

知　县：什么不是骂老爷？

花朵一：这个甲鱼，为长寿老鼋也。说你是甲鱼，就说你是长寿者。

知　县：好，真会说话，算是对了老爷的劲咧。你老爷，遇见你这胡大混，喜欢。听吾吩咐，与你过去。

　　　　（唱）你这随和人，与你胡大混。

　　　　　　会说又会玩，对了老爷劲。

　　　　　　听吾对你说，你别太在意。

　　　　　　沈老丞相爷，吩咐我在这。

　　　　　　查点上山人，不准带兵刃。

　　　　　　过去快过去，好好玩玩意。

花朵一：（白）是，小人遵命。（三人同下）

知　县：（唱）又来两个人，男女是一对。

　　　　　　相貌很年轻，行动人纳闷。

　　　　　　小伙把马拉，拿着一根棍。

　　　　　　不远画道杠，苦了小媳妇。

　　　　　　到杠就磕头，可惜对个面。

　　　　　　细看这个人，风流无有对。
　　　　　　恨我俩眼睛，迎风就流泪。
　　　　　　两手乱抹扎，不由夸几句。
　　　　　　面如粉琢成，五花绑绳穗。
　　　　　　发似像刀裁，真是一黑墨。
　　　　　　脸蛋照见人，风吹不破裂。
　　　　　　粉嘟嘟的腮，五官更合适。
　　　　　　眼睛水灵灵，一翻那个劲。
　　　　　　看人这一溜，不由抽冷气。
　　　　　　绣花大红袍，照眼未沾字。
　　　　　　一步一婀娜，只留俩脚印。
　　　　　　前后两小坑，不过二三寸。
　　　　　　看看到跟前，来咧真来咧，扑面香有味。
　　　（上曹保、宝彩文）
知　县：（唱）站住且站住，老爷问一问。
　　　　　　你们姓什么？是做什么事？
曹　保：（白）小人姓申名仇，为母许愿，上庙叩头烧香。
知　县：（唱）你两口孝心，真是满人意。
　　　　　　过去你过去，扔了那根棍。
　　　　　　省得你媳妇，叩头忒费劲。
　　　　　　看着人心疼，叫她上坐骑。
　　　　　　诚心把好修，不在这一会。
　　　　　　过去过去吧，去把孝心尽。
曹　保：（白）小人遵命。（二人同下）
知　县：（唱）又来三个人，二人抬根棍。
　　　　　　是一个礼盒，贴着封皮字。
　　　　　　跟着一个人，一直奔了这。
郑　喜：（唱）来了家人小郑喜。
　　　（二人抬盒上）
　　　（白）小人郑喜与老爷叩头。

知　　县：起来起来，你是谁家仆人？快快说来。

郑　　喜：哦，有我家老爷名帖在此，请老爷过目。

知　　县：我瞧瞧。上写郑世勋，哈哈，老公勋会闹笑话，下一个诏命于我，吾如何担得起呢？你见了老公勋，就说我在这里磕头了。

郑　　喜：老爷是本县之主，理当名帖叩拜。我家老爷明日上山去拜访沈老相爷，今日命小人备办礼盒，请老爷验验吧。

知　　县：还这样讲究？都是谁呢？去吧去吧。

郑　　喜：多谢老爷。（下）

（众人扛家伙上，能连、豆去耍中幡，曹克让跟上）

知　　县：站住，做什么？

能连、豆去：耍中幡的。

知　　县：哪会办的呢？

能连、豆去：青松寨郑家郑爷办的。

知　　县：哈哈，老公勋是好胜之人，你们叫什么名字？

能连、豆去：我们哥俩姓会，我叫会玩，他叫会笑，那是我们的老师父，名叫侯爷。

知　　县：哈哈，这个名字起了一个满呀，姓侯名叫侯爷。在山上没有不是爷的。

能连、豆去：是，老爷说的是。

知　　县：你们这么着，天也不早了，我也该回了，你们把那玩意玩上几下，家伙打得热热闹闹的，中幡要得好好的，你们往上一走，我就往回一扭，就完了吧。

能连、豆去：使得，伙计们。

众　　人：在。

能连、豆去：扛家伙往山上走哇。

众　　人：是了，走哇。（同下）

（完）

第十三本

【剧情梗概】 欧阳术士跳入宝龙山地穴，大战鱼、龙二妖，遇到欧冶子，得知二妖乃是盘郢、鱼肠二剑。五剑会合，化作五色金丸。欧冶子将金丸赐予欧阳术士，并拿一本平西册让他交给神宗。神宗礼佛，埋伏的恶僧突出行刺，张全忠护驾被杀，曹珍、宝虎敲响大钟，众英雄前来救驾。反贼大半被消灭，沈桓逃到杏花寨。神宗为曹克让、赵英平反，并封宝彩文为帅，令其率兵征讨杏花寨和红绒国。珍珠娘子又欲谋害宋神宗君臣，被欧阳术士杀死。神宗封欧阳术士为护国剑仙，欧阳术士临行留下平西册，让神宗赐予宝彩文。宝彩文拿到神书，开始分派人马，进攻杏花寨。

（叶茂枝马上）

叶茂枝：（诗）从小生来妙，黑夜总没觉。

　　　　　　白日更精神，你说耗不耗？

卒：（白）老爷那是熬心血呢，等着熬干了，就成了。

叶茂枝： 成了什么？

卒：　成了皮包骨了。

叶茂枝： 你老爷练就的皮包筋骨。吾乃甄曲县守备叶茂枝。

卒：　怪不得老爷不睡觉呢，是官讳叫坏了。

叶茂枝： 怎么坏啦？

卒：　一个夜猫子哪有觉呢？

叶茂枝： 胡说。

卒：　是，是。

叶茂枝： 方才相爷上山，叫我照管各项玩意，都叫在正南石岩之下，不许胡行乱走，等皇上降完了香，再当场做玩意。呀啐，各会听真，不许喧哗，听老爷吩咐，有不遵者，立刻绑拿，就地正法问罪。

　　　　　（唱）相爷上山有钩旨，特命我把尔等辖。

　　　　　　　各会聚集山南面，对着那个大石砾。

　　　　　　　不许胡言与乱行，不许尔等闹喧哗。

325

　　　　　　　天子明日把香降，等着晓谕有分法。（下）
　　　（上定做、定也）

定做、定也：（唱）不言守备传将令，来了那定做、定也二凶煞。
　　　　　　　正是天交二更鼓，万籁无声少人牙。
　　　　　　　定也拿着杆一根，

定　　做：（唱）定做装束披袈裟。
　　　　　　悄悄上了大雄殿，造就神橱有妙法。
　　　　　　抬过来什么惊天一面鼓，放在那神橱一边妙更佳。

定　　也：（唱）定也锁在神橱内，忙把前面悄悄压。（下）

定　　做：（唱）定做背掩鼓一面，右边暗把钢刀拿。
　　　　　　不言二僧早准备，（下）

宝　　虎：（唱）再表宝虎把山爬。
　　　　　　飞檐走壁把山上。
　　　（白）俺宝虎，奉侯爷之命，绕过贼营从后面峻岭高峰使飞檐走壁之能爬上来，只得悄悄到庙内，等着保护皇上。这是一件大事。常言说得好，要做天下奇男子，须立人间未有功。
　　　（唱）我今把令遵，愿领这辛苦。
　　　　　　飞檐走壁能，犹如爬山虎。
　　　　　　奔腾跳石砾，两脚不沾土。
　　　　　　刚刚上了山，不觉二更鼓。
　　　　　　蹑足又潜踪，逃着往前走。
　　　　　　荡山响梆铃，更夫夜里走。
　　　　　　影影绰绰的，桓营把路阻。
　　　　　　有些难过去，又不叫动武。
　　　　　　来了二更夫，二人把舌吐。
　　　　　　吾且等着他，当道把他堵。
　　　　　　黑影一孤堆，蹲下这一虎。
　　　　　　来了二更夫，敲锣打小鼓。

李　　五：（白）叫声小张三。

张　　三：好说，小李五。

张三、李五：（唱）今日夜黑天，迈步是瞎扑。

　　　　　　　该着咱俩班，你说苦不苦？

　　　　　　　咱的守备爷，更不会享福。

　　　　　　　外号夜猫子，熬得皮包骨。

　　　　　　　领了巡更差，游走受辛苦。

　　　　　　　你看这座营，威武不威武。

　　　　　　　人家是京官，乃是桓大虎。

张　三：（唱）哟，你往那边瞧，好像一堆土。

李　五：（唱）等着悄悄去，再别是老虎。

　　　　　　　胆小被吓着，你可小心喔。

张　三：（唱）进前瞧一瞧，

　　　　（宝虎杀张三死）

李　五：（唱）听着一啪声。

　　　　（白）是什么声？

　　　　（宝虎又杀李五死）

宝　虎：你俩阴间分辨去罢。把他俩尸首扔在石缝里，拿着他的锣，装作更夫，混过营去，就到团角寺了。

　　　　（硬唱）抓起两个死人尸，悄悄塞入石歔缝。

　　　　　　　拿起打更他的锣，大步流星把身动。

　　　　　　　听见别处响梆声，待你上前碰一碰。

　　　　　　　眼见过了这座营，今夜巧妙算一定。

　　　　　　　大约走了二更多，黑乎乎地登山径。

　　　　　　　细看到了庙外边，又听里面梆声送。

　　　　　　　还使飞檐走壁能，上了高楼身一纵。

　　　　　　　轻轻进了庭院中，果有钟楼高几层。

　　　　　　　飞身上了大钟楼，复又留神细定睛。

　　　　　　　果然挂着蠢大钟，怪不得说有三千重。

　　　　　　　一纵上了大钟亭，伏在梁上身不动。

　　　　　　　等着状元来打更，我就帮他把功挣。

　　　　　　　这个钟亭大又宽，在这上头更安静。

不言宝虎在钟楼，（下）

（上张全忠）

张全忠：（唱）保驾功臣提名姓。
　　　　　　近御将军张全忠，一声吩咐忙传令。
　　　　　　宫官太监御林军，三百铁甲紧跟定。
　　　　　　保主按时上龙山，多加仔细把路登。
　　　　　　快带逍遥马白龙，圣上皇爷好骑乘。
　　　　　　传令已毕上雕鞍，手提钢枪紧跟定。
　　　　　　宫官太监一窝蜂，三百铁甲刀枪并。
　　　　　　一起上了宝龙山，全忠将军心不定。
　　　　　　纵马开路暗思量，吉凶祸福听天命。

（白）俺张全忠。昨夜状元郑珍见驾，圣上留他陪驾，拈香赞礼。他来见我时，谆谆言道，今日上山，要多加仔细。我想他是沈桓危之婿，如何言及于此？令人甚加疑惑。沈相昨日告假上山，未免不是奸谋。他诳天子降香，我明知凶多吉少，仗皇上洪福齐天，我全忠一片忠心，不忘世受皇恩，不负亲王之荐，哪怕是龙潭虎穴，何惧贼臣诡计多谋？

（唱）我全忠先祖乃是开基将，跟随太祖定江山。
　　　　世受皇恩好几代，君恩万万难报完。
　　　　今日保主把香降，才得显一片忠心肝。
　　　　不管状元他真假，不怕沈贼他怎奸。
　　　　立定主意保圣主，不负亲王荐了咱。
　　　　奸相果有谋位意，难免刻下起兵端。
　　　　只愿主安我不在，死后留下美名传。
　　　　正然思想出红日，面前就是宝龙山。
　　　　拥护天子把山上，（下）

众　官：（内唱）众官接驾拜天颜。
　　　　　　　　正遇鱼龙变化处，设立龙棚在两边。

（上天子坐，沈桓危、曹珍、张全忠立）

天　子：（唱）棚前果是一景地，白云涌出水涟涟。
　　　　　　　果有鱼龙随云舞，霎时一起入穴间。

　　　　　　一尾金鱼又涌现，随云跳跃上下翻。
　　　　　　真是一宗奇异事，沈相并非是妄谈。
　　　　　　此处为何有此穴？哪里鱼龙往里钻？
　　　　　　鱼龙变化人难料，不由信口把旨传。
　　　　　　谁能下此地穴内，见见虚实是神仙？
　　　　　　看一看穴底是什么物，探明幻景对朕言。
　　　　　　有人若能下了去，朕当官上再加官。
　　　　　　宫官将军无人语，

欧阳术士：（内白）万岁，山人能下。

天　子：（唱）忽听一声有人言。
　　　　　　不见其形有人语，其声好像在面前。（上欧阳术士）
　　　　　　但见一人把形现，

张全忠：（唱）全忠上前抓住肩。
　　　　　　你这妖道休惊驾。
　　　　　　（白）哪里来的妖道，敢用邪术惊驾？

欧阳术士：张将军，不要使威风，山人特来参驾，愿探此鱼龙之穴。

天　子：张爱卿不用拿他，待朕问来。

张全忠：臣遵旨。

欧阳术士：万岁，山人愿探此穴，回奏吾皇。

天　子：哦？你这人不怕被龙吞咽么？

欧阳术士：龙抓宝龙胜鱼，鱼咽破鱼降龙。

天　子：听你说得蹊蹊跷跷，有些异样，怎么一个下法呢？

欧阳术士：请我皇来看好。（手指掐诀，口喷法水，照着鱼龙，吓声一出，那鱼龙钻入穴内去了。再用隐身之法，往穴口一跳，众人不见。）（内白）山人去也。

天　子：呀，真乃奇奇怪怪。

宫　人：是。

天　子：带过逍遥马，时近辰未，且进庙内拈香。道人出穴，禀我知道。

宫　人：是。

众　臣：（唱）天子又上逍遥马，陪龙伴驾状元郎。

　　　　　　　全忠保驾上坐骑，
沈桓危：沈相脱身使假装。
　　　　　　未曾上马用鞭打，两脚入镫顾着忙。
　　　　　　假意返身摔在地，
　　　　　　（白）咳呀。（掉下）
　　　　　　（唱）连打咳声说跌伤。（辛挽下）
　　　　　　　　令人马前奏天子，
天　子：（唱）天子眼见更着忙。
　　　　　　　传旨搀入前营内，朕赐汤药调养伤。
　　　　　　　天子起驾奔了庙，不解奸相闹荒唐。
　　　　　　　可怜丞相失防备，伤了左腿为朕降香。
　　　　　　　不言君臣到庙内，（下）
　　　　（上沈桓危，坐）
沈桓危：（唱）桓危他到了前帐喜洋洋。
　　　　　　　昔日未得手，今日可称心。
　　　　（白）老夫沈桓危。故意跌下马来，哄骗天子便脱身。诸路人马，埋伏齐备，不知何处来了一个野道，有些蹊蹊跷跷，竟敢入穴？怕他搅我大事。桓党哪里？
桓　党：在。
沈桓危：速速带领三军，将穴口塞平，叫他无有出路，死在穴内，免出是非。
桓　党：是。（下，又上）末将将穴口塞平，特来交令。
沈桓危：好。将军牢守此营，不可妄动，挡住山中各样人等，切不可过去。等候炮响，老夫带领吴大有从东面杀上山去，西面有令弟，北面有法戒，一起围了团角寺，便能成功。
桓　党：得令。（下）
沈桓危：（唱）一日成就文武业，九州一统掌舆图。（下）
　　　　（上欧阳术士对鱼、龙变二妖）
欧阳术士：（白）呀，原来这鱼龙是两个怪物。我欧阳术士异术多端，有三支神剑，岂怕你这怪物？
　　　　　　　（唱）吾上宝龙山，特为鱼龙变。

　　　　　天子把景观，人有千千万。
　　　　　使法见当今，愿把地穴探。
　　　　　穴口跃身入，天子亲眼见。
　　　　　穴底见鱼龙，它会把身变。
　　　　　原是二妖怪，蹿跳在前面。
　　　　　我且不惧他，仗着神锋剑。
　　　　　取出剑三支，忙把剑诀念。
　　　　　斩了二妖怪，便能把功献。
　　　　　说后道声疾，金光成一片。
　　　　　掐诀在后跟，二怪回头看。
　　　　　跳舞笑嘻嘻，看他不忙乱。
　　　　　乾坤湛卢锋，上下左右转。
　　　　　叮当冒火星，火光成一片。
　　　　　二怪也不逃，反把身份现。

（变剑）

　　　　　二怪霎时无，五朵金光现。
　　　　　转成一火团，滚滚团团转。
　　　　　五剑变火球，好似炉中炼。
　　　　　就此滚如飞，不远在前面。
　　　　　奇哉真奇哉，追赶不怠慢。
　　　　　神剑裹住妖，随妖一起变。
　　　　　叫人分不开，又怕失神剑。
　　　　　追赶在后边，火团在前转。
　　　　　不言欧阳他，（下）

（出欧冶子）

欧冶子：（唱）再表另一段。
　　　　　冶子这剑仙，巧妙有神算。
　　　　　点化坐飞云，慧眼早看见。
　　　　　奇术飘然来，奉旨把穴探。
　　　　　五剑会一堆，滚滚真火炼。

    倒念五剑诀，左手伸迎接。
    火球入掌中，（入）法气一吹变。
    五色丹一丸，卷回手中攥。
    座上把口开，连把世孙唤。

  （白）世孙这里来。

  （上欧阳术士）

欧阳术士：呀，原是师祖在此，孙孙叩头。

欧冶子：你今探此穴，可知鱼、龙二物，是什么物件？

欧阳术士：孙孙不知，望求师祖指教。

欧冶子：你那三支神剑，可知飞向哪里去了？

欧阳术士：方才祭起三支神剑，想擒拿二怪，只见与那二怪滚成一个火球，孙孙在后追赶，忽然不见了。

欧冶子：你且起来，看我手中是何物件？

欧阳术士：呀，这是一个五色金丹丸。

欧冶子：你那五剑剑诀，虽然熟读，仍是不精，现听我指点与你。那鱼、龙二物乃是盘郢、鱼肠二剑所化，昔日这五剑乃是一炉所造，几千余年传留于世，今五锋会合在一起，正如五行齐备，故而化成一个五色金丸，乃离而复合，关系国家吉凶胜败。这金丸合则为一宝丹，分则即是五把神剑。是书之内，细细详解，自会明白。且将金丸收过了。

欧阳术士：是，多谢师祖指点之恩。

欧冶子：你只知来探此穴，可知现在地穴之劫难吗？

欧阳术士：孙孙不知。

欧冶子：一旁侍立，听我指教与你。

  （唱）只因大宋国运转，逢凶化吉天造成。
    今又一败复一盛，应在中衰后复兴。
    天蓬大帅曹克让，他一家离而复合把冤鸣。
    今日今时五锋会，天意造定劫难中。
    点化此穴鱼龙变，为保宋主不受惊。
    奸相勾串西番国，黄鹏仙勾引蛤蟆精。
    深潭现佛等天子，一口蟾毒害神宗。

> 剑化鱼龙避妖气，剑光一现妖入水中。
> 今日天子把香降，故而早早现鱼龙。
> 天子不能把妖见，免受蟾毒第一功。
> 该你报仇拿黄胖，奈你道浅还未精。
> 五锋大会聚神气，其中变化妙无穷。
> 再赐你一个木如意，本是松枝削砍成。
> 你若临敌当兵器，可挡千军万马阵。
> 任他刀枪临身近，东指东去指西行。
> 无论妖仙什么宝，不能伤你护身形。
> 还有一本平西册，成功之后交神宗。
> 内有始末不能告，事到其间自分明。
> 二宝在此俱收过，只要你不可任意把事生。
> 拿了妖人速速隐，销金洞里苦修行。

欧阳术士：（唱）谨遵仙嘱孙去也。

欧冶子：（白）慢着，

　　　　（唱）穴口已被人塞住，算着时日出穴中。
　　　　　　　诀语神书指明你，从水道出穴先斩蛤蟆精。（下）

曹　珍：（唱）不言欧阳祖孙事，再表郑珍护驾行。

张全忠：（唱）张全忠保驾前行并马走。

　　　　（白）俺张全忠。

曹　珍：下官郑珍。老将军，你看这团角寺真也威严，周围墙垣，坚固如城池。

张全忠：不错。

曹　珍：兵家见此，当称险地，地势既险，当防险势。

张全忠：状元此言，大有高见。可知险事之真情么？

曹　珍：何用真情？天子千里烧香，不算不险。

张全忠：圣驾到此，我张全忠要尽忠王事。

曹　珍：依吾看来，今日之事须仗将军虎威了。

　　　　（唱）方才事，细斟酌。
　　　　　　　沈相落马，说是腿折。
　　　　　　　搀回前营内，令人疑惑多。

　　　　　　吾皇未曾细问，青红不分皂白。
　　　　　　将军千万加仔细，休怪学生多叮咛。
张全忠：（唱）状元公，是何说？
　　　　　　你本相府，爱婿东阁。
　　　　　　沈相是令岳，如何起心多？
　　　　　　何事不能知晓，莫非取笑张某？
　　　　　　我全忠今日保驾仗洪福，主辱臣死忠为国。
曹　珍：（唱）我此来，只一说。
　　　　　　忠奸二字，父子相隔。
　　　　　　何况是翁婿，更有差得多。
　　　　　　文武保圣主，自当重权威。
　　　　　　但愿平安无有事，有难同死也共活。
张全忠：（白）好。
　　　　（唱）这才是，圣门科。
　　　　　　不愧金榜，殿甲连科。
　　　　　　你本文墨士，不怕主难死。
　　　　　　张某本是武将，何惧斧剁枪刺？
　　　　　　说话之间到庙外，但见和尚走如梭。
定　做：（唱）来了定做忙叩首。
　　　　（白）团角寺执事人，前来叩接圣驾。
张全忠：你这和尚叫什么名字？
定　做：小僧定做。
张全忠：有个大和尚法戒，如何不来接驾？
定　做：长老卧病两月，不能动转。
张全忠：哼，早知此庙僧人千百，怎么只你一人？
定　做：早有本处官员晓谕此庙僧人，别处卜卦，或去游方，不准在寺，多恐触怒圣意，只留一二人执事伺候。小僧备下金香玉炉，前来叩接圣驾拈香行礼。
张全忠：和尚能言，只要你小心伺候。
定　做：是。

（唱）定做回身金庙内，神橱一边立在旁。（下）

（上曹珍、张全忠、天子）

曹珍、张全忠：（唱）曹张二人下了马，伺候天子进庙堂。

　　　　　　　　　神宗下了逍遥马，皇宫太监带丝缰。

　　　　　　　　　全忠小心紧随后，郑珍左右暗提防。

　　　　　　　　　进至大殿随主后，其余官员立两旁。

天　子：（唱）神宗天子上宝殿，停身才要拈神香。

（上定做，藏刀，立鼓边）

定　做：（唱）定做擂动惊天鼓，声音响亮震天堂。

张全忠：（白）和尚为何尽力擂鼓？

定　做：（唱）鼓乃佛祖不要慌。

张全忠：（唱）你这和尚必是诈，宝刀出鞘气昂昂。

定　也：（内唱）橱内定也动了手，（出）对准全忠就一枪。

张全忠：（白）呀，不好，

（唱）全忠急忙说不好。

（白）圣上快快退出庙外。

天　子：吓死人也。（天子、郑珍下）

定　做：神宗哪里走？

张全忠：秃驴，休伤我主，看刀取你。

（唱）枪尖入腹疼得凶，不顾自身用刀砍。

　　　砍折枪杆拔出枪，一手抡刀一手掩。

　　　挡住两个恶凶僧，不能去把我主赶。

定　也：（唱）定也拿着半截棍，挡不住宝刀鲜血染。（死）

定　做：（唱）定做心慌怕忠良，一眼不到被刀砍。（死）

张全忠：（唱）单臂抡刀杀二贼，保住天子未受险。

　　　　　　心知保驾无有人，纵出门外威风展。（下）

天　子：（唱）神宗天子魂吓飞，君臣二人吓破胆。

曹　珍：（唱）郑珍吩咐铁甲军，急急早把山门掩。

法　戒：（内唱）法戒率领头陀兵，山后杀来离不远。（上）

桓　雕：（内唱）桓雕桓强带来兵，从西杀东声呐喊。（下）

张全忠：（唱）全忠伤重不能言，心中着急眼难转。
天　子：（唱）天子扶着忠良将，直叫将军快睁眼。
　　　　（白）张将军醒来醒来。呀，你看他受此重伤，只怕有些不好了。
法　戒：（内白）咳，众头陀听真，将庙团团围住，不许放走神宗天子。
　　　　（呐喊，张全忠起，又倒）
天　子：呀，这可有些不好。
　　　　（唱）宋天子，心惊怕。
　　　　　　　身陷重地，恨已不明。
　　　　　　　定海王苦劝，怎么朕不听？
　　　　　　　不是全忠保驾，朕早赴了幽冥。
　　　　　　　此时爱卿命难保，还有何人保朕躬？
　　　　（呐喊，张全忠起，又倒）呀，攻得紧，喊得凶。
　　　　　　　声声乱嚷，要拿神宗。
　　　　　　　着急无主意，只叫张爱卿。
　　　　（张全忠起，又倒）见他撒开两手，口里冒出血红。
　　　　　　　将身一仰断了气，天子一见更吃惊。
曹　珍：（唱）郑状元，尊主公。
　　　　　　　都统奋勇死，果然是全忠。
　　　　　　　吩咐叫太监，抬过死尸灵。
太　监：（白）哈。（下）
曹　珍：（唱）贼势虽然甚紧，我主万安莫惊。
天　子：（白）卿乃文臣，还有何人保驾？
曹　珍：（唱）无暇细奏头与尾，自有勤王救驾兵。
天　子：（白）贼兵攻打甚紧，纵有救兵，迅雷不能掩耳了。
曹　珍：（唱）墙高耸，暂难攻。
　　　　　　　况有三百，铁甲精兵。
　　　　　　　定海王亲兵，奋勇能尽忠。
　　　　　　　请主左廊坐，微臣上楼鸣钟。
天　子：（白）鸣钟？这有何意？
曹　珍：（唱）鸣钟自有人救驾，让万岁看是何人造反情。

天　子：（唱）神宗主，怕又惊。

　　　　　　　左廊之下，且避身形。（下）

曹　珍：（唱）郑珍急急去，上楼去鸣钟。（下）

　　　　（出宝虎）

宝　虎：（唱）宝虎钟楼之上，急得二目通红。

　　　　　　　怕违将令不敢动，曹珍他怎慢腾腾？

　　　　（上郑珍）

曹　珍：（白）宝兄，快快帮吾鸣钟救驾。

宝　虎：（唱）打钟锤，拿手中。

　　　　　　　铛铛几下，响得更凶。

　　　　　　　下楼一声喊，叫声状元公。

　　　　　　　引吾去见皇上，出去杀个干净。

曹　珍：（白）快随我来。（下）

天　子：（唱）神宗天子疑又惑，不知何人救朕躬？

曹　珍：（内唱）有宝虎，喊一声。

　　　　（上曹珍、宝虎）

宝　虎：（唱）皇上莫怕，我救主公。

　　　　　　　磕了头一个，爬起就要行。

天　子：（白）慢着，状元，他是哪个？你且对朕说说。

曹　珍：此乃青峰山上义士宝虎，前来救驾。

天　子：（唱）怕你单丝不成线，候朕上楼看分明。

曹　珍：（白）领旨。

天　子：（唱）宋天子，往外行。（三人下，又上）

　　　　　　　钟楼一座，甚是高峰，三人把楼上。

天子、曹珍、宝虎：（唱）一起看分晓，只见人马无数。

　　　　　　　为首和尚更凶，团团围住团角寺，也有和尚也有兵。

沈桓危：（内唱）众兵将，听鼓声，急急攻打庙内。

　　　　　　　捉拿神宗天子，不许放走昏君。

天　子：（唱）攻得紧，甚是凶。

　　　　　　　三百铁甲，左右开弓。

呀，真是沈丞相，指挥众贼兵。

原来是他谋反，悔朕不听皇兄。

叫朕又气又是恨，该把反贼万剐凌。

宝　虎：（白）等着我宝虎杀退这群秃驴，拿来老贼，与吾皇出气。咱就去也。（下）

天　子：呀，

（唱）只见他，纵身形。

跳下楼去，如虎生风。

单刀明又亮，冲入队伍中。

杀得人仰马退，围住叠叠层层。（喊）

正南人马喊得紧，对面尘土起飞空。

杀得紧，看不清。

又怕宝虎，一人不中。

难分皂白，谁是谁的兵。

龙体不摇自颤，勉强下了楼亭。（下）

曹　珍：（唱）郑珍伴驾左廊下。（下）

（上郑世勋、蓝素晏、郑春芳）

郑世勋：（白）老夫郑世勋。大钟响亮，沈贼必是劫杀天子。女儿们。

蓝素晏、郑春芳：在。

郑世勋：杀上前去，救驾擒贼。

蓝素晏、郑春芳：晓得了。（下）

（上唐西世对蓝素晏）

唐西世：咳，哪里来的女子，带领这些人，敢闯我的营盘？报名受死。

蓝素晏：沈贼劫君篡位，尔等还不反戈救驾，难免刀下做鬼。

唐西世：哇，相爷今日一战成功，目下就是皇上了。你是何人，敢来搅乱？看枪！

（蓝素晏杀唐西世死，又对众兵杀下）

蓝素晏：你看贼兵四散。庄兵们。

庄　兵：（内白）在。

蓝素晏：急急杀到团角寺，不得有误。（下）

（呐喊，上曹克让）

曹克让：呀，你听杀声震耳，惊天动地，大钟响亮。曹保、赵飞龙、花朵一、郑喜听令。
曹保等众人：在。
曹克让：快去急取刀枪。
曹保等众人：是。（下，又上）
曹克让：你看四面杀声震耳，宝龙山大钟响亮，尔等快快整理戎装，向正北冲杀，捉拿奸相，救驾平叛。血海深仇今天要报，捉拿奸贼沈桓危，不得有误。
曹保等众人：得令。（下）
曹克让：能连、豆去。
能连、豆去：有。
曹克让：拆掉中幡，做为大旗，取我的青龙刀过来。
能连、豆去：哈。（下）
曹克让：（唱）镇西侯，穿铠甲。
　　　　　　戴上金盔跨战马，接过青龙偃月刀，露出真名去了假。
　　　　　　中幡改作大旗，销金大字上面写，镇西侯爷曹救驾。
　　　　　　能连豆去身后随。
曹　保：（唱）小曹保，提钢枪，扯扯带来整戎装。
　　　　　　身穿铠甲明又亮，步战好似哪吒郎。
赵飞龙：（唱）赵飞龙，长枪拧。
　　　　　　蚕眉配上丹凤眼，本来面目江湖行。
花朵一：（唱）花朵一，更急躁，打人流星手中绕。
　　　　　　右手拿着刀一口，碰着叫他脑袋掉。
花彩凤：（唱）提大刀，花彩凤，拉过战马身一纵。
　　　　　　大报冤仇要立功，谋反沈党杀个净。
宝彩文：（唱）宝彩文，提大刀，凤翅金盔头上罩。
　　　　　　脑后飘着长雉翎，黄金铠甲罩红袍。
　　　　　　杀人刀，装在鞘，战马上了身一跃。
　　　　　　力杀贼兵要当先，公父急急发令号。
曹克让：（白）孩儿们。
众　人：在。
曹克让：急急踏他连营，杀上前去，不得有误。（众人同下）

（升帐，及于、邴来、枚松、宋命站）

众　将：（诗）上阵金平武，对敌宣花斧。
　　　　　　疆场舞大刀，最怕催战鼓。

及　于：（白）我乃骠骑将军及于。

邴　来：吾乃校尉邴来。

枚　松：吾乃左翼枚松。

宋　命：吾乃右翼宋命。

众　将：兵主升帐，在此伺候。

（出桓党）

桓　党：（诗）大丈夫开疆展土，真豪杰人称霸王。
　　　　（白）本帅桓党，蒙丞相提拔，得为元帅，率领吴大有与众兄弟们守营。长老法戒率领头陀兵困了团角寺，探子报道，死了张全忠，看看攻破庙门，不知哪里来了一个恶汉，谅他单丝不成线，不久被擒，神宗天子插翅难飞。

（呐喊，上卒）

卒：　　报帅爷得知。

桓　党：何事？快快报来。

卒：　　听报。
　　　　（唱）正南上，呐喊声。
　　　　　　　江湖中，众英雄。男女一起把手动。
　　　　　　　有救驾，来得凶。
　　　　　　　曹侯爷，拿奸凶，一杆大旗标姓名。
　　　　　　　那守备，武艺松。
　　　　　　　苦死了，手下兵，杀得血成河。

桓　党：（白）东面为何呐喊？

卒：　　（唱）东山上，又添兵。
　　　　　　　杀进来，二花容，唐爷刀下废了命，废了命。

桓　党：（白）再探。

卒：　　得令。（下）

桓　党：众将官。

众　　将：在。

桓　　党：分兵一半，往东去挡青松寨，一半出营向南，捉拿江湖匪棍。连营谨守，勿放他人过去。马来。（下）

（宝彩文对叶茂枝）

叶茂枝：来者女子是谁，竟敢造反？报名受死。

宝彩文：你奶奶宝彩文，特来救驾。来将何名？

叶茂枝：吾乃叶茂枝，你守备爷到了。

宝彩文：不要走，看刀！

叶茂枝：来！来！

（宝彩文杀叶茂枝死，对及于）

及　　于：你这女子是谁，竟敢宰人？不要走，待吾与他讨命便了。

宝彩文：不怕死的来呀。

（唱）抡开大刀疾又快，樱桃小嘴吐娇音。

我本是青峰山的二寨主，力杀四门宝彩文。

特自前来救圣驾，要摘奸相窃贼心。

他诓天子谋篡位，天网恢恢看得真。

尔等助纣同为匪，是谁行奸谁忠臣？

打量侯爷不在世，看一看大旗之下是何人？

知时务者休决战，不达时务命归阴。

及　　于：（白）咦。

（唱）一行杀着一行战，及于头上走真魂。

交手无有还手力，一刀斩落血染尘。（死）

（上邢来，又对宝彩文）

宝彩文：（唱）又来一人不怕死，报上名来是何人？

邢　　来：（白）吾乃大将邢来是也。

宝彩文：（唱）战不三合劈下马，（邢来死）三军呐喊拿贼人。

桓　　党：（唱）桓党催马来交战，（对宝彩文）好个可恶女钗裙。

宝彩文：（唱）来将何名快快讲，奶奶不杀无名人。

桓　　党：（唱）本帅桓党来拿你，该你留名去归阴。

宝彩文：（唱）青峰山上二寨主，奶奶就是宝彩文。

桓　党：（唱）原来还是一女寇，不怕大刀碎你身？
宝彩文：（唱）家内人等来救驾，你看旗下是何人？
桓　党：（唱）原来真是曹克让，想是今日来显魂。
宝彩文：（唱）谅你小辈无知晓，不过狗党与狐群。
桓　党：（唱）喝令兵丁齐围困，刀劈枪刺万马千军。
宝彩文：（唱）任你贼兵千千万，奶奶不惧半毫分。（同下）
　　　　　（上曹保、赵飞龙）
曹保、赵飞龙：（唱）曹保飞龙齐努力，人头乱滚血成津。（下）
　　　　　（上蓝素晏、郑春芳，对枚松、宋命）
蓝素晏：（唱）又来素晏蓝氏女，
郑春芳：（唱）郑氏春芳随后跟。
　　　　　　　正遇枚宋两员将。
枚　松：（白）来者两个女子，报名受死。
蓝素晏：你奶奶蓝素晏。
郑春芳：你姑姑郑春芳。来将何名？
枚　松：吾乃枚松。
宋　命：吾宋命。杀死唐总兵，可是你们吗？
蓝素晏、郑春芳：然也。
枚松、宋命：看枪。
　　　　　（大杀，枚松、宋命死。上定风、定休对宝虎）
宝　虎：哇呀哇呀，不怕死的秃驴来呀。
　　　（唱）宝虎喊连天，杀人顺了手。
　　　　　　快来快来呀，一个不要走。
　　　　　　不怕围得多，杀上他几宿。
　　　　　　少了不够杀，也得几千口。
定风、定休：（唱）定风与定休，抢刀身抖抖。
　　　　　　五百头陀兵，一起声乱吼。
　　　　　　杀西又杀东，前遮与后扭。
　　　　　　定风中了刀，砍去双臂肘。（死）
　　　　　　定休着了忙，头落鲜血沤。（死）

法　戒：（内唱）法戒催征驹，（上）山寇哪里走？
　　　　　　　铲杖来得凶，一起动了手。
宝　虎：（唱）秃驴来来来，祖宗本领有。
　　　　　　　你有一百铲，杀你九十九。（下）
沈桓危：（内唱）沈相勒马观，（与吴大有马上）带领吴大有。
　　　　　　　心内打条停，事情要缠手。
　　　　　　　各处有杀声，一定要丢丑。
　　　　　　　喊声切近了，合眼不敢瞅。
　　　（上卒）
卒：　　（唱）心腹报了来，跪倒忙揖手。
　　　　　　　启禀丞相爷，快走快快走。
　　　　　　　来了郑家兵，杀进东山口。
　　　　　　　唐总兵阵亡，守备被人扭。
沈桓危：（白）呀，
　　　　（唱）心中着了忙，叫声吴大有。
　　　　　　　带你本部兵，保吾快快走。
吴大有：（白）逃奔何处去呢？
沈桓危：（唱）杏花寨里归，再听事成否。
吴大有：（白）是。
沈桓危：（唱）暗抽一股兵，奔了西山口。（下）
　　　（上天子）
天　子：（唱）神宗不放心，状元快快走。
　　　　　　　再去上钟楼，杀声越发抖。
　　　　　　　君臣忙把钟楼上。
　　　（白）呀，状元，你看官兵东奔西逃，贼僧多半受伤，这才是圣天子有百灵相助，大将军有八面威风。真见得宝龙山一场好杀也。
　　　（硬唱）细睁龙目往下观，宝虎庙前大交战。
　　　　　　　重重叠叠困垓心，两把钢刀如雪片。
　　　　　　　杀得贼僧头滚抛，奈贼甚多杀不散。
　　　　　　　那个僧人猛又凶，一条铲杖真不善。

      对面无了沈桓危，又往何处去勾串？
      宝虎虽勇人一个，只怕单丝不成线。
      正南连营乱如麻，钟楼甚高看得见。
      金甲红袍一少年，雉尾飘飘威风现。
      坐骑杏红马一匹，一口大刀如闪电。
      马到连营杀将官，人头乱滚将马绊。
      那座重围一阵开，又闯一处处处乱。
      那位女将胜男将，状元你可见过她？

曹　珍：（白）此乃宝虎之妹宝彩文前来救驾。

天　子：（唱）真乃闺中女魁元，复又定睛仔细看。
      那边又有一个人，又是一员女红颜。
      无盔无甲素衣装，蓝巾包头装束简。
      箭袖衣衫扎红巾，其形倒像江湖样。
      骑定一匹马白龙，一口大刀如闪电。
      万军阵内抖威风，指东杀西英雄胆。

曹　珍：（白）这是赵察院之儿媳妇名叫花彩凤，知道沈桓危有害主之心，前来救驾来了。

天　子：好。
   （唱）又一大将往上冲，舞动长枪威风现。
      步行无骑杀得凶，门路精通扰人眼。
      状元可知是何人？

曹　珍：（白）这是镇西侯次子名叫曹保，远游避祸，知主受险，前来救驾。

天　子：好，真是虎父无犬子也。
   （唱）圆睁龙目往下观，大纛旗下一美髯。
      面如重枣似蚕眉，相配两只丹凤眼。
      杀气腾腾舞大刀，指挥众将升旗殿。
      虽然年老有威风，番贼个个逃走远。
      呀，好像被斩镇西侯，如何这里把魂显？
      细看果是叛臣曹，不由心中暗辗转。
      状元必知他是谁，细细向朕说长短。

　　　　（白）郑爱卿，那边旗角之下立一老将，指挥众人，却是哪个？
曹　珍：那是镇西侯前来救驾。
天　子：哦？他已被斩，怎么复生呢？
曹　珍：原是如此这般，隐居青松寨内，知道沈相奸谋，不避罪愆，前来保主。
天　子：难得呀，难得呀。
　　　　（硬唱）又有一人威风展，凤目蚕眉威风现。
　　　　　　　手内提着小银枪，光辉闪闪耀人眼。
　　　　　　　又像江湖素戎装，枪刺贼人把血染。
　　　　　　　指东杀西威风多，指南闯北威风现。
　　　　　　　状元可知他是谁？快对朕来说长短。
曹　珍：（白）这是赵英之子赵飞龙前来救主之难。
天　子：好。
　　　　（唱）猛然瞧见一少年，江湖打扮生得傲。
　　　　　　左手执定雁翎刀，砍得贼人脑袋掉。
　　　　　　碰着刀的命丧亡，遇着流星归阴道。
　　　　　　此人真是将英雄，状元此人何名号？
曹　珍：（白）这是花彩凤之弟花朵一，江湖为生，随众人前来救驾。
天　子：好哇。
　　　　（唱）又见一位老英雄，一马杀入寺团角。
　　　　　　黑愣愣的有威风，虎尾钢鞭人难跑。
　　　　　　为首还有二人行，坐骑战马二女娇。
　　　　　　闯进连营那重围，交手他就把头削。
　　　　　　有的被斩有的降，也有闪来也有跑。
　　　　　　状元可知是何人？
曹　珍：（白）这是义父郑世勋，带领二女率领庄兵前来救驾。
天　子：好，不愧我朝开国的元勋了。
　　　　（唱）有一将官往北跑，细看却是桓党了。
　　　　　　两个女将追了去，看着看着追上了。
　　　　　　镇西侯与郑世勋，来得妙哇来得巧。
　　　　　　众贼僧人还很多，宝虎看看被杀倒。

　　　　　　　救兵来得真及时，状元开言说分晓。

曹　珍：（白）吾主龙心稳定，众贼杀尽，只剩一个贼僧，霎时即灭，请吾皇殿内歇息歇息，少刻众将必然进庙参驾。

天　子：状元所奏有理。

　　　　（诗）清浊分辨在龙潭虎口，忠奸显示在干戈林中。（下）

　　　　（内喊，急上沈桓危、吴大有）

吴大有：老丞相，你看人马呐喊，桓党跑下山来，二将追赶，凶多吉少。眼前就是杏花寨了，那守门将官乃是桓霸，你快到那里再做主意，我去救桓党便了。

沈桓危：有理。（下）

　　　　（上郑春芳、蓝素晏，郑春芳对桓党杀，桓党败，蓝素晏对吴大有）

吴大有：贼人休赶！你家吴大爷擒你来了。

蓝素晏：住了，你这狗官，莫非就是吴大有么？

吴大有：正是你老爷。

蓝素晏：吴贼，可认得你奶奶么？

吴大有：哦，你不是犯妇蓝素晏么？

蓝素晏：正是。你奶奶到了雪冤报仇的时候了，看刀。

吴大有：来，来。

　　　　（蓝素晏杀吴大有死）

蓝素晏：这贼被我斩于马下，略解我心头之恨。妹妹追杀桓党去了，不知胜败如何？

　　　　（上郑春芳）

郑春芳：哦，姐姐，那桓党被桓霸接入杏花寨去了。那里人马太多，小妹未敢深入，你我且回大队，再做道理。

蓝素晏：妹妹所言有理，就此回山。（下）

曹克让：（内白）孩儿们，一起努力杀尽贼僧，不可放走法戒。

　　　　（呐喊，上法戒）

法　戒：呀，可，可有些个不好了。

　　　　（硬唱）凶僧法戒着了忙，口内连连说不好。

　　　　　　　好个宝虎那山贼，两口短刀如电扫。

战了半天未拿住，僧兵被他杀不少。
正杀之间无罢休，那里人马齐杀了。
有一女子更难敌，斩将杀人如切草。
只剩洒家一个人，今日只怕命难保。
不见丞相在哪边，今日只怕逃不了。
桓家五虎无了踪，剩我一人哪里跑？
何况马慢铲又沉，

（上宝彩文）

宝彩文：（白）秃驴哪里跑？
法　戒：（唱）勉强招架说不好。
一眼不着刀进去，把眼一合头掉了。（死）

（上曹克让）

曹克让：（唱）镇西侯，把令行，（上郑世勋）众人忙把队整好。
尊了一声老亲翁，你吾上表奏分晓。
郑世勋：言虽有理，但表来不及写，如何是好？
曹克让：（唱）早已写就一表文，始末情由头共脑。
郑世勋：（白）如此更好。
（唱）曹保进庙唤曹珍，启奏当今他知晓。
曹克让：（白）曹保。

（上曹保）

曹　保：爹爹有何吩咐？
曹克让：去到庙门唤出你兄长，将此表奏达天子，听候圣上定夺。
曹　保：是，孩儿遵命。（下）
郑世勋：亲翁何不进庙，亲奏当今？
曹克让：咳，我曹克让乃是当今的钦犯，身被斩杀，现隐姓埋名，避法求生。今日虽然救主，杀了奸贼凶僧，尚未拿住沈桓危，此乃真是天定。突然见主，未免圣上惊恐，后果难测。且上此奏，再看圣意如何。
郑世勋：老贤侯真乃名将，处事周密。咱弟兄暂且在此下马歇息歇息，且听圣旨便了。
曹克让：言之有理，亲翁请。（下）

（出天子）

天　子：（唱）恨奸臣阴谋造反，惜忠良不忘国恩。

（白）朕神宗天子。多亏曹、郑二卿，一同义士杰女，杀尽逆党，保朕无事。状元奏明沈桓危奸谋勾串桓家五虎与贼僧法戒，暗通西番，谋害曹侯。状元乃是曹珍，真是忠心肝胆。天地神佛保佑，叫奸相诡计难成。朕不惩处沈桓危，誓不回朝。已命状元去请二卿，朕亲自迎接才是。

（上曹珍）

曹　珍：启禀万岁，曹、郑二公宣到。

天　子：宣他们上殿。

曹　珍：领旨。（下，内白）圣上有宣二位勋臣上殿。

（上曹克让、郑世勋，跪）

郑世勋、曹克让：万岁万万岁。臣郑世勋、曹克让见驾。

天　子：快快平身。

郑世勋、曹克让：罪臣违法惊驾，祈请我皇定夺。

天　子：二位爱卿功高盖世，何罪之有？你们起来起来。

（唱）神宗天子离御座，双手搀起二功勋。
　　　传旨宫官快看座，二卿坐下慢慢云。

郑世勋、曹克让：（白）臣等不敢。

天　子：爱卿呀，此处不比金銮殿，只管坐下谈谈心。

郑世勋、曹克让：臣等谢主赐坐之恩。

天　子：（唱）二卿老矣须白了，尚且不肯忘国恩。
　　　朕不知那沈奸相，他安下阴谋篡位心。
　　　再不知降香是诳朕，他竟勾串贼番人。
　　　再不知桓党是他心腹将，他竟率领众三军。
　　　再不知法戒他勾引，他竟忘了雨露恩。
　　　朕想今日命难保，朕想回朝枉劳神。
　　　想不到赵添说的事，想不到全忠是良臣。
　　　方才在庙内，多亏他一人。
　　　诛贼杀恶党，刺肠血淋淋。
　　　朕当把他灵柩带回朝去，超度他的死亡魂。

朕赐他金衣与玉带，以表他殉国勤王美名存。
忠心扶日月，浩气贯乾坤。
追封他为忠烈公，朕封他一辈一辈世袭传留给子孙。
想不到曹爱卿你还在，这也是鬼使神差你来临。
从天把你降，就地把你存。
天又无有路，地又无有门。
天意该你重在世，搭救朕当两世为人。
千错万错朕的错，听信谗言朕心昏。
从前一往事，你莫记在心。
我只说咱们君臣如同见了鬼，只作是梦里在黄昏。
也是你忠心感动天和地，神佛保佑我不住把佛念，想不到得见皇兄郑世勋。
想不到你居住青松寨，想不到赵英有虎子，想不到曹氏有保、珍。
想不到江湖之中多义士，想不到青峰山上有能人。
想不到忽有多少忠良将，想不到还有这些女钗裙。
想不到聚众来救朕，想不到今日臣会见着君，君也见着臣。
想不到咱们君臣宝龙山上龙虎会风云，想不到状元是曹珍。
悔不该当日信刺客，悔不该那时不信忠良臣。
悔不该屈斩赵察院，悔不该误斩叩谏臣。
悔不该追杀赵门男共女，悔不该抄拿曹家老少人。
悔不该发去御林军五百，悔不该追回乾天剑。
悔不该是是非非不细问，悔不该虚虚实实不辨假真。
悔不该兵屯杏花寨，悔不该不信众良臣。
朕不拿住沈奸相，永不回朝去为君。
朕不与皇兄消此恨，朕死九泉也不甘心。
二卿替朕宣众将，共那几位女钗裙。

郑世勋、曹克让：（白）领旨。（下，内白）圣上有旨，宣男女众将一起见驾。

（众人齐上）

众　人：是，来了。

（唱）曹保宝虎上佛殿，飞龙朵一朝见君。

能连豆去随在后，蓝素晏与宝彩文。

郑春芳与花彩凤，左右两边跪在尘。

齐呼万岁万万岁，

天　子：（白）好哇，

（唱）龙心大悦众将军。

多亏你等来救朕，奋勇杀敌众贼人。

难为你等来改扮，难为你等受苦心。

救驾之功朕不能忘，自有皇宣封功臣。

先平这座杏花寨，把他们一个个千刀万剐斧剁锤颠莫留一人。

把他们鸡犬不留消灭九族平坟三代，再把他屋棚房舍俱用火焚。

雉翎飘脑袋，狐尾左右分。

金盔明又亮，铠甲贯全身。

外把红裙罩，那一女将军，莫非你就是宝彩文？

宝彩凤：（白）正是山女。

天　子：好哇，

（唱）怪不得你公爹上表奏朕晓，说你保安城杀四门西番众恶党，只杀得铜头铁臂牙儿翠翎丧胆又亡魂。

朕知你刀马娴熟多骁勇，大刀抡动似风轮，杀散了山前山后左山右山五营四哨众贼人。

朕见你斩将夺旗十分勇，勇敌百万果然真。

朕知你文武双全谋略广，堪可挂帅领三军。

朕封你天下招讨兵马大元帅，其余的男女众将俱封将军。

再赐你一口尚方剑，管着武来又管文。

不论他是朝郎驸马龙子龙孙，四相五府六部八大朝臣。

连外地府尹州官共县令游击总兵，他们哪一个若是违了你的令，你把他们先斩后奏再行奏文。

再赐你两道空头皇宣旨，准许你男女众将有功则赏有罪则罚，留名注册由着你的心田。

要你们齐心努力捉贼党，莫放桓党沈相奸。

二卿伴我朕，早晚计议好谈心。

再调来千万人共马，明日传旨快发文。

你们一起谢恩，快快平身去换甲巾。

宝彩凤：（白）谢主隆恩。

天　子：传旨宫官，大排筵宴，朕与众爱卿庆功。

内　臣：领旨。

天　子：（唱）龙虎风云会宝龙，除奸勤王灭红绒。

（白）二卿请，哈哈哈。（下）

（出珍珠娘子）

珍珠娘子：（诗）异术行隐行现，炼道以待神宗。

（白）吾乃珍珠娘子。昨日是个单日，神宗天子上山观景，不知何物金光夺目照人，令我头目发昏，使我不敢出现，身藏水底。昨日一天听得喊声不断，不知谁胜谁败。今乃双日，不免现出楼台装佛，等那神宗天子。

（唱）炼出翻波兴浪法，一口蟾毒把人迷。

口吐云雾变白气，化为蜃楼更出奇。（变佛）

将身一变坐台上，云雾托起几丈余。

但等神宗来观景，一口蟾毒胜万师。

且不言珍珠装佛楼上坐，（下）

欧阳术士：（内唱）再把欧阳提一提。

世祖仙传玄中妙，五色丹丸手中握。

右手执定木如意，化一小船在水中。（上）

借水出现立船上，东游西荡笑嘻嘻。

候救神宗天子驾，此妖道浅那不知。（下）

宫　人：（唱）宫人太监齐看见，这个称异那个稀奇。

当时奏与神宗主，

天　子：（唱）传旨出殿看奇景。

曹郑二公随后跟，宫官太监排列齐。（下，又同上）

来到寺后石峰上，果然五色云雾迷。

接连水潭高几丈，认不出什么神佛像。

珍珠娘子：（白）好，珍珠娘子，照定君臣三人，喷出蟾毒，呀呸。

天　　子：呀，

　　　　　（唱）让人眼花头发迷。

欧阳术士：（白）好，欧阳术士把金丸急对君臣三人头上一降，一道金光挡住毒气。

天　　子：（唱）一道金光躲毒气，眼不发黑头不迷。

　　　　　　　　只见那人变相了，（佛变妖）青脸红发是妖躯。

　　　　　　　　水皮上见一道人船上立。左施右转身打躬。

　　　　　　　　呀，原是探穴那道士，从水而出甚出奇。

　　　　　（白）二卿你看那道者，山前探穴又到这里。

曹克让、郑世勋：这道人与臣等相面，真是仙家之风。

合：　　　咱君臣看他怎么样，仙妖必然一见高低。

珍珠娘子：（唱）珍珠娘子心大怒，何人破我妙玄机？（对欧阳术士）

　　　　　　　　原来是个一野道，按落乌云立水皮。

　　　　　　　　来到这里真该死。

　　　　　（白）何处野道，为何破我法术？

欧阳术士：你这畜生，乱捣天下，罪应天诛，想活逃命，万万不能了。

珍珠娘子：好个野道，你我井水不犯河水，既来与我斗气，休怪仙祖不发慈悲了。

　　　　　（唱）冲冲怒，怪眼睁。

　　　　　　　　两口宝剑，手中高擎。

　　　　　　　　野道来送死，休想去逃生。

　　　　　　　　你我井河不犯，无故欺我不能。

　　　　　　　　恶狠狠地往下砍，照着顶门下绝情。

欧阳术士：（白）好，把手中金丸一甩，呀呸。

珍珠娘子：咳呀，

　　　　　（唱）说不好，胆战惊。

　　　　　　　　五股气力，五支神锋。

　　　　　　　　头上与脚下，左右不透气。

　　　　　　　　外有一支飞舞，前后不离当中。

　　　　　　　　只见金光千万道，不敢动转闭眼睛。

　　　　　　　　合眼跪，放悲声。

　　　　　　只求大仙，开恩放生。
　　　　　　小怪道行浅，不识大仙名。
　　　　　　只求慈悲宽宥，再也不会作怪。
欧阳术士：（白）要你招出因何在此惑乱人心，上有天子，听旨发落。
珍珠娘子：（唱）不是小怪妄生事，前前后后俱有情。
　　　　　　黄鹏仙，我夫君。
　　　　　　红绒国内，深受皇恩。
　　　　　　宋朝沈丞相，来往有书文。
　　　　　　诓出神宗天子，江山两下平分。
　　　　　　命我在此造奇景，深潭展出惑人心。
欧阳术士：（白）昨日沈相兵败，你还在此不走，是何意思？
珍珠娘子：（唱）打量着，宋主君。
　　　　　　他来观景，带领众臣。
　　　　　　喷出一口气，君臣命归阴。
　　　　　　不想上仙在此，金光挡住毒云。
　　　　　　以往之言是如此，只求慈悲发善心。
天　子：（唱）神宗主，
曹克让、郑世勋：（唱）二功勋。
合：　（唱）石峰之上，听得更真。
天　子：（唱）听着妖怪语，不由怒生嗔。
　　　　　　传旨剑仙听真，休放此怪脱身。
　　　　　　朕封你护国剑仙也，必须斩灭这妖人。
欧阳术士：（白）谢主隆恩。用手一指，五剑俱起，妖怪还不现形，等待何时？（珍珠娘子变蛤蟆）磨盘大蛤蟆身。水皮之上，妖精归阴。虽怒不敢动，剑在上下分。乾天宝剑飞起，正正中了前心。斩出红血落在水，水干地现漏土尘。欧阳术士将船一指，化为如意，念动真言，五支神剑化为五朵莲花，头顶一朵，脚踏两朵，左右两朵，如神前花涌之势，腾空而起。圣上与曹、郑二公听真，山人说明结果：今在此讨了封号，此后镜花之地，再报洪恩。曹公，你看这头上莲花，就是当年吾送与你的那支乾天剑，足下这支就是刺客那支坤地剑，左是盘郢剑，右是

　　　　　　鱼肠剑，乃是穴中鱼龙二物，右足这朵就是镇江芋现那支湛卢剑，此乃五锋剑，合成五锋会，物归本主。现有平西册一本，吾皇须得交与地灵星、招讨元帅。山人去也。（下）

天　子：呀，好生奇妙，好生奇妙。
　　　　（唱）一见神书从天落，伸手接住仔细观。
　　　　　　　上面有朱书三字平西册，轻伸玉指仔细掀。
　　　　　　　其中并无一个字，掀过一篇又一篇。
　　　　　　　想来必是有缘故，看出玄妙在其间。
　　　　　　　叫朕交与招讨帅，定是彩文女红颜。
　　　　　　　传旨齐回团角寺，
　　　　　　　（下，又上，坐）

天　子：（唱）宣进彩文把话言。
　　　　（上宝彩文，跪）

宝彩文：（白）万岁。

天　子：（唱）五锋剑仙赐神册，要你收起细详参。
　　　　　　　先平这座杏花寨，调兵再去平西番。

宝彩文：（白）是。
　　　　（唱）叩头谢恩说领旨，传令寺前立营盘。
　　　　（摆帐，众人上）

众　人：（唱）天子同下摆大帐。
　　　　　　　飞龙曹保与宝虎，花朵一豆去与能连。
　　　　　　　蓝氏一同花彩凤，郑氏春芳来站班。
　　　　　　　宝氏彩文升大帐，
　　　　（上宝彩文，坐）

宝彩文：（唱）遵皇宣钦封大帅，光宗耀祖气扬眉。
　　　　（白）本帅宝彩文。蒙圣恩钦封天下招讨兵马大元帅，剿荡杏花寨，捉拿沈桓危，扫灭红绒国。差人探得杏花寨，周围战壕，宽广三丈有余，其门户严兵把守，人马无数，树木森森，难进难出。吾家将在那里住了三日，说东南西北，纵有万马千军，不能攻打，非有内应，方能取胜。本帅心生一计，破贼在此一举。花朵一上帐听令，你去迎接咱山上人马，立即起身，见了文大人授此空城之计，定平这些叛党。

（唱）命你急回咱山寨，半路迎着文大人。

　　　镇江那些人共马，葫芦峪中定当擒。

　　　军兵投降必然有，借他之身把贼擒。

　　　扮一个镇江米大帅，叫文爷挑一个相似之人领三军。

　　　一进这座杏花寨，就说平了山上人。

　　　领兵来救老丞相，沈贼此时正用人。

　　　我这里带兵困了杏花寨，虚杀一阵攻打门。

　　　他们一定不怀疑，进内要把路访真。

　　　引此人马杀进去，内外攻打贼可擒。

　　　如违我令定斩首。

　　　手拔令箭把话云，众将上帐快听令。

（白）众将官，人马分做三股，虚攻寨门，不许放走一人。内应一到，一战便可成功。外厢带马伺候。（下）

　　　　　　　　　　　　　　　　　　　　　　　　　　　　（完）

第十四本

【剧情梗概】沈桓危逃至红绒国，红绒国王哈林海封他为汉文丞相，又请沙江携女沙秀锦镇守山岩口。宝彩文兵发红绒国，攻打屠龙城。宝虎为前部，与赫连丹红打了平手。佛保要出战，被薛建功阻拦。曹保进攻山岩口，连杀二将。沙秀锦设计，生擒曹保。哈林海为牵绊沙江，为次子哈林俊郎聘娶沙秀锦。沙秀锦矢志不嫁，抗争不成，坠楼而亡。根据阴主安排，桓秀锦借沙秀锦之尸还魂。

（番王升帐，众将站）

哈林可汗：（诗）红绒国内点凶兵，文贤将勇事业成。
　　　　　　　　　有日得取中原地，华夷一统乐太平。
　　　　　（白）俺大太子哈林可汗。
哈林俊郎：二太子哈林俊郎。
赫连刚：左翼将军赫连刚。
赫连强：右翼将军赫连强。
众　将：王爷升帐，在此伺候。

（出哈林海）

哈林海：（诗）月明爱舞龙泉剑，烛亮熟读武子书。
　　　　（白）孤家红绒国王哈林海。自从宋天子调回曹克让，我国军师黄鹏仙与宋相沈桓危设计在宝龙山劫杀宋主，倘若成功，与沈桓危平分天下。今已多日，为何不见他的回信？

（上卒）

卒：　　报千岁得知，有军师同一年老宋官候见。
哈林海：呀，军师回国必有大事。一起宣上银殿。
卒：　　是。（下，内白）王爷令二人上殿。

（上黄鹏仙、沈桓危，跪）

黄鹏仙：千岁千岁千千岁，臣等参见。
哈林海：军师，此位是谁？
黄鹏仙：此乃宋相沈桓危。如此这般，大事无成，几乎遭宋君之手，幸而微臣救

　　　　　来见主。
哈林海：呀！此事有些不好。

　　　　（唱）听说曹某还在世，心内不由怕又惊。
　　　　　　　怕的是那支乾天剑，惊的是老儿有奇谋。
　　　　　　　屠龙城的赫连黑塔，勇敌万夫叉马能。
　　　　　　　乾天剑下死得苦，至今母女同守屠龙城。
　　　　　　　子婿一齐丧剑下，军师无奈设牢笼。
　　　　　　　宝龙山前事已败，还有何法挡其锋？
黄鹏仙：（白）哼，
　　　　（唱）越思越想无主意，连连叹气口打哼。
沈桓危：（唱）沈相一旁多惭愧，忙忙跪倒把主称。
　　　　　　　抵挡宋兵不难也，管保由败转成功。
哈林海：（白）哦？老相平身，与军师坐下讲话。
沈桓危：微臣告坐。（坐）
哈林海：（唱）请问丞相安邦策，何法可保我孤穷？
沈桓危：（唱）现今宋兵还未到，咱这里各处要路早充兵。
　　　　　　　常言说兵来用将挡，水来拿土掩。
　　　　　　　镜花夫人神通广，依然用她守屠龙。
　　　　　　　青石关口是山路，山岩关下可安营。
　　　　　　　宋兵虽众无法进，插翅难入屠龙城。
　　　　　　　朝中之事臣能任，定与我主保江山。
哈林海：（白）哼，
　　　　（唱）番王听罢不言语，
黄鹏仙：（唱）军师见景就生情。
　　　　　　　沈相之言大有理，
　　　　（白）我主不必踌躇，沈相言之有理。我主万安，红绒国有我二人，定保宋兵不能入境，红绒国稳如泰山。
哈林海：罢了，全仗二位扶孤，孤无忧矣。旨意下，封沈桓危为汉文丞相，兼理国中大小事务；军师总领三万人马，同沙湖、沙海镇守青石高关；镜花夫人依然镇守屠龙城，孤家差人镇守山岩口，方保无事。

黄鹏仙：我主所见不差。
哈林海：小番们，休辞辛苦，昼夜操演人马，以备迎敌。大排筵宴，与丞相压惊。计就月中擒玉兔，
黄鹏仙、沈桓危：谋成日里捉金乌。（下）
（出城隍，二鬼判官站）
城　　隍：（诗）善恶分明有果报，前因后果不爽半分毫。
（白）本司都城隍寇成，生前在神宗驾下，官拜谏议大夫之职，因救曹侯之难，全忠尽节而亡。上帝垂怜，敕封我为天下都城隍之职，管理阴曹男女二十四司，天下九州亦俱为署下。昨日阴主牒文到来，该三真司女桓秀锦还阳复世。暴烈司、激烈司俱在红绒，一名沙秀锦，一名哈林秀锦，该她二人陆续归位，消除天定劫数。地府有命，谁敢违抗？鬼卒，命三真司女上殿。
桓秀锦：（内白）左右堂女听真，好好管理簿册。
（上桓秀锦，空头）
桓秀锦：司女桓秀锦参见城隍。
城　　隍：桓秀锦，你生前名为桓秀锦，死后为阴曹三真司。你可知何为三真司？
桓秀锦：心真、志真、身真。
城　　隍：好，心真、志真、身真，言得不错。可知你前案未销，后世孽缘未满？
桓秀锦：司女不知，求司主指教。
城　　隍：昨日有牒文到来，该你借尸还阳，此乃一段后果。
（唱）三贞九烈你为主，十二女司你为真。
　　　目不斜视言不笑，桃花粉面固本身。
　　　曹保上界白虎将，被贬转世入曹门。
　　　那时你在阴殿上，报册抄录众女魂。
　　　你见白虎星临世，看他三眼笑盈盈。
　　　一笑三世注文册，罚你生在孽世中。
　　　三笑该罚你三死，三救白虎了孽缘。
　　　牒文令你还阳去，以了前因去还魂。
桓秀锦：（白）司女不愿阳世为人，只愿伺候司主，是我之幸也。
城　　隍：（唱）此乃因果前数定，非尔可定不由人。

　　　　　　你今借尸还魂去，天机难泄只求真。
桓秀锦：（白）可还能遇见曹保吗？
城　隍：（唱）阴间难向阳间得，还阳时不一定事事记得真。
　　　　　　谨记着青石碑下功德满，造定凤缘三十春。
　　　　　　吩咐一下呼阴判。
　　　　（白）右司判官何在？命你领牒文一道、朝牌两道，三真司交派西番城隍，备下生幡阳游送她还阳；再备锦幡宝盖，接引激烈司、暴烈司，依照时日，赴阴上任。
桓秀锦：遵法旨。
城　隍：随我来。
　　　　（诗）阴间自有阴间事，阴阳两界两循环。（下）
桓秀锦：来了。（下）
哈林海：（内白）女儿们，入宫见你母后，告诉来意情由。暂且罢操，回城银殿议事。（马上）
　　　　（唱）红绒国，哈海王。
　　　　　　操演人马，镇守边疆。
　　　　　　教场迎边报，军情报其详。
　　　　　　大宋人马临境，详文各处提防。
　　　　　　回操进城议国事，传令番官齐上堂。
（番帐，上哈林可汗、哈林俊郎、赫连刚、赫连强、沈桓危）
沈桓危：（唱）又来汉文丞相，加封拜相投降。
　　　　　　总理文武挡大宋，率领番官站左廊。
（上哈林海，坐）
哈林海：（唱）上大殿，自思量。
　　　　　　屠龙要路，镜花能挡。
　　　　　　还有山岩口，此处是要道。
　　　　　　必须心腹上将，方能保国卫邦。
　　　　　　思想多会须如此，必得猛将老沙江。
　　　　　　他乃我国开基将。
　　　　（白）孤想山岩口乃是通往西方要路，只有两名健将把守，虽说道路险峻，无人知晓，倘若宋兵从此而来，亦会失守。久知沙江是我国上将，只因其子沙锦死在大宋，心灰意冷，告职还家。听说他有一女名唤沙秀锦，美貌如花，只因性情怪异，刀马无敌，轻不言笑。差他父女去守山岩口，必须叫他尽心，方觉全美。

（唱）沙江他因丧子心灰了，告职还乡常在家。
　　　孤今招他父女临军阵，怕他心灰意懒不答应。
　　　若让他女儿嫁给我孤家次子俊郎，
　　　郎才女貌成配对，天作之合乐无涯。
　　　他若与孤结亲戚，自然尽力保孤家。
　　　如此让孤心才放，稳坐红绒何惧宋？
　　　想罢提笔刷旨意，如此这般无错差。
　　　写完高叫沈丞相，捧旨去到老沙家。
　　　你与孤家做媒去，君臣两家成亲家。
　　　袍袖一挥群臣散，不说番王进宫去。
　　　再表洪妃番王后。（下）

（出洪妃坐）

洪　妃：哀家洪妃娘娘。我本义兴国王之妹，嫁与红绒国王为后，生得二男二女，长子可汗，次子俊郎。长女身高一丈，力有千斤，使一口九百八十斤青龙大刀。演武时，常嫌马力不佳，喜好步战，其形貌如团花一般，名叫哈林团花，人称粉面金刚公主。次女生得如花似玉，轻不言笑，可喜她文武兼全，就是性情特别，倘遇见不平之事，有个气闷之症，名唤哈林秀锦，人称固容暴烈公主。今早俱随父亲到教场演武去了。

（上哈林团花、哈林秀锦）

哈林团花、哈林秀锦：母后万安。

洪　妃：儿们回来了，坐下讲话。

哈林团花、哈林秀锦：儿等告坐。

洪　妃：你父王怎么未进宫来？

哈林团花、哈林秀锦：父王升殿，议论军机去了。

洪　妃：又有什么军机？

哈林团花：妹妹语贵，愚姐告诉母后，这军机是咱国一件大事。

（唱）事情因那沈相起，勾串咱国害神宗。

　　　　宝龙山前事弄坏，黄胖救他到咱城。

　　　　我父王封他汉文左丞相，黄鹏仙青石关上屯大兵。

　　　　恼了大宋神宗主，立刻发兵把西征。

　　　　人马过了宝龙界，不久进到屠龙城。

　　　　方才正演人共马，

洪　妃：（白）怎么得知宋兵临了境呢？

哈林团花：（唱）接了那镜花夫人表一封。

　　　　父王登殿去分派，各处要路添大兵。

　　　　这可用着儿的力，试试我力大无穷轻不轻？

洪　妃：（白）我儿切记，时时不可轻敌。

哈林团花：（唱）大料宋兵无我对，管保一人挡宋兵。（上哈林海）

　　　　大公主之言还未尽，番王事完回了宫。

洪　妃：（白）大王来了，请转上坐。

哈林海：（唱）你们一齐都坐了，孤家有话对你明。

洪　妃：（唱）正要打听军机事，宋兵犯境为何情？

　　　　镜花夫人守要路，须防敌人入奇峰。

　　　　山岩关下道路险，那里有七家二将三千兵。

　　　　兵微将少怕难保，必得智勇大将军。

哈林海：（唱）我已命沙江父女去镇守，我与他做了亲家完婚盟。

洪　妃：（唱）莫非说俊郎定了沙秀锦，郎才女貌正相应。

　　　　至亲一定尽忠孝，招他养老可送终。

哈林秀锦：（唱）二公主接言说不可。

　　　　（白）不妥呀，不妥呀。

哈林海：我二女儿从不接言论事，今日闻听此事，连说不妥。哈哈，我儿，你说怎么不妥？

哈林秀锦：父王只知按世俗之见而论，岂知那秀锦之志吗？

哈林海：女孩子家，不过愿聘高门，身着锦绣，头戴珠翠。这西番，咱国为上，岂不能满足她之意愿吗？

哈林秀锦：父王言讲的是高攀富贵而荣身之人。那秀锦对那富贵荣华，犹如登楼望水，好似风过浮云。

哈林海：哦？她虽志不在高攀富贵，必然志在得其才郎。你二弟貌似子都，勇似吕布，岂不正中其怀？

哈林秀锦：父王、母后，那小姐的存心，你们哪里知道？

（唱）志如清水非俗女，她与孩儿性情合。

哈林海：（白）我儿怎么认识她的？

哈林秀锦：（唱）她去行围儿射猎，曾在一起把话说。

她说是人生世上身为女，就是前身未作男。

业已为女当守志，做出一番男儿事。

成为闺门首女子，不靠丈夫活在世。

夫唱妇随非她意，她说那男婚女配是孽缘。

清白之心体洁净，玷污玉体使不得。

哈林海：（白）哈哈，此乃是钝女愚阔之论，女子哪有不出嫁之理？

哈林秀锦：（唱）你说愚阔不愚阔，她要学千手千眼观世音。

番　王：（白）哈哈哈，未必，未必。

哈林秀锦：（唱）她又说单知忠孝两个字，常与孩儿心意合。

我二人心投言相契，拜为姐妹在山坡。

不愿同生愿同死，儿说不妥正为此说。

哈林海：（白）你姐妹操演劳乏，去歇着罢。为父无有做不到，去罢。

哈林秀锦：是。

（唱）姐妹出宫无话说，再表沙仁小阿哥。（下）

（出沙仁、丁香）

沙　仁：（白）哈哈哈，丁香呢？丁香呢？

丁　香：来了。

沙　仁：和大叔说什么？

丁　香：与你大叔比个拳吧。

沙　仁：好吧，来吧来吧。（打一拳，丁香倒）

丁　香：哎呀，不和你玩咧。

沙　仁：怎咧？

丁　香：打人没轻重。

沙　仁：没打坏就不要怕，丁香。
丁　香：说啥咧？
沙　仁：你听我念个出堂请。
丁　香：说吧。
沙　仁：你听念文章，上大人念了三个多月。
丁　香：你真灵也。
沙　仁：跪圣人顶砖头，顶了九十九个。
丁　香：你真没旷课哇。
沙　仁：学武艺练功夫，运气运了整三年。
丁　香：运成了吧？
沙　仁：昨日晚上吹灯，吹了三十大口，我没吹灭。
丁　香：完了，你真鳖咧。
沙　仁：胡说，你大爷沙仁。
丁　香：你杀人得偿命。
沙　仁：我叫沙仁。
丁　香：哦，是你的名字。
沙　仁：是咧，我爷沙渊。
丁　香：你爷撒冤你不撒冤？
沙　仁：胡说，这也是名字。
丁　香：沙冤带撒野。
沙　仁：冤哪！冤到东京汴梁，刺杀皇上去了，叫人家抓住，切开脑袋，腔子亮着去咧。大伯伯沙江因哥哥沙锦死了，去了儿子，把我叫过来，做了嗣子。我姐姐待我视如亲兄弟一般，就是脾气不好，动不动就瞪眼睛。如今二十岁了，总不要婆家，各邦各国都讨亲，波斯国来，哈密国来，拉西国也来，鄯善国也来，她总是不干，因为这个不断生气。今有本朝太子定亲，这个喜事或许有点成，再要不成，可就不用说了。丁香，你瞧，沈老官来了不是？我先告诉姐姐去，明日好起兵。

（唱）方才捧圣旨，丞相沈老坏。

他与黄鹏仙，弄得太子坏。

起首死我爷，哥哥也不在。

　　　　　　大伯灰了心，回家来自在。
　　　　　　旨意又来催，国王亲口派。
　　　　　　封我过房爹，高官一品外。
　　　　　　亲家是皇爷，姐姐也出赛。
　　　　　　说那二太子，俊俏人人爱。
　　　　　　姐姐脾气刚，恐怕还胡赖。
　　　　　　明白我爹爹，兵发山岩寨。
　　　　　　还要倒插门，我想这不赖。
　　　　　　姐姐这一回，一定把他爱。
　　　　　　送我我抢先，姐姐必不怪。
　　　　　　思想到后楼，心欢多觉快。（下）

（出沙秀锦坐）

沙秀锦：（唱）贞烈佳人坐后楼，思想自觉不安泰。

　　　　（白）奴沙秀锦。父名沙江，母亲因兄弟阵亡，思儿过度，以致仙逝。我与固容公主哈林秀锦在那围场山坡上结为生死姐妹。我想天下女子，无有一个心洁体净的，只有我二人心投意合，秉心如初。爹爹聘我几次，都被我打断，立志送父归西以后，以尽孝道，投身山庵，了却终身，不能成仙作祖，也落个洁身净体。

（上沙仁）

沙　仁：哈哈，姐姐。

沙秀锦：哼，小小年纪，未语先笑什么？

沙　仁：姐姐又瞪眼睛。你不笑，可是个丧气样子？

沙秀锦：哼，你做什么来了？

沙　仁：姐姐，听着吧。

　　　　（唱）宋朝领大兵，要把咱国战。
　　　　　　恼了宋神宗，发了兵几万。
　　　　　　咱的国王他，要把人马练。
　　　　　　各处去安兵，挑选众好汉。
　　　　　　旨意到咱家，沈老坏公办。
　　　　　　爹爹又加官，上任带家眷。

		亲家是皇亲，
沙秀锦：	（白）	哦，什么亲家呢？
沙　仁：	（唱）	是那消消犯。
沙秀锦：	（白）	犯什么消了？
沙　仁：	（唱）	姐姐莫自急，别动鸡毛蒜。
		料着这一回，不同那几遍。
		俊郎二太子，模样真好看。
		十七八的人，真是桃花面。
		奉旨聘姐姐，你说干不干？
沙秀锦：	（唱）	叫苦喊连声，急了一身汗。
		急急啦啦啦，
沙　江：	（内唱）	沙江上了楼。（上）
	（白）	上楼和女会会面。
沙秀锦：	（白）	爹爹来了？请坐。
沙　江：	（唱）	父女常在家，各自讨方便。
		我儿快预备，刀马弓和箭。
沙秀锦：	（白）	做什么去呢？
沙　江：	（唱）	镇守山岩关，尽忠把国保。
		国事紧急明日走。
	（白）	我儿，速备行装，你姐弟明日随我山岩口镇守，以挡宋朝人马。

沙秀锦：爹爹，为国尽忠，为父尽孝，儿当舍身去战。方才听我兄弟之言，说是国王还有什么其他旨意。

沙　江：哈哈哈，我儿既然知之，何须再问呢？

沙秀锦：咳，前几次儿说什么来着？

沙　江：前番我儿不愿，今番不比前番。

沙秀锦：怎么说呢？

沙　江：以前俱是别邦来聘。

沙秀锦：今番呢？

沙　江：今番是本国太子定亲。

沙秀锦：别邦与儿何损？本国与儿何益呢？

沙　　江：别邦甚远，儿是想着为父母本国，不离家乡，日日相见，岂不是我儿之意吗？

沙秀锦：孝亲不在远近，且不论那损益。孩儿一身，只在四个字上，别事不知。

沙　　江：哪四个字？

沙秀锦：此身此心先须忠孝，次尚清洁。爹爹好哇不好？

沙　　江：好。忠孝是大义，清洁是清名，有何不好？

沙秀锦：这等说，孩儿岂舍这清白之体被人玷，洁净之身被人污吗？

沙　　江：唉，钝儿。

　　　　（唱）我儿一派愚阔话，世事人情未了然。

沙秀锦：（唱）了然了然无不了，孩儿不愚又不憨。

沙　　江：（唱）不该违背关雎礼，淑女得配才貌男。

沙秀锦：（唱）富贵才貌非儿志，夫唱妇随休向儿言。

沙　　江：（唱）天下节烈冰霜女，千千万万哪有这般？

沙秀锦：（唱）我看天下无真女，身心被污入围城。

沙　　江：（唱）世上哪有像你钝？身自清白自有咱。

沙秀锦：（唱）自古也有不嫁女，三皇姑比儿早占先。

沙　　江：（唱）在家莫非住到老，等送爹爹殁百年？

沙秀锦：（唱）问儿终身归何处，名山自然有茅庵。

沙　　江：（唱）莫非你要成仁圣？

沙秀锦：（唱）只有清白心专注。

沙　　江：（唱）妄说妄说是偏见，

沙秀锦：（唱）佛教佛教是仙传。

沙　　江：（唱）圣恩浩荡无法却，

沙秀锦：（唱）自身自心自由咱。

沙　　江：（白）咳，

　　　　（唱）你还从父去不去？

沙秀锦：（唱）为国尽忠儿愿担。

沙　　江：（唱）明日就去守关口，

沙秀锦：（唱）儿就磨刀上弓弦。

沙　　江：（白）咳。

　　　　　（唱）生气甩袖下楼去，（下）
沙秀锦：（唱）佳人也就默无言。
沙　仁：（唱）沙仁愣怔呼姐姐。
　　　　　（白）姐姐别犟抗，事情是活的，咱们到那再说，还许这么着。还许那么着，这也难怪老爹爹，都是沈老坏，拿着一张皱巴巴的纸，臭叨叨的。管他怎么，刀架在脖子上，只要咱不愿意，他也无奈，等我慢慢打消了他的主意。别说是国王的太子，他就是佛爷的招财童子、托塔天王的三太子、王母娘娘驾下侄儿、玉帝的大公子，也架不住咱不愿意呀。
沙秀锦：这也是。女孩儿家的心，何人能晓？洁净在身，哪个知道？（下）
沙　仁：哈哈哈，闹了一阵子，是我姐姐未看见那个人，若是看见那个人，也许还舍不得呢。哈哈哈，二太子长得新鲜，大豹子眼，滑堂干净，架不住我们不愿意，那别占着地方。（下）
（出宝彩文，便妆，青云立）
宝彩文：（诗）奉皇宣手秉矛钺，闺中女独任元戎。
　　　　　（白）奴宝彩文。二伯父伴驾回朝去了，公父大人兵屯保安，奴率领大兵与状元夫妻带兵征西，营扎青松坡下，离屠龙城不远了。西去山路险峻，地势不通，难保胜败，想起欧阳先生平西书册，何不拿出细看进兵之路？秉烛焚香伺候。
　　　　　（唱）亲手请过平西册，放在桌上掸净洁。
　　　　　　　　原是八篇地理样，一字无有怎辨别？
　　　　　　　　尽是些山水道路朱红画，八幅成章一本叠。
　　　　　　　　其中奥妙细细悟，尽是关城与地界。
　　　　　　　　欧阳先生得道士，自然向正而除邪。
　　　　　　　　观此图非攻屠龙无可进，又有那青石高关把路拦。
　　　　　　　　还有一处山岩石，可通青石道路斜。
　　　　　　　　得用智勇双全将，军粮难运走不得车。
　　　　　　　　看罢多时知地理，轻轻用手又包叠。
　　　　　　　　明日五鼓分人马，为破西番兵不歇。
　　　　　　　　不拿沈相不交旨，方显闺中女豪杰。
　　　　　　　　不言女帅候升帐，一夜晚景不用曰。（下）

（摆场升帐，上众将）

柏　千：（白）柏千。

柏　万：柏万也来到。

松　山：松山。

柏　山：柏山。

能　连：能连。

豆　去：豆去。

蓝素晏：蓝氏素晏领左翼。

郑春芳、花彩凤：郑春芳与花彩凤。

众　将：齐集大帐候元帅。

（上宝彩文）

宝彩文：（唱）枪缨晃动敌丧胆，旌旗飘荡扫西番。

（白）本帅宝彩文。夜观平西册，山岩口可以攻取，不免分兵，往此处攻伐，此乃明修栈道、暗度陈仓之计。武略将军曹二公子上帐听令。将军，有一重任差你前去，千万小心，一为国家开疆展土，二为咱家报仇。

（唱）西番有座山岩口，山路狭隘少人行。

　　　敌人料咱不知路，那里必然少军兵。

　　　出其不意攻不备，一鼓而得这座城。

　　　那座城可通青石关路口，我在这里攻屠龙。

　　　两处合兵往前进，松山柏山一千兵。

　　　心要仔细胆要大，小心你能人也能。

　　　就此起兵早早去，

曹　保：（白）得令。（下）

宝彩文：（唱）又叫彩凤和飞龙。

花彩凤、赵飞龙：（白）在，有何吩咐？

宝彩文：（唱）你夫妻同队并排走，准备二队接回兵。

花彩凤、赵飞龙：（白）得令！

宝彩文：（唱）又叫朵一胡大汉，

花朵一、胡标：（白）在，有何吩咐？

宝彩文：（唱）你二人运粮把山登。

搬运粮草重大事，胡兄步战知你能。

花朵一、胡标：（白）得令。（下）

宝彩文：（唱）哥哥宝虎先行去，此时必到屠龙城。

传令拔营就起寨，

（白）哥哥宝虎身为先锋，大约此时离屠龙城不远了。众将官，拔营起寨，不得有误。（下）

（升番帐，牙儿翠翎坐）

牙儿翠翎：（诗）宝汗衫金甲护体，八宝镜花色迷人。

（白）我乃八宝镜花夫人牙儿翠翎。小番报道，宋兵压境而来，谅他不分西方路径，无法用兵。又差专人去探，怎么不见到来？

（上卒）

卒： 报夫人得知。

牙儿翠翎：何事？

卒： 听报。

（数板）报大宋人马到，只听人喊马又叫。离城十里之遥，不知走在哪条道。漫山越岭似蟏蛸，风摆大旗有字号。前部先锋本姓宝，坐下一匹战马在咆哮。青脸红发身短粗，头戴金盔乌铠甲。使一口门扇般大刀，报夫人知道。

牙儿翠翎：再探。

卒： 得令。（下）

牙儿翠翎：女儿丹红听令。

赫连丹红：在。

牙儿翠翎：快带鄂、良二将，五千番兵，出城五里，黄土冈扎营，挡住宋兵，不许其入境。

赫连丹红：得令。（下）

牙儿翠翎：小番们，多备灰瓶火炮，护守城关，不得有误。（下）

（出薛建功）

薛建功：（诗）恨身陷九夷之地，叹死无忠义之名。

（白）吾薛建功。身从夷种，无忠义之名；收得曹氏婴儿，留心看养，候个尽忠之日。咳，就死也要有个忠义之名，那也是我薛某之幸也。

（上佛保）

佛　保：老爹爹，孩儿可有显名之处了。

薛建功：佛保，显什么名？又往哪里去？

佛　保：爹爹，我母亲方才升帐，探子报道大宋发来了人马了。

　　　　（唱）宋朝发大兵，要和咱国战。

　　　　　　　离城十里遥，先锋是前站。

　　　　　　　我母与姐姐，出城不怠慢。

　　　　　　　黄土冈安营，儿把爹爹见。

　　　　　　　我要去当先，刀枪全熟练。

　　　　　　　他来九千兵，我能杀一万。

　　　　　　　人也不曾留，杀他个稀烂。

　　　　　　　有人杀上门，还能不出汗？

薛建功：（白）小小年纪，去不得。

佛　保：（唱）英雄出少年，义勇冠三军。

薛建功：（白）你力量不足，去不得。

佛　保：（唱）五百斤铁锤，好似玩鸡蛋。

薛建功：（白）你又没经大战，不知兵法，去不得。

佛　保：（唱）奇门阵的图，斗折身蛇变，件件我精通。

薛建功：（白）等我何时吩咐与你，才许你临阵。

佛　保：（唱）力壮无人比，要等你告说，得等百年半。

薛建功：（白）逆子，休得胡说。

佛　保：（唱）今日不听说，定要把阵见。

　　　　　　　为国去迎敌，不是不听劝。

　　　　　　　说罢往外行，（下）

薛建功：（白）佛保，你回来。

佛　保：回来就回来。（上）

薛建功：（唱）心中暗打算。

　　　　　　　劝他他不听，须得如此办。

　　　　　　　我儿要迎敌，怕你不能干。

　　　　　　　倘乎要失机，那时怎么办？

　　　　　　如不听我说，无颜把你见。

　　　　　　你先把我杀，省得心头惦。

　　　　　　抽出剑龙泉，

佛　　保：（白）不好了。

　　　　　（上牙儿翠翎）

牙儿翠翎：（唱）镜花夫人早看见。

　　　　　　　跑进用手托，夺过七星剑。

　　　　　（白）咳，真是，老爷又为何生气呢？

佛　　保：母亲，孩儿要去临阵，他老说我小不中用，我偏要去，他老就恼了。

牙儿翠翎：没像你这孩子，不知好歹，也不听劝。女孩儿，娘教训，你的姐姐，我教训；爹的儿子，爹得管。哪个像你，凡事不知？快磕头吧。

佛　　保：是。（跪）

牙儿翠翎：老爷不要生闷气，和这孩子也不值。你可消消气，你看看孩子吓得眼发直。

薛建功：你问问他，还听话不听话？

牙儿翠翎：你爹爹问你好好讲，你怎不知你爹脾气？

佛　　保：老爹爹，我往后听话就是了，别生气了。

薛建功：着，听话才是正理，起来罢。呀，抖抖衣。

佛　　保：是。

牙儿翠翎：（唱）好好服侍你的父，别惹生气少要离。

　　　　　　　等我去挡人共马，今去一战必克敌。

　　　　　　　笑嘻嘻地出房去，（下）

薛建功：（唱）连声佛保你听知。

　　　　　　自然你有出头日，那时节为父自然叫你知。

　　　　　　我再教你几句咒，冲锋打仗胜万敌。

佛　　保：（唱）佛保听罢心欢喜，爹爹倒也有意思。

　　　　　　还要念那退兵咒，快快教给孩儿知。

　　　　　　走罢走罢快教我，等学会了再迎敌。

　　　　　（白）爹爹走罢。

　　　　　（唱）且不言父子二人后寨去。（同下）

宝　　虎：（内唱）再说宝虎领雄师。

（宝虎刀马上）

（白）俺先锋宝虎。元帅大兵在后，我奉命暗从小路来至黄土冈下，大约离城不远了。（呐喊）呀，迎面来了一支人马，喊声连天，必是番兵来也，只得迎将上去。（上赫连丹红对宝虎）哈哈哈，原来是个番贼红面丫头。

赫连丹红：青脸丑汉，报名上来。

宝　　虎：丫头听着，你先锋老爷名宝虎。丫头何名？

赫连丹红：你姑娘赫连丹红。你这个宋将，为何又无故前来犯境？

宝　　虎：特来灭尔红绒，捉拿沈桓危，怎说无故哇？

（唱）那个奸相沈桓危，叛逆逃入犬羊国。

　　　拿着顽石碰泰山，敢把天朝皇上惹。

　　　大兵百万把西征，丫头小子一齐抹。

　　　拿住老贼沈桓危，剁成肉泥气不舍。

　　　听说你这丑丫头，还有怪物丑老婆。

　　　说是不怕刀共枪，来呀来呀试试我。

赫连丹红：（白）哇，

（唱）青面小子少发狂，知我厉害早早躲。

　　　一晃钢叉奔前心，今不杀你心不舍。（杀）

　　　大刀一架觉着沉，刀叉往来碰出火。

　　　来回大战五十合，暗夸宋将非小可。

宝　　虎：（唱）看看杀得日西沉，不分输赢心起火。

赫连丹红：（唱）咱们今日要收兵，你死我活不用躲。

宝　　虎：（唱）杀到来年把春打，哪个杀怕不是我。

赫连丹红：（唱）定要单挑你这贼，

宝　　虎：（唱）定把你这丫头抹。

赫连丹红：（唱）恶战仇敌无罢休，

宝　　虎：（白）呸呀呸呀，

（唱）越杀越勇心起火。

（宝彩文刀马上）

宝彩文：（唱）来了彩文大元戎，传令安营立寨可。

一马当先把阵观，二人久战必不妥。

番女邪术法无边，哥哥如何知道躲？

传令鸣金快收兵，歇兵三日再战可。

赫连丹红驾住刀，宝虎也就往旁躲。

赫连丹红：（唱）叫声宋将你是听。

（白）丑将，你那里鸣了金。鸣金是你们怯战，不是姑娘输，是你败。留你多活几日，姑娘去也。明日不来，不是君子。

宝　虎：咳，这丫头嘴头也厉害，叉也厉害。众将官，收兵回营。（下）

（沙江升帐，九七、九八站）

九七、九八：（唱）手使金瓜击顶，上阵钢叉一拧。

冲锋把马一撒，啪嗒一个摔肿。

九　七：（白）吾大将九七。

九　八：吾九八。

九七、九八：都督升帐，在此伺候。

（出沙江）

沙　江：（唱）义勇冠三军，身在干戈林。

智能通孙武，常学武侯术。

（白）本都督沙江，带领女儿来守山岩口，已命沙仁带领番兵，远近巡哨，以防宋兵潜至。

沙　仁：（内白）小番们，将马带过。（上）爹爹，可有些不好了。

沙　江：怎么样了？

沙　仁：宋兵大队蜂拥而来，为首一将，厉害无比。

（唱）孩儿带番兵，出口常常看。

出了山岩关，绕过红沙涧。

到了饮马川，人马来一片。

孩儿往上冲，想着显显咱。

为首一将官，曹保不等闲。

杀得我跑开，小番死一半。

那里正安营，来把爹爹见。

沙　　江：（唱）我儿不要慌，用手拔令箭。
　　　　　　　扎家二将军，听令不怠慢。
　　　　　　　快带三千兵，去把宋兵战。
　　　　　　　莫等他安营，休容他造饭。
　　　　　　　以逸代劳战，兵法是胜算。

扎家二将：（白）得令。（下）
　　　　　（唱）二将杀出关，饮马川对面。
　　　　　　　一阵喊连声，（内喊）上了阎王殿。

（上卒）

卒：　　（唱）报子又跑回，跑着打颤颤。
　　　　　　　二将到阵前，和那小将战。
　　　　　　　一出小钢枪，好似龙出现。
　　　　　　　二人一齐亡，热血把地溅。

沙　　江：（白）再探。

卒：　　得令。（下）

沙　　江：（唱）也家二弟兄，快些接令箭。
　　　　　　　去守咽喉路，去断敌前路。
　　　　　（白）你二人同我儿沙仁把住关口，谅他纵有万马千军，不能得进。明日自有退兵之计。

也家二将：得令。（下）

沙　　江：小番们，小心巡哨，准备明日迎敌。（下）
　　　　　（出沙秀锦）

沙秀锦：（诗）暂别钢针绒线，且拿青龙大刀。
　　　　（白）奴沙秀锦。屯兵山岩，替父尽忠，常去观山，以便埋伏人马。出关一里，有一小道，竟有三丈有余，若不走此路，抄直经过，陷入泥沙之中，拼死也难逃出。这个沙涧，只有向南半里，有一横冈为桥，一般人马可过，小路狭窄，只可陆续而过。过了沙涧是饮马泉，可作战场。此关一将挡住，万将莫开。

（上沙江）

沙　　江：女儿在房？

沙秀锦：爹爹来了,请坐。

沙　江：儿啦,你可知道宋将临关吗?

沙秀锦：孩儿不知。可曾见过阵无有?

沙　江：见了一阵,连伤二将。

（唱）扎家兄弟去临阵,以逸待劳破宋兵。

有个少年枪马勇,连杀二将和番兵。

宋兵官营也立寨,喘息已定就难赢。

已命汝弟拒山口,为父明日去亲征。

会会宋营这小将,怎么英雄怎么能?

沙秀锦：（唱）爹爹年迈精神少,等儿替父去交锋。

沙　江：（唱）怕你不是他对手,咱父女怎守这座城?

沙秀锦：（唱）欲要活捉不费力,逢强须知用智谋。

口外有一红沙涧,人人看着地平川。

人马要被红沙陷,谅他无法出此坑。

等儿明日和他战,如果不胜设牢笼。

孩儿回马叫他赶,或向西来或向东。

叫他知我是败将,无法躲避发了懵。

我从那涧桥过去复向北,他必抄直把我迎。

人马陷在红沙内,埋伏挠钩上绑绳。

沙　江：（白）好,我儿智勇女首,就此依计而行。

（唱）欢欢喜喜出房去,（下）

沙秀锦：（唱）佳人安排等天明。

鸡鸣三唱交五鼓,天明披挂上戎装。（上马）

暗暗埋伏黄土冈,偷过吊桥带领兵。

兵至川中列开队,（下）

曹　保：（唱）公子曹保上能行。

马到疆场来邀阵。（枪马上）

俺曹保,领兵来占山岩口。昨日直立营寨,连斩二将,番兵丧胆,我等大兵一到,一战此关可破。番兵出关,只得迎将上去。（下）

（沙秀锦对上）

曹　　保：原是小番女，看枪。

沙秀锦：哇，来者宋将，报名上来受死。

曹　　保：好。丫头问你爷爷名姓，听真：镇西侯爷二公子曹保。丫头何名？

沙秀锦：你姑奶奶沙秀锦。昨日伤我二将，可是你么？

曹　　保：然也。

沙秀锦：哇，今日定要杀你这个小辈，以报杀二将之仇。看刀！

曹　　保：来，来，来。

（唱）长枪一指交了手，（杀）这个丫头她姓沙。
　　　心中常记两个字，今日无意提着她。
　　　桃花寨的桓秀锦，烈性佳人死为咱。
　　　二字动心交手慢，不由因此乱枪法。
　　　这个女子刀马快，不同平常女娇娃。
　　　二字虽同是秀锦，那个姓恒她姓沙。
　　　何必乱想误大事？须得早把丫头拿。
　　　重抖精神枪法变，

沙秀锦：（唱）佳人心中暗惊讶。
　　　这员宋将真不凡，力杀只怕难胜他。
　　　把马一带败下去，故作人困与马乏。（下）

曹　　保：（唱）英雄大喊哪里走？高叫众将往上杀。（下，又上）
　　　战马一催赶上去，大叫番女何处爬？（下）

沙秀锦：（内唱）佳人一见心欢喜，（上）小辈径自来追咱。
　　　正入我的诓军计，诓他好入红泥沙。
　　　把刀一摆番兵退，

（上曹保）

曹　　保：（唱）见她追来甩枪扎。（杀）
　　　枪刀又战多少趟，败向正北鞭一加。（下，又上）
　　　过了涧桥复向北，故意刀晃眼迷花。

（白）你看这番女忽向南向北而逃，可见慌乱，不知路径，不免从这抄近过去，一定拿住。

（唱）英雄催马往下赶，番女好像忙乱忘了家。

沙秀锦：（唱）佳人跑至红沙崖，故意落马地上爬。
曹　保：（唱）曹保隔岸看得准，番女落马无处爬。

　　　　　　　活该丫头一命尽，跃马拧枪过红沙。（陷沙）

　　　　　　　呀，不好，马仰人翻说不好，
沙秀锦：（唱）佳人吩咐快快拿。

　　　　　　　芦苇中暗伏多少挠钩手，勾住袍带往上拉。

　　　　　（白）绑着！绑着！
曹　保：罢了我了。
沙秀锦：绑回关去，等我回去发落。哈哈，小番们，一起上前踏他的营盘。（下）

　　　　　（呐喊）（出沙秀锦，上卒报）
卒：　　报姑娘得知，宋兵二队人马齐来护守营盘，咱兵不能前进。
沙秀锦：既有救兵，不可强进，打得胜鼓回营。

　　　　（唱）鞭敲金镫领人马，心中思想笑嘻嘻。

　　　　　　　拿住一员有名将，镇西侯的二公子。

　　　　　　　解上红绒国王前，可称我家是簪缨。

　　　　　　　一则为父尽忠义，二显平日话不虚。

　　　　　　　看着在家那件事，说是退掉那婚事。

　　　　　　　爹爹未说退不退，这些日子心犯疑。

　　　　　　　叫兄弟借送曹保把功献，显出我父尽忠心。

　　　　　　　叫爹爹上本国王把亲退，国王不能把臣欺。

　　　　　　　思思想想回关去，（下）

（上赵飞龙、花彩凤，坐）

赵飞龙、花彩凤：（唱）再表飞龙彩凤两夫妻。

　　　　　　　（上卒）

卒：　　（白）不好了，

　　　　（唱）人马将至卒儿报，公子被擒一步迟。
赵飞龙、花彩凤：（唱）传令小心守营寨，速速差人莫延迟。

　　　　　　　大营报与元帅晓，设计救人要紧急。

　　　　　　　不言夫妻后营去，（下）

（上沈桓危）

沈桓危：（唱）再表那桓危沈相乐有余。

眼前就是山岩口，摘去东京黄金印，今作红绒一品臣。

（白）老夫沈桓危，奉国王钧旨，押着聘礼与沙家下聘，面前来到关下。左右，打道进关。（下）

（沙江升帐）

沙　江：（诗）旌旗开马到得胜，报捷音金镫下敲。

（白）本督沙江。方才女儿拿来宋将，押在囚房，又带兵踏破连营，不料宋营添了救兵，不能攻打，等明日再拿宋将。

沙秀锦：（内白）小番们，将马带过。（上）爹爹在上，女儿交令。

沙　江：儿啦，来啦？小番们，把宋将绑出开刀。

沙秀锦：爹爹不可。

沙　江：儿啦，为何说不可？依你怎样？

沙秀锦：要依女儿，将被擒的宋将解送咱国，以明爹爹为国尽忠之志。

沙　江：正合我意。儿啦，回房歇息去吧。

沙秀锦：是。（下）

沙　江：哈哈哈，女儿此举，正是为婆家报信之喜，定是愚顽之心回转过来，倒叫本都督心和意悦。

（上卒）

卒：禀爷，旨意下。

沙　江：看香案伺候。（下，又同沈桓危上）

沈桓危：圣旨到。

沙　江：（跪）千岁千岁千千岁。

沈桓危：诏曰：君仁臣正，如同心腹。为国为家计，聘卿女为媳，不要推却。郎才女貌，君臣至亲，更是国福。今日亲命丞相捧旨送聘，亲赐龙凤冠一顶，龙凤宫衣两件，金珠玉镯二匣，锦绢三箱，彩女两名，以为红定。择于下月初三日，命二太子入赘卿府。钦此。

沙　江：千岁千岁千千岁。人来，将圣旨供奉龙亭，排宴伺候。

沈桓危：不劳大驾，老夫还要到屠龙城犒赏三军。

沙　江：不敢久留，请。（下）

沈桓危：请。（下）

（上沙江）

沙　江：沙仁哪里？

沙　仁：（内白）来了。（上）爹爹有何吩咐？

沙　江：你带领宫娥捧着聘礼，等着我吩咐，你再送往你姐姐处。
（诗）皇恩浩荡心甚慰，女儿愚顽更觉愁。（下）
（上沙秀锦）

沙秀锦：梅香，与我卸甲摘盔，支开琐窗，我好清爽清爽。

梅　香：是咧。

沙秀锦：看茶伺候。
（唱）身靠楼窗床上坐，浑身热汗乘风凉。
低头下望青红绿，草木生辉正芬芳。

梅　香：（白）姑娘喝茶吧。

沙秀锦：（唱）楼窗以外好看景，芍药牡丹与海棠。
端香茶我饮一口，茶热停杯放一旁。（上鬼，打落）
不觉失手杯落地，盖破水洒打海棠。
不由惊了一身汗，哼，莫非其中有不祥？

梅　香：（唱）失手打杯是常事，

沙秀锦：（唱）心中有事便失手。
惦着那打退婚姻事一桩，不知退了退不了？
辞退亲事可应当？

（上沙江）

沙　江：（白）女儿在房？

沙秀锦：爹爹来了？请上坐。
（唱）孩儿有话禀其详，

沙　江：（白）我儿有话说来。

沙秀锦：（唱）拿来宋将谁送行？

沙　江：（白）沙仁送去罢了。

沙秀锦：（唱）他去就如父亲去，带着辞婚本一章。

沙　江：（白）咳，还辞婚姻做什么？

沙秀锦：（唱）还是在家那件事，爹爹怎么未放心上？

沙　　江：（白）女儿，这婚姻辞不得了。

沙秀锦：爹爹怎说辞不了？难道说他欺心硬聘不成？

沙　　江：（唱）你一派竟是愚鲁话，

沙秀锦：（唱）早辨出哪是地狱哪是天堂。

沙　　江：（白）儿啦。

　　　　　（唱）在家从父听父训，千万不可太性刚。

　　　　　　　　国王今已来送聘，枉自叫吾心茫茫。

　　　　　（白）沙仁，令宫女捧上皇聘。

　　　　　（上沙仁）

沙　　仁：哦，都上来。

　　　　　（上二宫女捧衣冠，跪）

宫　　女：奴婢与贵人叩头。

沙秀锦：你们是谁？

宫　　女：我们是皇后娘娘差来的宫女，奉旨服侍贵人。

沙秀锦：哼，快快与我下楼。

宫　　女：是。（下）

沙秀锦：爹爹，这都是些什么东西？

沙　　江：国王赐的宫聘凤冠霞帔。

沙秀锦：呀，是什么时候来的？

沙　　江：钦差方才出城。

沙秀锦：爹爹怎么留下？

沙　　江：君恩下降，怎么不留？

沙秀锦：咳，这正是他巧你拙。

沙　　江：哦，怎么是他巧我拙？

沙秀锦：你本是忠心保国，他还疑而不信，设法以女为质，使汝尽力尽忠，这是谁巧谁拙？

沙　　江：王娶我女，我方得贵显哪。

沙秀锦：咳，什么贵？什么显？清白体被人玷、被人污，这算什么贵？什么显？

沙　　江：哼，孽女真是一派邪词，一派胡道。

沙秀锦：他妄想。

沙　　江：你，你是叫我死。

沙秀锦：他若如此，儿断不能生。

沙　　江：你只管如此，这些东西怎处？

沙秀锦：这些东西辞不得么？

沙　　江：辞不得。

沙秀锦：哼，这叫什么？

沙　　江：金凤冠。

沙秀锦：可是给儿戴的么？

沙　　江：正是。

沙秀锦：这是什么？

沙　　江：龙凤宫衣。

沙秀锦：也是与儿穿的么？

沙　　江：正是。

沙秀锦：哦，哦，哈哈，

　　　　（硬唱）气急带笑两手拍，粉面气得如纸盖。
　　　　　　　　杏眼圆睁吓人讶，转个磨磨脸向外。

　　　　（鬼上）一翻杏眼望望天，好个清平世界在。
　　　　　　　　擦擦躁汗强扭身，又见宫衣与玉带。
　　　　　　　　用手一指笑盈盈，凤冠凤冠它真怪。
　　　　　　　　当中一颗月明珠，照着二目光明败。
　　　　　　　　七个金凤造得精，金铃挂穗真可爱。
　　　　　　　　天下女子万万千，人人见了人人爱。

沙　　仁：（白）姐姐稀罕它，那就戴吧。

沙秀锦：（唱）双手捧冠战兢兢，

沙　　江：（唱）我儿是要戴此冠？

沙秀锦：（白）戴呀戴呀说戴呀。（鬼指）

　　　　（唱）双手照着楼下摔，十分力扔出五丈外。

沙　　江：（白）我儿这是怎样？

沙秀锦：哈哈。

　　　　（唱）青幡白幡在那边，当中经幡与宝盖。

（鬼推，白：激烈司快走。）

把身一换翻楼下，(鬼沙秀锦下)

沙　仁：（白）呀，不好了。

（唱）沙仁一见说事坏。

（白）这是怎么了？

沙　江：（唱）望着楼下叫声儿，你怎么气得跳楼外？

（白）沙仁，快快下楼带领使女，慢慢放着。

梅　香：姑娘醒来。

沙　仁：姐姐醒来。

沙　江：女儿醒来。

沙　仁：不中了，没一点气了哇。

沙　江：你看她这手，似乎有点温和，慢慢再叫。

沙　仁：姐姐醒来。

沙　江：秀锦儿啦。

（唱）大放悲声把儿叫，再不想你今命亡。

前几次说的那些话，只当你怕配丑夫郎。

今番王上来求婚，郎才女貌两相当。

头一次说不愿意，只当是你平日口头强。

谁知你心口是一样，急得你无路坠楼窗。

判　官：（内白）三真司，快上楼来。

桓秀锦：（内白）来了。

沙　江：（唱）是我不知儿的志，是父逼你上阴乡。（入魂）

儿子阵亡只有你，你今一死见阎王。

儿啦，早知听你方才话，不如送出一本章。

梅　香：（白）太爷，别哭了，有气儿了。

沙　江：摸摸手来摸摸口，果然有了微微气息。儿啦，快醒醒！为父佛前去烧香，你们大家好好叫。

梅　香：姑娘醒来。

沙　江：我儿醒来快还阳。

沙　仁：姐姐醒来。

沙　　江：好了好了。丫鬟，快快备些姜汤。

桓秀锦：哎呀，哎呀，

　　　　（唱）秀锦真魂入了壳，阴阳幻化果非常。
　　　　　　　忽忽悠悠身杳杳，如在水中舟漂洋。
　　　　　　　只觉心内一阵躁，涎沫浊痰吐一床。

沙　　仁：（白）这可好了，放下舒坦。

桓秀锦：（唱）是之非之觉非觉，欲动难动觉身凉。
　　　　　　　记得兄嫂大交战，记得自己自刎亡。
　　　　　　　之后记不清什么事，不知是阴还是阳。

沙　　江：（白）哦，我儿醒来醒来。

桓秀锦：咳呀，

　　　　（唱）听见倒像人说话，想是奴家身未亡。
　　　　　　　像是做了一场梦，乱乱哄哄是杳茫。

沙　　江：（白）秀锦儿啦，我可信了你的话。

桓秀锦：（唱）听说秀锦两个字，想是二哥在身旁。
　　　　　　　勉强慢慢睁杏眼，一个老父一儿郎。
　　　　　　　几个丫鬟床前立，声称春花与梅香。

沙　　江：（白）女儿好了，阿弥陀佛。

桓秀锦：（唱）他管我把女儿叫，想起一项借尸还魂。
　　　　　　　此身必是他的女，

沙　　仁：（白）姐姐喝水吧。

桓秀锦：（唱）叫姐姐必是他儿郎。
　　　　　　　不知这是什么地，只得含糊慢思量。
　　　　　　　欲动只觉身发软，

沙　　江：（唱）我儿不要强起床。

桓秀锦：（白）咳，

　　　　（唱）打了个咳声难发，我觉困乏你们且散。

沙　　江：（白）正是，我儿且歇息歇息，梅香抬入内屋。

　　　　（抬下桓秀锦）

沙　　仁：（唱）沙仁相扶抬软床。

沙　江：（唱）沙江吩咐把姜汤备。
　　　　（白）沙仁吩咐厨房准备姜汤，你姐姐醒来好用。
沙　仁：是。
　　　　（诗）人有旦夕祸福，天有不测风云。（下）

（完）

第十五本

【剧情梗概】桓秀锦通过梅香知晓了沙秀锦之事,便决定亲自押送曹保,以在半途中予以解救。宝彩文委托蓝素晏暂掌帅印,自己前往山岩口解救曹保。宝虎出战,被佛保打败。蓝素晏亲自战佛保,却通过当年襁褓中留下的诗句认出是自己的儿子,双方罢战。牙儿翠翎杀死妓女、酒保和贪财、游荡子弟各三十名,摆下八宝镜花迷阵,利用人在酒、色、财、气方面的弱点,赚取宋军。柏千、柏万私自进兵,误入阵式,因为贪财、好色而命丧其中。

(出宝彩文、蓝素晏,青云立)

宝彩文:(唱)描花室但悬杀人宝剑,

蓝素晏:(唱)刺风手常抡斩将大刀。

宝彩文:(白)奴宝彩文。

蓝素晏:奴蓝素晏。婶婶,昨日大兵已到屠龙关,先锋正是那番女,怎么鸣金罢战呢?

宝彩文:嫂嫂,那番女赫连丹红,我曾在保安城下大战。她那一宗邪术,名为小移山,我哥哥与她久战,怕邪术难挡,故而鸣金罢兵。我昨日将金刚咒传授与他,之后再交战番女。

蓝素宴:哦,听说还有一个丑妇牙儿翠翎,铜筋铁骨,不怕刀枪,更是厉害。若能拿了番女,就不怕那丑妇了。

(上宝虎)

宝 虎:妹妹,可不好了。

宝彩文:哥哥为何这等慌张?

宝 虎:祸从天降了。

(唱)曹保领大兵,到了山岩口。

番奴早预备,已有人把守。

番兵把关出,曹保威风抖。

连杀二将官,营寨未安久。

来了番丫头,二人交了手。

　　　　　　　　大战一百合，丫头她败走。
　　　　　　　　曹保在后追，丫头丢了丑。
　　　　　　　　绕着弯子行，掉下地上走。
　　　　　　　　曹保抄近追，沙泥是难走。
　　　　　　　　战马连雕鞍，人露胳膊肘。
　　　　　　　　钻出众番兵，本是挠钩手。
　　　　　　　　拿住绑进关，番兵一声吼。
　　　　　　　　又来踏营盘，赵飞龙为首。
　　　　　　　　差遣柏山来，等候将令走。
宝彩文：（唱）听罢魂吓飞，身子不由抖。
　　　　　　　　连连叫苦哉，浊痰向上呕。
　　　　　　　　身子不自由，（倒）
蓝素旻：（唱）蓝氏忙伸手。
　　　　（白）元帅醒来。
宝　虎：妹妹醒来。
宝彩文：咳呀。
　　　（唱）口吐浊痰喘吁气，叫声曹郎泪双垂。
　　　　　　　今日是我倾了你，大意粗心未细推。
　　　　　　　今被番女拿了去，凶多吉少怎能回？
　　　　　　　为国为家苦争战，舍死忘生为的是谁？
　　　　　　　青云快挑人共马，你也披挂跟我随。
　　　　　　　急同柏山连夜去，去上山岩会会贼。
　　　　　　　只要拿住那番女，可能换得曹郎回。
蓝素旻：（白）此处军机，何人执掌？
宝彩文：军机大事托嫂嫂。
蓝素旻：（唱）你嫂不敢担此重任，
宝彩文：（唱）为国尽忠不用推。
　　　　　　　赫连丹红哥哥挡，除了此人还怕谁？
　　　　　　　牙儿翠翎她怕我，我去后不可叫她得是非。
　　　　　　　军中帅旗不可换，叫她知我在军帷。

　　　　　我去来回有探马，无人知道是与非。
蓝素晏：（白）愚嫂遵令也就是了。
宝彩文：（唱）披挂停当上了马，悄悄出营走如飞。（下）
蓝素晏：（唱）蓝氏接了兵符印，等候明日把关围。（下）
　　　　（出薛建功坐）
薛建功：（唱）再说建功薛总镇，自思自想好心灰。
　　　　　镜花夫人几日没入内，母女正自整军规。
　　　　　听说打了头三阵，有个宝虎却是谁？
　　　　　宋国武将无不晓，此人我怎不认得？
　　　　　怎么无有曹门将？再待几日看是非。
佛　保：（内唱）佛保进来把父叫。（上）
　　　　（白）老爹爹，这几日该吩咐了吧？
薛建功：吩咐什么？
佛　保：你说多咱吩咐叫我多咱出马，如今兵临城下，还不吩咐？
薛建功：这几日胜败如何？
佛　保：我姐姐战一矬胖将官，名叫宝虎，祭什么小移山打上，败回城去。我要出马，等你老人家吩咐。
薛建功：教你枪法可熟练吗？
佛　保：入门枪，断门枪，进退腾挪都会咧。
薛建功：你要上阵，须要听我吩咐，不许错乱。
佛　保：不敢错了。
薛建功：动手需要先问问名姓。
佛　保：那是自然。
薛建功：遇见姓曹的，切记不可杀死。
佛　保：我要不死战，他要死战，岂不吃了亏了么？
薛建功：我的咒语可都念熟了吗？
佛　保：两句半咒语都会咧。
薛建功：念来我听。
佛　保：你老听着：家门不幸被祸缠，夫妻避兵古刹间，同题血字呀，吽吽吽。
薛建功：好，不错。倘若遇见姓曹的，与你死战，你就诈败，念着咒语，空中自有神将助力，不论男女，都得掉下马来。
佛　保： 若不是姓曹的呢？
薛建功： 要不是姓曹的，不用念，念也不灵。
佛　保： 哦，这个咒，单拿姓曹的？
薛建功： 正是，可要记准，不许错了。
佛　保： 错不了。
薛建功： 胜败回来见我。
佛　保： 那是自然，孩儿去也。（下）
薛建功：（诗）今日为国尽忠义，却做装神弄鬼人。（下）
宝　虎：（内白）众将官，杀上城。（马上）俺前部先锋宝虎。昨日战一番女，今日定要与她见个高低。尔等与我压住阵脚，擂鼓助威。

（上佛保对宝虎）

佛　保： 来者宋将可姓曹么？
宝　虎： 你老爷不姓曹。小子你叫什么名字？
佛　保： 少爷名叫佛保。你不姓曹，看枪。
宝　虎： 住口。你这小子，好大胆，听我劝你。

　　（唱）先锋爷，不姓曹。
　　　　　老爷宝虎，这口大刀。
　　　　　专杀有名将，你未退乳毛。
　　　　　无人就该归顺，来个孩子撒娇。
　　　　　老爷不杀你回去，叫你爹妈把头交。

佛　保：（唱）叫宋将，少发飙。
　　　　　少爷年幼，武艺可高。
　　　　　小钢枪一晃，叫你赴阴曹。
　　　　　说着急便交手，舞动梨花一条。
　　　　　枪疾马快冲过去，（杀）钢枪如雨浇。

宝　虎：（白）歪呀。

　　（唱）这小子，不怂包。
　　　　　力气不软，枪法奇巧。
　　　　　门路人难测，久经将门高。

　　　　　　枪法手疾眼快，大刀刚刚架着。
　　　　　　此人不是凡人勇，闪跳腾挪巧又高。
佛　保：（唱）这宋将，真雄枭。
　　　　　　刀沉力大，枪枪架着。
　　　　　　不怪姐姐败，果然武艺超。
　　　　　　只得巧换门路，五路断门奇巧。
　　　　　　翻身一格吹毛刃，枪从左边入肋梢。
宝　虎：（白）着。
　　　　（唱）身一闪，一弯腰。
　　　　　　刀挥一避，倒立汗毛。
　　　　　　枪从右边过，挑破铠甲袍。
　　　　　　战马一偎倒下，不由一阵发毛。（下）
佛　保：（唱）才要催马往上赶，
　　　　（上赫连丹红）
赫连丹红：（唱）赫连丹红说住了。
　　　　　　（白）兄弟，败将不可追赶。天色将晚，打得胜鼓回营。（下）
（出蓝素晏，升帐）
蓝素晏：（唱）催阵鼓响三军动，令旗一摆列辕门。
　　　　（白）奴副帅蓝素晏，蒙元帅委托重任。今日先锋临城邀阵，也不知胜败如何？
宝　虎：（内白）众将官，将马带过。（上）元帅在上，末将交令。
蓝素晏：先锋胜败如何？
宝　虎：咳，今日疆场打仗，败得不值，真丢丑。
　　　　（唱）打算今一天，成功这一战。
　　　　　　不想碰南墙，讨厌真讨厌。
蓝素晏：（白）胜败乃兵家之常事，何讨厌呢？
宝　虎：（唱）来个小小子，十三四年限。
　　　　　　说话是孩童，无头无尾念。
　　　　　　问我姓曹不，面谈不面谈。
　　　　　　我名报先锋，他就动枪战。

　　　　　　一条小钢枪，绕得人发乱。
　　　　　　传授是将门，我想西番中，无有这样汉。
　　　　　　我与他交锋，仗着泼辣汉。
　　　　　　手巧眼又疾，闹了一身汗。
　　　　　　枪从左肋来，战法全挑乱。
　　　　　　败阵跑回来，无法与他战。
蓝素晏：（白）这番童叫何名字？
宝　虎：提名叫佛保。姓佛从未见，想是他乳名，从小他娘唤。
蓝素晏：哦，佛保二字熟，不由暗打算。
　　　　（白）将军传令，今晚人不卸甲，马不离鞍，加意防备。兵书云胜败，胜者攻，败者防。违令者斩。
卒：　　得令。（下）
蓝素晏：（唱）将令传出归后帐，（上，又下）触起心头事一桩。
　　　　　　昔日避兵三霄庙，生下一个小儿郎。
　　　　　　逃生又到生产地，哪有生子床与汤？
　　　　　　孩子出生未开口，就是百个也是亡。
　　　　　　西番儿童叫佛保，不由得想起心中事一桩。
　　　　　　西番离着中原远，虽然有命难到此乡。
　　　　　　天下重名多多有，不过是因名思义混思想。
　　　　　　他又问姓曹然后一战，这里肯定有包藏。
　　　　　　天明亲身去临阵，见见西番小儿郎。（五鼓）
　　　　　　一夜未眠交五鼓，复穿甲胄整行装。
　　　　　　等候天明去上阵，（下）
　　（上薛建功、佛保）
薛建功：（唱）再表那建功父子暗商量。
　　　　　　佛保今日再临阵，莫忘教的那一桩。
　　　　　　且记着是我教的那些话，当着你母亲姐姐要隐藏。
　　　　　　阵上光景先禀我，自有法儿教你防。
佛　保：（唱）说声遵令上前帐，
　　　　（升帐，赫连丹红、佛保站）

赫连丹红、佛保：（唱）姐弟帐前伺候娘。

    （上牙儿翠翎）

牙儿翠翎：（唱）镜花夫人升了帐。

镜花夫人：（白）好一宋将，战败丹红，可喜我儿佛保，小小的孩子，枪挑征袍，大获全胜。女儿上帐听令，今日你姐弟出马临敌，可要小心。宋营元帅宝彩文，此人厉害，不可轻敌。

佛　保：不怕不怕，姐姐与我上阵，来一个杀一个，来两个杀一双。姐姐快请，小番带马。

  （唱）下帐提枪上了马，赫连丹红紧相帮。（下）

牙儿翠翎：（唱）镜花夫人城头上，擂鼓助威震天堂。（下）

蓝素晏：（内唱）素晏带领人共马，列阵凛凛在疆场。（马上）

    假意留神对面看，番兵出城列刀枪。

    坐骑一匹黄骠马，手擎一杆小钢枪。

    一个幼童排开队，淡红脸儿好面庞。

    此人莫非叫佛保？马临且近再端详。

    一催战马迎上去，

佛　保：（白）姐姐，与我压住阵脚。

  （唱）远远观阵不要慌。

    一马当先早看见，来将是个半大老娘。

    想是彩文宝元帅，叫她试试我的钢枪。

    把马一催对了面。

（佛保对蓝素晏）

佛　保：（白）来这女将，可是宝彩文吗？

蓝素晏：问她怎的？

佛　保：听说她力杀四门，有此本领，叫她试试我的枪法。

蓝素晏：她乃军中主帅，岂可轻出？你可是枪挑征袍的佛保吗？

佛　保：对呀。

蓝素晏：你叫佛保姓什么？

佛　保：姓薛呀。

蓝素晏：咳，原来是个番童。

佛　　保：你姓曹不姓曹哇？

蓝素晏：我本曹门蓝氏太君。你问姓曹的怎的？

佛　　保：姓曹有姓曹的战法，别姓有别姓的战法。

蓝素晏：你这番童是个孩子，不忍杀你，快快回去叫你父母来战。

佛　　保：我也不欺负你老娘子，你回去叫个比昨日强的来战。

蓝素晏：好个番童不知好歹，松驹过来。

佛　　保：（唱）战马一撒冲过去，一杆钢枪奔胸前。

　　　　　　　　交手来回二十趟，刀法精巧胜她难。

　　　　　　　　我的枪好她刀妙，花枪左提她右翻。

　　　　　　　　不像昨日丑汉子，断门取巧不能传。

　　　　　　　　且战且退得念咒，拿姓曹的得真言。

　　　　　　　　虚刺一枪圈回马，（下）

蓝素晏：（唱）番童诈败必使玄。

　　　　　　　　太太这刀不容你，纵有暗器手难闲。

（上佛保）

佛　　保：（白）家门不幸被祸缠，夫妻避难古刹间，同题血字歪呀歪呀。

蓝素晏：（唱）听得番童念两句，正是血书呀那一联。

佛　　保：（白）哼，神将怎么不来？想是这咒不灵。再念：家门不幸被祸缠，夫妻避难古刹间，同题血字歪呀歪呀。

蓝素晏：（唱）这次听得更准，不由手软心痛酸。

佛　　保：（唱）念咒不灵咱再战。

蓝素晏：（唱）此人不成是我子？（战）大约他也不知根源。

　　　　　　　　我说他也不能晓，现在仇敌两国间。

　　　　　　　　刀压枪尖说且住。

佛　　保：（白）你要怎么战？

蓝素晏：我问你方才念的是何言？

佛　　保：咒语不灵，与你战上一百回合。

蓝素晏：问你此咒何人教？

佛　　保：我爹爹呀。

蓝素晏：你父如今在哪边？

佛　保：现在城内。
蓝素晏：我问你佛保名字是谁起？
佛　保：不过父母起，却不是你起的呀？
蓝素晏：你必十四岁了。
佛　保：你管呢？
蓝素晏：咳，佛保哇。
　　　　（唱）咱们今日不用战，回去向你爹爹言。
　　　　　　　他教你这两句咒，不灵只因教得不全。
佛　保：（白）怎么不全呢？
蓝素晏：（唱）听我再教你几句，要你谨记在心间。
　　　　　　　父名曹珍侯门后，母名素晏本姓蓝。
　　　　　　　今生此儿在佛地，故名佛保名占全。
　　　　　　　神佛保体得性命，夫妻父子得团圆。
　　　　　　　曹珍素晏父母血，同题血书才完篇。
　　　　（白）可要你记准。
　　　　（唱）眼含痛泪叫众将，吩咐鸣金罢阵还。
　　　　　　　佛保啊，回去告诉你的父，明日个父子来战早上前。
　　　　　　　倒提钢刀流下泪，佛保佛保啊快回去。（下）
佛　保：（唱）如痴似迷呆呆看，是怎一阵好心酸？
　　　　　　　她双眼含泪叫佛保，我怎心跳好不安？
　　　　　　　她怎会念全篇咒？暗暗自背两三番。
　　　　　　　越背越想不像咒，像些人名把我添。
　　　　　　　回程暗问我的父，他老必知内由缘。
　　　　　　　忘了打仗呆呆立，
　　　　（上赫连丹红）
赫连丹红：（唱）赫连丹红跑上前。
　　　　（白）兄弟呀，敌人为何不战自退？
佛　保：姐姐，你不知道，昨日晚上做了一梦，在梦中得了一个咒语，连念了三遍，她杵了一会子就回去了。
赫连丹红：什么咒语？念来我听。

佛　　保：这是仙人传授的，不许别人知道。天色不早咧，收兵。小番们收兵。（下）
　　　　　（出牙儿翠翎，升帐）
牙儿翠翎：（唱）耳听金鼓住，人唱凯歌回。
　　　　　（白）奴牙儿翠翎。金鼓停歇，必是儿女们得胜回来。
佛　　保：（内白）小番们，将马带过。
　　　　　（上赫连丹红、佛保）
赫连丹红、佛保：（白）母亲在上，儿等交令。
牙儿翠翎：你姐弟胜败如何？
佛　　保：那些宋将叫我杀的杀，跑的跑，连阵也不敢要了。
牙儿翠翎：好，倒是我儿神通。快去禀知你父，让他好放心。
佛　　保：得令（下）。
赫连丹红：母亲，今日我兄弟得胜，不同前日。
牙儿翠翎：怎么胜的？
赫连丹红：他说如此这般，念咒得胜那妇人。
牙儿翠翎：哦，原来这等。
　　　　　（唱）低头不语心暗想，疑心一动打调停。
　　　　　　　 佛保本来是义子，不比女儿是亲生。
　　　　　　　 佛保虽然不知道，薛爷心内早分晓。
　　　　　　　 只好不叫他上阵，不让他父子再出城。
　　　　　　　 宝氏厉害我难挡，何况又有勇先锋？
　　　　　　　 似此劲敌难取胜，免不了大破杀戒灭敌人。
　　　　　　　 为国尽忠仗着我的八宝镜，大展神威护此城。
　　　　　　　 摆一镜花八宝镜，哪怕他十万人马有何能。
　　　　　　　 想罢开口传将令，良鄂二人把令听。
　　　　　　　 如此如此速预备。
　　　　　（白）你二人西去界牌，挑选美貌妓女三十名，酒保三十名，贪财、游荡子弟各三十名，将此四项人马俱要拿到，押在一旁，凡他们喜好之物，不许缺少。再命人看守，薛爷父子不许放他出城，如有违令者，全按军法。

良可青、长鄂风：得令。

牙儿翠翎：小番们，出城一里之遥，有疑似迷川，川中立一十二丈高杆，旁建法台一座，杆上备下红绒滑车，台上用狗油灯七盏，左边阴坑，右边阳坑，缸四口，如此这般，摆完就禀我知晓。

良可青、长鄂风：得令。（下）

牙儿翠翎：女儿休辞辛苦，昼夜小心，不许叫他父子出城。等着阵式摆完，你好亲去引那些宋将入阵。

（唱）且随娘亲去用饭，不辞辛苦要尽忠。

　　不言母女安排下，再说后堂薛总戎。（下）

（出薛建功坐）

薛建功：（唱）佛保今日去临阵，那孩子不知内里情。

　　但愿早遇曹门将，叫他认祖早归宗。

　　只想早平红绒国，但愿早灭屠龙城。

　　只要得个尽忠路，只想死后留美名。

　　不枉屈留这几年，奈等我国来救兵。

（上佛保）

佛　保：（白）爹爹，孩儿回来了。

薛建功：我的儿，

（唱）今日上阵遇何将？怎么战来怎么争？

佛　保：（白）爹爹，

（唱）今日遇一中年妇女，刀马纯熟有其能。

薛建功：（白）你可问她是谁？

佛　保：（唱）她说曹门蓝氏女，交手不能把她赢。

　　诈败想起教的咒，怎么念来也不灵。

　　非但不能就下马，她倒停刀仔细听。

薛建功：（白）她听一会儿怎么样？

佛　保：问我是何人教的咒，她说不灵教得不全。

薛建功：她又怎讲来？

佛　保：（唱）回家重新再学会，教得不全怎么灵？

　　她说此咒她会念，

薛建功：（白）她会就叫她念来。

佛　保：（唱）她真念来给我听。

　　　　　　一边念着心口痛，见她两眼泪盈盈。

薛建功：（白）她念的你可记得么？

佛　保：（唱）原来如此是八句，从头念来才得灵。

　　　　　　收兵回去她不战，一边走着叫我名。

　　　　　　她说是谁教你的回去讲，叫他明日早出城。

　　　　　　叫得人心焦她回去，孩儿心内好不明。

　　　　　　那咒明明是她会，内里怎得我的名？

　　　　　　爹爹呀，她怎么知道这个咒，出这八句才会灵？

薛建功：（白）咳，

　　　　（唱）你也不必追着问，为父自然得调停。

　　　　　　但等今晚告诉你。

　　　　（白）儿啦，如今看你得如此之知识，不许你细问，但等今晚为父告诉你明白。随我来。（下）

佛　保：来了。（下）

（出沙秀锦）

沙秀锦：（诗）天下事少见多怪，阴阳里难测难闻。

　　　　（白）奴生前桓秀锦，只记得与三哥置气，逼杀嫂嫂，放走了曹郎，自刎而亡。此后是梦非梦，不知再做了何事，只记得一位红面官吩咐多少言语，跌了一跤，此时一阵迷糊，旁边有人叫我名字。

　　　　（唱）好像万丈深坑内，虽然睁眼口难言。

　　　　　　我只打量二哥叫，原来生人围满床。

　　　　　　有叫儿的有叫姐，思想借尸还了阳。

　　　　　　虽说一句他们散，事后只有侍儿梅香。

　　　　　　此时候顺口答言装痴相，梅香说姑娘如此一气亡。

　　　　　　从头至尾告诉我，一宗一宗说端详。

　　　　　　此身名叫沙秀锦，兄弟沙仁父沙江。

　　　　　　因为终身不出嫁，要成佛女列三黄。

　　　　　　上阵拿得名曹保，回来性格大改常。

摔冠撕衣坠楼死，叫了半日才还阳。
前后之情明白了，不由自己暗思量。
此人名字倒也对，也不知是不是曹郎？
倘若是他拿到此，性命准要见阎王。
真要是他不搭救，枉费了生前为他那一桩。
必得亲身向他讲，我解宋将见国王。
半路打开囚车看，是他不是再主张。

（上沙江）

沙　江：（唱）沙江上楼叫爱女，

沙秀锦：（白）爹爹来了，请转上坐。

沙　江：（唱）父女便坐却无妨。

沙秀锦：（白）孩儿今日大好了。请问爹爹，拿来的宋将，今在何处呢？

沙　江：（唱）如今打在囚车内，就要解送入帝邦。

沙秀锦：（白）哦，爹爹可写了辞婚的本章无有呢？

沙　江：咳，儿啦，

（唱）你还惦着辞婚本，为父听你写了本章。

冒死辞婚先领死，成否吉凶在国王。

沙秀锦：（白）既为一国之主，就应知国例，亲也不是强求的。

沙　江：（唱）咱这不过尽忠义，还怕太子小俊郎。

沙秀锦：（白）孩儿愿去解那宋将，自去领罪。

沙　江：（唱）果然你要亲自去，叫你兄弟把你帮。

再带三百人共马，只怕你的身子还不强。

沙秀锦：（唱）孩儿准备刀共马，爹爹就去派儿郎。

沙　江：（白）为父去也。（下）

沙秀锦：（唱）佳人回身收拾妥，带领沙仁与梅香。（下，又上）

人在铁甲囚车后，出了山岩离关防。

（出沙江）

沙　江：（唱）沙江亲送出城外，眼看女儿去慌忙。

（返帐）回身大帐归了座，

（上卒）

卒： （唱）报子跪倒报其详。

　　　（白）报督爷得知。

沙　江：何事？

卒：　宋营添了无数人马，一员女将带领人马绕城而视。

沙　江：再探。

卒：　得令。

沙　江：小番们，急出城口外红沙滩半里安营，黄土桥边多备挠钩。抬刀带马，杀出城去。（下）

宝彩文：（内白）众将官，番兵出口，大开辕门。

　　　（马上）奴宝彩文。将军被敌将俘虏，今委托嫂嫂，自带人马来救曹郎。你看城门大开，番将来也。

（上沙江）

沙　江：来者女将，报名上来。

宝彩文：本帅为平西大元帅宝彩文。老将为谁？

沙　江：本督黄花元帅沙江。劝你早早撤兵，休犯本督边界，谅你有韩信之谋、项王之勇，也不能飞过我的城池。

　　　（唱）我劝你，少枉劳，我的城池免动枪刀。
　　　　　一律挡住你，百军一概消。
　　　　　劝你早退人马，二家不犯秋毫。
　　　　　各守边界各守礼，我主不犯你宋疆。

宝彩文：（唱）你且住，听斟酌。
　　　　　退兵容易，咱们商酌。
　　　　　我家先锋将，被陷入贼巢。
　　　　　你若早早送出，万事一笔勾销。
　　　　　若是不还先锋将，我岂退兵把你饶？

沙　江：（唱）休逞勇，听我讲。
　　　　　你国曹保未曾开刀，我已押解去见功送当朝。
　　　　　生死国王定论，谅他不肯轻饶。
　　　　　休想见你先锋面，劝你早走自为高。

宝彩文：（唱）心起火，摆大刀。

>
> 我今拿你，休想走逃。
>
> 你是番国帅，可抵先锋曹。
>
> 交手来回几趟，老儿果是英豪。
>
> 倒要小心与他战，不同寻常众番毛。

沙　江：（唱）这女子，好花刀。

　　　　　料着难胜，早走为高。

　　　　　固守关隘，以逸可待劳。

　　　　　谅她粮草难运，日久不战自逃。

　　　　　虚砍一刀败下去，（下，又上）一声令下旗一摇。

　　　　（白）小番们，人马速退，倒摆一个一字长蛇阵，收兵回营。黄土桥、红沙涧，各处令人严守，不许出战。收兵。

卒：　　得令。（下）

宝彩文：这老将真是将才。听他言道，将军未死，方觉放心，暂且回营，再做退策。众将官，收兵。（下）

　　　　（上二卒）

卒　一：（唱）夫人要摆阵，

卒　二：（唱）叫我真发闷。

　　　　　先杀多少人，两番该倒运。

　　　　（白）咱是屠龙城番卒。

卒　一：将令下来，不叫少爷出城临敌，拿来多少男男女女，聚在一块住着，好汤好茶，好穿好戴，打打闹闹，说说笑笑供着，女艳儿郎好，我看是混闹。

卒　二：你管他呢？夫人叫咱办，咱就怎么办。要三百六十丈宽，南北要七十丈，当中立高杆，上要挂红绒绳滑车，说是挂镜子；台左阴坑，台右阳坑，用四口缸，说是盛人血；拿什么柳木剑，说蘸人之血画阵，我看这个阵怎么画呢？

卒　一：你管她呢？想来她是和尚盘街。

卒　二：怎么说呢？哦，她会化。

卒　一：管她呢，怎么吩咐怎么做。咱动手，

　　　　（唱数板）摆阵抖精神，她要拿血画，人死成了鬼。

卒　二：（白）我害怕血流下，不管她画什么。

卒　一：快快搭上法台架，横干竖干把腿放。尺寸也不大，一蹬一蹬高，样子是她画，桌椅香烛全摆下。

卒　二：不用烛，七盏狗油灯架；又立七丈高杆，又粗又高大；拴上红绒绳滑车挂什么？什么紧紧法台架台架。

卒　一：说是挂镜子，像个钟表画，一照说是另个天下，人进来真害怕。

卒　二：说是这方向，像个玩意架，比那西湖景儿大，就像水晶宫楼厦。请搬俱现成，咱们就按夫人意思做吧。

卒　一：样样俱已现成，快快禀夫人奶奶。（下，内白）禀奶奶，俱已齐备。

牙儿翠翎：起过。簇拥被擒男女，带领刀斧手，台下听令。女儿丹红，拿着摆阵应用之物，随我上台作法。

（上赫连丹红）

赫连丹红：是。

（唱）赫连丹红跟随母，抱着那应用之物上能行。

暗夸母亲神通广，未见摆过一阵宫。

牙儿翠翎：（唱）只用一个八宝镜，一幅黄缎包得精。

缎上朱砂两个字，并不认识是何名。

还有一支柳木剑，又有朱笔杏黄绫。

要来民间男共女，养尔逸乐随意行。

用他们来摆什么阵，倒要见见这神通。

到了台前下了马，番兵带过马能行。

女儿丹红把台上，随后来了牙儿翠翎。

（白）奴牙儿翠翎。只因宋兵犯境，深知宝彩文厉害难挡，说不了自造罪孽，摆一八宝镜花迷阵。良可青，如此这般，召集众人台下听令。

（上良可青）

良可青：得令。（下，内白）来，来，来，你们都来，夫人叫你们台下听令。

众男女：（内白）来了来了。（上）

夫人奶奶用我等，哪边使用？

良可青：尔等下边听真：游荡的必是李太白、刘伶、杜康之辈，好色的必是纣王、吴王、吕布转世，女子好情的必是褒姒、西施、貂蝉之类，尔等贪财的想是陶朱、石崇重生，好斗气的定是霸王、周瑜托生。今摆此阵用尔等，装作古人帮我成功，不知尔等意下如何？

众男女：不中不中，我们不会，装也不像。

良可青：我再问你们，夫人这些日子待尔等如何？

众男女：好，我等知恩。

良可青：如此，叫尔等装作古人。齐说不像，自然有个像法。

众男女：如若有个像法，我等愿从。

良可青：这等听我道来。

　　（唱）叫尔等，立两边。
　　　　俱各压惊，听我细言。
　　　　只因宋朝将，如今来犯边。
　　　　娇儿褴褛丧命，母女大败逃还。
　　　　今又发来人共马，无法保守屠龙关。
　　　　再交战，得胜难。
　　　　宝氏彩文，法力无边。
　　　　因此破杀戒，摆一阵连环。
　　　　借仗尔等之力，成功顷刻之间。
　　　　既在王朝皆臣子，为国亡身忠孝全。

众男女：（白）怕我们不中。

良可青：（唱）这件事，却不难。
　　　　用尔阴魂，保守台前。
　　　　早晚去护守，自得妙中玄。

众男女：（白）哎呀，这是要咱们的命呀，我的妈呀。

良可青：家中不必牵挂，国王自有恩典。

赫连丹红：母亲这不是屈杀吗？

牙儿翠翎：女儿啦，我也是不得不如此，若不如此得胜难。

众男女：（唱）众人怕哭连天，夫人奶奶可怜可怜。
　　　　蝼蚁尚惜命，何况人命捐？
　　　　叫我赴汤蹈火，愿去愿担。
　　　　只求夫人高抬贵手，赦了我们恩重如山。

牙儿翠翎：（唱）叫尔等，莫凄惨。

　　　　　　　我今如此出于无奈，只为国恩重，君恩报不全。

　　　　　　　自造罪孽难免，因保绒主江山。

　　　　　　　尔等不必悲切切，这也是劫数造就非偶然。

　　　　　　　吩咐一声推下去。

　　　　　（白）天作孽，犹可违；自作孽，不得活。尔死之后，尔之家口，国王厚恩加恤，不用牵挂。刀斧手何在？一起推下去，将酒、色、财、气四项人等，一齐开刀，将血放在四口缸内，不许错乱。

卒：　　　得令。（下）

众男女：哎呀，妈呀，苦了我们了。

牙儿翠翎：开刀。

卒：　　　禀夫人，全部杀完。

牙儿翠翎：起过。良可青听令，你带领三千人马，在阵左右扎营，听候你姑娘引阵，若敌人进攻，则败退回来，违令者斩。

良可青：得令。（下）

牙儿翠翎：我儿随我下台，看我柳木剑，画此回迷阵，悬起八宝镜，挂上幻天图。你且跟我来看，另是一番世界。

赫连丹红：此剑何名呢？

牙儿翠翎：名为幻天剑。跟我来看好。用柳木剑，各缸搅三搅，阴气四起，布满阵内，哭声哄哄，七叫八嚎，如地狱世界。

　　　　　（唱）镜花拿起柳木剑，就地要画四迷图。

　　　　　　　起手对城画一字，一字以上画灵符。

赫连丹红：（白）母亲，画这字何用呢？

牙儿翠翎：（唱）此乃是犹如护城河一道，敌人一见胆突突。

　　　　　　　这一字黑洞无限，云雾照定日色无。

　　　　　　　宋兵无法把城入，引他入阵命呜呼。

赫连丹红：（白）哦，这就是了。

牙儿翠翎：（唱）复又画上天兵天将，哪吒二郎两边立。

　　　　　　　托塔天王中间坐，又有那四大金刚气扑扑。

　　　　　　　地煞七十零二个，依次画上二十八宿。

赫连丹红：（白）母亲，画这天兵天将，莫非能挡宋兵吗？

牙儿翠翎：（唱）这也不能相护守，不过是威吓凡人看不出。

　　　　又画阵门一酉字，傍边汲水一小卒。

　　　　画上黄童与白叟，凉亭水阁设杯壶。

　　　　猜拳行令欢畅饮，呼三叫四不亦乐乎。

　　　　我儿你可知这是什么阵？不知看出看不出？

赫连丹红：（白）这酉字旁边一卒汲水，酉字添一水，是酒字阵了。

牙儿翠翎：正是。

　　　　（唱）复又拿起五行剑，又画色字在正门。

　　　　有些楼台与殿阁，青松翠柏花木心。

　　　　多少美女楼上舞，笑嘻嘻的引人迷。

　　　　我儿可晓其中意？

赫连丹红：（白）这是色字阵了。

牙儿翠翎：正是。

　　　　（唱）人人见了定销魂。

　　　　又画正门圆又大，内有许多富贵人。

　　　　黄澄澄的摇钱树，还有几个聚宝盆。

　　　　旁边画上一钱眼，立着半拉木一根。

　　　　树前金钱随意捡，忙了老幼多少人。

　　　　我儿你可知此阵？何妨一一向娘云。

赫连丹红：（白）此阵金钱成堆，犹如无主，又有半根破木，又画一个人眼，眼为目也，目下加人，是个贝字，贝上加个半拉木字，是个财字阵了。

牙儿翠翎：我儿猜得倒也不错。

　　　　（唱）又画一门云雾罩，门外有一年少人。

　　　　拿着弯弓来回走，一个米粒粘在唇。

　　　　又画许多英雄汉，你争我斗乱纷纷。

　　　　我儿你可知此阵？前后变化皆有因。

赫连丹红：（白）此阵云雾罩一个少年，两腿不齐，唇下一个米粒，挎着一个弯弓，这必是气字阵了。

牙儿翠翎：我儿所见甚是，丝毫不差。随我上台，悬起八宝镜，挂起幻天图，插上开山剑，焚化万神幻影符，你再重新看这阵的厉害。

赫连丹红：是。（同下，又同上）

牙儿翠翎：上得台来，焚香画符，插上开山剑，红绒绳拴上八宝镜，挂上幻天图，将绳一拉，扯在高竿之上。（雷响，上众神，鬼叫）我儿，你再从头至尾，看这阵式的模样。

赫连丹红：呀，真是云雾漫漫，不知多远，竟是天兵天将从天而降。

（诗）卫着托塔天王，左右哪吒二郎。

五雷四帅五岳，魔家四大金刚。

地煞神七十二，还有三十六天罡。

二十八宿全都有，摆得好似万城墙。

（白）呀，好威严也哦。母亲这酒色财气，可能争斗杀人吗？

牙儿翠翎：女儿哪里知道？

（唱）世上人儿皆好此，酒色财气人人贪。

其实也能挡大宋，不过是仗着宝镜闹玄玄。

凡是凡人进了阵，见了那自己所好必上前。

酒楼是为好酒客，烟花是为好色男。

贪人心想财和宝，好斗之人打在先。

贪酒是迷人药，贪色是害人刀。

贪财是索人链，贪气之人死阵前。

这些都能要人命，进入阵内逃出难。

赫连丹红：（白）这等厉害，孩儿将他们引进阵来，自己怎么出呢？

牙儿翠翎：这幅黄缎书符咒，我儿插在顶上，出入不难。

赫连丹红：倘若有人能进阵盗去宝剑呢？

牙儿翠翎：（唱）有人进阵盗宝剑，开山宝剑不得觉。

我儿明日去引阵，四迷大阵算万全。

头上顶着符一张，千神万鬼不上前。

赫连丹红：（唱）丹红连连说遵令。

（白）母亲，今日天晚，明日儿去引阵便了。

（诗）酒不醉人人自醉，色不迷人人自迷。（下）

（柏千、柏万马上）

柏　千：（白）柏千。
柏　万：柏万。咱们哥俩自从随征，寸功未立。
柏　千：不用着忙，咱们有立功之时。今日番兵不来邀阵，他们随先锋接粮去了，元帅命咱们哥俩今日巡哨，以备进兵，这不就是立功之日吗？
柏　万：这是一个升官发财的地方，走着说。
　　　　（唱）跟来战红绒，差点命没要。
　　　　　　　随了征，把家抛。
　　　　　　　领了将，今来巡哨。
　　　　　　　到攻城把阵邀，
柏　千：（唱）破死闹一闹。
　　　　　　　有个小番童，人小性子傲。
　　　　　　　枪挑宝虎吓一跳。
柏　万：（唱）败回营，留着号。
　　　　　　　回营告诉说讨臊，把名报。
　　　　　　　小儿佛保闹，枪法妙。
柏　千：（唱）副帅蓝奶奶，亲身把阵邀。
　　　　　　　大战番童花刀绕，那番童念咒了。
　　　　　　　副帅和他不战而散了，咱也不知他装的哪壶药。
柏　万：（唱）那一夸，收兵回里绕。
　　　　　　　两罢消，从此好几天，番童不来叫，
　　　　　　　夫人元帅更焦躁。
柏　千：（唱）差咱们，细巡哨。
　　　　　　　番兵有何玄中妙？咱们邀阵把情报。
柏　万：（唱）过了这山坡，回迷川有道，
　　　　　　　屠龙城就把山坡靠。
柏　千：（唱）人马行，不久到。
　　　　　　　哎哟，那是什么横着道？
　　　　　　　云雾罩，里头好热闹。
柏　万：（唱）花里胡哨，一望无有边。
　　　　　　　细细拿眼照，是些天神穿蟒袍。

托塔天王，二郎哪吒左右闹。

柏　千：（唱）有神通，金刚与九曜。

难测难料，这个我猜着。

吓唬人的道，也不动弹，也不说笑。

真天神必凶报，见了咱们必杀闹。

柏　万：（唱）洞好玄，一阵人头落。

这是瞎胡闹，全像纸糊罩。

扎彩匠颜料，财主出殡做几套。

柏　千：（唱）必是他，动谋略。

惧怕咱，横门挡道。

柏　万：（唱）把烟冒，吓人一跳，

弄得雾绰绰。

（白）兄弟所见，对我心事。你看那天神也不动弹，也不言笑，八成这是假的，弄些纸糊的天神吓唬人了。咱们进去叫阵，是假的，他不会答应。若不会答应，闯进去一顿枪刀，扎他个稀烂。他若答应，必是真的，咱们就往回里跑。

柏　千：有理。

柏　万：要是纸糊的，咱把他们拉着，这不是一件大功吗？

柏　千：对，对，就此上前邀阵。（下，又上）呀，是什么假装的天神，吓唬人？快出来，我追你的魂，说呀。

（不语，柏千、柏万入阵。内鬼叫，二人马回，上二卒）

柏　千：坏了坏了，两个小卒往前一回，好像风抽一般，不见踪影，剩了两匹马跑回来了，真是天兵天将。快快回营，报与元帅要紧。

柏　万：有理。（下）

（风乱，柏千、柏万落地）

柏　千：哎呀，哎呀，好冷，好冷，好大风。兄弟，觉着一阵风来，嗡的一下子，不知怎么到了这个地方。

柏　万：这是哪儿呢？哟，好棵大树，好房子，这是闹到哪国来了？

柏　千：哟，你看那边黄澄澄的是啥呢？

柏　万：真哎，咱们瞧瞧去。

（下，摆钱眼、摇钱树、聚宝盆等）（上柏千、柏万）

柏　千：呀，原来是碾盘大的金钱眼，这钱眼好像大门一般，人也得进去。

柏　万：我瞧瞧，好大钱眼，除了这钱眼，别处还过不去呢。

　　　　（唱）这个地方住，宗宗全出色。

柏　千：（唱）不是斗牛宫，这是到了哪？

柏　万：（唱）天朗气又清，看看金钱眼。

柏　千：（唱）哥哥你在前，我在后仗胆。

柏　万：（唱）不怕我在前，跟着别离远。

柏　千：（唱）小心钱那边，别闹花了眼。

柏　万：（唱）慢慢往前行，过去金钱眼。

柏　千：（唱）呀，从这钱眼瞧，喝彩真喝彩。

柏　万：（唱）你是看见啥，乐得老了满。

柏　千：（唱）树上也是钱，人人往家捡。

柏　万：（唱）你再细细瞧，八成花了眼。

柏　千：（唱）金钱成了堆，东西全出色。

柏　万：（唱）有人无有人，你可别抓脸。

柏　千：（白）有什么人？

柏　万：（唱）来了一老头，（上老人）八十差一岁。

　　　　问问这些人，十成他懂眼。

老　人：（白）说什么？

柏　万：请问这个庄子是叫何名？

老　人：（唱）那边美人村，这边是万宝庄。

柏　千：（唱）树上能长钱，这是真出色。

老　人：（白）摇钱树上金银财宝，谁爱拿就拿呀。

柏　千：兄弟，

　　　　（唱）等着我过去，回来怀揣满。

柏　万：（唱）小心你小心，可别抓了脸。

柏　千：（唱）说着一低头，过去脑壳脸。

　　　　身子未过完，腿未进一点。

　　　　（白）钱眼小咧。

柏　万：快使劲过。
柏　千：哎哟，钱眼缩小了。
　　　（唱）卡住我腰眼，兄弟快快拉，夹得气要断。
　　　（白）哎呀，兄弟快拉吧，妈呀。
　　（柏万拉柏千）
柏　万：（唱）柏万忙拉腿，拉不动一点点。
老　人：（唱）老汉往里拉，过来快快捡。
　　　　　　过来一个死一个，不怕你来万万千。
　　（楼上，出妓女）
妓　女：（唱）楼台女儿早看见，笑嘻嘻地把话发。
　　　　　　哪里来的有情客？
　　（柏万起）
柏　万：（白）哎哟，我的哥哥呀，哪里有妓女说话？
妓　女：（唱）无用摔个身八叉，问你却是何人也？
　　　　　　因为什么遭难了？幸而遇见我们了。
柏　万：（白）妙哉，妙哉，你们是谁呀？
妓　女：（唱）他们是姨我是妈。
柏　万：（白）哈哈，见面就开玩笑，有心请下来唠个嗑儿吧，快请下来。
妓　女：（唱）手舞汗巾把楼下，一起围住柏万他。
　　　　　　这个说请你先到我房去，那个说请你先到我们家。
　　　　　　这个说我早备下合欢酒，那个说我早备下交杯茶。
柏　万：（白）哈哈，姐姐们姓什么？
妓　女：白手帕白是姓，青手帕是青家，黑姓黑来红姓红，黄姓黄来是我家，情人快快跟我走。
柏　万：哈哈，领教领教。
妓　女：（唱）一齐上前用汗巾拉。
　　　　　　左手拴上红，右手拴上青，白的拴上脑袋瓜。
　　　　　　黑黄拴上两条腿，一起用力往下拉。
柏　万：（白）哎呀，别拉，别扯，我一家一家去，不忙不忙。
妓　女：这个先说由不得你，哪有你这傻呆瓜？一起拽着笑嘻嘻。

柏　万：哎呀，别拽，别拽。

妓　女：笑嘻嘻地往下拉。

柏　万：（唱）拉得柏万直声叫，饶了我吧我的妈。

妓　女：（唱）五鬼哪个肯放手？（柏万死）只听一声吃肉啦。

　　　　　　　每人分了一块肉，一吞而尽乐哈哈。

　　　（白）唔唔唔，好香好香。走，吃肉去，唔唔唔。（下）

（完）

第十六本

【剧情梗概】屠龙城,蓝素晏紧守营门,不再出战。哈林海收到沙江辞婚之本,大怒,用沈桓危之计,令哈林俊郎迎接沙秀锦,强行婚配。沙秀锦与哈林俊郎话不投机,动起手来,杀死哈林俊郎,放走曹保,孤身自首。因司空脱里保本,哈林海将沙秀锦处以绞刑,赦免其家人。二公主哈林秀锦与沙秀锦一向交好,赴刑场营救。土地借尸还魂,哈林秀锦归位,桓秀锦变为哈林秀锦。沙江闻知女儿闯祸,自知不免,便以必死之心出战,意欲战死沙场。宝彩文生擒沙江,但以礼相待。大公主哈林团花前来擒拿沙江,路上接到赦旨,便改为助战。她见沙江被擒,便亲自对敌,与胡标难分上下。

(升帐,众将站,蓝素晏坐)

蓝素晏:(诗)恨仇人难过难见,想娇儿如有如无。

(白)奴副帅蓝素晏。元帅山岩口去救叔叔,番兵多日不来邀阵,叫人无法可使。元帅又不在营,虚立她的旗号,因此丑妇不敢来邀阵。她必是固守,欺我营中无粮,故命宝虎接应粮草,以备久用。又差柏千、柏万,前去瞧探是何动静。

(唱)番城有个小佛保,想起三霄庙内情。
　　亲身临阵见过面,果是一个小幼童。
　　若说是我亲生子,拿着血书当灵咒。
　　咳,生他之时心忙乱,血泡的孩子认不清。
　　包裹之时小婴孩,恍恍惚惚的小脸红。
　　放在三霄娘娘后,焉能到了屠龙城?
　　名字血书倒也对,我念他也发愣怔。
　　伤心连连叫佛保,他也倒是两眼红。
　　回营告诉官人晓,他说断也无此情。
　　等他再要临战场,问问他有大名来无大名。
　　因差二将去巡哨,总不回来为何情?
　　但要是我亲生子,何在番童不番童?

（上卒）

卒： 报元帅得知，可不好了。

蓝素晏：何事？快说。

卒： （数板）报报报，柏家二将去巡哨，四迷之阵横挡道。

　　　　　从北到南，一望无边，无头雾气罩，昏昏腾腾闹。

　　　　　花花绿绿，影影绰绰。

　　　　　细观瞧，看出天兵天将。

　　　　　托塔天王，哪吒二郎。

　　　　　魔家四将，四大金刚。

　　　　　开路先锋，天罡地煞，二十八宿和九曜。

　　　　　柏家兄弟把阵邀，叫着不应，骂着不动。

　　　　　把马一催，呼啦啦闯进去。

　　　　　扑哧一枪，滴溜溜一阵。

　　　　　旋风急绕，死活不知道。

　　　　　两匹大马，跑回乱叫，不敢不来报。

蓝素晏：再探。

卒： 得令。（下）

蓝素晏：众将官，抬刀带马，随本帅出营看来。（下）

（内喊）

蓝素晏：（内白）众将官，紧闭营门，将马带过。（上）

　　　　好个丑妇摆一恶阵，好不凶险人也。

　　　　（唱）怪道连日不出门，也不差人来打仗。

　　　　　　　摆了一座阵式凶，一望无边黑雾罩。

　　　　　　　横挡我兵难上前，有人进去命必丧。

　　　　　　　半云半雾起阴风，又有天兵与天将。

　　　　　　　当中一定更凶恶，不知内里何形象？

　　　　　　　二将不知内中情，误进阵中把命丧。

　　　　　　　不破此阵城难上，如何拿来沈丞相？

　　　　　　　又见佛保那孩童，时时挂在我心上。

　　　　　　　急欲破阵再不能，等着元帅再商量。

屯兵稳守不能攻，不攻她阵无灾殃。
想罢叫声众将官，不许去上她的当。
紧守不出她无法，预备粮草方为上。
速速差人上保安，侯爷年高心明亮。
再去报与元帅知，等她来时再打仗。
吩咐一声下中军，压此另表别一项。（下）

（沙仁马上）

沙　仁：（唱）沙仁马上笑嘻嘻，姐姐脾气真混账。

（诗）姐姐脾气怪，事情准要坏。

（白）我沙仁，跟我姐姐解来曹保，还有什么辞婚本章，叫我先见国王。我想做姑娘的脾气，再没有像她这样怪的了。

（唱）姑娘要出阁，在家本娇生。
她有不遂心，就把眼一瞪。
穿衣要好的，宗宗要干净。
这个是常情，世上家家胜。
谁像我姐姐，这宗异样病？
总不要婆家，脾气真异性。
提起作媳妇，也许假捏弄。
那也不像她，真真要人命。
与她招这家，有谁能比并？
俏皮小女婿，俊得人可敬。
始终也没应，你说横不横？
不但不应亲，气得成了病。
闹得红了天，死了又还性。
亲身解犯人，辞婚本亲送。
叫我见国王，得情保不定。
国王要恼了，脑袋掉难缝。

（白）说着说着到了，进城上本便了。（下）

（升番帐，五人站）

沈桓危：（诗）天高地广处，万国立家邦。

　　　　　兵精足振国，将勇可扶王。
　　　（白）我乃汉文丞相沈桓危。
赫连刚：吾乃赫连刚。
赫连强：赫连强。
哈林可汗：大太子哈林可汗。
哈林俊郎：二太子哈林俊郎。
众　　将：王爷升殿，在此伺候。
　　　（出哈林海）
哈林海：（诗）偏邦化外半边天，志在并吞宋中原。
　　　（白）孤家番王。亲翁沙江，山岩口去挡宋兵，前已收下聘礼。明日便差俊郎去军前入赘，便好协力镇守。
　　　（上卒）
卒：启禀王爷，今有元帅公子沙仁，说是有本章前来投递。
哈林海：命沙仁回府候旨。
卒：哈！（下，内白）沙公子回府，将本章传至银殿。
沙　　仁：起过。（下）
哈林海：此本何事？待孤拆开一观。
　　　（唱）绒主拆开沙江本，亲翁此本为何来？
　　　　　上写着罪臣沙江冒死奏，不幸生个拙女孩。
　　　　　命中无福入凤阁，自死愚钝性子乖。
　　　　　蒙恩赐聘臣如意，谁知逆女不乐哉？
　　　　　始终一世不出嫁，不论富贵与人才。
　　　　　只想忠孝两个字，忠孝一毕便吃斋。
　　　　　累次劝她不应允，臣还强迫她承应。
　　　　　怕她入宫生变事，罪臣越发难洗清白。
　　　　　冒死奏上辞婚本，只求我主把恩开。
　　　　　小女拿的宋营将，名唤曹保自送来。
　　　　　亲身解送来赎罪，臣女见主自领责。
　　　（白）哼，看罢叫声沈丞相，如此这般该不该？
　　　　　当日是你为红叶，事已至此怎安排？

沈桓危：千岁，此事不难。元帅之女，不过是娇惯成性，未见太子之面，不过临场撒娇，说口几句，也是有的。今既亲解宋将，其意必是要见太子之面。今命殿下前去迎亲，她若一见，口头强词全消；如其不然，二太子把她拿住，谅她幼女，也无有不从之礼。

哈林海：丞相所见有理。我儿俊郎听令，如此这般，我儿意下如何？

哈林俊郎：孩儿定要见见这个贱人，定要娶她为妻，断不服她这乖情之性。

哈林海：好，你就带番兵五百，挂彩悬花前去。

哈林俊郎：得令。（下）

哈林海：（诗）生儿求佳偶，贤君爱良臣。（下）

沈桓危：（白）二殿下转来。

（哈林俊郎又上）

哈林俊郎：老丞相说什么？

沈桓危：殿下此去不必依她撒情撒娇，此乃父母爱女之过也。以臣之见，这婚配已是高万分了。她一见殿下之貌，自然千肯万肯；如若不然，太子允她三件事，她必来接你。

哈林俊郎：哪三件事呢？

沈桓危：第一件事，押着彩轿插花，披红迎亲；第二件事接收曹保，立刻马前斩首，记功；第三件事，要再抗违不从亲事，合兵拿住，先以家法严处，后以国法威吓她，她也不敢不接殿下。

哈林俊郎：好，多谢丞相指教。请。

沈桓危：请。（下）

（上沙仁）

沙　仁：咳呀，坏了坏了，这事情又要砸锅。我沙仁方才打听明白，国王不肯辞婚，打发二太子迎亲去了。二太子傲，我姐姐更暴，不是傲坏了，就是暴坏了，我只得随后赶去告诉。这又是沈老坏蛋的点子，这东西真是坏杂种、王八羔子。我可不会骂人啊，哈哈。（下）

（出沙秀锦升帐，丫鬟立）

沙秀锦：（诗）生死置之度外，节义已注胸中。

（白）奴沙秀锦，乃桓秀锦转世，带兵五百，解送曹保来红绒国。我将人马扎在二梁阙上，令沙仁前去辞亲，还不见他回音。咳，我今是沙秀锦之身，桓秀锦之心，生前义释曹保，今又将他拿住，如不救他，枉费我生前那一番心事了。

（唱）独坐中军暗思想，往事今已知其详。
　　　已知无了杏花寨，已知兄嫂家败人亡。
　　　已知曹门领人马，定拿沈相报冤枉。
　　　我今身是沙氏女，亲拿曹保受祸殃。
　　　返世还阳去访问，也不知是不是曹郎。
　　　送到京都来押解，一边看着细端详。
　　　正是床上醉倒客，有心说破怕露行装。
　　　一时无法放他走，现有许多众儿郎。
　　　如若到了王城内，怎保曹郎不受伤？
　　　还是放他逃走去，舍着一命见阎王。
　　　一不带累生身父，二不枉我性烈刚。
　　　佳人一心思往事，

（上卒）

卒：　（唱）报子跑来报其详。
　　　（白）报姑娘得知。

沙秀锦：何事？

卒：　今有二太子带领人马，晓谕三件大事，报与姑娘得知。

沙秀锦：哪三件大事？

卒：　第一件，太子自来迎亲，叫姑娘亲去迎接，入营成亲；第二件，来收犯人曹保，送出营去，立刻马前斩首，记上头功。

沙秀锦：第三件呢？

卒：　第三件事，不敢报。

沙秀锦：只管说来。

卒：　他说刚傲如要使性，不从亲事，亲身拿住姑娘，先论家法，后论国法，不怕不从。

沙秀锦：起过了。哼，好个哈林俊郎，如此欺人。小番们，紧守囚车，不许来人进前。环儿带马，疆场上见。（下）

（哈林俊郎马上）

哈林俊郎：我乃哈林俊郎。呀，那边正是沙秀锦来也。

（沙秀锦对上）

沙秀锦：来者何处人马，挡我去路？莫非劫囚车的么？

哈林俊郎：来这女子，可是沙秀锦么？

沙秀锦：既知我名，必知我的厉害，快快闪跑。

哈林俊郎：我叫报子传报三件大事，莫非报得不清吗？

沙秀锦：报得清与不清，有何关系？可你来得不明。

哈林俊郎：我乃二太子哈林俊郎，可要你认准哪。

沙秀锦：哪管你是俊郎丑郎？既是太子，就该谨守东宫，为何带兵拦路？认你怎么？

哈林俊郎：你岂不知我是来与你成亲？

沙秀锦：什么？与哪个成亲？

哈林俊郎：哼，贱人，真乃妄性，可恨。

（唱）真乃妄性娇生惯，只知有己不知有谁。

沙秀锦：（唱）一生但知忠与孝，秉正刚强不怕谁。

哈林俊郎：（白）住了！你的忠孝可在哪里？

沙秀锦：临阵擒贼替父立功，这就是忠孝。哼。

哈林俊郎：哼，哼，

（唱）任性妄口休改变，抗君逆父你竟为。

沙秀锦：（唱）怎么逆父问问你？何为抗旨说说清？

哈林俊郎：（白）住了，你还追问什么？

沙秀锦：追的是礼。

哈林俊郎：你既知礼，不该抗君逆父。

沙秀锦：怎么抗君逆父？

哈林俊郎：君聘臣女，你父乐从，你执乖张之性，这就是抗旨逆父。

沙秀锦：住了。

（唱）做亲之事不愿意，霸道欺人为盗贼。

哈林俊郎：（唱）先媒后礼父母命，巧辩之言来混谁？

沙秀锦：（唱）我父已上辞婚本，又来欺人让不得。

哈林俊郎：（唱）妄口贱人怎不愿？郎才国贵不把你亏。

沙秀锦：（白）咦，谁论你郎才？谁论你国贵？

哈林俊郎：哦？不然，你要嫁哪个？

沙秀锦：咦，满嘴胡说。

（唱）尽孝侍奉生身父，奉养年残往西归。

哈林俊郎：（唱）你父死后还怎样？

沙秀锦：（唱）不染红尘脱是非。

哈林俊郎：（唱）明明这是哄人语，

沙秀锦：（唱）谁叫你信快撤回。

哈林俊郎：（唱）世上无有这贱婢，

沙秀锦：（唱）忠孝节义自家为。

哈林俊郎：（唱）丫头其中必有意，

沙秀锦：（唱）蠢材难测女儿心。

哈林俊郎：（白）哼哼，谁是蠢才？

沙秀锦：你。

哈林俊郎：（唱）贱人必有私心客，

沙秀锦：（白）咦！

（唱）胡说该用大刀挥。

哈林俊郎：（唱）此来一定要拿你，

沙秀锦：（唱）大刀一动不管谁。

哈林俊郎：（唱）丫头可知第三报，

沙秀锦：（唱）不知也不挡你回。

哈林俊郎：（唱）看我亲身拿住你，

（白）丫头，看枪。

沙秀锦：（唱）刺我一枪不还手。

哈林俊郎：（白）你怎不杀？

沙秀锦：（唱）身在绒国有国君。

哈林俊郎：（唱）君臣之分不杀你，

沙秀锦：（唱）既在绒国知有君。

哈林俊郎：（唱）就不该抗旨不婚配，

沙秀锦：（白）二枪更不还手。

哈林俊郎：你怎么又不还手？莫非留情么？

沙秀锦：胡说，只恐罪及我父，故不杀你。

哈林俊郎：哼，哼。

沙秀锦：你快回去，我自去见国王分辩。

哈林俊郎：你既不跟我杀，快斩囚车犯人，跟我进京城，成其好事。

沙秀锦：住了。是你自要取死，看刀。

哈林俊郎：来。

（杀一阵，哈林俊郎死）

沙秀锦：小番们，杀他来兵。

（内杀一阵，上卒）

卒：报姑娘得知，来兵散逃去了。

沙秀锦：速将囚车打开，推在马前。囚车内宋将听真，你是曹保，改名唐保申么？

曹　保：正是曹保，你怎提那唐保申三字为何？

沙秀锦：咳，你也不用细问，我既知道，你也有些明白。仓促之间，不必多言，你不认得我，我可认得你。我今解你为国尽忠，国王却不以忠臣相待，令其子当面羞辱于我，被我杀之。祸及燃眉，就把你解去，枉送一条性命，与我无什么干湿？我今开了囚车，放你逃生去吧。

曹　保：这西番之地，且往哪里逃走？

沙秀锦：咳，岂不知海阔凭鱼跃，天高任鸟飞？军校们，打开囚车，放他去吧。

曹　保：多谢多谢，我就去也。（下）

沙秀锦：将军转来。

（曹保又上）

曹　保：姑娘说什么？

沙秀锦：我有青龙宝剑一口，今赠予你，以备防身，只要你记得杏花寨楼上赠金之人。咳，你去吧。

曹　保：是，小生去也。（下）

（急上沙仁）

沙　仁：姐姐，这事怎么说呢？这个乱子比塌天还厉害得很呢，我的姐姐。

（唱）叫姐姐，倾了咱。

　　　　你这一闹，乱子如山。

　　　　　　一步未赶上，弄得祸塌天。
　　　　　　杀了国王太子，真是地覆天翻。
　　　　　　又放宋将名曹保，灭门之祸逃走难。
沙秀锦：（唱）叫兄弟，听我言。
　　　　　　我既敢做，就敢承担。
　　　　　　也不连累父，兄弟不相干。
　　　　　　由我去见国主，自己俐齿伶言。
　　　　　　不过由我偿他命，不用言四与言三。
沙　仁：（唱）国家有，律成篇。
　　　　　　以臣弑君，罪孽滔天。
　　　　　　你有利口，不死难上难。
　　　　　　等着全家问斩，轻者万剐凌迟。
　　　　　　带兵一定回去报，插翅不能飞上天。
沙秀锦：（唱）兄弟你，带小番。
　　　　　　急急回转，山岩高关。
　　　　　　告知父帅晓，主意自己安。
　　　　　　求生只好投宋，尽忠不过命捐。
　　　　　　国主这里有我挡，带着环儿一丫鬟。
　　　　（白）环儿，随我入都城，等着好收我的尸首。兄弟快快回去，我就去也。（下）
沙　仁：姐姐，你无活路了。呜呜呜。
卒：　　少爷，你哭会子怎样？
沙　仁：咳，事情闹到这勾当上了，你看姐姐不怕死，我就怕死了吗？我就忍着。她带个丫鬟死去，岂不白疼我了哇？不行，我何不跟了去？该死该活一路去就完了。小番们，你们急急回关，留下二十个胆大的，跟我入都城，等着收敛尸首，其余回去报与我父知晓，叫他早作主意，再探我姐弟吉凶。
卒：　　少爷主意不错。
沙　仁：事不宜迟，我就前去，尔等急急回关。（下）
哈林团花：（内白）小番们，回操。（马上）奴哈林团花。奉父王之命，教场操练人马。妹妹又犯了气闷之症，今日刚刚好些了。未下教场呀，一队残兵败将，慌忙来也。

（上卒）

辛： 原来是大公主回操。禀贵人，祸从天降了。

（唱）天降大祸事，遇见公主报。
我们是护兵，五百是一哨。
二太子迎亲，带着红花轿。
迎到二郎冈，沙家人马到。
沙小姐提刀，果然生性傲。
二太子不服，说话不对调。
分白说半天，说着说着闹。
一枪对一刀，叮当来回绕。
二太子不中，钢刀脖子靠。
杀了十几合，太子把血冒。
咕咚栽下来，上了阴间道。

哈林团花：（白）咳，兄弟呀。

（唱）哭声小俊郎，连把兄弟叫。
险些坠落马，泪似秋雨掉。
又气又是哭，无名火性冒。
好个老沙江，贱女无家教。
以臣敢弑君，必有谋反道。
丫头必回头，宋营必通窍。
边防归宋营，献了山岩道。
不等见父王，拿她把仇报。
再要迟慢些，全军定吃掉。
叫声护兵听吩咐。

（白）尔等快快回城报王爷知晓，就说我带三千人马去拿沙江父女，护守山岩关，无暇去禀。快去。

辛： 得令。（下）

哈林团花：小番们，休辞昼夜，随我赶奔山岩口，不得有误。（下）

（升番帐，沈桓危、司空脱里、赫连刚、赫连强站，哈林海坐）

哈林海：（诗）虽说化外国，也称礼义邦。

（白）孤家红绒国王哈林海。沙江送来辞婚本章，是因其女乖张之性。朕未取罪于他，恐失国礼。只依孤想来，其女必是口强心愿，怕太子丑陋，不便改口，故命我儿，以接囚车为名，让她见其相貌。她若一见俊郎之貌，必是千肯万肯无说。

（上卒）

卒： 启禀千岁，祸从天降了。

哈林海： 哦，有何祸事？

卒： 如此这般，二太子死在二郎冈下。小人逃回十里亭，遇见大公主回操，报明其事。大公主带领人马去拿沙江父女，保护山岩关去了，叫我等回报此事。

哈林海： 哎呀，我的儿啦。（倒）

众　臣： 千岁醒来，醒来。

哈林海： 咳呀。

（硬唱）痛恼动心，一阵昏迷往后仰，魂飞魄散半响。
　　　　醒来叫声儿，想不到你竟如此把命丧。
　　　　咳，站起身来跺双足，大骂逆女真混账。
　　　　胆大以臣来弑君，天下少有下反上。
　　　　好个逆臣老沙江，仗着一家是名将。
　　　　打量无人把你拿，吾女可能在你上。
　　　　拿来一定灭满门，掘墓碎尸难容让。
　　　　传令才要再发兵，番兵来报上大帐。

（上卒）

卒：（唱）公主兵行二十里，沙女匹马来迎上。
　　　　自知有罪自来投，公主绑了沙女将。
　　　　差人解送到午门，

哈林海：（白）好！

（唱）吩咐一声快绑上。

（白）番兵们，把逆女绑上来。

（上沙秀锦，跪）

哈林海： 殿下跪的可是沙秀锦么？
沙秀锦： 正是。
哈林海： 你杀太子，你这胆子有多大？
沙秀锦： 忠胆大如天，孝胆大如地。
哈林海： 哼，哼，你说忠孝，你是怎么忠？你是怎么孝？
沙秀锦： 不忠不拿宋将，不孝不能替父临敌。
哈林海： 你拿的宋将在哪里？
沙秀锦： 尽忠不显，叫我放了。
哈林海： 放了宋将，明是谋反。
沙秀锦： 若要谋反，不能自投。
哈林海： 住口！贱人，就该千刀万剐。
沙秀锦： 径来求死，谁还求生？一人做事一人当，自古一命抵一命，何言千刀万剐？
哈林海： 哼，好个贱人。刀斧手，将逆女推出腰断两截！赫连二将，带兵五百，将沙家满门男女一并拿来，不待时刻斩首市曹。推下去！
赫连二将： 遵旨。（下）
司空脱里： 刀下留人。千岁千岁千千岁，臣司空脱里有本奏主。
哈林海： 老太师，平身奏来。
司空脱里： 千岁。

  （唱）千岁总以国为重，莫因一怒败山河。
    现今大宋攻关口，一时不可乱大谋。
    沙氏名将识人广，又且历代忠于国。
    今要将其九族灭，反了人心了不得。

哈林海：（白）此奏虽然有理，但以臣弑君，其罪实在难容。
司空脱里：（唱）此女造罪非父使，弑君之罪自难脱。
    知罪自投无歹意，罪不及亲有此说。
    臣之愚见是为国，太子一死不能活。
    只将逆女沙秀锦，依法抵偿发轻落。
    赐她一个全尸首，她与太子前世魔。

　　　　　　二尸葬成夫妇礼，其余全赦施恩德。
　　　　　　此后沙门效死力，只求千岁纳臣说。

哈林海：（唱）太师之言安民国，太师归班孤准奏。
　　　　（白）爱卿归班。

司空脱里： 千岁。

哈林海： 旨意下：命沈相监斩，将沙女绑赴云阳，红绫盖面，绞死以正国法。其尸与太子以夫妇之礼，合葬一处。沙门将士与其父俱赦无罪。散朝。
　　　　（唱）哈王含泪退了殿，文武称颂散了朝。（下）

沈桓危：（唱）沈相监斩带钦犯，率领番卒众军小。（下）

沙　仁：（内唱）沙仁在外听见了，（上）跑出朝房泪滔滔。
　　　　　　姐姐呀，你要不活想死我，我这心里如油浇。
　　　　　　姐姐你可白疼我，叫我无法替你绞。
　　　　　　咳，他们又不绞死我，绞你我疼怎么着？
　　　　　　怎忍叫你上了绑？怎忍你略吱一下气无了？
　　　　　　细想无法把你替，不过多买纸钱烧。
　　　　　　略略表表姐弟意，表我报恩是同胞。
　　　　　　且不言沙仁暗暗备纸钱，（下）

（出哈林秀锦坐）

哈林秀锦：（唱）再表哈林秀锦女窈窕。
　　　　　　气闷之疾略略好，只觉心内似油浇。
　　　　　　独坐房中思往事。
　　　（白）奴固容公主哈林秀锦。念念不忘我那义妹沙氏小姐，与我秉性相投，誓同生死，立尽忠孝，同进山庵。我父多次提她与兄弟俊郎为妻，我也劝过几次，父王执意不信。气病又犯，今日料觉好些了。

（凤儿急上）

凤　儿： 二公主，可不好了。

哈林秀锦： 凤儿，何事这等惊慌？

凤　儿： 如此如此，这般这般，二太子废命，沙小姐绑赴云阳，午时三刻绞死。大公主去拿沙江。沈相监斩，此时入了法场了。

哈林秀锦：呀，兄弟俊郎、义妹秀锦，你们俩——

（硬唱）哪世造的冤孽罪，今生今世对了头。

父王不听我的话，总说娇女使顽皮。

真性贞烈真素净，反说钝女是假意。

事已至此假成真，拿真当假果成虚。

兄弟一死无生路，他死了阴间也不忘做夫妻。

我赞义妹全身死，她死我活把天欺。

我只得去见父王把她保，不赦她我也赴阴司。

凤　儿：（白）等着见了国王，只怕晚了。

哈林秀锦：（唱）先去法场将她救，救她回来再禀知。

（白）凤儿，你快去拉马，不用备鞍，光着骑。

凤　儿：小事。（下）

哈林秀锦：（唱）出宫上了无鞍马，急鞭打马且不提。（下）

左司判官：（内唱）再表左司掌事判。（上）

（白）金童玉女各执幢幡宝盖走来。

金童、玉女：来了。

左司判官：吾乃左司判官。奉都城隍之命，接引暴烈司赴任，三真司在法场等候，我等带了金童玉女只得前去。鬼卒，一齐去到法场，将公主之马，必须惊骇，让她摔在桓氏之前，将桓氏之魂入之公主之壳，便谒言三遍，她若醒，只记得还魂的幻化。

鬼　卒：不知是何谒言？求上官指教。

左司判官：听了，三真三真，三换真身，三救白虎，三了孽根，三救登楼，球打故人，天机有误，五次分身，各任其事，违法遭贬。

鬼　卒：遵法旨。（下）

沈桓危：（内白）左右，将犯女绑在桩上。红绫、白绫一齐备好，将马拴住。

（上，坐）

（唱）昔日宋朝台阁位，今坐红绒一品臣。

（白）老夫沈桓危。

沙　仁：（内白）姐姐呀，呜呜。

沈桓危：后面什么人吵嚷？

卒： 禀爷，沙女之弟来祭。

沈桓危：千岁有旨，赦其女亲属无罪，时刻不到，容他一祭。

卒： 是。(下，内白)容你一祭，进去哭吧。

（上沙仁、环儿）

沙　仁：姐姐，呜呜，你算没一点救星了，呜呜。

环　儿：公子，你看小姐红绫盖面，待奴婢掀起，看看小姐。小姐醒来。

沙　仁：姐姐，睁眼看看你兄弟。你打小疼我，你最疼我了，我也没法救你，这可叫我咋好哇？

（唱）沙仁咧嘴哭，姐姐白疼我。
　　　你死我活着，叫我怎么舍？
　　　头上盖红绫，白绫把脖锁。
　　　大炮一咕咚，刽子手一扯。
　　　你死永不还，活着痛死我。
　　　带了我去吧，不如把我剁。

卒： （白）时刻到了，放炮。（炮响）

沙　仁：（唱）大炮一声响，吓得我冒火。

环　儿：（唱）环儿点纸钱，小姐撒了我。

沙　仁：（唱）右边环儿哭，沙仁伏在左。
　　　　姐姐呜呜呜，刽子手上前。
　　　　红绫把面遮，白绫在脖间，
　　　　三卒只一扯，香魂去渺渺。

（上土地）

土　地：（白）土地走上前，

（唱）忙用袍袖裹。
　　　叫声三真司，你快跟随我。（魂上）

沙秀锦魂：（白）来了。

（唱）领出闪一边，谒言快念妥。

（上哈林秀锦）

哈林秀锦：（唱）哈林秀锦来，马跑如风火。
　　　　　左司与鬼卒，招魂前一裹。

　　　　　　　马惊倒地急，
卒：　　（白）咳，不好了，公主马惊了。
哈林秀锦：（唱）闯入法场中。
　　　　　　　当中掉下来，马往西边跑。
　　　　　　　判官看得真，暴烈司来咧。
　　　　　　　经幡与幢幡，接去上任郎。
　　　　　　　引去暴烈司，一阵阴风裹。

（鬼卒、判官下）

卒：　　（白）好冷呵，好冷。
　　　　（唱）一阵阴云迷，头迷眼又黑。
沈桓危：（唱）沈相在一旁，此事非小可。
　　　　　　　急得如磨转，无法把手搓。
沙　仁：（唱）沙仁爬起来，姐呀疼死我。
凤　儿：（唱）凤儿吃一惊，公主是咋着？
　　　　　　　叫咱怎理论？径自赴阴司。

（哈林秀锦摔死）

凤　儿：公主醒醒。

（上土地）

土　地：（唱）土地在一旁，带着魂来咧。
　　　　　　　三遍念谒言，桓氏须记妥。
　　　　　　　你借公主尸，沙秀锦想起。
　　　　　　　如此只这般，醒着却记得。
　　　　　　　双手只一推，魂入她壳中。

（魂入壳，土地下）

凤　儿：（唱）凤儿扶住高声叫。
　　　　（白）贵人醒来呀，醒来呀。径自断气身亡了，众番兵与监斩官听真，快将此事报于王爷、娘娘知道。
卒：　　是。
凤　儿：这是怎么了？贵人醒来。
　　　　（唱）宫娥凤儿连声叫，摸了摸心口，冰冻气不温。

（上哈林海、洪妃）

洪　　妃：（白）君妻闻听魂吓掉，
哈林海：（唱）既入法场泪涟涟。
　　　　　　　哈王连声叫爱女，快归阳来少归阴。
洪　　妃：（唱）洪妃娘娘叫爱女，你今暴死疼死人。
　　　　　　　你生来心真性又烈，有事气闷总不匀。
　　　　　　　今日怎不加防备？不通人知出宫门？
　　　　　　　儿是为这沙氏女，从前也曾听你云。
　　　　　　　双亡儿女疼死吾，活活摘去娘的心。
凤　　儿：（白）王爷娘娘别哭了，公主这鼻孔之中有气了。
　　　　　（唱）宫人慢慢扶住轻轻唤，不要摇动她的心。
　　　　　（白）公主醒来，公主醒来。
哈林秀锦：咳呀，
　　　　　（唱）咳呀一声说记住了，打了个冷战一抖身。
　　　　　　　睁开二目四下看，瞧见自己坐在尘。
洪　　妃：（白）我儿不要怕，为娘在此。
哈林秀锦：（唱）不敢答应心犯想，叫的儿国王夫妻两个人。
　　　　　　　桩上是她沙氏女，下边环儿与沙仁。
　　　　　　　记得红绫盖我面，记得沙仁哭震心。
　　　　　　　记得土地领着我，言八句记得真。
　　　　　　　听他说三换还魂二公主，与沙氏乃是生前结义人。
　　　　　　　只觉一推吓一跳，打个冷战昏沉沉。
　　　　　　　果然阴司有幻化，心中暗知有鬼神。
　　　　　　　信口答言说是好。
洪　　妃：（白）我儿，
　　　　　（唱）心中可觉明白了，宫人搀扶你公主。
哈林秀锦：（白）不用，不用人扶着。
沙　　仁：公主姐姐好哇？
哈林秀锦：（唱）又听一阵沙仁叫，不由一阵也伤心。
　　　　　（白）沙仁，你不用哭了。

哈林海：我儿怎么认得他呢？

沙　仁：公主与我姐姐在山坡结拜的时候，是我搂的土堆，我插的香么。

哈林秀锦：沙仁，你姐姐与我誓同生死，她今一死，我也不能救她复生，你是她的兄弟，也就是我的兄弟一般。你也不用回关，住在这里，一时见你就如见我那义妹一般，与我解解心闷。

沙　仁：那我与姐姐叩头了。

哈林秀锦：环儿，也在这里服侍我吧。

环　儿：是，奴婢谢恩了。

哈林秀锦：父王、母后，我义妹之尸怎样？

哈林海：我已传旨，大赦沙门无罪，将他二人尸首以夫妻之礼，合葬一处。

哈林秀锦：父王，她为仇敌两拼性命，何必又玷污其阴魂？

哈林海：依我儿怎处？

哈林秀锦：看儿姐妹之分，把他二人南面葬男，北面葬女，各修祠堂立碑，旌表其节。

哈林海：为父听从就是了。宫人，将沙氏之尸卸下，抬在软榻之上，重换宫装，以公主之礼安葬。

宫　人：领旨。

哈林海：令沈相照公主之言，料理发殡。

沈桓危：臣遵旨。（下）

哈林海：宫人，看辇回宫。（下）

（出沙江坐，也龙、也虎立）

沙　江：（诗）朝思敌兵犯境，暮忧国本难看。

（白）本督沙江，命女儿解叛上本，使我总是不安。

（上卒）

卒：　报都督得知，可有些个不好了。

沙　江：哦，尔等随你小姐去解宋将，怎么回来了？

卒：　如此这般，杀了太子，放了宋将，小姐自投案去了。公子命我们回来，他也跟去了。

沙　江：起过。

卒：　是。（下）

沙 江：天啊！

（硬唱）捶胸跺足二目红，叫天呼地不应俺。
　　　　逆女做事真反了，祸灭九族天大胆。
　　　　你今杀了二储君，不如在家杀了咱。
　　　　又放宋将逃生去，明明显着是造反。
　　　　谋反大逆臣弑君，祸灭九族全该斩。
　　　　沙家从小是忠良，临阵如此落个反。
　　　　泪流满面叫苍天，

（上卒）

卒：　　（唱）报子进来报凶险。
　　　　宋兵攻打黄土桥，离这不过一里远。
　　　　宋营添了无数兵，看看进了黄土坡。
　　　　有一大汉如天神，三股钢叉混铁杆。

沙 江：（白）起过。

（唱）传令谨守黄土桥，敌人上桥把炮点。
　　　天哪，不如死战在疆场，为国阵亡盖了脸。

（白）也龙、也虎听令，本帅出关过桥，决一死战。大料凶多吉少，你二人听我吩咐，只在桥边严守莫出，多备弓箭。敌人上桥，多放火炮，此关便稳如泰山。但等日久，敌人无补自退。勿负重托，千万以君恩为重。本帅自带小卒十名，过桥迎敌。小番们，带马。（下）

也 龙：兄弟，元帅这光景，要死战疆场。吩咐咱们的言语，竟是一片尽忠为国，护城心切，你我始终莫负君恩。

也 虎：兄长言之有理。

（上卒）

卒：　　报二位将爷得知，今有大公主带领人马，看看进关来也。

也 虎：这必是捉拿元帅来了。

也 龙：兄弟，你去桥边与元帅助战，我去迎接公主。（下）

也 虎：有理，带马。（下）

（上也龙）

也 龙：末将也龙，迎接公主，请贵人入帐。

哈林团花：（内白）兰儿，将马带过。（上）

奴哈林团花。哦，也将军，你家元帅哪里去了？

也　　龙：咳，贵人听了。

（唱）也龙身打躬，公主听我诉。

我们元帅他，真有忠心处。

方才人报来，逆女真可恨。

恨得叫苍天，知罪难饶恕。

又报宋兵来，攻打土桥处。

匹马与单刀，只带人十数。

吩咐我弟兄，都是尽忠处。

这门那门的，谨守咽喉路。

光景战死心，末将拦不住。

正好贵人来，不知怎么处？

哈林团花：（唱）我来是拿他，赦旨接半路。

沙秀锦抵偿，其余一概恕。

元帅知国恩，以死尽忠路。

等着去救他，好把君恩布。

吩咐兰儿快带马。

（白）兰儿，抬刀带马，急急出关，迎接元帅便了。（下）

（宝彩文马上）

宝彩文：本帅宝彩文。料知关外红沙涧，南有一黄土桥，七八尺宽，番兵多设人马。此处番将沙江带十数人马，单刀冲杀过来，以死相拼。老将军真是无敌大将，杀得人马倒退，无人敢挡。本帅正欲迎敌，胡标迎上前去，战住沙江。要能拿住老将，可能换回曹保。众将官，传令活捉，不许死战，违令者斩。（下）

（内喊）（哈林团花上城）

哈林团花：我国元帅，真称勇冠三军，威风八面，指东杀西，一场好战也。

（上沙江，同胡标、宝彩文杀）

（硬唱）我国元帅老沙江，真是勇猛有名将。

指东杀西八面威，宋兵个个不敢上。

　　　　　　　杀来一人红钗女，黑伶伶的天神样。
　　　　　　　她与元帅交了战，叉重刀沉难取上。
　　　　　　　元帅巧躲用刀拨，看看就要打败仗。
　　　　　　　呀，不好，又打大刀刀两截，（宝彩文捉住沙江）活捉元帅绳绑上。（下）
　　　　　　　番兵快快杀上前，救回元帅再商量。
　　　　　　　把马一催冲上去，（对上）正遇英雄胡标将。
　　　　　　　来个黑汉却是谁？刀下不死无名将。
胡　　标：（唱）爷爷名字叫胡标，来的姐姐肥猪胖。
　　　　　　　快说你的名与姓，我好送你一命丧。
哈林团花：（唱）黑贼不要顺口说，姑娘来历比你上。
　　　　　　　国王之女叫团花，力大刀沉名声旺。
胡　　标：（唱）爷爷威名哪不知？丫头竟敢霸四方。
　　　　　　　方才拿住那老儿，如同翻掌一般样。
　　　　　　　说着二人把手交，（对战）
哈林团花：（唱）青龙大刀头上晃。
胡　　标：（唱）这人倒也是英雄，百十余合无两样。
　　　　　　　胖大丫头武艺精，刀架叉迎难抢上。
　　　　　　　哎呀，越杀越勇喊连声，丫头可比英雄将。
　　　　　　　二人大战无罢休，（下杀）
　　（出宝彩文）
宝彩文：（唱）彩文立在高阜上。
　　　　　　连连喝彩把令传，二人不许打死仗。
　　　　　　大战又有百十合，大汉不能抢她上。
　　　　　　只好鸣金去收兵，收兵罢战休违抗。（下）
　　（哈林团花、胡标同上，对杀）
哈林团花：（唱）大刀架住三股叉，微微冷笑叫宋将。
　　　　　　（白）黑大汉子，这是你国鸣金，不是我家罢战，收兵吧。如要杀，你叉个稀胡乱了；若不鸣金，我定要拿你献功。
胡　　标：留你这人头，明日再取。请。（下）

哈林团花： 请。（下）
宝彩文：（内白）众将官，将马带过。（武场，上宝彩文，坐，赵飞龙站）本帅宝彩文。好个哈林团花，身大力强，若非胡大汉到来，无人是她对手。现今活捉番国老将，可保曹郎之命。再能捉住番国的公主，何愁不得奸相？小军们，带上番国老将。

（带上沙江）

沙　江： 我好恨也。
卒： 跪下。
宝彩文： 尔等闪过。老元帅，老将军，红绒忠臣，年过六十，死为国难，何恨之有？
沙　江： 恨我未死在疆场，误被蠢才捉来，虽死有恨。
宝彩文： 老将莫恨，恕我大宋天朝，非为仗力杀人，只为礼义。
（唱）下帐亲手解开绑，老将军年过花甲快请坐。
　　　本帅有事要领教，休论两国和不和。
沙　江：（白）咳，这样以礼相待，不如杀之，落个忠臣之名。
宝彩文： 久闻老将忠名也。
沙　江： 哦，元帅如此以礼待我，老夫惭愧。
宝彩文：（唱）尽忠何在死与活？
（白）老将请坐。
沙　江：（唱）被擒之人，多蒙赐坐。
宝彩文：（唱）将军若肯降大宋，
沙　江：（白）死而成忠，降而背主，老夫不敢。
宝彩文： 好哇，
（唱）早知元帅忠于国。
沙　江：（白）就此请个施刑吧。
宝彩文：（唱）我与元帅何仇恨？昔年间宋与红绒未争夺。
　　　事因桓危沈奸相，勾引你国把宋夺。
　　　你国君王心愿意，谁不愿意掌山河？
　　　如今老贼事已败，你国紧守自山河。
　　　何苦的用尽人心为沈相，因小失大把事多？

我主岂不深怀恨？拿沈相不惜动干戈。

我主想沈贼不忠于大宋，红绒待他有何情？

老元帅如要为国把忠尽，苦劝国王细陈说。

放出我国先锋将，献出沈相那奸谋。

去了红绒一大患，两息干戈把好和。

未知元帅如意否？

沙 江：（白）咳，

（唱）连连叹气无话说。

元帅之论是善策，怎奈老夫依不得。

国王听信军师话，重用沈相用机谋。

因而老夫辞了职。

（白）老夫早虑及此，屡谏不听，因而闭门不出。因大兵压境，下旨调我把守此关。圣人云，为人臣止于忠哪，元帅。

（唱）偏有老夫逆性女，如此如此抗君王。

杀了我国二太子，这般这般自投唐。

放了你家先锋将，如今不知在何方。

弑君放敌明谋反，罪灭九族法有章。

沙门世代忠于国，只顾死战在疆场。

一心忠名传后世，不想元帅赐恩光。

元帅不肯杀害我，有国难投又不能降。

金石之言不能办，也只好隐在深山把僧当。

宝彩文：（白）哦，

（唱）元帅有此贞烈女，千万不可灰心肠。

安心却在我营住，暂住几日又何妨？

飞龙将军听将令，领去老将饮酒浆。

多加恭敬休慢待，将军好好陪侍老将军。

（白）暂住几日，本帅自有送回老将军主意。

赵飞龙：是，请老将军这里来。

沙 江：咳，惭愧呀。（下）

宝彩文：胡标上帐听令，明日饱食战饭，待那团花一出营，与她交战，如此这般激她,下马卸甲,不许死战,只许生擒,违令者斩。

胡　标:得令。

（诗）擒玉兔须凭心计就,捉金龟端赖谋划成。

（完）

第十七本

【剧情梗概】宝彩文设计，胡标智擒哈林团花。哈林团花得知两国交战原委，愿意劝说哈林海献出沈桓危，她亦与胡标成亲。宝彩文回到屠龙城，观看牙儿翠翎摆下的阵式，亦不能识别。她和蓝素晏夜观平西册，神祇指示破阵之法，只是所需法物一时难以齐备。哈林海收到哈林团花本章，大不以为然。因哈林秀锦每日闷闷不乐，他便修建一座兰凤楼，让她上楼解闷，可以在楼上抛绣球自主择婿。曹保逃至义兴国，勇擒异兽，被国王唐世儒收为义子。唐世儒乃哈林海连襟，他认已化名为唐保申的曹保为义子，并命他到红绒国去认亲。曹保到红绒国，正值哈林秀锦在兰凤楼上，她见曹保将被围捕，便把绣球抛给了他。新婚之夜，哈林秀锦说出借尸还魂之始末。他们商定同赴山岩口。

哈林团花：（内白）小番们，紧守黄土桥，其余随我杀上饮马川，好捉大汉。

（马上）奴公主哈林团花，今日与那大汉一定见个高低上下。呀，迎面来的正是那一大汉，带一步卒，也无多人，提叉来也，待奴迎接上去。

（对胡标）哦，黑大汉，你好大胆，今日又来送死。

胡　标：住了，丫头少要胡说，你老爷今只用兵器，不用马，只用一个兵卒，与我拿着绳子，等我绑你，不像你带了许多番兵，叫叫喳喳，也算个本事。

哈林团花：你看公主匹马单刀擒你。小番们，人马倒退三文以外，无令不许上前。

胡　标：住了。你那匹马无有老爷腿快，老爷叉子三下四下碰了你的马腿，马就倒了，马倒人翻，拿住你也不算好本事。谅你不敢下马步战，罢了，老爷不叉马，但叉人就是了。

哈林团花：你谅公主不能步战？你公主喜的就是步战。

胡　标：老爷劝你不要逞强。

哈林团花：兰儿带马，远远瞭阵。小番，拿着绳子，远些等着绑他。

（唱）团花女，性气傲，身大力强不服弱。
　　　吩咐兰儿带马去，疆场扬刀把阵邀。

胡　标：（唱）胡大汉，哈哈笑，丫头入了我的道。
　　　晃动钢叉迎上前，番女不要留字号。

哈林团花：（唱）交了手，五十合，公主比你力不落。
　　　　　　　你的叉沉我刀重，身高公主也不矬。

胡　标：（唱）战三日，共三夜，谁也不许把劲懈。
　　　　　　　总得见个高与低，到底是谁强与谁弱。

哈林团花：（唱）又战了，百十趟，强弱不分下与上。
　　　　　　　黑大汉真发泼，力擒不能拿住吾。

胡　标：（唱）傻大汉，心不拙，不能拉来不能扯。
　　　　　　　故意松战假装乏，招招架架不上火。

哈林团花：（唱）你这样，想罢战，你也不算是好汉。
　　　　　　　除非留下黑脑袋，送出元帅把我见。

胡　标：（唱）你要听，一句话，谁要后悔是天打。
　　　　　　　谁要赢了是上邦，谁要输了便为下。

哈林团花：（白）哦，丑汉你可做得了主？

胡　标：做得了主。

哈林团花：怎定输赢？

胡　标：老爷疼顾你，这样步战，你的盔甲沉重，再战你必吃亏。若依我说，你必不敢。

哈林团花：你且说来。

胡　标：咱摘盔卸甲，弃了兵器，空拳比力，连打三个为赢，一拳不着为输。

哈林团花：输赢怎么分别？

胡　标：你赢了放回你家元帅，我们撤兵，让地千里。

哈林团花：你赢了怎样？

胡　标：我赢了，你送出我家先锋，献出我国奸相，我们就撤兵。

哈林团花：你可当得了家？

胡　标：当得了家。

哈林团花：做得了主？

胡　标：做得了主。

哈林团花：不反悔？

胡　标：不反悔。

哈林团花：兰儿接刀，（兰儿接刀）接甲盔。（兰儿接盔甲）

胡　　标：小校接叉。胖姐姐，你可不要反悔。

哈林团花：黑小子，你要不要拉钩？

　　　　　（唱）咱俩打到黑，输赢不许赖。

胡　　标：（唱）老爷大丈夫，一言压世外。

哈林团花：（唱）很好来来来，打到后三代。

胡　　标：（唱）抡拳用脚踢，好似风车快。

哈林团花：（唱）公主比你灵，难把破绽卖。

胡　　标：（唱）天神对金刚，不见胜与败。

花朵一：（唱）花朵一在旁，二人真可爱。

　　　　　　　这个大丫头，武艺勇出外。

　　　　　　　人品也不低，本事果出当。

　　　　　　　敌住胡大哥，拳脚都飞快。

　　　　　　　脚下使流星，招招脚上盖。

　　　　　　　虽说打不倒，疼得也够耐。

　　　　　　　照得准准的，劲使十分外。

　　　　　　　说着着家伙，

哈林团花：（白）呀，不好。

　　　　　（唱）佳人身一歪。

胡　　标：（唱）胡标赶上前，拽住盘脚带。

　　　　　　　咕咚按平川，

哈林团花：（白）不好了。

胡　　标：（唱）手疾脚也快。

　　　　　　　搂得结实实，怕她跑就坏。

　　　　　　　挟起一溜烟，回营跑得快。

花朵一：（唱）花朵在后边，谁追我挡开。

胡　　林：（唱）流星回里扔，脚步向里迈。（下）

兰　　儿：（唱）兰儿吓呆了，一人二马带。

　　　　　　　欲追不敢追，一定事必坏。

　　　　（白）公主被擒，宋营接应人马齐出。小番们，急急退回黄土桥，紧守关门，再行定夺。（下）

（宝彩文升帐）

宝彩文：（诗）智取金刚烈女，连胜番国几阵。

（白）本帅宝彩文。礼待沙江，启奏要拿沈贼，搭救曹郎，沙江戴罪之身，不能启奏绒主。然今又拿住大公主，她可成全两国息兵。

（上卒）

卒：报元帅得知，今日胡爷拿来番营公主，乞令定夺。

宝彩文：这等，弓上弦，刀出鞘，令胡标携那公主上帐。

卒：得令。（下，内白）元帅有令，弓上弦，刀出鞘，胡爷携女上帐。

（胡标携哈林团花上）

胡　标：末将交令，拿住这个大丫头。

宝彩文：请公主入营，本帅好商议两国罢息干戈事。想是公主不肯亲来，故此不恭。快些放手，本帅请罪。

胡　标：元帅，我要松了手，看她跑了。

宝彩文：哪有此理？快些放手。

胡　标：谅她也跑不了。

哈林团花：咳，羞死人也，羞死人也。

宝彩文：公主何羞之言？这真是本帅不恭之至也。

（唱）连说请罪暗欢喜，公主想我义不恭。

为请公主来议事，今已到此何论输与赢？

你家元帅我营内，好好招待在军中。

（白）吩咐人快去请，有请沙老将军。

（上沙江）

沙　江：来了，沙江到。

（唱）沙江一见深施礼，公主贵人多受惊。

哈林团花：（白）元帅莫非降宋了么？

沙　江：（唱）沙江至死不降宋，怎奈这元帅礼待不加刑。

如此这般两有益，只为沈相与先锋。

老臣已造灭门罪，情愿削发去为僧。

公主身已陷在此，为臣之言贵耳听。

愿公主直谏国主献奸相，就算沙江尽了忠。

送出她家先锋将，两罢干戈息了兵。

哈林团花：（白）不知她家先锋今在何处？我父与军师未必答应。

沙　江：（唱）曹先锋不过在境内，焉能无处找先锋？

千岁爷只要公主禀劝，常言事缓息了兵。

哈林团花：（白）可虽两全，须得慢慢启奏。两国按兵不动等候。

沙　江：好。

宝彩文：（唱）宝氏彩文接言语，公主之言却也有情。

两国屯兵候商量，只有一件还求应从。

哈林团花：（白）哪一件事？

宝彩文：（唱）两国既要为和好，总得做个好亲盟。

哈林团花：（白）咳，做个什么亲盟呢？

宝彩文：（唱）公主是位金刚女，天神为军是胡兄。

公主身遭他的手，贴连身体前世情。

再说西番也无这勇士，何不招他为驸马公？

就烦这沙老作月老，本帅也算老媒冰。

今日今时拜天地，就送公主转回城。

胡沙二人坐在此，本帅还要回大营。

烦公主替我查访先锋将，公主不应也得应。

老元帅意下怎么样？

沙　江：（唱）这事全凭公主裁处。

哈林团花：（唱）点了点头无主意。

宝彩文：（白）好，

（唱）公主点头是应承。

（白）花朵一听令。

花朵一：在。

宝彩文：你在大营设摆香案，快同沙老将军与胡兄更换衣服，就此拜堂成亲。

花朵一：得令。走吧走吧，胡哥拜堂去吧。

胡　标：胡闹，胡闹。

（花朵一、胡标下）

（上丫鬟）

丫　鬟：请公主随我梳洗梳洗，就要成亲入洞房去了。

哈林团花：你这闹鬼的元帅，真会撮弄事。

宝彩文：要想这等撮弄你，你还乐意了呢。走吧，将军等着你呢，别拿捏了。

（同下）

（出唐世儒）

唐世儒：（诗）国壮人安静，君正民且乐。敢称礼义邦，总不把兵动。

（白）孤家义兴国王唐世儒。这义兴的老主本姓洪，名叫洪奇伯，一辈无儿，只有二女，长女招我为婿，次女嫁与红绒国番王为后。国王殡天，民立我为君。我本大宋国人氏，永受这一国的事业，可惜我落个绝户。昨日黑夜做了一梦，我正在练兵台观兵，只见一轮红日当空，谁料滴溜溜落在我的面前，听的唰啦啦一声响，蹦出一个怪物，众人一见都跑咧，那怪物直奔我来，呼的一声，吓得我，咳呀一下子把我的老婆蹬在地下去了。我也醒了，也不知是凶是吉，好生不乐，不免去麒麟峪行围一回，有何不可？小番们，带着鹰犬，随我麒麟峪行围一回，不得有误。（下）

（上曹保）

曹　保：（诗）逃出龙潭虎穴，难离天罗地网。

（白）俺曹保。好一个沙秀锦，不知怎么，恼怒了太子，放我逃走，又赠一把宝剑防身。皆是番国之地，东行都有关隘拦挡，只好翻山越岭，直往东南而行，寻些野物充饥。咳，思想起来，好生烦闷。

（唱）心中思想沙秀锦，放我说的言语奇。

　　　　从前是她拿住我，亲身解我到西夷。

　　　　为什么杀了太子放了我？忙乱之时未说实。

　　　　你怎知唐保申即是曹保？杏花寨赠剑之事她怎知？

　　　　又说她可认识我，叫我把她细寻思。

　　　　暗含着好像那个桓秀锦，万里相隔岂能知？

　　　　令人猜疑难以测，此人难免刀分尸。

　　　　国王焉能不细问？杀君放敌罪凌迟。

　　　　恩大于我我难报，何处探听这虚实？

　　　　不言曹保落荒走，（下）

（唐世儒马上）

唐世儒：（唱）再把义兴国王提。

行围在麒麟峪，追赶兔子与山虎。

传令番卒各使勇，

（白）大小番卒，各使威武，撒开围场。

（上兽，众打，兽吃枪，兽吃剑，众败，唐世儒上）

唐世儒：哎呀，不好了。这是什么牲口？是个熊吧？不是。是熊身子，象鼻子，牛尾巴，虎爪子，小犀牛的眼睛，是个八不凑吧。刀砍吃刀，剑砍吃剑，舌头一舔，就是个跟头。它可不吃人，把我甲也吞去了，把我风磨铜烟斗也吃了。

众　人：（唱）怪物力无边，净吃刀枪剑。

吃铁又吃铜，咬盔又咬箭。

见铜它就追，见铁它也咽。

无法把它拿，追得人四散。

不好了，追来了。（下）

唐世儒：（唱）国王唐世儒，吓了一身汗。

头上有金盔，身穿金甲片。

兽爱吃黄金，紧走不敢站。

急着紧向前，马吓走太慢。（下）

（上曹保）

曹　保：（唱）正遇曹保来，豪杰早看见。

怪物直奔我，（兽上）抽出纯钢剑。

搂头下绝情，怪物一口咽。

咳，此物吃铜铁，象鼻似蒜瓣。

一把抓住了，身遇千斤汉。

畜生少逞能，休想往外窜。

异兽世间稀，古书早看见。

只有鼻孔中，肉软可加练。

力大如牵羊，双手紧紧攥。

唐世儒：（唱）国王看得真，连连称好汉。

催马到跟前，壮士真能干。

　　　　（白）请教壮士，此物刀砍不动、枪扎不怕，怎把它致死，方可消恨？
曹　保：此物最怕烟火，烟火一熏，立化成灰。
唐世儒：壮士，此物何名呢？
曹　保：此物名为貘兽，又名白豹，其形如熊，鼻如象，目如犀，尾如牛，足如虎，专吃铜铁，能辟邪，浑身似铁，只有鼻内可擒。上古大人魏犨在楚国猎捉此兽，赵衰《博物》记载。曾观古典，故能细知，不想今日实见。
唐世儒：原来这等。小番们，快些，周围取木加火。
小番们：哦。
曹　保：先向鼻内熏烟，看它身软后，我便撒手。
唐世儒：快快动手点火。

　　　　（唱）忙了众兵丁，堆上枯柴木。
　　　　　　点着三四根，上前熏怪物。
　　　　　　对着鼻孔熏，怪物直发怵。
　　　　　　熏得掉皮毛，见它战突突。
　　　　　　柴火才点着，真是奇巧事。
　　　　　　公子把手撒，退出烟火处。
　　　　　　它真怕火烧，不敢动一步。
　　　　　　皮毛全烧红，好像火红布。
　　　　　　看看要化掉，立刻瘫一处。
　　　　　　眼见越发粗，烧得鼓了包。
　　　　　　国王唐世儒，欢喜乐不支。
　　　　　　梦景应验了，正是祥云处。
　　　　　　这个小英雄，勇猛又博物。
　　　　　　还未问来路。
　　　　　　我今把他留，假意把恩布。
　　　　　　认作干殿下，来到英雄处。
　　　　　　叫声小壮士，听我向你诉。

　　　　（白）多谢壮士替我捉此怪物。我看足下非我番邦之人，贵姓高名？何方人士？因何到此？请说明白，请入国中，好好酬谢。
曹　保：老者在上，请听禀告。

　　　　　（唱）在下大宋逃军也，姓唐名叫保申。
唐世儒：（白）好哇，咱们都是一家子咧，我也姓唐，哈哈哈。
曹　保：（唱）充军被遣边远地，复又犯罪打死人。
　　　　　　　中原之地难站脚，逃出外邦躲灾临。
　　　　　　　不想今日来到此，敢问老者是何人？
唐世儒：（唱）此处乃是义兴国，地广千里也有民。
　　　　　　　我乃国王本姓唐，今已花甲整六旬。
曹　保：（白）哦，原来是一国千岁，多有失敬。
唐世儒：好说。
　　　　　（唱）义兴虽说是外国，起初也是中国人。
　　　　　　　今遇壮士是故里，又与同姓动人心。
　　　　　　　听你之言无归落，我有一言不好云。
曹　保：（白）千岁有话请讲。
唐世儒：（唱）古语说兴邦立择贤士，自古仁者可为君。
　　　　　　　我今无儿国无主，正自有心访贤人。
　　　　　　　壮士英勇又博物，武备文修贯古今。
　　　　　　　愿认你作干殿下，来做此国官民臣。
　　　　　　　未知足下可应允？
曹　保：（唱）心中暗想暂栖身。
　　　　　　　连连答应说遵命。
　　　　　（白）只恐小人无福，有负重爱。
唐世儒：有勇者，必有志。
曹　保：如此，父王请上，受我一拜。
唐世儒：哈哈哈，起来，起来。小番们，快快与你少千岁带马，就此回城庆贺。我儿随我来。（下）
曹　保：来了。（下）
　　　　　（出蓝素晏坐）
蓝素晏：（诗）急文连发三道，来音不见一回。
　　　　　（白）奴副帅蓝素晏。急文连发三次，禀报元帅番贼的厉害，折兵误事。不见元帅回来，想是未救回叔叔，好叫人心悬两地也。

（上卒）

卒： 报副帅得知，元帅回来，离城不远。

蓝素晏： 快快排开队伍迎接。（下，又上）元帅，一路鞍马劳乏。

（上宝彩文）

宝彩文： 彼此一样。嫂嫂可好？

蓝素晏： 好。婶婶请。

宝彩文： 请。

蓝素晏： 婶婶可曾救回叔叔？

宝彩文： 咳，岩口之事，如此这般。公主配了胡标，他与赵飞龙夫妻并花朵一屯兵关外，等候消息。打发公主回去，暗找先锋，明劝她父纳款投降，成否未定。嫂嫂发急文三次，番城如何厉害，是何凶阵，这等急难？

蓝素晏： 咳，婶婶。

（唱）自从婶婶你去后，先锋宝虎果然强。
战败番贼红面女，小移山祭来未曾身受伤。
打量着次日翠翎必出马，来了个十二三岁小儿童。

宝彩文：（白）怎么小小番童这样厉害？

蓝素晏：（唱）杀得先锋败了阵，险些左肋中枪。
报上名字叫佛保，想起了三霄庙里事一桩。
次日愚嫂亲临阵，见番童红红脸蛋气轩昂。

宝彩文：（白）他叫佛保，姓什么呢？

蓝素晏：（唱）他父建功薛是姓，镜花夫人是他娘。
他问我姓曹是不是？

宝彩文：（白）哦？他这倒也奇怪。

蓝素晏：（唱）何从不是信渺茫？
他说是姓啥就有啥，果然一条好银枪。
战着战着他诈败，口内嘟哝念咒语。
细听他念两句半，正是我当日血书那八行。
问他这话何处得，他说是那姓曹的咒良方。
又问他谁教的这个咒，他父教的不是他娘。
说的是个小孩话，怎么念得又相仿？

　　　　　我把那份血书对他念，番童发愣不出腔。
　　　　　我叫他谁教的咒语向谁告，明日叫他来疆场。
　　　　　次日闭门总不出，叫人心中痛断肠。
　　　　　差遣柏千与柏万，入了恶阵二命亡。
　　　　　愚嫂亲自去观阵，看见那天兵天将万里长。
　　　　　刚好婶婶回来了，细细安排做主张。

宝彩文：（唱）宝氏彩文接言语，
　　　　　（上卒）
卒：（唱）报子跑来报其详。
　　　（白）报元帅得知，番兵又来邀阵。
宝彩文：再探。
卒：得令。（下）
宝彩文：往下便叫哪位将军敢去迎敌？
柏　山：有我柏山。
松　山：松山。
柏山、松山：二人愿往。
宝彩文：二位可要小心。
柏山、松山：不劳嘱咐。众将官，马来。（下）
宝彩文：众将官，与他二人擂鼓助威。（下）
　　　　　（松山、柏山马上，赫连丹红对上）
松　山：来者番女可是赫连丹红么？
赫连丹红：你既知姑娘的名字，就知你姑娘的厉害。来将何名？
松　山：你老爷松山。
柏　山：柏山。
赫连丹红：无名小辈，可敢打你姑娘阵式吗？
柏　山：你那阵式，不过是一长蛇阵式，此种变化人人皆知。你就是弄些惊人阵法，你老爷全然不怕，撒马过来。
　　　　　（杀一阵，松山、柏山入阵，鬼吃松山、柏山）
卒：（内白）报元帅得知，二将入阵，踪影不见。
　　　（宝彩文、蓝素晏马上）

宝彩文：（内白）扎住队伍，刀马伺候。
蓝素晏： 婶婶，你看此阵，自南至北，曲曲弯弯，一望无头无尾，像一字长蛇阵，犹如孔殿参参差差，俱是天兵天将。若是照长蛇阵打法，难免受苦。此阵倒也奇怪，其形虽像长蛇阵一般，内多玄机，倒像一幅天条图。婶婶细看，指示我个明白。
宝彩文： 咳，嫂嫂，这阵我也没有见过，不过观其大概，其实不能测料。
（唱）此阵分明人难测，折天换地星斗移。
　　　二将当是长蛇阵，一冲必是蟒脱皮。
　　　多时不见其动静，必是二命赴阴司。
蓝素晏：（白）婶婶，细细做个主意。
宝彩文：（唱）我今也是难知晓，此乃仙妖立法奇。
　　　你且随我往里看，四段三空你可知。（下，又上）
（唱）先从这，正中观。
　　　中一空，紫微垣。
　　　北极五星在中间。
　　　五天机，四福官。
　　　阴满山，阳满山。
　　　六甲神，戴金冠。
　　　形象恶，金甲穿。
　　　天星独坐勾神箭。
　　　大力神，挂红衫。
　　　五帝坐，在右边。
　　　左右枢，在前门。
　　　二天神，更威严。
　　　杳茫冒彩紫微垣。
　　　北空内，细看清。
　　　太威元，在其间。
　　　当中地位穿蟒龙。
　　　戴簪缨，是三公。
　　　一行五，面儿凶。

五诸侯，管天兵。
穿黄甲，宜官名。
各执牙，是九卿。
左四将，右四相。
左太危，门关上。
掌阵神，多凶壮。
左虎贲，右郎将。
杳茫冒彩威猛样。
南空中，瞧仔细。
上元官，名天师。
二十四将按次序。
黑天神，六甲立。
黑盔甲，面如墨。
李天王，托塔式。
哪吒站，二郎立。
天兵天将全在地。
四天星，凶抖抖。
七十二，地煞有。
百零八，凶煞有。
其余天神难认透。
中三段，分东西。
南算北，北作西。
东方为木是甲乙。
东苍天，那七宿。
角亢氐房心尾箕。
壬癸水，北段居。
北方位，是太极。
北方玄武有七宿。
此处是，那七宿。
斗牛女虚危室壁。

　　　　西方位，白虎神。
　　　　白虎七星看得真。
　　　　这方位，七个辰。
　　　　奎娄胃昴毕觜参。
　　　　南一段，排得巧。
　　　　丙丁火，方位好。
　　　　南方之位名朱雀。
　　　　复定睛，仔细找。
　　　　井鬼柳星张翼轸。
　　　　草草论，认不清。
　　　　神星广，不敢云。
　　　　看众仙，乱纷纷。
　　　　那三教，有老君。
　　　　也有妖魔也有神。
　　　　阴风满布黑暗暗，
　　　　鬼哭神言甚惊人。
　　　　佳人看罢心害怕，
　　　　嫂嫂哇，此阵玄妙不寻常。
　　　　莫说你我不能破，
　　　　大罗神仙也不敢当。
　　　　无法只是干搓手，
蓝素晏：（唱）蓝氏一旁把话讲。
　　　　（白）婶婶，此阵大料一时难破，你我暂且回营，再做道理。
宝彩文：有理。众将官，免战牌高悬，不可妄动。（下，内白）
　　　　刁七听令，你带五百长枪手，昼夜巡营。
刁　七：得令。
宝彩文：（内白）青云，后帐设摆香案，供上平西册，便衣伺候。
青　云：（内白）晓得。
　　　　（上宝彩文、蓝素晏，便衣）
宝彩文：嫂嫂，同我虔心拜求五锋剑仙，剑仙既赐神册，就定会指教。

　　　　　（唱）后帐摘盔卸了甲，二位佳人换便衣。
　　　　　　　　仙人既示平西册，不破此阵怎平西？
蓝素晏：（唱）素晏叩拜把头磕，祷告保佑诸神祇。
宝彩文：（唱）宝彩文净手焚香炉内插，愁锁双眉泪珠滴。
蓝素晏：（唱）蓝氏佳人更着急，眼泪汪汪跪双膝。
宝彩文：（唱）弟子领了皇王旨，先为国家后为私。
蓝素晏：（唱）国仇家恨是沈相，恶阵不破怎平西？
宝彩文：（唱）剑仙既赐平西册，册上无字怎能知？
蓝素晏：（唱）我等无缘观无字，既示元帅应当知。
宝彩文：（唱）上面只有关隘山口，然进退无路，如何能晓这虚实？
蓝素晏：（唱）拜册向前默不语，婶婶你拿去看看要仔细。
宝彩文：（唱）叩拜已毕平身起，展开宝册测玄机。
蓝素晏：（唱）蓝氏佳人一旁立，看不出上面有何奇。
宝彩文：（唱）翻罢一篇又一篇，已有那地名道路东与西。
　　　　　　　　左看也无有阵法，右看也是无阵局。（三更）
　　　　　　　　翻来覆去交三鼓，咳，仙师你可活活要把我难死。
　　　　　　　　只急得双手举起平西册，平西册呀是怎的？
蓝素晏：（唱）蓝氏一旁背灯看，呀，内里好像有字迹。
　　　　　　　　大家仔细看一看。
　　　　　（白）方才你举起神册，我在灯影下一看，内里曲曲弯弯好像有字。婶婶再举起书册，对灯看看如何？
宝彩文：哦，果有朱红小字三行，字字分明。
蓝素晏：婶婶细细念来，大家听听是何仙机。
宝彩文：待我念来。
　　　　　（诗）既有平西册，此阵有法破。
　　　　　　　　童男五奎来，内外有人助。
　　　　　　　　别要进阵去，送命白白丢。
　　　　　　　　成功须得他，地灵星设策。
　　　　　（白）咳，让人好生发懵，真乃难测。谁是五奎星？哪个是童男？他是谁呢？再往下看，又云要备法物：摆阵法师顶心绿发四根，破阵非此不能成功；再用地灵星、溪女星、三真司发各四根，共合一处，亲手制造一个万发拂尘，用皇上亲赐令箭削作拂尘之柄；再用状元笔一支、天蓬元帅左手血一滴，用金盒盛收备用。把这些法物交与五奎星，命他手执拂尘，就地一拉，跑出七百二十八丈远、二百五十丈宽，上在法台，先用状元笔蘸天蓬元帅血，在他柳木剑上一点，此剑飞入阴坑，在他桌上写一对联，乃是：八宝镜花四迷阵，九天雨露一起开。写完用笔向高杆上一指，唰的一声，宝镜落在阴缸之中，破为八块，化为八个仙女，向天飞去。其阵破时，须仙人指点，必有应验。但这些应用之物哪里能有？谁是天蓬元帅？哪是五奎神童？咳，这边还有诗一首：天蓬元帅八十翁，军中主帅地灵星，溪女星为副主帅，桓氏秀锦三真名。又批云：等待有时，不须急躁，谋办有成。

蓝素旻：呀，这内中许多难处。

（唱）第一难摆阵之人顶心发，第二难桓氏早已作古人。
　　　　八十老翁天蓬帅，必是公父老大人。
　　　　还有这支状元笔，也不知你伯伯收存未收存？
　　　　二弟一去无音信，这五奎星到底是何人？
　　　　婶婶细想怎么办？我替元帅难在心。

宝彩文：（唱）仙人既言前事定，成事在天谋事在人。
　　　　赶忙差人禀公父，再问伯伯此笔存不存。
　　　　神人虽说不着急，能够办的早早寻。
　　　　不能办的等着天缘必有遇。

（白）明日写书一封，差能连、豆去急上保安，向公父禀明始末缘由。你就问伯伯此笔有无，如有，必在郑宅收存，急急取来备用。

蓝素旻：婶婶言之有理。青云，收起神册，大家安歇了罢。

（诗）谋划尽人力，

宝彩文：（诗）成事全在天。（同下）

（曹保马上）

曹　保：（诗）本是天朝飞虎将，今作化外守护龙。

（白）吾曹保。身陷友邦，义兴国认我为殿下。现令我带领番兵四名、书字一封，去红绒国，一来认亲，二来助战。

（唱）叫我红绒把亲认，红绒王后本姓洪。
两家是姐妹亲情厚，一来认亲二帮兵。
不好说是我不去，又怕露了我的形。
我今身陷友邦地，不能逃脱回宋营。
暂借此事入虎穴，探探敌国怎样凶。
访访那个沙秀锦，或是死来或是生。
又怕番兵认得我，他国中焉能无有解我兵？
但凭这义兴国之力，咬定唐家守护龙。
我要久住红绒国，何愁曹保不立功？
思思想想路上走，再表兰儿奉令行。（下）

（兰儿马上）

兰　儿：（唱）我本是公主的心腹使女，公主差我回国中。
我公主被人拿去一昼夜，次日午后才回城。
写了本章一封信，命我回国禀事情。
本章交与王爷看，把书字暗交二公主密拆封。
告诉我说是黄花沙元帅，自己削发去为僧。
说是与大宋为敌不为利，不能战胜把功成。
我看公主那个样，对着我口内也隐二分情。
且不言兰儿离城路不远，再表那番王哈林海城内自监工。（下）

（出哈林海坐）

哈林海：（诗）为女操心功完满，愿择佳婿得乘龙。
（白）孤家哈林海。只因次女为救义妹沙氏，几乎法场丧命，养了多日方得大愈，总是闷闷不乐，故此在得胜门外、天汉桥北，修了一座兰凤楼。此楼可通三川六国朝贺之路，可叫女儿上楼散心解闷，又用五色绫缎绣了一对鸳鸯球，由她自择天下人物。这等解慰，她才笑而点头。因此亲自操办其事，今日完成。

（上卒）

卒：　　启禀千岁，今有大公主丫鬟兰儿奉命回国，有本要奏。

哈林海：叫她进来。

卒：　　是。（下，内白）叫你进来。

兰　　儿：（内白）来了。（上）兰儿叩头。
哈林海：起了。兰儿，山岩口如何？
兰　　儿：现有公主本章呈上，王爷一观便晓。奴婢还要进宫，与娘娘请安。
哈林海：去吧。待孤看来。
　　　　（唱）女儿身大千斤，何愁哪会不平安？
　　　　　　镜花夫人法力广，千兵万将胜她难。
　　　　　　倚仗军师那黄胖，早屯兵咽喉要路青石关。
　　　　　　女儿她上本必为沙江事，待孤一看自了然。
　　　　　　上写着女儿团花请安好，伏拜顿首父王前。
　　　　　　儿自带兵拿元帅，又得赦旨在路间。
　　　　　　到关不见沙将军，削发弃职归了山。
　　　　　　儿与那宋国元帅见了面，她已对儿说周全。
　　　　　　她说不为争疆土，因为红绒有仇冤。
　　　　　　只为收留沈丞相，献了奸相撤兵还。
　　　　　　祈求父王细思量，可行可止国得安。
哈林海：（唱）哼，女儿之言见识短。
　　　　（白）此是宋将暗探虚实之计。献了沈相，大宋更添了并吞之心。只得发兵命人坚守，等敌粮尽，一鼓而擒。小番们，带马回城。（下）
（出哈林秀锦）
哈林秀锦：（诗）一人三换体，三换一人心。
　　　　（白）奴生前桓秀锦，自入皇宫，铭记前情，暗暗了解往日二公主情景。前者父王见我呆闷，造楼散闷，扎彩招婿。我想稳坐宫中，怎得曹郎信息？又想那游魂之时，有一老者告诉我之言，内有"三救登楼，球打故人"，故此应允。
　　　　（上凤儿）
凤　　儿：启禀贵人，兰儿回国求见贵人。
哈林秀锦：叫她进来。
凤　　儿：是。（下，内白）叫你进来。
兰　　儿：（内白）来了。（上）二公主在上，兰儿叩头。
哈林秀锦：起来。你公主可好？

兰　　儿：这里有大公主密书一封，请贵人密启。

哈林秀锦：呈上来。凤儿领去，陪她吃饭。

凤　　儿：是。兰儿姐随我来。（下）

兰　　儿：来了。（下）

哈林秀锦：大公主传书与我，不知何事？待吾拆封一观。

　　　　　（唱）上写着愚姐秘密托妹妹，自己姐妹我实说。
　　　　　　　　沙江如此被擒去，愚姐也是被人捉。
　　　　　　　　那时候求死不能活受辱，问心也是不愿活。
　　　　　　　　那女帅谦和礼厚待，是为如此这般说。
　　　　　　　　与我招了胡驸马，立刻就往洞房搁。
　　　　　　　　次日放我回城转，老沙江削发去念经弥陀。
　　　　　　　　只要献了沈丞相，送出曹保小阿哥。
　　　　　　　　两家和好把亲作，不争疆土不争国。
　　　　　　　　求妹妹与我隐瞒招亲事，劝父王为国着想保山河。
　　　　　　　　不能因为沈奸相，苦劳军力动干戈。
　　　　　　　　深托妹妹良言劝，愚姐此事不敢说。

哈林秀锦：（唱）哦，原来此人降大宋，天随人愿对心窝。
　　　　　　　　等个机会奏国王，成否喜怒看如何？

　　　　　（上哈林海）

哈林海：（唱）番王进来叫爱女，

哈林秀锦：（唱）佳人站起把话说。

　　　　　（白）父王来了？请转上坐。

哈林海：宫中家常，便坐可矣。儿啦，兰凤彩楼今日造完，鸳鸯球造得精彩，我儿明日亲自看看为父造得如何。

哈林秀锦：多谢父王为儿劳心，叫儿终身难报。

哈林海：哈哈哈，只要女儿心宽，为父也就欢畅。明日命沈相护卫，沙仁楼下伺候，我儿上楼潇洒潇洒，自择乘龙，遂了儿志。

哈林秀锦：（唱）父王用心为女儿，难报劬劳父母恩。（下）

　　　　　（出沙仁）

沙　　仁：（唱）生来我命苦，爹爹落了发。

姐姐入了宫，叔叔剩了俩。

（白）我沙仁。国王说我爹爹当了和尚，叫我楼下伺候公主姐姐。她多咱要去，我就前去伺候。我这姐姐比我亲姐姐还强呢，多疼我啊。今日上楼潇洒，只得前去伺候。环儿呢，也跟姐姐去了。还有丁香在此，丁香呢？

丁　香：（内白）在。（上）

沙　仁：带马。（下）

（上众路人）

路人一：（唱）各门挂天榜，众人纷纷讲。
　　　　　　　公主扎彩球，郡马我有想。

路人二：（白）呸，你这大年纪干什么去？

路人一：接彩球，招驸马呀。

路人二：咳，老得成了茄样，还想做驸马？

路人一：（唱）人之初，慢慢有。
　　　　　　　想那田地也有洼来也有高冈。
　　　　　　　人有命，水有响。
　　　　　　　丑俊不论都有想。

路人二：（唱）好不揣身份，顺口混瞎傍。
　　　　　　　看你脑袋有了一个蟒。
　　　　　　　小黄毛秃疮凹又凸，歪嘴下巴没法有，鼻子塌，往上仰。
　　　　　　　脓水往下流，顺嘴流进嗓。
　　　　　　　活当啷，活当啷。

路人一：（唱）你别褒贬人，你可怎么有？
　　　　　　　且不言众人胡思乱想。

（上曹保）

曹　保：（唱）这边又来一个人，有曹保，过山冈。
　　　　　　　看见红绒国威武，何惧贼挡？（下）

（出沈桓危坐）

沈桓危：（唱）再表沈桓危奸相。
　　　　（白）老夫沈桓危，奉国王之命，公主登楼，命老夫带领护军看守，彩球下来，不许乱抢，任凭落在何人头上，就是驸马，因而早来伺候。沙公子哪里？

沙　仁：（内白）来了。（上）说什么？

沈桓危：公主即刻登楼，小心伺候着。

沙　仁：不用你说，我早知道。

沈桓危：这等，老夫去也。（下）

沙　仁：去罢。什么东西？沈老坏，沈老坏，来了躲不了，奸貌无法盖，我看你还坏不坏？（内白：闲人闪开，闲人闪开。）

（唱）公主姐姐来到了。（上哈林秀锦、凤儿、环儿）

左是凤儿右是环，迎上前去先问好。

沙　仁：（白）姐姐好哇。

哈林秀锦：兄弟，这几天怎未进宫？

沙　仁：（唱）我这几天未得闲。

（白）与我死去姐姐烧香纸，又与太子化纸钱。

哈林秀锦：倒也罢了。

沙　仁：（唱）就请姐姐上楼去，上楼看看把心宽。

哈林秀锦：（白）头前引路。

沙　仁：是。

（唱）沙仁引路把楼上，姐姐往外且观玩。

里外一看观四路，可要扶住这栏杆。（同上楼）

我且下楼紧伺候。

哈林秀锦：（白）兄弟不要远离。

沙　仁：是，有事叫我就答应。

（上众路人，沈桓危坐，卒立，哈林秀锦背坐）

哈林秀锦：（唱）秀锦佳人楼上坐，叫了声环儿凤儿把茶端。

饮罢香茶观楼景，金砖玉砌果不凡。

彩球就在金钩上挂，本心是支吾国王把心散。

不定期限在几年。

我本中原桓秀锦，只有曹郎在心间。

想着放他说不出口，这也是设了一个巧机关。

	曹保怎能赶到此？煮沸的心潮似水翻。
	又想起老将对我说的话，四言八句记得全。
	嘱咐言语全记住，大约无有不应验。
	落了宽心观野景，想罢立身手扶栏。
众路人：	（白）转过来了，转过来了。
哈林秀锦：	（唱）士农工商人如蚁，也有王孙也有文官。
	东南大汉桥上坐，来了五马一溜烟。
	看看离桥勒住马，只见人马烟漫漫。
	那人上桥勒住马，呀，好像曹保冷眼观。
	复又留神仔细看，豹头雉领紫金冠。
	不是曹郎是哪个？好个大胆俏儿男。
	这里有人认得你，你怎专往这里颠？
	心内正自担惊怕，忽听官兵把话言。
卒：	（白）禀爷，那边骑马的正是逃军曹保。
沈桓危：	你等等，赫连二将在楼上，等他过楼，一起动手拿下。不可惊了公主。快去。
卒：	是。
哈林秀锦：	（唱）又见西北有人马，他的大祸在眼前。
卒：	（白）唉，闲人闪过，叫行路人过去。
哈林秀锦：	（唱）又见军官打开路，他竟乘马慢慢来。
	我要不救他的命，十个曹保小命完。
	着急摘下香球来，见他人马过楼前。（上曹保）
	照着曹保顶上打，秘密叫了几声天。
众路人：	（白）下来了，接着，接着。
曹　保：	（唱）公子曹保忙接住，这是哪里小香团？
众路人：	（白）不中了，骑马的接住了，咱们去吧。
曹　保：	（唱）无用之物扔了罢，
哈林秀锦：	（唱）楼上之人把话言。
	（白）沙兄弟，有谁接住彩球，谁就是你驸马姐夫，快去入朝面王，不准一人上前。环儿带马。（下）

（上沙仁拉住曹仁马）

沙　仁：（唱）沙仁上前拉住马，驸马姐夫好威严。

沈桓危：（唱）沈相这里说且住，此人招不得驸马。

沙　仁：（白）怎么招不得驸马？

沈桓危：此乃宋军曹保。

沙　仁：你是混说哟。我认识曹保，他也不穿这个衣服，也不戴这个帽子。我姐姐吩咐咧，谁接彩球，谁就是我姐夫，你是混说呢。

曹　保：我是义兴国殿下唐保申。什么曹保？

沙　仁：不用理他。我给姐夫拉马上朝。

曹　保：哪有此理？大家并马而行。

沙　仁：不吗？我姐姐说来，叫我拉着马走的。（下）

沈桓危：这是怎了？护国军过来，你可认准他是曹保吗？

护国军：解押一路，怎么不认得呢？

沈桓危：这等带马上朝。（下）

　　　（番王升殿）

哈林海：（诗）不惜千金财，只顾得乘龙。

　　　（白）孤家哈林海。女儿今日出城，登楼散心观景，也该回来了。

　　　（上凤儿）

凤　儿：启王爷，公主抛了彩球，招了驸马，终身不改，命沙仁将驸马请了来了。

哈林海：哈哈，真是喜从天降了。你且回避。奏起音乐来，请驸马上殿。

　　　（奏乐）（上沙仁、曹保）

曹　保：姨夫，在下唐保申。愿陛下千岁千千岁。

哈林海：平身，落座。

曹　保：谢坐。

　　　（上沈桓危）

沈桓危：千岁，此人招不得驸马。

哈林海：怎讲？

沈桓危：他乃宋军逃犯曹保。

沙　仁：你好不是东西，曹保我还不认得？

曹　保：你这官儿，好生无礼。我本义兴国殿下姓唐名保申。姨夫容奏，

(唱）义兴国王是我父，父名虽知不敢云。
　　　　唐保申是我学名字，特受父命来认亲。
　　　　儿有万夫不当勇，叫我相帮挡宋军。
　　　　现有国书父亲笔，双手捧上看假真。
（白）请千岁过目。

哈林海：呀，真是义兴国的呀。去年过继唐保申，丞相怎说是曹保？

沈桓危：护国军认得是他。

沙　仁：他们认得，我就不认得啦？

哈林海：这天下焉能无有长相仿佛之人？丞相莫疑，归班去。

沙　仁：瞧瞧，你倒是混说吧。

哈林海：（唱）这是亲上作了亲。
　　　　我女抛彩招驸马，千里姻缘月老分。
　　　　传旨悬灯与结彩，
（白）沙仁陪伴驸马，永乐宫饮宴更衣。传旨悬灯结彩，拜堂成亲，大排筵宴。

沙　仁：驸马，随我来吧。
（唱）沙仁拉出入偏殿，吩咐奏乐换新装。（下）

哈林海：（唱）哈王回营忙吩咐，宫娥彩女忙婚礼。（下）

宫　女：（唱）伺候公主忙梳洗，设摆花烛就拜堂。
　　　　宫中之人忙不住，搀扶贵人出绣房。
　　　　大礼已毕洞房进，又去迎接驸马郎。
　　　　（上曹保、哈林秀锦，哈林秀锦背坐）
　　　　公主贵人坐在此，驸马老爷坐这旁。
　　　　摆上宴席交杯盏，摆上灯烛亮堂堂。
　　　　诸事已毕撤了席，复又动手铺上床。
　　　　笑嘻嘻地一起散，
（二鼓）

曹　保：（唱）此时更锣打二梆。
　　　　公子闷坐细思想，梦想一时到此乡。
　　　　只见公主床上坐，屏气威严不寻常。

　　　　　　虽说娇美如西子，倒像那塑的女三皇。
　　　　　　倒叫人欲亲难迈不敢前，偷看尚觉急得慌。
哈林秀锦：（唱）秀锦佳人转过面，
　　　　　（白）奴还未领驸马贵姓高名，何方人氏？
曹　保：鄙人义兴国殿下唐保申。
哈林秀锦：知道你姓唐叫保申，你与红绒国何干？
曹　保：一来看亲，二来助战。
哈林秀锦：哼，你好大胆。今日若非彩球抛下，你那性命，呜哇呜哇。
曹　保：咳，这等探亲是实，接彩无意，怎说有命无命呢？
哈林秀锦：咳，你哄了他们，你哄不了我。你醒着还不实说，但等着睡在梦中再说实话？
曹　保：呀。
　　　　（唱）打了个冷战翻了眼，呆默默地怔半天。
　　　　　　说的是杏花楼上那件事，桓氏放我那一番。
　　　　　　她知假名也罢了，认我且是在那边？
　　　　　　她乃这里二公主，知道此情倒也难。
　　　　　　莫非她是会占算，莫非她是女神仙？
　　　　　　又想那个沙氏女，放我也是如此言。
　　　　　　同样知道我来历，叫人难测不敢言。
　　　　　　哼，急得不住出躁热，咳，到此何惧一二三？
　　　　　　深打一躬呼公主，卑人请教望海涵。
　　　　　　唐保申是从何处认？怎得知道梦里圆？
哈林秀锦：（唱）见他着急出躁汗，见他吃惊无头绪。
　　　　　　咳，高呼一声流下泪，叫一声曹郎你可认得咱？
　　　　　　一次我不认得你，我与你前世有因造下缘。
　　　　　　头次救你杏花寨，二次救你半路间。
　　　　　　三次救你彩楼下，三死三生这三番。
　　　　　　我本是杏花寨的桓秀锦，死后复生这三还。
　　　　　　如今身是二公主，同你齐在恶虎潭。
　　　　　　我秀锦三贞九烈君知道，生父之恩未报全。

　　　　　还有一事求君允，全我名节在此间。
　　　　　与君同房不同榻，待着事完再团圆。
　　　　　过三天面奏我的父，同你助阵上山岩。
　　　　　面会姐姐大公主，同劝我父献权奸。
　　　　　送你自己回营去，总把那救命之恩报答全。
　　　　　言清语透交四鼓，你且外帐去安眠。
曹　保：（唱）公子如梦方才醒。
　　　（白）多承公主指教，鄙人敬服，但凭公主吩咐就是了。
哈林秀锦：（诗）今时乾坤阴阳定，前世姻缘造化奇。
　　　　（白）且请外帐安息了吧。（下）

（完）

第十八本

【剧情梗概】 曹保至山岩口,与赵飞龙等会合,然后同归屠龙城大营。此时曹克让也至营中,曹保向众人诉说前因后果。薛建功告知佛保身世,并为佛保设计,令他故意阵前被擒,在营中与曹门长幼相认。佛保与宝彩文定下破阵之法,然后假意逃出,回到番营。薛建功以生病为由,令佛保偷取牙儿翠翎头顶绿发;又骗牙儿翠翎脱下防身的汗衫,乘其酒醉将她杀死,随后自杀。宝彩文已凑足破阵法物,借阵前交锋之机,暗递给佛保。佛保将绿发装入万发拂尘,携带各法物,破去八宝镜花迷阵。

（出赵飞龙）

赵飞龙：（诗）明敌暗合屯兵久，朝思暮想声音来。

（白）俺赵飞龙。自元帅回营，托我夫妻与胡、花二人屯兵山岩口，专门对付番国公主。

（上卒）

卒：报将军得知，今有番国两个公主同一番将，离咱家先锋阵营不远了。

赵飞龙：好，真是喜从天降。请你胡、花二位老爷出去迎接。

卒：哈。（下）

赵飞龙：曹二弟，你可回来了，可喜可贺。

曹　保：众位仁兄可好？

赵飞龙：好，大家进帐再叙。

（上赵飞龙、曹保等人）

曹　保：众位哥哥，请坐。

众　人：大家同坐。

赵飞龙：二弟怎脱大难？细细说个明白。

曹　保：小弟今得性命，真是佛爷保佑。

（唱）沙秀锦，把我捉。

因了几日，只说无话。

亲身解送我，去上红绒国。

半路杀了太子，把我放出囚车。

众　人：（白）这也就奇了。

曹　保：（唱）原因这般与如此，杏花寨桓氏还魂得以活。

众　人：（白）这更是奇事了。

曹　保：（唱）逃到了，义兴国。

做了殿下，去探虎窝。

无意接了彩，这般未被捉。

借了那个公主之尸，桓氏还魂又活。

众　人：（白）呀，真是神鬼难测。

曹　保：（唱）面见国王出虎口，到了这里得见哥哥。

赵飞龙：（唱）到这里，话怎说？

两个公主，见面如何？

身虽是姐妹，心意定不合。

团花心爱其妹，其妹必不实说。

因此各怀心意，如何送你这来会合？

曹　保：（唱）大公主，有智谋。

早已知道，配了胡哥。

姐妹以实告，并未受啰唆。

今日得与兄弟会，真是天佑神护。

赵飞龙：（唱）皇上福，智勇二公主，同来把兵合。

齐攻青石关口，

（白）公主意思是甚？

曹　保：（唱）桓氏秀锦是烈女，如此如此有辩白。

生身父，红绒国。

生恩不报，义不敢合。

关口总不见，亦不动干戈。

劝父称臣纳贡，献出沈相奸谋。

赵飞龙：（唱）如此而言也可敬。

（白）只是如何胜敌，不知二位公主主意如何？

曹　保：二位公主言道，就让她二人去攻宋营，不胜，退到青石关口。这时，里应外合，同攻镜花。镜花一灭，她二人劝父称臣。二公主言道，一尽宋朝之忠，二尽红绒国生父之孝，三明真身志节，四尽夫妻之意。非此，不入宋营。

赵飞龙：好，真是忠孝节义，竟出此女，就此撤兵才是。众将官，拔营起寨，速回原营。（下）

薛建功：（内白）佛保，这里来。

佛　保：（内白）来了。

（同上，薛建功坐）

薛建功：你的事，这两日办得如何？

佛　保：我同姐姐见了我母，叫我二人轮流摄营。阵中之事，明日交付令旗，孩儿出马邀战。

薛建功：咳，儿啦，就此无人，听我嘱咐与你。

（唱）刚刚谋弄你出马，好容易劝动镜花夫人心。

此去必能子见母，此去一定见天伦。

人无远谋有近虑，为人须要智谋清。

上阵虚战几十趟，要杀无名几个人。

你再用诈引阵式那个样，故意马失前蹄跌在尘。

然后叫他拿了去，好叫这里不疑心。

那时你把双亲认，倘若无事不要再回营。

这是那白绫血书交与你，不用惦着我的恩。

说罢交书流下泪，谨记谨记好伤心。

佛　保：（唱）佛保跪下泪如雨，叫儿怎忍舍双亲？

惦着爹爹心疼痛，

薛建功：（白）这个不用惦着。谋大事者，不可拘于小节。

佛　保：（唱）镜花母亲待儿有恩。

姐姐待我十分好，老父母哪点不像我双亲？

薛建功：（白）儿啦，正反有别。忠在父母之邦，孝在父母之身。不要悲啼，起来。

佛　保：（唱）叩头而起说听教，不言父子到黄昏。（下）

（出宝彩文、蓝素晏坐）

宝彩文：（白）本帅宝彩文。
蓝素晏：副帅蓝素晏。昨日能连、豆去二人上保安，请父亲老大人了解阵式原委始末，请由青松寨取笔之事，至今尚未回音，山岩口叔叔也无来。令人好生的烦闷。
能连、豆去：（内白）众将官，将马带过。
（上能连、豆去）
能连、豆去：元帅在上，我二人交令。
宝彩文：你二人回来，老大人有何吩咐？可曾取得状元笔来？
能连、豆去：笔已取到。老大人甚不放心，亲自来了，离营只有五里之遥。
宝彩文：这等，传齐众将，出营迎接。
（唱）姐妹二人下大帐，传令阖营众将官。
　　　安排众人往外接，路旁下马等问安。（下）
（曹克让马上）
曹克让：（唱）镇西侯爷路上走，为国尽忠老年残。
　　　　　见了元帅公文到，始末缘由是这般。
　　　　　只觉担心心不放，亲身来到边防关。
　　　　　儿们虽然有智略，唯恐失在年幼间。
　　　　　既有剑仙平西册，显露阵景破不难。
　　　　　空缺之物必有遇，成功有个早晚间。
　　　　　曹某不得全忠义，朽骨誓不把国还。
　　　　　离营说是剩几里，思思想想抬头观。
　　　　　瞧见人马排队伍，历历有序列旗幡。
　　　　　原是儿们来接我，急抖缰绳马进前。
（上曹珍等众将）
曹　珍：（唱）状元曹珍马前跪。
曹克让：（白）起来。
宝　虎：（唱）宝虎作揖先问好，老伯劳苦我问安。
曹克让：（唱）为国勤劳何言语？
宝彩文、蓝素晏、郑春芳：（唱）正副二帅春芳女，一起叩拜把话言。
　　　　　　　　　　　　　　不孝儿们来迎接。

曹克让：（白）儿等免礼，进营再叙。

（唱）进营下马上大帐，众人相随一班班。

军伍整肃规模好，正符兵书第一篇。

正应人乱我能整，可谓人忙我能闲。

不愧平西大元帅，真是智勇胜其男。

才要言及军中事。

（上卒）

卒：（白）报元帅得知。

宝彩文：何事报来？

卒：外面有先锋老爷，一同众将官在营外候令。

宝彩文：好，进来拜见老大人。

卒：是。（下，内白）元帅有令，请众位将军进帐叩拜侯爷。

众将：来了。（同上）

曹保：不孝儿曹保叩头。

胡标：胡标。

花朵一：花朵一。

赵飞龙、花彩凤：赵飞龙夫妻参见老大人。

曹克让：一旁侍立。曹保，知你被陷番邦，怎得回来？

曹保：孩儿被擒之后，这般这般得脱囚车之难，如此如此在义兴国安身，又这般这般红绒国抛彩招亲脱祸，又如此如此桓秀锦三换真身，同我来山岩口助战，送儿回营。那桓秀锦等候全忠全孝，那时方能归宋。

曹克让：呀，真乃幻化惊人。

宝彩文：上秉公父大人，今见奇事还魂，早见于剑仙平西册，上写三真之事，看起来真是天神指教。

（唱）媳妇细看平西册，册内之句有三真。

三真乃言桓秀锦，正愁着桓氏早已命归阴。

原来就是如此幻化，可见是下言幽冥上言神。

万法必得三真法，今用此法不难人。

曹克让：（白）明天差人去取此发。

宝彩文：（唱）尚无摆阵之人发，叫人心内犯寻思。

怎得牙儿翠翎发？难如海底去捞针。

曹克让：（白）哼，真是万难之事。
宝彩文：（唱）又言那童子却是哪一个？五奎到底是何人？
曹克让：（唱）此乃天机如何测？
（上卒）
卒：（唱）探子跑来说声报。
（白）报元帅得知，方才又有以前那个番童邀战，正遇咱营巡将刁七，二人交手，被他刺死，只叫好将出马。
宝彩文：再探。
卒：得令。（下）
蓝素晏：上禀公父，这番童佛保前面与儿交战，好生奇怪。
曹克让：一个小小番童，有何奇异之处？
蓝素晏：老公父听禀。
（唱）那个番童十四岁，蚕眉凤目脸蛋红。
枪挑宝虎征战将，回来说是佛保名。
三霄庙生得孩儿叫佛保，血书八句在白绫。
因此我去亲临阵，如此如此通姓名。
一阵杀得番童败，口里念得这般情。
我问他怎么会念此咒，他说是咒咒不灵。
我念白绫全篇话，他也发怔仔细听。
我不肯战收人马，番童也就收了兵。
打量次日再见面，摆了个凶恶阵式不出城。
今日此人又来到，斩将杀人这等凶。
必是你老孙孙了，这个番童必是佛保。
曹克让：（唱）侯爷低头心暗想，其中必然有内情。
揣摩一会开言道。
（白）尔等听我吩咐，宝彩文元帅传令出马，为父瞭阵，只要生擒，不可死战，休要放他回关。若得拿进营来，虚实立见。
蓝素晏：老公父说得极是。众将官，抬刀带马。（下）
曹克让：众将官，擂鼓助威。（下）

佛　保：（内白）小番们，杀上前去。

　　　　（马上）俺佛保。今日领了上阵令旗，大兵一出，方才杀了他巡将一人，好挡众人耳目。呀，你看宋将来也，杀上前去。

　　　　（宝彩文对上）

宝彩文：来这小幼童，可是杀我巡将刁七的人吗？

佛　保：是我呀。来者是谁？

宝彩文：本帅是平西元帅宝彩文。你可是佛保吗？

佛　保：是我呀。你也知道我叫佛保，我也听说宝彩文厉害，今日倒要领教领教你了。

　　　　（唱）心中早安排，刀来枪往闹。
　　　　　　　闹上十几合，拨马败下道。
　　　　　　　只当引阵形，故意把马掉。
　　　　　　　瞒住众番兵，叫他回去报。
　　　　　　　想罢拧银枪，领教说领教。
　　　　　　　花枪把刀拨，这人真不弱。

宝彩文：（唱）这个小番童，受过名人教。
　　　　　　　银枪不透风，耍得真绝妙。
　　　　　　　左击右挡他，他也不服弱。
　　　　　　　心内暗暗夸，孩子有多妙。
　　　　　　　大战五十合，见他要败道。

佛　保：（唱）佛保自思量，如此方法妙。
　　　　　　　勒马败下风，

宝彩文：（唱）见他催马鞭。
　　　　　　　故意缰紧勒，打马叫他跳。
　　　　　　　旁有一顽石，让他往上靠。
　　　　　　　身仰往下栽，

佛　保：（白）不好。

　　　　（唱）马仰把人掉。

宝彩文：（唱）元帅看得真，吩咐众将官。
　　　　（白）众将官，追杀番兵，不可入阵。（下）

（呐喊）

卒： （内白）报夫人得知。

牙儿翠翎：（内白）何事？

卒： 少爷出马，杀了无数宋将，与宋营元帅战了五十余合，不意马失前蹄，把少爷摔下马来，被人家活捉去了。

牙儿翠翎：呀，这还了得。小番们，抬刀带马，一齐杀出，救你少爷。

（宝彩文对牙儿翠翎）

牙儿翠翎：好个宝彩文，好好放出我儿，万事皆休；稍要迟误，你夫人与你拼个死活。

宝彩文：丑妇，哇哇哇哇，本帅岂肯惧你？

（唱）本帅知你身如铁，不怕大刀不怕枪。

牙儿翠翎：（唱）你知我来我知你，一晃钢刀奔胸膛。

宝彩文：（唱）大刀拨开交了手，心中暗自有思量。

牙儿翠翎：（唱）你不放回我的子，把你阊营杀个光。

宝彩文：（唱）牙儿翠翎休逞勇，要你儿子有商量。

牙儿翠翎：（唱）商量什么你快讲，或是短来或是长。

宝彩文：（唱）你把沈相交与我，挽回你的小儿郎。

牙儿翠翎：（唱）那是我国汉文相，少要说黑与道黄。

宝彩文：（唱）我且不杀你的子，劝你回去细思量。

牙儿翠翎：（唱）思量什么咱俩战，有本事敢打我阵算刚强。

宝彩文：（唱）你的阵式且等等，叫你试试我的火光。

牙儿翠翎：（唱）惧你火光往下败，指望将她阵里诓。

宝彩文：（唱）丑妇败阵我不赶，你拿本帅能怎样？

（白）众将官，打得胜鼓回营。（下）

曹克让：（内白）小军们，将马带过。吩咐男女众将上帐伺候。（上）

（唱）镇西侯爷上大帐，

众 将：（唱）男女众人各排座。

正副二帅身旁立，春芳彩凤紧相随。

曹珍曹保兄与弟，宝虎胡标到帐前。

飞龙花朵郎舅俩，还有豆去与能连。

　　　　　　齐至大帐前肃立，敬听侯爷有何言。
曹克让：（唱）尔等可见番童景？
宝彩文：（白）不过意在引阵，不意马失前蹄，方才被擒。
曹克让：非也，
　　　　（唱）番童内里有机关。
宝彩文：（白）怎见得？
曹克让：（唱）紧勒缰绳急打马，不向平川奔坑岩。
　　　　　　好像是勒马打前蹄，身形早备向下翻。
　　　　　　这其中真假虚实在两可，或实或诈言两端。
　　　　　　吩咐把那番童绑。
　　　　（白）众将官，将番童绑上来。
佛　保：咳，闪开闪开，松开松开，我是认爹娘来了。
曹克让：住了。你这番童明是借端诈降，如何瞒得过去？竟诈认爹娘，你的爹娘在哪里？刀斧手推出砍了。
佛　保：站住，站住，
　　　　（唱）爹名曹珍侯门后，母名素晏本姓蓝。
曹克让：捕风捉影，口说无凭，推下去。
佛　保：消停消停，有凭据，有凭据。松开，我好掏哇。
曹克让：谅你这小小番童，也不怕你虚诈，与他松绑。
佛　保：哦。（松绑）
曹克让：番童有何凭据？
佛　保：这里有黄笺一联，血书一封，我恩父交与我的，叫我拿进营来，大家认认，是谁写的，谁就是我父母。
曹克让：呈上来。
佛　保：请看。
曹克让：呀，看这黄笺上七言八句诗，待我念来。
　　　　（唱）欧阳术士送天星，造定会在屠龙城。
　　　　　　参奎同居戎夷地，扶持全凭薛建功。
　　　　　　术士细推天机细，攻城自然五剑锋。
　　　　　　三霄指示收原地，自看鱼龙变化形。

（白）哦，此乃三霄指示，这血书上又云：
　　　（唱）家门不幸被祸缠，夫妻避兵古刹间。
　　　　　　父名曹珍侯门后，母亲素晏本姓蓝。
　　　　　　生女有名名爱玉，生男我请神像报姓名。
　　　　　　神像报得姓和名，夫妻父子大报恩。
　　　（白）曹珍、素晏，父泪母血。素晏媳妇，你看来，这可是你夫妻家的么？
曹　珍：正是儿们三霄庙写的裹婴儿之物。
曹克让：哦，佛保，孙孙，我是你祖父，这是你一双父母，那是叔父、婶母，你可认来。
佛　保：哦，我那祖父爷爷，父母、叔婶哪——
众　人：佛保。
曹克让：孙儿。
曹　保：侄儿。
宝彩文：娇儿啦。
曹克让：（唱）一家喜中生大痛，吓坏侯爷八十翁。
　　　　　　儿们个个眼落泪，抱着孙孙叫亲生。
　　　　　　媳妇带泪呆呆看，说不出话来直瞪瞪。
　　　　　　座上哽咽只有呀，心中暗谢地天神。
曹　珍：（唱）曹珍带泪把儿叫，再不想血淋淋的孩子在世生。
曹　保：（唱）曹保带泪忙拉起，
宝彩文：（唱）彩文说等你娘亲问底情。
蓝素晏：（唱）蓝氏佳人说不出口，半响才把佛保叫一声。
　　　（白）佛保，娇儿，
　　　（唱）什么灵佛保佑你，千思万想无这层。
　　　　　　娘生你在三霄庙，血泡裹上这白绫。
　　　　　　迷糊糊地放在神像后，娘就被拿入囚笼。
　　　　　　有无你命娘不知，过后寻找哪里还有影与踪？
　　　　　　想不到欧阳先生去显灵，想不到你今落在西番地。
　　　　　　我问你什么人把你养成人？什么人教得你枪马能？

镜花怎么你叫母？父怎么会是那个薛建功？

佛　保：（唱）从前我也不知道，只知母是那翠翎。

以往皆是恩父教，恩父是咱国薛总兵。

如此这般告诉我，这般如此今日情。

使假胜帅转败计，瞒住番兵入宋营。

蓝素晏：（白）好。重新再拜见你爷爷、叔婶。

佛　保：是。

（唱）按头叩地把亲认，

宝彩文：（唱）彩文吩咐把身平。

佛保进前我问你，

（白）佛保你可知道那阵式缘由。

佛　保：知道知道。

宝彩文：你细细说来，那阵内是何规模？

佛　保：婶婶容禀。

（唱）那个阵式凶，这几天才见。

一个大法台，头上有香案。

一溜七盏灯，插着柳木剑。

一根大高杆，挂着一幅缎。

名叫幻天图，八宝镜一面。

四下一观瞧，热闹一大片。

闹闹又吵吵，不知你万千。

也有金银山，也有喝酒汉。

楼上美女多，歌舞真熟练，

也有打闹人，玩弄刀与剑。

外面是天神，神头与鬼面。

引人入阵中，就把阎王见。

只有一个人，来回都方便。

有个小令旗，带上全不见。

宝彩文：（白）你可有此旗吗？

佛　保：（唱）我能诓得来，恩父早谋算。

宝彩文：（白）好，真是天助成功。

（唱）彩文又把公父叫。

（白）上禀公父大人，佛保今来认亲，此是天知定数，那黄笺上有参奎同居戎夷之地之句，平西册上又写着童五奎，定是佛保了。

（唱）仙人早造前数定，事到临期果应验。

　　破阵物还缺二人头上发，一个易来一个难。

　　三真之发容易取，翠翎的发得佛保设机关。

　　亏有咱国薛总镇，诈用佛保进营盘。

　　佛保怎来还怎去，这般如此可万全。

　　剪出那牙儿翠翎四根发，要破此阵就不难。

　　先带去状元笔与天蓬血，成功只在三日间。

　　三真发到拂尘造，造成了就去邀战你在先。

　　交战时暗暗给你把拂尘甩，翠翎三发你身拴。

　　插旗上台你去破，再把破法教你个全。

曹克让：（唱）侯爷听罢心大悦，元帅可算女中杰。

　　智谋深远无不应，件件有道条条全。

　　佛保你可敢回去？

佛　保：（白）敢回去。爷爷，我敢回去。

曹克让：怎么个回去法呢？

佛　保：来是诈计而来，回去还是诈计而去。前者哄着她，后按前谎去说，不怕犯疑。

曹克让：好，真是将门无弱子。能连、豆去、花朵一，你三人带领三千人马，五更之时，见佛保匹马单枪闯出营盘，然后追杀，在他离营半里之遥，围住佛保，莫叫他逃出。等他城里救兵到了，虚杀一阵，放出佛保，回营交令。

能连、豆去、花朵一：得令。（下）

曹克让：胡标听令。知你腿快，连夜去上山岩口，去取桓秀锦之发，急去莫误。

胡　标：得令。（下）

曹克让：佛保，跟你母亲、姊姊后帐歇息，细细教与你破阵之法，准备五鼓杀出。

佛　保：孙孙知道。

蓝素晏：我儿，随我来。

佛　保：来了。（下）

蓝素晏：（诗）军不厌诈巧中巧，虚中有实实有虚。（下）

（出薛建功）

薛建功：（诗）建名忠为国，立声意传旨。

（白）吾薛建功。教佛保用诈归宋，好瞒镜花之疑。再等机会刺杀翠翎，宋兵可就打破此阵，方显出我忠于宋室。咳，镜花待我虽好，我薛建功不过留一个忠义之名，还她一个同殡也就是了，须得如此如此方妥。会琴哪里？

会　琴：（内白）来了。（上）爷爷有何吩咐？

薛建功：取碗姜汤来，我好用药。

会　琴：是。（下，又上）取到了。你老这几天可好些了么？

薛建功：虽不见大好，倒觉轻松些。哦，会琴，你少爷今日上阵，天交二鼓，怎还不见他来见我呢？

会　琴：哼，爷爷且吃药，不用问这个。

薛建功：哦，莫非有什么不祥？快快说来。

会　琴：奶奶且不叫我说，怕你老犯病。

薛建功：不妨，快快说来。

会　琴：瞒不住，说了罢，原是如此这般，少爷叫人家拿去了，奶奶在大帐上发闷呢。

薛建功：咳，（哭）儿啦。会琴，执灯去到前帐。

（唱）薛老爷，故意装。

眼含痛泪，只叫儿郎。

缓步往外走，去见镜花娘。

孩儿叫人拿去，还是叫我命亡。

外装着急内打算，故意急得上大堂。（下）

（出牙儿翠翎）

牙儿翠翎：（唱）上大帐，亮堂堂。

夫人独坐，细细思量。

佛保被人拿去，暂且不用忙。

宋营元帅说过，要换沈相顶缸。

此事不敢奏绒主，丞相换儿理不当。

（上薛建功）

薛建功：（唱）薛总镇，上大堂。

两眉双锁，两目汪汪。

夫人好潇洒，不顾小儿郎。

我只有此一子，可见不是亲娘。

宋营掳去是我子，叛臣之后万死难当。

牙儿翠翎：（唱）薛老爷，不要忙。

妾身这里，正自思量。

宝彩文说过，不杀小儿郎。

拿儿要换沈相，叫我慢慢思量。

这事真难怎奏主？老爷快想有何方？

薛建功：（唱）我在这，西番邦。

无奉无参，不拜君王。

沈相换佛保，难上这本章。

孩儿依然无救，叫人痛断肝肠。

一番心痛越觉重，眼含痛泪按胸膛。

牙儿翠翎：（唱）叫老爷，不用忙。

好好养病，佛保无妨。

设计将他救，如此是亲娘。

大帐议论一夜，一觉鼓打五更梆。

（内喊，上卒）

卒：（唱）跑进探子来报事。

（白）报夫人得知，离关半里之遥，杀声震耳，少爷匹马单枪，正与宋兵杀在一处，鄂、良二将去救，杀不进重围，特来禀报。

牙儿翠翎：好了，好了，老爷且请后帐歇息，等我亲身去救孩儿。小番们，抬刀带马。

（唱）吩咐一声带战马，绕城出阵去救儿。（下）

薛建功：（唱）建功自己归后帐，（下）心中暗暗自推想。（又上，坐）

佛保乘夜杀来了，此必诈去而诈归。

其中定有良谋计，故令镜花去解围。

必有破阵攻城法，我儿到了再定计。

坐等天明日升起。

（上牙儿翠翎、佛保）

牙儿翠翎：（白）咱的儿回来了。

佛　保：爹爹，孩儿回来了。

牙儿翠翎：老爷不用惦着了。

薛建功：哦，

（唱）我儿怎得逃活命？怎出宋营那火坑？

牙儿翠翎：（唱）快快对你父亲讲，该着孩儿福分大。

佛　保：（白）孩儿前次也曾说过，这也是死而复生，梦想不到哇。

（唱）孩儿去临敌，斩了刁七将。

来了宝彩文，武艺真异样。

刀法比人精，不能抢她上。

诈败把她诓，诓她来上当。

马倒失前蹄，跌倒面朝上。

把我绑进营，上了中军帐。

有个八十翁，厉害真混账。

他叫把刀开，宝彩文不让。

留我作当头，要换沈丞相。

找人把我看，不把绳绑上。

从前说过的，蓝氏那女将。

拿我当她儿，说是一模样。

归顺叫我降，作了天朝将。

认她为干娘，爱如亲生样。

假意我叩头，上了我的当。

绳绑全松开，酒肉就吃上。

到了四更天，我就溜下炕。

盗马又偷枪，上马往外撞。

　　　　　　　杀了无数人，追兵一齐上。
　　　　　　　母亲要不接，这回命必丧。
　　　　　　　来见爹与娘，快畅真快畅。
牙儿翠翎：（唱）镜花好喜欢，儿是有谋将。
　　　　　　　老爷放了心，好好养贵恙。
　　　　（白）佛保，扶持你爹爹，我去上前帐。
佛　保：是，孩儿知道。
牙儿翠翎：（唱）镜花前帐理军情。（下）
薛建功：（唱）薛老爷这才把心放。
　　　　（白）佛保，你又回来是何缘故？
佛　保：原是如此如此，这般这般。为了破这恶阵，必得这般如此，不然难以成功，因而冒死回来。
薛建功：哼，此法如何能得？
佛　保：我那元帅婶子，叫我带来破阵之法物，又叫我借你老之口索取此发。三日上阵，再与我万发拂尘，破阵自不难矣。
薛建功：好，这元帅可谓闺中领袖、女中魁首，就此依计而行。你且随他们前帐议事，延至初更，我便叫你。
佛　保：是。我就去也。（下）
薛建功：咳，
　　　　（唱）打发佛保前帐去，思思想想打调停。
　　　　　　　自陷番邦十几载，刻刻不忘尽主忠。
　　　　　　　怎奈尽忠总无路，也只好难顾牙儿翠翎情。
　　　　　　　国不能回愧见主，无非是一尽忠心二为义名。
　　　　　　　思思想想天将晚。
　　（上会琴）
会　琴：（白）爷爷，姜汤好了，用药罢。
薛建功：咳，却怎么今日十分疼痛？
会　琴：这药很见功效哪。
薛建功：（唱）只怕性命不能保。
　　　　（白）咳呀，快叫你少爷进后营。

会　琴：是。（下，内白）少爷快来。

佛　保：（内白）来了。（上）

（唱）爹爹这是怎么样？今日疼得必不轻。

薛建功：（白）儿啦，

（唱）心如刀割难保命，

佛　保：（白）急急吃药哇。

薛建功：（唱）不中不中说不中。

此病百药不能治，只有那一物能让我死复生。

佛　保：（白）不知是何物件呀？

薛建功：（唱）当初有你生身母，顶心内剪下头发大化冲。

此乃有异人传授真灵药，咳，儿啦，我要抛你赴幽冥。

咳呀，越说越痛难招架，舌尖咬破脸变红。

不好，口吐鲜血跌在地，

佛　保：（唱）佛保扶住大声哭。

会琴急忙去禀报，（下）

（急上牙儿翠翎）

牙儿翠翎：（白）呀，

（唱）镜花夫人吃一惊。

跑进前来把老爷叫，

（白）老爷怎么样了？

佛　保：咳，爹爹呀。

牙儿翠翎：老爷呀，怎么一时病得这等光景？快快抬在床上。

佛　保：爹爹，你不顾我母子了？面色通红，口吐血沫，叫着不应，只怕不好了。

牙儿翠翎：咳，老爷呀。

佛　保：方才我爹爹疼得至急，说到当初生了此病，有异人传授仙方，用结发妻子顶心头发二十五根，火化冲入腹中，名为血瘀五行散，才能病而复生。今日万无一救，我的爹爹呀。

牙儿翠翎：佛保，你且不要着忙。

（硬唱）牙儿翠翎心着忙，叫声佛保你别慌。

你父病到这步间，顷刻之间难保命。

> 你要一哭更心慌，亏他说过从前病。
> 既有五行血瘀方，不是去把星星弄。
> 娘是你父继发妻，头发焉能不灵验？
> 救他合着娘的心，只要好了你父病。
> 娘就把我头发拆，我儿你就把手动。

佛　保：（唱）回身取过小剪子，心内喜欢外装痛。
> 趴地叩了一个头，灯光以下把手动。
> 果有绿发正四根，暗暗抽出掖衣缝。
> 余发一绺念更灵，妈妈挽发儿去弄。
> 瓦烙酒盅端进来，母亲你老快扶正。

牙儿翠翎：（白）会琴，快来帮手，一口一口灌在腹中，
　　　　（唱）顿饭之时人活动。好了好了，牙儿翠翎把老爷叫。
　　　　（白）老爷，可好过来了？

薛建功：哼，刚刚好些了，夫人也在此。咳，险些与我夫人永别了。

佛　保：爹爹，多亏我母剪发和药，爹爹才得复生。

薛建功：咳，难得夫人之情，甘心救我，何日报答大恩？

牙儿翠翎：夫妻之间言不到此。

佛　保：母亲陪我爹爹说话，我与姐姐同理军情，有事再来禀报。

牙儿翠翎：我儿，小心办事。

佛　保：孩儿遵命。（下）

牙儿翠翎：待吾搀扶老爷上床。

薛建功：罢了我了。（下）

　　　（宝彩文马上）

宝彩文：（诗）用兵诈中诈，智谋实者虚。
　　　　（白）本帅宝彩文。打发佛保诈回关城，胡标取来三真之发，又取了阖营众发，亲手造了拂尘，留了四根之位等佛保自己拴接。今日带兵出城，作了破阵之势，暗暗将拂尘递与佛保，叫他今晚阵内去破，明日攻城。众将官，杀上关城。（下）

佛　保：（内白）报娘得知，宋营大队出城邀阵。

牙儿翠翎：（内白）我儿引阵，可要多加小心。

佛　保：（内白）是，姐姐守阵，待我引敌入阵。

赫连丹红：（内白）兄弟可要小心。

佛　保：（内白）不怕不怕。小番带马。

（上佛保对宝彩文）

宝彩文：好个小小番童，竟敢用诈降之计，杀我上将，还敢上阵取死？看刀。

佛　保：来，来，来。

（唱）佛保假拧枪，催马来交战。

彩文抡大刀，心中正打算。

来回四十合，留心着眼看。

交与他拂尘，须瞒众番将。

单手拧银枪，左手物早见。

宝彩文：（唱）人马两相冲，故意把咒念。

佛　保：（唱）回马说着枪，马并人对面。

宝彩文：（唱）番童看宝去，万发拂尘现。

佛　保：（唱）伸手抓过来，邪法不用变。

宝彩文：（唱）好个小番童，令人气难咽。

佛　保：（唱）又战五十合，诈败装引阵。

宝彩文：（唱）番童又使法，不追莫方便。

佛　保：（唱）你敢入阵来，那才是好汉。

宝彩文：（唱）少要逞刚强，明日五鼓见。

传令快打得胜鼓。

（白）番童，休仗你家妖法，今日叫你阵破，明日攻城。

佛　保：你不能，你不能。

宝彩文：众将官，收兵。（下）

佛　保：女将不敢入阵，拿大话吓人。番兵回营。（下）

（出薛建功、牙儿翠翎）

薛建功：（诗）病退八分亏妻助，身安一夜好夫妻。

（白）我薛建功。

牙儿翠翎：奴牙儿翠翎。

薛建功：多亏贤妻剪发和药，鄙人死而复生，可称生死夫妻。

牙儿翠翎：但愿老爷身安，妾身以死相陪，又复何恨？

（上佛保）

佛　保：禀母亲，孩儿上阵，大战宝彩文，引她入阵，她不敢入阵，说了几句大话吓人，特禀母亲知晓。

牙儿翠翎：那不过自言威风，吓人之语，怕她怎的？

佛　保：虽然如此，必须多加小心，孩儿就去巡哨，严守城池。

牙儿翠翎：我儿言之有理。为娘这几天甚觉头迷不清，你和你姐姐小心办理去吧。

佛　保：是。（下）

薛建功：夫人，你我这一双儿女，还有何虑？

牙儿翠翎：正是。老爷欢喜，妾身更觉畅快。会琴哪里？

会　琴：（内白）来了。（上）奶奶有何吩咐？

牙儿翠翎：摆酒宴上来。快去。

会　琴：是。（下，又上，摆桌）

牙儿翠翎：（唱）打发会琴自去睡。

（白）去吧。

会　琴：是。（下）

牙儿翠翎：（唱）亲斟杯，忙捧起。

算与老爷贺去病，一盏百岁永无疾。

薛建功：（白）未谢夫人，还劳贵手。

牙儿翠翎：（唱）常言夫是妻之主，老爷何须太谦辞？

薛建功：（白）夫人，也须领我回敬一杯。

牙儿翠翎：（唱）忙忙接过一饮尽，这才算是好夫妻。

薛建功：（白）我的心身在此，儿女成双，只可在此终余年。

牙儿翠翎：（唱）老爷心安固然是，唯大英雄才知进和退。

薛建功：（唱）彼此心欢轮流饮，天交初鼓半更余。

薛爷带笑把夫人叫，卑人一事总犯疑。

牙儿翠翎：（白）何事呢？

薛建功：（唱）夫人本有两面目，未见一面美娇姿。

当此良宵只你我，何妨现美乐有余？

牙儿翠翎：（白）咳，

（唱）老爷要是不见怪，愿现愿现很使得。

酒至半酣色欲动，（换装）老爷你可还认识？

潇洒俊俏风流体，我本是十几年前那花枝。

薛建功：（白）不错，真是嫦娥之貌。

牙儿翠翎：（唱）汗衫搭在床沿上，捧盏相陪笑嘻嘻。

薛建功：（白）哈哈。幸得夫人这样陪我。

牙儿翠翎：（唱）对饮贪欢交三鼓，老爷呀酒过八分色欲迷。（三鼓）

三更之后星斗少，翠翎心更有意思。

因为尽忠误美事，多日未会美佳期。

老爷呀，夜色深了我要睡，拉住薛爷把床移。

薛建功：（白）待卑人搀扶一把吧。

（唱）这薛爷一心尽忠无二意，手扶身依入了局。

这镜花去了顶心四根发，脱去皮囊撼山衣。

轻开杀戒该天运，天定劫数她不知。

只想着现美逢迎薛总镇，宽衣而卧人如泥。

只落得五体冰肌床上卧，薛老爷偷下床来把灯熄。

抽出床上防身剑。

（白）牙儿翠翎，牙儿翠翎，你待我确是真心，十几年来替我扶持佛保，并无一时之错，怎奈我为国为民，忍耐十几年，只为一条尽忠之路。你今一死，我也不能独活，就算还你一个义名。咳，也罢。

（念）轻轻进床前，倒提青锋剑，看准项咽喉，头落鲜血溅。（牙儿翠翎死）

（魂衫同下）一阵清风，人死汗衫不见。想她母女待我无二，不免在桌上写下一诗，叫她姐弟看个明白，待吾写来。

（诗）为国尽忠斩镜花，镜花恩重义如山。

指示佛保成恩义，恩义只在丹红她。

恩母忠于红绒国，恩父忠于宋王家。

丹红可称忠义女，今结姻缘你和她。

（白）诗已写完，镜花镜花，你死阴魂莫恨怨，你等我陪你个义名于九泉，待我叩谢皇恩。

（跪）圣上，圣上，逆臣薛建功，纵然久未与主尽忠，今日指示佛保诓发破阵，也算尽一忠字；又陪镜花夫人，也算尽一义字。我今忠义双全，死在九泉，对得住天地了。话已说完，叩头而起，剑入脖颈。镜花慢行，薛某赶你来也。（死）

（上佛保）

佛　　保：走哇。

（唱）头戴一小旗，阵内由我跑。

　　　　从东向正南，照着丈数跑。

　　　　从南又向西，再又向北跑。（下，又上）

　　　　刚刚跑到头，乌云起风了。

　　　　离了五尺高，（又下，摆台上）无头又无脑。

　　　　越发扫黄昏，又怕事不好。

　　　　急忙奔法台，照样却办好。

　　　　管它怎么凶，不怕泰山倒。

　　　　急急上法台，嗖得阴沉扫。

　　　　桌上七盏灯，扫扫看分晓。

　　　　状元笔取出，天蓬血蘸饱。

　　　　照准木剑上，一点点得好。（剑起响）

　　　　只听旗花炮，哧溜穿上天，唰地下来了。（入坑）

　　　　噗嗤落阴坑，坑内胡乱搅。

　　　　淅淅唰唰地，胆小吓坏了。

　　　　坑内响翻锅，什么东西跑？

　　　　呜呜呜，黑咕咚一团，有圆有三角。

　　　　滚出有万千，四人五下跑。

　　　　我且不管他，事还未办了。

　　　　天蓬血高擎，状元笔蘸饱。

（白）拿起神笔往桌上写道：

（念）八宝镜花四迷阵，九天雨露一齐开。用笔向杆上旗幡一指，轰的一声，只听半空中一阵沉雷，那旗幡自空中落下，呼的一声变化为八朵彩云，飞入空中。怪哉怪哉。

（唱）两句刚写完，向空三声吓。

　　　　　一阵沉雷声，旗子往下落。
　　　　　啪啪声连声，旗子八块破。
　　　　　变了八朵云，颜色真不错。
　　　　　腾腾五彩云，幻境真幻境。
　　　　　云中仙女现，空中把话说。
　　（出仙女）

仙　女：（白）多谢五奎星君，今日放我等出笼，得归仙境去也。（下）
佛　保：（唱）说着归了天，瞅着真不错。
　　　　　一时化完了，怪事头一桩。
　　　　　抬头见晴天，等得清风过。
　　　　　阵风一概无，试试看怎么。
　　　　　摘下小令旗，不见妖与魔。
　　　　　妖神不见了，热闹全撤下。
　　　　　慢慢下法台，天已四更过。（下，又上）
　　　　　急急去回城，暗暗心中乐。
　　　　　恩姐要问我，只说没有错。
　　　　　不言小神童，天交四鼓过。（下）
　　（上会琴）

会　琴：（唱）会琴起来往里走。
　　（白）我会琴。少爷回城后，在前面与姑娘议事，我只得回禀奶奶、爷爷，说阵中无事。（下）

（完）

第十九本

【剧情梗概】宋军攻破屠龙城,赫连丹红被擒,并被佛保劝降,与宝虎成亲。哈林团花与哈林秀锦捉住沈桓危,劝哈林海罢战,哈林海不从。黄鹏仙请来鳅鱼精,欲在五虚潭水淹宋军。欧阳术士提前在五虚潭布下五锋阵,杀死鳅鱼精,将黄鹏仙镇于青石碑下。他点化两国罢战,并带来神宗圣旨,哈林海受封西绒英烈安定王,向宋进贡称臣,并交还沈桓危。曹克让等杀死沈桓危,祭奠了赵英、寇成。赵、寇二人已入仙籍,他们接引曹克让归位。文翰华到边关传旨,大封功臣。

(摆尸场上,上会琴)

会　　琴:(白)爷爷、奶奶,起来了。咳呀,不好了,不好了。(下,内白)少爷,姑娘,可不好了,奶奶与爷爷自刎了。

(上佛保、赫连丹红)

佛保、赫连丹红:可是真的吗?

会　　琴:真的,真的,真的呀。

佛保、赫连丹红:不好了。

佛　　保:(唱)佛保听说往后跑,

赫连丹红:(唱)赫连丹红忙不迭。

佛　　保:(唱)进房一见说不好,

赫连丹红:(唱)呀,母亲头落一命绝。

佛　　保:(唱)爹爹呀,跪倒放声大哭起,

赫连丹红:(唱)咳,哭声娘啊话难说。

佛　　保:(唱)爹爹为何这样死?

赫连丹红:(唱)母亲为何把儿抛?

佛　　保:(唱)儿的深恩何日报?

赫连丹红:(唱)叫人一痛一个绝。

佛　　保:(唱)你老怎么同归去?

赫连丹红:(唱)双亲为何这样别?

佛　　保:(唱)儿要安心把恩报,

赫连丹红：（唱）你叫孩儿靠哪边？

佛　保：（唱）咳，父母已死哭无益，

赫连丹红：（唱）姐弟咱俩苦难日。

佛　保：（唱）快备棺木早装殓，

赫连丹红：（唱）只好带伤葬同穴。

佛　保：（唱）平身瞧见桌案上，

赫连丹红：（唱）八句诗词写明白。

佛　保：（唱）这等这等是这等，

赫连丹红：（唱）各尽其道义与节。

佛　保：（唱）公子才要问姐姐，

　　　　（上会琴）

会　琴：（唱）会琴跑来报祸事，少爷姑娘不好了。

佛保、赫连丹红：（白）怎么样了？

会　琴：宋兵齐来，不知阵怎么破了？鄂、良二将已死，看看杀进城来了。

赫连丹红：这还了得？会琴，吩咐快用棺木装殓尸首。兄弟，随我杀出去。

佛　保：有理。（下）

　　　　（上赫连丹红对宝虎）

宝　虎：好个红面丫头，你的阵老爷已经破了，你还不献出城池，等待何时？

赫连丹红：你这贼有何法力？看我取你。（杀下）

　　　　（宝彩文上）

宝彩文：本帅宝彩文。哥哥战着丹红，众将一齐往上围裹番女，只许生擒，不许死战，违令者斩。

　　　　（内喊）

曹克让：（内白）众将官，不许妄杀番女，打道上马，齐入帅府。

（唱）年迈侯爷上大帐，宋军攻下屠龙城。

　　　令下安民封仓库，不许杀民下令严。

　　　牙儿翠翎不见了，薛爷不见在哪边。

　　　男女众人一旁立，

　　　（上佛保）

佛　保：孙子与爷爷叩头。

曹克让：（唱）但只见孙孙佛保泪不干。

（白）来，来，来，我问你薛某、镜花在哪边？

佛　保：咳，爷爷，孙孙恩父母如此如此，双双命尽了。

曹克让：好哇。

（唱）高葬镜花红绒地，薛某成殓带回还。

必叫孙孙报答恩义，起来不要过心伤。

佛　保：（白）是，多谢爷爷。

宝彩文：（唱）彩文收兵把城进，生擒番女还回营。

撤刀下马上大帐。

（白）启禀公父大人，先锋擒番女，帐下听令。

曹克让：好，绑上来。

宝彩文：哦。

（赫连丹红、宝虎同上）

赫连丹红：不想我赫连丹红落在宋贼之手，罢了罢了。

曹克让：赫连丹红，你可认识我吗？

赫连丹红：曹总镇，你的乾天剑甚好，怎么不认识呢？

曹克让：你今被擒，不惭不悔，还不求活，你欲怎样？

赫连丹红：我母死尽忠，女死尽孝，母女同亡，忠孝节义，悔什么？愧什么？求什么活？

曹克让：好哇，可称一位刚强女子。丹红有烈性之气，听我良言，劝你做个功德圆满之人。

（唱）你本西番名女将，尚知忠孝二字先。

你知我国薛总镇，尚且身陷你西番。

你今被擒到我国，自料不能返回还。

爱惜你命不杀你，与我孙孙做夫妻。

劝你一心归大宋，算我与你做媒山。

你曾战胜我宝虎，也是千里一缘牵。

赫连姑娘你自想，

赫连丹红：（唱）连摇头儿把眼翻。

不愿求生愿求死，全忠全孝不为堪。

佛　　保：（唱）佛保带泪叫姐姐，亲自松绑跪面前。
　　　　　　　　眼泪汪汪紧拉住，再听小弟几句言。
　　　　　　　　姐姐待我如亲弟，今生今世报不全。
　　　　　　　　姐姐如要决义死，我佛保怎忍偷生在世间？
　　　　　　　　恩父恩母虽同死，无奈小弟未在眼前。
　　　　　　　　佛保大放悲声哭将起，

赫连丹红：（白）咳，
　　　　　（唱）佳人一见为了难。
　　　　　　　　　拉起兄弟泪如雨，姐姐从你无的言。

曹克让：（唱）侯爷座上连声叫。
　　　　　（白）赫连姑娘既然应允，众将官，设摆花烛，与宝虎大拜花堂。吩咐大排宴席，犒赏三军，在此歇兵三天，再去攻关，不得有误。（下）
（欧阳术士道帽上）

欧阳术士：（诗）云来雾去已成仙，加封敕号列九天。
　　　　　（白）小仙欧阳术士。今该黄鹏仙恶贯满盈。这畜生不知顺逆，与沈桓危造了一段大劫，目下还要倾陷大宋人马，小仙特来救护。若不管，咳，不但有负宋主加封之恩，又且有负曹侯救命之情。此处有一地名叫作五虚潭，乃往青石关必由之路。这里有五个土丘，五个冷泉，草木茂盛，乃安营吉地，进则可攻，退则可守，兵家胜算，不过于此。早知黄鹏仙不来这里安营，便将这五个土丘，点化成五个村庄，让曹公此处暗藏玄妙，以捉拿黄胖，好歇两国兵端，以解迷人因果。
　　　　　（唱）木如意，手中擎。
　　　　　　　　五虚潭下，要展神通。
　　　　　　　　仗自仙家幻，要拿蛤蟆精。
　　　　　　　　因他作恶已满，伤了无数生灵。
　　　　　　　　今又弄此做圈套，想把宋兵一扫平。
　　　　　　　　曹总镇，是恩翁。
　　　　　　　　昔年救我，感念心中。
　　　　　　　　今日他有难，不救算不公。
　　　　　　　　况又天意造势，妖人恶贯满盈。

神宗封我仙班号，此恩不报算不明。

我必须，如此行。

早早占住，五虚潭中。

暗藏五锋剑，好斩众妖精。

曹公大劫一毕，叫他班师回京。

术士手提木如意，口念真言妙更灵。

先化人，住村中。

又化山水，草木青青。

一村一老者，携杖笑盈盈。

五村五个老者，当头立而相迎。

宋兵来此安营寨，自有仙人救其身。

五锋阵，算摆成。

青石碑上，等候出声。

指点红绒主，纳款与神宗。

曹公他与哈林海，天意注定婚盟。

两家和好互不犯，曹总镇奏凯两罢兵。

阵已摆完收如意。

（白）摆了五锋阵，且在青石碑上打坐便了。

（诗）明设五锋阵，暗保镇西侯。（下）

（升番帐，沈桓危立，哈林海坐）

哈林海：（诗）兵连祸接无休日，国民惶惶不堪忧。

（白）孤家番王。二女来文奏道，宋兵粮尽，暗暗回去，山岩关平安无事，又劝孤家顺宋。沈丞相犒军回来，说是镜花夫人敌住宋兵，打了许多胜仗，不日宋兵片甲不归。来文也是如此，叫孤不用担忧。孤家甚不放心，明日差人去探。

（上卒）

卒： 报王爷得知，了不得了。

哈林海： 有何大事？快快报来。

卒： 听报。

（唱）宋兵能人多，文武有韬略。

　　　　　四迷阵破了，人还不知道。
　　　　　镜花夫人亡，是她脑袋掉。
　　　　　入了色迷心，上了阴间道。
　　　　　自刎薛建功，她仍全睡觉。
　　　　　丹红被人捉，死活不知道。
　　　　　有个佛保儿，里外他绕套。
　　　　　占了屠龙城，就把三军犒。
　　　　　小人探得真，去把军师报。
　　　　　军师发兵去，快去把仇报。
　　　　　不但不发兵，听说哈哈笑。
　　　　　只说却无妨，等他自来到。
　　　　　报于千岁知，快些把兵调。

哈林海：（白）起过。

　　　　（唱）军师哈哈笑，心中不快乐。
　　　　　敌兵入国中，如何作谈笑？
　　　　　叫人不放心，军师是胡闹。
　　　　　倘若有差池，岂不令人笑？
　　　　　必得待孤家，亲自筹军要。
　　　　　想罢多时叫沈相。

　　　　（白）沈丞相上殿。

　　　（上沈桓危）

沈桓危：千岁。

哈林海：取去金牌一道，去山岩口调两个公主，急上青石关助战。沙仁同郡马守住山岩口。再发金牌各处催粮，解送青石关，不得有误。

沈桓危：遵命。（下）

　　　（出哈林团花、哈林秀锦）

哈林团花：（唱）身连宋心恋父亲，

哈林秀锦：（唱）心从曹身报父恩。

哈林团花：（白）奴哈林团花。

哈林秀锦：奴哈林秀锦。

哈林团花：妹妹。

哈林秀锦：姐姐。

哈林团花：你姐夫来取顶心之发，至今不知阵破得怎么样了？

哈林秀锦：咳，姐姐身心为宋，又惦父母之邦，小妹心虽在宋，身是父母之身，焉有不报身恩之理？你我上本劝父，只可和宋，不可抗宋，怎奈父王不听，偏信黄胖之言，又从沈相之谏。

（唱）我本是宋朝桓秀锦，前日也向姐姐说。
　　　你我依然是姐妹，身心不一情意深。

哈林团花：（唱）不随驸马不归宋，要保红绒这一国。

哈林秀锦：（唱）抗拒上邦怕有败，又怕父王失河山。

哈林团花：（唱）累累相劝不应允，偏依沈相为什么？

哈林秀锦：（唱）黄胖与他是知己，父王听信这妖魔。

哈林团花：（唱）因他三人刀兵起，伤了番兵几万多。

哈林秀锦：（唱）黄胖显能开疆土，才与沈相两相合。

哈林团花：（唱）大该一败谋撒手，如今红绒把什么得？

哈林秀锦：（唱）黄胖镜花二人败，方能劝说父降宋。

哈林团花：（唱）你我到期得归宋，必须保住红绒国。

哈林团花、哈林秀锦：（唱）姐妹共议归宋事，

（上沙仁）

沙　仁：（唱）沙仁进来把话说。

（白）姐姐们，如今千岁命沈丞相手持金牌，调姐姐起兵。这般如此，去助青石关。

哈林秀锦：咳，姐姐，事已至此，黄胖虽有邪术，也胜不了正国。你我不如开帐先拿了沈桓危，亲身押解至父王殿前，苦苦相劝，让他纳贡称臣。

哈林团花：妹妹主意不错。沙仁吩咐击鼓开帐。

沙　仁：得令。（下）

（唱）姐妹二人忙吩咐，兰儿凤儿挂甲衣。
　　　两个公主合心意，一起忙忙把甲披。
　　　一为自己归大宋，二为父王国无虞。
　　　三为黎民得安和，两国一和把兵息。

（升帐，兰儿、凤儿、沙仁环立，哈林团花、哈林秀锦坐）

哈林团花：（唱）三声鼓止升了帐，吩咐快把差官提。

（白）带着，把差官带上来。

（带上沈桓危）

沈桓危：哼，哼，哼，公主她们也无了国规，不接金牌倒也罢了，把老夫当作犯官了。

哈林团花：沈贼呀，沈贼呀。

（唱）大叫沈贼休胡讲，国规国礼对哪提？

你说你当犯官了，罪比犯官加三级。

沈桓危：（白）不知老夫身犯何罪？

哈林团花：（唱）你在宋朝台阁位，勾串我国乱邦基。

忠臣义士死多少？军民死了几万余。

你说的江山在何处？我国开基在哪里？

两国人民遭涂炭，留你难保这华夷。

黄胖妖仙你交厚，今生今世把你庇。

我们再要不下手，因你我父要受屈。

传令一声快上绑，

沈桓危：（白）老夫虽不忠于宋，但忠于红绒国，你不要如此。

哈林团花：姐妹二人气不息，带下去。

（唱）沙仁上帐听吩咐。

（白）沙仁上帐听令，你带人马守此关。

沙　仁：得令。（下）

哈林团花：咱姐妹带兵三千，押着沈相去奔青石关便了。

哈林秀锦：有理。（下）

（黄鹏仙升帐）

黄鹏仙：（诗）翻天覆地法，移山倒海能。

（白）山人护国军师黄鹏仙，带领沙家弟兄镇守青石关。远探报道，死了镜花夫人，屠龙失守，众将连忙都去占五虚潭，抵挡大宋人马，我也不遣将去救，等他一来，叫他一人一马，也难逃出我手。可叹镜花夫人无能，死得叫人可笑。我与沈相前生契友，今世深交，我要不护庇他，他可早就坏了。

（上卒）

卒：　　报军师得知，国王带领人马亲来至此，已到城下。

黄鹏仙：这等，传令出城迎接。（下）

卒：　　得令。（下）

（上哈林海、黄鹏仙）

黄鹏仙：千岁千岁千千岁，恕臣未去远迎，罪甚罪甚。

哈林海：军师不必太谦，坐了讲话。

黄鹏仙：谢过千岁。

哈林海：哦，如今宋兵入境，军师如何不遣兵将，占了五虚潭，以挡宋兵？为何坐待兵临城下？

黄鹏仙：千岁不必忧虑，为臣早做安排，定叫他片甲不归。

（唱）臣早知，五虚潭。

　　　　安营吉地，能占人先。

　　　　那个曹克让，老练兵法篇。

　　　　深明攻守地利，必在此扎营寨。

　　　　进能攻退可守，故意叫他去占先。

哈林海：（唱）他扎在老营盘，再发人马来攻此关。

　　　　兵临城池下，退敌恐怕难。

　　　　军师有何妙策，叫孤好把心安？

　　　　胜败兴亡在此际，国家存亡旦夕间。

黄鹏仙：（白）千岁，

（唱）你不用，把心担。

　　　　千岁稳坐，就在此间。

　　　　只须令人探，这个五虚潭。

　　　　宋兵扎下营寨，成功一夜之间。

　　　　天明千岁亲去看，五虚潭下自可观。

哈林海：（唱）心不放，问根源。

　　　　是何妙计？如何可观？

　　　　宋家男女将，个个不非凡。

	千万不可轻视，军师计可万全？
	镜花之阵已破了，屠龙高关旦夕间。
黄鹏仙：	（唱）那镜花，把色贪。
	我今此计，不用争战。
	这般与如此，水淹宋营盘。
	会同我的道友，各显法力无边。
	叫他一人不能胜，千岁再看五虚潭。
	（上卒）
卒：	（唱）探子跑来忙禀报。
	（白）报军师得知。
黄鹏仙：	何事？
卒：	宋兵从屠龙城起兵两天了。
黄鹏仙：	再探。
卒：	得令。（下）
黄鹏仙：	来得好，千岁稳坐营中莫动，只叫探子来回细探。他要在五虚潭扎营，千岁次日带兵那里去看，定保不费一点力量，就能成功。臣在那里等候保驾。
哈林海：	军师可要小心。
黄鹏仙：	千岁万安，为臣去也。（下）
	（内白）小番们，秘密探听宋兵的动静，不可有误。
	（水怪升帐，众水怪站）
四水怪：	（诗）喷云能吐雾，作浪会翻江。
	行云能有雨，威灵在海洋。
金林子：	我乃金林子。
鱼鳖子：	吾乃鱼鳖子。
虾仓子：	吾乃虾仓子。
横行子：	吾乃横行子。
四水怪：	洞主升座，在此伺候。
	（出蛓秋老怪）
蛓　秋：	（诗）深陷海底藏身形，江河湖海称孽龙。

（白）我蛍秋，乃星宿岛大鲸是也，在这海岛水底藏身。本乃是鳅鱼成精，常闹四海，人称孽龙。我同黄鹏仙同住这里，因有珍珠娘子勾他，他就去了。

（上小怪）

小　　怪：启洞主，黄胖已到。
蛍　秋：待吾迎接。（下，内白）黄兄弟哪里？
黄鹏仙：（内白）仁兄哪里？
蛍　秋：（内白）道兄请。
黄鹏仙：（内白）请。

（同上）

蛍　秋：道友请坐。
黄鹏仙：请坐。
蛍　秋：道友，不在红绒国保主，来此何事？
黄鹏仙：特来求道兄助我一臂之力呀。

　　　　（唱）宋兵到国中，破了屠龙地。
　　　　　　　珍珠娘子妻，死得真可惜。
　　　　　　　我亦想报仇，不得不动气。
　　　　　　　特求老道兄，助我一臂力。

蛍　秋：（白）我怎么助你？
黄鹏仙：（唱）宋兵扎老营，必占风水地。
　　　　　　　有个五虚潭，地利真合适。
　　　　　　　他兵到此来，安营必在这。
　　　　　　　求你带水卒，要从地穴去。
　　　　　　　对着他老营，陷他安营地。
　　　　　　　我在五虚潭，从中使法力。
　　　　　　　暴风与阻雨，叫他无处去。
　　　　　　　淹了太湖州，破浪水湍急。
　　　　　　　淹死他的兵，一个不回去。
　　　　　　　不但我称将，国王把你祭。
蛍　秋：（唱）义弟你既来，不得我不去。

咱是好弟兄，从小相交契。

今日作了难，这算什么事。

愚兄在他营，你从空中去。

管能灭宋军，你只先回去。

黄鹏仙：（唱）告辞出龙潭，奔了五虚地。（下）

蚩　秋：（唱）叫声众水卒，一齐随我去。

帮助黄鹏仙，助他一臂力。

淹了大宋营，回来得已毕。

不言众妖精，宋兵来此地。（下）

（上卒）

卒：（唱）探了五虚潭，五个庄儿密。

回报侯爷知，不想别主意。

（白）我是宋兵探子，奉了侯爷之命，要在这里安营，只恐番兵先占了此地，故命我来打探。此地早有五个村庄，男女居民不少，回报了侯爷。侯爷说不许打扰，叫我传乡老问话，乡老随后来了，只得去禀报。（下）

（出曹克让）

曹克让：（诗）战法全凭地利，功守宜得天时。

（白）本爵曹克让。大兵离了屠龙，地理不明。据说离青石关十里之遥，有个五虚潭，乃屯兵吉地，不知虚实。又恐西番早占，因此已命长探探知，报说有五个村庄。虽用此地，亦不可扰乱乡民，令人去传乡老，叫他们早早远避才是。

（上卒）

卒：　　乡老告进。

曹克让：吩咐有请。

卒：　　哈。（下，内白）有请。

乡　老：来了。

（上乡老，跪）

曹克让：快快请起。营中有你西番之人，皆知此处无有居民，尔等是新民，还是旧民呢？

乡　老：周虽旧邦，其命唯新。

曹克让：可有庄名？

乡　老：有名，为五常庄。

曹克让：何为五常庄？

乡　老：我等俱守仁、义、礼、智、信，故此为名。

曹克让：乡老并非常人，本爵领兵到此，五虚潭阻路，故先到此传示。

（唱）那里安营是吉地，不知乡老早占庄。

借此处安营寨，早晚不忍把民伤。

故传尔等先晓谕，早早回避去他乡。

乡　老：（白）老大人，我等虽在这里住，管不住老弱闹嚷嚷。大人若要安营寨，天明只管搭帐房。

曹克让：这等，五庄一夜如何搬完？

乡　老：大人既已传示，完不完的也无妨。还求一件应从我。

曹克让：何事？只管说来。

乡　老：（唱）求大人兵退十里好搬家。

明日只管把兵进，我等不敢说黑道黄。

曹克让：（白）本爵应从也就是了。

乡　老：谢过大人。

（唱）乡老一揖出门去，（下）

曹克让：（唱）侯爷传令众儿郎。

拔营退出十里外，（下）

乡　老：（唱）想不到五锋剑在五常庄。

此处近靠五虚潭，怕是人马落汪洋。

不言宋营脱了难，

（出哈林海坐）

哈林海：（唱）坐在大帐暗思想，军师此去未吉祥。

（上卒）

卒：（唱）番卒进来忙禀报。

（白）报王爷得知，二位公主带领人马关外安营。

哈林海：好，令她二人上帐。

卒： 哈！（下，内白）王爷有令，二位贵人进见。

（上哈林团花、哈林秀锦）

哈林姐妹：父王千岁千岁千千岁，儿们拜见。（跪）

哈林海：儿们起来。

哈林姐妹：是。

哈林海：坐下。女儿不知，原是这般如此，今夜就要成功，明日你姐妹随为父去看军师妙法。

哈林姐妹：父王，如今大宋人马入境，只在旦夕，如何还信那黄鹏仙？

（唱）劝父王，别信他。

镜花丧命，是为国家。

能人还有谁？只靠黄胖他。

存亡只在眼前，还信那些奸猾？

现今不见他的面，知他前去做什么？

哈林海：（唱）他说是，靠个仙家。

三更夜静，暴风雨加。

只听山摇动，宋营把地塌。

一人一骑不用，叫他丧人死马。

明早叫孤去看，他在那里等孤家。

哈林姐妹：（唱）存亡事，把口夸。

就使法力，难胜难拿。

宋营能人广，才得胜镜花。

自负他能胜宋，还怕天地翻压。

黄胖他败不要紧，难保红绒咱国家。

哈林海：（唱）事到此，动争杀。

调动各处，齐把兵加。

谁肯善罢休，江山转与他？

哪怕倾国死战，咱也不能气煞。

儿们说这是为何？莫非叫父把手撒？

哈林姐妹：（唱）愿父王，细详察。

倾国死战，就为什么？

　　　　　　宋与绒国，并非是仇家。

　　　　　　只为一个沈相，何必苦苦争杀？

　　　　　　他既不忠于宋主，咱国留他是祸根芽。

哈林海：（唱）儿们之言也尽理。

　　　　（白）于理虽是，但事已至此，怎么处置才是？

哈林姐妹：父要听孩儿之言，命能言之臣，送出沈相，纳贡称臣，各方边界，息兵讲和，使万民得安，岂不是好？

哈林海：军师已先去做法，未卜成败，但等一夜，听其动静，明早随为父同上五虚潭去看动静，回来自有定论。

哈林姐妹：儿们遵命。（同下）

　　　（上黄鹏仙）

黄鹏仙：来此五虚潭，正是三更之时，他这营中全都熄了灯。曹克让扎下五座连营，营盘正在五丘之上，刀枪密密，鹿角嵯嵯。营内帐房，安设得有规有矩，摆列得有方有圆，就是难逃地陷倾生之苦了。

　　　（唱）半空使神通，口吐摇身晃。

　　　　　　雾气黑沉沉，搅海翻波浪。

　　　　　　咕咚响阵雷，大雨往下降。

　　　　　　听见宋营中，呼嘟嘟的样。

　　　　　　必是我道兄，带着虾兵将。

　　　　　　地响水面潮，立刻翻波浪。

　　　　　　扑身滚下来，地软塌了形。

　　　（上蚩秋）

蚩　秋：（唱）成了大水滩，翻波滚滚浪。

　　　　　　水响如翻天，五虚立平荡。

黄鹏仙：（唱）虾兵众妖精，张口往上望。

　　　　　　齐到水中漂，一时变了样。

　　　　　　营中尽塌陷，人人变了样。

　　　　　　男男女女多，大大小小样。

　　　　　　也不是番兵，也不是宋将。

　　　　　　黄胖说怪哉，心中暗打量。

（上妖吃男女）

蚩　　秋：（唱）蚩秋野性精，连川直抢上。
　　　　　　　挑出嫩的吃，单剩老与壮。
　　　　　　　吃东又吃西，从南往北上。
　　　　　　　鱼鳖虾蟹们，那吃也照样。

乡　　老：（唱）五个老头儿，皆在水面上。
　　　　　　　五老立水皮，笑笑哈哈晃。
　　　　　　　用手指虾兵，又指鱼鳖将。
　　　　　　　各个翻了白，肚子朝了上。
　　　　　　　剑从腹中出，吃多命必丧。

（小妖现形死）

蚩　　秋：（唱）蚩秋喊连声，大叫上了当。
　　　　　　　哎呀呀呀呀，肚子阵阵痛，好似分娩样。
　　　　　　　疼得现了形，水落无波浪。（现形）

黄鹏仙：（唱）蚩兄怎样了？

蚩　　秋：（唱）中了五毒样。

黄鹏仙：（唱）你咋现原形，卧在泥沙上？

（上乡老）

乡　　老：（唱）五老立两旁，叫声蚩秋精。
　　　　　（白）蚩秋哇蚩秋，你混得多少年，又带水卒误伤人命。龙主上奏，该你劫数到了。

黄鹏仙：你这五个老朽是谁，敢伤我的道友？可知我的厉害？

乡　　老：黄胖黄胖不知好歹，三年前的事找你算账。
　　　　　（唱）黄胖你可认得我，还是你的道行低。
　　　　　　　一会叫你见一面，要你留神细细瞧。
　　　　　　　手指蚩秋点几点，你吞的就是万把刀。
　　　　　　　叫剑出腹除死你，万道光中万万条。
　　　　　　　上下前后共左右，团团围住放光毫。

黄鹏仙：（白）哎呀，不好了。
　　　　（唱）黄胖一见说不好，这是那五锋剑仙变化高。

　　　　　　运动蟾毒把身护，
乡　老：（唱）剑光一射把毒消。
黄鹏仙：（唱）蟾毒护身想入地，
乡　老：（唱）见他入地后跟着。
黄鹏仙：（唱）运起翅膀天上飞，
乡　老：（唱）飞天也要落下曹。
黄鹏仙：（唱）不言黄胖在挣命，
　　　　（上哈林海、哈林团花、哈林秀锦）
哈林姐妹：（唱）来了绒主二多娇。
　　　　　　但只见一道大河风雷响，上有金光甚奇巧。
　　　　　　下马立在河西岸，
　　　（曹克让步上，后跟宝彩文、蓝素晏等人）
曹克让：（唱）曹公率众也来瞧。
黄鹏仙：（唱）但只见黄胖落足水上漂，蟾毒之法已使尽。（剑晃）
　　　　　　浑身乱颤东西跑，（现形）哀哀而告怪形象，仰天大叫只求饶。
哈林秀锦：（白）父王，那不是咱国军师吗？
黄鹏仙：咳呀，可不好了。
　　　　（唱）哪位天神摆的阵？饶过我吧这一遭。
曹克让：（白）这是仙人救护曹某来也。
宝彩文、蓝素晏：公父大人见得不差。
哈林海：（唱）番王一见直了眼，
哈林团花：（唱）父王你老可看着。
曹克让：（唱）曹侯东岸哈哈笑，
宝彩文：（唱）原来是个蛤蟆妖。
哈林海：（唱）后悔不该将他用，
哈林秀锦：（唱）他与沈相是祸苗。
曹克让：（唱）必是神人来暗助，
蓝素晏：（唱）五锋剑仙保宋朝。
　　　　（上欧阳术士）
欧阳术士：（白）五锋剑仙拘起青石碑，照着黄胖蛤蟆背上压住，自坐碑上，收了

  宝剑。（坐石上）

哈林海：（唱）一阵雷鸣祥云落，

哈林团花：（唱）请父王再看奇巧不奇巧。

曹克让：（白）好哇。

    （唱）祥云照定一老道，

宝彩文：（唱）公父大人要细瞧。

曹克让：（白）儿啦，

    （唱）碑上一位神仙坐，

蓝素晏：（唱）儿们难解这根苗。

曹克让：（白）这是五锋剑仙也，

宝彩文：（唱）急忙吩咐把香烧。

欧阳术士：（唱）欧阳剑仙开仙口，

    （白）大宋曹侯、红绒国主，你两家且请少礼。两岸兵临，各自压惊，听山人说透因果。小仙今奉上帝敕旨，来斩鳅鱼精，镇压黄胖妖，永镇此河，为两国边界。红绒国年年进贡，岁岁称臣，曹侯班师回朝。

    （唱）你们两国是敌国，现今成了亲邻邦。

      哈林团花胡大汉，天意造定对鸳鸯。

      哈林秀锦是桓秀锦，杏花寨的烈性娘。

      她本三真司之主，三换真身二还阳。

      三真三身全贞女，三救白虎是曹郎。

      劫数到了同归宋，两国相和拜高堂。

      三真司完了忠孝与节义，妇送翁爷迎凤凰。

      沈桓危与黄胖怪，前世前因两相帮。

      造孽已深今日满，一归地府一归天堂。

      明日乃是大好日，国主送女纳亲投降。

      曹侯班师急回转，绒主须整自家邦。

      此河成为两国界，山人我尊敬宋主为国王。

      你两家不可违了上帝命，我讨得宋主旨意袖内藏。

      说罢展开天子诏。

（白）曹侯、绒主、两岸众人听了，山人早见了大宋天子，请了皇旨，你二家不可相斗。

众　人：我等不敢违旨，愿听仙命皇宣。

欧阳术士：好剑仙，展开圣旨，高声朗读：奉天承运，皇帝诏曰：今有五锋剑仙奏朕西番兵端，两国大小事件，朕无不晓，亲命剑仙捧旨宣读。钦封红绒国主哈林海为西绒英烈安定王，压诸国为首，速解逃臣沈桓危交与宋营，再备妆奁，送二女完婚。沙仁拥护三真司有功，过继与义兴国为嗣，替代曹保以报义兴国之恩。尔曹克让与哈林海会亲，三日即可班师，朕再封赏。

众　人：万岁万岁万万岁。

欧阳术士：你二家可看碑上有字，乃是对联一副，两面相同。小仙告辞去也。

（驾云下）

众　人：剑仙飞升而去，碑上果有硃红对联，题云：红绒聘女，女乃三真女；黄胖镇河，为两国界河。

哈林海：真乃仙言造定，大人就是亲翁了，明日一一奉命，大人请。

（唱）哈林海拱手说声请，率众回了青石关。（下）

哈林姐妹：（唱）二位公主说明沈相事，打点次日押宋营。（下）

曹克让：（唱）曹公率领男女将，人马一齐回营盘。（下）

宝彩文、蓝素宴：（唱）正副元帅忙传令，鼓乐喧天彩旗扬。

众　人：（唱）红绒主次日天明送沈相，献供礼物与降书。
　　　　　两个公主收拾妥，环儿凤儿整奁妆。
　　　　　侯爷收了沈奸相，贡礼降书收纳完。
　　　　　二帅备轿娶公主，从新拜了地和天。
　　　　　曹保秀锦归一处，胡标团花又团圆。
　　　　　且不言两家会亲事，来了天朝捧旨报，
　　　　　文老大人顶圣旨。

（文翰华马上）

文翰华：（白）老夫文翰华。承蒙圣恩，加封老夫天官之职，亲领圣旨来到红绒。有五锋剑仙早奏朝廷，前前后后，历历明白。我皇见意，先示剑仙皇宣二道，令至红绒息兵，说是今月今日大劫，已了圣命。我奉旨到大营宣

读，剑仙极有仙家之明，我也不敢怠慢。今已过屠龙，离营不远。左右，急急趱行。（下）

（云上寇成、赵英）

寇成、赵英： 遵奉上帝旨，接引左天蓬。

寇　成： 吾乃天下都城隍寇成。

赵　英： 吾乃星宰赵英。今奉敕旨遵依佛文，接引天蓬归位，须驾龙车鹤辇、香旆宝盖。

（云内上辇）

曹克让：（内白）曹珍，让曹保在大帐以上高悬圣旨，再设你二位盟叔神位，为父拈香祭奠。

曹　珍：（内白）遵命。

（内唱）曹珍曹保遵父命，（上）高悬圣旨在帅亭。

　　　　帐前另设一香案，供上神位寇赵二公。

曹克让：（内唱）镇西侯爷整冠带，（上）瞧见神位二弟名。

一是寇成谏议，一是察院赵英。

不由心酸痛，虎目滔滔泪直倾。

素手点香炉内插。

（白）寇成、赵英二位义弟呀，

（唱）想当初你我神前三结义，只愿同死不同生。

　　你二人尽因我死，我曹某从此不再得安宁。

　　一为不白冤未报，二为与主尽了忠。

　　我为贤弟把仇报，奈留残命八十冬。

　　今日来在边寨地，今该报仇奸细明。

　　有灵有圣来看看，杀奸活祭冤死灵。

　　想罢吩咐聚众将，（云照）忽见大帐碧空中。

　　云中正是二弟到，这算曹某把心诚。

　　吩咐击鼓快升帐，（坐）转身坐在宝帐中。

（上众将）

众　将：（唱）曹珍曹保兄与弟，上来将军赵飞龙。

　　　　先锋大将名宝虎，花朵一胡标二英雄。

　　　　　　能连豆去来伺候，来了佛保小神童。
　　　　　　宝蓝二氏正副帅，春芳彩凤二女英。
　　　　　　团花秀锦二公主，青云花凤环与赫连丹红。
　　　　　　一齐侍立中军帐，
　　　（二通鼓止侯爷行）

曹克让：（唱）侯爷座上忙传令。
　　　　（白）刀斧手，把沈桓危绑上来。
　　　（绑上沈桓危）

沈桓危： 罢了罢了。

曹克让： 沈桓危，你睁眼看看帐下摆着红绒贡礼，你再看看降书顺表，我可胜得红绒了吧？

沈桓危： 胜得了。

曹克让： 嗐！好一个胜得了，我要胜不了红绒，我这人头早已落地了。你今已输，你那丞相大印，现在何处？

沈桓危： 我也想不到，如今后悔晚矣。

曹克让： 好一个沈桓危，你抬起头来，圣旨旁有寇、赵二人神位，我曹克让在此，下面有红绒公主在此，当日是你勾串外国，是你勾连西番。

沈桓危： 事已至此，无得说了。你坐帐上，我为下囚，看我女婿面上，饶恕过我吧。

曹克让： 呀呀，呸！呸！呸！好贼子，你也有今日了。
　　　　（唱）谋反大逆该万死，死不知悔口妄张。
　　　　　　我主待你恩义重，位居太师享平章。
　　　　　　你尽欺心谋篡位，几乎丧了锦家邦。
　　　　　　天子险遭团角寺，鬼使神差我未亡。
　　　　　　因你天下刀兵起，因你死了多少忠良？
　　　　　　宝龙山前弄佛像，张全忠为你一命亡。
　　　　　　若非众人保圣主，万里江山被你诓。
　　　　　　漏网就该知进退，又来西番弄邪方。
　　　　　　还不知耻求饶恕，你想想自己害人当不当？
　　　　　　如不拿你把灵祭，忠魂个个不安康。

且看你女多贤惠，给你一刀把命丧。

说罢又叫刀斧手。

（白）刀斧手，把这卖国奸贼推出去斩首，将人头供在灵位之前，拉下去！

（推下沈桓危，开刀）

曹克让：好哇，寇、赵二位义弟，你二人魂游地府，看看我曹某，也就甘心了。

（云照，鼓响）

寇　成：请天蓬元帅归位。

曹克让：这，哈哈哈。（死）

曹珍、曹保：爹爹醒来，爹爹醒来！

众　人：老大人，你醒醒。

曹珍、曹保：爹爹呀！（一阵鼓响）老大人归位去了，大家不可过痛，先抬在软榻之上，再装殓入棺。爹爹呀。（抬下曹克让）

（上卒）

卒：　　报元帅，朝命下。

宝彩文：看香案伺候。（众人同下，又上）

（上文翰华）

文翰华：圣旨到，跪接。

众　人：万岁万岁万万岁。

文翰华：听宣读。诏曰：朕观剑仙之奏，已知斩妖除奸，滴血祭灵，班师奏凯。朕命天官文翰华捧旨至营，一来封众卿，二来迎还朝。今封曹克让为安西营春王，其妻封为王妃；状元曹珍封为翰林院大学士；先锋曹保封为世袭镇西侯；宝、蓝二元帅平西有功，俱封忠烈一品夫人；桓秀锦三换真身，节义可嘉，封为忠孝一品夫人；神童佛保破阵有功，封为忠勇将军，朕皇兄膝下一女玉宁郡主，年方一十五岁，我朕为媒，与佛保为妻，回京日完婚；赵飞龙封为平西将军，宝虎、胡标升为左右镇殿将军，花朵一、能连、豆去等封为边关总镇。各家妻室，俱各随夫受职。被陷义士薛建功为国尽忠，封为忠义公，对其家属国禄俸养。元帅宝彩文使女青云与花朵一为配，兰儿、凤儿与能连、豆去为配，死难者柏千、柏万、刁七等众，其家俱得俸养。其余边庭众将，俱各大升三级。钦此。望诏谢恩。

众　人：万岁万岁万万岁。

宝彩文：来人，将圣旨供奉龙亭。歇兵三日，班师还朝。大人请。

文翰华：请。（下）

（全剧终）